《本草纲目》饮食宜忌速查全书

张银柱　主编

北京联合出版公司
Beijing United Publishing Co.,Ltd.

图书在版编目（CIP）数据

《本草纲目》饮食宜忌速查全书 / 张银柱主编 . ﹣﹣北京 : 北京联合出版公司，
2015.1（2021.4 重印）

ISBN 978-7-5502-1457-6

Ⅰ . ① 本 … Ⅱ . ① 张 … Ⅲ . ①《本草纲目》﹣饮食﹣禁忌 Ⅳ .
① R281.3 ② R155

中国版本图书馆 CIP 数据核字 (2015) 第 008183 号

《本草纲目》饮食宜忌速查全书

主　　编：张银柱
责任编辑：王　巍
封面设计：彼　岸
责任校对：李　波
美术编辑：张　诚

出　　版：北京联合出版公司
地　　址：北京市西城区德外大街 83 号楼 9 层　 100088
经　　销：新华书店
印　　刷：三河市金元印装有限公司
开　　本：720mm×1020mm　 1/16　 印张：28　 字数：400 千字
版　　次：2015 年 1 月第 1 版　 2021 年 4 月第 9 次印刷
书　　号：ISBN 978-7-5502-1457-6
定　　价：75.00 元

前言
Preface

　　《本草纲目》是中华本草学集大成者，集中体现了中国古代医学所取得的最高成就，素有"医学之渊海""格物之通典"之美誉，是中华民族取之不尽、用之不竭的医药宝库，里面不仅介绍了各种中草药，更介绍了各种饮食养生理论。《本草纲目》记载，"饮食者，人之命脉也，而营卫以赖之"，即食物是人体最重要的营养来源，是维持生命活动的必要条件。"养生之道，莫先于食"，根据食物的性味、功效，合理搭配五味营养，使谷肉果蔬相互调和，从而达到延年益寿、保养生命、增强体质、预防疾病的目的，是符合现代人倡导的食物养生之道的。

　　药食同源，食物如同药物一样，皆有性味之分，这是饮食宜忌理论的基础。五味调和，遵守宜忌，脏腑得益，人体健康；五味偏嗜，不遵宜忌，将导致五脏失调，易产生疾病。食物都有其各自的特性，将它们搭配食用时，会产生各种各样奇妙的变化。掌握了食物的性味功效，才能进行适当的食物搭配。食物若搭配得宜，不仅能够促进营养物质的吸收，还能达到防病、治病的目的；但若搭配不当，不仅造成了营养物质的流失，长期食用还会对身体产生意想不到的危害，正所谓"搭配得宜能益体，搭配失宜则成疾"。所以，我们必须在日常饮食中熟知常见食物之间的相宜、相克关系，这样才能在安排膳食时趋利避害、合理配餐，让食物的食用和药用价值得到充分的发挥。

　　本书共分为3篇，针对人们的日常生活，结合人们饮食习惯的实际情况，参考《本草纲目》等传统典籍的记载，借鉴并利用养生学、医学和营养学

的理论,介绍了饮食宜忌和营养搭配方面的知识,为读者提供随时可参考的饮食宜忌方案。上篇详细阐述了日常生活中的健康饮食宜忌,针对不同体质、不同季节以及特殊人群详细介绍了生活注意、饮食注意事项,分析其宜吃食物和忌吃食物,并给出相应的推荐菜谱;中篇对200余种食物、药物的相宜相克关系进行了解析,分析了食物、药物的性味归经、营养功效,指出适宜食用的人群和不宜食用的人群,给出食用指导、搭配宜忌,并针对相宜搭配给出了推荐菜谱;下篇对100余种常见疾病给出了专业的生活指导、饮食指导,并推荐了相宜食物,列出了忌食食物,并给出了相应的推荐食谱。读者可以从中了解食物、药物、疾病的相互作用,参考书中的宜忌原则和食疗方法,有选择性地分析饮食的宜与忌,使我们在日常生活中趋利避害,做到合理、健康饮食。

需要注意的是,饮食的宜与忌也是相对的,并不是说宜食之物就可以大饱口福、狂饮暴食,而是应当节制;一些禁忌之物,也非绝不可沾,只是应少吃或暂缓食用而已,应用过程不必过分拘泥。因时间仓促,错误之处在所难免,敬请广大读者批评指正。

目录
Contents

上篇 生活中的健康饮食宜忌

中篇 常见食物饮食宜忌

第六章　水产类

第七章　饮品调料类

下篇 常见病症饮食宜忌

绪论

食物的特性

　　每种食物都有属于自己的颜色与味道。正如中医五行学说中，对人体所做的"心、肝、脾、肺、肾"的划分一样，食物也可以根据不同的味道和颜色归纳出五味与五色。所谓"五色入五脏""五味入五脏"，这就将食物与人体的健康紧密地联系在一起。所以了解了食物的五色、五味后，才能选对适合自己的食物，从而达到食疗养生的目的。

食物的五色

　　食物的五色包括黄、红、绿、黑、白，与中医五行说对应后就是：黄色属土，是脾之色；红色属火，是心之色；绿色属木，是肝之色；黑色属水，是肾之色；白色属金，是肺之色。

·五色的功效·

　　黄色的食物作用于脾，富含胡萝卜素和维生素 C，可抗氧化，提高人体免疫力，也能帮助培养积极开朗的心情，增加幽默感，更可以强化消化系统与肝脏，清除血液中的毒素，令皮肤变得细滑幼嫩。

　　红色的食物在视觉上能给人刺激，让人胃口大开，精神振奋，因此，红色食物是抑郁症患者的首选食物。同时红色作用于心，能减轻疲劳，激发食欲，令人精神状态变好，增强自信及意志力。

　　绿色的食物可舒缓肝胆压力，调节肝胆平衡，它含有丰富的维生素、矿物质以及膳食纤维，更大程度上避免癌症的发生。多食绿色食物能让我们的身体保持酸碱平衡，不仅如此，从心理方面讲，经常吃绿色食物还可舒缓压力，并能预防偏头痛等疾病。

　　黑色食物不仅给人们质朴、味浓的食欲感，而且补肾

黄色	菠萝、香蕉、橙子等，经常食用有益于脾 
红色	红辣椒、红枣、山楂、樱桃等，经常食用有益于心 
绿色	一切绿色蔬菜和水果，多吃会有益于肝 
黑色	黑木耳、香菇、葡萄等，多食用有益于肾 

作用突出。经常食用这些食物，可调节人体生理功能，刺激消化系统，促进唾液分泌，有促进胃肠消化与增强造血功能的作用。同时黑色食物富含大量的微量元素及亚油酸等物质，可抵抗衰老，美容养颜。

白色食物润肺，同时白色给人干净清爽的感觉，可调节视觉平衡，安定情绪。

白色	白菜、白萝卜、银耳、洋葱、蒜等，多吃益肺

食物的五味

食物的五味包括：酸、苦、甘、辛、咸五种味道。根据中医五行说可分为酸味入肝，苦味入心，甘味入脾，辛味入肺，咸味入肾。

酸味	山楂、橙子、梅子、番茄等，多食能增强肝脏功能

·五味的功效·

酸味食物：

可收敛、固涩，治疗久泻、脱肛和遗精等症，也具有生津开胃、促进食物的消化吸收的保健功能，适合胃酸不足者食用。同时酸味能增强肝脏功能，但要注意合理地食用，切勿过量。

苦味	苦瓜、百合等，常吃可杀伤癌细胞

苦味食物：

可以清热解毒，泻火通便，利尿及健胃。苦味对癌细胞有较强的杀伤力，还可调节神经系统功能，帮助缓解人的紧张和压力。同时苦味食物还能解湿除燥，有促进内分泌的功效。抗菌消炎、调节酸碱平衡也是苦味食物的独特功效。

甘味	香蕉、甘蔗、大枣等，有调和脾胃的功效

甘味食物：

可以滋补身体，解除肌肉的疲劳，有调和脾胃、止痛、解毒的功效。但多食会导致骨骼疼痛、头发脱落，且容易使人发胖。

辛味	蒜、韭菜、茼蒿、姜、青椒等，有散寒，行筋活血的作用

辛味食物：

可发散、行气、活血解表、止痛、化痰。有散寒，舒筋活血的功效，还能增加消化液的分泌，促进血液循环及新陈代谢。若过量食用会加重痔疮、胃溃疡、便秘等患者的病情。

咸味	苋菜、海带等，可调节新陈代谢

咸味食物：

可有效软化酸性肿块，调节新陈代谢，也可补充体内缺乏的微量元素。但心脏病、高血压患者不宜多吃。

五色对五味的食用宜忌

关于食物的味道，其实不只是味觉的感知，也是调理自身的依据。中医学认为，五色、五味及五脏是相对应的，在食疗中，也具备各自不同的营养作用。怎样选择食物更有利于自身健康，关键在于全面了解"五色""五味""五脏"之间的禁忌及搭配。

黄色应脾，甘味入脾，脸色缺少明黄色的，可以多食黄色、味甘的食物，如胡萝卜等。

红色应心，苦味入心，如果想面色红润，可多补充一些红色、味苦的食物，如西红柿、橘子等。

绿色应肝，酸味入肝，面色发青的人不宜多食绿色及味酸的食物，可多食木瓜、石榴等水果。

黑色应肾，咸味入肾，面黑者要少吃黑色及咸味食物，否则会使心口烦闷、肤色晦暗，宜食海带等海藻类食物。

白色应肺，辛味入肺，想要肌肤美白，可食白色、辛味的食物，如茭白、洋葱等。

食物的四气

中药有四气五味之说，食物也有四气五味之说。熟知食物的性味，对掌握和运用好食物的养生功效有着重要意义。

日常生活中，大家可能都有这样的生活体验：把一块薄荷糖放到嘴里，咽喉里就会有一种清凉的感觉；喝一口生姜茶，胃里面就有一种温热感。这说明薄荷具有清凉的作用，生姜具有温热的作用。这就是食物的"气"——食物本身所具有的寒、热、温、凉4种不同的性质，即四气，也可称为"四性"。其中寒、凉同性，温、热同性，但程度上却有差异，"凉"实为"微寒"，而"热"实为"大温"。

有人会说，食物中不仅有寒、热、温、凉4种特性，还有平和之性，介乎寒与热之间，即传统食养学所说的"平性"食物。的确有平和性质的食物，但却不是绝对的不寒不热，也就是说，要么稍稍偏温，要么稍稍偏凉。所以，中医对食物特性的描述，只有"四气"或"四性"，而不是"五气"或"五性"。

食物的相宜与相克

发物

从中医学角度说，"发物"就是指特别容易诱发某些疾病（尤其是旧病宿疾）或加重已发疾病的食物。不同的食物在性能（偏性）上有差异，尽管都有其可食性和营养功能，但在患病服用中药时期，如果不了解"发物"和不重视"忌口"，饮食不当，则可能引起病变，产生不良反应和副作用，从而加重病情和引起严重后果。

· "发物"的分类 ·

"发物"按来源分为以下几类

蔬菜类	香椿头、芸薹、芫荽、芥菜、菠菜、豆芽、莴苣、茄子、茭白、韭菜、竹笋、南瓜、慈姑、香蕈、蘑菇等。这类食物易诱发皮肤疮疡肿毒。
禽畜类	猪头肉、鸡肉、鸡蛋、驴肉、獐肉、牛肉、羊肉、狗肉、鹅肉、鹅蛋、鸭蛋、野鸡肉等，有时还将荤腥膻腻之类食品一概视为"发物"。这类食物主动而性升浮，食之易动风升阳，触发肝阳头痛、肝风脑晕等宿疾，此外，还易诱发或加重皮肤疮疡肿毒。
食用菌类	蘑菇、香菇等。过食这类食物易致动风生阳，触发肝阳头痛、肝风眩晕等宿疾，此外，还易诱发或加重皮肤疮疡肿毒。
海腥类	鲤鱼、鲢鱼、蹲鱼、鲚鱼、白鱼、黄鱼、乌贼鱼、鲳鱼、鲥鱼、鲈鱼、鲟鱼、鲩鱼、章鱼、比目鱼、鲦鱼、带鱼、鳙鱼、黄鳝、蚌肉、蚬肉、虾子、蟹等。这类食品大多咸寒而腥，对于体质过敏者，易诱发过敏性疾病发作如哮喘、荨麻疹症，同时，也易催发疮疡肿毒等皮肤疾病。
果品类	杏、李子、桃子、银杏、杜果、杨梅、樱桃、荔枝、甜瓜等。多食桃易生热、发痈、疮、疽、疖、虫疳诸患，多食杏生痈疖，伤筋骨。

调味品	葱、椒、姜、蒜之类辛辣刺激性食品；还有菜油、糟、酒酿、白酒、豌豆、黄大豆、豆腐、豆腐乳、蚕蛹等。

按性能分为以下几类

发热之物	薤、姜、花椒、羊肉、狗肉等。
发风之物	虾、蟹、椿芽等。
发湿之物	饴糖、糯米、醪糟、米酒等。
发冷积之物	梨、柿及各种生冷之品。
发动血之物	辣椒、胡椒等。
发滞气之物	土豆、莲米、芡实及各类豆制品。

· "发物"致病的原因和特点 ·

"发物"致病与人的体质、遗传、季节、年龄、食后受凉或发怒生气等多种因素有关，并不是绝对的发物，就对谁都"发"。

当然，某种食品既然被认定为"发物"，肯定有它成为发物的品质，比如说，有些动物性食品，它们中含有某些会促使人体内的某些功能亢进或代谢紊乱的激素，如糖皮质类固醇超过生理剂量时，就可以诱发感染扩散、溃疡出血、癫痫发作等，引起旧病复发。

再比如，某些食物含有可以成为过敏源的异性蛋白，能引起变态反应性疾病复发。如海鱼虾蟹往往引起皮肤过敏者荨麻疹、湿疹、神经性皮炎、脓疱疮、牛皮癣、过敏性紫癜、肠炎等顽固性皮肤病的发作。豆腐乳有时也会引起哮喘病复发。

还有，一些刺激性较强的食物，如酒类、葱蒜等辛辣刺激性食品，极易引起炎症病灶的感染和扩散、疔毒走黄。这就是中医所说热证、实证忌吃辛辣刺激性发物的道理。

一般来说，凡是"发物"都具有发热、发疮、上火、动风、生痰、胀气、便秘、腹泻以及诱发痼疾等致病特点。

忌口

·什么是"忌口"·

所谓的忌口，就是饮食禁忌——医生诊治疾病时，为保证其药效，常会嘱咐患者服药期间不要吃某些能减低药物功效并发生副作用的食物或药物，比如热性疾病患者，服药期间不能吃辣椒、喝白酒等，因辣椒、白酒等食物属性热，有腻滞生火、生痰作用，食后会助长病邪；服用解表、透疹药的患者，不能食用酸味与生冷食物，因为这些食物有收敛功能，将会直接影响药物的解表、透疹效果。

此外，食物影响疾病的治疗，助邪伤正、添病益疾时以及食物对病后调整康复不利时，都要注意忌口。如荨麻疹、丹毒、湿疹、疮疖、中风、头晕目眩等症患者不宜食用鱼、虾、蟹、贝、猪头肉、鸡肉、鹅肉、鸡蛋等；各种出血性疾病患者，如崩漏带下、月经过多、吐血、咯血、鼻出血、皮下出血、尿血、痔疮等，不宜食用胡椒、羊肉、狗肉、烧酒等；溃疡病、慢性胃炎、消化不良等病症患者，不宜食用白酒、豆类、薯类等。大病初愈时，正气未复，消化能力差，此时如果饮食不当，就会使病情出现反复或变生他疾。患过敏性疾病者应避食鱼、虾、蟹、贝、椿芽、蘑菇以及某些禽畜肉、蛋等；高脂血症、高血压、冠心病、中风等患者病后则应避食油腻厚味之物，以清淡为宜。

· 忌口的内容 ·

中医最早的典籍《黄帝内经》中，对忌口的内容做过如下表述：

忌量：《黄帝内经》认为"饮食不节"，比如饮食过度或饥饿日久，都会使胃纳脾运的升降能力失去常度，从而变生各种病症。

忌偏：《素问·五脏生成论》中明确指出，多食咸，则脉凝泣而变色；多食苦，则皮槁而色拔；多食辛，则筋急而爪枯；多食酸，则肉胝胝而唇揭；多食甘，则骨痛而发落。这是五味过度对人的伤害。《灵枢·五味论》中提出了五禁，即"肝病禁辛，心病禁咸，脾病禁酸，肾病禁甘，肺病禁苦"。所以，在日常饮食中，我们要切忌对某种食物过贪，否则就会造成过量和过味，导致疾病。

忌病：《黄帝内经》认为，患病者一定要注意疾病与饮食的相生相克，如胃肠病出现寒象，应忌用生冷瓜果、油腻黏滞之食物；肾阴不足见虚热之时，应忌辛热、香燥伤阴之食物；而实热者，应忌食油腻、煎炸温热之物等，否则，不仅不利于病后康复，也会使病情出现反复。

食物的科学配伍

· 什么是食物配伍 ·

每一种食物都有其独特的营养成分，所以我们应该摄取多种食物，以保证营养的均衡和全面。但是在食物的选择上，我们还应该注意食物的搭配问题。食物的搭配绝不是一件很简单的事情，如果食物搭配得当，就会促进营养的吸收；如果搭配不当，不仅会影响营养物质的吸收，还会危害身体健康，严重者还可导致疾病，甚至死亡。"搭配得宜能益体，搭配失宜则成疾。"也就是说，并不是所有食物都可以同时食用的，食物之间也存在着"相生相克"的关系。

只要食物搭配得当，健康将变得更加轻松、容易。几乎所有的营养学家都认为，掌握一定的食物搭配知识是十分必要的，这有利于促进我们的身体健康，避免因为食物搭配不当而引起疾病甚至死亡。关于食物搭配的知识，是非常繁杂的，但总体上来说应遵循这样的原则，那就是最大限度地保持膳食和营养的平衡，也就是吃多种不同种类的食物，而且所吃食物的种属相隔越远越好。

在日常的生活中，我们除了掌握饮食搭配原则以外，还应该多了解各种食物的属性，关注我们经常食用的食物有哪些搭配宜忌。多了解这方面的知识，多看一些食物的营养书籍、多听一些有关的讲座，对于我们改进饮食的质量是很有帮助的。

·食物搭配的几种情况·

与药物的配伍同理，食物的配伍基本分为协同和拮抗两个方面。食物的协同配伍包括：相须、相使；拮抗方面包括相畏、相杀、相恶和相反。

相须	相须是指同类食物相互配伍使用，起到相互加强的功效。如治疗阳痿的韭菜炒胡桃仁，韭菜与胡桃仁均有温肾壮阳之功，协同使用，则壮阳之力倍增；再如治肝肾阴虚型高血压的淡菜皮蛋粥中，淡菜与皮蛋共奏补肝肾、清虚热之功。
相使	相使是指以一类食物为主，另一类食物为辅，使主要食物功效得以加强。如治疗类风湿性关节炎的桑枝桑葚酒中，辛散活血通经的酒，加强了桑枝的祛风湿作用；治风寒感冒的姜糖饮中，温中和胃的红糖，增强了生姜温中散寒的功效。相须相使是最为常用的食物配伍原则，如当归生姜羊肉汤，温补气血的羊肉与补血止痛的当归和温中散寒的生姜搭配，不仅去除了羊肉的膻味，而且还增强了补虚散寒止痛的功效。
相畏	相畏是指一种食物的不良作用能被另一种食物减轻或消除。如扁豆中植物血凝素的不良作用能被蒜减轻或消除。某些鱼类的不良作用，如引起腹泻、皮疹等，能被生姜减轻或消除。
相杀	相杀是指一种食物能减轻或消除另一种食物的不良作用。如河豚、螃蟹（大寒食物）等引起的轻微中毒和胃肠不适，可配伍橄榄或生姜以解其毒。绿豆或大蒜又可防治毒蘑菇中毒等。实际上相畏和相杀是同一配伍关系从不同角度的两种说法。
相恶	相恶是指在功能上互相牵制的食物搭配，如羊肉本是温补气血的食物，但是如果与绿豆、西瓜、鲜萝卜等凉性食物同食，就会降低其温补的作用；茶叶、山楂能破坏或降低人参的补气作用，因此吃人参时不能吃山楂、喝茶；再如养阴、生津、润燥的银耳、番茄、香蕉之类不应当与辣椒、生姜、大蒜一同配伍食用，否则的话，前者的功效会被后者减弱。同样的道理，有温补气血功效的羊肉、狗肉、鹿肉，也不适合配伍生萝卜、西瓜、地瓜等。
相反	相反是指会产生毒性反应的食物搭配，如蜂蜜反生葱、黄瓜反花生、鹅肉反鸭梨等。

·药膳配伍原则·

所谓的药膳，就是药材与食材相配伍而做成的美食。药物与食物二者相辅相成，相得益彰，既可提高营养价值，又可防病治病、保健强身、延年益寿。

药膳的科学配伍是以中医学、烹饪学和营养学理论为基础的，必须严格按药膳配方，将中药与某些具有药用价值的食物结合起来。所以，"寓医于食"的药膳是中国传统的医学知识与烹调经验相结合的产物，它既不同于一般的中药方剂，又有别于普通的饮食，是一种兼有药物功效和食品美味的特殊膳食。

药膳配伍时，既要考虑性能功效类似的药物、食物配伍，即中药配伍中的相须为用，以增强疗效，烹调时还须考虑色、香、味。如滋补气血的黄芪鳝鱼羹，加食盐、生姜调味，配以生姜既和胃调中，提高滋补效能，又能去黄鳝的腥膻，色香味俱全。

药膳配伍时，也可以采用相使为用的配伍方法，即选用性能上并非完全相似，以一种食物或药物为主，另一种食物或药物可辅助主食、主药。如滋补药膳杞枣鸡蛋，是治慢性肝炎的佳膳。

还有一点要注意的是药膳配伍的禁忌。药膳的配伍禁忌无论是古代和现在都是十分严格的。中药和食物具体的相克相宜情况见第三章的相关内容。

饮食养生要顺应季节

· 养生要顺应天时 ·

一年中有四个季节、二十四个节气，我们生活在大自然中，就一定要顺应大自然的规律，顺应季节和节气的交替变化。只有顺应了天时，才能保证人的身体健康。早在古代，中医理论中就有"天人合一"的思想，将大自然的规律与人的生理、病理紧密地联系起来，认为自然界的变化与人的健康是息息相关的。《黄帝内经》有云："故智者之养生也，必须顺四时而适寒暑……如是，则僻邪不至、长生久视。"也就是说，我们的饮食要与当时的气候条件相适应，达到天与人的协调统一，只有这样才能使人更健康、更长寿。早在两千多年前成书的《周礼·天官》中就对四季饮食宜忌做了具体的说明，如认为夏季多汗，应多进食羹汤类饮食，冬季多寒，应适当多用些辛辣的饮料等。

此外，食性还要与四时气候相适应。《素问·六元正纪大论》指出："用凉远凉，用寒远寒，用温远温，用热远热，食宜同法，此其道也。"这就是说，寒冷季节要少吃寒凉性食物，炎热高温季节要少吃温热性食物，食物要随四季气温而变化。我们在夏天的时候喜欢喝绿豆粥以消暑解热，冬天的时候喜欢吃涮羊肉以御寒暖体等，就是这个道理。

· 四季养生原则 ·

春季是万物复苏的季节，天气由寒转暖，阳气开始生发，所以春季养生应以平补、清补为宜。由于春季的气温变化比较大，所以在饮食上，应以高热量的食物为主。此外，冷热刺激可加速人体内的蛋白质分解，所以还应该注意补充足够的优质蛋白质。春季，各种细菌和病毒都开始繁殖，很容易侵犯人体而导致疾病。所以，我们一定要保证摄入充足的维生素和矿物质，增强抵抗力，防止病毒和细菌的入侵。

春季是"百草回芽，百病发作"的季节，很容易导致旧病复发，因此身体虚弱的人更应该特别注意。祖国医学认为："春日宜省酸增甘，以养脾气。"古人云，春应在肝。春季是肝气最旺盛的季节，肝亢则伤脾，所以人在春季特别容易出现脾胃虚弱的症状。酸食可使肝功能偏亢，所以不宜食用，应食用一些具有辛甘升散作用的食品，不但可以健脾益气，还可防止肝气过盛。

夏季烈日炎炎，气候炎热潮湿，是阳气最盛的季节，应以清淡、苦寒、有营养、易消化的食物为主。由于夏季的气温比较高，所以特别容易出汗，可是在流汗的过程中，大量的钾也随着汗液排出了体外。而且大多数人在夏季的时候都没有什么食欲，所摄入的钾也就相对减少，这样就很容易造成人体缺钾。我们所出现的精神不振、四肢无力、头昏眼花等症状都是由于缺钾所引起的，严重者还可出现呼吸困难、心搏骤停等症状，甚至威胁生命。

夏季是病毒和细菌繁殖最快、活动力最强的季节，也是胃肠道疾病

的多发季节，因此要特别注意饮食的卫生与质量问题。此外，在高温环境下，人体内的蛋白质代谢加快，能量消耗增大，所以应该适量地补充蛋白质。营养学家还建议，高温季节最好每人每天能补充维生素 B_1、维生素 B_2 各 2 毫克，钙 1 克，这样可减少体内糖类和组织蛋白的消耗，有益于人体健康。

秋季天高云淡，气候干燥，气温逐渐下降，天气忽冷忽热，属于阳消阴长的过渡阶段，因此应以润燥益气为养生要点。由于秋季气候干燥，因此要特别注意补充水分，以防止皮肤干裂，邪火上侵。秋季的干燥可以分为两种：一是夏末秋初的温燥，二是秋末冬初的凉燥。温燥应以清热滋润的饮食为主，凉燥应以祛寒滋润的饮食为主。此外，秋季的干燥很容易使肺受到伤害，发生肺炎、哮喘等病症，所以要特别注意保持肺的滋润。

冬季天气寒冷，在饮食上应以温热、滋补的食物为主，以达到驱寒保暖的目的。俗话说得好："三九补一冬，来年无病痛。"这句话虽然有些夸张，但却也有一定的道理。这是因为在冬季进补可以调节体内的物质代谢，使营养物质转化的能量最大限度地储存在体内，为第二年的身体健康打好基础。

在冬季，由于受到寒冷天气的影响，人的甲状腺和肾上腺等分泌腺的分泌量都有所增加，以促使机体产生热量来抵抗严寒。所以，我们一定要保证能量的供给，适当增加高热量的食物。医学研究表明，人怕冷与体内缺少矿物质有关，所以保证矿物质的充足也是很重要的。此外，冬季的气候也很干燥，还应该注意多摄入维生素 B_2 和维生素 C。

· 四季与疾病 ·

因为四季的特点各不相同，因此，不同季节的易发疾病也是不同的。每个季节都有一个相应的脏腑主事，如春季肝脏为主脏、夏季心脏为主脏、长夏脾脏为主脏、秋季肺脏为主脏、冬季肾脏为主脏。如果人体在某个季节受到外邪的侵犯，那么最先发生病变的一定是与这个季节相应的主脏。

此外，四季不同的气候条件也决定了易发疾病的不同。如春季多风，因此多发风病；夏季炎热，故多发暑病；长夏湿气最重，因此多发湿病；秋季天气干燥，故多发燥病；冬

季节与疾病

季节	易发病的部位	易发病的种类
春季	肝	风病
夏季	心	暑病
长夏	脾	湿病
秋季	肺	燥病
冬季	肾	寒病

季寒冷，故寒病比较常见。了解每个季节的易发疾病，就可以采取恰当的预防措施，减小自己的患病概率。

对于那些患有慢性病的人来说，了解各个季节的易发疾病显然更加重要。有些疾病可能仅在某个特定的季节发病，对于这种季节性疾病，就可以根据四季所主之气推断出发病的季节，并根据四季与疾病的关系，顺应四季采取有效的治疗措施。《素问·五常政大论》曰："圣人治病，必知天地阴阳四时经纪。"由此可知晓四季在治疗疾病中的重要性。

病人在一天之内的病情是不稳定的，这种病情的起伏也与一天之中的四时变化有关。《灵枢·顺气一日分为四时》中记载了黄帝和岐伯的对话，黄帝问："夫百病者，多以旦慧，昼安，夕加，夜甚。何也？"意思是病人大多在早晨的时候病情较轻，神智比较清醒，白天也比较安静，但到傍晚的时候就开始加重，夜晚的时候更加严重，这是什么原因呢？

岐伯答道："以一日分为四时，朝则为春，日中为夏，日入为秋，夜半为冬。朝则人气始生，病气衰，故旦慧；日中人气长，长则胜邪，故安；夕则人气始衰，邪气始生，故加；夜半人气入藏，邪气独居于身，故甚也。"

意思是将一天分为四时，早晨有如春天，中午有如夏天，傍晚有如秋天，夜晚有如冬天。早晨是人体阳气初生的时候，此时病气衰微，因此病人的神智比较清醒，病情也较轻；中午是人体阳气增长的时候，阳气可以战胜病气，所以比较安稳；傍晚时人体的阳气开始衰弱，病气开始上涨，因此病情有所加重；到了半夜，人体的阳气收藏起来，只有病气独存于体内，因此病情是最为严重的。

· 四季的饮食宜忌 ·

了解了四季的气候特点，我们就可以根据不同时期的不同状况，来进行饮食的调理与进补，顺应天时而促进健康。下面是四季的饮食宜忌，以供参考。

春季：宜食用花生、豆类、乳制品等热量较高的食物；宜食用奶类、蛋类、鱼类等富含优质蛋白质的食物；宜食用青菜和水果等维生素含量较高的食物；宜食用大枣、虾仁、香菜、葱、姜等具有辛甘升散作用的食物；忌食生冷油腻食品和酸食。

夏季：宜食用苦瓜、芹菜、莴笋、绿茶等苦寒的食物；宜食用水果和蔬菜等富含维生素和矿物质的食物；宜食用草莓、荔枝、李子等富含钾的食物；忌食肥甘厚味及燥热的食物；忌食生冷的食物。

秋季：宜食用黄瓜、梨等清凉多汁的蔬菜和水果；宜食用豆类等高蛋白植物性食物；宜食用蜂蜜、芝麻、银耳、香蕉等补肺润燥的甘润食物；忌食葱、蒜、姜、辣椒等辛味食品；忌食烧烤。

冬季：宜食用羊肉、牛肉、狗肉、鸡肉等温热的肉食；宜食用萝卜、香菜、黄豆、葱、蒜、大枣、橘子、桂圆等蔬菜和水果；忌食生冷或过腻的食物。此外，冬季可多食用一些汤，如羊肉萝卜汤等。

"药食同源" 之说

· 中国人的饮食养生之道 ·

"民以食为天。"这句俗语足以说明饮食之于人类的重要意义以及人类对饮食的关注程度了。

不管是为了果腹，还是为了享受口腹之乐，人们把食物当作"天"，都是一种价值追求。追求的意义不同，所形成的饮食文化也就不同。中国人对食物的多层次的追求就形成了独具特色的中国饮食文化——不只停留在果腹，享受口腹之乐，体会玉盘珍馐、色香味全带来的快感，更看重食物的养生价值——通过饮食来调整人体内部的阴阳五行关系，通过饮食来补益人体之精气神，使人体达到系统和器官功能协调平衡，进而实现养生保健、延年益寿的愿望。这就是中国的饮食养生之道。

中国的饮食养生之道所遵循的原则是食饮有方，食饮有节。所谓的食饮有方，就是在饮食过程中要讲究饮食的合理配伍、五味调和、烹调得法、食宜清淡等。所谓的食饮有节，就是强调在饮食过程中要注意进食方法，并且进食还要有节制和节度，要做到因时以食、因时调节、饮食避忌、饮食所宜以及食后保养等。

中国人的饮食养生文化可谓源远流长，不但积累了极为丰富的内容和方法，还形成了一定的系统化的理论，堪称世界饮食文化中的瑰宝。

· 中国饮食养生文化的历史追溯 ·

中国古代先民已有养生意识。"神农尝百草之滋味，水泉之甘苦，令民知其避就。"这是《淮南子·修务训》中的一句话。这句话表明，我国古代先民在饮食上通过主观能动性来注意避害就利，这种意识和行为显然已经超越了动物的择食本能，并包含了人类饮食养生文化的基本内涵。

商周时期的养生上升到理论化。传说商代宰相伊尹曾著《汤液经》，以论饮食调配烹饪养生之道。两周之时，饮食养生已经上升为一种以五行学说为构架的理论认识。

《黄帝内经》提出饮食养生的基本原则。《黄帝内经》作为中国古代养生学和医学理论思想的奠基者和集大成者，更将饮食文化置于一个极为重要的地位，总结并提出饮食养生的基本原则是"谨和五味"与"食饮有节"。

唐宋时期养生文化得到补充和完善。唐朝的张仲景、孙思邈以及崔浩、刘休等人，注意探究各种食物的养生疗疾价值，并特别讲究饮食卫生。宋元时期，陈直、忽思慧等人，强调食养食补食调之道。

元代开始重视饮食避忌问题。元代宫廷饮膳太医忽思慧，撰写了中国第一部饮食养生学和营养学专著《饮膳正要》，选收历代朝野食养食疗之精粹，重视饮食避忌问题。

明清时期养生名家层出不穷。明清时期，饮食养生发展到了一个相当成熟的时期，饮食养生的名家层出不穷，明代李梴、龚廷贤，清代的曹庭栋、顾仲则……都是其中比较有影响力的名家。

· "药食同源"的根源 ·

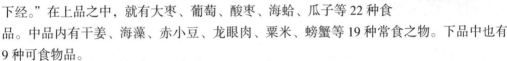

成书于东汉的《神农本草经》记载："上品120种为君，主养命以应天，无毒，多服久服不伤人，欲轻身益气不老延年者，本上经。中品125种为臣，主养性以应人，无毒有毒，斟酌其宜，欲遏病补虚羸者，本中经。下品125种为佐使，主治病以应地，多毒不可久服，欲除寒热邪气，破积聚愈积者，本下经。"在上品之中，就有大枣、葡萄、酸枣、海蛤、瓜子等22种食品。中品内有干姜、海藻、赤小豆、龙眼肉、粟米、螃蟹等19种常食之物。下品中也有9种可食物品。

这说明，在上古时期，食物与药物之间是很难严格区分的。这其实就是"药食同源"一说的根由。

这是可以理解的。处于最原始生活状态的原始先民，是无法明确分辨药物和食物的，食物的药用功能和药物的实用功能都是在混沌不清的状态下被利用的。只不过时间长了，人们才有意识地关注哪种食物有什么药用功能，哪种食物不但能补养身体，填腹充饥，还能医治一些简单的病症。其实，很多中药最开始都是被人们当作食物来用的。

食物和药物是不分家的。事实上，即使在今天，仍有很多食物被医家当作中药来广泛使用，如大枣、百合、莲子、芡实、山药、白扁豆、茯苓、山楂、葱白、肉桂等。同样，也有不少中药，如枸杞子、首乌粉、冬虫夏草、薏仁米、金银花、西洋参等，被当作食品来服用。

· 古代医家的食物药用 ·

古代医家也常把食物的功用主治与药物等同起来，甚至把一味食物当作一首名方来看待。

《韩氏医通》曾言："黄牛肉补气，与绵黄芪同功。"意思就是牛肉作为食品，能补脾胃，益气血，所以可以将牛肉与中药黄芪画上等号。

古代医家认为："补可去弱，人参、羊肉之属是也。"意思是羊肉甘温，益气补虚，所以，可以将羊肉与人参画等号。

近代的《五杂俎》论说："其（狗肉）性温补，足敌人参，故曰海参。"也就是说，狗肉的功效完全可以和海参并列。

此外,甲鱼、鸭肉、燕窝也曾被喻为西洋参,鸡肉(或乌骨鸡)亦常被比作党参,鹌鹑还被俗称为"动物人参"。

把一味食品当作一剂良药,古人也有一致的说法,比如清代名医张璐在《本经逢原》中说:"西瓜能解太阳、阳明中暍及热病大渴,故有天生白虎汤之称。"意为西瓜可比作清热名方"白虎汤"。

清代名医王孟英曾说:"甘蔗,榨浆名为天生复脉汤。"意为甘蔗汁可比作益气滋阴的名方"复脉汤"。

《随息居饮食谱》云:"绞汁服,名天生甘露饮。"这里说的是梨。梨子甘寒生津,润燥止渴,堪称"天生甘露饮"。

· 食物和药物的区别 ·

虽说"药食同源",但食物和药物还是有着严格的区别的。为什么民间只说"是药三分毒",而从不提食物的毒性呢?就是因为古人对食物和药物的区分是比较严格的。其实,古代的药都叫作毒,而这种毒本身就是草。《说文解字》中是这样解释的:"毒,草往往而生。"我们现在所说的"是药三分毒",这种毒指的实际上是药物的偏性。对于药物,我们是利用它的偏性去攻击邪气;对于食物,我们用的则是它的平和之气。所以说,药物在攻击邪气的同时对人的身体也是有害的,而食物则不会对身体造成伤害。

在《黄帝内经》中讲述了很多生病的原因,也提到了很多养生的方法,但却很少提及药物,其目的就是提醒我们要更多地关注自己的身体,而不要太过依赖药物。药物可以用来救急,但绝不能长期服用,而且药物不能补益元气。如果元气伤了,那么任何药物都是毫无办法的。奇经八脉是藏元气的地方,但没有一味药可以入奇经八脉。这就是说,没有一味药可以补益元气。能够补益元气的只有我们天天吃的食物,所以,只要我们通过食补将元气调养好,身体就不会生病,当然也就用不着药物了。

相对药补而言,食补具有很多优势。首先,食补所选用的食物取材方便,利于食用,而且价钱低廉,在轻松享用美味的同时就可以滋补身体,是简单而实用的滋补办法。其次,食补的补益范围比较广。一般的药补都具有其特定的针对性,作用比较单一,而食补则是多种营养成分同时作用的结果,可以广泛地摄取。此外,食补可以作为一种生活方式,长期进行。因为摄取食物是人生存的本能,也是维持生命的基本条件,而在摄取食物的同时,又能滋补身体,可谓一举两得。药补则不具备这样的优势,药物价钱昂贵,而且具有毒副作用,所以不宜长期进补。最后,食物可烹制出各种美味佳肴,而药物则大多难以下咽,所以在人的感官上,更容易接受食补。

食补固然有很多好处,但食物却并不能代替药物。事实上,食物在滋补身体以及治疗轻微的

症状时确实是优于药物的，但是在对急病、重病的治疗上，只通过食物来治疗是达不到治病目的的。这时只能用食物当作辅助治疗手段，而以药物治疗为主。虽然很多食物都具有药性，但是它们的药效毕竟没有办法和药物相比；虽然食物没有毒副作用，但是它只能作为预防疾病和强身健体的主要手段，而不能用来治疗已经形成的疾病。所以说，食物是不能代替药物的。而且食疗见效比较慢，有些疾病也是等不及的。

食物归经和升降沉浮

·什么是食物归经·

"食物是最好的药"是中医观点。中医对食物的认识比近代医学、营养学对食物的认识要早得多，而且不像营养学中对食物的认识那么片面和肤浅。除了食物的四气、五味与养生的关系，食物归经理论也同样表明了中医对食物调理养生的认识更加深入而科学。

所谓食物归经，指的是食物可以通过经络对人体不同部位产生不同的特殊功效，换句话说就是，食物的性能和功效对人体某些脏腑及其经络有明显选择性的特异作用，而对其他经络或脏腑作用较小或没有作用。

简而言之，食物归经就是把食物的功效与脏腑经络联系起来，以达到治疗作用。如生姜、桂皮能增进食欲，萝卜、西瓜能生津止渴，是因为这些食物的功效能入胃经；枸杞、猪肝能治夜盲、目昏，海蜇、茼蒿能治头晕目眩，是因为这些食物的功效能归属肝经；柿子、蜂蜜能养阴润燥、缓和咳嗽，就是因为它们能够作用到肺经；核桃仁、甜杏仁、香蕉等，既能润燥止咳，又能通利大便，则是因为这些食物可以归属肺与大肠二经。

·食物归经的中医解释·

经络学说是中医的一大创造，神奇的食物归经理论就是经络学说的一项具体应用。我们先说经络的作用。人体的生命原生物——元阴与元阳，相互作用产生了气，气通过经络将生命原物质相互作用而产生的效能传递到脏腑，于是就有了脏腑的各种生理活动。也是缘于这一功效，经络还能起到通人体内外表里的作用——体表的疾病可以通过经络影响到内脏，内脏的病变也可以通过经络反映到体表，如肺经病变，每见气喘、咳嗽；肝经病变，每见胁痛、抽搐；心经病变，每见神昏、心悸等。因此，如果我们对经络加以细心观察，就会及时发现病变症候，并对身体健康有一个整体和宏观的把握。

我们再说食物归经。如果食物能增强或减弱气在某个路径上的传递，它就能实现对某个脏腑功能的改变，这也就是"归经"了。把五味与五脏的关系和归经理论相结合，那么五味能入五脏就意味着五味可以对气在不同的路径上的传导产生影响，如酸味入肝，是因为酸味可以影响气所携带的效能向肝脏传递；苦味入心，是因为苦味可以影响气所携带的

效能向心脏传递；甘味入脾，是因为甘味可以影响气所携带的效能向脾传递；辛味入肺，是因为辛味可以影响气所携带的效能向肺传递；咸味入肾，是因为咸味可以影响气所携带的效能向肾传递。

这就是为什么肺虚咳喘者宜吃百合、山药、白果、燕窝、银耳、猪肺、蛤蚧或冬虫夏草等补品，而桂圆肉、栗子、芡实、莲子、大枣等就不宜吃的原因，因为前者皆入肺经，能养肺补肺润肺，后者皆不入肺经，食之于肺无补。同样，肾虚腰痛腰酸者宜吃栗子、胡桃、芝麻、山药、桑葚、猪腰、枸杞子、杜仲等，不宜吃百合、龙眼肉、大枣、银耳、人参等，也是因为前者能入肾经而补肾壮腰，后者皆不入肾经，食之于腰酸腰痛无补。这遵循的正是食物归经理论。

食物归经理论是前人在长期的医疗保健实践中，根据食物作用于机体脏腑经络的反应而总结出来的。如梨能止咳，故归肺经；核桃仁、芝麻有健腰作用，故归肾经；酸枣仁有安神作用，故归心经；芹菜、莴苣有降血压、平肝阳作用，故归肝经；山药能止泻，故归脾经。由此可见，食物归经理论是具体指出食物对人体的效用所在，是人们对食物选择性作用的认识。

·什么是食物的升降沉浮·

除四气、五味和归经的自然特性外，食物还有一个特性，那就是升降浮沉。

食物的升、降、浮、沉是指食物的4种作用趋向。在正常情况下，人体的功能活动有升有降，有浮有沉。升与降、浮与沉的相互协调平衡就构成了机体的生理过程。反之，升与降、浮与沉相互失调和不平衡又导致了机体的病理变化。如当升不升，则表现为子宫下垂、久泻脱肛、胃下垂等下陷的病症；当降不降，则可表现为呕吐、喘咳等气逆的病症；当沉不沉，则可表现为在下、在里的病症；当浮不浮，则可表现为肌闭无汗等在表的病症。而能够协调机体升降浮沉的生理活动，或具有改善、消除升降浮沉失调病症的食物，就相对地分别具有升、降、浮、沉的作用。不仅如此，利用食物升降浮沉的作用，还可以因势利导，有利于祛邪。

·升降沉浮与四气五味·

一般来说，食物的升降浮沉与食物的四气和五味有密切的关系，即食物的气味性质与其阴阳属性决定食物的作用趋向。

升，就是上升；降，就是下降；浮，就是外浮、发散；沉，就是下沉、潜纳，由于升和浮、降和沉这两类趋向性有一定的相似性，很难完全区分开，所以常合称为"升浮"与

"沉降"。凡具有升浮特性的食物，都主上行而向外，有发汗、散寒、解表等作用；具有沉降特性的食物，都主下行而向内，有降逆、收敛、渗利、泻下等作用。

具体说，凡食性温热、食味辛甘淡的食物，其属性为阳，其作用趋向多为升浮，如姜、蒜、花椒、桃、樱桃、荜拨、肉桂等；凡食性寒凉、食味酸苦咸的食物，其属性为阴，其作用趋向多为

沉降，如杏仁、梅子、莲子、冬瓜、绿豆、梨、茄子、丝瓜、黄瓜、茭白等。在常用食物中，沉降趋向的食物多于升浮趋向的食物。这是食物的四气与升降沉浮的关系。

再比如，辛能散，酸能收，苦能泻，甘能补，咸能软，淡味能渗湿。从升降沉浮角度考虑，六种味道所起的作用可分两类，一是升浮，二是沉降。就像《黄帝内经》总结的那样："辛甘发散为阳，酸苦涌泻为阴，咸味涌泻为阴，淡味渗泄为阳。"阳的特性是升浮，阴的特性当然就是沉降。这是五味对食性升降浮沉的影响。

·如何判断食物的升降浮沉·

（1）花叶及质轻的食物，大多能升浮，如紫苏叶、荷叶、茶花类及浮小麦等。

（2）籽实及质重的食物，大多能沉降，如栗子、胡桃仁、黑芝麻、薏苡仁、珍珠粉等。

（3）食物升降浮沉的特性，还可借助不同的烹调制作而实现。如，酒炒则升，姜汁炒则散，醋炒则收敛，盐水炒则下行。

"以脏补脏"说

·什么是以脏补脏理论·

以脏补脏是指用动物的脏器来补养人体相应的脏腑器官，或治疗人体相应脏腑器官的病变，又称以形治形、以形补形、以脏治脏、脏器疗法等。如用猪肝、羊肝来补肝明目；用猪肾来补肾益肾；用胎盘治疗贫血体弱；用猪蹄筋骨及蹄爪治疗手足无力、颤抖之患者等。

以脏补脏理论与其他性能理论一样，也是前人在长期的医疗保健实践中归纳总结出来的。早在唐代，著名的医药学家兼养生学家孙思邈就发现，动物的内脏和人体的内脏无论在组织形态还是在生理功能上都十分相似。他在所著的《千金要方》和《千金翼方》中详细而系统地列述了大量动物脏器的主治功效，例如肾主骨，他就利用羊骨来治疗肾虚怕冷。男子阳痿，多责之命门火衰、肾阳不足，他就运用鹿肾医治阳痿。肝开窍于目，他就以羊肝来治疗夜盲症。夜盲，欧洲在1684年维布利格斯始报告一例，直至1923年日本人毛利氏才用鸡肝和鳗鱼来治疗夜盲症，这较之孙氏要晚1200多年。

自孙思邈以后，许多医学家又发展了"以脏补脏"的具体运用，很多重要的医学著作中都记载了行之有效的"以脏补脏"疗法。宋《太平圣惠方》有用羊肺羹治疗消渴病的记载，《圣济总录》有用羊肾羹治疗下元虚冷的记载。元《饮膳正要》介绍了用牛肉脯治疗脾胃久冷，不思饮食的方法。明代李时珍主张"以骨入骨，以髓补髓"。清朝王孟英介绍了以猪大肠配合槐花治疗痔疮……

随着现代科学技术和医学的发展，"以脏补脏"的理论被运用得越来越广泛，内容也越来越丰富。例如，采取新鲜或冷冻的健康牛羊肝脏加工制成的肝浸膏，治疗肝病及各类贫血。将猪胃黏膜加工制成的胃膜素，有保护人的胃黏膜的作用，可用于治疗胃或十二指肠溃疡。用动物睾丸制成的睾丸片，可治性功能减退症。采用猪、牛、羊的胎盘制成的胚宝片，对神经衰弱、发育不良者均宜服食。也有用动物内脏提取的多酶片，内含淀粉酶、胰酶、胃蛋白酶等，治疗因消化酶缺乏引起的消化不良等症。更有从动物的内分泌腺中提取出的促性腺素、促皮质素、雌激素、雄激素、甲状腺素、胰岛素等，研制成各种激素类制剂，治疗内分泌功能低下症。一些民间医生会采用新鲜猪胰脏治疗糖尿病等。所有这些，都是对古代"以脏补脏"理论的进一步发展运用，并逐渐揭示和证实了"以脏补脏"学说的科学道理。

· 吃什么绝对能补什么吗 ·

　　"以脏补脏"理论有它的科学性，但也不是绝对的。比如，孙思邈曾用猪肝治疗夜盲症，于是，很多视力不好的人就对动物肝脏情有独钟。这是不对的，任何事情我们都应该辩证地看。以肝脏养眼就不适合高脂血症患者。动物肝脏中含有丰富的胆固醇，这对高脂血症患者无异于火上浇油。
还有，有些肾结石引起肾绞痛的患者，以为多吃动物肾脏可以将肾结石消掉，或者能增强肾功能，这也是不可取的。这种误补不仅不能消除结石，反而会促使结石增大或增加结石复发的危险性，甚至会造成严重的肾积水、肾功能丧失。

　　再比如，根据"以脏补脏"的理论，猪脑就可起到补益大脑的作用。可是，这一点却不适合老年人。老年人常常存在不同程度的高血脂、动脉硬化等问题，过多食用猪脑会加重病情，甚至诱发中风等疾病。其实老年朋友在补脑时可以选择核桃、黑芝麻、鱼肉等食物来代替猪脑。

　　还有些性欲低下、性功能障碍等疾病的患者以为常食用动物睾丸、麻雀肉等势必对改善病情有所帮助。也有一些餐馆热捧"牛鞭汤""羊鞭汤"的滋阴壮阳功效，甚至宣称可以治疗性欲低下、性功能障碍等疾病。其实不然，动物鞭类以及睾丸均为高蛋白质、低脂肪的食物，持续食用此类食物，对增强性欲和改善性生活有一定的帮助。但是一味依靠多吃动物鞭类及睾丸，并不能起到治疗的作用。

　　从动物器官功用考虑，这就很好理解了。我们知道动物的肝、肾和我们人类的一样，是解毒排毒的主要器官，无论是外来的还是体内产生的各种毒素，绝大多数要经肝、肾处理后转化为无毒、低毒物质或溶解度大的物质，再随胆汁到达肠道或经血液循环到肾脏，随粪便或尿液排出体外，鉴于此，我们切不可长期大量摄入此类食物。

　　有专家也称，并非所有的动物脏器都可以用来补养人体的脏器，特别是一些动物的腺体和淋巴组织，如猪的肾上腺、甲状腺等，或对人体有明显的损害，或有比较严格的剂量

限制，均不可作为食物使用。而且，由于人体的病症在每个人身上表现不同，治疗和食疗方法也不尽相同，"以脏补脏"不能机械地理解，更不能滥用，否则会有损健康。

　　所以，对于"以脏补脏"理论，我们在具体应用于日常饮食时，一定要根据其特点和人体脏腑器官的具体情况来考虑，切忌不分青红皂白地胡吃乱吃一通。

上篇

生活中的健康饮食宜忌

什么是膳食平衡

　　所谓的膳食平衡，就是指膳食中所含的营养素必须做到种类齐全，数量充足，比例适当，既不过多又不缺少，要达到平衡，满足身体生理需要，保证机体充满生机，确保健康，这就是膳食平衡。平衡膳食是一个综合的概念，也就是说，平衡膳食包括了全面合理营养和卫生安全的理念。它要求膳食能够全面满足人体营养需要的膳食（包括适宜的人体热能需要和各种营养素的需要），还要避免因膳食构成的营养素比例不当，甚至某种营养素缺乏或过剩所引起的营养失调。平衡膳食供给的营养素与身体所需的营养保持平衡，能对促进身体健康发挥最好的作用。可以说平衡膳食是达到合理营养的物质基础，而合理营养是平衡膳食的目的。

　　人体需要的营养素主要是蛋白质、糖类、脂肪、无机盐、维生素和水。蛋白质是其中的主要成分，是生命的基础，它由二十几种氨基酸组成。脂肪由碳、氢、氧等元素组成，包括中性脂肪和类脂质的一些有机化合物。糖主要以淀粉形式供给机体，进入人体后以糖原形式暂时储存于肝脏和肌肉中，成为能量储备。维生素，顾名思义就是维持生命的要素，它对机体的新陈代谢、生长发育有极重要的作用。它虽然在食品中含量甚微，一旦缺乏就会形成各种各样疾病。无机盐也是构成人体组织的重要材料，是细胞内的重要成分。水是人体构造材料，是溶剂、关节肌肉润滑剂和温度调节剂。人体对营养的需求是有一定标准的，并非越多越好。如蛋白质和脂肪不能像糖类那样可以大量贮存，也不能由其他营养素直接转变而来，只能每天消耗多少，补充多少，过多或过少都会对健康造成影响。营养摄入不足固然对身体不利，但摄入过多也同样有害。目前，许多营养学专家都认为，营养过剩是造成许多疾病如糖尿病、肝硬化、心脏病、动脉硬化等病的主要病因。可见饮食科学主要是要有合理的饮食结构。从饮食结构而言，西方人的饮食结构急需改变，因为蛋白质和脂肪量过剩。而以日本、中国为代表的饮食结构则比较科学合理，在原先以素食为主的基础上，增加适量动物食品，又保

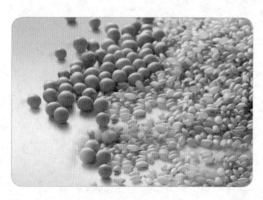

留一定数量的素食品，接近金字塔式的膳食结构。

平衡饮食中营养物质的供给要求做到以下几点。

（1）饮食中要保证人体所需三大营养素供应的比例维持在一个合理的范围之内。目前认为将每日饮食中糖类食物维持在占总能量的 60% ～ 70%，蛋白质占 10% ～ 15%，脂肪占 20% ～ 25% 的比例对机体的健康比较有利。

（2）糖类食物应以谷物食物为主，食糖和含糖量较高的食品应加以控制。

（3）蛋白质食物中应保证进食蛋白质中 1/3 以上为优质蛋白质，其中必需氨基酸的供应量应占氨基酸供给总量的 20% ～ 30%。

（4）脂肪类食物应以植物油脂为主，脂肪中饱和脂肪酸、不饱和脂肪酸和多不饱和脂肪酸的比例维持在 1 ∶ 1 ∶ 1 的范围较好。

（5）食物中应保证维生素和钙、磷的摄入量，并相对维持在合理的范围内。

（6）食物的供给应保持均衡、不间断的原则。按照我国人民生活习惯，将每日所需能量以一日三餐的方法供给比较合适。三餐中能量分配以早餐占全天总能量的 25% ～ 30%；中餐占全天总能量的 40%；晚餐占全天总能量的 30% ～ 35% 比较恰当。

怎样才能维持膳食平衡

营养与健康有着密切的关系，合理的营养是人体健康的物质基础，更是长寿的基本保证。随着社会的发展、科技的进步，人们对营养的要求也越来越高。因此，深入研究食物营养成分、合理的膳食、改善营养状况、满足人体营养的需要成为每个人都热切关注的问题。如何食之好、食之精、食之科学、食之健康，如何掌握好营养平衡，更是营养与健康问题的核心内容，也是应该进一步深入研究探讨的要点。实践证明，中国居民要想吃得合理，维持膳食平衡，必须做到以下几点。

· 食物多样，谷类为主 ·

食物所含的营养成分不尽相同。平衡膳食必须由多种食物组成，才能满足人体各种营养需要。多种食物包括五大类：①谷类及薯类。谷类包括米，面，杂粮，薯类包括马铃薯、甘薯、木薯等，主要提供碳水化合物、蛋白质、膳食纤维及 B 族维生素；②动物性食物，包括肉、禽、鱼、奶、蛋等，主要提供蛋白质、脂肪、矿物质、维生素 A 和 B 族

维生素；③豆类及其制品，包括大豆及其他干豆类，主要提供蛋白质、脂肪、膳食纤维、矿物质和 B 族维生素；④蔬菜水果类，包括鲜豆、根茎、叶菜、茄果等，主要提供膳食纤维、矿物质、维生素 C 和胡萝卜素；⑤纯热能食物，包括动植物油、淀粉、食用糖和酒类，主要提供能量。植物油还可提供维生素 E 和必需脂肪酸。

除母乳外，任何一种天然食物都不能提供人体所需的全部营养素。平衡膳食必须由多种食物组成，才能满足人体各种营养需要。在各类食物中，谷类是中国人传统的主食。一些发达国家由于动物性食物在居民的整个膳食结构中占的比例很大，摄入的能量与脂肪过高，加上舒适的工作与生活环境，体力消耗很少，在能量上入大于出，从而导致体重过分增加甚至肥胖。所以，我们在生活逐渐好转的今天更需保持以谷类为主的良好膳食传统。此外，还要注意粗细粮搭配，常吃一些粗、杂粮以及薯类。薯类含有丰富的淀粉、膳食纤维以及多种维生素和矿物质。

· 多吃蔬菜与水果 ·

由于蔬菜与水果含有大量的水分以及丰富的维生素、矿物质和膳食纤维，多吃新鲜蔬菜与水果对保持正常的身体功能，增加身体的抗病能力以及预防某些癌症都起着十分重要的作用。水果、蔬菜还在保持心血管健康、增强抗病能力、减少儿童发生眼干燥症的危险及预防某些癌症等方面，起十分重要的作用。

在日常饮食中，在尽可能多地摄取蔬菜和水果的同时，最好根据自己的体质特点和不同品种蔬菜水果所含的营养成分，区别对待，合理进食。比如，红、黄、绿等深色蔬菜中维生素含量超过浅色蔬菜和一般水果，是胡萝卜素、维生素 B_2、维生素 C、叶酸、矿物质、膳食纤维和天然抗氧化物的主要或重要来源。尽可能多吃菠菜、小白菜、莜麦菜等绿叶蔬菜，红辣椒、胡萝卜、番茄等红色蔬菜，以及土豆、南瓜、红薯等黄色蔬菜。

· 经常吃适量动物性食物，少吃肥肉和荤油 ·

动物性食物富含优质蛋白质、脂溶性维生素与矿物质。动物性蛋白质的赖氨酸含量较高，可以弥补植物蛋白质中赖氨酸的不足，是人体蛋白质最重要的来源。进食肉类不足，很难满足人体对蛋白质的需要。所以，我们的餐桌上，每天应该有适量的肉食。另外，肉类中的铁易于被人体吸收利用。动物肝脏含维生素 A 极为丰富，还富含维生素 B_{12}、叶酸等。但有些脏器如脑、肾等所含胆固醇相当高，对预防心血管疾病不利。因此，每个人应该根据自身情况，在进食时加以注意。

鸡、鱼、兔、牛肉等动物性食物含蛋白质较高，脂肪较低，产生的能量远低于猪肉，提倡吃这些食物，适当减少猪肉的消费。鱼类特别是海鱼中所含的不饱和脂肪酸十分丰富，有降低血脂和防止血栓形成的作用。

肥肉和荤油为高能量和高脂肪食物，含有高脂肪与高胆固醇，摄入过多会引起肥胖甚至慢性病，应当少吃。食用油应尽量选用不含胆固醇的植物油。

· 特别注意多补钙 ·

钙是人体不可缺少的矿物质。人每日钙摄入量应在 800 毫克以上，而我国实际人均日摄入量仅为 400 毫克，大多数人的一生是在缺钙的状态下度过的，很容易导致骨质疏松、冠心病、高血压等疾病。少年儿童与老年人要补钙，中、青年人也要补钙。研究发现，如果在中青年时期不补钙，到了老年再来补钙将事倍功半，效果不佳。

缺钙就要补钙，药补不如食补。要补钙首先从饮食方面着手。奶制品是至今为止已知

的含钙最丰富的食品。每 100 克牛奶中钙含量为 120 毫克。同量的羊奶中钙含量可高达 140 毫克。每 100 克全脂奶粉中钙含量为 979 毫克，脱脂奶粉中竟高达 1300 毫克。

其他含钙的食物，还有虾、蟹、鱼肉、海带、紫菜、芝麻酱、西瓜子、南瓜子、豆制品等。在蔬菜中，深色蔬菜一般都含有丰富的钙质。只有菠菜除外，因为菠菜所含的草酸将钙凝固，使进入体内的钙减少。

· 吃清淡少盐的膳食，尽量不饮酒 ·

吃清淡膳食有利于健康，即不要太油腻，不要太咸，不要过多的动物性食物和油炸、烟熏食物。动物性食物与油炸食物含油脂很高，食盐中的钠含量很高，它们的过多摄入都不利于健康，所以油腻的或太咸的食物应避免。钠的摄入量越高，高血压发病率越高，所以不宜摄入过多。世界卫生组织建议每人每日食盐量不超过 6 克为宜。钠的来源除食盐外还包括酱油、咸菜、味精等高钠食品及含钠的加工食品等。

酒中含能量高，不含其他营养素。过量饮酒时酒精对人体会产生有害的作用，严重的会引起酒精中毒。要知道，酒中的酒精会对人们食道和胃肠道黏膜产生强烈的刺激性，不仅容易引起胃溃疡，而且容易发生食道癌、肠癌和肝癌；研究表明，酒精会影响人体正常的脂肪代谢，导致脂肪肝，不加控制就会发展为肝硬化乃至肝癌。过量饮酒还会增加中风的危险，酗酒者中风的危险系数是正常人的很多倍，他们的寿命和工作年数较平常人大大缩短。受孕前父母饮酒，可能造成所育子女智力低下，发育不良。因此，成年人应尽量少饮酒，青少年不能饮酒。

八条重要的平衡膳食方式

随着社会的发展，人类物质生活水平的不断提高，今天，吃饭已经不仅是人类生存的需要，而且更是一种生活的乐趣和美的享受。但是，吃的学问，并非仅限于烹调，在现代社会里，饮食结构科学合理，仍是吃的学问中重要的内容。

·每天一瓶奶·

奶类营养丰富，容易消化吸收，是一种营养价值很高的食品，是老、幼、病、弱者的营养滋补品，特别是对儿童的生长发育具有重要意义。中国居民膳食中普遍缺钙，奶类应是首选补钙食物，很难用其他类食物代替。牛奶是一种乳胶体，含有丰富的蛋白质、脂类、矿物质和维生素。奶中含有蛋白质 3.5%（酪蛋白、乳蛋白、乳球蛋白），其中酪蛋白为 3%，蛋白质消化率 92%。奶中脂肪含量为 2.5% ~ 7%，脂肪颗粒极少，绝大部分直径为 2 ~ 5 微米，消化率高，其中含有定量的亚油酸、α-亚麻油酸以及花生四烯酸，并含有卵磷脂。奶中乳糖含量为 4.8% ~ 6.8%，是儿童生长发育的必需物质，而且还可以促进乳酸杆菌生长繁殖。奶中含有大量的钙、磷、钾，含铁较少，维生素 B_2 含量较丰富，烟酸含量较少。牛奶具有补益五脏、生津止渴的功效。经常饮用可使皮肤细嫩、毛发乌黑发亮。这是因为牛奶中含有丰富的维生素 A，能防止皮肤干燥和老化，使皮肤、毛发具有光泽。所含的维生素 B_1 可以增进食欲，帮助消化，润泽皮肤，防止皮肤老化；维生素 B_2 可促进皮肤的新陈代谢，保护皮肤和黏膜的完整。牛奶虽然营养丰富，但也不是喝得越多越好。营养学家指出，每天正常的饮奶量以 200 ~ 400 毫升为宜，应不超过 500 毫升。

·每天一只蛋·

鸡蛋营养丰富，100 克鸡蛋中含有 14.8 克蛋白质，11.6 克脂肪；还含有较多的钙、磷、铁、维生素等物质。婴幼儿如能经常吃些鸡蛋，对其身体发育、智力发展都是十分有益的。鸡蛋脂肪中含有丰富的卵磷脂、三酰甘油、胆固醇和卵磷脂。卵磷脂被人体消化之后，可释放出胆碱，胆碱进入血液，很快就会到达大脑，含胆碱食物对增进人的记忆力大有裨益。鸡蛋又分蛋白和蛋黄两部分，蛋白含有丰富的蛋白质，是较好的营养食品；而蛋黄也是很好的补品。据分析，30 克蛋白约含有蛋白质 5 克、钙 9 毫克、铁 0.1 毫克，

没有脂肪；而 30 克蛋黄约含有蛋白质 7 克、脂肪 15 克、钙 67 毫克、磷 266 毫克、铁 3.5 毫克。可见，蛋黄的营养价值更高，是很好的滋补佳品。另外，蛋黄还含卵磷脂等脑细胞所必需的营养成分，能给大脑带来活力；蛋黄中还含有丰富的铁质，易被人体消化吸收。鸡蛋营养价值很高，经常食用对身体是有益处的，但必须合理，多吃不仅造成浪费而且还会增加肝肾负担。

· 每周餐桌上至少有一顿海鱼 ·

海鱼指的是生活在海里的鱼，如带鱼、黄鱼等。海鱼不仅味美可口，而且营养丰富。海鱼头、眼球周围含有大量的能使血管、皮肤变柔软的多糖体。鱼皮比鱼肉含有更多的维生素 A、维生素 B_2，黑色的皮维生素 B_2 含量更丰富。鱼鳍可制鱼鳍酒。内脏最富含维生素与矿物质，尤其皮下脂肪中，更含有非常有益于健康的 EPA 脂肪。鱼骨富含钙质等矿物质。骨

中含有很多胶合组织、胶原蛋白，都是很重要的营养物质。软骨、筋、皮含有可抑制软骨素的成分。黑肉部分不但含有蛋白质，还含有利于内脏的维生素，是鱼肉中营养价值极高的部分。普通肉含有最优质的蛋白质。不同种类的鱼，常含有不同的营养素，因此，要常吃不同种类的鱼，以便保持良好的营养平衡。

· 吃饭七分饱 ·

顿顿饱食会短寿，并非危言耸听。据世界各地长寿者的经验证实：饮食只吃七分饱，即使山珍海味也不多食。因为吃得过饱，必然要增加消化液的分泌，经常这样，胃肠得不到适当的休息，消化功能会逐渐下降，机体不能得到合理的营养，降低了防病能力。另外，顿顿饱食，全身的血液过多地集中在胃肠从事消化工作，而使心脏、大

脑等重要脏器相对缺血，减低了这些器官的工作效率和防病能力，很容易诱发冠心病、胆石症、糖尿病等，从而缩短人的寿命。

经常饱食，尤其是晚餐吃得过饱，及平时喜爱吃过甜、过咸、过腻食品的人，因摄入的总热量远远超过机体的需要，致使体内脂肪过剩、血脂增高，引起"纤维芽细胞因子"明显增加，促使动脉粥样硬化发生；又由于顿顿饱食，大脑供血不足，供给大脑的氧和营养物质减少，使人记忆力下降，思维迟钝，注意力不集中，出现大脑早衰而表现智力迟钝，故有"贪食伤智"之说，而且易致老年时发展为痴呆症。

我国古代养生家早已提出"饭吃七分饱，延年又防老"之说，现在看来也是有着比较充分的科学道理。诚然，每餐只吃七分饱，也要按各人具体情况和承受的劳动强度来决定。

· 多吃清淡蔬菜 ·

在日常生活中，我们都有这样的体会：如果一连几天不吃蔬菜的话，就会感觉到不舒服，甚至会出现一些病症。这是因为蔬菜在保证人体健康方面起着重要的作用。蔬菜在这方面的作用大致有：①提供人体所需的一些维生素和矿物质，如维生素 C、维生素 B_2、胡萝卜素、铁、钙等；②维持体内正常的酸碱平衡，正常人的

体液是接近中性而略偏碱性的，食物中粮食、豆类、鱼、肉等属于酸性食物，而属于碱性食物的蔬菜、水果等，可以补偿酸性食物对体液造成的不良影响，保证细胞正常生理功能的实施；③蔬菜中的粗纤维不仅能促进肠蠕动，加快体内废物的排出，还可以减少肠道对胆固醇的吸收，所以在预防便秘、肠癌和动脉粥样硬化方面有特殊功效；④蔬菜中还有一些能促进消化的酶类，可以减轻消化道的负担，比如萝卜含有的淀粉酶；⑤有些蔬菜还具有特殊的生理作用，比如苦瓜可以降低血糖，洋葱能降低血液中胆固醇的浓度等，这些，对于维持机体健康，预防疾病的发生，都是极其有利的。所以，为了你的健康，请多吃新鲜蔬菜。

· 控制高糖、高脂饮食 ·

糖是生命活动的必需物质，不但参与基本生命过程，而且在一切疾病的发生发展过程中起到特异性的识别和介导作用。可是，摄入过多，长期高糖饮食是导致肥胖病的一个重要原因。糖的过多摄入，会刺激胰岛细胞分泌大量胰岛素，进而发展为发生抗胰岛素作用，特别是中老年人，高糖饮食容易诱发糖尿病。另外，高糖饮食，如果又碰上维生素 B_1 不足，就会影响乳酸、丙酮酸等疲劳物质的排泄，使人发生脾气暴躁、情绪不稳定，出现恼怒、激动、多动、好哭等反常现象。为了你的健康，要控制高糖饮食。

动物脂肪、饱和脂肪酸吃多了不好，大家早已形成共识不必细说。可是烹调用油，片面认为是不饱和脂肪酸，对人体不仅无害，反而有益。更为诱人的是不管是什么菜，只要

往油锅里一煎、一炸，口感就会大大提高，在这种情况下，现代人烧菜用油像用水，提起油壶直接往锅里倒，根本不计量。可是，烹调用植物油也是脂肪，1 克脂肪就要提供 37.7 千焦的热量，油吃得太多，过剩的能量就以脂肪的形式堆积在人体内，直接导致肥胖。所以，要大声疾呼，油不能不吃，但万万不可吃得太多，烧菜烹调用油适量就好。

· 菌菇类食品要纳入膳食结构 ·

目前，世界上已发现的菌菇类食品约 600 种，我国约有 360 种。现代科学研究发现，菌菇类食品具有较高的营养价值和保健功能。菌菇类食品的营养价值表现在：菌菇类食品干品一般含蛋白质 20% ~ 40%，接近肉、蛋类食品；鲜品含蛋白质 3% ~ 5%，比一般蔬菜、水果中蛋白质含量高 3 ~ 10 倍，食用菌蛋白质中富含 8 种必需氨基酸。含碳水化合物较少，一般只有 3.8%，因此是低热

能食物，多食不会发胖和诱发心血管疾病。菌菇类食品中还有大量的维生素，每 100 克鲜草菇中维生素含量高达 207 毫克，比西红柿中高 20 倍；香菇中维生素 D 含量也较高。菌菇类食品还是高膳食纤维食物，其所含的膳食纤维高于粗麦面包中的含量。菌菇类食品的保健功效主要有防癌抗癌、降低胆固醇、抗病解毒。因此，菌菇类食品有很高的食用价值。

· 增加豆与豆制品摄入量 ·

豆类食物包括豆类原料及豆类制品两大类。豆类原料包括大豆、豌豆、绿豆、豇豆、小豆及芸豆。其中大豆又可分黄豆、黑豆及青豆等品种。豆类制品包括以豆类原料生产的制成品。一般豆类蛋白质含量在 20% ~ 50%，其中大豆中含量很高。豆类蛋白质中必需氨基酸较齐全，是完全蛋白质。特别是赖氨酸的含量较高，对赖氨酸含量较少的粮谷类蛋白质能起到互补作用，从而提高粮谷食品的营养价值。我国历史悠久的杂合面在营养上的优点就在于此。大豆中含脂肪 20% 左右，约 80% 为不饱和脂肪酸，其中又以亚麻酸含量最丰富。此外，还含有磷脂，约 1.6%。大豆经曲霉发酵而制成豆酱、豆豉、豆腐乳等，不仅可提高大豆营养素成分的利用率，还可使维生素 B_1、维生素 B_2、烟酸的含量增加。豆类发酵食品是我国人民的一大发明。豆类除大豆以外，还有赤豆、豇豆、豌豆、蚕豆等，除均含一定量的蛋白质、脂肪外，各有特点。豌豆中维生素 B_1 丰富，蚕豆中维生素 B_2 丰富，赤豆、豇豆中烟酸丰富，而绿豆中含有一定量胡萝卜素。因此，其营养特点各有千秋。

主食与副食的平衡

当今，由于东西方饮食文化的交流，西餐的诱惑，再加上营养科学知识普及得不够，一些人开始多吃鱼肉少吃粮食了。这种打破主食与副食平衡的饮食模式，给美国人、欧洲人以及一切走西餐化道路的人带来了"现代文明病"，有些美国人觉醒了，欧洲人也有所觉醒，"三高一低"的西餐，谁久吃谁患病。

最有助于身体健康的饮食就是主食与副食平衡的饮食。因为人体内需要的某些营养素，不能由其他物质在体内合成，如必需氨基酸、必要脂肪酸和某些维生素等，只能直接从食物中摄取。而在自然界中，没有任何一种食物，含有人体所需的各种营养素。为了保证人体需要，促进生长发育和健康，就必须合理地搭配主副食才能办到。

主副食合理地搭配可以分成主食与副食、主食之间、副食之间的合理调配。

主食与副食：主食指主要供给人体热量的食品，在我国就是指粮食；副食是指供给人体更新、修补组织，调节生理功能的食品，一般包括含蛋白质、脂肪、矿物质、维生素丰富的食品，如动物性食品、大豆、豆制品、蔬菜、食油等。谷类与脂和蛋白质性食物的比例为：碳水化合物占60%～70%，脂肪占20%～30%，蛋白质占10%～15%，这样搭配比较理想。以从事轻体力劳动的65千克重的成年男子为例，每天吃主食500克，动物性食品100克，豆类食品50克，蔬菜500克，食油20克，就接近合理搭配。

主食的调配：主食的种类也很多，应互相调配着食用，不仅可以变换花样，而且有利于互相补充。在主食中应粗粮、细粮合理搭配，才可提高主食的营养价值，促进食欲；干稀搭配合理，不仅吃起来舒服，还有利于扩大粗细粮搭配的范围。

副食的搭配：副食品种类繁多，如合理搭配，可以取长补短，提高营养价值，也可使人体获得全面营养素。副食搭配中要注意生熟的合理搭配，因维生素B及维生素C遇热分解破坏，而适当吃些生的蔬菜，就可以补充维生素C；荤菜搭配也很重要，因荤食多属酸性食品，多吃会造成酸碱平衡失调。荤菜中配合豆制品，既可保持酸碱平衡，又可防止

大鱼大肉过于油腻致使食欲降低。如配些青菜、果茄类菜，还可供给丰富的维生素和矿物质。

总之，主副食合理地搭配可提高食物的营养价值、促进食欲，有利于消化吸收，保证身体需要。这里给出一个每人（成年人）每月膳食构成成分及数量表，就是主副食平衡的标准。

膳食构成分类	每月需要量	膳食构成分类	每月需要量
粮食类	13.7 克	肉类	2.5 千克
薯类	3 千克	乳类	2.5 千克
豆类	1.5 千克	蛋类	1 千克
蔬菜类	15 千克	鱼虾类	0.9 ~ 1.4 千克
水果类	1.5 千克	植物油	0.5 千克

大体框定在这个标准内，就是符合我国国情与饮食传统的均衡膳食。

杂与精的平衡

饮食原则应有粗有细（粗细粮搭配），长期吃精米、精面，会导致 B 族维生素的缺乏，诱发疾病，因此要搭配吃些五谷杂粮，食物搭配多样化，使营养更全面；而太多杂粮的摄入会干扰人体蛋白质和铁、锌、钙的摄入。科学食用粗粮的方法是每周吃三四次。

食物精细化似乎已成为当今食品发展的一个总趋势。出现这个现象的原因是，食品消费仍然处于口味消费阶段，广大消费者缺乏营养科学知识，往往以口味好不好、食用方便不方便作为选购食品的依据。

其实，精细化是食品消费的一大误区。因为人体要健康，一方面要不断吸收有益的养料，另一方面要不断地消除有害的废料，吐故纳新，生生不息。而排出废料，使胃肠道"清洁"起来，就不得不求助于"粗食品"（或者叫作"多渣食品"）了。

在"粗食品"中，粗成分叫作膳食纤维，包括纤维素、半纤维素、果胶、木质素等。由于人体的消化道内没有消化膳食纤维的酶，所以对人体来说，是没有直接营养价值的。但是，膳食纤维具有刺激胃肠蠕动、吸纳毒素、清扫肠道、预防疾病等多种功能，是其他营养素所无法替代的。

长期偏食精细食品，会导致胃体缩小，胃动力不足，消化能力减弱。这会对健康产生不利影响，而且对儿童影响更大。因此，出于健康考虑，要采取粗细搭配的原则，应该尽可能多吃一些富含膳食纤维的食品，如糙米、通粉、粗粮、杂粮、麦片以及多纤维蔬菜（胡萝卜、扁豆、豇豆、青蒜、韭菜、竹笋等）。当然，同一切营养素一样，膳食纤维摄入量也不应过多，否则会影响矿物质（特别是钙、铁）的吸收。

膳食中的五味平衡

食有五味，即辛、甘、酸、苦、咸。食味不同，生理作用亦不同，如：甜食能补气血、解毒和消除肌肉疲劳；酸味健脾开胃增食欲，提高钙、磷吸收率；苦味可除湿利尿，调节肝肾；辛辣能刺激肠胃，增进消化，促进血液循环和代谢。酸、甜、苦、辣、咸五味调配得当，才能相得益彰，增进食欲，有益健康。不当，则会带来弊端，俗话说："五味不平衡，体内百病生"，如：甜食过多影响食欲；酸味过多会使消化功能紊乱；苦味过浓会引起消化不良；辛辣过量会引起口腔溃疡、眼疾和痔疮、便秘等。

五味中的"咸"是最关键的味。一些海产品和某些肉类都属于咸味食品，但生活中最常见、最有代表性的咸味剂还是"盐"。咸味能软坚化结、清热化痰、消积润肠、滋阴润燥，但为了健康，必须控制其摄入量，"盐多有失"几乎是家喻户晓的道理。

现代医学证明，高血压、动脉硬化、心肌梗死、肝硬化、脑卒中及肾脏病的增加与过量摄入食盐均有密切的关系，这一点已成为共识。在我国，北方人食盐量较大，他们推崇"咸中出味"，不但做菜用盐多，还常吃腌制咸菜。与"南甜、北咸"的饮食习惯相对应，高血压患病率由北至南呈明显的下降趋势。因此，走出"咸中出味"的认识误区，改变"口重"多盐的饮食习惯，科学地安排膳食，已是控制高血压发病的重要方法之一。我国的膳食指南中提出要吃清淡少盐的食物，建议每日食盐摄入量6～8克，世界卫生组织建议：膳食中每人每日食盐用量要限制在6克以下。高血压患者每人每日食盐用量应在2～3克。

饮食中的酸碱平衡

科学合理的进餐，一方面要讲究营养平衡，另一方面还要讲究吃哪些食物能够给身体正常秩序带来正面影响，而不是负面影响。这里所说的影响，单指对人体体内酸碱平衡的影响。

健康人的体液有的是酸性，有的是碱性，但绝大多数是弱碱性的，如血液 pH 值为 7.35～7.45，呈微碱性；胆汁 pH 值为 7.4，呈微碱性；小肠液 pH 值为 7.6，呈碱性；

胰液 pH 值为 7.8 ～ 8.4，呈碱性；大肠液 pH 值为 8.3 ～ 8.4，呈碱性；胃液 pH 值为 0.9 ～ 1.5，呈强酸性；尿液 pH 值为 5.5 ～ 6.0，呈酸性。

人体体液恒定在各自的酸碱度范围内，就是正常的酸碱平衡状态。通俗地说，人体体液该酸者酸，该碱者碱，并且保持各自的 pH 值，就是人体体液呈酸碱平衡状态。

健康正常状态下，人体的血液呈弱碱性，这种环境中人体细胞活性最强。弱碱环境有利于机体各种生理和生化反应，体内废物也能及时排出，不会在体内积聚。让血液保持 pH 值为 7.35 ～ 7.45 呈微弱碱性，是人身体健康的重要标志。一旦血液 pH 值小于 7.35，即向酸性方向进展一点点，也将会出现轻微酸中毒症状，人体将会衍生出各种疾病，导致相关器官功能减退或衰竭。若血液 pH 值小于 6.8，即血液呈弱酸性时，将会出现严重的酸中毒症状甚至危及生命。当然，血液也不能呈现碱性。当血液 pH 值大于 7.45 时，即向强碱性方向移动，将会出现碱中毒症状；若血液 pH 值大于 7.8 时，将会出现严重的碱中毒症状甚至危及生命。可以说，人体体液保持恒定的酸碱平衡状态，是保障身体健康的一个绝对必要的条件。

食物也有酸碱性，而日常膳食中酸碱度会影响人们机体的酸碱度。酸性、碱性食物合理搭配才能维持体内酸碱平衡。

食物可以分为酸性食物和碱性食物两类。酸性食物并不是指有"酸味"的食物，这两者是风马牛不相及的两回事，所谓酸性食品主要是指含有磷、硫、氯等元素的食物，这些元素进入人体后会在体内形成酸性物质。一般我们所吃的主食米和面就属酸性食物，副食中的肉类、鱼类、贝类、鸡蛋、乳酪、花生、紫菜、啤酒、饼干、核桃、白糖、巧克力、奶油、油炸食品等；蔬菜中的白菜、葱白、茄子等也都属于酸性食物。因为这些食物中含有丰富的碳水化合物、蛋白质、脂质和氯、硫、磷等非金属元素，在体内产生酸性代谢物。蔬菜中的黄瓜、胡萝卜、柑橘、南瓜、萝卜、菠菜、海带、土豆、番茄、圆白菜等，水果中的梨、桃、苹果、香蕉、菠萝、樱桃、葡萄干、无花果等，还有豆类、牛奶、黑芝麻、茶中含钙、镁等金属元素较多的食物，因在体内生成带阳离子的碱性氧化物，而属于碱性食物。如果大量吃鱼、肉、蛋，而忽视了蔬菜和水果，表面上看来生活水平提高了，但却会形成酸性体质。要知道，呈现酸性脑时，什么奇特的健脑法也无法改变血液中的酸碱度，并且在这种情况下，用科学的饮食方法恢复大脑功能，才能保持精力充沛，保证大脑处于良好的工作状态。

所以，在日常生活中不要过多地食用酸性食物，而应该有意识地将酸性食物和碱性食物搭配起来，以便使体内体液的酸碱平衡趋于恒定。换句话说，健康人体内酸碱度原本是平衡的，不要因为饮食而破坏这种平衡。要做到这一点，就需要在调配膳食的过程中始终将酸性食物和碱性食物搭配在一起食用。

总之，理想而健康的人体体液为弱碱性。防止体液趋酸化的关键点是保持体液酸碱平衡。这就要求我们在日常饮食中，不长期过量食用大鱼大肉，要在配餐过程中加入新鲜蔬菜，以此调节食物的酸碱性。

膳食中的冷热平衡

根据各种食物对人体的作用以及人体对各种食物的反应，中医经过长期实践和总结，将食物划分为寒、热、温、凉、平五性。简而言之，只有三性。热与温，寒与凉，仅属程度上的差别，可统称为温热性和寒凉性。平性不寒不热，不温不凉，是一种中间的性。这样，所有食物都不外乎这三性。

我们在吃东西时，要根据自己的体质，来选用适当食性的食物。选食原则是："寒者热之，热者寒之，虚则补之，实则泻之。"

这一方面是说，寒凉体质的人宜食温热性食物，温热体质的人宜食寒凉性食物，即"辨体施食"，冷热搭配。因为人的体质也有寒、热、温、凉、平之分。这样，可以调整人体阴阳平衡（寒属阴，热属阳），收到维护人体健康的效果。

另一方面，冷热平衡还可以指食物与食物、食物与时令之间的一种平衡搭配。如夏天炎热，喝碗清凉解暑的绿豆汤；冬天寒冷，就喝红小豆汤；受了外感风寒，吃碗放上葱花、辣椒的热汤面；吃寒性的螃蟹一定要吃些姜末，吃完最好再喝杯红糖姜汤水；冬天吃涮肉，一定要搭些凉性的白菜、豆腐、粉丝等，这些都是寒者以热补、热者以寒补的平衡膳食方法。

而要做到这一点，首先要弄清楚一些主要食物的食性。那么，哪些食物是寒凉性食物，哪些食物是温热性食物，哪些食物是平性食物呢？

寒凉性食物具有清热、泻火、解毒、濡热、润燥、止渴、清心、滋阴和生津等作用，适合阴虚热盛者食用，但阳虚怯寒者忌之。常用食物有：菠菜、蕹菜、莴笋、生菜、落葵（紫角叶）、菊花脑、枸杞头、香椿头、荠菜、土豆、豆薯、黄花菜、竹笋、芦笋、茭白、荸荠、菱、慈姑、莲藕、百合、西葫芦、黄瓜、冬瓜、丝瓜、西瓜、甜瓜、菜瓜、苦瓜、茄子、绿豆芽、黄豆芽、银耳、草菇、生梨、柚子、香蕉、柿子、甲鱼、鸭、墨鱼、蚌肉。

温热性食物具有生热、祛寒、暖胃、助阳、益气、温中和通络等作用，适合阳虚畏寒的人吃，但阴虚热盛者当忌，不然会加重内热，

出现咽干、舌苦、牙痛、便血、便秘等症状。常用食物有：辣椒、大蒜、韭菜、洋葱、香葱、姜、芫荽（香菜）、南瓜、胡椒、花椒、桂皮、茴香、醋、酒、龙眼、荔枝、红枣、黑枣、栗子、桃子、杏子、葡萄、樱桃、石榴、咖啡、可可、鸡肉、鹅肉、牛肉、羊肉、狗肉、马肉、牛奶、羊奶、海参、黄鳝、鲫鱼、鲢鱼、带鱼、蛇肉、红糖等。

平性食物具有健脾、开胃和补肾等作用，性能平和，适应性强，无论健康人还是寒、热病人，无论阴虚、阳虚，都可食用。常用食物有：大米、小米、糯米、玉米、小麦、大麦、荞麦、黄豆、赤豆、豌豆、扁豆、花生、芝麻、葵花子、南瓜子、松子、胡萝卜、芋头、山芋、山药、番茄、香菇、木耳、苹果、金橘、枇杷、杨梅、椰子、山楂、银杏、无花果、豆油、菜油、花生油、酱油、味精、白砂糖等。

膳食中的干稀平衡

每餐饮食应该有干有稀，干稀平衡对健康有益。所谓干，指米饭、馒头、花卷、饼、面包、糕点等；所谓稀，指粥、糊、汤、奶、豆浆等。

干稀平衡主要体现在"稀"的作用上，每餐喝些粥、糊、汤、奶、豆浆，与干食搭配在一起，其一有助于食物的消化；其二能够多吸收一些营养成分；其三搭配适宜还会有一定的营养保健作用。

干稀搭配在一起，粥、糊、汤、奶、豆浆对食物消化有特殊作用。首先能够湿润口腔和食道，使进食顺畅。其次粥作为半流质食品，能够刺激口腔分泌唾液和刺激胃分泌胃液，因而有利于对干食的消化吸收。

干稀搭配进食能够更多地吸收一些营养素。如馒头（或花卷）配玉米糊；窝头配大米粥；红薯配小米粥；窝头配面汤……都能够起到蛋白质互补作用，提高了蛋白质的利用率

和生理价值。粥能够提供丰富的维生素 B_1、维生素 B_2、烟酸等维生素。米饭或面食配汤，如配海带汤，可以摄取更多的碘；配鱼汤，可以吸收丰富的不饱和脂肪酸。

干稀搭配得当还会有一定的营养保健功效。如用标准粉和玉米粉混合制成的发糕与赤小豆粥（赤小豆与米熬粥）同时食，既能使所含不同氨基酸互补，又具有清热解毒的保健功效。中医药理论认为，大米、小米的米汤具有补气健脾、养胃益肠、止渴利尿等功用。米中含的维生素 B_1、维生素 B_2、烟酸等，熬成粥后，在米汤中分别溶有 83%、50%、78%，故米汤中含有丰富的维生素 B_1、维生素 B_2、烟酸。

米饭或面食配菜汤（新鲜蔬菜汤），可吸收菜汤中溶有的大量生理性碱性成分，使体内血液呈正常的弱碱性状态，能够防止血液趋酸化，并能清除污染物及毒性物质。所以菜汤有"最佳人体清洁剂"的美称。花卷配羊汤，具有温补功效……

还有一个问题需要分辨一下，这就是吃饭喝汤与吃"汤泡饭"是两回事。核心是"汤泡饭"嚼不烂，因为汤和饭混在一起，食物在口腔中不等嚼烂就随汤一起咽下去了。由于舌头上的味觉神经没有受到充分刺激，胃和胰脏分泌的消化液不多，吃进的食物不能很好地被消化吸收，因此吃"汤泡饭"不是好习惯。

就餐速度快与慢的平衡

当今时代的生活节奏越来越快，使得人们在各个方面不得不讲求速度，甚至在吃饭的时候也不例外，狼吞虎咽、快速进食，成为很多人的进食方式。但是也许这些人并不知道，吃饭的速度也是影响自身健康的一个重要因素。为了健身祛病、益寿延年，我们要记住"食宜细缓，不可粗速"，也就是说就餐速度快与慢要保持平衡。

第一，只有细嚼慢咽，食物才能被充分消化。人们每天都要进食，进食的目的是为了吸收营养，而食物在口腔内一般要经过牙齿的咀嚼和舌头的搅拌，让食物与唾液充分地混合才能吞咽。唾液中的唾液淀粉酶能使食物中的淀粉水解成麦芽糖，便于消化吸收。咀嚼越细，唾液的消化作用发挥得越充分，对健康越有益。有些人吃东西不细细咀嚼就急忙吞下肚去，甚至狼吞虎咽，这样，增加了胃肠的负担，长期如此，易引起胃病，对身体十分有害。

第二，咀嚼运动是一种柔和的刺激，这种刺激能充分调节口腔的生理功能。食物在咀嚼的过程中，不断地刺激颌骨，促进了颌骨的生长发育，增加其宽度，使牙齿有足够的生长空间，避免牙齿畸形，同时这种咀嚼运动又不断地对口腔软组织发生摩擦，尤其是对牙龈的摩擦，可促使其表面角质变化，加速血液循环，提高牙龈的抗病能力，对预防牙龈炎、牙周炎有重要意义。另外，由于食物在口腔反复咀嚼，牙齿表面也受到唾液的反复冲洗，这样增加了牙面的自洁作用，也可防治牙病。

第三，进食时缓嚼慢咽能解毒防癌。研究人员发现，加强对食物的咀嚼，可使人们的患病率大大降低。日本医学家经过研究发现，细嚼慢咽可以防癌。因为细嚼慢咽可以增加唾液分泌，而唾液中的过氧化酶是致癌物质的克星。实验也证明：将人分泌出来的唾液加到黄曲霉素、苯并芘、亚硝酸盐等致癌物质中，30秒钟后即可将致癌物质分解而完全失去致癌性能。因此，专家们把唾液誉为"天然的防癌剂"。

第四，细嚼慢咽还能使人脑子反应灵敏。事实上，人们的吞咽行为是一种复杂的神经系统反馈过程，动作通过神经传到大脑，譬如，当牙齿咔嚓一下咬到小勺时，嘴就会不由自主地张开，这是牙根膜神经作用的结果。通过对白鼠的试验得知，当切除这些神经束时，被中断信息的神经细胞便逐渐死亡，并且神经死亡的信息一直传到大脑。进一步研究变化的结果发现，它一直涉及头部的后颈肌肉群神经末梢。这说明，咀嚼食物有利于大脑信息的传递。有资料表明，经常咀嚼的白鼠比不咀嚼的白鼠脑子反应灵敏，咀嚼还有助于防止痴呆症。

第五，细嚼慢咽还能减肥和美容。据研究，唾液中的淀粉酶和麦芽糖酶等，在反复咀嚼时能将淀粉类食物分解成糖，使血糖浓度升高，因而使人较早产生饱腹感，不会过度进食。而"懒得"咀嚼的人，"饱食中枢"因不能较早满足，"搁筷"指令便姗姗来迟，致使过量进食，身体肥胖。

第二章 不同体质饮食宜忌

气虚型体质

此种类型的人都有精力不足、免疫力低下的症状。所以就应避免过度劳累，并且合理饮食。

·典型特征·

"气""血""水"支撑健康，而其中起主导作用的是"气"。气虚的症状便是"气"不足。"气"不足就等于精力不足，如此便常会有如下一些症状：易感到疲劳、倦怠、发冷等；易造成免疫力低下，易患感冒且长时间不愈；肠胃变弱，食量减少，易患糖便及痢疾；也易出现花粉症等过敏性症状，及尿频、夜间多尿、性欲高潮功能障碍、不孕症、阳痿等症状。

无力声细、气喘、多汗、易疲劳、脸色青白、怕冷

身体稍胖且浮肿

站立困难，一站就想坐下

舌的特征	整体性色淡
	舌厚且感觉微肿
	边缘多伴有波状齿痕

生活建议

中国古人讲"劳即伤气"，意思是"过度疲劳会伤气"。正如古话所讲，过度疲劳会使先天性体质因素恶化。不管何种体质，工作学习时应避免过度疲劳，适当运动及娱乐，尤其要保证充足的睡眠。

时常按压足三里、气海两个穴位，或对其进行简单针灸等刺激，可以有利改善气虚。

肠胃弱的气虚者，为减轻肠胃负担，不应多吃油腻、甜腻、刺激性强的食物。进食时要细嚼慢咽，合理饮食，这些很重要。

此外，气虚者大多内寒，应避免食用生冷食物，日常饮食以"温热性"食物为主，从而驱寒暖体。蔬菜不可生吃，基本上所有食材都要加热。

推荐食材：米，薯类，豆类，菌类。疲劳时多吃些牛肉、鸡肉、鳗鱼、虾类等补气食材。

气虚型的药膳养生

·食物养生 暖身消寒·

气虚者身体几乎都属寒性，肠胃发寒，导致消化功能低下。

因此气虚者的食物养生原则是：暖身健胃，提高肠胃消化功能，减少肠胃负担。选择"平性""温性"及"热性"食材加热食用；避开让身体发寒的生冷食物，不宜多食用不易消化的油腻食物、甜食及辛辣刺激食物。

食量小，易患腹泻、糖便者，可加热食用土豆，会有意想不到的效果。

对易疲劳、易患感冒的气虚者来说，补"气"食材必不可少。高丽参具有"补气之王"的美誉。牛肉、鸡肉等肉类，虾、鳗鱼等海鲜，土豆等蔬菜在补气方面具有立竿见影的效果。日常饮食中多吃上述食物，会收获实效。

具有暖身效果的代表性食材为：羊肉、虾、韭菜、大蒜、葱、洋葱、姜、花椒、栗子、胡桃、肉桂、红茶等。此外，贝类、豆类、蘑菇等可提高胃的消化功能，促进胃的新陈代谢，也是补气的重要食材。

● 改善气虚的心得

1. 加热食用"平性""温性"及"热性"食材。
2. 不食用生冷、油腻、甜腻食物。
3. 每日多摄取土豆、豆类、蘑菇等食材。
4. 牛肉、虾、鳗鱼等食材具有立竿见影的补气功效。
5. 细嚼慢咽，吃八成饱为宜；切忌狼吞虎咽，暴饮暴食。

推荐食材

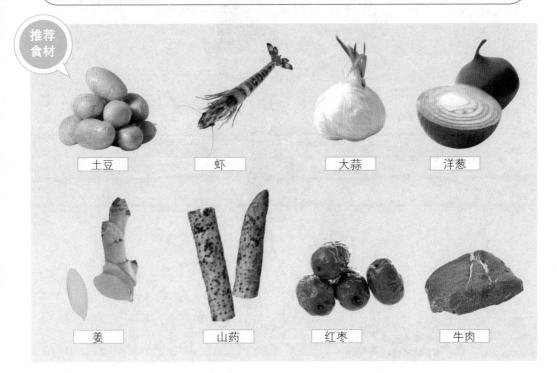

| 土豆 | 虾 | 大蒜 | 洋葱 |

| 姜 | 山药 | 红枣 | 牛肉 |

血虚型体质

这种体质的人气色差，易头晕。改善健康状况要以补"血"为主。

·典型特征·

血虚是指"气""血""水"中，"血"处于不足状态。中医所讲的血虚与西医所讲的贫血，概念上稍有差别。比方说，血液检查中即使没被诊断为贫血，红细胞和白细胞等细胞中，若有形状和功能不好的"懒惰分子"，会引发与贫血相同的症状。血虚几乎可以判断为贫血，它是一种包括隐性贫血在内的更广意义上的血不足。

处于血虚状态，会引发肌肤干燥脱皮、发痒等肌肤问题，还有白发、脱发等头发问题，女性易引发经期不调、不孕等妇科病。同时易发生的还有眼睛疲劳、视力减退、心悸、气喘、心律不齐等心脏疾病。

生活建议

导致血虚的原因有很多，比如不当减肥、不吃早餐、熬夜等不规律生活。改善体质的第一步，就是停止不恰当的减肥，好好吃早餐。

血虚型的人大多骨骼脆弱，进行剧烈的活动时，有受伤的危险，适宜在绿地上散步，或做可放松身心的轻度运动。

日常饮食中，首先要改掉偏食的毛病，不要只吃喜欢的食物，还应摄取多种类食材。此外，食疗中要注重补"血"。特别是黑芝麻、黑豆、黑木耳、李子、葡萄干等黑色食材，及胡萝卜、番茄、枸杞子等红色食材，具有良好的补血作用。柿子、动物肝脏、乌鸡、菠菜、油菜等也是上佳的补血食材。

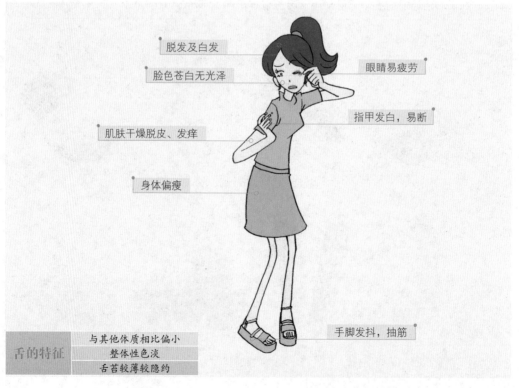

脱发及白发

脸色苍白无光泽

眼睛易疲劳

指甲发白，易断

肌肤干燥脱皮、发痒

身体偏瘦

手脚发抖，抽筋

舌的特征	与其他体质相比偏小
	整体性色淡
	舌苔较薄较隐约

血虚型的药膳养生

·有造血作用的食材乃上上之选·

血虚被认为是"血"不足，因此食物养生中应积极摄取补血食材。乌鸡因皮肤、骨头和肉都为黑色，故名"乌鸡"，是中国特有的禽鸟。它可为内脏提供丰富营养，改善血虚，是补血的重要食材。

与乌鸡的补血功效异曲同工的是，很多黑色和红色食材也可补血强身，比如动物肝脏、黑豆、黑芝麻、黑木耳、红糖、糙米、番茄、枸杞子等。中国人自古就认识到黑色和红色食物有益健康。它们富含矿物质和多酚，可造血暖身，对因缺血而怕冷的血虚者是再适合不过了。

气虚时消化功能降低，若无法通过肠胃吸收充足营养，常导致贫血、血虚。兼具气虚与血虚两种体质，被称为"气血两虚"，其二者为同生关系。因此血虚者食物养生的注意点与气虚者几乎相同，应控制生冷食物、油腻食物的摄入，选择"平性"及"温性"的易消化食物。

此外要避开过于甜腻、辛辣的食物。常备枣、梅干、葡萄干等酸酸甜甜的干果，也可享受一种自然甘甜。

● 改善血虚的心得

1. 选择"平性""温性"食材，甜食应选择带有自然酸甜味的食材。
2. 多多食用猪肝、柿子、鹌鹑蛋等食物。
3. 黑色和红色食材乃补血佳品。
4. 常备枸杞子、黑木耳、金针菜、葡萄干等干果辅助烹饪。
5. 停止减肥、不吃早餐、偏食等行为，做到合理饮食，保持营养均衡。

推荐食材

乌鸡	黑豆	黑木耳	番茄	枸杞子
牛肉	黑芝麻	菠菜	桂圆	红小豆

阴虚型体质

这种体质的人身体缺乏滋润，显得很干燥。应改善夜生活，养成早睡习惯。

·典型特征·

阴虚是指"气""血""水"中，"水"处于不足状态。阴虚者外表具有两大特征：身材偏瘦，脸颊易发燥红。水在"阴阳"中属"阴"，为保持阴阳平衡，水发挥着"润体，降燥热"的作用。"水"不足的话，身体就会缺乏滋润，产生多余的体热，易上火。

女性临近更年期时易阴虚，易出现上火、面部燥红、耳鸣、睡眠多汗、月经不调等更年期综合征特有的症状。这与阴虚体质的症状完全吻合。

此外，因为身体缺乏滋润，也常出现皮肤干燥发痒、干咳、大便发干、眼睛干涩、口渴、微热等干燥症状，还容易患糖尿病。

生活建议

中医学，有"昼为阳，夜为阴"的时间带之分。应早睡、保证充足睡眠以滋阴。若夜间活动频繁，就会消耗阴气。此外，过于嗜好烟酒，身体会产生燥热，使喉咙干咳，越发亏阴气。因此，阴虚者应避免夜生活，尽量在午夜12点前就寝。此外，要严格控制烟酒。

适度运动虽然必要，但要切忌出汗过多。运动后应补充充足水分。同时，手指按压或简单针灸三条阴经的交叉点穴位——三阴交，可对改善阴虚发挥良好功效。

日常饮食中，应少吃"辛辣"及"热性"较强的食物。以"平性""凉性"食材为主，偶尔摄取"寒性"食材，以去火降燥。

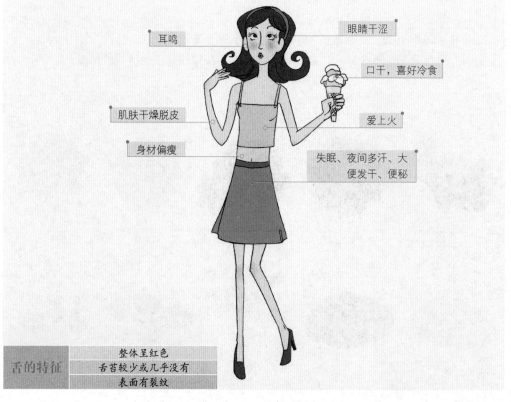

耳鸣

眼睛干涩

口干，喜好冷食

肌肤干燥脱皮

爱上火

身材偏瘦

失眠、夜间多汗、大便发干、便秘

舌的特征	整体呈红色
	舌苔较少或几乎没有
	表面有裂纹

阴虚型的药膳养生

·以平性、寒性食材为主，忌食辣味·

处于"水"不足状态的阴虚者身体缺乏滋润,因多余热量而燥。日常饮食中应使用"平性""凉性"食材,偶尔可使用"寒性"食材来降热润体。身体燥热上火时,尤其应选择平凉性食材。

降火气的代表性食材当属甲鱼。此外,鸭肉和鲍鱼也具有清热降燥的功效。阴虚者偶尔食用这些食材也可滋阴健体。

同时,生吃黄瓜、番茄等寒凉性蔬菜也是简单有效的办法。俗话说"酸甜化阴",意思是指"甜味与酸味结合起来可滋阴"。番茄、梨、柠檬、甜瓜等食材正切合这句话。这些蔬果,不但让舌头饱享甘甜,更具滋阴润体的功效,阴虚者一定要积极食用。

反之,阴虚者要避开五味中的"辣味",诸如辣椒、胡椒等调料,还有萝卜、大葱、大蒜等辛辣蔬菜。辣味过强会损耗阴气,是阴虚者绝对要避免的。

●改善阴虚的心得

1. 积极摄取带有自然酸甜味，及"平性""凉性"的食材。
2. 常备松子、黑芝麻、白芝麻、木耳等辅助烹饪。
3. 不要选择冰冷的饮用品，而应选择温热的饮用品。
4. 避开过咸、过于辛辣的食物。
5. 偶尔食用甲鱼、鲍鱼和鸭肉等食材可滋阴润体。

推荐食材

甲鱼　　　　　　鲍鱼　　　　　　黄瓜

番茄　　　　梨　　　　柠檬　　　　甜瓜

银耳　　　　鸡蛋　　　　猪肉　　　　海参

气滞型体质

这种体质的人"气"运行不畅，精神不安。改善健康状态应以调节自律神经平衡为主。

·典型特征·

气滞是指"气"处于循环不畅状态。中医所讲的"气"循环与西医所讲的自律神经相近，因此气滞时，就无法很好地控制自律神经，自律神经失调会导致精神性不安，易陷入焦躁易怒、忧愁不安、沮丧失落等症状中。

负责气循环的脏腑是肝。因为肝的经络（气运行经络）分布于身体两侧，当气循环不畅时，易出现偏头痛、舌两侧赤红等症状，身体两侧也会出现病痛。

气滞者易积蓄紧张情绪，常出现放屁打嗝、失眠、高血压等症状。女性中很多人因此饱受月经不调和月经前症候群的痛苦。

生活建议

应积极改善生活习惯以调节自律神经平衡。比如早起打开窗户，深呼吸10次，让肺充分呼吸新鲜空气。此习惯坚持数日，精神状态会有显著改善。用心去享受自己的兴趣爱好，也能使身心放松。过一种平稳的生活，这一点非常重要。

此外，肝掌管着气运行，因此提高肝的功能就十分必要。而且大量酗酒有伤肝部，一定要极力避免！

中医学认为某些食材具备消滞顺气的"理气作用"。散发清爽香气的蔬菜、柑橘类水果及带酸味的食物，都有提高肝功能及理气的作用，应多食用。

偏头痛

眼睛疲劳发红，眼内疼痛

喉咙里总感觉噎着东西般不快

口苦

爱上火

焦躁易怒、忧愁不安、失眠多梦、腹泻与便秘交替反复

肠胃发胀

舌的特征	两侧发红
	中央发白或有黄色舌苔

气滞型的药膳养生

·香气蔬菜和酸味食材可改善气滞·

气滞不畅时，具有"理气作用"的代表食材是带香气的蔬菜，它们可改善气滞状况。茼蒿、鸭尔芹、水芹、洋芹、香芹等散发清香的蔬菜，其香气精油成分具有舒气消压的功效。烹饪这类蔬菜时，若时间过长，宝贵的香气便会散失，所以应在最后环节时加入并快速加热。香气蔬菜中，洋芹叶具有良好的降压功效，所以血压较高的朋友炒菜时千万不能丢弃这些宝贝。

此外，"肝"掌握着气的运行，若想保持肝的健康，在五味中应适当食"酸"。柑橘类、梅干、黑醋等酸味食材，可提高肝的功能，改善气滞状况。

虽同是气滞体质，但症状各有不同。所以，养生食材也一定要有所区别。如肚胀、爱放屁打嗝的人最好少吃薯类及豆类食物；血压较高的人建议多吃洋芹叶及苦味食材。患有偏头痛症状的人应选择茼蒿；而枸杞则有益于缓解眼部的疲劳。

改善气滞的心得

1. 选择带香气的食材，烹饪时间不宜过长。
2. 每日吃些柑橘等酸味食品。
3. 气躁易怒者应控制辛辣食物及作料的摄入。
4. 爱放屁打嗝的人应少吃薯类及豆类。
5. 茶中加些薄荷、茉莉花、枸杞、菊花、郁金、薰衣草等。

推荐食材

| 洋芹 | 柑橘 | 梅干 | 茼蒿 |

| 薄荷 | 枸杞 | 菊花 | 红薯 |

瘀血型体质

这种体质的人血行不良，容易引发慢性疼痛。适度运动及泡澡可改善血液运行。

·典型特征·

瘀血是指"血"处于循环不畅状态。营养无法到达皮肤、关节、肢端，新陈代谢低下，身体易堆积废物。因此易出现肤色浅黑、关节痛、手脚发冷等症状。

瘀血者的特征为：脸色或唇色发暗，易生雀斑色斑，大便发黑等；还易引起肩膀发酸、关节痛、头痛等针扎似的慢性疼痛。

此外，瘀血者体内易结肿块，肩酸时可看到硬块或筋疙瘩。

瘀血者易患疾病为：癌症等恶性肿瘤病、心肌梗死、中风、下肢静脉瘤等血管疾病，及慢性肝炎、肝硬化等。女性易患子宫内膜炎或子宫肌瘤，痛经严重，月经易来迟。还可能出现经血发黑、内搀血块等症状。

生活建议

为改善血行不畅，应积极改善生活规律。首先应养成每日适度运动及放松身体的习惯。

接着，注意不要长时间保持一个姿势。比如在电脑前，每过1小时要起立活动2分钟，做做简单的体操，休息一下眼睛。洗澡时不要选择淋浴，而要慢慢享受温水泡澡来温暖身体。有条件的话有时还可去温泉旅游，让大自然的温润放松你的身心。泡澡时手指按压或简单针灸"血海"这个穴位，可促进血液运行。

日常饮食中，也要以"辣"与"温热性"食材进行食物养生，以促进血液运行，加速新陈代谢。

脸色或唇色发暗，雀斑色斑多

皮肤毛细血管突出

慢性关节痛、肩膀发酸、头痛

心悸、心律不齐

下肢静脉瘤

舌的特征	颜色暗紫
	有黑色雀斑似的黑色小斑点
	舌头内侧常突现2根又粗又长的静脉

瘀血型的药膳养生

·推荐暖身、激活新陈代谢的食物·

处于血行不畅状态的瘀血者，大多苦于怕冷、四肢发冷、慢性疼痛等症状。"温热性"及"辣味"食物可暖身、发汗、利尿、解毒，促进"气""血"运行。温热性食材有洋葱、韭菜、大蒜、花椒、肉桂等。辣味食材则有姜、大葱、紫苏等。

这里要重点提到的是各种"青背的鱼"，如沙丁鱼、秋刀鱼、竹荚鱼等。这些鱼都是具有活血作用的代表性食物。各种青背的鱼，其鱼油中含有丰富的EPA（二十碳五烯酸，鱼油的主要成分）及DHA（二十二碳六烯酸，俗称脑黄金，是一种对人体非常重要的多不饱和脂肪酸）。它们具有减少血液中的中性脂肪，调节胆固醇平衡等功效，最终促进血液通畅。

肥肉、肥油、奶油等动物性脂肪及味道过浓的食物，能使人体血液变得黏着，所以瘀血者更要严格控制上述食物的摄入。

此外，身体发冷的话要拒绝冷食冷饮，饮品中不可加冰，养成饮用常温或温热饮品的习惯。

> ●改善瘀血的心得
>
> 1. 多吃"温性""热性"及"辣味"食材。
> 2. 避开猪牛羊肉，尽量多吃青背的鱼。
> 3. 不食用肥肉肥油、奶油等脂肪含量多的食物。
> 4. 食物味道尽量清淡。
> 5. 日常饮食中常备玫瑰、红花、藏红花、郁金、薤、黑醋等食材。

推荐食材

| 洋葱 | 大蒜 | 姜 | 葱 |
| 韭菜 | 花椒 | 紫苏 | 肉桂 |

痰湿型体质

这种体质的人易浮肿，易显得虚胖。要努力逐步改掉许多的不良生活习惯。

·典型特征·

痰湿是指身体处于新陈代谢不佳、多余的水或脂肪积于体内的状态。当积于体内的废物"痰湿"排出体外时，易出现粉刺、疙瘩、出痰、白带增多、糖便、腹泻等症状。

痰湿者身材偏胖，脂肪率高。体内易积水，所以易浮肿虚胖。血液中胆固醇、中性脂肪、糖分较多，易患高血脂、糖尿病等病症。平时常出现身体发重发懒、恶心、头晕等症状，这些都是痰湿的特征。

痰湿型还进一步分为体寒的寒性痰湿，及积热的热性痰湿。

生活建议

导致身体处于痰湿状态，无论是寒性痰湿还是热性痰湿，皆源于如下原因：暴饮暴食，过多摄取油腻食物或甜食，酗酒，过度吸烟，运动不足，饮水过多等。因此要改善痰湿体质，改掉不良生活习惯是十分必要的。

运动不足的痰湿者，要养成做适度出汗运动的习惯。出汗有助于排出体内多余水分及废物，加速新陈代谢，也可改善虚胖。

此外，要控制饮酒，每周设定一个"护肝日"；并减少吸烟，不吃零食，不暴饮暴食；不要饮用过多的水。必须以坚定的意志改掉诸多不良生活习惯。

药膳养生中，食物纤维丰富的海藻、蘑菇、根菜等都具排痰湿作用。

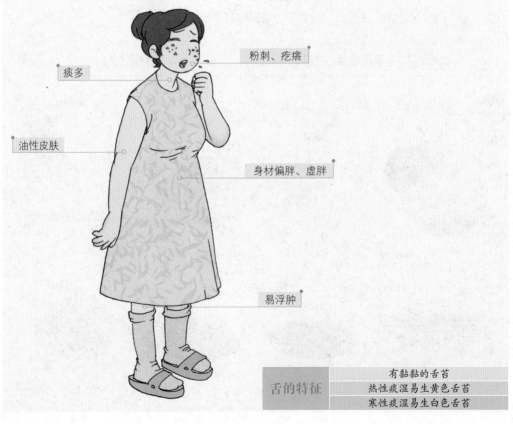

粉刺、疙瘩

痰多

油性皮肤

身材偏胖、虚胖

易浮肿

舌的特征	有黏黏的舌苔
	热性痰湿易生黄色舌苔
	寒性痰湿易生白色舌苔

痰湿型的药膳养生

· 食物纤维丰富的食材可促进新陈代谢 ·

痰湿者应多吃有通便利尿作用的食物，以促进脂肪和水分的排出。具有这种功效的食物有糙米、小麦、杂粮、海藻、蘑菇、根菜等，它们都含有丰富的食物纤维。食物纤维是指不易被人体消化酶消化的食物成分总称，它可在肠内吸收废物及水分，形成粪便排出体外。此外，食物纤维丰富的食物，大多必须充分咀嚼才可咽下，这就起到了抑制暴饮暴食的作用，可预防肥胖、高血脂及动脉硬化等病症，调节肠胃，正切合痰湿者的需要。

反之，肉、油腻食物、甜腻食物会增加血液中胆固醇的含量，痰湿者应加以控制。

当人口渴想喝水时，需补充必要量水分。一些人有随身携带水壶的习惯，但这不适用于痰湿者。有饮水过量倾向的严重痰湿者，水的摄入一定要适量。

此外，过多食用水分与糖分含量高的水果，也是导致痰湿的原因之一。每日食用 1 个水果即可。

· 改善痰湿的心得

1. 主食应多选取杂粮，晚饭要少吃。
2. 积极食用海藻、蘑菇、根菜等食材。
3. 避开肉、蛋黄、鱼子、油腻食物及过咸食物。
4. 不要过多摄取水分及糖分。
5. 饭后可饮用温热的乌龙茶、普洱茶及薏米茶。

推荐食材

| 糙米 | 小麦 | 蘑菇 | 萝卜 |

| 海藻 | 大枣 | 栗子 | 荔枝 |

如何鉴定自己的体质

　　药膳养生的基础，是针对体质选择适合的食物。上面我们已经介绍了一些有关如何判断自己属于哪种体质的基本知识，下面我们将在这里再介绍一种。中医根据望诊（观察诊断）、问诊、舌诊（观察舌头进行诊断）、脉诊（号脉诊断）等方式检查全身，并结合患者当时的身体状况进行综合性诊断。我们将通过"气""血""水"的充实度及运行情况，对自身体质进行鉴定。

· 请记下符合项目的相应分数并合并计算 ·

"气"的充实度鉴定

1．易浮肿	2分
2．尿频，夜间多尿	2分
3．易着凉、怕冷	3分
4．声音细小，难发大声	3分
5．胃易积食，食量小	3分
6．易患溏便、痢疾	3分
7．易疲劳、易倦怠	5分
8．易患感冒	5分
9．常气喘	5分
10．舌头大且浮肿，颜色淡，边缘可见齿痕	5分
合计:（　　　）分	

"气"的运行度鉴定

1．失眠多梦	3分
2．口苦	3分
3．常叹气	3分
4．经常偏头痛	3分
5．腹泻与便秘交替反复	3分
6．喉咙里总感觉噎着东西般不快	3分
7．不安忧虑，焦躁易怒	5分
8．胃胀，打嗝放屁多	5分
9．月经周期紊乱，月经前下腹部和乳房发胀（女性）	5分
10．两肋周围感觉发紧（男性）	5分
11．舌的两端发红，有舌苔	3分
合计:（　　　）分	

"血"的充实度鉴定

1．心跳快	2分
2．经常忘事	2分
3．脱发多，白发多	3分
4．眼睛模糊，易疲劳	3分
5．皮肤干燥无光泽	3分
6．指甲发白，薄且易断	3分
7．脸色苍白无光	5分
8．头晕，一站就头昏眼花	5分
9．手脚发抖，易腹部绞痛	5分
10．舌小色淡	5分
合计:（　　　）分	

"血"的运行度鉴定

1．色斑多	2分
2．大便发黑	2分
3．脸色、唇色发暗	3分
4．经常肩膀发酸或头痛	3分
5．患有慢性关节痛	3分
6．脓肿或脚跟干裂，身体中易结块	3分
7．心悸，脉象不齐	3分
8．痛经严重，经血中有肝状血块	5分
9．皮肤的毛细血管露出（男性）	5分
10．下肢静脉瘤明显	5分
11．舌头颜色接近紫色，有黑斑状的斑点，舌下静脉粗大	5分
合计:（　　　）分	

"水"的充实度鉴定	
1. 傍晚后身体易微热	3分
2. 脸色发红	3分
3. 干咳不止	3分
4. 眼睛发干	3分
5. 耳鸣	3分
6. 口干舌燥，喜冷食	3分
7. 大便滚圆难排	3分
8. 睡觉时常出汗	5分
9. 爱上火	5分
10. 舌头发红，表面有裂痕，几乎无舌苔	5分
合计:（　　）分	

"水"的运行度鉴定	
1. 油性肌肤，爱长疙瘩	2分
2. 头感觉重	2分
3. 经常发晕、恶心	3分
4. 痰多	3分
5. 易患溏便、痢疾	3分
6. 易浮肿	3分
7. 身体发胖，水肿	3分
8. 血液中胆固醇、中性脂肪值偏高，身体脂肪率偏高	5分
9. 身体发重发懒	5分
10. 舌头表面厚重，有很多黏糊糊的舌苔	5分
合计:（　　）分	

·从分数看身体状况·

请合计各项标准的得分，并参考相应建议。

各项标准得分合计	建议
5　9分	虽具备该种体质的潜质，但稍加注意即可。按需进行药膳养生
10　19分	如放任不管的话，该种体质的症状会恶化。应开始进行药膳养生
20　29分	完全符合该项体质特征。请认真进行药膳养生，并去看中医
30分以上	应该正饱受身体不适的痛苦。药膳养生的同时，请及时去医院就诊

·体质鉴定评分表·

分别对前页的各项标准合计分数，在图表中的各项分数曲线与直线的焦点处标记，最后将6项的6个点用直线连接，向图表外侧突出的那部分即为目前的体质。

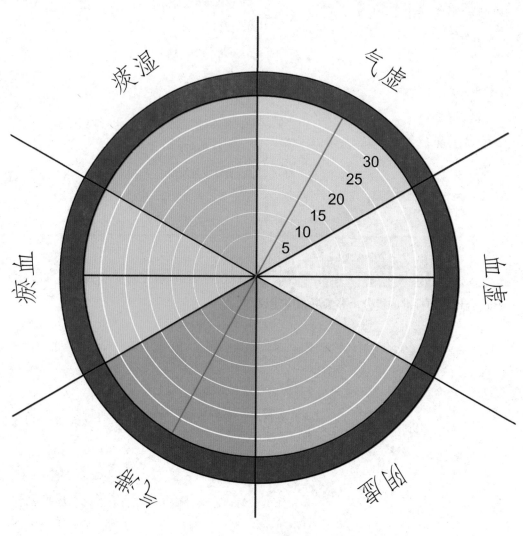

特别提示：
要想尽快知道自己的体质，就请立刻行动填表连线吧！

板块特征	所属体质
向气虚板块突出	气虚型
向血虚板块突出	血虚型
向阴虚板块突出	阴虚型
向气滞板块突出	气滞型
向瘀血板块突出	瘀血型
向痰湿板块突出	痰湿型

例：下图为气虚加血虚加瘀血体质。

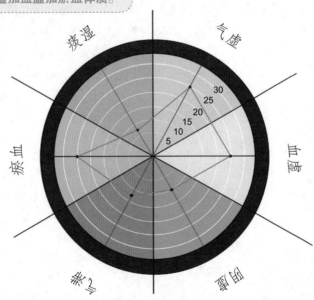

·关于体质的问答·

（1）提问：有2、3个突出部分，到底为何种体质？

回答：这种情况很常见，被诊断为最突出部分的体质兼备其他部分体质。每种体质都应遵从相应的食物养生建议，而该体质应遵守所具备体质的所有食物养生建议。

（2）提问：体质是一成不变的吗？

回答：体质根据季节和生活状况，每天都在变化，应经常检查自身体质。

第三章　不同季节的药膳养生

"因人、因时、因地"是中医的治疗原则，意思是无论是治疗已病还是未病，都要根据人、季节及水土的变化而变化。这也是食物养生应遵循的原则。

春　万物复苏的春季，身体阳气上升，身心功能被激活。但"肝"，也就是自律神经若过于活跃，易引发身心不适，自律神经不调等问题。通过具有理气养血作用的食物，恢复"肝"的正常功能，是春季食物养生的基础。此外，春季食物养生中应注意预防感冒。

夏　闷热的夏季，体内易积热，喝水过多易导致水肿。身体发懒无力、无精打采、无食欲、中暑等是夏季常见症状。选择具有清热利尿（将多余热量及水分排出体外）作用的食物是夏季食物养生的基础。

秋　空气干燥，植物开始枯黄的秋季，人体同样缺乏滋润，易引发干咳、哮喘、皮肤干燥等问题。因此食用具有润肤润肺、防止身体干燥作用的食物就十分重要。

冬　寒冷的冬季，植物的新陈代谢被控制到最低限，养分都储存在根部及茎部。人体新陈代谢也降低，阳气与养分积蓄体内。在中国，冬季被认为是养生的最佳季节。暖身，促进血行，储备元气是冬季食物养生的基础。

　　我国大部分地区四季分明，生活在这里的人们，身体也随着四季的变化而变化。药膳养生也是如此，要根据季节及人体当时的状况，选择适合的食材以调节身体，健身养生。这就是食材与季节变化的关系。

推荐食材：

土豆	蘑菇	枸杞子	枣	此外还有：
				猪肝、鸡肝、竹笋、洋芹、茼蒿、鸭儿芹、柑橘类等。

推荐食材：

西瓜	黄瓜	冬瓜	番茄	此外还有：
				苦瓜、豆芽、绿豆、绿豆粉丝、百合、薏米、车前草等。

推荐食材：

螃蟹	柿子	甲鱼	葡萄	此外还有：
				皮蛋、秋刀鱼、梨、银杏、枇杷、藕、白木耳、枸杞子、豆浆、牛奶等。

推荐食材：

虾	南瓜	萝卜	洋葱	此外还有：
				羊肉、牛肉、鸡肉、鳗鱼、高丽参、姜、大蒜、大葱、韭菜、白菜、花椒、肉桂、辣椒、大料等。

第四章 特殊人群饮食宜忌

孕妇

处于怀孕期的妇女与一般的妇女不一样，其胎儿所需要的一切营养均由母体供给。如果孕妇食物选择不当、营养不良或营养过剩，都会导致胎儿畸形。胎儿是否健康，怀孕期的饮食安排尤为关键。

人群特征

孕期代谢旺盛，代谢产物增加，且胎儿的代谢产物亦要经母体肾脏排出，使肾脏的负担加重，肾功能有所改变。所以，孕妇尿液中常有蛋白或糖出现。怀孕期间，由于胎儿的生长，氧气的需要量增加，因而呼吸比正常人稍快；呼吸道黏膜充血，局部抵抗力差，容易引起上呼吸道感染。

生活注意

1. 保持生活规律。

2. 洗澡时间不宜过长，水温不宜过高，不要坐浴。

饮食注意

1. 要摄入优质蛋白，以增加营养。

2. 要摄入适当碳水化合物，以提供能量。

3. 要保证适当的热量供应。

✔宜食食物及功效

冬瓜	芦笋	丝瓜	白萝卜
消暑解渴、利尿	预防贫血	促进胎儿对铁的吸收	健胃消食

✖慎食食物及原因

山楂	木瓜	桃子	韭菜
引起子宫收缩	阻碍怀孕或造成流产	可能引起流产	易造成恶心、呕吐

推荐食谱

猪肝毛豆粥

【材料】 猪肝100克，毛豆60克，陈大米80克，枸杞20克。

【调料】 盐3克，鸡精1克，葱花、香油少许。

做法 ❶ 毛豆去壳，洗净；猪肝洗净，切片；陈大米淘净，泡好；枸杞洗净。❷ 陈大米入锅，加水，旺火烧沸，下入毛豆、枸杞，转中火熬至米粒开花。❸ 下入猪肝，慢熬成粥，调入盐、鸡精调味，淋香油，撒上葱花即可。

产妇

分娩后为补充营养和有充足的奶水，一般都重视产后的饮食滋补。其实大补特补既浪费又有损健康。滋补过量容易导致肥胖，肥胖会使体内糖和脂肪代谢失调，引发各种疾病。

人群特征

产妇全身各器官（除乳房外）从胎盘娩出至恢复或接近正常未孕状态所需的这一时期，称为产褥期。通常为6~8周。现代医学教科书明确规定：产褥期是指胎儿、胎盘娩出后的产妇身体、生殖器官和心理方面调适复原的一段时间，需6~8周，也就是42~56天。在这段坐月子的6~8周时间内，产妇应该以休息为主，尤其是产后15天内应以卧床休息为主，调养好身体，促进全身器官各系统尤其是生殖器官的尽快恢复。

生活注意

1. 产后24小时可靠床坐起，3天后可下床行走，不要长期静卧。
2. 讲究个人卫生，可淋浴，不可坐浴。
3. 注意被褥的卫生。

饮食注意

1. 食物种类应齐全、多样化，不要偏食。
2. 要补充足够的优质蛋白，以保证婴儿的生长发育。
3. 不可大补特补，滋补过量会导致产妇和婴儿的肥胖，且有损身体。
4. 不可立即节食，否则有害身体。

✓ 宜食食物及功效

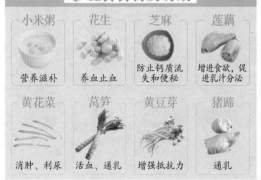

小米粥	花生	芝麻	莲藕
营养滋补	养血止血	防止钙质流失和便秘	增进食欲，促进乳汁分泌

黄花菜	莴笋	黄豆芽	猪蹄
消肿、利尿	活血、通乳	增强抵抗力	通乳

✕ 慎食食物及原因

草莓	西瓜	大蒜	胡椒
阻滞血行	引起产后腹痛	影响肠胃功能	易导致便秘

田螺	味精	香菜	花椒
影响脾胃功能	间接导致婴儿缺锌	使产后乳汁不足	有回乳的作用

推荐食谱

首乌红枣粥

【材料】大米110克，何首乌、红枣各适量。

【调料】红糖10克。

做法

① 何首乌洗净，倒入锅中，倒入500毫升水熬至约剩200毫升，去渣取汁待用；红枣去核洗净；大米泡发洗净。② 锅置火上，注水后，放入大米，用大火煮开。③ 倒入何首乌汁，放入红枣，用小火煮至粥成闻见香味，放入红糖调味即可。

准备受孕的人

很多人为了优生，会在怀孕期间或是产期注意安排饮食，以加强营养，其实，双方孕前的准备对于孕妇和胎儿的健康也是至关重要的。因此，夫妻双方应在孕前做好身体和心理的准备。

人群特征

这段时期，精神上不能压力过大，需要保持放松、平静的心态，适当地释放工作与生活压力。心理上还需要提前做好怀孕的准备，以免怀孕后遇到很多身体与生理上的变化，给孕妇情绪带来不良影响。要及早改变不良生活方式，如休息没有规律、吸烟、喝酒等，同时还要提前掌握计算排卵期及最佳怀孕时间的方法，不能盲目应用药物，如需服药还应在医生的指导下进行。

生活注意

1. 夫妻双方要养成良好的生活习惯，合理安排作息时间，平时加强锻炼以增强体质。
2. 忌吸烟饮酒，保持心情放松。

饮食注意

1. 忌食非全熟的肉类，食用未熟肉类可引起弓形体病。
2. 应多食富含优质蛋白、维生素、微量元素的食品。

✅ 宜食食物及功效

| 瘦肉 | 豆类 | 牛奶 | 鸡蛋 |
| 新鲜水果 | 新鲜蔬菜 | 豆腐 | 大米 |

富含优质蛋白、维生素、微量元素的食物

❌ 慎食食物及原因

| 蛋糕 | 饼干 | 白酒 | 烤鸭 |
| 腊肉 | 浓茶 | 卤肉 | 咖啡 |

辛辣刺激、寒凉食品、易导致肥胖的食品

推荐食谱

香菇猪蹄粥

【材料】大米150克，净猪前蹄120克，香菇20克。

【调料】盐3克，鸡精1克，姜末6克，香菜少许。

做法 ① 大米淘净，浸泡半小时后捞出沥干水分；猪蹄洗净，砍成小块，再下入锅中炖好，捞出；香菇洗净，切成薄片。② 大米入锅，加水煮沸，下入猪蹄、香菇、姜末，再中火熬煮至米粒开花。待粥熬出香味，加入盐、鸡精调味，撒上香菜即可。

考试期的学生

参加考试的学生精神压力大，用脑过度，对能量和营养的需求都很高。过重的学习压力会造成学生们食欲不佳，抵抗力减弱，甚至发生疾病。因此，在这一特殊时期，要在学生的营养方面多下功夫。

人群特征

不管如何优秀和成竹在胸的考生，都不可避免地会有不同程度的紧张，甚至部分考生会有一定程度上的焦虑和不安。这样不良的紧张情绪肯定会影响考生的复习，甚至在临场考试时产生致命的"失足"。因此，考生的心理调节肯定是最重要的，其次可以通过饮食进行一定的调整。

生活注意

家长在孩子进餐之时，应给孩子创造一个轻松、和谐的环境，使孩子的身心都能得到较好的休息，进而更有效率地进行下一轮的学习。

饮食注意

1. 多食用富含蛋白质和脂肪类的食物，多食用碳水化合物类食物。

2. 不宜食冷食。过量食用冷食会影响人体对食物营养的吸收。

3. 不宜喝饮料。饮料含有较多糖精，会影响消化和食欲，从而增加肠胃负担。

✔宜食食物及功效

牛奶	鸡蛋	豆浆	猪肉
补充营养	健脑益智	增强体质	补充能量
牛肉	鱼类	虾	蔬菜
补充能量	提供营养	提供营养	补充维生素

✘慎食食物及原因

汽水	雪糕	咸鱼	浓茶
导致营养流失	导致消化功能下降	含致癌物质	影响睡眠
油条	白酒	肥肉	咖啡
含致癌物质	损害身体器官功能	易导致肥胖	影响睡眠

推荐食谱 状元及第粥

【材料】大米150克，猪肝、粉肠各20克。

【调料】香菜、盐各适量，咸菜10克。

做法 ❶猪肝洗净切片；粉肠洗净切段；大米淘洗干净；咸菜、香菜洗净切段。❷锅中加水煮开，放入猪肝片、粉肠片煮约1小时后捞起沥干。❸锅加水，大米烧开，放盐、猪肝片、粉肠片烧开，小火慢煲，食前加咸菜、香菜即可

生理期的女性

青春期少女一般在12 14岁时开始出现月经，直到50岁左右结束。月经一般都会按月而行，每个月的行经期也就是月经期。青春期少女因为有着这一明显的生理特征，在饮食上更应特别注意。

人群特征 在生理期的女性，首先，经期受内分泌影响，大脑皮层兴奋性降低，免疫力下降，容易感染和诱发疾病；其次，此时生殖器官比平时容易感染发炎，因为经期盆腔充血，子宫内膜脱落时宫腔形成一些伤口，此时阴道的酸度被月经冲淡，不利于消灭病菌，而且月经又可促使病菌生长繁殖，所以月经期间若不注意自我保健，易患急、慢性妇科疾病，甚至影响生育能力。

🍄 生活注意

1. 不宜超负荷工作，保持平和心态。

2. 不抽烟、不饮酒。

3. 注意合理安排作息时间，避免剧烈运动与体力劳动，做到劳逸结合。

4. 不穿紧身衣裤。

🍄 饮食注意

1. 多吃些性平且温、易消化、营养丰富的食物；注意食用补气补血的食物，不要食用辛辣耗气的食物。

2. 不应吃生冷瓜果及冷饮等性寒的食品；忌食酒及辛辣食物；忌食浓茶、咖啡等含咖啡因的饮料。

✅ 宜食食物及功效

阿胶	红糖	枸杞	黑豆

桂圆	鹌鹑肉

滋阴补血

❌ 慎食食物及原因

蛋糕	饼干	白酒	烤鸭

易导致痛经

浓茶	咖啡	韭菜	花椒

含咖啡因的饮料　　　　辛辣食物

推荐食谱 红枣羊肉糯米粥

【材料】红枣25克，羊肉50克，糯米150克。

【调料】姜末5克，葱白3克，盐2克，味精2克，葱花适量。

做法 ❶红枣洗净，去核备用；羊肉洗净，切片，用开水氽烫，捞出；糯米淘净，泡好。❷锅中添适量清水，下入糯米大火煮开，下入羊肉、红枣、姜末，转中火熬煮。改小火，下入葱白，待粥熬出香味，加盐、味精调味，撒入葱花即可。

变声期的青少年

变声期是指14~16岁的青少年因喉头、声带增长而伴随的声音嘶哑、音域狭窄、发音疲劳、局部充血水肿、分泌物增多从而导致说话、唱歌时的声音发生变化并持续半年至一年的时期。

人群特征

到了一定年龄阶段，嗓音会出现暗闷、粗糙、沙哑、走音、不能自控，或嗓音有不舒适感等种种现象。这多数是由于"变声期"而引起的。对这些现象，如果不加以认识并保护，嗓音很容易受到损伤，逐渐嘶哑，甚至一辈子失声而成为终身憾事。

生活注意

1. 注意胶原蛋白和弹性蛋白的摄入，这是构成发音器官的重要营养物质。
2. 多补充钙质，以促进甲状软骨的发育。

饮食注意

1. 少吃辛辣刺激性食物。
2. 不食油炸类且干燥的食物，以避免对喉咙造成损伤。

✔宜食食物及功效

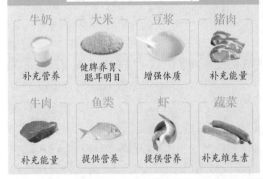

牛奶	大米	豆浆	猪肉
补充营养	健脾养胃、聪耳明目	增强体质	补充能量
牛肉	鱼类	虾	蔬菜
补充能量	提供营养	提供营养	补充维生素

✖慎食食物及原因

生姜	辣椒	韭菜	白酒
烤鸭	腊肉	胡椒	咖喱

过量食用此类食物会刺激气管和声带

推荐食谱

陈皮核桃粥

【材料】粳米150克，陈皮6克，核桃仁20克。

【调料】冰糖10克，色拉油5克，冷水1500毫升。

做法

❶粳米淘净，用冷水浸泡半小时，沥干水分备用。❷陈皮用冷水润透，切丝。❸核桃仁炸香，捞起备用。❹将粳米放入锅内，加入约1500毫升冷水，置旺火上烧沸，再用小火熬煮至八成熟时，加入陈皮丝、核桃仁、冰糖搅匀，继续煮至粳米软烂，即可盛起食用。

更年期的女性

女性到了更年期，由于月经变化很大，受身体激素影响会出现代谢紊乱、贫血、骨质疏松、高血压等症状。因此，更年期女性更应该注意饮食养生、营养调节，以预防和调治更年期女性生理功能变化。

人群特征

女性更年期是指女性45～55岁（绝经期），这一年龄阶段称之为"更年期"，是由中年向老年过渡的阶段。这一时期，集体的新陈代谢和内分泌功能，特别是性腺功能逐渐向衰老过渡，并处于一种不稳定阶段，这样便容易在精神因素或躯体因素的影响下出现内环境平衡失调。女性更年期是指妇女在围绝经期或其后，因卵巢功能逐渐衰退或丧失，以致雌激素水平下降所引起的以自主神经功能紊乱代谢障碍为主的一系列综合征。

生活注意

1. 更年期的女性应坚持运动和锻炼，减慢体力下降，使自己有充足的精力和体力投入到工作和生活中。

2. 要注意劳逸结合，工作、生活应有规律。

3. 定期做妇科检查，以达到早期防治肿瘤的目的。

饮食注意

1. 多食用富含钙质的食品，多食可滋阴、补血的食品。

2. 不宜多食高糖、高脂的食物，咖啡、茶、可乐等饮料辛辣食物，热性食物。

3. 忌抽烟饮酒。

✔宜食食物及功效

木耳	燕窝	百合	莲子
凉血、止血、补气	滋阴补肾	安神	防止失眠
枸杞	桑葚	甲鱼	鸭肉
补充营养	补肝、益肾	滋阴作用	滋阴清补

❌慎食食物及原因

咖啡	辣椒	肥肉	茶
易导致失眠	导致上火	易导致肥胖	易导致失眠
甘蔗	酒	奶糖	可乐
易生痰	刺激性大	易致肥胖	易发胖

推荐食谱

百合粥

【材料】百合25克，白米100克。

【调料】盐适量。

做法

❶将百合洗净，削去外部黑边；白米淘洗净，备用。❷锅中下入百合和白米，加适量清水，先开大火煮沸，再转小火熬煮成粥。❸食用时，加盐调味即可。

婴幼儿

婴幼儿在生长发育的重要时期，需要大量的营养物质，如果喂养的好，发育就好，少得病。同时，婴幼儿的肠胃尚未发育成熟，消化能力不强，咀嚼能力有限，所以要注意供给富有营养的食物。

人群特征

婴儿是指小于1周岁的儿童。婴儿在这个阶段生长发育得特别迅速，是人一生中生长发育最旺盛的阶段。婴儿出生后一段时间内仍处于大脑的迅速发育期，脑神经细胞数目还在继续增加，需要充足均衡合理的营养素（特别是优质蛋白）的支持，所以对热量、蛋白质及其他营养素的需求特别旺盛。幼儿，指1岁的孩子度过了婴儿期，进入了幼儿期。幼儿无论在体格和神经发育上还是在心理和智能发育上，都出现了新的发展。动作发育周岁的孩子已经能够直立行走了，这一变化使孩子的眼界豁然开阔。

生活注意

婴儿：

1. 做好婴儿的早期教育，多给婴儿听悦耳的音乐，多活动身体，多接触大自然。

2. 注意预防常见疾病。

幼儿：

1. 让孩子自己穿衣、脱衣；训练孩子自己刷牙；带孩子多去户外活动。

2. 让孩子与小朋友一起玩，教幼儿与伙伴分享玩具、食物。

饮食注意

1. 宜多吃谷类食品。

2. 宜多摄取优质蛋白和钙。

3. 宜多吃蔬菜、水果等，多补充维生素和微量元素。

4. 忌给婴幼儿多食富含铁的食品。

5. 忌给婴幼儿喂低脂甚至脱脂的食物。

6. 忌盲目给孩子补钙。

☑宜食食物及功效

香蕉	鸡蛋	胡萝卜	西红柿
	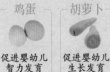		
增强抵抗力	促进婴幼儿智力发育	促进婴幼儿生长发育	促进骨骼生长

✗慎食食物及原因

豆奶	蜂蜜	肥肉	茶
影响将来性发育	易引起婴儿中毒	易导致肥胖	影响蛋白质吸收

推荐食谱 橘皮粥

【材料】干橘皮适量，大米80克。

【调料】盐2克，葱8克。

做法 ❶大米泡发洗净；橘皮洗净，加水煮好，取汁待用；葱洗净，切成圈。❷锅置火上，加入适量清水，放入大米，以大火煮开，再倒入熬好的汁液。❸以小火煮至浓稠状，撒上葱花，调入盐拌匀即可。

儿童

儿童正处于生长发育期，合理的营养对他们的生长发育和健康成长起着决定性的作用，同时也为他们具有高度的活动能力和良好的学习效果提供了物质基础。

人群特征

儿童，是指6~12岁年龄段的孩子。这一期儿童仍是由于处于生长期，合成代谢大于分解代谢，因此，能量和各种营养素的需要量也比较高。其次，这一时期经历从家庭或幼儿园进入学校学习的变化，在营养需要、饮食行为产生变化。学龄期儿童体重每年可以增加2~2.5千克，身高每年可以增加4~7.5厘米。但个体差异较大，与性别、活动状况、进入青春期迟早有密切关系。此期儿童体格维持稳步增长，智力发育迅速，除生殖系统外的器官，系统逐渐发育接近成人水平。

🌿 生活注意

1. 培养良好的学习习惯。
2. 多带孩子去户外接触大自然。
3. 衣服不要穿的太多，以免出汗后着凉。

🌿 饮食注意

1. 营养要全面，粗细搭配好。2. 摄入足够的蛋白质，以增加营养。3. 食用富含钙的食物，以强健骨骼。4. 不可暴饮暴食，否则会增加肠胃负担。5. 不可食用过多糖，否则会使牙齿釉质脱掉。

✅ 宜食食物及功效

牛奶	面包	豆制品	小米
促进大脑发育	利于儿童消化	有助大脑发育	促进成长发育
核桃	黄花菜	鲜橄榄	鱼
促进大脑发育	健脑益智	促进骨骼和牙齿生长	增强抵抗力

❌ 慎食食物及原因

肥肉	果汁	冷饮	咸鱼
导致肥胖	会抑制食欲	易导致肠胃疾病	含有致癌物质
浓茶	白酒	蛋糕	咖啡
影响睡眠	损害身体器官功能	易导致肥胖	影响睡眠

推荐食谱 猪脑粥

【材料】猪脑120克，大米80克。

【调料】葱花5克，姜末3克，料酒4克，盐3克，味精2克。

做法 ❶大米淘净，用冷水浸泡半小时后，捞出沥干水分；猪脑用清水浸泡，洗净。将猪脑装入碗中，加入姜末、料酒，入锅中蒸熟。❷锅中注水，下入大米，倒入蒸猪脑的原汤，熬至粥将成时，下入猪脑，再煮5分钟，待香味逸出，加盐、味精调味，撒上葱花即可。

青少年

青少年时期是生长发育的旺盛时期，加之活动量大，学习负担重，对能量和营养的需求都很大。因此，饮食宜富有营养，以满足生长发育的需要。

人群特征

青少年指满 13 周岁但不满 20 周岁的（从生理、心智的发展角度上讲），也就是少年与青年相重合的阶段，处于儿童时期之后，成人之前。但实际上，青少年指 13 岁以上到成年之前（也就是满 14 岁不满 18 岁）这个阶段的人，多为学生，是社会上令人重视的一个群体。少年期体格迅速生长发育，紧张学习，各种考试的负荷及体育锻炼，维生素及其他矿物质补充不容忽视。通常青少年期营养需要稍高于从事轻体力劳动成人。

🍃 生活注意

1. 多与孩子交流，给孩子更多积极的评价，帮助孩子建立自信心，鼓励他们去实践。

2. 给孩子树立正确的人生观和价值观，积极引导孩子的健康成长。

🍃 饮食注意

1. 注意摄入足够的优质蛋白，以保证发育的顺利进行。

2. 要注意食用富含铁的食物，避免引起缺铁性贫血。

3. 多食用富含钙的食物，以促进骨骼的成长。

4. 忌过多食肥肉、糖果等食物。

✅ 宜食食物及功效

牛奶	瘦肉	豆浆	猪肉
补充营养	促进生长发育	增强体质	补充能量
牛肉	鱼类	葱	西红柿
补充能量	增强抵抗力	提高食欲	增强免疫力

❌ 慎食食物及原因

味精	果汁	冷饮	油炸食品
导致肥胖	会抑制食欲	易导致肠胃疾病	含有致癌物质
浓茶	白酒	蛋糕	咖啡
影响睡眠	损害身体器官功能	易导致肥胖	影响睡眠

推荐食谱 香菇鸡翅粥

【材料】 香菇15克、米60克、鸡翅200克、葱10克。

【调料】 盐6克、胡椒粉3克。

做法

① 香菇泡发切块，米洗净后泡水1小时，鸡翅洗净斩块，葱切花备用。② 将米放入锅中，加入适量水，大火煮开，加入鸡翅、香菇同煮。③ 至呈浓稠状时，调入调味料，撒上葱花即可。

成年人

成年人是指已过生长发育期，身体和心理都进入生命中状态最好的时期。这个阶段的人活动量大，精神压力和负担较重。

人群特征

成年人，一般来说健康状况良好。许多事业心强的人，忙于进取，往往忽略了健康投资。从20岁开始，每10年，身体的新陈代谢率减慢2/3，也就是说，这段时间如果多吃高脂高热量的食物，会变成脂肪贮存在体内。等开始意识到自己应该减肥时，已经不容易了。从20岁开始，成年人的肌肉强度和肺功能也开始下降，到70岁时，身体的所有功能将下降到20岁的1/3。因为大部分的变化是由于活动减少而造成的，所以，要抵抗衰老的影响，永葆青春活力，道理很简单，就是注意饮食。

生活注意

1. 要注意平时多做运动及合理安排休息，以保持身心良好的状态。
2. 多与家人沟通、交流。
3. 合理饮食，安排好一日三餐。
4. 保证睡眠时间。

饮食注意

1. 摄入足够的优质蛋白和碳水化合物，保证能量的正常供应。2. 多食维生素含量高的鲜蔬水果。3. 多吃谷类，做到粗细搭配。4. 忌不吃早餐。5. 忌过多食用肥肉和胆固醇过高的食物。6. 避免暴饮暴食。

✓宜食食物及功效

瘦肉	蛋类	山药	牛奶
富含优质蛋白，补充能量	改善记忆力	健脾降脂，预防动脉硬化	补充蛋白质和维生素

胡萝卜	绿豆	大豆	黑木耳
补肝明目，增强免疫力	利于消化，降低胆固醇	预防心脏病、冠状动脉硬化	排除肠道堵塞

✗慎食食物及原因

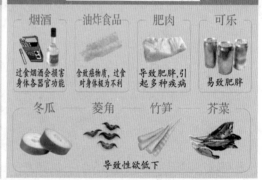

烟酒	油炸食品	肥肉	可乐
过食烟酒会损害身体各器官功能	含致癌物质，过食对身体极为不利	导致肥胖，引起多种疾病	易致肥胖

冬瓜	菱角	竹笋	芥菜

导致性欲低下

推荐食谱 南瓜山药粥

【材料】南瓜、山药各30克，大米90克。

【调料】盐2克。

做法 ❶大米洗净，泡发1小时备用；山药、南瓜去皮洗净，切块。❷锅置火上，注入清水，放入大米，开大火煮至沸。❸再放入山药、南瓜煮至米粒绽开，改用小火煮至粥成，加盐入味即可。

中年女性

女性由于生理期的原因，身体状况较多，尤其到了更年期，身体激素影响会出现代谢紊乱、贫血和骨质疏松等症状。

人群特征

中年女性开始出现皮肤及毛发的老化。皮肤开始失去弹性，呈现干燥状态，光滑度和透明感减弱，面部皱纹逐渐增多，头发变白、脱落以及体态发生变化等。因此，中年女性更应注意身体及容貌的保养，以积极的心态向衰老挑战。而注意饮食的营养，是延缓衰老，美容护肤以及改善自身不良状况最有效的手段之一。

生活注意

1. 坚持规律的体育锻炼，定期进行体检。
2. 多与家人沟通、交流。
3. 合理饮食，安排好一日三餐。
4. 保持良好的心态。

饮食注意

1. 宜补充维生素 C，以延缓衰老。
2. 宜多食富含维生素 D 的食物，以预防骨质疏松。
3. 宜多食含有维生素 E 的食物，以抗衰老，防癌抗癌。
4. 忌食用过量甜食，以预防胆结石。

✅ 宜食食物及功效

花菜	丝瓜	香蕉	苹果
减少心脏病与中风发病率	保护皮肤、清除块斑	抗抑郁、预防中风、高血压、肥胖	稳定血糖、提神醒脑、预防贫血

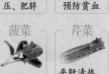

红枣	黄豆	菠菜	芹菜
健脾益胃、预防骨质疏松	护肤抗衰、降脂、润肠	解毒养颜、保护视力、降血糖	平肝清热、健脾、利尿降压

❌ 慎食食物及原因

雪糕	咖啡	浓茶	高盐食品
引起食欲下降和消化不良	增加患骨质疏松的危险	功效同咖啡	引起水肿

油炸食品	辛辣食品	高糖食品	高脂食品
引起食欲下降和消化不良	增加患骨质疏松的危险	导致肥胖	导致肥胖

推荐食谱

瘦肉西红柿粥

【材料】西红柿100克，瘦肉100克，大米80克。

【调料】盐3克，味精1克，葱花、香油少许。

做法

① 西红柿洗净，切成小块；猪肉洗净切丝；大米淘净，泡半小时。② 锅中放入大米，加适量清水，大火烧开，改用中火，下入猪肉，煮至猪肉变熟。③ 改小火，放入西红柿，慢煮成粥，下入盐、味精调味，淋上香油，撒上葱花即可。

脑力劳动者

脑力劳动者普遍有久坐于办公桌前的问题，造成四肢血液循环不良、静脉曲张、手脚酸麻等现象。

人群特征

脑力劳动者是指以脑力劳动为主的人们，如理论工作者、作家、教师、律师、编辑人员等。他们的工作性质决定了其必须经常性地使用脑力去分析、思维和记忆。脑力劳动者的工作特征是：思维劳动大于体力劳动。这种职业表面看来十分清闲，只有劳动者本身深知其艰苦。

生活注意

1. 平时不要熬夜，生活要有规律，注意保暖。
2. 多喝水，多吃蔬菜水果，不要喝酒吸烟。
3. 平时多锻炼身体。

饮食注意

1. 宜摄入富含维生素的食物。
2. 宜摄入富含糖类的食品。
3. 宜摄入富含蛋白质的食物。
4. 忌吃油炸食品。
5. 忌吃酸性食品。

☑宜食食物及功效

动物肝脏	胡萝卜	花生	核桃
增强免疫力	增强抵抗力	增强记忆力	健脑

苹果	草莓	橘子	葡萄

维护身体健康，提高智力活动

☒慎食食物及原因

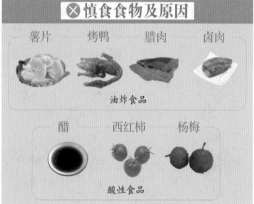

薯片	烤鸭	腊肉	卤肉

油炸食品

醋	西红柿	杨梅

酸性食品

推荐食谱 南瓜山药粥

【材料】南瓜、山药各30克，大米90克。

【调料】盐2克。

做法

① 大米洗净，泡发1小时备用；山药、南瓜去皮洗净，切块。② 锅置火上，注入清水，放入大米，开大火煮至沸。③ 再放入山药、南瓜煮至米粒绽开，改用小火煮至粥成，加盐入味即可。

体力劳动者

体力劳动者多以肌肉、骨骼的活动为主，他们能量消耗多，需氧量高，物质代谢旺盛。

人群特征

一般中等强度的体力劳动者每天可消耗 12558~14651 千焦的热量，重体力劳动者每天消耗热量达 15069.6~16744 千焦，其消耗的热量比脑力劳动者高出 4186~6279 千焦。另外，有些体力劳动者还可能接触一些有害物质，如化学毒物、有害粉尘以及高温、高湿等，所以要通过合理膳食，在一定程度上减少或消除这些有害物质对身体的影响。

生活注意

1. 平时多锻炼身体。
2. 多喝水，多吃蔬菜水果，不要喝酒吸烟。
3. 保持情绪乐观，心态平和。

饮食注意

1. 宜加大饭量来获得较高的热量。2. 要科学地补充水分。3. 宜适当增加蛋白质的摄入。4. 宜补充充足的维生素和无机盐。5. 多食抗粉尘的食物。

✔宜食食物及功效

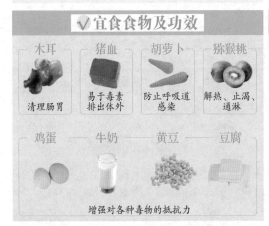

木耳	猪血	胡萝卜	猕猴桃
清理肠胃	易于毒素排出体外	防止呼吸道感染	解热、止渴、通淋

鸡蛋	牛奶	黄豆	豆腐

增强对各种毒物的抵抗力

✗慎食食物及原因

咖啡	浓茶	可乐	酒

葱	姜	蒜	花椒

刺激性食物

推荐食谱

肥牛烧木耳

【材料】肥牛肉150克，木耳100克，洋葱20克。

【调料】辣椒10克，盐、味精各4克，酱油10克。

做法

❶肥牛洗净，切块；木耳洗净，摘蒂，撕成小块；辣椒、洋葱洗净，切小块。❷油锅烧热，入肥牛煸炒，至肉色变色时，加木耳炒熟。❸放辣椒、洋葱炒香，入盐、味精、酱油调味，盛盘即可。

功效 益气补血。

夜间工作者

夜间工作者由于过着昼夜颠倒的生活，这对人体的生理和代谢功能都会产生一定的影响，有时会出现头晕、疲倦或者食欲不振的情况。

人群特征

长期熬夜者多在人工照明或光亮度低的环境中从事生产、工作或生活，比如报社夜班编辑，印刷、纺织业的工作人员等。有些长期熬夜者由于体内生物钟（昼夜周期）的改变，不能适应新的时间节奏，会感到睡不香、浑身无力、精神萎靡、吃东西没胃口。因此，在饮食安排上需要动一番脑筋，改善饭菜质量，以保证夜班工作者吃饱吃好，满足其能量的消耗。

生活注意

1. 要合理安排饮食。

2. 还要重视身体锻炼。工作中如常感到无力，应到户外做做运动，可以增加体内血红蛋白的数量，提高机体抵抗力，还能提高大脑皮质的工作效率，增强心肺功能。

3. 多喝水，多吃蔬菜水果，不要喝酒吸烟。

4. 保持情绪乐观，心态平和。

饮食注意

1. 要注意补充维生素 A。

2. 晚餐时多食用富含 B 族维生素的食物，可有效保护神经组织、安定神经、舒缓焦虑。

3. 忌为了提神，过量食用有刺激性的饮品。

4. 忌多食甜食以补充能量，容易引起肥胖症。

✔宜食食物及功效

豆浆 —— 牛奶 —— 大豆 —— 豆腐

改善睡眠

大米 —— 牛肉 —— 蔬菜 —— 猕猴桃

促进睡眠

❌慎食食物及原因

咖啡　　浓茶　　可乐　　酒

葱　　姜　　蒜　　花椒

刺激性食物

推荐食谱

豆腐烧鲫鱼

【材料】鲫鱼、豆腐各适量。

【调料】葱花、花椒粉、豆瓣酱、辣椒粉、姜末、盐、料酒、水淀粉各适量。

做法

❶ 鲫鱼处理干净，抹盐。❷ 豆腐洗净，切丁；油烧热，下鲫鱼，煎至两面金黄起锅。❸ 油烧热，下豆瓣酱、姜末、辣椒粉炒香，加水烧开，再放鱼、豆腐、料酒同烧；下水淀粉勾芡，撒葱花、花椒粉即可。

长时间电脑操作者

电脑综合征是一种新型疾病，是人长时间使用电脑后出现身体不适，如头晕、食欲下降、反应迟钝等现象。此外，长时间操作电脑的人因长期姿势不良、全身性运动减少，容易引起腕管综合征与关节炎。

人群特征

电脑工作者长期坐在计算机前，不仅身体因机器辐射而受到伤害，而且由于长时间注视电脑屏幕，眼睛也会受到不同程度的损伤，视力受到影响。由于工作的原因，从事计算机工作的人精神总是高度紧张、大脑疲劳。由于电脑作业者眼睛过久地注视电脑荧光屏，可使视网膜上的感光物质视紫红质消耗过多，若未能及时补充其合成物质维生素 A 和相关营养素，会导致视力下降、眼痛、怕光、暗适应能力降低等。

生活注意

1. 为了避免荧光屏反光或不清晰，电脑不应放置在窗户的对面或背面；环境照明要柔和，如果操作者身后有窗户，应拉上窗帘，避免亮光直接照射到屏幕上反射出明亮的影像造成眼部疲劳。

2. 应多参加户外运动。

3. 工作一段时间后，眼睛要休息远眺，以避免视疲劳，保护视力。

4. 离开电脑后，一定要先洗脸，以保护皮肤。

饮食注意

1. 宜多吃含高蛋白质、维生素、磷脂、胆碱的食物。

2. 多食碱性和补充含镁食品。

3. 食用富含 Ω-3 多不饱和脂肪酸和维生素 E 的食物。

4. 宜多补充脂肪酸、维生素 A、维生素 K、维生素 E 及 B 族维生素等。

☑宜食食物及功效

| 羊肝 | 猪肝 | 蛋类 | 乳类 |

富含维生素 A，可帮助提高视力

❌慎食食物及原因

| 肥肉 | 烤鸭 | 蛋糕 | 可乐 |

不仅会使人发胖，还会引发心血管疾病

推荐食谱 党参枸杞猪肝汤

【材料】猪肝200克，党参8克，枸杞2克。
【调料】盐6克。

做法

❶ 将猪肝洗净切片，汆水；党参、枸杞用温水洗净备用。

❷ 净锅上火倒入水，下入猪肝、党参、枸杞煲至熟，调入盐调味即可。

功效 保肝护肾。

第五章 食物烹调宜忌

铜器 + 维生素C　氧化破坏维生素C

　　不要用铜制器皿烹调或盛放白菜、油菜、空心菜等富含维生素C的蔬菜和水果，因为维生素C对氧很敏感，铜会促进维生素C氧化。

铝器 + 酸性食物　阻止磷吸收

　　铝遇酸或碱都会起反应，生成铝盐或铝酸盐，比如醋酸铝、氯化铝等，这是一些有毒的可溶性铝化物。用铝器加热或存储酸性食物和饮料，或者用铝锅炒菜时加醋都会释出更多的铝离子，很容易超过人体正常的需要量，长期食用这种被污染了的食物，会干扰磷的代谢，阻止磷的吸收，进而产生脱钙、骨骼软化等骨骼病变。铝过量对中枢神经系统也有毒害作用，会引起记忆力衰退、神经紊乱、老年性痴呆等症。

铁器 + 酸性食物　降低营养价值

　　铁在酸性环境中加热易生成亚铁盐类，亚铁盐会使蛋白质迅速凝固，影响人体对食物的消化吸收，进而降低食物的营养价值。

　　铁锅炒菜加醋时，醋量不宜过多，烹炒时间也不宜过长。

铜器 + 酸性食物　中毒

　　铜质器皿与醋不宜长久接触，否则会产生铜绿。铜绿是一种有毒物质，人体吸收后会降低谷胱甘肽还原酶的活性，损伤细胞膜，表现为溶血、少尿、休克、中枢神经抑制等，严重的甚至导致死亡。铜与酸性饮料中的二氧化碳、柠檬酸作用产生有毒物质碱式碳酸铜和柠檬酸铜，饮用后会出现舌苔变黑、恶心、呕吐等中毒症状。

不锈钢炊具 + 酒　慢性中毒

不锈钢炊具在高温烹炒时，如果加入酒类调料，酒中的乙醇可使不锈钢中的铬、镍游离溶解。

铬与糖代谢、脂肪代谢密切相关，在胰岛素存在的条件下会使更多的葡萄糖转变为脂肪，造成机体代谢紊乱。大量的铬盐还会对肝肾功能造成损害，夺取血液中的氧气，导致组织缺氧，造成血管、神经系统的损害。

镍盐对神经系统先兴奋后抑制麻痹，镍过量有致癌作用，长期积累容易导致肺癌。

长期不合理使用不锈钢炊具会使人慢性中毒。

莴笋爽脆色美　少放盐

莴笋口感鲜嫩，色泽碧绿，制作菜肴可荤可素，可凉可热。烹炒莴笋想要保持爽脆的口感和碧绿的色泽，一定要少放盐，还要注意掌握火候，烹炒时间不可过长。

白菜　焯烫挤汁不可取

白菜烹调时不宜用焖煮、煮焯浸烫后挤汁等方法，以避免营养成分的大量损失。

莼菜遇铁　会变黑

莼菜由于含有较多的单宁物质，与铁器相遇会变黑，所以忌用铁锅烹制。

铁锅煮藕　藕发黑

煮藕时忌用铁器，以免引起食物发黑。《物类相感志》："藕，忌铁器。"荷叶也忌铁器，不可用铁器煮荷叶粥或荷叶汤羹、茶水。

铝器 + 碱　久食危害健康

铝在碱性溶液中反应生成铝酸盐，铝酸盐溶解后释放出铝离子，随食物进入人体，但由于数量很少，通常不会引起中毒。不过对于肾功能衰竭或肠壁功能异常通透性增强者，则可能因为对铝的吸收量增强而造成危害，长期食用者更甚。

铁器 + 鞣质　难消化

不能用铁锅烹调富含鞣质的食物和饮料，比如茶、咖啡、红糖、可可、果汁等。食物中的鞣质会和铁元素化合为不溶解的物质，胃肠难以消化。这种不溶解的物质如果摄入过多则对人体有害。

木耳菜　宜旺火快速炒

木耳菜烹调时要用旺火快炒，炒的时间长了易出黏液，并且不宜放酱油。木耳菜素炒清香鲜美，口感嫩滑。

烹炒洋葱　宜快不宜久

烹炒洋葱宜旺火快速翻炒，不宜加热过久，以有些微辣味为佳，这样可以最大限度地保存其中的营养成分。

菠菜先焯后炒　除草酸

菠菜不能直接烹调，因为它含草酸较多，有碍机体对钙的吸收。故吃菠菜时宜先用沸水焯一下，捞出再炒。吃菠菜的同时应尽可能地多吃一些碱性食品，如海带、蔬菜、水果等，以促使草酸钙溶解排出，防止结石。

荷　蒿　旺火快炒健胃肠

荷蒿中含有特殊香味的挥发油，有助于宽中理气，消食开胃，增加食欲。荷蒿中的这种芳香精油遇热易挥发，这样会减弱荷蒿的健胃作用，所以烹调时应注意旺火快炒。汆烫或凉拌对胃肠功能不好的人有利。

芥蓝去涩　糖酒来帮忙

芥蓝菜有苦涩味，炒时加入少量糖和酒，可以改善口感。同时，加入的汤水要比一般菜多一些，炒的时间要长些，因为芥蓝梗粗不易熟透，烹制时挥发水分必然多些。

圆白菜　生食保维生素

圆白菜以富含维生素C、叶酸、维生素U、维生素P、维生素E和胡萝卜素著称，切丝凉拌、制作沙拉或绞汁饮用，能较好地保存所含的营养成分，特别是各种维生素。

绿豆芽　偏寒用姜中和

绿豆芽膳食纤维较粗，不易消化，且性质偏寒，烹调时应配上一点姜丝，以中和它的寒性，适于夏季食用。但是脾胃虚寒之人不宜多食、久食。

炒绿豆芽　加醋少油盐

烹调绿豆芽时油盐不宜太多，要尽量保持其清淡的性味和爽口的特点。

芽菜下锅后要迅速翻炒，适当加些醋，才能更好地保存水分及维生素C，口感也会更好。

炒黄豆芽　加醋不加碱

烹调黄豆芽切不可加碱，要加少量食醋，这样才能更好地保护维生素 B_2 少受损失。烹调过程要迅速，或用油急速快炒，或用沸水略焯后立刻取出调味食用。

香　椿　当菜又能当调料

香椿可用于生拌、热炒、腌制，也是香味十足的调味料，可烹制"香椿鸡蛋""炸香椿鱼"等。

青蒜过熟　降低杀菌力

青蒜和蒜薹不宜烹制得过熟过烂，以免辣素被破坏，杀菌作用降低。

丝　瓜　少油勾薄芡

丝瓜不宜生吃，可炒食或烧汤。烹制丝瓜时应注意尽量保持清淡，油要少用，可勾薄芡，以保留香嫩爽口的特点。

豆瓣菜　鲜嫩不宜过熟

豆瓣菜口感脆嫩，营养丰富，适合制作各种菜肴，还可制成清凉饮料或干制品，具有很高的食用价值。豆瓣菜十分鲜嫩，不宜烹得过熟过烂，既影响口感，又造成营养损失。

桑葚　忌铁器

熬桑葚膏时忌用铁器。唐代苏恭《新修本草》："桑葚最恶铁器，然在饭锅内蒸熟，虽铁器而无碍也。采紫者第一，红者次之，青则不可用。"

油炸茄子　营养损失大

油炸茄子会造成维生素 P 大量损失，挂糊上浆后炸制能减少这种损失。

西红柿加醋　破坏有害物

烹调西红柿时不要久煮。烧煮时稍加些醋，则能破坏其中的有害物质番茄碱。

木瓜　忌铁器、铅器

木瓜忌铁器、铅器。《医学入门》："忌铅铁。"

山楂　忌铁器

根据前人经验，山楂忌用铁器煮食。

人参　忌铁器、铝器

人参忌铁器、铝器，应用砂锅、瓦罐煎煮。

豆角　熟透防中毒

豆角，特别是经过霜打的鲜豆角，含有大量的皂苷和血球凝集素。食用时若没有熟透，则会发生中毒。经及时治疗，大多数病人在 2～4 小时内即可恢复健康。为防止中毒发生，豆角吃前应加处理，可用沸水焯透或热油煸，直至变色熟透方可食用。烹煮时间宜长不宜短，要保证豆角熟透。豆类的种子都必须煮熟煮透才能食用，否则也会中毒。

猪肉炖煮　减少胆固醇

猪肉如果调煮得宜，亦可成为"长寿之药"。猪肉经长时间炖煮后，脂肪会减少30%～50%，胆固醇含量会大大降低。

狗肉　除腥靠调料

狗肉腥味较重，将狗肉用白酒、姜片反复揉搓，再将白酒用水稀释浸泡狗肉 1～2 小时，清水冲洗，入热油锅微炸后再行烹调，可有效降低狗肉的腥味。

吸烟者　炒猪肉易患肺癌

高温烹炒猪肉时所散发出的化学物质，会与香烟里致癌的化学物质结合起来提高致癌概率。由于中国女性缺乏相应的抵抗基因，若中国女性吸烟者做饭时经常烹炒猪肉的话，那么患上肺癌的可能性是一般吸烟者的 2.5 倍。

何首乌　忌铁器

根据前人经验，何首乌忌用铁器煮食。《开宝本草》："忌铁。"

乌 鸡　连骨砂锅炖

乌鸡连骨（砸碎）熬汤滋补效果最佳。炖煮时最好不用高压锅，使用砂锅文火慢炖最好。

鸭汤鲜美　食盐帮忙

鸭肉中含氮浸出物比畜肉多，所以鸭肉味美。烹调时，加入少量盐，能有效地溶出含氮浸出物，会获得更鲜美的鸭肉汤。

煮牛奶　离火再放糖

牛奶中的赖氨酸与糖同煮，在高温作用下会产生梅拉德反应，生成一种有毒物质——果糖基氨酸，这种物质不会被人体消化吸收，使对人体特别是对健脑有益的赖氨酸遭到破坏，尤其对儿童发育更为不利。

鱼肉油炸　损失DHA

烹调方法与DHA的吸收有关系。很多鱼类无论煎、煮、烤、干制或生吃，鱼肉中的DHA含量都不会发生变化，都可以被人体吸收，只是油炸的鱼肉DHA的比例会降低。因此，为了更有效地利用鱼肉中的DHA，烹调时应尽量少用油炸。

鲫 鱼　煎炸功效打折

民间常给产妇炖食鲫鱼汤，既可以补虚，又有通乳催奶的作用。鲫鱼清蒸或煮汤营养效果最佳，若经煎炸则上述功效会大打折扣。

螃蟹未熟透　不要吃

醉蟹或腌蟹等未熟透的蟹不宜食用，应蒸熟煮透后再吃。

螺肉煮透　防感染

为防止病菌和寄生虫感染，在食用螺类时一定要煮透，一般煮10分钟以上再食用为佳。死螺不能吃。

石花菜久煮　会溶化

石花菜食用前可在开水中焯过，但不可久煮，否则石花菜会溶化掉。

粳米做饭　要蒸不要捞

用粳米做米饭时一定要"蒸"而不要"捞"，因为"捞饭"会损失掉大量维生素。

红糖水　煮开再饮用

红糖在贮藏过程中易滋生细菌，因此红糖水应煮开后饮用，不要用开水一冲即饮。

蜂 蜜　应以温水冲

蜂蜜应以温水冲饮，不能用沸水冲，更不宜煎煮。夏秋季节不宜食生蜂蜜。

鱿鱼不熟　伤肠道

鱿鱼应煮熟透后再食，因鲜鱿鱼中有一种多肽成分，若未煮透就食用，会导致肠运动失调。

煮绿豆　掌握好火候

未煮烂的绿豆腥味强烈，食后易恶心、呕吐。绿豆也不宜煮得过烂，以免使有机酸和维生素遭到破坏，降低清热解毒功效。

加热豆浆　识别假沸

不要饮未煮熟的豆浆，饮未煮熟的豆浆会发生恶心、呕吐等中毒症状。豆浆煮沸后要再煮几分钟，当豆浆加热到80℃左右时皂毒素受热膨胀，会形成假沸产生泡沫上浮，只有加热到90℃以上才能破坏皂苷。饮豆浆不要加红糖，须煮熟离火后再加白糖。

柠檬汁　除腥护VC

柠檬汁含有糖类、维生素C、维生素 B_1、维生素 B_2、烟酸、钙、磷等营养成分。在烹饪中，柠檬汁能减轻腥味及食物本身的异味，同时它也能减少原料在烹调过程中维生素C的损失。

薄荷煎汤　忌久煮

若以薄荷煎汤代茶饮用，忌久煮。薄荷含挥发油，若煮得太久会降低药效。

放盐　应在菜肴出锅时

烹调时放盐的最佳时间是菜肴即将出锅时。由于现在的食盐中大多添加了碘或锌、硒等营养元素，烹饪时宜在菜肴即将出锅时加入，以免这些营养成分受热蒸发掉，而且此时盐更容易入味。

黑胡椒煮肉　不宜久煮

黑胡椒与肉食同煮的时间不宜太长，因黑胡椒含胡椒辣碱、胡椒脂碱、挥发油和脂肪油，烹饪太久会使辣味和香味挥发掉。另外要掌握调味浓度，保持热度，可使香辣味更加浓郁。

勾芡　菜肴九成熟时

勾芡应在菜肴九成熟时进行，过早会使卤汁发焦，过迟菜受热时间长，失去脆嫩的口味。勾芡的菜肴用油不能太多，否则卤汁不易附着在原料上。

放糖　在放盐之前

白糖用于烹饪时温度不能过高。炒糖醋味菜时，如糖醋鱼等，放糖的最佳时间是在放盐之前。

加料酒　在温度最高时

烹调时加入料酒（黄酒）的最佳时间应为炒锅温度最高的时候。烹调菜肴时不要放过多料酒，以免料酒味太重而影响菜肴本身的滋味。

第六章 食物加工宜忌

蔬果 | 生吃要洗净

很多蔬菜、水果都可以生吃，因可能有农药化肥的残留，所以生吃前一定要洗净。

胡萝卜 | 先洗后切

胡萝卜不宜切碎后水洗或长时间浸泡于水中，否则营养成分将大量流失。

土豆 | 水漂去淀粉

人们经常把切好的土豆片、土豆丝放入水中，去掉过多的淀粉以便烹调。但注意不要泡得太久而致使营养流失。

土豆切开后容易氧化变黑，属正常现象，不会造成危害。

芋头 | 剥洗戴手套

芋头的黏液中含有一种复杂的化合物，遇热能被分解。这种物质对皮肤有较强的刺激作用，所以剥洗芋头时最好戴上手套。如果皮肤沾上黏液后发痒，在火上烤一烤可以缓解。

圆白菜 | 清洗去农药

圆白菜属于爱"招惹"害虫的蔬菜，在种植过程中通常会大量使用农药。购买时要注意其表面农药残留是否超标，清洗圆白菜是非常重要的环节。

香椿 | 盐腌保本味

用香椿嫩芽腌咸菜除了放盐以外，最好不加任何其他调料，可以最大限度保留香椿特有的香味。

蕨菜 | 焯洗祛腥味

蕨菜虽可鲜食，但较难保鲜，所以市场上常见其腌制品或干品。鲜品或干品食用前应先在沸水中浸烫一下后过凉，以清除其表面的黏质和土腥味。

竹笋 | 焯水除草酸

竹笋食用前应先用开水焯过，然后用清水漂洗 1～2 次，尽可能去除笋中的草酸。

魔芋 加工戴手套

魔芋中的黏液对皮肤有较强的刺激作用，所以剥洗、加工魔芋时最好戴上手套。

芦荟 焯水去苦味

芦荟以凉拌、清炒为佳。但芦荟有苦味，烹调前应水煮3～5分钟，即可去掉苦味。

白菜 最好顺丝切

切白菜时宜顺丝切，这样白菜易熟好烹调。

仙人掌 焯水去苦味

菜用仙人掌有些苦味，所以加工前要将皮、刺削去，并用淡盐水浸泡15～20分钟，或用水焯过后，再用清水漂一下，就可以去掉苦味。

四棱豆 焯水口感好

烹饪四棱豆需要用水焯透，然后用淡盐水浸泡一会儿再烹饪，口感会更好。

秋葵 焯水除涩味

秋葵在凉拌和炒食之前必须在沸水中烫三五分钟以去涩。

菜花 水浸泡

菜花虽然营养丰富，但常有残留的农药，还容易生菜虫。所以在吃之前，可将菜花放在盐水里浸泡几分钟，菜虫就跑出来了，还可去除残留农药。

豆角 先要摘豆筋

豆角烹调前应将豆筋摘除，否则既影响口感，又不易消化。

蘑菇 浸泡不宜长

蘑菇无论鲜品还是干品都不宜浸泡时间过长，以免营养成分大量损失。

袋装蘑菇 多清洗

市场上有泡在液体中的袋装蘑菇，食用前一定要多漂洗几遍，以去掉浸泡液中的化学物质。最好吃鲜蘑。

木耳 宜用温水泡

干木耳烹调前宜用温水泡发，泡发后仍然紧缩在一起的部分不宜吃。

银耳 宜用开水泡

银耳宜用开水泡发，泡发后应去掉未发开的部分，特别是那些呈淡黄色的东西。

竹荪 以淡盐水泡

竹荪干品烹制前应先用淡盐水泡发，并剪去菌盖头（封闭的一端），否则会有怪味。

肝脏 先冲再浸泡

肝脏是动物体内最大的毒物中转站和解毒器官，所以买回的新鲜肝脏不要急于烹调。应把肝脏放在自来水龙头下冲洗10分钟，然后放在水中浸泡30分钟。

草莓　淡盐水浸泡杀菌

草莓表面粗糙，不易洗净，用淡盐水或高锰酸钾水浸泡10分钟既可以杀菌又较易洗净。

鲇鱼　焯水去黏液

鲇鱼体表黏液丰富，宰杀后放入沸水中焯一下，再用清水洗净，即可去掉黏液。

鲤鱼　除白筋去腥味

鲤鱼鱼背两侧各有一条同细线一样的白筋，去掉它们可以除腥味。

海参　冲洗去残留

买回胀发好的海参后应反复过水冲洗，以免残留的化学成分有害健康。干海参胀发率较高，质量好的可涨发至干品的8倍左右。

蚬　浸泡吐泥沙

煮蚬之前要用清水浸泡一夜，让其吐出泥沙。

海带　浸泡要换水

由于现在全球水质的污染，海带中很可能含有有毒物质——砷，所以烹制前应先用清水浸泡2～3小时，中间应换1～2次水。但不要浸泡时间过长，最多不超过6小时，以免水溶性的营养物质损失过多。

海螺　头部含毒素

海螺的脑神经分泌的物质会引起食物中毒。海螺引起的食物中毒潜伏期短（1～2小时），症状为恶心、呕吐、头晕，所以在烹制前要把海螺的头部去掉。

第七章 食物贮存宜忌

茄 子　不宜洗后存放

　　茄子的表皮外有一层很薄的蜡质层，这个蜡质层具有防止空气中的微生物侵蚀茄子肉质的作用。洗后的茄子由于表皮的蜡质层被破坏，空气中的大量微生物通过破损的"缺口"侵入茄子内部，因此，被侵蚀的地方很快就会"生锈"，并且局部发褐、发黄、变软。

生菜贮藏　怕乙烯

　　生菜对乙烯极为敏感，贮藏时应远离苹果、梨，以免诱发赤褐斑点。

黄瓜与番茄　不可一起存放

　　将黄瓜与番茄一起存放，黄瓜很快就会生斑变质，这是因为番茄在存放过程中会释放一种气体乙烯，加速黄瓜的成熟过程。

绿叶菜　不宜在冰箱久存

　　这是因为绿叶菜中含有较多的硝酸盐，虽然硝酸盐本身没有毒，但贮藏一段时间后，由于酶和细菌的作用，硝酸盐会还原成亚硝酸盐。亚硝酸盐是一种有毒的物质，是导致胃癌的重要因素之一。所以绿叶菜最好不要在冰箱久存。

冷冻过的蔬菜　不宜再存放

　　冷冻过的蔬菜应马上吃掉，而不宜再存放，尤其是在夏天。一则绿叶蔬菜很快会变黄，二则维生素C容易被破坏。蔬菜放在20℃的温度下比放在6～8℃温度下的维生素C的分解损失要多2倍。

发好的银耳　忌冷冻

　　发好的银耳一次未用完，忌放在冰箱中冷冻。否则，解冻时易使银耳碎不成形，并造成营养成分大量流失。可用冷水泡上放在冷藏室冷藏或放在凉爽的地方，注意常换水。也可滤去水分，使之风干再存放。

香菇贮存　宜避光

光线中的红外线会使香菇升温，紫外线则会引发光化作用，从而加速香菇变质。因此，必须避免在强光下贮存香菇，同时也要避免用透光材料包装。

土豆与红薯　不可一起存放

土豆和红薯不能存放在一起，否则不是红薯僵心，就是土豆发芽不能食用，这主要是由于二者的最佳贮存温度差异造成的。

香蕉与梨　不可一起存放

将香蕉与梨存放在一起，第二天香蕉就会变软，并出现腐烂的斑点。原因在于梨在存放过程中会释放出香蕉极其敏感的气体乙烯，乙烯会加速香蕉的成熟过程，使其快速变质。

香蕉　不宜放冰箱

香蕉不宜在冰箱内存放，通常在 12 ～ 13℃即能保鲜，温度太低，反而会使它"感冒"。香蕉容易因碰撞挤压受冻而发黑，而香蕉发黑后在室温下很容易滋生细菌，最好不要食用。

火腿　忌低温贮存

如将火腿放入冰箱低温贮存，其中的水分就会结冰，同时脂肪析出，腿肉结块或松散，最后导致肉质变味，腐败变质。

哈密瓜　受伤难贮藏

搬动哈密瓜应轻拿轻放，不要碰伤瓜皮。受伤后的瓜很容易变质腐烂，不能贮藏。

鲜荔枝　不宜放冰箱

将鲜荔枝在 0℃的环境中放置一天，即会使表皮变黑、果肉变味。

鸡蛋　忌与挥发性物质同贮存

挥发性物质如葱、姜、辣椒等的强烈气味会通过蛋壳上的气孔渗入鸡蛋中，加速鸡蛋变质。

鸡蛋　不宜水洗后存放

鸡蛋表面布满了肉眼看不见的小孔，这些小孔被一层胶状物封着，可保护鸡蛋免受细菌入侵，同时也使得蛋内的水分不易蒸发。用水清洗鸡蛋，会使蛋壳上的胶状物溶解在水中，蛋壳小孔全部暴露，细菌由此得以乘虚而入。

牛奶　忌存入保温瓶

将牛奶放入保温瓶中，犹如放在细菌培养皿中。细菌在牛奶中大约每 20 分钟繁殖一次，三四个小时后整个保温瓶中的牛奶就会变质。

牛奶　忌冰冻保存

牛奶解冻后，奶中的蛋白质易沉淀、凝固而变质。

牛 奶　贮存宜避光

不要让牛奶曝晒阳光或照射灯光，日光、灯光均会破坏牛奶中的多种维生素，同时也会使其丧失芳香。

牛 奶　忌用塑料容器贮存

塑料容器存放牛奶，不仅会破坏牛奶的营养成分，降低牛奶的营养价值，还会产生一定的异味。

松花蛋　不宜放冰箱

松花蛋不宜存放在冰箱内。松花蛋用碱性物质浸制，蛋内饱含水分，在冰箱内贮存会逐渐结冰，改变松花蛋原有风味。低温还会影响松花蛋的色泽，使其变成黄色。

奶 油　忌光照、忌与空气接触

奶油属于乳脂肪的加工制品，其中所含的乳脂肪高达80％，其余多为糖分。脂肪受到光线照射很容易发生酸败，而与空气相接触则易被氧化而变质。因此，奶油存放既忌光照，又忌与空气接触。

面 粉　忌用铝器存

面粉的主要成分是淀粉和蛋白质，淀粉是碳水化合物，发酵后易产生有机酸。用铝制品存放面粉，面粉会吸收空气中的水分，铝制品在有机酸、水分的侵蚀下，表层的保护膜氧化铝会被破坏从而腐蚀生锈。

肉 类　解冻后不宜再存放

鸡鸭鱼肉在冷冻的时候，由于水分结晶的作用，其组织细胞已经受到破坏，一旦解冻，被破坏的组织细胞中会渗出大量的蛋白质，形成细菌繁殖的温床。因此，肉类解冻后不宜再存放。据观察，冷冻一天后化解的鱼在30℃的温度下腐败的速度比未经冷冻的新鲜鱼要快1倍。

生鲜肉　贮存忌超过半年

营养丰富的生鲜肉，微生物生长繁殖得很快，因此需要冷冻保存，贮存温度一般以−10～−18℃为宜。然而，即使冷冻在冰箱中，这些肉品也会发生一些缓慢的变化，使品质变劣，呈现所谓的"橡皮肉"。所以，生鲜肉的贮藏时间也是有限度的，一般不应超过半年。

面 包　不宜在冰箱冷存

面包变陈的速度跟存放的温度有关，温度越低，变陈得越快。因此，面包放在冰箱里比放在室温中变陈得更快。

红 薯　存放宜避光

红薯放置在阳光下，大量的营养素会流失，同时会因晒干、风干而变得难以食用。

正确贮存红薯的方法，应是将红薯存放在地势高、通风好、不潮湿的地窖内。保存时间一般以一冬为宜，到了春季由于气候变化大，不宜再保存。

红薯　存放怕潮湿

潮湿会使红薯表皮呈现褐色或黑色斑点，同时薯心变硬发苦，最终导致腐烂。受到黑斑侵蚀的红薯，不但营养成分损失殆尽，而且食后易出现胃部不适、恶心呕吐、腹痛腹泻等症状，严重时还会引发高热、头痛、气喘、呕血、神志不清、抽搐昏迷，甚至死亡。

方便面　不宜久放

方便面为油炸食品，含有丰富的油脂，存放时间一长，其中的油脂与空气长时间接触，就容易氧化酸败，从而产生过氧化脂质。过氧化脂质为一种有毒物质，食用后不但能引起中毒，而且还能使人早衰，并诱发癌症。过氧化脂质在加热烹调中不会被破坏，其他方法也很难将其除去。因此方便面最好现购现食，不宜久放。

白糖　忌久存

白糖长时间贮存，不仅容易因环境影响受潮或结块，还极易受到肉眼看不见的螨虫的污染。人食用了螨虫污染的白糖，容易引起腹痛、腹泻，还可能引发泌尿系统感染等病症。

碰伤、水淹的红薯　不宜贮存

受过镐伤、碰破皮或被水淹过的红薯不宜存放，这类红薯极易流失营养、腐烂变质。

腌腊制品　贮存宜避光

这是因为日光中的红外线会使腌制食品（如火腿、香肠、腊肉）脱水、干燥，质地变硬。同时，还会引起变色、变味，降低食品的营养价值。此外，日光中的紫外线也会使腌腊制品氧化酸败，产生异味。因此，腌腊制品应保存在阴凉干燥的地方。

鱼　不宜在冰箱中存放太久

家用冰箱的冷冻温度一般为 -15℃，最佳冰箱也只能达到 -20℃，而水产品尤其是鱼类在贮存温度未达到 -30℃以下时，鱼体组织会发生脱水或其他变化，比如鲫鱼，长时间冷藏极容易出现鱼体酸败，肉质发生变化。因此，冰箱中的鱼存放时间不宜过久。

面包与饼干　不宜一起存放

面包含水分较多，饼干则一般干而脆。两者如果存放在一起，面包很快会变硬，饼干也会因受潮而失去酥脆感。

食用油　忌用透明玻璃瓶贮存

由于光线透过透明玻璃瓶易使油脂氧化，因此贮存在透明玻璃瓶里的食用油容易变质。经证实，透明玻璃瓶贮存食油30天后营养价值即开始降低，而用绿色或棕色瓶子贮存，两个月后油质仍无变化，因此，宜用有色玻璃瓶贮存食用油。

豆 浆　忌存保温瓶内

把豆浆装在保温瓶内，会使瓶内的细菌在温度适宜的条件下将豆浆作为养料而大量繁殖，这样豆浆会酸败变质。

盛 米　忌用卤缸或卤坛子

用卤缸或卤坛子盛米，很容易吸收这些容器上残留的腌肉、腌蛋的异味。用这样的米做出的米饭既不好吃，营养也受到一定的破坏。

食用油　忌放灶台

食用油在阳光、氧气、水分等的作用下会分解成甘油二酯、甘油一酯及相关的脂肪酸，这个过程被称为"油脂的酸败"。灶台旁的温度高，如果长期把油瓶放在那里，烟熏火燎的高温环境会加速食用油的酸败进程，使油脂的品质下降。

橄榄油　忌光照久存

橄榄油保存时忌与空气接触，忌高温和光照，且不宜久存。橄榄油最好装入密封玻璃瓶中，置于阴凉干燥处保存，可保存 6 个月左右。

蜂 蜜　忌金属器皿

蜂蜜呈弱酸性，不能盛放在金属器皿中，以免增加蜂蜜中重金属的含量，最好用瓷罐、玻璃瓶等盛装，并密封冷藏。瓶装蜂蜜的保质期一般为 2 年左右。蜂乳应在冰箱中冷冻保存。

味 精　怕受潮

味精容易吸收空气中的水分而受潮、结块，最终导致变味、变质。所以，存放味精最好使用有盖的容器，并放在干燥通风处。

黑胡椒　存放宜防潮

黑胡椒一般是将果穗直接晒干或烘干制成的，在贮存过程中要求充分干燥，以防止表面发霉，影响质量。一般黑胡椒的水分含量不宜超过 12%。

食 盐　忌敞口存放

食盐最好放置在有盖的容器内。食盐忌潮湿，又忌过分干燥。如暴露在潮湿空气中，食盐容易潮解并溶化；在过于干燥的空气中则会因内部水分的蒸发而干缩、结块。此外，由于食用碘盐所含的碘酸钾易于分解，敞口放置会加速碘的分离流失。

食 盐　忌用金属容器存

盐的化学成分为氯化钠，若选用铁、铜等金属容器存放，易发生化学反应，使金属容器被腐蚀，盐的质量受影响。因此，盛放食盐不宜选用金属容器。

巧克力　不宜冷存

经过冰箱冷存的巧克力一旦放置在室温条件下，即会在其表面结出一层"白霜"，之后极易发霉变质，失去原味。

芦笋　低温避光存

芦笋应低温避光保存，且不宜存放1周以上。

食醋　忌用铁器存

醋是酸性物质，铁与醋结合会发生化学反应，生成有害物质，破坏食醋的营养成分。人体摄入了这种变质的醋，会引起恶心呕吐、腹痛腹泻。因此，贮存食醋最好选用玻璃、陶瓷类器皿。

启封的汽水　不宜隔夜存放

启封的汽水隔夜后不仅失去了汽水原有的风味，而且极易被细菌污染。以大肠杆菌为例，条件适宜时这种细菌每20分钟就会繁殖一代。所以饮用隔夜的汽水不仅对身体无益，反而极易损害健康。

啤酒　不宜久存

一般市售的啤酒保存期为2个月，优质的可保存4个月，散装的为3天左右。久贮的啤酒中多酸性物质，极易与蛋白质化合或氧化聚合而浑浊，饮后极易引起腹泻、中毒。

葡萄酒　避光忌倒置

葡萄酒保存的最佳温度是13℃，湿度在60%～70%之间最合适。应注意避光、防止震动，更不要经常搬动。酒瓶摆放时要横放，或者瓶口向上倾斜15°，不宜倒置。

糯米酒　不宜久存

糯米酒不易久存，开瓶后最好3天内用完，冬季要注意保温，夏天在酒中加少许水煮沸，可延长贮存时间。

啤酒　忌用保温瓶装

保温瓶常有一层水垢，水垢中含有镉、铅、铁、砷、汞等化学物质，而啤酒为酸性饮料，容易将水垢中的上述物质溶出，饮用后会对人体产生危害。

饭菜　忌用铝制餐具久存

铝在人体内积累过多，会引起动脉硬化、骨质疏松、痴呆等病症。因此，应注意不要用饭铲刮铝锅，同时不宜用铝锅久存饭菜和长期盛放含盐食物。

食品　忌用废旧报纸包装

旧报纸上的油墨字含有多氯联苯，是一种毒性很大的物质，不能被水解，也不能被氧化，一旦进入人体，极易被脂肪、脑、肝吸收并贮存起来，很难排出体外。如果人体内贮存的多氯联苯达到0.5～2克，就会引起中毒，轻者眼皮发肿、手掌出汗，重者恶心呕吐、肝功能异常，甚至死亡。

小白菜　连根贮藏久

小白菜包裹后冷藏只能维持2～3天，如连根一起贮藏，可稍延长1～2天。

塑料制品（聚乙烯）+ 油脂　　油脂有蜡味

生活中常用的塑料有聚乙烯、聚丙烯、聚苯乙烯、聚氯乙烯、尿醛和酚醛塑料等，有的毒性较低，有的本身无毒，有的在包装盛放食品时有一定的禁忌。

聚乙烯塑料本身毒性低，加之化学稳定性高，在食品卫生学上属于最安全的塑料。但聚乙烯塑料中也有一些低分子量聚乙烯易溶于油脂，用低密度聚乙烯制成的容器盛放油脂，会使油脂有蜡味。

塑料制品（聚氯乙烯）+ 酒　　肿瘤

聚氯乙烯中的氯乙烯单体能够溶入食物中，如果用聚氯乙烯制品盛放酒，酒中的氯乙烯单体含量可达 10 ～ 20 毫克 / 千克。氯乙烯有致癌作用，可引起肝脏血管肉瘤。氯乙烯在肝脏中的代谢产物可引起细胞突变，导致肿瘤。

茶叶与食糖、糖果　　不宜一起存放

茶叶易吸潮，而食糖、糖果恰恰富含水分。这两类物品存放在一起，会使茶叶因受潮而发霉或变味。

彩釉瓷器 + 酸性食物　　慢性铅中毒

陶瓷器皿的彩釉大多是以铅化物作为原料，如果酸性食物长时间与彩釉器皿接触，可溶解释放出其中的铅，污染食物。长期食用这样的食物会引起慢性铅中毒，表现为厌食、乏力、贫血、恶心呕吐、腹痛、腹胀，甚至失眠、头晕、头痛、黄疸、肝大等。儿童对铅特别敏感，要特别留心。

搪瓷、白釉器皿 + 碱性溶液　　慢性锡中毒

搪瓷、白釉器皿的主要制作原料是二氧化锡，二氧化锡的耐酸性强，但易溶于碱性溶液，生成锡酸盐。锡酸盐水解易释放出锡离子，容易被人体吸收。锡能蓄积于人体中，过量会导致人体慢性中毒，缩短人的寿命。

塑料制品（酚醛）+ 酸性溶液　　损坏肝细胞

酚醛塑料在制造过程中如果化学反应不完全，会有大量的游离甲醛存在。此种酚醛塑料遇到酸性溶液（比如醋）就可能分解释放出甲醛和酚。甲醛会导致肝脏出现灶性肝细胞坏死和淋巴细胞浸润。

蔬菜存放　温度宜有别

不同的蔬菜对于存放温度有着不同的要求。存放蔬菜应该根据不同蔬菜的特性，选择适合各自的条件。例如黄瓜、苦瓜、豇豆、南瓜等蔬菜喜温，适宜存放在 10℃左右的温度中，不能低于 8℃；绝大部分绿叶菜喜凉，适宜存放在 0 ~ 2℃的温度中，不能低于 0℃。

蔬菜贮存　宜竖放

从营养价值看，垂直放的蔬菜所保存的叶绿素含量比水平放的蔬菜要多，且经过时间越长，差异越大。叶绿素中造血的成分对人体有很高的营养价值，因此蔬菜购买回来应将其竖放。

韭　菜　阴凉低温存

优质韭菜大都叶片肥厚，叶色青绿，新鲜柔嫩，无病虫害，无抽薹，干爽整洁。韭菜易腐烂，不耐贮存，忌风吹、日晒、雨淋，可摊开放置于阴凉湿润处，或在 3 ~ 4℃的低温下短贮。

香　菇　贮存宜密封

氧化反应是香菇质变的必经过程，如果切断供氧则可抑制其氧化变质。可用铁罐、瓷缸等可密封的容器装贮香菇，并内衬食品袋。封口时要排出食品袋内的空气，有条件的还可用抽氧充氮袋装贮。

香　菇　发好应冷藏

发好的香菇要放在冰箱里冷藏才不会损失营养。

香　椿　防水阴凉存

香椿以色正、鲜嫩、香味浓郁、无腐烂者为佳品。香椿应防水、忌晒，置阴凉通风处，可短贮 1 ~ 2 天。

香　菇　宜单独贮存

香菇具有极强的吸附性，因此，香菇不宜与其他挥发性物质一起存放，也不宜放在有气味或吸附有异味的容器内。

鲜鸡蛋　放冰箱宜装袋

鲜鸡蛋壳上一般带有枯草杆菌、假芽孢菌、大肠杆菌等细菌，正常的冰箱冷藏温度并不能抑制它们的生长繁殖，因此，这些细菌会对冰箱中的其他食物造成污染。正确的做法为，先把鲜鸡蛋装入干燥洁净的食品袋内，再放入冰箱蛋架上。

鸡　蛋　宜竖放保存

鲜鸡蛋存放一段时间后，蛋黄容易粘壳或散黄。这是因为放的时间长了，蛋黄中的黏液素会在蛋白酶的作用下慢慢变稀，失去固定蛋黄的作用。如果把鸡蛋大头朝上竖放，鸡蛋上部会出现一个气室，里面的空气会使得蛋黄无法接近蛋壳。因此，鲜鸡蛋宜竖放保存。

中篇
常见食物
饮食宜忌

第一章　食物食用宜忌

不宜多吃的食物

胡萝卜过量　皮肤黄

胡萝卜不可过量食用，每餐 1 根（约 70 克）。过量摄入胡萝卜会令皮肤发黄。

多食洋葱　会胀气

不可过量食用，因其易产生挥发性气体，过量食用会产生胀气和排气过多，给人造成不快。

多食芦荟　易腹泻

芦荟含有的芦荟大黄素，有泄下通便之效，多吃会导致腹泻。体质虚弱者和少年儿童更不可过量食用，否则容易发生过敏。一般每天不超过 30 克为宜。

贪食酸菜　生结石

酸菜只能偶尔食用，如果长期贪食，则可能引起泌尿系统结石。另外，腌制酸菜过程中，维生素 C 被大量破坏，人体如果缺乏维生素 C，会使抑制肾内草酸钙结晶体沉积的能力降低，更易引起结石症。

食橙过量　皮肤黄

过多食用橙子等柑橘类水果会引起中毒，出现手、足乃至全身皮肤变黄，严重者还会出现恶心、呕吐、烦躁、精神不振等症状，也就是老百姓常说的"橘子病"，医学上称为"胡萝卜素血症"。一般不需治疗，只要停吃这类食物即可好转。

过食荔枝　低血糖

荔枝不宜一次食用过多或连续多食，尤其是老人、儿童和糖尿病患者。千万不要学古人"日啖荔枝三百颗"。大量食用鲜荔枝，会导致人体血糖下降、口渴、出汗、头晕、腹泻，甚至出现昏迷和循环衰竭等症，医学上称为"荔枝病"，即低血糖症。

多食李子　最伤身

俗话说："桃养人，杏伤人，李子树下抬死人。"多食李子会使人生痰、助湿、胃痛，甚至令人发虚热、头昏脑涨，故脾胃虚弱者宜少吃。未熟透的李子更不要吃。

多食橘子　易上火

橘子含热量较多，如果一次食用过多，就会"上火"，从而促发口腔炎、牙周炎等症。过多食用柑橘类水果会引起"橘子病"，出现皮肤变黄等症状。

多食香椿　发痼疾

香椿为发物，多食易诱使痼疾复发，故慢性疾病患者应少食或不食。

多食石榴　损牙齿

石榴多食会损伤牙齿，还会助火生痰。小心不要把果汁染到衣物上，否则将很难洗掉。

多食枇杷　易生痰

枇杷中含有苦杏仁苷，能够润肺止咳、祛痰，治疗各种咳嗽。但是多食枇杷易助湿生痰，继发痰热，所以不可食用过量。

多食杧果　皮肤黄

一般人不宜大量进食杧果，否则皮肤会发黄，并对肾脏造成损害。食用杧果时应避免同时食用大蒜等辛辣食物，以免皮肤发黄。

过食西瓜　损肠胃

西瓜也不宜一次吃得太多，否则会使大量水分进入胃中，冲淡胃液，造成消化不良，使胃肠道抵抗力下降。

椰子过量　添烦躁

如果你长期睡眠不佳，爱吃煎炸食物，容易发脾气或口干舌燥的话，就要切记勿多吃椰子。

食醋过量　伤食道

醋可以消除疲劳，促进睡眠，并能减轻晕车、晕船的不适症状。醋还能减少胃肠道和血液中的酒精浓度，起到醒酒的作用。但直接饮用醋，浓度太高，量太大，不但会影响人体酸碱平衡，还会灼伤消化道，损伤食道和胃黏膜，而且过量饮用会导致体内钙的流失。宜稀释后少量间隔饮用。

过食牛肉　不健康

牛肉是中国人的第二大肉类食品，仅次于猪肉。中医认为，牛肉有补中益气、滋养脾胃、强健筋骨、化痰息风、止渴止涎的功效。适用于中气下陷、气短体虚、筋骨酸软、贫血久病及面黄目眩之人食用。现代医学研究认为，牛肉属于红肉，过多摄入不利健康。

过食樱桃　中毒

樱桃因含铁多，再加上含有一定量的氰苷，若食用过多会引起不适。

多吃腰果　易发胖

腰果甘甜如蜜，清脆可口，为世界著名的干果之一。腰果热量较高，多吃易致发胖。

过食瓜子　耗唾液

大量嗑瓜子会严重耗费唾液，久而久之会影响人的口腔健康，甚至影响消化。瓜子一次不宜吃得太多，以免口舌生疮。

豆蔻过量　伤肺目

豆蔻是温燥的调料，不宜多吃，否则会导致口干、伤肺、损目。如果摄取量超过 7.5 克，可能会引起眩晕、谵妄、昏睡等症状。

白果有毒　勿多食

白果含有氢氰酸，过量食用可能出现中毒症状，故不可多食。白果最好熟食，不宜生吃。

过食腐乳　损健康

腐乳发酵时容易被微生物污染，豆腐坯中的蛋白质氧化分解后产生含硫的化合物，过量食用对人体健康有害。

多食杨梅　损牙齿

杨梅果实色泽鲜艳，汁多甜酸，素有"初疑一颗值千金"之美誉，在江浙一带，又有"杨梅赛荔枝"之说。由于杨梅味酸，不可过多食用。食用杨梅后应及时漱口或刷牙，以免损坏牙齿。

过饮柠檬汁　易疲劳

柠檬汁为常用饮品，亦是上等调味品，常用于西式菜肴和面点的制作中。柠檬汁作为饮料饮用时也应适可而止，因为它属酸性饮料，过量饮用会导致人体肌肉酸痛，易产生疲劳感。

食盐过量　高血压

若长期过量食用盐容易导致高血压、动脉硬化、心肌梗死、中风、肾脏病和白内障的发生。肾脏病、肝硬化患者应严格控制盐的摄入量，儿童也不宜过多食盐。晚餐不宜摄入过多食盐含量高的食品。虽然多吃盐有碍健康，饮食宜清淡，但并不是吃盐越少越好。

花椒驱虫　勿多食

花椒中含有挥发油，气味芳香，可以祛除各种肉类的腥膻臭气。中医认为，花椒芳香健胃，有温中散寒、除湿止痛、杀虫解毒、止痒祛腥之功效。饮用花椒水有驱除寄生虫的功效。花椒是热性香料，多食容易消耗肠道水分，造成便秘。

过食奶片　会脱水

奶片并不等于鲜奶，以奶片取代鲜奶是不可取的。食用奶片无法享受到真正新鲜牛奶的风味和口感，而且在加工过程中，高温会破坏其中的多种营养成分，彻底改变乳清蛋白。上海奶业协会有关人士指出，奶片作为新鲜牛奶的补充，可适当食用，但千万不能过量，因为奶片在消化过程中要融化在体内的水分中，如果过量食用，体内的水分被吸收过多，就会造成脱水现象，反而对健康不利。

含铝粉丝　要少吃

粉丝在加工制作过程中添加了明矾，明矾即硫酸铝，摄入过量的铝，会影响脑细胞的功能，从而影响和干扰人的意识和记忆功能，造成老年痴呆症，还会引起胆汁郁积性肝病，导致骨骼软化，引起卵巢萎缩等病症。

食用粉丝后，不要再食油炸的松脆食品，如油条之类。因为那些油炸食品中含有的铝也很多，合在一起会使铝的摄入量大大超过每日允许的摄入量。

生姜过量　伤肾脏

吃姜一次不宜过多，食用过多则大量姜辣素在经肾脏排泄过程中会刺激肾脏，并产生口干、咽痛、便秘等"上火"症状。烂姜、冻姜不要食用，因为姜变质后会产生致癌物。

多吃油条　铝中毒

有的油条和粉丝在制作时加入了一定量的明矾。明矾含铝元素较多，摄入过量的铝对人体有害，容易引起早衰。营养学家建议大家少吃油条，一是因为油炸的东西不易消化，二是为了减少铝的摄入。

过食扇贝　难消化

扇贝蛋白质含量高，过量食用会影响脾胃的运动消化功能，导致食物积滞，难以消化吸收，还可能引发皮疹或痼疾。扇贝所含的谷氨酸钠是味精的主要成分，可分解为谷氨酸和酪氨酸等，在肠道细菌的作用下，转化为有毒、有害物质，随血液流到脑部后，会干扰大脑神经细胞正常代谢，因此一定要适量食用。

饮水过多　水中毒

人体缺水后会出现诸多不利，但如果饮水过多、过快也会增加心肾负担，引起水肿或血液稀释症状，甚至引起水中毒。饮水要少量多次。

—— 不宜生凉吃的食物 ——

魔芋生吃　会中毒

生魔芋有毒，必须煎煮3小时以上方可食用，否则会中毒。

凉红薯　胀肚产气

食用凉的红薯易致胃腹不适，泛吐酸水。

蛇血蛇胆　勿生食

生饮蛇血、生吞蛇胆是非常不卫生的，有一定的危险性，可引起急性胃肠炎和寄生虫病。

贝类不熟　染肝炎

贝类中的泥肠不宜食用。不要食用未熟透的贝类，以免传染上肝炎等疾病。

胡萝卜生吃　营养低

胡萝卜最好不要生吃，胡萝卜的营养价值很高，其中胡萝卜素的含量在蔬菜中名列前茅。胡萝卜素在小肠受酶的作用，在肝脏转变为维生素A。维生素A有维护上皮细胞正常功能、防治呼吸道感染、促进人体生长发育、参与视紫质的形成等重要生理作用。但胡萝卜素属于脂溶性物质，只有溶解在油脂中时才能为人体所吸收。如生食胡萝卜，就会有90%的胡萝卜素成为人体的"过客"而被排泄掉，起不到营养作用。

黄豆生吃　损健康

因为生黄豆含有不利健康的抗胰蛋白酶和凝血酶，所以黄豆不宜生食，夹生黄豆也不宜吃，以免中毒。

芋头不熟　咽喉痒

芋头烹调时一定要烹熟煮透，否则其中的黏液会刺激咽喉。而且芋头含有较多的淀粉，一次吃得过多会导致腹胀。

冰啤酒　影响口感

下午饮啤酒是最佳时间，酒温不要过高或过低，一般5～10℃为宜，最高不超过20℃，最低不低于5℃。冰镇啤酒温度过低甚至冰冻啤酒都无法让饮者体验啤酒的最佳口感。

四棱豆生吃　有毒

四棱豆对冠心病、动脉硬化、脑血管硬化、习惯性流产、口腔炎症、泌尿系统炎症、眼疾等19种疾病均有良好的疗效。因此，有人称四棱豆为"21世纪健康食品""奇迹植物"。但四棱豆含有抗胰蛋白酶和凝血酶等物质，所以不宜生食，以免中毒。

糯米冷食　难消化

糯米食品宜加热后食用，冷糯米食品不但很硬，影响口感，而且不易消化。

不宜空腹吃的食物

饭前不宜吃榧子　影响进餐

　　榧子和其他植物籽实一样，含有丰富的油脂，而且其含量高达 51.7%，甚至超过了花生和芝麻。因为食用榧子有饱腹感，所以饭前不宜多吃，以免影响正常进餐，尤其儿童更应注意。

空腹不要吃荔枝　导致胃痛

　　忌空腹吃荔枝。饭后半小时食用为佳。

空腹不宜吃柿子　生结石

　　不要空腹吃柿子，空腹吃柿子易患胃柿石症。柿子宜在饭后吃。

牛奶不宜空腹吃　搭配点心促消化

　　不要空腹喝牛奶，同时还应吃些面包、糕点等，以延长牛奶在消化道中的停留时间，使其得到充分消化吸收。

饭前空腹勿食橙　刺激胃黏膜

　　饭前或空腹时不宜食用橙子，否则橙子所含的有机酸会刺激胃黏膜，对胃不利。

不要空腹饮豆浆　降低蛋白质效能

　　不要空腹饮豆浆，否则豆浆里的蛋白质大都会在人体内转化为热量而被消耗掉，不能充分起到补益作用。

易致毒食物

烂 枣　伤人性命

　　腐烂的大枣在微生物的作用下会产生果酸和甲醇，人吃了烂枣会出现头晕、视力障得等中毒反应，重者可危及生命，所以要引起注意。

野生仙人掌　有毒

　　野生的和供观赏的仙人掌不要随便吃，它们含有一定量的毒素和麻醉剂，不但没有食疗功效，反而会导致神经麻痹。

发芽红薯　有毒性

　　烂红薯（带有黑斑的红薯）和发芽的红薯可使人中毒，不可食用。

烂白菜　使人缺氧

　　白菜在腐烂的过程中产生毒素，所产生的亚硝酸盐能使血液中的血红蛋白丧失携氧能力，使人体发生严重缺氧，甚至有生命危险。因此腐烂变质的白菜不能食用。

吃杏不当　易中毒

　　杏虽好吃，但不可食之过多。因为其中苦杏仁苷的代谢产物会导致组织细胞窒息，严重者会抑制中枢，导致呼吸麻痹，甚至死亡。未成熟的杏更不可生吃。但是，加工成的杏脯、杏干，其有害的物质已经挥发或溶解掉，可以放心食用。

杏仁有毒　勿生食

　　杏仁有苦甜之分：甜杏仁可以作为休闲小吃，也可做凉菜用；苦杏仁一般用来入药，并有小毒，不能多吃。

　　杏仁中苦杏仁苷的代谢产物会导致组织细胞窒息，严重者会抑制中枢神经，导致呼吸麻痹，甚至死亡。杏仁炸炒后，有害的物质已经挥发或溶解掉，可以放心食用，但不宜多吃。

死蟹含菌　致中毒

　　不能食用死蟹。因为死蟹体内含有大量细菌和分解产生的有害物质，会引起食物中毒。

吃鲜黄花菜　中毒

　　吃鲜黄花菜可以引起中毒。这是因为鲜黄花菜中含有秋水仙碱，会引起中毒。黄花菜不宜单独炒食，应配其他食材。

木瓜有毒　慎吃

　　木瓜中的番木瓜碱对人体有小毒，每次食量不宜过多，过敏体质者慎食。

死鳝鱼　中毒

　　死鳝鱼体内含有较多的组氨酸，在酶和细菌的作用下，会很快产生组胺。组胺是一种毒性很强的物质，人食用组胺14毫克左右即可引起中毒。

发芽土豆　中毒

　　土豆经长期储存，在一定的温度、湿度条件下容易发芽，产生致人中毒的龙葵素，对人胃肠道黏膜有较强的刺激性和腐蚀性，对中枢神经系统有麻痹作用，导致人体中毒。

可能致癌的食物

油菜隔夜　易致癌

　　吃剩的熟油菜过夜后就不要再吃了，以免造成亚硝酸盐沉积，引发癌症。食用油菜时要现切现做，并用旺火爆炒，这样既可保持鲜脆，又可使其营养成分不被破坏。

油炸食品　会致癌

　　煎炸过焦后，产生致癌物质多环芳烃。咖啡烧焦后，苯并芘会增加20倍。油煎饼、臭豆腐、煎炸芋角、油条等，因多数是使用重复多次的油，高温下会产生致癌物。

发霉玉米 　会致癌

玉米发霉后能产生致癌物，所以发霉的玉米绝对不能食用。

霉变花生 　可致癌

花生霉变后含有大量致癌物质——黄曲霉素，所以霉变的花生千万不要吃。

桂皮过量 　会致癌

桂皮香气浓郁，但用量太多，香味过重，反而会影响菜肴本身的味道。桂皮含有可以致癌的黄樟素，所以食用量越少越好，且不宜长期食用。

适宜的吃法

春韭鲜香 　更护肝

初春时节的韭菜品质最佳，晚秋的次之，夏季的最差，有"春食则香，夏食则臭"之说。春季食用韭菜有益于肝脏。

春夏茭白 　品质佳

茭白以春、夏季的质量最佳，营养成分最为丰富。中医认为，茭白有祛热、止渴、利尿的功效，夏季食用尤为适宜。

春天多吃 　黄豆芽

春天是维生素 B_2 缺乏症的多发季节，春天多吃些黄豆芽可以有效地防治维生素 B_2 缺乏症。

雨前香椿 　嫩又鲜

香椿以谷雨前为佳，应吃早、吃鲜、吃嫩；谷雨后，其膳食纤维老化，口感乏味，营养价值也会大大降低。

黄瓜头儿 　莫丢弃

黄瓜中维生素较少，因此常吃黄瓜时应同时吃些其他的蔬果。黄瓜当水果生吃，不宜过多，还要特别注意清洗干净。黄瓜尾部含有较多的苦味素，不要把"黄瓜头儿"全部丢掉。

芹菜叶营养 　比茎多

芹菜的叶、茎含有挥发性物质，别具芳香，能增强人的食欲。芹菜叶中所含的胡萝卜素和维生素 C 比茎多，含铁量也十分丰富，因此吃时不要把能吃的嫩叶扔掉。

麦吃陈、米吃新 　品味好

存放时间适当长些的面粉比新磨的面粉的品质好，民间有"麦吃陈，米吃新"的说法。

夏吃冬瓜 　连皮煮

冬瓜性寒味甘，夏季食用更为适宜。冬瓜是一种解热利尿比较理想的日常食物，连皮一起煮汤，效果更明显。

百合秋季　更宜食

百合为药食兼优的滋补佳品，四季皆可应用，但更宜于秋季食用，用于食疗时选择新鲜百合更佳。常食百合有润肺、清心、调中之效，可止咳、止血、开胃、安神。

枣皮去留　有讲究

枣皮中含有丰富的营养成分，炖汤时应连皮一起烹调。如去枣核煲汤，则汤水不燥。生吃时，枣皮容易滞留在肠道中而不易排出，因此吃生枣时应吐枣皮。

吃葡萄　不要吐皮

吃葡萄应尽量连皮一起吃，因为葡萄的很多营养成分都存在于皮中，葡萄汁的功能和吐掉的葡萄皮比起来，可谓逊之千里。因此，"吃葡萄不吐葡萄皮"是有一定道理的。

鸡肉营养　胜鸡汤

很多人都认为鸡汤是一只鸡的营养精华所在，事实上鸡肉的营养价值高于鸡汤。产妇喝鸡汤主要是因为产妇胃肠虚弱，鸡汤更容易被消化吸收。

泡发香菇水　勿弃

泡发香菇的水不要丢弃，很多营养物质都溶在水中。长得特别大的鲜香菇不要吃，因为它们多是用激素催肥的，大量食用可对机体造成不良影响。

夏食兔肉　滋味美

由于兔肉性凉，吃兔肉的最好季节是夏季，寒冬及初春季节一般不宜吃兔肉。兔肉和其他食物一起烹调会附和其他食物的滋味，所以有"百味肉"之说。

春季鳜鱼　最肥美

鳜鱼肉质细嫩丰满，肥厚鲜美，内部无胆少刺，明代医学家李时珍誉之为"水豚"，还有人将其比成天上的龙肉。春季的鳜鱼最为肥美，被称为"春令时鲜"。

骨头精华　在汤里

骨头中含有多种对人体有营养、滋补和保健功能的物质，俗话说："骨头的精华在汤里。"猪骨、牛骨、羊骨等动物的骨头是熬汤最常用的食材之一。骨头的营养成分比植物性食物更易被人体所吸收。经常喝些骨头汤，能及时补充人体所必需的类黏朊和骨胶原等物质，以增强骨髓造血功能，从而延缓衰老。

玉米胚尖　营养高

吃玉米时应把玉米粒的胚尖全部吃掉，因为玉米的许多营养都集中在这里。玉米胚尖所含的营养物质能增强人体新陈代谢、调节神经系统功能，能起到使皮肤细嫩光滑，抑制、延缓皱纹产生的作用。

秋季豆瓣菜　润肺

中医认为，豆瓣菜是治疗肺痨的理想食物，具有清心润肺的功能，对肺燥肺热所致的咳嗽、咯血、鼻子出血都有很好的疗效，故豆瓣菜有"天然清燥救肺汤"的美誉。秋天常吃些豆瓣菜，对呼吸系统十分有益。

菠萝吃前　泡盐水

有的人会对菠萝过敏，食用后15～60分钟内会出现腹痛、呕吐、腹泻、头晕、皮肤潮红、全身发痒、四肢及口舌发麻，严重的还可能出现呼吸困难甚至休克的症状，这就是"菠萝病"。一旦出现以上症状应立即到医院治疗。

食用前将菠萝用淡盐水泡30分钟，再用凉开水浸洗，去掉咸味再食用，可避免"菠萝病"的发生。

冬食羊肉　强身体

羊肉历来被当作冬季进补的重要食品之一。寒冬常吃羊肉可益气补虚，促进血液循环，增强御寒能力。夏秋季节气候热燥，不宜食用羊肉。

番茄酱　更易吸收

番茄酱中除了茄红素外还有B族维生素、膳食纤维、矿物质、蛋白质及天然果胶等，比起新鲜西红柿来，番茄酱里的营养成分更容易被人体吸收。

黄豆芽过长　营养低

在生发黄豆芽时注意豆芽不要生得过长。发芽3～4天的豆芽菜中，维生素C、氨基酸的含量最高，此时豆芽长度为3～4厘米，口感也特别好，若过了这一阶段，豆芽发得越长，其有益成分损失得越多，营养价值也就大打折扣。

花生煮吃　不上火

在花生的诸多吃法中以煮吃为最佳。这样既避免了营养成分的破坏，又具有不温不火、口感潮润、易入口好烂、易于消化的特点，老少皆宜。花生炒熟或油炸后，性质热燥，不宜多食。

核桃仁皮　莫丢弃

有的人喜欢将核桃仁表面的褐色薄皮剥掉，这样会损失掉一部分营养，所以最好连皮吃。

玉米熟吃　抗氧化

玉米熟吃更佳，烹调尽管使玉米损失了部分维生素C，却使之获得了营养价值很高的抗氧化剂活性。

生食大蒜　才治病

大蒜辣素怕热，遇热后很快分解，其杀菌作用降低。因此，预防和治疗感染性疾病应该生食大蒜。发了芽的大蒜食疗效果甚微。

芝麻碾碎　好吸收

芝麻仁外面有一层稍硬的膜，把它碾碎后食用才能使人体吸收到营养，所以整粒的芝麻应加工后再吃。

白葡萄酒　冰镇饮

白葡萄酒冰镇后饮用口味更佳。白葡萄酒应冰至10～12℃，对于酒龄高于5年的白葡萄酒可以再低1～2℃，一般冰镇2小时左右即可。

红葡萄酒　室温饮

一般的红葡萄酒在室温下饮用即可，不需冰镇，加冰块饮用也是不正确的，最好在饮用前1～2小时先开瓶，让酒呼吸一下，名曰"醒酒"。对于比较贵重的红葡萄酒，一般也可先冰镇约1小时。

团粉勾芡　护营养

团粉（芡粉）用于油炸物的沾粉时可增加脆感，用于上浆时则可使食物保持滑嫩。团粉不溶于水，在和水加热至60℃时，则糊化成胶体溶液，勾芡就是利用团粉的这种特性，使蔬菜间接受热，保护食物的营养成分并改善口味，并可使流失的营养素随着浓稠的汤汁一起被食用。团粉中还含有还原性谷胱甘肽，对维生素C有保护作用。

黄酒烫热喝　更醇香

黄酒烫热喝可以使黄酒中极微量的甲醇、醛、醚类等有机化合物挥发掉，同时所含的脂类芳香物蒸腾，使酒更加甘爽醇厚，芬芳浓郁。

慎食食物

秋后老茄子　伤身

老茄子，特别是秋后的老茄子含有较多茄碱，对人体有害，不宜多吃。

燕　窝　儿童须慎食

燕窝的主要成分是人体所必需的各种高级蛋白质、膳食纤维、多种矿物质、多种维生素及独特的表皮生长因子等，具有很好的滋补养生作用。但是大约有20%的儿童因吃了燕窝而引发过敏，故儿童慎食。

食用　多禁忌

狗肉属热性食物，不宜夏季食用，而且一次不宜多吃。大病初愈的人也不宜食用，因此时病人体虚，进补只能温补。忌吃半生不熟的狗肉，以防寄生虫感染。忌食疯狗肉。

含铅皮蛋　慎吃

经常食用含铅皮蛋会引起铅中毒，导致失眠、贫血、好动、智力减退、缺钙。尽量选择无铅或铅含量低的皮蛋。

第二章 蔬菜类

白菜

别名 黄芽菜、黄矮菜

性 平　味 苦、辛、甘　归经 入肠、胃经

营养功效

白菜具有通利肠胃、清热解毒、止咳化痰、利尿养胃的功效，是营养极为丰富的蔬菜。常食可增强人体抗病能力和降低胆固醇，对伤口难愈、牙齿出血有防治作用，还有降低血压、降低胆固醇、预防心血管疾病的功用。

适宜人群 脾胃气虚者、大小便不利者、维生素缺乏者。

不宜人群 胃寒者、腹泻者、肺热咳嗽者。

食用指导

选购 应选择体型大（约45厘米长）、叶包紧实、新鲜、无破损、无虫眼、口感较嫩的白菜。

储存 若温度在0℃以上，可在白菜叶上套上塑料袋，口不用扎，根朝下戳在地上。

烹饪 切白菜时，要顺丝切，这样可使白菜易熟。

✔相宜食物搭配及功效

猪肉	猪肝	鲤鱼	虾仁
补充营养、通便	保肝护肾	改善妊娠水肿	防止牙龈出血

✖相克食物搭配及后果

兔肉	黄瓜	羊肝	鳝鱼

呕吐或腹泻	降低营养价值	破坏维生素C	引起中毒

推荐食谱

陈醋白菜

【材料】白菜500克青椒片、干辣椒。

【调料】白糖15克，味精2克，香油适量。

做法 ❶将白菜心洗净，改刀，入沸水中焯熟。❷用白糖、味精、香油、陈醋调成味汁。❸将味汁倒在白菜上进行腌渍，撒上红椒圈即可。

小白菜

别名
不结球白菜、上海青

性 温 **味** 甘 **归经** 肺、胃、大肠经

营养功效

小白菜具有清热除烦、行气祛瘀、消肿散结、通利胃肠等功效，对肺热咳嗽、身热、口渴、胸闷、心烦、食少便秘、腹胀等病症有食疗作用。

适宜人群 一般人均可食用。

不宜人群 脾胃虚寒、大便溏薄者。

食用指导

选购 应选择新鲜饱满、颜色鲜绿、无虫孔、无药斑、无化学药剂味道的小白菜。

储存 应包上保鲜膜放入冰箱冷藏。

烹饪 可炒食、涮锅、煲汤、入馅等。不可生食。

✔相宜食物搭配及功效

虾皮	芝麻	排骨	豆腐
营养全面	可增强人体免疫力	清热除烦、通利肠胃	清热祛火、退烧

✘相克食物搭配及后果

兔肉	醋	胡萝卜	动物肝脏
呕吐或腹泻	营养流失	降低营养价值	破坏维生素C

推荐食谱

什锦汤

【材料】金针菇、滑子菇各200克，小白菜、胡萝卜各80克。

【调料】盐2克。

做法

❶金针菇洗净，去根；上海青洗净，对切；胡萝卜洗净，切块；滑子菇洗净。❷油锅烧热，放入滑子菇、胡萝卜煸炒均匀，八分熟时加入清水烧开，放入金针菇，烧开后再放入上海青。❸再烧开后，加盐调味即可。

功效 降低血压。

注解

小白菜属十字花科蔬菜，是一种普遍栽培的大众化蔬菜。其品种多、生长期短、适应性广，高产易种，可全年生长与供应。小白菜原产我国，栽培历史悠久。早在后汉时期就有关于小白菜的文献记载，当时称其为"菘""鲜菜"。

包菜

别名
圆白菜、卷心菜

性 平 味 甘 归经 脾、胃经

营养功效

包菜有补骨髓、润脏腑、益气力、壮筋骨、利脏器、祛结气、清热止痛、增进食欲、促进消化、预防便秘的功效，对皮肤过敏、关节屈伸不利、多梦易睡、皮肤粗糙、皮肤过敏等病症患者有食疗作用。

适宜人群 胃肠溃疡患者、糖尿病患者。

不宜人群 皮肤瘙痒、咽部充血患者。

食用指导

选购 应选择颜色发绿、包卷结实、层次较松散、生脆鲜嫩、分量较重的包菜。

储存 应在低温、阴凉、通风处储存，或包上保鲜膜放入冰箱冷藏。

烹饪 烹制圆白菜时，用甜面酱代替酱油，可使圆白菜无异味。可炒食、煲汤、入馅、制作泡菜等。

✔相宜食物搭配及功效

西红柿
益气生津

黑木耳
健胃补脑

猪肉
补充营养、通便

鲤鱼
改善妊娠水肿

✘相克食物搭配及后果

黄瓜
降低营养价值

动物肝脏
损失营养成分

兔肉
引起腹泻或呕吐

苦瓜
会丢失营养元素

推荐食谱

双椒泡菜

【材料】包菜150克，青椒、红椒、胡萝卜各30克。

【调料】调盐、味精、醋各适量。

做法

❶用盐、味精、醋加适量凉开水调成泡菜汁。

❷包菜洗净，撕碎片；青椒、红椒、胡萝卜均洗净，切片。

❸将备好的材料放入泡菜汁中浸泡1天，取出装盘即可。

功效 开胃消食。

注解

包菜是十字花科芸薹属的植物，原产地中海沿岸，16世纪传入中国，现为世界性的栽培蔬菜。包菜富含维生素C和叶酸，其营养价值与白菜相当，具有重要的医学保健作用，是一种天然的防癌食物。

菠菜

别名
赤根菜、波斯菜

性 凉 **味** 甘、辛 **归经** 肠、胃经

营养功效

菠菜具有促进肠道蠕动的作用，利于排便，对于痔疮、慢性胰腺炎、便秘、肛裂等病症有食疗作用，能促进生长发育，增强抗病能力，促进人体新陈代谢，延缓衰老。

适宜人群 电脑工作者，爱美者，糖尿病患者，高血压患者，便秘者，贫血者，坏血病患者，皮肤粗糙、过敏者。

不宜人群 肾炎患者、肾结石患者、脾虚便溏者。

食用指导

选购 应选择叶片颜色深绿而有光泽、叶尖充分舒展、根部新鲜、分量充足的菠菜。

储存 应在低温、阴凉处储存，或用保鲜膜包好放入冰箱冷藏。

烹饪 菠菜中草酸含量很高，为避免影响人体对钙质的吸收，可先将菠菜用水焯一下，再进行后续烹饪，可以去除菠菜中的大部分草酸。可炒食、凉拌、熬粥、煲汤、入馅等。

✅ 相宜食物搭配及功效

猪肝	胡萝卜	鸡血	鸡蛋
提供丰富的营养	保持心血管畅通	保肝护肾	预防贫血、营养不良
花生	粉丝	羊肝	香油
美白皮肤	养血润燥和滋补肝肾	恢复活力	通便

❌ 相克食物搭配及后果

牛肉	大豆	鳝鱼	黄瓜
降低营养价值	损害牙齿	导致腹泻	破坏维生素E
核桃	奶酪	虾皮	韭菜
	引起结石		引起腹泻

推荐食谱

果仁菠菜

【材料】 菠菜300克，熟花生米30克，松仁、豆皮丝各20克。

【调料】 盐、醋、香油、味精、红辣椒丝各适量。

做法 ❶菠菜洗净切段。❷锅注水烧开，放入菠菜焯熟，捞起沥水放入盘中。❸将盐、醋、香油、味精、熟花生米、松仁混合调匀浇在菠菜上面，撒上红辣椒丝、豆皮丝即可。

功效 提神健脑

芹菜

别名
蒲芹、香芹

性 凉　味 甘、辛　归经 肺、胃、肝经

营养功效

芹菜有清热除烦、平肝、利水消肿、凉血止血的作用，对高血压、头痛、头晕、暴热烦渴、黄疸、水肿、小便热涩不利、妇女月经不调、赤白带下、瘰疬、痄腮等病症有食疗作用。

适宜人群 高血压患者、动脉硬化患者、缺铁性贫血者及经期妇女。

不宜人群 脾胃虚寒者、肠滑不固者。

食用指导

选购 要选色泽鲜绿、叶柄厚、茎部稍呈圆形、内侧微向内凹的芹菜。

储存 用保鲜膜将茎叶包严，根部朝下，竖直放入清水盆中，水没过芹菜根部5厘米，可保持芹菜一周内不老不蔫。

烹饪 烹饪时先将芹菜放沸水中焯烫，焯水后马上过凉，除了可以使成菜颜色翠绿，还可以减少炒菜的时间，减少油脂对蔬菜"入侵"的时间。可炒食、凉拌、熬粥、煲汤、入馅、制作饮品等。

✔ 相宜食物搭配及功效

猪肉	猪肝	鲤鱼	虾仁
补充营养、通便	保肝护肾	改善妊娠水肿	防止牙龈出血

黄豆	牛肉	海带	青椒
防止乳腺癌	健胃消食	防止碘不足	促进消化

✘ 相克食物搭配及后果

兔肉	黄瓜	羊肝	鳝鱼
呕吐或腹泻	降低营养价值	破坏维生素C	引起中毒

甘草	白术	白萝卜	酒
引起身体不适		会造成营养流失	对身体健康有害

推荐食谱

葱油香芹

【材料】香芹300克，黄豆、红椒适量。

【调料】盐2克，味精1克，葱末3克，白醋适量。

做法 ❶ 香芹洗净切块；红椒洗净切片；葱末放油锅中炒香，盛出葱油。❷ 锅注水烧开，将黄豆、红辣椒片与香芹块分别放入开水中焯水后，捞起沥水，盛入盘中。❸ 将葱油与盐、味精、白醋混合调成汁浇在盘中即可。

功效 降低血压。

西红柿

别名
番茄、洋柿子

性 凉　味 甘、归经 肝、胃、肺经

营养功效

西红柿具有止血、降压、利尿、健胃消食、生津止渴、清热解毒、凉血平肝的功效，可以预防宫颈癌、膀胱癌和胰腺癌等。另外，还能美容和治愈口疮（可含些西红柿汁，使其接触疮面，每次数分钟，每日数次，效果显著）。

适宜人群 热性病发热、口渴、食欲不振、习惯性牙龈出血、贫血、高血压、急慢性肝炎、急慢性肾炎、夜盲症和近视眼者。

不宜人群 急性肠炎、菌痢者及溃疡活动期病人。

食用指导

选购 要选颜色粉红，而且蒂的部位圆润的，如果蒂部再带着淡淡的青色，就是最沙最甜的。

储存 放入食品袋中，扎紧口，放在阴凉通风处，每隔一天打开口袋透透气，擦干水珠后再扎紧。

烹饪 剥西红柿皮时把开水浇在西红柿上，或者把西红柿放入开水里焯一下，皮就能很容易被剥掉了。可生食、凉拌、炒食、煮汤、做配菜或制作成番茄酱等。西红柿不宜空腹食用，不宜吃未成熟的青西红柿。

✔ 相宜食物搭配及功效

芹菜	蜂蜜	鸡蛋	山楂
降压、健胃消食	补血养颜	抗衰防老	降低血压
酸奶	花菜	胡萝卜	生菜
补虚降脂	预防心血管疾病	可提高防病能力	可增加营养元素的吸收率

✘ 相克食物搭配及后果

南瓜	红薯	猕猴桃	猪肝
降低营养	引起呕吐、腹痛腹泻	降低营养价值	
虾	螃蟹	咸鱼	鱼肉
产生剧毒	引起腹痛、腹泻	会产生致癌物质	抑制营养成分的吸收

推荐食谱

莴笋拌西红柿

【材料】莴笋300克，西红柿少许。

【调料】白糖、醋、味精、干红辣椒、盐各适量。

做法 ❶ 莴笋去皮洗净切小块；西红柿洗净，切小块。❷ 将白糖、醋烧溶化后浇在西红柿、莴笋块上；干辣椒洗净切成细丝，入油锅炸成紫红色。❸ 将辣椒油浇在西红柿、莴笋上，加入味精、盐拌匀即可。

功效 养心润肺。

竹笋

别名
笋、闽笋

性 微寒　味 甘　归经 胃、大肠经

营养功效

竹笋具有清热化痰、益气和胃、治消渴、利水道、利膈爽胃、帮助消化、去积食、防便秘等功效。另外，竹笋含脂肪、淀粉很少，属天然低脂、低热量食品，是肥胖者减肥的佳品。

适宜人群 肥胖者、习惯性便秘者、糖尿病患者、心血管疾病患者。

不宜人群 慢性肾炎、泌尿系结石、寒性疾病患者。

食用指导

选购 竹笋节与节之间的距离要近，距离越近的笋越嫩；外壳色泽鲜黄或淡黄略带粉红；笋壳完整且饱满光洁。

储存 竹笋适宜在低温条件下保存，但不宜保存过久，否则质地变老会影响口感，建议保存1周左右。

烹饪 切竹笋时，靠近笋尖的部分应顺着切，下部应横着切，这样可使竹笋在烹制过程中更易熟烂和入味。将竹笋用温水煮熟后捞出，令其自然冷却，再用水冲洗，可以去除竹笋的涩味。可炒食、煮食、炖食、蒸食、腌制等，还可入馅。

✔ 相宜食物搭配及功效

鸡肉	莴笋	鲫鱼	猪腰

暖胃益气、补精填髓	治疗肺热痰火	辅助治疗小儿麻痹	补肾利尿

猪肉	枸杞	木耳	鸡蛋
辅助治疗肥胖症	治疗咽喉疼痛	可养心润肺	可帮助人体吸收蛋白质

✖ 相克食物搭配及后果

红糖	羊肉	羊肝	豆腐

对身体不利	导致腹痛	对身体不利	易形成结石

注解

竹笋是从竹子的根状茎上发出的幼嫩的发育芽，在我国，其自古被当作"菜中珍品"。

推荐食谱

香菜拌竹笋

【材料】竹笋300克，香菜80克。

【调料】剁椒15克，盐2克，醋、香油各适量。

做法 ❶竹笋洗净，切条；香菜洗净，切段。❷将竹笋下入沸水锅中焯熟，捞出沥干装盘。❸放入香菜段，加盐、醋、香油、剁椒拌匀即可。

功效 降低血压。

西蓝花

别名
花椰菜、青花菜

性 凉　味 甘　归经 肺、胃、大肠经

营养功效

西蓝花有爽喉、开音、润肺、止咳的功效。长期食用可以减少乳腺癌、直肠癌及胃癌等癌症的发病概率。西蓝花能够阻止胆固醇氧化，防止血小板凝结成块，因而减少心脏病与中风的危险。

适宜人群 口干口渴、消化不良、食欲不振、大便干结者，癌症患者、肥胖者、体内缺乏维生素K者。

不宜人群 尿路结石者。

食用指导

选购 应选择颜色新鲜翠绿、菜苞松紧适中、质地脆嫩、重量较重、无腐烂、无虫伤的西蓝花。

储存 应放置在干燥、阴凉、低温、通风处储存，或包上保鲜膜放入冰箱冷藏。

烹饪 先将西蓝花放入盐水中浸泡，以杀灭虫菌和农药残留；之后可先用沸水焯至半熟，取出放入凉开水中过凉，沥干水分再进行后续烹饪。可凉拌、炒食、蒸食、涮锅等。

☑ 相宜食物搭配及功效

胡萝卜	西红柿	枸杞	蘑菇
预防消化系统疾病	防癌抗癌	有利营养吸收	可增进食欲

☒ 相克食物搭配及后果

牛奶	虾
影响钙质吸收	可能会产生不良反应

推荐食谱

四宝西蓝花

【材料】西蓝花400克，滑子菇、蟹柳、虾仁、鸣门卷各适量。

【调料】盐、淀粉各适量。

做法 ❶西蓝花洗净，掰成朵，焯水后沥干；蟹柳切段；鸣门卷切片；虾仁、滑子菇洗净。❷油锅烧热，下西蓝花、滑子菇、蟹柳、鸣门卷和虾仁同炒，加盐、少许清水炒熟，以淀粉勾芡，出锅装盘即成。

功效 增强免疫力。

注解

西蓝花为一年生植物，细嫩，味甘鲜美，食用后很容易消化吸收。

韭菜

别名
韭、起阳草

性 温　味 甘、辛　归经 肝、肾经

营养功效

　　韭菜能温肾助阳、益脾健胃、行气理血。韭菜中的含硫化合物具有降血脂及扩张血脉的作用。此外，这种化合物还能使黑色素细胞内酪氨酸系统功能增强，从而改变皮肤毛囊的黑色素，消除皮肤白斑，并使头发乌黑发亮。

适宜人群　夜盲症、干眼病患者，体质虚寒、皮肤粗糙、便秘、痔疮患者。

不宜人群　消化不良、肠胃功能较弱者，眼疾、胃病患者。

食用指导

选购　应选择叶直、颜色鲜嫩翠绿、长度较短的韭菜。

储存　韭菜在常温下容易变黄、腐烂，可用纸巾将其包好放入冰箱冷藏。

烹饪　切韭菜时，要把根部切掉至少半寸以上，因为根部是农药残留最多的地方。可做主菜或配菜，炒食或熬汤，还可做水饺、春卷、馅饼的馅料。炒熟的韭菜隔夜忌食。

✔ 相宜食物搭配及功效

黄豆芽	豆腐	鸡蛋	绿豆芽
排毒瘦身	治疗便秘	补肾、止痛	通便补虚

✘ 相克食物搭配及后果

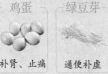

蜂蜜	菠菜	白酒	牛奶
导致腹泻		容易上火	影响钙的吸收

推荐食谱

韭菜炒海虾

【材料】韭菜100克，鲜虾300克。

【调料】干辣椒10克，盐3克。

做法

1 韭菜洗净切段；虾洗净，从中间剖开；干辣椒洗净沥干。

2 锅中倒油烧热，下入韭菜炒至断生，加入虾炒熟。

3 下盐和干辣椒炒匀入味即可。

功效 补血养颜。

注解

　　韭菜原产于我国，早在2000年前的汉代，我国就已提出利用温室生产韭菜的技术。韭菜于9世纪传入日本，后逐渐传入东亚各国。韭菜在我国几乎所有的省份都有栽培，是我国栽培地域最厂的蔬菜之一。它开白色花开，其嫩叶和柔嫩的花茎、花、嫩籽等都可供人们食用，被现代人称之为蔬菜中的"伟哥"。

芦笋

别名
青芦笋

（性）凉　（味）苦、甘　（归经）肺经

营养功效

经常食用芦笋，对心脏病、高血压、心律不齐、疲劳症、水肿、膀胱炎、肝功能障碍和肥胖等病症有一定的食疗效果。芦笋可以使细胞生长正常化，具有防止癌细胞扩散的功能。夏季食用有清凉降火作用，能消暑止渴。

适宜人群 高血压、高脂血、癌症、动脉硬化患者，体质虚弱、气血不足、营养不良、贫血、肥胖、习惯性便秘者及肝功能不全、肾炎水肿、尿路结石者。

不宜人群 痛风者。

食用指导

选购 应选择尖端紧密、无空心、无开裂、无泥沙的鲜嫩芦笋。

储存 应在低温、阴凉、干燥、通风处储存；也可用开水焯后晾干，包上保鲜膜放入冰箱冷藏。

烹饪 烹调前先将芦笋切成条状，用清水浸泡20~30分钟，可以去除芦笋中的苦味。可生食、凉拌、炒食、煮食、炖食、蒸食、腌制等。

✔相宜食物搭配及功效

黄花菜	沙拉酱	冬瓜	银杏
养血、止血、除烦	消除疲劳	降压降脂	辅助治疗心脑血管疾病

✘相克食物搭配及后果

羊肉	羊肝	奶酪	巴豆
导致腹痛	降低营养价值	会影响人体对钙的吸收	会导致腹痛、腹泻

推荐食谱

芦笋百合炒瓜果

【材料】无花果、百合各100克，芦笋、冬瓜各200克。

【调料】香油、盐、味精各适量。

做法

1. 芦笋洗净切斜段，下入开水锅内焯熟，捞出控水备用。

2. 鲜百合洗净掰片；冬瓜洗净切片；无花果洗净。

3. 油锅烧热，放芦笋、冬瓜煸炒，下入百合、无花果炒片刻，下盐、味精调味，淋入香油即可装盘。

功效 排毒瘦身。

莴笋

别名
莴苣、莴菜

性 凉　味 甘、苦　归经 胃、膀胱经

营养功效

莴笋有增进食欲、刺激消化液分泌、促进胃肠蠕动等功能，具有促进利尿、降低血压、预防心律失常的作用。莴笋能改善消化系统和肝脏功能，有助于抵御风湿性疾病的痛风。

适宜人群 小便不通、尿血、水肿、糖尿病、肥胖、神经衰弱症、高血压、心律不齐、失眠患者；妇女产后缺奶或乳汁不通者。

不宜人群 多动症儿童，眼病、痛风、脾胃虚寒、腹泻便溏者。

食用指导

选购 应选择茎部粗大、条顺、大小整齐、皮质脆薄、叶片不弯曲、无黄叶、不发蔫、肉质青色、细嫩多汁、口感不苦涩的新鲜莴笋。

储存 应在低温、阴凉、干燥、通风处储存。因莴笋对乙烯极为敏感，因应将其远离苹果、梨、香蕉等水果存放，以免诱发赤褐斑点。

烹饪 可生食、凉拌、炒食、煮汤、腌制等。莴笋不宜多食，否则会导致夜盲症或眼疾。

✔ 相宜食物搭配及功效

蒜苗	香菇	猪肉	香干

预防高血压	利尿通便	补脾益气	强壮筋骨

✘ 相克食物搭配及后果

蜂蜜	乳酪	胡萝卜	黄豆

引起腹泻	引起消化不良	会丢失营养	会引起身体不适

推荐食谱

葱油莴笋

【材料】莴笋400克，花椒少许。

【调料】盐2克，味精2克，香油8克，葱末4克。

做法

❶ 莴笋去皮洗净切块；花椒洗净。❷ 锅内注水，大火烧开后，将莴笋块放入开水中焯熟，捞出置于盘中控干。❸ 炒锅注油烧热，放入葱末、花椒炒香，放入盐、味精、香油调成汁浇在盘中即可。

功效 增强免疫力。

红薯

别名
番薯、甘薯

性 平，生微凉　味 甘　归经 脾、胃经

营养功效

红薯具有补脾健胃、滋补肝肾、补中益气、通便、抗癌、延年益寿、提高人体免疫力、防治营养不良和骨质疏松、降低胆固醇、保持血管弹性、防治动脉粥样硬化、防止雀斑和老年斑的出现等功效。

适宜人群 一般人群。

不宜人群 胃肠溃疡及胃酸过多的患者。

食用指导

选购 应选择形状似纺锤、表皮无黑色或褐色斑点的红薯。

储存 应先晾晒几天，让红薯的水分蒸发掉一些，再放置在低温、阴凉、干燥、通风处保存，可使味道更加甘甜。

烹饪 将红薯放在淡碱水中浸泡 20 分钟左右，然后将其烹至熟透，红薯中含有的大部分"气化酶"便可被破坏掉，可避免人体出现腹胀、打嗝等症状。可作为主食食用，也可制作各种糕点和面食，还可加工成薯粉丝、粉条等食物。不可生食。

✅ 相宜食物搭配及功效

莲子	肉类	大米	面食

美容养颜、抗衰老	降脂减肥	化解胀气	

❌ 相克食物搭配及后果

柿子	鸡蛋	西红柿	香蕉
导致肠胃出血	不消化、易腹痛	会得结石、腹泻	会引起身体不适

推荐食谱

奶油红薯条

【材料】红薯300克，朱古力屑10克。

【调料】奶油适量。

做法

① 红薯去皮，洗净，削成长条。② 再将红薯条入锅中蒸熟，取出装盘。③ 锅中加油烧热，下入奶油烧至融化，起锅浇淋在红薯条上，再撒上朱古力屑即可。

功效 增强免疫力。

注解

红薯为块根，皮色发白或发红，肉大多为黄白色，除供食用外，还可以制糖和酿酒、制酒精。

马蹄

别名
荸荠、地栗

性 微寒　味 甘　归经 肺、胃、大肠经

营养功效

马蹄具有清热解毒、凉血生津、利尿通便、化湿祛痰、消食除胀的功效，对黄疸、痢疾、小儿麻痹、便秘等疾病有食疗作用。另外，对降低血压有一定的效果。

适宜人群 儿童、发热病人、肺癌患者。

不宜人群 脾胃虚寒、血虚、血瘀者。

食用指导

选购 应选择个大、紫黑发亮、无破损、肉质白嫩、芽粗短的马蹄。

储存 应先将马蹄放在太阳下暴晒，然后再将其放置在低温、阴凉、干燥、通风处储存。

烹饪 生吃荸荠前，可将其泡在冰水或盐水中，可去掉附着在其表面和内部的细菌和寄生虫。先将荸荠放在火上烤一下，或先用姜擦拭几遍，再对其进行剥洗，可以缓解手部与其接触产生的皮肤发痒；也可戴上橡胶手套对其进行剥洗。可生食，也可用于做菜、做点心、入馅等。

✔ 相宜食物搭配及功效

核桃仁	香菇	黑木耳	萝卜	豆浆	杨梅
有利于消化	补气强身、益胃助食		清热生津、化痰消积	清热解毒、利尿通便	祛火生津、利尿止泻

✖ 相克食物搭配及后果

蛤蜊

降低营养价值

推荐食谱

党参马蹄猪腰汤

【材料】 猪腰200克，马蹄150克，党参100克。

【调料】 盐6克，料酒适量。

做法

❶猪腰洗净，剖开，切去白色筋膜，切片，用适量酒、油、盐拌匀。❷马蹄洗净去皮；党参洗净切段。❸马蹄、党参放入锅内，加适量清水，大火煮开后改小火煮30分钟，加入猪腰再煲10分钟，以盐调味供用。

功效 保肝护肾。

注解

马蹄皮色紫黑，肉质洁白，味甜多汁，有"地下雪梨"之美誉，既可做水果生吃，又可做蔬菜食用。

洋葱

别名 洋葱头、圆葱

性 温 **味** 甘、微辛 **归经** 肝、脾、胃、肺经

营养功效

洋葱具有散寒、健胃、发汗、祛痰、杀菌、降血脂、降血压、降血糖、抗癌之功效。常食洋葱可以长期稳定血压、降低血管脆性、保护人体动脉血管，还能帮助防治流行性感冒。

适宜人群 高血压、高血脂、动脉硬化、糖尿病、癌症、急慢性肠炎、痢疾等病症患者以及消化不良、饮食减少和胃酸不足者。

不宜人群 皮肤瘙痒性疾病、眼疾以及胃病、肺胃发炎者、热病患者。

食用指导

选购 要挑选球体完整、没有裂开或损伤、表皮完整光滑的。

储存 将洋葱放入网袋中，然后悬挂在室内阴凉通风处，或者放在有透气孔的专用陶瓷罐中保存。

烹饪 洋葱内含有丙硫醛氧化硫，这种物质在人眼内能生成低浓度的亚硫酸，对人眼造成刺激而催人泪下。由于丙硫醛氧化硫易溶于水，切洋葱时，放一盆水在身边，丙硫醛氧化硫刚挥发出来便溶解在水中，这样可减轻其对眼睛的刺激；若将洋葱放入水中切，则不会刺激眼睛。可生食、凉拌、炒食、做配料、炖汤等。不宜过量食用。

✅ 相宜食物搭配及功效

猪肉	大蒜	红酒	鸡肉
滋阴润燥	防癌抗癌	降压降糖	延缓衰老

咖喱	苹果 — 玉米	鸡蛋
增强免疫力	降压降脂	

❌ 相克食物搭配及后果

蜂蜜	黄豆	蟾蜍	狗肉
伤害眼睛	降低钙吸收	会产生毒素，引发中毒	会刺激胃黏膜

注解

洋葱中含有的前列腺素 A 是天然的血液稀释剂，能扩张血管、降低血液黏度，预防血栓形成。前列腺素 A 还能促进钠盐的排泄，从而使血压下降。

推荐食谱

洋葱煎蛋饼

【材料】 鸡蛋1个，面粉25克，洋葱25克。

【调料】 盐3克。

做法 ❶ 将鸡蛋打入碗中，放入适量面粉搅拌均匀。❷ 将洋葱洗净后切成丁，放入搅拌好的蛋液中。❸ 在混合蛋液中加入适量盐拌匀，下入油锅中煎成两面金黄色的蛋饼即可。

功效 降低血脂。

青椒

别名 甜椒、灯笼椒、柿子椒

性 热　**味** 辛　**归经** 心、脾经

营养功效

青椒具有温中下气、散寒除湿、发汗、增进食欲、帮助消化、通便、缓解肌肉疼痛、抗氧化、抗癌、增强体力、缓解疲劳、降脂减肥、消除皮肤皱纹、润滑肌肤之功效。

适宜人群 伤风感冒、风湿性疾病患者。

不宜人群 阴虚火旺、肺结核等病症患者。

食用指导

选购 应选择果肉肥厚、形状周正匀称、无腐烂、无虫蛀、无病斑、肉质鲜嫩的青椒。

储存 应包上保鲜膜放入冰箱冷藏。

烹饪 可炒食、做配菜等。

✔ 相宜食物搭配及功效

鳝鱼	苦瓜	空心菜	猪肉
可开胃爽口	美容养颜	降压止痛	促进消化和吸收

相克食物搭配及后果

胡萝卜	南瓜	竹笋	羊肝

破坏维生素C（富含维生素分解酶的食物）

推荐食谱

青椒红肠炒鸡蛋

【材料】青椒、鸡蛋、红肠各80克。

【调料】盐、生抽、胡椒粉各适量。

做法

❶青椒洗净切圈；红肠洗净切片；鸡蛋加盐、胡椒粉搅匀。❷油锅烧热，放入青椒、红肠爆炒，拨至锅边，在空出来的地方再倒油，放鸡蛋稍煎，炒碎，拌入青椒、红肠炒片刻，调入生抽即可。

功效 开胃消食。

注解

青椒为一年生或多年生草本植物，特点是果实较大，辣味较淡甚至根本不辣，作蔬菜食用而不作为调味料。由于它翠绿鲜艳，新培育出来的品种还有红、黄、紫等多种颜色，因此不但能自成一菜，还被广泛用于配菜。

蒜薹

别名
蒜苔、蒜毫

性 平　味 甘，无毒　归经 肺、脾经

营养功效

蒜薹中所含的大蒜素、大蒜新素可以抑制金黄色葡萄球菌、痢疾杆菌生长繁殖；蒜薹中含有的粗纤维可预防便秘；蒜薹中含有的维生素C，有降血脂的作用。

适宜人群 冠心病患者、便秘者。

不宜人群 肝病患者及消化能力弱者。

食用指导

选购 应选择叶子柔嫩、叶尖不干枯、株棵粗壮、整齐洁净、不易折断的蒜薹。

储存 置于低温、阴凉、干燥、通风处储存。

烹饪 煸炒蒜苗时，只要以大火略炒至蒜苗香气逸出即可盛出，火候的掌握尤为重要，不宜炒得过烂。可炒食、炖汤；可做主菜，也可作为配菜食用。

✔ 相宜食物搭配及功效

莴笋	香干	虾仁	腊肉
预防高血压	平衡营养	美容养颜	可开胃消食

✖ 相克食物搭配及后果

蜂蜜	鸡肉	黄瓜	狗肉
腹泻	功效相反	降低胆固醇、减肥	会刺激胃黏膜

推荐食谱

蒜薹炒牛柳丝

【材料】蒜薹400克，牛肉150克。

【调料】黑椒碎、淀粉各少许，盐、蚝油、白糖、蒜片、姜片各适量，葱白15克。

做法

❶蒜薹洗净切成段；牛肉洗净切丝；葱白洗净切段。❷油锅烧热，将姜片、葱白、蒜片炒香。❸加入蒜薹、牛肉炒熟，放入盐、蚝油、白糖和黑椒碎炒匀，勾芡即可。

功效 防癌抗癌。

注解

蒜薹是大蒜的花茎。蒜薹的辛辣味比大蒜要轻，加之它所具有的蒜香能增加菜肴的香味，因此更易被人们所接受。其常被作为蔬菜烹制，川菜制作回锅肉时更是不可少的配菜。

花菜

别名
菜花、花椰菜

性 凉　味 甘　归经 胃、肝、肺经

营养功效

花菜有爽喉、开音、润肺、止咳的功效。花菜是含有类黄酮最多的食物之一，可以防止感染，阻止胆固醇氧化，防止血小板凝结成块，从而减少心脏病与中风的危险。常吃花菜还可以增强肝脏的解毒能力，提高机体的免疫力。

适宜人群 食欲不振者、大便干结者、少年儿童、癌症患者。
不宜人群 尿路结石者。

食用指导

选购 以花球周边未散开，无异味、无毛花的为佳。

储存 花菜最好即买即吃，即使温度适宜，也尽量避免存放3天以上。

烹饪 先将菜花放入盐水中浸泡，可以除虫和去除残留农药；之后可先用沸水焯至半熟，取出放入凉开水中过凉，沥干水分再进行后续烹饪。可凉拌、炒食、涮锅等。

✔ 相宜食物搭配及功效

蚝油	辣椒	香菇	西红柿
健脾开胃	防癌抗癌	降低血脂	降压降脂

✘ 相克食物搭配及后果

猪肝	牛肝	牛奶	豆浆

阻碍营养物质的吸收	不利身体健康	降低营养价值	

推荐食谱

花菜炒西红柿

【材料】 花菜250克，西红柿200克。

【调料】 香菜10克，鸡精、盐各适量。

做法

❶ 花菜去除根部，切成小朵，洗净，焯水，捞出沥干水；香菜洗净切段。❷ 西红柿洗净切丁。❸ 起油锅，将花菜和西红柿丁放入锅中，待熟再调入盐、鸡精翻炒均匀，盛盘，撒上香菜段即可。

功效 防癌抗癌。

注解

花菜属十字花科，是甘蓝的变种，花茎可食，原产地中海沿岸，其产品器官为洁白、短缩、肥嫩的花蕾、花枝、花轴等聚合而成的花球，是一种粗纤维含量少、品质鲜嫩、营养丰富、风味鲜美的蔬菜。

马齿苋

别名 长寿菜

性 寒 **味** 甘、酸 **归经** 心、肝、脾、大肠经

营养功效

马齿苋具有清热解毒、消肿止痛的功效。马齿苋对肠道传染病，如肠炎、痢疾等，有独特的食疗作用。马齿苋还有消除尘毒、防止吞噬细胞变形和坏死、杜绝硅结节形成、防止硅肺病发生的功能。

- **适宜人群** 肠炎、痢疾、尿血、尿道炎、湿疹、皮炎、赤白带下、痔疮等患者。
- **不宜人群** 孕妇及脾胃虚寒者。

食用指导

选购 要选择叶片厚实、水分充足、鲜嫩肥厚多汁的马齿苋。

储存 马齿苋用保鲜袋封好，放在冰箱中可以保存1周左右。

烹饪 马齿苋在烹饪前应先焯水。可凉拌、炒食、做配菜、入馅等。

✔ 相宜食物搭配及功效

绿豆	猪肠	莲藕	蜂蜜
消暑解渴、止痢	治疗痔疮	清热解毒凉血止咳	治疗痢疾

粳米	黄花菜	鸡蛋	荠菜
清热、止痢	清热祛毒	治疗妇女阴部瘙痒	清热凉血

✖ 相克食物搭配及后果

黄瓜	茼蒿	胡椒	甲鱼
破坏维生素C	减少身体对钙、铁的吸收	容易中毒	会引起消化不良

注解

马齿苋含有丰富的去甲肾上腺素，能促进胰岛腺分泌胰岛素，调节人体糖代谢过程、持血糖恒定，所以对糖尿病有一定的食疗作用。

推荐食谱

蒜蓉马齿苋

【材料】 马齿苋200克。

【调料】 蒜10克，盐5克，味精3克。

做法

① 马齿苋洗净；蒜洗净去皮，剁成蓉。② 将洗净的马齿苋下入沸后水中稍余，捞出沥水备用。③ 锅中加油烧热，下入蒜蓉爆香，再下入马齿苋，调入盐、味精翻炒匀即可。

功效 保肝护肾。

黄豆芽

别名
黄豆种子芽

性 凉 味 甘 归经 脾、大肠经

营养功效

　　黄豆芽具有滋润清热、利尿解毒、补气养血、明目、乌发、防止牙龈出血、防止心血管硬化、防止动脉硬化、降低胆固醇、淡化雀斑、促进青少年生长发育、健脑益智、抗疲劳、抗癌、预防癫痫病等功效。

适宜人群 癫痫、肥胖、便秘、痔疮患者。
不宜人群 慢性腹泻、脾胃虚寒者。

食用指导

选购 应选择顶芽大、须根长、色泽鲜艳、芽身挺直饱满、无烂根、无化学气味的黄豆芽。
储存 不能隔夜，即买即吃。
烹饪 烹制黄豆芽时，可加入一点醋，以防止营养物质流失。可炒食、炖汤等。

✔ 相宜食物搭配及功效

黑木耳	牛肉	榨菜	鲫鱼

提供全面营养	预防感冒，防止中暑	增进食欲	补血益气

✕ 相克食物搭配及后果

猪肝	皮蛋	鸡蛋	冷饮
破坏营养	导致腹泻	会造成营养流失	会导致消化不良

推荐食谱

黄豆芽炒粉条

【材料】 黄豆芽、红薯粉各250克。
【调料】 葱段、干辣椒各30克，盐5克，生抽、醋各10克。

做法

① 黄豆芽洗净；红薯粉用清水冲洗，再放凉水中浸泡一会。② 黄豆芽和红薯粉均焯水沥干。③ 油锅烧热，放干辣椒爆香，黄豆芽、红薯粉和葱段一起入锅，下盐、生抽、醋调味，炒匀装盘即可。

功效 增强免疫力。

注解

　　黄豆芽是由黄豆发芽而成。在黄豆发芽过程中，其营养成分会发生变化。研究发现，黄豆芽既保留有黄豆的营养特点，同时也生出许多新的营养素。

绿豆芽

别名
绿豆菜

性 凉　味 甘　归经 胃、三焦经

营养功效

绿豆芽具有清暑热、通经脉、清肠胃、防治便秘、解毒、消肿、补肾利尿、滋阴壮阳、调五脏、美容肌肤、洁齿、治疗口腔溃疡、预防消化道癌症之功效。

适宜人群 湿热郁滞、食少体倦等患者。

不宜人群 脾胃虚寒者。

食用指导

选购 应选择略呈黄色、顶芽大、茎长、有须根、无化学气味的绿豆芽。

储存 不能隔夜，即买即吃。

烹饪 绿豆芽下锅后要迅速翻炒，适当加些醋，才能保存水分及维生素C，口感才好。

✔相宜食物搭配及功效

猪肚	韭菜	鸡肉	菠菜	金针菇
降低胆固醇吸收	解毒、补肾、减肥	降低心血管疾病发病率	可提供全面的营养	清热解毒、抗癌

✕相克食物搭配及后果

猪肝

破坏营养

推荐食谱

香葱炒豆芽

【材料】葱段30克，豆芽40克，水发木耳50克，青、红辣椒各适量。

【调料】盐3克，味精5克，香油8克。

做法

① 豆芽洗净；木耳洗净，焯水，捞出沥水，切丝；青、红辣椒洗净，切成丝。② 油锅烧热，放入青、红辣椒椒炒香，接着放入切好的葱段、豆芽、木耳翻炒，再放入盐、味精、香油翻炒，装盘即可。

功效 降低血脂。

注解

绿豆在发芽过程中，维生素C含量会增加很多，而且部分蛋白质也会分解为各种人体所需的氨基酸，可达到绿豆原含量的七倍，所以绿豆芽的营养价值比绿豆更高。

香椿

别名
山椿、椿花

（性）凉 （味）苦、平 （归经）肺、胃、大肠经

营养功效

香椿有清热解毒、健胃理气、润肤明目、杀虫、增进食欲、收敛固涩、燥湿清热、止泻止痢、抗菌消炎、润滑肌肤、增强人体免疫力等功效，对疮疡、脱发、目赤、肺热咳嗽等病症有食疗作用。

适宜人群 目赤、肺热、痢疾、咳嗽者。
不宜人群 慢性疾病患者。

食用指导

选购 应选择颜色碧绿、气味清香、无腐烂的香椿。

储存 应放置在干燥、阴凉、低温处储存。

烹饪 先将香椿放入沸水中焯熟再进行后续烹饪，可以去除香椿中含有的有害物质亚硝酸盐。可炒食、炖汤、做配菜、入馅等。应尽快食用。不可食用腌制过的香椿。

✔相宜食物搭配及功效

竹笋	豆腐	羊肉	鸡蛋
清热解毒	美容润肤	食疗风湿性关节炎	增强机体的免疫力

✘相克食物搭配及后果

黄瓜	胡萝卜	动物肝脏	虾

降低营养价值		维生素C被破坏	不利人体健康

推荐食谱

香椿拌豆腐

【材料】豆腐150克，香椿80克，熟花生米30克。

【调料】盐3克，酱油、香油各8克。

做法

❶豆腐洗净，切成薄片，放入盐水中焯透，取出，沥干水分，装盘。❷香椿洗净，用开水焯一下，捞出，沥干水分，切成碎末，撒上盐、酱油，和豆腐拌匀。❸淋上香油，撒上花生米即可。

功效 排毒瘦身。

注解
香椿叶呈偶数羽状复叶，果实是椭圆形蒴果，香椿树体高大，除供椿芽食用外，也是园林绿化的优选树种。

白萝卜

别名
莱菔、罗菔

性 凉　味 辛、甘　归经 肺、胃经

营养功效

白萝卜能促进新陈代谢、增进食欲、化痰清热、帮助消化、化积滞，对食积胀满、痰咳失音、吐血、消渴、痢疾、头痛、排尿不利等症有食疗作用。常吃白萝卜可降低血脂、软化血管、稳定血压，还可预防冠心病、动脉硬化、胆石症等疾病。

适宜人群 头屑多、头皮痒者，咳嗽者，鼻出血者。

不宜人群 阴盛偏寒体质者，脾胃虚寒者，胃及十二指肠溃疡者，慢性胃炎者，先兆流产、子宫脱垂者。

食用指导

选购 以个体大小均匀、根形圆整、表皮光滑的白萝卜为优。

储存 白萝卜最好能带泥存放。如果室内温度不太高，可放在阴凉通风处。

烹饪 可炒，可生吃，可腌、酱、拌、炝、煮、蒸、做馅、做汤等。

✔ 相宜食物搭配及功效

紫菜	豆腐	羊肉	牛肉
清肺热、治咳嗽	促吸收	降低血脂	补五脏、益气血

金针菇	猪肉	排骨	虾皮
可治消化不良	消食、除胀、通便	增强免疫力	可美容护肤

✘ 相克食物搭配及后果

橘子	胡萝卜	猪肝	人参
易诱发甲状腺肿大	降低营养价值		

蛇肉	黑木耳	梨	黄瓜
中毒	易引发皮炎	诱发甲状腺肿大	破坏维生素C

推荐食谱

牛腩炖萝卜

【材料】 牛腩500克，白萝卜800克，枸杞50克。

【调料】 盐6克，黑胡椒粉5克，芹菜10克，蒜片20克，高汤适量。

做法 ❶牛腩洗净，切条，用盐、黑胡椒粉腌渍；白萝卜去皮，洗净，切长条；芹菜洗净，切段。❷锅中加入高汤烧开，加入牛腩和枸杞，小火炖1小时，加入白萝卜，最后加盐、蒜片和芹菜段即可。

功效 增强免疫力。

胡萝卜

别名 红萝卜、金笋 **性** 平 **味** 甘、涩 **归经** 心、肺、脾、胃经

营养功效

胡萝卜有健脾和胃、补肝明目、清热解毒、壮阳补肾、透疹、降气止咳等功效，对于肠胃不适、便秘、夜盲症、性功能低下、麻疹、百日咳、小儿营养不良等症状有食疗作用。

适宜人群 癌症、高血压、夜盲症、干眼症、营养不良、食欲不振、皮肤粗糙者。

不宜人群 脾胃虚寒者。

食用指导

选购 要选根粗大、心细小、质地脆嫩、外形完整的胡萝卜。另外，表面光泽、感觉沉重的才是好的胡萝卜。

储存 将胡萝卜加热，放凉后用密封容器保存，冷藏可保鲜5天，冷冻可保鲜2个月左右。

烹饪 胡萝卜素是一种脂溶性物质，消化吸收率极差，烹调时应用食油烹制。

✔相宜食物搭配及功效

香菜	绿豆芽	菠菜	豌豆
开胃消食	排毒瘦身	防止中风	提高人体的抗病能力

注解

胡萝卜除含有大量胡萝卜素外，还含有丙氨酸等九种氨基酸，以及钙、磷、铁等矿物质。

✘相克食物搭配及后果

山楂	柠檬	草莓	酒
	破坏维生素C		损害肝脏

柑橘	红枣	桃子	醋
	降低营养价值		

推荐食谱

胡萝卜排骨汤

【材料】红枣30克，小排骨150克，胡萝卜100克，鲜干贝3颗，黑木耳1朵。

【调料】盐1克，味精3克。

做法 ❶ 排骨洗净，砍段；胡萝卜洗净切块；木耳洗净切块。❷ 锅中加水煮滚，放入排骨、胡萝卜、黑木耳、红枣，小火熬煮40分钟，转大火煮滚，放入鲜干贝，再煮3分钟，加盐和味精调味即可。

功效 益气补血。

冬瓜

别名
白瓜、枕瓜

性 凉　味 甘　归经 肺、大肠、小肠、膀胱经

营养功效

冬瓜具有清热解毒、利水消肿、减肥美容的功效；能减少体内脂肪，有利于减肥。常吃冬瓜，还可以使皮肤光洁；另外对慢性支气管炎、肠炎、肺炎等感染性疾病有一定的治疗效果。

适宜人群 心烦气躁、热病口干烦渴、小便不利者。

不宜人群 脾胃虚弱、肾脏虚寒、久病滑泄、阳虚肢冷患者。

食用指导

选购 挑选时用指甲掐一下，皮较硬，肉质致密，种子已成熟变成黄褐色的冬瓜口感好。

储存 买回来的冬瓜如果吃不完，可用比较大的保鲜膜贴在冬瓜的切面上，用手抹紧贴满，可保持 3 ~ 5 天。

烹饪 冬瓜是一种解热利尿比较理想的日常食物，连皮一起煮汤，效果更明显。可炒食、炖汤、入馅、制茶等。

✔相宜食物搭配及功效

海带	芦笋	火腿	甲鱼
降低血压	降低血脂	食疗排尿不爽	润肤、明目

鲢鱼	螃蟹	鸡肉	口蘑
可辅助治疗产后气血亏虚	减肥健美	排毒养颜	利于排尿

✖相克食物搭配及后果

鲫鱼	红豆	醋	梨
导致身体脱水	降低营养价值		不利身体健康

注解

冬瓜中所含的丙醇二酸能有效地抑制糖类转化为脂肪，而且冬瓜本身不含脂肪，热量不高。

推荐食谱 牛肉冬瓜汤

【材料】牛肉500克，冬瓜200克。

【调料】葱白、豉汁、盐、醋各适量。

做法 ❶牛肉洗净，切成薄片；冬瓜去瓤及青皮，洗净切成小块；葱白洗净切段。❷豉汁烧沸，加入牛肉片和冬瓜块，煮沸后改用小火炖。❸至肉烂熟时，撒入葱白段，加油、盐、醋和匀即成。

功效 排毒瘦身。

苦瓜

别名
凉瓜、癞瓜

性 寒　味 苦　归经 脾、胃、心、肝经

营养功效

苦瓜有清暑除烦、清热消暑、解毒、明目、降低血糖、补肾健脾、益气壮阳、提高机体免疫力的功效。对治疗痢疾、疮肿、热病烦渴、痱子过多、眼结膜炎、小便短赤等病有一定的食疗作用。此外，还有助于加速伤口愈合，多食有助于皮肤细嫩柔滑。

适宜人群 糖尿病、癌症、痱子患者。

不宜人群 脾胃虚寒者及孕妇。

食用指导

选购 苦瓜身上一粒一粒的果瘤，是判断苦瓜好坏的特征。颗粒愈大愈饱满，表示瓜肉也愈厚。

储存 应包上保鲜膜放入冰箱冷藏。

烹饪 切好的苦瓜放入开水中焯一下，或放在无油的热锅中干煸一会，或用盐腌一下，都可减轻它的苦味。可凉拌、炒食、炖汤等，一次不宜食用过多。

✔ 相宜食物搭配及功效

辣椒	鸡蛋	猪肝	茄子
排毒瘦身	对骨骼、牙齿帮助	清热解毒、补肝明目	延缓衰老、益气壮阳

洋葱	瘦肉	玉米	鸡翅
增强免疫力	提高人体对铁元素的吸收	清热解毒	补脾健胃

✗ 相克食物搭配及后果

豆腐	南瓜	沙丁鱼	牛奶
容易引起结石	破坏维生素C	引发荨麻疹	不利于营养的吸收

排骨	胡萝卜	黄瓜	绿茶
阻碍钙的吸收	降低营养价值		导致腹泻

推荐食谱

清热苦瓜汤

【材料】苦瓜400克。

【调料】盐3克，香油适量。

做法

①苦瓜洗净、去子，切成小块，焯水备用。

②锅中加水，放入苦瓜煮成汤，调入盐，淋上香油即可。

功效 排毒瘦身。

黄瓜

别名
胡瓜、青瓜

性 凉　味 甘。有小毒　归经 肺、胃、大肠经

🌿 营养功效

　　黄瓜具有除湿、利尿、降脂、镇痛、促消化的功效。尤其是黄瓜中所含的纤维素能促进肠内腐败食物排泄，而所含的丙醇、乙醇和丙醇二酸还能抑制糖类物质转化为脂肪，对肥胖者和高血压、高血脂患者有利。

适宜人群 热病患者，肥胖、高血压、高血脂、水肿、癌症、嗜酒者及糖尿病患者。

不宜人群 脾胃虚弱、胃寒、腹痛腹泻、肺寒咳嗽患者。

食用指导

选购 选购黄瓜，色泽应亮丽，若外表有刺状凸起，而且黄瓜头上顶着新鲜黄花的为最好。

储存 保存黄瓜要先将它表面的水分擦干，再放入密封保鲜袋中，封好袋口后冷藏即可。

烹饪 切黄瓜时，把黄瓜的尾部留下，与其他部分一起烹饪，其中的苦味素可以有助于抗癌。可生食、凉拌、炒食、煮汤、腌制、做配菜等。生食不宜食用过多。

✔ 相宜食物搭配及功效

龟	鱿鱼	大蒜	黄花菜
健脾利气	增强人体免疫力	排毒瘦身	可改善不良情绪

豆腐	土豆	黑木耳	虾
降低血脂	排毒瘦身	排毒瘦身、补血养颜	保肝护肾

✖ 相克食物搭配及后果

柑橘	西红柿	花菜	桂圆
	破坏维生素C		破坏维生素

小白菜	香菜	菠菜	花生
	降低营养价值		导致腹泻

推荐食谱

黄瓜炒山药

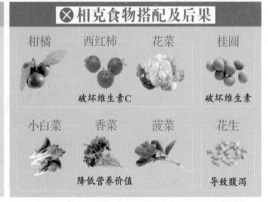

【材料】黄瓜、山药各250克。

【调料】红辣椒50克，生抽10克，盐、味精各5克。

做法 ❶黄瓜洗净去皮，切成长条；山药洗净去皮，切成长条；红辣椒洗净，切成长条。❷锅烧热放油，油烧热时加红辣椒炒香，放入山药、黄瓜，放入生抽和盐，大火煸炒。❸炒熟后放入味精，装盘即可。

功效 排毒瘦身。

南瓜

别名
番瓜、倭瓜

性 温　味 甘　归经 脾、胃经

营养功效

南瓜具有润肺益气、化痰、消炎止痛、降低血糖、驱虫解毒、止喘、美容等功效。可减少粪便中毒素对人体的危害，防止结肠癌的发生，对高血压及肝脏的一些病变的预防和治疗有一定食疗作用。另外，南瓜中胡萝卜素含量较高，可保护眼睛。

适宜人群 糖尿病、动脉硬化、胃黏膜溃疡、肋间神经痛等患者，脾胃虚弱者、营养不良者、肥胖者、便秘者以及中老年人。

不宜人群 有脚气、黄疸、时病疳症、下痢胀满、产后痧痘、气滞湿阻病症患者。

食用指导

选购 挑选外形完整，最好是瓜梗蒂连着瓜身，这样的南瓜说明新鲜。

储存 南瓜切开后，可将南瓜子去掉，用保鲜袋装好后，放入冰箱冷藏保存。

烹饪 生南瓜不易切，可先将其放入微波炉稍加热后再切。可炒食、蒸食、炖汤、制作甜点等。

✔ 相宜食物搭配及功效

牛肉	莲子	芦荟	猪肉
补脾健胃、解毒止痛	降低血压	美白肌肤	预防糖尿病

注解

南瓜嫩果味甘适口，是夏秋季节的瓜菜之一。南瓜瓜子可以做零食。

✘ 相克食物搭配及后果

辣椒	小白菜	黄瓜	鲤鱼

破坏维生素C		影响维生素的吸收	引起中毒

虾	羊肉	带鱼	红薯
引起腹泻、腹胀	发生黄疸和脚气	不利营养物质的吸收	引起腹胀腹痛

推荐食谱　西蓝花四宝蒸南瓜

【材料】 白果、百合、银耳各100克，枸杞50克，南瓜200克，西蓝花250克。

【调料】 盐、淀粉、清汤各适量。

做法 ❶原材料均洗净，南瓜切条；西蓝花切块；银耳、百合切片，与白果一起泡发。

❷锅上火添入清汤，烧开后放入全部原料，调入盐，装盘，上笼蒸约3分钟，以淀粉勾芡，取出即可食用。

功效 排毒瘦身。

茄子

别名
茄瓜、紫茄

性 凉　味 甘　归经 脾、胃、大肠经

营养功效

茄子具有活血化瘀、清热消肿、宽肠、防治坏血病、促进伤口愈合、保护心血管健康、降低胆固醇、预防动脉硬化、降血压、抗癌、抗氧化、延缓衰老之功效。

适宜人群 皮肤紫斑症等容易内出血的人。

不宜人群 虚寒腹泻、目疾患者以及孕妇。

食用指导

选购 应选择形状周正、颜色乌暗、皮薄肉松、分量较轻、无裂口、不腐烂、无斑点的嫩茄子。

储存 应放置在干燥、阴凉、低温、通风处储存。

烹饪 将茄子切好后立刻放入油锅中稍炸，再与其他食材一同炒食，可使茄子不易变色，也可使其更易入味；也可将切好后的茄子放入水中浸泡，烹制时再拿出，也能避免其变色。可凉拌、炒食、蒸食、煎炸、入馅等。

✔ 相宜食物搭配及功效

猪肉	牛肉	苦瓜	羊肉
维持正常血压	强身健体	清心明目	预防心血管疾病

✘ 相克食物搭配及后果

螃蟹	墨鱼	鹅肉	鱿鱼
郁积腹中、伤寒肠胃	引起霍乱	伤肾脏	痢疾

推荐食谱

蒜香茄子

【材料】茄子500克，蒜30克。

【调料】生抽10克，醋15克，香油8克。

做法

①茄子去蒂，洗净，切条，用盐水浸泡去涩味；蒜去皮，剁蓉。②将切好的茄子放入微波炉中，加盖高火烹调8分钟，取出装盘。③淋上生抽、醋、香油，再撒上蒜蓉即可。

功效 开胃消食。

注解

吃茄子建议不要去皮，因为茄子皮内含有丰富的维生素P，维生素P有显著的降低血脂和胆固醇的功能。维生素P还可以增加毛细血管的弹性，改善微循环，具有明显的活血、通脉功能。

莲藕

别名
水芙蓉、莲根

性 凉　味 辛、甘　归经 肺、胃经

营养功效

莲藕具有滋阴养血的功效，可以补五脏之虚、强壮筋骨、补血养血。生食能清热润肺、凉血行瘀，熟食可健脾开胃、止泻固精。

适宜人群 肝病、食欲不振、铁性贫血者。
不宜人群 脾胃消化功能低下者及产妇。

食用指导

选购 应购买藕节短、藕身粗、外皮呈黄褐色、肉肥厚而白的莲藕。

储存 将莲藕用保鲜膜包好放入冰箱中冷藏，可保存4~5天。

烹饪 将藕切片后放入烧开的水中滚烧片刻，然后捞出用清水洗净，可使藕片不变色，并保持爽脆的口感，也可将藕放在稀醋水中浸泡5分钟，可达至同样的效果。炒藕丝时，为使藕丝不变黑，可以一边炒一边加些清水，炒出的藕丝就会洁白如玉。可生食、凉拌、炒食、煲汤、制藕粉、入药等。

✔ 相宜食物搭配及功效

猪肉	鳝鱼	羊肉	生姜
滋阴血、健脾胃	强肾壮阳	润肺补血	止呕

✘ 相克食物搭配及后果

菊花	猪肝	菠菜	人参
腹泻	影响矿物质的吸收		药性相反

推荐食谱 莲藕炖排骨

【材料】 莲藕100克，猪排骨200克。

【调料】 盐2克，味精1克，葱少许。

做法

❶ 莲藕洗净，切成块；猪排骨洗净，剁块；葱洗净切末。❷ 锅内注水，放入猪排骨焖煮约30分钟后，加入莲藕、盐。❸ 焖煮至莲藕熟时，加入味精调味，起锅装碗撒上葱末即可。

功效 益气补血。

注解

莲藕中含有黏液蛋白和膳食纤维，膳食纤维能与胆酸盐、胆固醇及甘油三酯结合，使其随粪便排出。

山药

别名
怀山药、玉延

性 平　味 甘　归经 肺、脾、肾经

营养功效

山药具有健脾补肺、益胃补肾、固肾益精、聪耳明目、助五脏、强筋骨、长志安神、延年益寿的功效，对脾胃虚弱、倦怠无力、食欲不振、久泄久痢、肺气虚燥、痰喘咳嗽、下肢痿弱、消渴尿频、遗精早泄、皮肤赤肿、肥胖等病症有食疗作用。

适宜人群 糖尿病腹胀、病后虚弱、慢性肾炎、长期腹泻者。

不宜人群 大便燥结者。

食用指导

选购 山药要挑选表皮光滑无伤痕、薯块完整肥厚、颜色均匀有光泽、不干枯、无根须的。

储存 尚未切开的山药，可存放在阴凉通风处。如果切开了，则可盖上湿布保湿，放入冰箱冷藏室保鲜。

烹饪 给山药削皮时要戴上手套，防止山药的黏液接触皮肤而引起刺痒。做山药泥时，先将山药洗净煮熟，再进行去皮，这样不伤手，还能使煮出的山药洁白如玉。削过皮的山药可先放入醋水中，能防止变色。可蒸食、煮粥、炒食、凉拌、炖汤等，还可做糕点。

✔ 相宜食物搭配及功效

芝麻	红枣	玉米	羊肉
预防骨质疏松	补血养颜	增强人体免疫力	补脾健胃

✘ 相克食物搭配及后果

鲫鱼	黄瓜	菠菜	甘遂
不利于营养物质的吸收	降低营养价值		会引起身体不适

推荐食谱

山药糯米粥

【材料】山药15克，糯米50克。
【调料】红糖适量，胡椒末少许。

做法

❶ 山药去皮洗净切块，糯米洗净。❷ 先将糯米略炒，再与山药块共煮粥。❸ 粥将熟时，加胡椒末、红糖，再稍煮即可。

功效 增强免疫力。

注解

山药为多年生草本植物，茎蔓生，常带紫色，块根圆柱形，叶子对生，卵形或椭圆形，花乳白色，雌雄异株，块根含淀粉和蛋白质，可以吃。

芋头

别名
青芋、芋艿

性 平　味 甘。有小毒。　归经 胃经

营养功效

芋头具有益胃、宽肠、通便、解毒、补中益肝肾、消肿止痛、益胃健脾、散结、调节中气、化痰、添精益髓等功效，对痰核、瘰疬、便秘等症有食疗作用。

适宜人群 肿毒、牛皮癣、烫伤患者。

不宜人群 肾衰竭患者。

食用指导

选购 应选择结实、无斑点、切口新鲜的芋头。

储存 芋头不耐低温，因此新买回的芋头不能放入冰箱或气温低于7℃的地方储存，应放在较温暖的干燥、避光、通风处储存。

烹饪 先将芋头放在火上烤一下，或先用姜擦拭几遍，再对其进行剥洗，可以缓解手部与其接触时产生的皮肤发痒等症状；也可戴上橡胶手套对芋头进行剥洗。可作为主食与白糖搭配食用，也可用来制作菜肴和点心，还能制成芋头淀粉。不可生食。

✔ 相宜食物搭配及功效

红枣	牛肉	鲫鱼	芹菜	驴肉
补血养颜	防治食欲不振	治疗脾胃虚弱	补气虚增食欲	气血双补

✘ 相克食物搭配及后果

猪肝	香蕉	鲤鱼
破坏营养	高钾血症	性味相克

推荐食谱

芋头烧牛腩

【材料】牛腩、芋头各400克。

【调料】盐、胡椒粉、酱油、料酒、红油、大葱段、青椒圈、红椒圈各适量。

做法 ❶牛腩洗净，切块；芋头去皮洗净，切块。❷油锅烧热，下牛腩块略炒，入芋头、青椒、红椒、大葱同炒片刻，再加水同煮至肉烂。❸调入盐、胡椒粉、酱油、料酒，淋入红油即可。

功效 增强免疫力。

注解

芋头口感细软，绵甜香糯，营养价值近似土豆，既可作为主食蒸熟蘸糖食用，又可用来制作菜肴、点心。

土豆

别名
山药蛋、马铃薯

性 温　味 甘　归经 胃、大肠经

营养功效

土豆具有和胃调中、健脾益气、补血强肾等多种功效。土豆富含维生素、钾、纤维素等，可预防癌症和心脏病，帮助通便，并能增强机体免疫力。

适宜人群 妇女白带者、皮肤瘙痒者、急性肠炎患者、习惯性便秘者、皮肤湿疹患者、心脑血管疾病患者。

不宜人群 糖尿病患者、腹胀者。

食用指导

选购 应选择个头结实、没有出芽、颜色单一的土豆。

储存 土豆切块，冲洗完之后要先晾干，再放到锅里炒，这样它就不会粘在锅底了。煮土豆时，先在水里加几滴醋，土豆的颜色就不会变黑了。可作为主食或蔬菜食用。

烹饪 蒸、炸、煎、炒、煮、炖等烹饪方式均可，还能制成薯条、薯片、淀粉、粉丝、酒等食物或饮品。

✔ 相宜食物搭配及功效

黄瓜	牛肉	豆角	醋
有利身体健康	酸碱平衡	除烦润燥	能分解有毒物质

✖ 相克食物搭配及后果

西红柿	石榴	香蕉	柿子
消化不良	引起中毒	引起面部生斑	导致消化不良

推荐食谱

土豆烧排骨

【材料】排骨、土豆各250克，蒜苗少许。

【调料】辣椒酱、盐、红油、料酒、酱油各适量。

做法 ❶ 蒜苗洗净切段；排骨洗净，余水，捞出滤水；土豆去皮，洗净切块，焯水后捞出。❷ 油锅烧热，放辣椒酱炝锅，下排骨充分翻炒至出油，加入土豆、蒜苗续炒。❸ 加水淹过排骨，盖锅盖至炖至汤干时调入盐、红油、酱油、料酒翻炒均匀即可。

功效 保肝护肾

注解

土豆为多年生草本，但作一年生或一年两季栽培。其地下块茎呈圆、卵、椭圆等形，有芽眼，皮红、黄、白或紫色；地上茎呈棱形，有毛；奇数羽状复叶；花白、红或紫色；种子肾形，黄色。

生菜

别名
叶用莴苣

性 凉　味 甘　归经 胃、肠、肾经

营养功效

生菜具有清热提神、清肝利胆、利尿消肿、降低胆固醇、辅助治疗神经衰弱、促进血液循环、抗病毒、通乳、促进生长发育、减肥之功效。

适宜人群 处于生长发育期的少年儿童、肥胖人群以及患有小便不通、尿血、水肿等病症的患者。

不宜人群 尿频、胃寒之人。

食用指导

选购 应选择叶色青绿、叶大而身短、茎部呈白色的生菜。

储存 应在低温、阴凉处储存。此外，因生菜对乙烯极为敏感，储存时应远离苹果、梨、香蕉等水果，以免诱发赤褐斑点。

烹饪 将生菜洗净，用手撕成片食用，吃起来会比用刀切的脆。

✔相宜食物搭配及功效

海带	豆腐	鸡蛋	豆腐皮
抗癌、减肥	减肥消脂	滋阴润燥	清热利尿、减肥

✘相克食物搭配及后果

羊肉	山药
腹痛	阻碍营养物质吸收

推荐食谱

红烧狮子头

【材料】 五花肉500克，生菜100克，蛋清100克。

【调料】 酱油、白糖、盐、料酒、淀粉各适量。

做法

1 生菜洗净，沥干摆盘；五花肉洗净，剁泥，加盐、料酒、白糖、蛋清和淀粉拌成肉丸。

2 油锅烧热，放肉丸炸香，捞出。

3 锅留油烧热，再将炸好的肉丸倒入，加酱油、料酒、清水同烧，焖煮熟透，用水淀粉勾芡，盛盘即可。

功效 开胃消食。

油菜

别名
芸薹、薹芥

性 温　味 辛　归经 肝、肺、脾经

营养功效

油菜具有活血化瘀、消肿解毒、止咳化痰、润肠通便、美容、促进血液循环、去腐生肌、降血脂、加速肝脏排毒、治疗皮肤疮疖和乳痈、辅助治疗风热感冒之功效。

适宜人群 高血压、高脂血症、丹毒、肿痛脓疮、皮肤疮疖和乳痈、口角炎、口腔溃疡、牙龈出血、咳嗽多痰、风热感冒等病症患者以及孕妇产后瘀血腹痛者。

不宜人群 高血压并发肾功能不全、红斑狼疮、小儿麻疹后期、狐臭、脚气、口臭、产后痧症、眼疾等病症患者以及妇女怀孕早期。

食用指导

选购 应选择颜色翠绿、油亮、无黄烂叶、无虫迹、无药痕的嫩油菜。

储存 应在低温、阴凉处储存，或装入袋中放入冰箱储存。

烹饪 油菜应现做现切，否则会流失掉大量营养素。应禁食过夜的熟油菜。

✓ 相宜食物搭配及功效

香菇	虾仁	鸡肉	豆腐
减肥通便、防癌	消肿散瘀、清热解毒	强化肝脏、美化肌肤	生津止咳、清热解毒

✗ 相克食物搭配及后果

黄瓜	胡萝卜	南瓜	竹笋

妨碍人体对维生素C的吸收

推荐食谱

双菇扒上海青

【材料】上海青300克，香菇、草菇各20克。

【调料】盐、胡椒粉、料酒、香油各适量，葱、姜各10克。

做法

❶ 上海青洗净；香菇、草菇泡发洗净；葱、姜洗净切片。

❷ 锅注水烧开，入上海青烫熟，捞出沥水装盘；香菇、草菇焯水备用。

❸ 油锅烧热，放葱、姜炒香，加入香菇、草菇，入调味料炒匀，盛出即可。

功效 防癌抗癌。

芥蓝

别名
白花芥蓝

性 凉　味 甘、辛

营养功效

芥蓝具有利水化痰、解毒祛风、增进食欲、促进消化、防治便秘、消暑祛热、降低胆固醇、软化血管、预防心脏病的功效。

适宜人群 老少皆宜，特别适合心脏病、胆固醇高、便秘、暑热、食欲不振等病症患者。

不宜人群 阳痿、肾功能不全等病症患者。

食用指导

选购 应选择叶片颜色翠绿鲜嫩、菜秆粗细适中的芥蓝。

储存 应在低温、阴凉处储存。

烹饪 芥蓝味苦，可在翻炒时放入糖、料酒或豉油，以减少苦涩感。芥蓝不易熟透，其所需的烹制时间较长，因此用芥蓝熬汤时要多放一些水。

✔ 相宜食物搭配及功效

瘦肉	蒜	西红柿	山药

营养丰富	抗癌	防癌	消暑祛热

✘ 相克食物搭配及后果

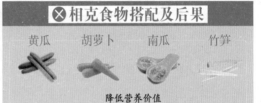

黄瓜	胡萝卜	南瓜	竹笋
		降低营养价值	

推荐食谱 金枝玉叶

【材料】黑木耳少许，芥蓝、豆腐各90克。

【调料】盐2克，彩椒、百合各少许。

做法

❶黑木耳泡发洗净，撕小朵；百合泡发洗净；芥蓝洗净，去叶留杆，焯熟；豆腐洗净，切块；彩椒洗净，切片。

❷油烧热，入豆腐炸至金黄色，捞起控油，同芥蓝一起摆盘。另起油锅，放入黑木耳、百合、彩椒炒熟，调入盐，起锅盛盘即可。

功效 降低血压。

雪里蕻

别名
叶用芥菜、雪里红

性 温　味 甘、辛　归经 肝、胃、肾经

营养功效

雪里蕻具有明目、宽肠、增进食欲、帮助消化、通便、解毒消肿、温中益气、帮助排除体内毒素、减肥、提神醒脑、解除疲劳、辅助治疗感染性疾病之功效。

适宜人群 老少皆宜，尤其适合疮痈肿痛、胸膈满闷、咳嗽多痰、习惯性便秘、牙龈肿痛、急慢性气管炎、肺痛、肺脓疡等病症患者以及老年人。

不宜人群 癌症、内热偏盛、瘙痒性皮肤病、单纯性甲状腺肿、疮疡、痔疮便血、消化功能不佳等病症患者。

食用指导

选购 应选择新鲜、根茎小、叶色浓绿、叶片肥厚、无烂叶的雪里蕻。

储存 应包上保鲜膜放入冰箱冷藏。

烹饪 烹饪前先将雪里蕻放在水中稍微浸泡一下，可以减轻雪里蕻的咸味。

✔ 相宜食物搭配及功效		
猪肝	毛豆	鸭肉
有助于钙质的吸收	开胃排毒、增强免疫力	清肺解毒、益气消肿

✘ 相克食物搭配及后果			
醋	鲤鱼	鲫鱼	甲鱼
降低营养价值	引起水肿	引起水肿	生恶疮

推荐食谱

雪里蕻肉末饭

【材料】糙米150克，雪里蕻75克，肉末50克。

【调料】姜末、葱花、鸡精、胡椒粉、鲜汤、盐、花生油各适量。

做法

① 糙米洗净，加水入锅蒸熟；雪里蕻洗净切碎。

② 锅注油烧热，下姜末、葱花炒香，放肉末、雪里蕻碎煸炒，加鲜汤、盐、鸡精、胡椒粉烧至汁浓，盖在米饭上即成。

功效 开胃消食。

茼蒿

别名
蒿子秆、蓬蒿

性 温　味 甘、涩　归经 肝、肾经

营养功效

茼蒿具有清心安神、降压润肺、开胃健脾、促进消化、通便利水、祛痰祛湿、消除水肿、促进儿童智力发育、补脑补血、促进新陈代谢、降脂减肥、预防感冒、增强体魄、抗菌抑菌、延缓衰老之功效。

适宜人群 高血压、大便秘结、肺热咳嗽、痰多黄稠、贫血、骨折、暑热、脾胃虚弱、气胀食滞、口臭痰多、大小便不畅、记忆力减退等病症患者。

不宜人群 大便溏薄、胃虚腹泻者。

食用指导

选购 应选择无黄斑、根部饱满挺直、颜色鲜亮翠绿的茼蒿。

储存 可包上保鲜膜放入冰箱冷藏，并尽快食用。

烹饪 茼蒿易熟，可大火快炒或快速氽烫食用，这样可以保留住茼蒿中的大部分营养物质及其清香的味道。

✔ 相宜食物搭配及功效

蜂蜜	大米	蒜	鱿鱼
润肺化痰、止咳	安心神、健脾胃	通便开胃、降压杀菌	健脾消肿、清热解毒

✘ 相克食物搭配及后果

柿子	泥鳅	醋	胡萝卜
伤胃	降低营养价值	降低营养价值	破坏维生素C

推荐食谱

蒜蓉茼蒿

【材料】茼蒿400克，大蒜20克。

【调料】盐3克，味精2克。

做法 ❶大蒜去皮，剁成细末；茼蒿去掉黄叶后洗净。❷锅中加水烧沸，将茼蒿稍焯，捞出沥水。❸锅中加油，炒香蒜蓉，下入茼蒿翻炒，再下入盐和味精，翻炒均匀即可。

功效 养心润肺。

丝瓜

别名
布瓜、绵瓜

性 凉　味 甘　归经 肝、胃经

营养功效

丝瓜具有通经活络、促进血液循环、清暑解毒、清热解渴、凉血活血、止咳利尿、化痰、安胎、通乳、通便、细嫩美白肌肤、延缓衰老之功效。

适宜人群 坏血病、身热烦渴、痰喘咳嗽、肠风痔漏、疖肿、带下、产后乳汁不通、月经不调等病症患者。

不宜人群 体虚、脾胃虚寒、大便溏薄、腹泻等病症患者。

食用指导

选购 应选择鲜嫩结实、皮色光亮、嫩绿或淡绿色、顶端饱满、不枯黄、不干皱、不臃肿、无斑点、无凹陷的丝瓜。

储存 应放置在干燥、阴凉处储存。

烹饪 丝瓜在烹制过程中易氧化变黑，可先将其去皮后用水淘洗一下，或用盐水稍微浸泡，或用开水焯一下，或用快切快炒的方式，都可以避免丝瓜氧化变黑的现象。

✔ 相宜食物搭配及功效

毛豆	虾仁	猪肉	鲫鱼
祛痰通便、强筋健骨	润肺补肾、美容	通便	催乳

✘ 相克食物搭配及后果

萝卜	菠菜
致阳痿早泄、糖尿病	腹泻

推荐食谱 老油条丝瓜

【材料】丝瓜250克，油条60克，红色甜椒丝50克。

【调料】米酒、盐各适量。

做法

① 丝瓜去皮洗净，和油条一起切成小段待用。

② 油锅烧热，下丝瓜、油条和红色甜椒，翻炒片刻淋入少许热水，盖盖焖煮，待有水蒸气冒出时揭开锅盖，加入盐、米酒，以大火炒匀，出锅装盘即可。

功效 养心润肺

第三章 五谷类

大米

别名
白米、稻米

性 平 味 甘 归经 脾、胃经

营养功效

大米有补中益气、健脾养胃、通血脉、聪耳明目、止烦、止渴、止泻的功效。大米中富含的维生素E有消融胆固醇的神奇功效。大米含有优质蛋白，可使血管保持柔软，能降血压。

适宜人群 一般人均可食用。

不宜人群 脾胃虚寒、大便溏薄者。

食用指导

选购 质大米富有光泽，干燥无虫，无沙粒，米灰、碎米极少，闻之有股清香味，无霉味。

储存 要把存米的容器清扫干净，以防止生虫。若发现米生虫，将米放阴凉处晾干。

烹饪 大米淘洗好，先往锅中滴入几滴植物油再煮，这样米饭不会粘锅。

✓ 相宜食物搭配及功效

杏仁	绿豆	红豆	乌鸡
治疗痔疮、便血	清热解暑、利尿消肿	有利营养的吸收	养阴、祛热、补中

✗ 相克食物搭配及后果

牛奶	蜂蜜
破坏维生素A	引起胃痛

推荐食谱

海鲜蔬菜炖饭

【材料】洗净的大米50克，鲜虾150克。

做法 ❶芦笋洗净焯水；鲜虾洗净。❷油锅烧热后炒香洋葱末，加入大米搅匀，倒入高汤煮开，加鲜虾，调入盐同炖至熟。❸将炖好的饭盛盘，插上芦笋，撒上黑胡椒粉即可。

小米

别名
粟米、谷子

性 凉　味 甘、咸　归经 脾、肾经

营养功效

小米有健脾、和胃、安眠等功效。小米含蛋白质、脂肪、铁和维生素等，消化吸收率高，是幼儿的营养食品。小米中富含人体必需的氨基酸，是体弱多病者的滋补保健佳品。小米含有大量的碳水化合物，对缓解精神压力、紧张、乏力等有很大的作用。

适宜人群 脾胃虚弱、反胃呕吐、体虚胃弱、精血受损、食欲缺乏等患者，病人、孕妇。

不宜人群 气滞、素体虚寒、小便清长者少食。

食用指导

选购 购买小米应首选正规商场和较大的超市。宜购买米粒大小、颜色均匀，无虫，无杂质的小米。

储存 贮存于低温干燥避光处。

烹饪 小米煮粥营养十分丰富，有"代参汤"之美称。小米宜与动物性食品或豆类搭配，可以提供人体更为完善、全面的营养。

✔ 相宜食物搭配及功效

鸡蛋
提高蛋白质的吸收

黄豆
健脾和胃、益气宽中

洋葱
生津止渴、降脂降糖

绿豆
营养成分互补

✖ 相克食物搭配及后果

烧酒
引起中毒

虾皮
引起肠胃不适

蟹 —— 蛤
降低营养价值

推荐食谱

红枣小米粥

【材料】红枣25克，小米100克。

【调料】冰糖适量。

做法

① 红枣泡发，洗净去核；小米淘洗净。

② 红枣、小米放入锅内，加适量水熬成粥，加入冰糖调味即可。

功效 补血养颜

注解

小米是由粟脱壳而制成的粮食，因其粒小而得名。常言道："五谷杂粮，谷子为首"，小米营养丰富，其所含蛋白质、脂肪都高于大米，对于人体必需的8种氨基酸含量丰富且比例协调，是产妇、幼儿和老年人的食用佳品，滋补作用极强。

粳米

别名
大米、硬米

性 平 **味** 甘 **归经** 脾、胃经

营养功效

粳米具有养阴生津、除烦止渴、健脾胃、补中气、固肠止泻的功效，而且用粳米煮米粥时，浮在锅面上的浓稠液体俗称米汤、粥油，具有补虚的功效，对于病后产后体弱的人有良好的食疗效果。

适宜人群 产妇，老年人体虚、高热、久病初愈、婴幼儿消化力减弱、脾胃虚弱、烦渴、营养不良、病后体弱等病症患者。

不宜人群 糖尿病、干燥综合征、更年期综合征属阴虚火旺和痈肿疔疮热毒炽盛者。

食用指导

选购 应选择颗粒饱满、整齐、有光泽、无虫、无沙粒、无碎米、无霉变气味的粳米。

储存 应放置在阴凉干燥的地方，避免受潮。

烹饪 可蒸饭、煮粥、煮米汤等。

✔ 相宜食物搭配及功效

芹菜	牛奶	油菜	菟丝子	芋头
祛伏热、利于排尿	补虚损、润五脏	健脾补虚、清热消炎	补虚损、益脾胃、安胎	健脾胃、益肝肾

✘ 相克食物搭配及后果

碱	马肉
流失维生素	引起身体不适

推荐食谱

猪肝粳米粥

【材料】 猪肝、粳米各50克。

【调料】 葱、姜、香油、盐、胡椒粉各适量。

做法

❶ 猪肝洗净浸泡后，取出切片；姜洗净去皮切丝，葱洗净切花；粳米洗净。❷ 油烧热，将猪肝片入油锅中，加盐滑熟，捞出备用；粳米入锅，加适量清水煲煮成粥，再放入猪肝片、姜丝，撒上葱花、胡椒粉，淋上香油即可。

功效 补血养颜。

注解

粳米是大米的一种，其粥有"世间第一补"之美称。粳米的糙米比精白米更有营养，它能降低胆固醇，减少心脏病和中风的发病率。粳米的主要成分是蛋白质、淀粉、脂肪、乙酸、苹果酸、柠檬酸、葡萄糖、琥珀酸、果糖、麦芽糖等，粳米的含钙量比较少。

糙米

别名
胚芽米、玄米

性 温　味 甘

营养功效

糙米具有提高人体免疫力、加速血液循环、消除烦躁、促进肠道有益菌繁殖、加速肠道蠕动、软化粪便等功效，对于预防心血管疾病、肠癌等病有食疗作用。

适宜人群 一般人群。

不宜人群 消化不良者。

食用指导

选购 应选择通体黄褐色、呈透明状的糙米，呈青色或不透明乳白色的糙米属于不完善粒，含有大量这种不完善粒的糙米不能购买。

储存 应放置在阴凉干燥的地方，避免受潮。

烹饪 煮糙米粥前可将糙米淘洗后用冷水浸泡一夜，然后连浸泡水一起入锅，煮半小时以上。对于牙口不好的老年人，可用电动豆浆机磨糙米浆喝，或者把煮熟的糙米饭加水，用搅拌机打成糙米糊喝。可制成糙米饭、糙米粥、糙米浆、糙米糊等食物。

✔ 相宜食物搭配及功效

鱼	南瓜	胡萝卜	瘦肉
预防慢性病	美容	保护视力	强健身体

✘ 相克食物搭配及后果

蟹	蛤
降低营养价值	

推荐食谱

糙米地瓜粥

【材料】糙米、地瓜各30克。

【调料】白糖8克。

做法 ❶糙米泡水2小时后备用。❷地瓜去皮洗净，切成小块备用。❸将糙米、地瓜放入锅中，加适量水，熬至大米熟软，食用时调入白糖即可。

功效 防癌抗癌。

注解

糙米是稻米经过加工后所产的一种米，是含有皮层、糊粉层和胚芽的米。糙米由于口感较粗，质地紧密，煮起来也比较费时，但是糙米的营养价值比精白米高。与全麦相比，糙米的蛋白质含量虽然不多，但是蛋白质质量较好，主要是米精蛋白，氨基酸的组成比较完全，人体容易消化吸收，但赖氨酸含量较少，含有较多的脂肪和碳水化合物，短时间内可以为人体提供大量的热量。

糯米

别名 元米、江米

性 温　味 甘　归经 脾、肺经

营养功效

糯米能够补养体气，主要功能是温补脾胃，还能够缓解气虚所导致的盗汗，妊娠后腰腹坠胀，劳动损伤后气短乏力等症状。糯米适宜贫血、腹泻、脾胃虚弱、神经衰弱者食用。不适宜腹胀、咳嗽、痰黄、发热患者。

适宜人群 脾胃气虚、常常腹泻者。

不宜人群 儿童、糖尿病、体重过重或其他慢性病如肾脏病、高血脂的人。

食用指导

选购 糯米以放了3~4个月的为最好，因为新鲜糯米不太容易煮烂，也较难吸收佐料的香味。

储存 将几颗大蒜头放置在米袋内，可防止米因久存而长虫。

烹饪 在蒸煮糯米前要先浸泡2个小时。蒸煮的时间要控制好，煮过头的糯米就失去了糯米的香气；若煮的时间不够长的话，糯米便会过于生硬。

✔ 相宜食物搭配及功效

红豆	黑芝麻	清明菜	莲藕
防治腹泻和水肿	补脾胃、益肝肾	治夜盲症、迎风流泪	调和气血、清热生津

✘ 相克食物搭配及后果

鸡肉	鸡蛋	白酒	啤酒
可致胃肠不适	引起腹痛腹胀	醉而难醒	

推荐食谱

山药糯米粥

【材料】山药15克，糯米50克。

【调料】红糖适量，胡椒末少许。

做法

❶ 山药去皮洗净切块，糯米洗净。❷ 先将糯米略炒，再与山药块共煮粥。❸ 粥将熟时，加胡椒末、红糖，再稍煮即可。

功效 增强免疫力。

注解

糯米是糯稻的种仁，是一种有黏性的柔润的稻米，所产的热量比面粉和一般谷粮都高。糯米对人体有滋补作用，营养丰富，是温补强身的食品，自古被列为营养上品。

黑米

别名
血糯米

性 温　味 甘　归经 脾、胃经

营养功效

黑米具有健脾开胃、补肝明目、滋阴补肾、养精固混、抗衰美容、益气补虚、防病强身、促进骨骼和大脑发育之功效，是抗衰美容、防病强身的滋补佳品。

适宜人群 头昏、眩晕、贫血、白发、眼疾、咳嗽等患者及产妇。

不宜人群 火盛热燥者。

食用指导

选购 应选择有光泽、大小均匀、无碎米、无虫、无杂质、微甜、无异味的黑米，将其外层刮掉，应为白色，否则可能是染色黑米。

储存 应放置在阴凉干燥的地方，避免受潮。

烹饪 蒸煮黑米前应先将其浸泡一夜，蒸煮时将泡米水一起下锅煮，否则会流失营养物质。可制成八宝粥，还可酿酒或制成各种营养食品。

✔相宜食物搭配及功效

大米	牛奶	绿豆	莲子	生姜

开胃益中、明目	益气、养血、生津、健脾胃	健脾胃、祛暑热	补肝益肾、丰肌润发	降胃火

❌相克食物搭配及后果

蟹	蛤
降低营养价值	

推荐食谱

黑米黑豆莲子粥

【材料】糙米40克，燕麦30克，黑米、黑豆、红豆、莲子各20克。

【调料】白糖5克。

做法 ❶白糙米、黑米、黑豆、红豆、燕麦均洗净，泡发；莲子洗净，泡发后，挑去莲心。❷锅置火上，加入适量清水，放入糙米、黑豆、黑米、红豆、莲子、燕麦开大火煮沸。❸最后转小火煮至各材料均熟，粥呈浓稠状时，调入白糖拌匀即可。

注解

黑米是稻米的一种，形状比普通大米略扁，是中国稻米中的珍品。黑米在古代是专供内廷食用的"贡米"。黑米色泽乌黑，内质色白，煮成粥是深棕色，味道浓香，营养价值极高，有多种药用功效。若用黑米和红枣一同煮粥，更是味美甜香，被人们称为"黑红双绝"。

高粱

别名
蜀秫、芦粟

性 温　味 甘、涩　归经 脾、胃经

🥄 营养功效

高粱具有凉血、解毒、和胃、健脾、止泻的功效，可用来防治消化不良、积食、湿热下痢和小便不利等多种疾病。尤其适宜加葱、盐、羊肉汤等煮粥食用，对于阳虚盗汗有很好食疗效果。

适宜人群 慢性腹泻患者。

不宜人群 大便燥结者。

食用指导

选购 应选择颜色呈乳白色、有光泽、颗粒饱满、完整、大小均匀、无杂质、无异味、无虫害和霉变的、味微甜的高粱米。

储存 应放置在低温、干燥、避光、通风处储存，注意防虫。

烹饪 可制成米饭、粥、面条、面卷、煎饼、蒸糕、年糕等食物，还可酿酒。

✔ 相宜食物搭配及功效

冰糖	桑螵蛸	甘蔗汁	羊肉
健脾益胃、生津止渴	和胃健脾、益气消积	益气生津、健脾和胃	健脾养胃、补肾、强筋骨

✘ 相克食物搭配及后果

蟹 ——— 蛤

降低营养价值

推荐食谱

豌豆高粱粥

【材料】红豆、豌豆各30克，高粱米70克。

【调料】白糖4克。

做法

1. 高粱米、红豆均泡发洗净；豌豆洗净。
2. 锅置火上，倒入清水，放入高粱米、红豆、豌豆一同煮开。
3. 待煮至浓稠状时，调入白糖拌匀即可。

注解

高粱为禾本科草本植物蜀黍的种子。它的叶和玉米相似，但较窄，花序圆锥形，花长在茎的顶端，籽实红褐色。在中国，高粱是酿酒的重要原料，茅台、泸州特曲、竹叶青等名酒都是以高粱籽粒为主要原料酿造的。而且，高粱自古就有"五谷之精、百谷之长"的盛誉。高粱米含有碳水化合物、钙、蛋白质、脂肪、磷、铁等，尤其是赖氨酸含量高，而鞣酸含量较低。

燕麦

别名
野麦、崔麦

性 **温** 味 **甘**

🥄 营养功效

　　燕麦具有健脾、益气、补虚、止汗、养胃、润肠的功效。燕麦不仅可预防动脉硬化、脂肪肝、糖尿病、冠心病，而且对便秘以及水肿等有很好的辅助治疗作用，可增强人的体力、延年益寿。此外，它还可以改善血液循环、缓解生活工作带来的压力。

适宜人群 脂肪肝、糖尿病、水肿、习惯性便秘、体虚自汗、动脉硬化等病症患者以及产妇、婴幼儿以及空勤、海勤人员。

不宜人群 孕妇。

食用指导

选购 应挑选大小均匀、质实饱满、有光泽的燕麦粒。

储存 密封后存放在阴凉干燥处。

烹饪 除加入牛奶、豆奶等液体食品外，也可以根据自己平时的喜好加入一些自己身体需要的食品如水果、坚果甚至和一些营养饮品搭配。

✔相宜食物搭配及功效

玉米	牛奶	苹果	动物血
丰乳	营养丰富	瘦身	止血

橙子	南瓜	百合	山药
预防胆结石	降低血糖	润肺止咳	健身益寿

✖相克食物搭配及后果

菠菜	茭白	白糖	红薯
降低营养	引起腹泻	产生胀气	导致胃痉挛、胀气

蟹	蛤
降低营养价值	

推荐食谱

水果粥

【材料】 麦片1包，燕麦片30克，苹果、猕猴桃、罐头菠萝各50克。

做法 ❶ 苹果洗净、去皮及核；猕猴桃洗净去皮，菠萝罐头打开，取出菠萝，均切丁。❷ 将麦片倒入碗中用热开水泡3分钟。❸ 将切好的水果放入已泡好麦片的碗中拌匀即可。

功效 补血养颜。

小麦

别名
麦子

性 凉 味 甘 归经 心经

营养功效

小麦具有养心神、敛虚汗、生津止汗、养心益肾、镇静益气、健脾厚肠、除热止渴的功效，对于体虚多汗、舌燥口干、心烦失眠等病症患者有一定辅助疗效。

适宜人群 心血不足、心悸不安、多呵欠、失眠多梦、喜悲伤欲哭以及脚气病、末梢神经炎、体虚、自汗、盗汗、多汗等症患者。

不宜人群 慢性肝病、糖尿病等病症者。

食用指导

选购 应选择干净、无霉变、无虫蛀、无发芽的优质小麦，小麦的籽粒要饱满、圆润。

储存 小麦宜低温储藏。也可通过日晒，降低小麦含水量，在暴晒和入仓密闭过程中可以收到高温杀虫制菌的效果。

烹饪 小麦不要碾磨得太精细，否则谷粒表层所含的维生素、矿物质等营养素和膳食纤维会大部分流失到糠麸之中。

✔ 相宜食物搭配及功效

通草	鹌鹑蛋	粳米	山药	荞麦
治五淋、身热腹痛	治疗神经衰弱	养心神、补脾胃	治小儿脾胃虚弱	营养更全面

红枣	动物性食品·豆制品
养心健脾	与这些食物同食营养互补

✕ 相克食物搭配及后果

食用碱	蜂蜜	琵琶

破坏维生素	引起身体不适	易生痰

蟹	蛤
降低营养价值	

推荐食谱

麦枣甘草萝卜汤

【**材料**】小麦100克、萝卜15克、排骨250克、盐2小匙、清水适量。

【**药材**】甘草15克、红枣10颗。

做法 ❶ 小麦洗净，以清水浸泡1小时，沥干。❷ 排骨汆烫，捞起，冲净；萝卜削皮、洗净、切块；红枣、甘草冲净。❸ 将所有材料盛入煮锅，加8碗水煮沸，转小火炖约40分钟，加盐即成。

大麦

别名
牟麦、赤膊麦

性 凉　味 甘　归经 脾、胃经

营养功效

大麦具有益气宽中、消渴除热、回乳、滋补虚劳、强脉益肤、充实五脏、降低胆固醇、助消化、止泻、宽肠利水等功效。对食滞泄泻、排尿淋痛、水肿、汤火伤等病症有食疗作用。

适宜人群 胃气虚弱、消化不良、肝病、食欲缺乏、伤食后胃满腹胀者。

不宜人群 妇女在怀孕期间和哺乳期内应禁食。

食用指导

选购 应选择颗粒饱满、完整、大小均匀、无杂质、无异味、无虫害和霉变、味微甜的大麦。

储存 应放置在低温、干燥、避光、通风处储存。

烹饪 烹调前应先将其浸泡半小时以上。可制成米饭、麦片粥、汤类、啤酒、大麦茶、麦芽糖、酒糟、麦曲、饴糖、酱油、味精、饼干、麦乳精、饼、馍、麦片糕等食物。

✔ 相宜食物搭配及功效

姜汁	红糖	南瓜	豌豆

利排尿、解毒	治疗腹泻	补虚养身	降低血糖

✖ 相克食物搭配及后果

牛奶	枇杷
生成有害物质	易生痰

健康小贴士

大麦是可溶性纤维极佳的来源，它可以降低血液中胆固醇的含量，还可以降低低密度脂蛋白的含量。

推荐食谱

麦香牛肉

【材料】大麦100克，牛肉200克，青椒、红椒各50克。

【调料】盐3克，鸡精1克。

做法 ① 大麦洗净浸泡，煮熟后捞出沥干；牛肉洗净切碎；青椒、红椒分别洗净切碎。② 锅中倒油加热，下入牛肉炒熟，加大麦和青椒、红椒炒熟。③ 加入盐和鸡精调味即可。

功效 防癌抗癌。

注解

大麦具有坚果香味，碳水化合物含量较高，是北非及亚洲部分地区的主要食物之一。大麦有稃大麦和裸大麦的总称，一般有稃大麦称皮大麦，其特征是稃壳和籽粒粘连；裸大麦的稃壳和籽粒分离，称裸麦。大麦按用途可分为啤酒大麦、饲用大麦与食用大麦。

薏米

别名
六谷米、药玉米

性 凉 味 甘、淡 归经 脾、肺、肾经

营养功效

薏米具有利水渗湿、抗癌、解热、镇静、镇痛、抑制骨骼肌收缩、健脾止泻、除痹、排脓等功效，还可美容健肤，对于治疗扁平疣等病症有一定食疗功效。薏米有增强人体免疫功能、抗菌抗癌的作用。可入药，用来治疗水肿、脚气、脾虚泄泻，也可用于肺痈、肠痈等病的治疗。

适宜人群 泄泻、湿痹、水肿、肠痈、肺痈、淋浊、慢性肠炎、阑尾炎、风湿性关节痛、尿路感染、白带过多、癌症患者。

不宜人群 便秘、尿多者及怀孕早期的妇女。

食用指导

选购 选购薏米时，以粒大、饱满、色白、完整者为佳品。

储存 贮藏前要筛除薏米中的粉粒、碎屑，以防止生虫或生霉。

烹饪 薏米煮粥前用清水浸泡半个小时，然后小火慢煮。

✔ 相宜食物搭配及功效

粳米	白糖	山楂	胡萝卜
		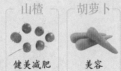	
补脾除湿	治疗粉刺	健美减肥	美容

✗ 相克食物搭配及后果

杏仁 —— 红豆

引起呕吐、泄泻

健康小贴士

少量薏米可密封于缸内或坛中。对已发霉的可用清水洗、蒸后再晒干。

推荐食谱

冬瓜薏米鸭

【材料】鸭肉500克，冬瓜、薏米、枸杞各适量。

【调料】盐、蒜末、米酒、高汤各适量。

做法 ❶鸭肉、冬瓜分别洗净切块；薏米、枸杞分别洗净泡发。❷砂锅倒油烧热，将蒜、盐和鸭肉一起翻炒，再放入米酒和高汤。待煮开后放入薏米、枸杞，用大火煮1小时，再放入冬瓜，煮开后转小火续煮至熟后食用。

功效 养心润肺。

注解

薏米是禾本科植物薏苡的种仁。薏米的营养价值很高，被誉为"世界禾本科植物之王"，在欧洲，它被称为"生命健康之友"。古时候人们把薏米看作自然之珍品，用来祭祀，现代人则把薏米视为营养丰富的盛夏消暑佳品，既可食用，又可入药。

赤小豆

别名 红豆、赤豆

性 **平** 味 **甘、酸** 归经 **心、小肠经**

营养功效

赤小豆具有健脾养胃、增进食欲、促进胃肠消化吸收、利尿、止泻、消肿、滋补强身、抗菌消炎、解除毒素、治疗脚气病等功效。另外，赤小豆还能增进食欲。

适宜人群 肾脏性水肿、营养不良性水肿以及肥胖症等病症患者。

不宜人群 尿多之人、蛇咬者。

食用指导

选购 应选择颗粒饱满、大小一致、颜色鲜艳、外皮光滑、无杂色、无霉变、无虫害、无破皮的优质红豆。

储存 应放置在干燥、避光、阴凉、通风处储存。

烹饪 烹制红豆前应先将其放入水中浸泡2～3小时，再进行后续烹饪。可煮食、炖汤、研磨成粉等，还可制成豆沙包、红豆米饭、红豆粥等。不可生食。

✔ 相宜食物搭配及功效

桑白皮	粳米	鸡肉	鲢鱼

健脾利湿、利尿消肿	益脾胃、通乳汁	补肾滋阴、活血利尿	祛除脾胃寒气

✘ 相克食物搭配及后果

鲤鱼	羊肚	羊肝	盐
两者均能利水消肿	水肿、腹痛、腹泻	引起身体不适	药效减半

推荐食谱

红豆玉米葡萄干

【材料】 红豆、豌豆各100克，葡萄干50克，玉米粒300克。

【调料】 生抽、香油各10克，盐、味精各5克。

做法 ① 把原材料分别洗净，红豆入锅煮熟，玉米粒、豌豆分别焯水待用。② 锅烧热加油，炒热后放入全部原材料，下生抽一起滑炒至熟，下盐、味精炒匀，淋上香油即可装盘。

功效 补血养颜。

注解

赤小豆是乔木赤小豆树的种子，鲜红色。赤小豆可以制成多种美味的食品，具有很高的营养价值。赤小豆所开的花还可以解酒毒，食用后可以使人不易醉。

绿豆

别名
青小豆

性 凉　味 甘　归经 心、胃经

营养功效

绿豆具有降压、降脂、滋补强壮、清热解毒的功效。常服绿豆汤对接触有毒、有害化学物质而可能中毒者有一定的防治效果。

适宜人群 有疮疖痈肿、皮肤感染及高血压病、水肿、红眼病等病症患者。
不宜人群 脾胃虚寒、肾气不足者。

食用指导

选购 应选择青绿色或黄绿色、无白点、无空壳的优质绿豆。
储存 应放置在干燥、避光、低温、通风处储存。
烹饪 烹制绿豆前可先将其放入水中浸泡 2~3 小时，可减少其煮熟时间。可煮食、炖汤、研磨成粉等，还可制成绿豆糕等食物。不可生食。

✓ 相宜食物搭配及功效

燕麦	大米	百合	南瓜

可抑制血糖值上升	有利消化吸收	解渴润燥	清肺、降糖

✗ 相克食物搭配及后果

西红柿	狗肉	榛子	羊肉
引起身体不适	会引起中毒	导致腹泻	导致肠胃胀气

推荐食谱

西洋参百合绿豆炖鸽汤

【材料】乳鸽1只，西洋参、百合、绿豆各适量。

【调料】盐3克。

做法 ❶乳鸽处理干净；西洋参、百合均洗净，泡发；绿豆洗净，泡水20分钟。❷锅中注水烧开，放入乳鸽煮尽血水，捞出洗净。❸将西洋参、乳鸽放入瓦煲，注入适量清水，大火烧开，放入百合、绿豆，以小火煲煮2.5小时，加盐调味即可。

功效 降低血压。

注解

　　绿豆是豆科植物绿豆的种子。绿豆因豆皮绿色而得名，营养丰富，具有一定的药用价值。在炎夏季节，绿豆汤是百姓最常饮用的消暑解渴饮品。

ssname

黄豆

别名 大豆、黄大豆

性 平　味 甘　归经 脾、大肠经

营养功效

黄豆具有健脾、益气、宽中、润燥、补血、降低胆固醇、利水、抗癌之功效。黄豆中含有抑胰酶，对糖尿病患者有益。黄豆中的各种矿物质对缺铁性贫血者有益，而且能促进酶的催化、激素分泌和新陈代谢。

适宜人群 动脉硬化、高血压、冠心病、高血脂、糖尿病、气血不足、营养不良、癌症等病患者。

不宜人群 消化功能不良、胃脘胀痛、腹胀等有慢性消化道疾病的人应尽量少食。

食用指导

选购 颗粒饱满、大小颜色相一致、无杂色、无霉烂、无虫蛀、无破皮的是好黄豆。

储存 将黄豆晒干，再用塑料袋装起来，放在阴凉干燥处保存。

烹饪 将豆炒熟，磨成粉后即可食用，可以加牛奶、蜂蜜冲泡。煮黄豆前，先把黄豆用水泡一会儿，这样容易熟，煮的时候放进去一些盐，比较容易入味。

✔ 相宜食物搭配及功效

香菜	牛蹄筋	花生	茄子
健脾宽中、祛风解毒	防颈椎病、美容	丰胸补乳	润燥消肿

✘ 相克食物搭配及后果

虾皮	核桃	猪肉	菠菜
影响钙的消化吸收	导致腹胀、消化不良	影响猪肉的营养吸收	不利营养的吸收

推荐食谱 苦瓜黄豆牛蛙汤

【材料】苦瓜400克，黄豆50克，牛蛙500克，红枣5颗。

【调料】盐5克。

做法 ❶苦瓜去瓤，切成小段，洗净；牛蛙处理干净；黄豆、红枣均泡发洗净。❷热锅下油，倒入苦瓜、黄豆、红枣炒一会。❸将1600克清水放入锅内，煮沸后加入牛蛙，大火煮沸后，改用小火煲100分钟，加盐调味即可。

注解

黄豆属于豆科草本植物大豆的黄色种子，富含蛋白质及矿物元素铁、镁、钼、锰、铜、锌、硒等，以及人体必需8种氨基酸和天门冬氨酸、卵磷脂、可溶性纤维、瓜氨酸和微量胆碱等营养物质，营养价值很高。

扁豆

别名
菜豆、季豆

性 温　味 甘　归经 脾、胃经

营养功效

　　扁豆是甘淡温和的健脾化湿药，能健脾和中、消暑清热、解毒消肿，适用于脾胃虚弱、便溏腹泻、体倦乏力、水肿、白带异常以及夏季暑湿引起的呕吐、腹泻、胸闷等病症。扁豆高钾低钠，经常食用有利于保护心脑血管，调节血压。扁豆还具有除湿止泻的功效。

适宜人群 糖尿病患者、皮肤瘙痒、急性肠炎者。

不宜人群 患寒热病者、患疟者、腹胀者。

食用指导

选购 优质扁豆应新鲜、干净、挺实、脆嫩，没有划痕、形状完好、一折就断、籽粒很嫩。

储存 扁豆用水稍焯后，用保鲜膜封好，放入冰箱中冷冻，可长期保存。

烹饪 扁豆中含有皂素和植物血凝素两种有毒物质，必须在高温下才能被破坏。烧熟煮透后，有毒蛋白质就失去毒性，否则会引起呕吐、恶心、腹痛等毒性反应。

✔ 相宜食物搭配及功效

花菜	鸡肉	老鸭肉	蘑菇
补肾脏、健脾胃	填精补髓、活血调经	滋阴补虚、养胃益肾	美肤、益寿

豆腐	红枣	荔枝	山药
补中益气、清热化湿	治疗百日咳	健脾胃、益肝肾	增强免疫力、补益脾胃

✘ 相克食物搭配及后果

橘子	蛤蜊	醋
导致高钾血症	腹痛腹泻	降低营养价值

健康小贴士

　　扁豆的吃法很多，炒、煮、焖，做配菜都可以，扁豆炒食后，香糯可口。

推荐食谱

莲枣淮山粥

【材料】 红枣50克，淮山、莲子各30克，白扁豆20克，粳米100克。

【调料】 红枣50克，淮山、莲子各30克，白扁豆20克，粳米100克。

做法

① 将红枣、淮山、莲子、白扁豆、粳米洗净备用。② 将原材料加水熬至米熟烂，再加白砂糖，煮匀即可。

功效 补血养颜。

毛豆

别名
菜用大豆

性 平 味 甘 归经 脾、大肠经

营养功效

毛豆具有降脂、抗癌、润肺、强筋健骨等功效。所含植物性蛋白质有降低胆固醇的功能；所含丰富的油脂多为不饱和脂肪酸，能清除积存在血管壁上的胆固醇，可预防多种老年性疾病。

适宜人群 高胆固醇血症、高脂血症、动脉硬化等症患者。

不宜人群 幼儿、尿毒症患者、对黄豆有过敏体质者。

食用指导

选购 应选择豆荚颜色青翠、个大、饱满的毛豆。

储存 应放置在干燥、阴凉、低温、通风处储存。

烹饪 可煮食、炒食、蒸食、做配菜等。不可生食。

✓ 相宜食物搭配及功效

草菇	香菇	鸡腿菇	丝瓜
增强机体抵抗力	益气补虚、健脾和胃	降血糖、降血脂	增强抵抗力

✗ 相克食物搭配及后果

百合	豆类	银耳	辣椒

易引发高钾血症

推荐食谱

盐水毛豆

【材料】毛豆500克，红椒20克。

【调料】盐150克，花椒15克。

做法 ❶毛豆洗净，沥去水分，用剪刀剪去两端的尖角；红椒洗净切丝。❷将剪好的毛豆放入锅中，放入花椒、红椒和盐，加清水至与毛豆持平。❸用旺火加盖煮20分钟后捞出，待凉后即可食用。

功效 提神健脑。

注解

毛豆因其鲜豆荚上长满茸毛而得名。鲜毛豆，风味清香，口味极佳。毛豆按照豆荚上茸毛的颜色分为白毛、棕毛两种。茸毛的颜色与品质有密切的关系。棕毛味浓，白毛豆鲜味足。毛豆营养丰富，富含蛋白质、脂肪、碳水化合物、维生素、矿物质等。同时毛豆中也含有丰富的维生素C。一般维生素C对热的抵抗力较弱，但在烹调毛豆时例外，烫熟后还剩下很多。

蚕豆

别名
胡豆、马齿豆

性 平　味 甘　归经 脾、胃经

营养功效

蚕豆性子味甘，具有健脾益气、祛湿、抗癌等功效。对于脾胃气虚、胃呆少纳、不思饮食、大便溏薄、慢性肾炎、肾病水肿、食管癌、胃癌、宫颈癌等病症有一定辅助疗效。

适宜人群 大便溏薄、慢性肾炎等病症患者及老人、考试期间学生、脑力工作者、高胆固醇、便秘者。

不宜人群 脾胃虚弱、痔疮出血、消化不良、尿毒症等病人，患有蚕豆病的儿童。

食用指导

选购 应选择饱满、皮色浅绿、无虫眼、无杂质的优质蚕豆。

储存 应放置在干燥、避光、低温、通风处储存，将大蒜与蚕豆一同存放，可以防止虫蛀。

烹饪 烹制蚕豆前应先将其放在水中浸泡，用沸水焯过之后，再进行后续烹饪。可煮食、炒食、油炸、炖汤、研磨成粉等，还可加工成粉丝、粉皮、豆沙、酱油、豆瓣酱、甜辣椒、零食等食物。不可生食。

✔ 相宜食物搭配及功效

白菜	枸杞	牛肉	鲫鱼
利尿、清肺	清肝祛火	健脾胃、益气养血	健脾益气、利水消肿

✘ 相克食物搭配及后果

田螺	牡蛎	绿豆 —— 茶叶
容易引起肠绞痛、长痔疮	引起腹泻或中毒	营养流失、腹痛便秘

推荐食谱 酸椒拌蚕豆

【材料】蚕豆300克，泡红椒20克。

【调料】盐、味精各3克，香油10克。

做法 ❶ 蚕豆去外壳，再剥去豆皮，洗净。❷ 泡红椒洗净，切小粒。❸ 将蚕豆放蒸锅内隔水蒸熟，取出凉凉，放盘内，加入泡椒粒、盐、香油、味精，拌匀即成。

功效 开胃消食。

注解

蚕豆属于豆科植物蚕豆的成熟种子，蚕豆从嫩苗起到老熟的种子都可作为蔬菜食用。蚕豆含蛋白质、碳水化合物、粗纤维、磷脂、胆碱、维生素 B_1、维生素 B_2、烟酸和钙、铁、磷、钾等多种矿物质，尤其是磷和钾含量较高。

豇豆

别名
豆角、江豆

性 平　味 甘　归经 脾、胃经

营养功效

豇豆具有健脾养胃、理中益气、补肾、降血糖、促消化、增食欲、提高免疫力等功效。豇豆所含B族维生素能使机体保持正常的消化腺分泌和胃肠道蠕动的功能，平衡胆碱酯酶活性，有帮助消化、增进食欲的功效。

适宜人群 糖尿病患者、脾胃虚弱、消化不良、食积腹胀、口渴、多尿、妇女带下、肾虚、肾功能衰弱、脚气病、尿毒症等病症者及老年人。

不宜人群 气滞便结之人应慎食。

食用指导

选购 应选择外观饱满、无虫蛀、无霉变的豇豆。

储存 应放置在干燥、阴凉处储存，也可放入冰箱冷藏。

烹饪 可炒食、做炖菜等。不可生食。

✔ 相宜食物搭配及功效

蒜	虾皮	粳米	茄子	冬瓜
防治高血压	健胃补肾、理中益气	补肾健脾、除湿利尿	治脾虚湿盛、带下病	补肾消肿

✕ 相克食物搭配及后果

牛奶	蜂蜜	醋
生成有害物质	腹痛腹泻	降低营养价值

推荐食谱 怪鲁饭

【材料】白米饭250克，腰豆、豌豆、豇豆各少许。

【调料】盐、五香粉各3克，辣椒粉5克。

做法 ① 腰豆、豌豆均洗净，浸泡20分钟；豇豆洗净，切圈。② 油锅烧热，下入腰豆、豌豆稍炒，倒入白米饭和豇豆圈炒熟。③ 加盐、五香粉、辣椒粉炒匀，放入盘中即可。

功效 开胃消食。

注解

豇豆属于豆科植物豇豆的种子，成熟后呈肾脏形，有黑、白、红、紫、褐等各种颜色。豇豆富含脂肪、碳水化合物、蛋白质、钙、铁、锌、磷、胡萝卜素、维生素 B1、维生素 B2、维生素 C 及烟酸、膳食纤维等成分，其中磷的含量最丰富。

黑豆

别名
乌豆、黑大豆

性 平　味 甘　归经 心、肝、肾经

营养功效

黑豆具有祛风除湿、调中下气、活血、解毒、利尿、明目等功效。黑豆含有丰富的维生素E，能清除体内的自由基，减少皮肤皱纹，达到养颜美容的目的。此外，其内丰富的膳食纤维，可促进肠胃蠕动，预防便秘。

适宜人群 体虚、脾虚水肿、脚气水肿、小儿盗汗、自汗、热病后出汗、小儿夜间遗尿、妊娠腰痛、腰膝酸软、老人肾虚耳聋、白带频多、产后中风、四肢麻痹者。

不宜人群 儿童。

食用指导

选购 应选择颗粒完整、大小均匀、个大、颜色乌黑、无光亮的优质黑豆。如果将买回的黑豆稍清洗即掉色或浸泡时水色很深，有可能是被黑芸豆冒充的假黑豆。

储存 应放置在干燥、避光、低温、通风处储存。

烹饪 烹制黑豆前应先将其放在水中浸泡2～3小时，再进行后续烹饪。可煮食、炒食、炖汤、研磨成粉等。不可生食。

✔ 相宜食物搭配及功效

牛奶	橙子	猪肾	海带
有利吸收维生素B_{12}	营养丰富	补肾壮阳、补益气血	活血祛风、利水解毒

✘ 相克食物搭配及后果

猪肉	菠菜	绿豆——茶叶
消化不良	消化不良、结石	营养流失、腹痛便秘

推荐食谱 巴戟黑豆汤

【材料】 巴戟天、胡椒各15克，黑豆100克，鸡腿150克。

【调料】 盐5克。

做法 ① 将鸡腿剁块，放入沸水中氽烫，捞起冲净；巴戟天、胡椒洗净。② 将黑豆淘净，和鸡腿、巴戟天、胡椒粒一道盛入锅中，加水盖过材料。③ 以大火煮开，转小火续炖40分钟，加盐调味即可。

功效 保肝护肾。

注解

用水清洗黑豆数次后捞起，将杂质去除，将水沥干后即可食用烹调。如果是要打成汁饮用的，可以先将黑豆浸泡一夜，这样易于搅拌；如果是要烹煮，可先浸泡2~4小时。

芝麻

别名 胡麻、黑芝麻

性 温　**味** 甘　**归经** 肝、肺、脾经

营养功效

芝麻具有润肠、通乳、补肝、益肾、强身体、抗衰老等功效。芝麻对于肝肾不足所致的眩晕、头发早白等症食疗疗效显著。

适宜人群 肺结核、荨麻疹、血小板减少性紫癜以及出血体虚等病患者。

不宜人群 便溏腹泻、遗精等病症者。

食用指导

选购 购买时要注意辨别黑芝麻的真假，首先查看黑芝麻的断面，颜色是白色的为真，颜色是黑色的为染色芝麻；然后可用湿纸揉搓，不掉色的是真货；最后尝之应味道微甜、无异味，染色的假黑芝麻有异味且发苦。

储存 低温、干燥、密闭、避光储存。

烹饪 炒芝麻时应先将芝麻去壳，稍微用油炸一下，然后进行烘烤。可做香油，制糕点，还用作烹饪的原料或辅料。

✔ 相宜食物搭配及功效

海带	冰糖	核桃	桑葚

美容、抗衰老	润肺、生津	改善睡眠	降血脂

✕ 相克食物搭配及后果

鹅肉	蟹	竹笋	菱白
中毒	降低营养价值	营养流失、腹痛便秘	

推荐食谱

茯苓芝麻菊花猪瘦肉汤

【材料】猪瘦肉400克，茯苓20克，菊花、白芝麻各少许。

【调料】盐5克，鸡精2克。

做法 ❶ 瘦肉洗净，切件，氽去血水；茯苓洗净，切片；菊花、白芝麻洗净。❷ 将瘦肉放入煮锅中氽水，捞出备用。❸ 将瘦肉、茯苓、菊花放入炖锅中，加入清水炖2小时，调入盐和鸡精，撒上白芝麻关火，加盖焖一下即可。

功效 增强免疫力。

注解

芝麻是我国四大食用油料作物中的佼佼者，是我国主要油料作物之一。芝麻产品具较高的应用价值，它的种子含油量高达61%。我国自古就有许多用芝麻和芝麻油制作的名特食品和美味佳肴，一直著称于世。

第四章 | 水果类

苹果

别名
超凡子、天然子

性 凉　味 甘、微酸　归经 脾、肺经

营养功效

苹果具有润肺、健胃、生津、止渴、止泻、消食、顺气、醒酒的功能，而且对于癌症有食疗作用。苹果中含有大量的纤维素，常吃可以使肠道内胆固醇含量减少，缩短排便时间，能够减少直肠癌的发生。

适宜人群 慢性胃炎、神经性结肠炎、便秘、癌症、贫血患者和维生素C缺乏者。

不宜人群 胃寒病者、糖尿病患者。

食用指导

选购 选购苹果时，应挑选个头适中、果皮光洁、颜色艳丽的。

储存 苹果放在阴凉处可以保持7～10天，如果装入塑料袋放进冰箱里，能保存更长时间。

烹饪 苹果可以生吃，可以任何形式进行烹调。

✔ 相宜食物搭配及功效

腌制食品	银耳	香蕉	绿茶
防癌	润肺止咳	防止铅中毒	防癌、抗老化

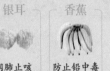

✘ 相克食物搭配及后果

胡萝卜	白萝卜	海味	干贝
破坏维生素C	导致甲状腺肿	腹痛、恶心、呕吐	引起腹痛

推荐食谱

苹果泥烤猪排

【材料】猪肉400克，香蒜粉、地瓜粉各8克。

【调料】苹果泥、巴萨米可香醋、蜂蜜。

做法 ❶苹果泥与巴萨米可香醋、橄榄油、蜂蜜拌匀。❷猪肉洗净切片，与地瓜粉、香蒜粉、盐和胡椒粉拌匀，入烤箱烤熟后装盘，再将黄豆芽菜和苹果泥摆好。

橄榄

别名
青果、忠果

性 凉 味 甘、酸 归经 肺、胃经

营养功效

橄榄有清肺、利咽喉、生津止渴、清热解毒、化痰、消积食的功效，可解煤气中毒、酒精中毒、鱼蟹之毒、河鲀毒等。

适宜人群 流感、呼吸道感染、白喉、醉酒、咳嗽咯血、急性痢疾、坏血病患者，高胆固醇血症、动脉硬化者及孕妇。

不宜人群 胃溃疡患者。

食用指导

选购 应选择颜色青绿或绿中带黄、大小适中、肉厚、无斑的橄榄。

储存 应放入冰箱冷藏。

烹饪 可生食、榨汁、煎汤。

✔ 相宜食物搭配及功效

白萝卜	猪肉	郁金 —— 白矾
清热解毒、利咽泻火	和胃止血、舒筋活络	与这些食物同食清心化痰

✗ 相克食物搭配及后果

海味

腹痛、恶心、呕吐

推荐食谱

大蒜鱼片粥

【材料】鱼肉50克，白米1/2杯，蒜片20克。

【调料】姜3片，橄榄、油各20克，盐5克。

做法

① 白米淘洗干净，加水浸泡30分钟；鱼肉洗净切片，两面抹上盐腌一下。② 将白米煮成稠粥，装碗。③ 起油锅，爆香蒜片、姜片，再放入鱼片煎至金黄色，置于粥上即可。

功效 增强免疫力。

注解

橄榄是一种硬质肉果，初尝味道酸涩，久嚼后方觉得满口清香，回味无穷。土耳其人将橄榄、石榴和无花果并称为"天堂之果"。

葡萄

别名
山葫芦、蒲桃

性 平 **味** 甘、微酸 **归经** 肺、脾、肾经

营养功效

葡萄具有滋补肝肾、养血益气、健脾和胃、开胃、助消化、生津除烦、强壮筋骨、健脑养神、抗疲劳、杀菌、保护心血管、预防骨质疏松、抗癌、抗氧化、防衰老的功效。

适宜人群 四肢筋骨疼痛患者及儿童。

不宜人群 脾胃虚寒、服用人参者。

食用指导

选购 应选择果串完整、果实饱满、枝梗新鲜牢固、串头果实新鲜味甜、果肉有弹性的葡萄。

储存 应放入冰箱冷藏。

烹饪 将整串葡萄浸泡在淡盐水中10分钟，可以去除其表面附着的农药、虫卵及有害物质，再用清水冲洗干净食用。可生食、榨汁、煎汤，或制成葡萄干、葡萄酒等食物和饮品。应将葡萄皮、葡萄籽与果肉一同吃下。

✓ 相宜食物搭配及功效

薏米	枸杞	蜂蜜	山药

健脾利湿	补血	治感冒	补虚养身

✗ 相克食物搭配及后果

开水	白萝卜	虾	海蜇
引起腹胀	导致甲状腺肿	与这些食物同食刺激胃肠道	

推荐食谱

葡萄葡萄柚香蕉汁

【材料】 葡萄10颗，葡萄柚半个，香蕉1根，饮用水200毫升。

【调料】 葡萄10颗，葡萄柚半个，香蕉1根，饮用水200毫升。

做法

❶ 将葡萄去皮去子，取出果肉。❷ 将葡萄柚去皮，切成块状。❸ 剥去香蕉的皮和果肉上的果络，切成块状。❹ 将切好的葡萄、葡萄柚、香蕉和饮用水一起放入榨汁机榨汁。

功效 防止肌肤干燥，淡化色斑。

西瓜

别名
寒瓜、夏瓜

性 **寒** 味 **甘** 归经 **心、胃、膀胱经**

营养功效

西瓜具有清热解暑、除烦止渴、降压美容、利水消肿等功效。西瓜富含多种维生素，具有平衡血压、调节心脏功能、预防癌症的作用，可以促进新陈代谢，有软化及扩张血管的功能。常吃西瓜还可使头发秀美稠密。

适宜人群 慢性肾炎、高血压、黄疸肝炎、胆囊炎、膀胱炎、水肿、发热烦渴或急性病高热不退、口干多汗、口疮等症患者。

不宜人群 慢性肠炎、胃炎、胃及十二指肠溃疡等属于虚冷体质的人，糖尿病患者、产妇及经期中的女性。

食用指导

选购 瓜皮表面光滑、花纹清晰，用手指弹瓜可听到"嘭嘭"声的是熟瓜。

储存 未切开时可低温保存5天左右，切开后用保鲜膜裹住，可低温保存3天左右的时间。

烹饪 西瓜做菜的最佳部位是瓜皮。西瓜皮又名翠皮或青衣，削去表层老皮后可切成丝、片、块，采用烧、煮、炒、焖、拌等方法烹调。

✔相宜食物搭配及功效

大蒜	鸡蛋	冬瓜	鳝鱼
营养丰富	滋阴润燥	治疗暑热烦渴、尿浊等症	补虚损、祛风湿

✗相克食物搭配及后果

油条	冰激凌	猕猴桃	牛油果
引起呕吐	腹泻	营养流失	诱发呕吐

推荐食谱

冰花西米露

【材料】樱桃、杧果、西瓜、西米、炼乳各适量。

【调料】椰汁、杏仁露各70克。

做法

① 西米洗净，浸入冷水；樱桃洗净；杧果洗净取肉，切成小丁；西瓜取肉，切成小丁。

② 锅中放水煮开后，放入西米，熬到西米呈透明状时，加入椰汁、炼乳、杏仁露，煮至水滚再开后熄火，放凉。③ 将水果放入西米露里，再放入冰箱冷冻即可。

功效 排毒瘦身。

甘蔗

别名
薯蔗、糖蔗

性 凉　味 甘、酸　归经 肺、脾、胃经

营养功效

甘蔗不但能给食物增添甜味，而且还可以提供人体所需的营养和热量。甘蔗具有清热、生津、下气、润燥及解酒等功效。主治热病津伤、心烦口渴、反胃呕吐、肺燥咳嗽、大便燥结、醉酒等病症，实为夏暑秋燥之良药。

适宜人群 肺热干咳、胃热呕吐、肠燥便秘、小儿痘疹、饮酒过量、发烧、口干舌燥者。

不宜人群 脾胃虚寒、胃腹寒痛者、糖尿病患者。

食用指导

选购 鲜甘蔗质地坚硬，瓤部呈乳白色，有清香。

储存 放置在阴凉通风处可保存2周左右。

烹饪 霉变的甘蔗质地较软，瓤部颜色略深、呈淡褐色，闻之无味或略有酒糟味。

✔ 相宜食物搭配及功效

莱菔子	生姜	粟米	菊花
清热解酒	止呕去痰、生津下气	补脾润肺	消暑解渴

✘ 相克食物搭配及后果

核桃仁	贝类	动物肝脏	鱼

与这些食物同食影响铜的吸收			同食无益人体健康

推荐食谱

甘蔗生姜茶

【材料】甘蔗10厘米长，生姜2片（2厘米厚），饮用水200毫升。

做法

1 将甘蔗去皮，切成块状；将生姜洗净去皮，切成块状；

2 将切好的甘蔗、生姜和饮用水一起放入榨汁机榨汁。

功效 缓解心烦、恶心等症状。

注解

甘蔗含糖量高，所含糖分是由蔗糖、果糖、葡萄糖3种成分构成的，极易被人体吸收利用。还含有丰富的碳水化合物、天门冬素、天门冬氨酸、丙氨酸、缬氨酸、丝氨酸、苹果酸、柠檬酸、蛋白质、脂肪等营养成分。钙、磷、铁等无机元素的含量也较高。其中铁的含量特别多，每千克甘蔗中含9毫克，居水果之首，故甘蔗素有"补血果"的美称。

草莓

别名
洋莓果、蛇莓

性 凉　**味** 甘、酸　**归经** 肺、脾经

营养功效

草莓具有生津润肺、养血润燥、健脾、解酒的功效，可以用于干咳无痰、烦热干渴、积食腹胀、小便浊痛、醉酒等。草莓中还含有一种胺类物质，对白血病、再生障碍性贫血等血液病也有辅助治疗作用。

适宜人群 风热咳嗽、咽喉肿痛、声音嘶哑、夏季烦热口干、腹泻如水者及鼻咽癌、肺癌、扁桃体癌、喉癌、坏血病、动脉硬化、冠心病、脑溢血患者。

不宜人群 脾胃虚弱、肺寒腹泻者及孕妇。

食用指导

选购 应选择颜色鲜红、有光泽、香味浓郁、结实、手感较硬、无畸形的草莓。

储存 应放入冰箱冷藏。

烹饪 将草莓分别泡在淘米水及淡盐水中各3分钟，可以去除表面附着的农药、虫卵及有害物质，再用清水冲洗干净即可食用。可生食、榨汁、煎汤，或制成草莓酱、草莓果冻等食物。

✔相宜食物搭配及功效

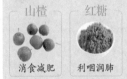

山楂	红糖	麻油	蜂蜜
消食减肥	利咽润肺	通肠润肺	补虚养血

✘相克食物搭配及后果

牛肝	黄瓜	樱桃	猪肝
与这些食物同食破坏维生素C		同食容易上火	影响营养吸收

推荐食谱

酸奶吐司蜜桃派

【材料】 酸奶50克，吐司面包2片，水蜜桃2片，草莓2个，奇异果半个，蓝莓、西蓝花各适量。

【调料】 乳酪10克，砂糖30克。

做法

❶吐司面包切成三角形，涂上乳酪，放入烤箱中烤熟。❷热锅中放水及砂糖熬成糖浆，待凉；奇异果去皮切片；草莓洗净切开；西蓝花洗净。❸将酸奶抹在烤好的吐司面包上，放上水蜜桃、草莓、蓝莓、西蓝花，淋上糖浆即可。

功效 增强免疫力。

梨

别名 沙梨、白梨

性 寒 **味** 甘、微酸 **归经** 肺、胃经

营养功效

梨有止咳化痰、清热降火、养血生津、润肺去燥、润五脏、镇静安神等功效。对高血压，心脏病、口渴便秘、头昏目眩、失眠多梦患者，有良好的食疗作用。

适宜人群 咽喉发痒干痛、音哑、急慢性支气管炎、肺结核、高血压、小儿百日咳、鼻咽癌、喉癌、肺癌患者。

不宜人群 脾虚便溏、慢性肠炎、胃寒病、寒痰咳嗽或外感风寒咳嗽、糖尿病患者及产妇和经期中的女性。

食用指导

选购 选购以果粒完整、无虫害、压伤、坚实为佳。

储存 置于室内阴凉角落处即可。如需冷藏，可装在纸袋中放入冰箱储存 2~3 天。

烹饪 为防止农药危害身体，最好将梨洗净削皮食用。梨既可生食，也可熟食，捣烂饮汁或切片煮粥，煎汤服均可，梨除了鲜食外，还可以制成罐头、果酒等各类加工品。

✔ 相宜食物搭配及功效

猪肺	蜂蜜	冰糖	姜汁
清热润肺、助消化	缓解咳嗽	润肺解毒	止咳去痰

胖大海 + 冬瓜子 + 蝉蜕 + 冰糖
滋润喉头、补充津液

✘ 相克食物搭配及后果

螃蟹	开水	猪肉	白萝卜
引起腹泻、损伤肠胃	刺激肠胃、导致腹泻	伤肾脏、难消化、致胃结石	易诱发甲状腺肿大

羊肉	鹅肉	土豆
消化不良、内热不散	有损肾脏	难消化、致胃结石

推荐食谱

贡梨粥

【材料】 贡梨、米各50克，枸杞15克。

【调料】 白糖、红枣丁各少许。

做法 ① 贡梨洗净去皮切块，米淘洗干净，枸杞洗净泡发。② 锅中注水烧开，放入米、枸杞、红枣丁大火煮开。③ 转用小火煲至米粒软烂，加入梨块煮5分钟，调入白糖即可。

功效 养心润肺。

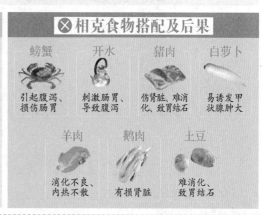

香蕉

别名
蕉果

性 寒　味 甘　归经 脾、胃经

营养功效

香蕉具有清热、通便、解酒、降血压、抗癌之功效。香蕉中的钾能降低机体对钠盐的吸收，故其有降血压的作用。纤维素可使大便软滑松软，易于排出，对便秘、痔疮患者大有益处。维生素B$_6$与维生素C是天然的免疫强化剂，可抵抗各类感染。

适宜人群 减肥者、发热、口干烦渴、喉癌、大便干燥难解、痔疮、肛裂、癌症病人和中毒性消化不良者。

不宜人群 慢性肠炎、虚寒腹泻、经常大便溏薄、急性风寒感冒咳嗽、糖尿病患者，胃酸过多、关节炎或肌肉疼痛者。

食用指导

选购 果皮颜色黄黑泛红，稍带黑斑，表皮有皱纹的香蕉风味最佳。香蕉手捏后有软熟感的一定是甜的。

储存 用密封袋保存，香蕉买回来后，最好用绳子串起来，挂通风地方。

烹饪 因香蕉含有多量的钾，故胃酸过多、胃痛、消化不良、肾功能不全者应慎食。

✔相宜食物搭配及功效

燕麦	李子	川贝母	土豆
改善睡眠	清热润肠	清热生津、润肺滑肠	防癌抗癌

✘相克食物搭配及后果

芋头	红薯	西瓜	菠萝

会腹胀	引起身体不适	引起腹泻	增加血钾浓度

推荐食谱

香蕉粥

【材料】香蕉250克，大米50克。

【调料】盐适量。

做法

❶香蕉去皮切段，大米洗净。❷将香蕉、米一同放入锅中，加适量水，煮成粥调入盐即可。

功效 补血养颜。

注解

香蕉果实长而弯，果肉软，味道香甜，香蕉是岭南四大名果之一，在中国已有2000多年的历史，"梅花点"香蕉，皮色金黄，皮上布满褐色小黑点，香味浓郁，果肉软滑，品质最佳。香蕉肉含有蛋白质、果胶、钙、磷、铁、胡萝卜素、维生素B$_1$、维生素B$_2$、维生素C、粗纤维等营养成分，含钾量较高。另外，其还含有丰富的镁。

榴梿

别名
韶子

性 **热** 味 **辛、甘** 归经 **肝、肾、肺经**

营养功效

榴梿果实中碳水化合物、糖、蛋白质、脂肪、膳食纤维、B族维生素等营养物质相当丰富，铁、钾、钙等无机元素的含量也是相当高的。榴梿含有丰富的蛋白质和脂类，对机体有很好的补养作用，是良好的果品类营养来源。

适宜人群 体质偏寒者、病后及产妇。

不宜人群 糖尿病患者、有痔疮的人、肾病及心脏病患者、湿热体质的人。

食用指导

选购 应选择果形完整端正、外形多丘陵状、果皮呈深咖啡色、味道浓郁的榴梿。

储存 应用报纸包好，以免扎伤人，并放置在干燥、阴凉、通风处单独储存，避免串味。

烹饪 若买回的榴梿还未成熟，且散发出一股青草味，可将其用报纸包住，将报纸点燃，燃尽后再另用报纸包好，放于温暖处两天左右，待其散发出榴梿特有的香味即可食用。食用时将榴梿扔在地上轻摔，摔出裂口撬开食用。一般以生食为主，还可以制成蛋糕、果酱等食物。

✔ 相宜食物搭配及功效

鸡汤	山竹	鸡肉	梨
滋补畏寒	减轻火热	祛胃寒、补血益气、滋润养阴	不易上火

✘ 相克食物搭配及后果

酒类

血管阻塞

推荐食谱

榴梿果汁

【材料】榴梿1/4个，饮用水200毫升。

做法

❶ 将榴梿去壳，取出果肉，切成块状。

❷ 将切好的榴梿和饮用水一起放入榨汁机榨汁。

功效 健脾补气，温补身体。

注解

榴梿是著名的优质佳果。成熟果肉淡黄，黏性多汁，酥软味甜，吃起来具有陈乳酪和洋葱味，初尝似有异味，续食清凉甜蜜，回味甚佳，故有"流连（榴梿）忘返"的美誉。榴梿成熟后自己落下，通常都是在深夜或清晨掉落。榴梿在水果中还有"一个榴梿抵得上10只老母鸡"之说。

菠萝

别名
凤梨、番梨

性 平　味 甘、微涩　归经 脾、胃经

营养功效

菠萝具有清暑解渴、消食止泻、补脾胃、固元气、益气血、消食、祛湿等功效。菠萝含有丰富的菠萝朊酶，能分解蛋白质，帮助消化，尤其是过食肉类及油腻食物之后，吃些菠萝更为适宜。

适宜人群 肾炎、高血压病患、伤暑、身热烦渴、肾炎、高血压、支气管炎、消化不良者。

不宜人群 过敏体质的人、溃疡病、肾脏病、凝血功能障碍者、发热及患有湿疹、疖疮者。

食用指导

选购 应选择大小适中、果形端正、芽眼数量少、果皮呈橙黄色微带红色、有光泽、有果香的菠萝。

储存 应放置在干燥、阴凉、通风处储存。

烹饪 将菠萝切块浸泡在糖水或淡盐水中30分钟左右，待有害物质析出，用凉开水清洗掉盐味，再进行食用。可生食、榨汁、煎汤、炒食、做配菜等，或制成沙拉、果脯等食物。

✔ 相宜食物搭配及功效

芽根	鸡肉	猪肉	杏仁
治疗肾炎	补虚填精、温中益气	促进蛋白质吸收	润肺止渴

✘ 相克食物搭配及后果

牛奶	鸡蛋	白萝卜	冰糖
与这些食物同食影响消化吸收		破坏维生素C	生津止渴

推荐食谱

橘子菠萝汁

【材料】 橘子1个，菠萝4片，饮用水200毫升。

做法

① 将橘子去皮去子，切成块状。

② 将菠萝洗净切成块状。

③ 将切好的橘子、菠萝和饮用水一起放入榨汁机榨汁。

功效 改善循环，抗氧化。

注解

菠萝是一种原产于中、南美洲的热带果树的果实，在16世纪由巴西传入中国。菠萝汁多，香甜，营养丰富，与香蕉、荔枝、柑橘同称为华南四大名果。菠萝肉含脂肪、蛋白质、碳水化合物、粗纤维、钙、磷、铁、胡萝卜素、维生素 B_1、维生素 B_2、维生素 C、烟酸和有机酸。

猕猴桃

别名 狐狸桃、藤梨　　**性** 寒　**味** 甘、酸　**归经** 胃、膀胱经

营养功效

猕猴桃具有生津解热、调中下气、滋补强身、开胃健脾、助消化、防止便秘、止渴利尿、静心安神、去肿消炎、提高人体免疫力、抗癌、抗衰老、降低胆固醇、乌发、嫩滑肌肤、预防老年骨质疏松的作用。

适宜人群 尿道结石患者，食欲不振、情绪不振、常吃烧烤类食物的人。

不宜人群 先兆性流产和妊娠的女性。

食用指导

选购 应选择果实饱满、大小适中、不畸形、无腐烂、无损伤、无异味的猕猴桃。

储存 应放置在干燥、避光、低温、通风处储存。

烹饪 吃猕猴桃时，将猕猴桃横向对半切开，用小勺挖取果肉食用。可生食、榨汁或制成果汁、果酱、果脯等食物。应将猕猴桃放软后再食用，否则酸涩难食。

✔ 相宜食物搭配及功效

蜂蜜	生姜	薏米	橙子

清热生津、润燥止渴	清热和胃	抑制癌细胞	预防关节磨损

✘ 相克食物搭配及后果

牛奶	肝脏	黄瓜	胡萝卜

引起腹胀、腹痛、腹泻	与这些食物同食会破坏维生素C		

推荐食谱

猕猴桃蔬菜汁

【材料】 猕猴桃1个，生菜2片，白菜2片，饮用水200毫升。

做法

① 将猕猴桃去皮，切成块状；将白菜、生菜洗净后切碎。

② 将切好的猕猴桃、生菜、白菜和饮用水一起放入榨汁机榨汁。

功效 改善身体亚健康，健康减肥。

注解

因猕猴桃是猕猴喜爱的一种野生水果，故名猕猴桃。它是中国的一种特产，因此又称中华猕猴桃。果呈卵圆形，披棕黑色毛，熟时酸甜清香。猕猴桃含多种维生素及脂肪、蛋白质、解元酸和钙、磷、铁、镁、果胶等，其中维生素C含量很高，每100克猕猴桃含维生素C400~430毫克。

桃子

别名
佛桃、水蜜桃

性 温　味 甘、酸　归经 肝、大肠经

营养功效

桃子具有补心、解渴、充饥、生津之功效，含较多的有机酸和纤维素，能促进消化液的分泌，增加胃肠蠕动，增加食欲，有助于消化。

适宜人群 低血钾和缺铁性贫血患者。

不宜人群 痈疖和面部痤疮、糖尿病患者。

食用指导

选购 应选择软硬度适中、形状端正、无斑点、不破皮、无虫眼的桃子。

储存 应放置在干燥、阴凉、低温、通风处储存，或放入冰箱冷藏。

烹饪 桃子上桃毛较多，可将其放入碱水中浸泡3分钟，搅动几下再进行清洗，可以轻松去除桃毛。可生食、榨汁，或制成沙拉、果干等食物。

✔ 相宜食物搭配及功效

牛奶	莴笋	草莓	柠檬
易滋养皮肤	营养丰富	养血润燥、生津止渴	生津解渴、止咳祛痰、美容

✖ 相克食物搭配及后果

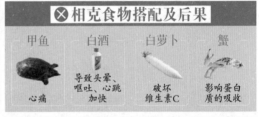

甲鱼	白酒	白萝卜	蟹
心痛	导致头晕、呕吐、心跳加快	破坏维生素C	影响蛋白质的吸收

推荐食谱

香蕉蜜桃牛奶果汁

【材料】 香蕉1根，蜜桃1个，牛奶200毫升。

做法

① 剥去香蕉的皮和果肉上的果络，切成块状。

② 将蜜桃洗净去核，切成块状。

③ 将香蕉、蜜桃和牛奶一起放入榨汁机榨汁。

功效 低血压促进排便，改善孕期肤色。

注解

桃肉含蛋白质、脂肪、碳水化合物、粗纤维、钙、磷、铁、胡萝卜素、维生素 B_1，以及有机酸（主要是苹果酸和柠檬酸）、糖分（主要是葡萄糖、果糖、蔗糖、木糖）和挥发油。桃中除了含有多种维生素和果酸以及钙，磷等无机盐外，它的含铁量为苹果和梨含铁量的4~6倍，是缺铁贫血患者的理想食疗佳果。

樱桃

别名
莺桃、车厘子

性 **热** 味 **甘** 归经 **脾、胃经**

营养功效

樱桃具有益气、健脾、和胃、祛风湿之功效。常食樱桃可补充体内对铁元素的需求，促进血红蛋白再生，既可防治缺铁性贫血，又可增强体质，健脑益智，还能养颜驻容，使皮肤红润嫩白，去皱消斑。

适宜人群 消化不良、饮食不香者、瘫痪、四肢麻木、风湿腰腿痛者、小儿麻疹透发不出者、体质虚弱、面色无华、软弱无力者。

不宜人群 热性病及虚热咳嗽者、糖尿病患者、便秘、痔疮、高血压、喉咙肿痛者。

食用指导

选购 应选择颗粒大、果蒂新鲜、果实饱满红艳、无破损、无脱水、不发暗的樱桃。

储存 应放入冰箱冷藏。

烹饪 食用樱桃前，应先将其放入淡盐水中浸泡，以杀虫和去除农药，然后再进行食用。可生食，榨汁，或制成沙拉、果干等食物。

✔ 相宜食物搭配及功效

米酒	葱	蜂蜜	白糖
祛风活血	对麻疹有疗效	补中益气	对慢性气管炎有疗效

✖ 相克食物搭配及后果

牛肝	黄瓜	胡萝卜	猪肝
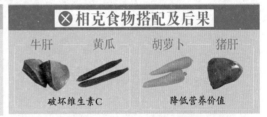			
破坏维生素C		降低营养价值	

推荐食谱

樱桃酸奶

【材料】樱桃15颗，酸奶200毫升。

做法

① 将樱桃洗净去核。

② 将樱桃果肉和酸奶一起放入榨汁机榨汁。

功效 肤色红润，预防小儿感冒。

注解

樱桃是一种乔木果实，号称"百果第一枝"，由于其艳丽的外形和甜美的口感被人们称为"果中之珍"。其果实虽小如珍珠，但色泽红艳光洁，味道甘甜而微酸，既可鲜食，又可腌制或作为其他菜肴食品的点缀。樱桃鲜果中含糖分、蛋白质、钙、铁、胡萝卜素，维生素C，其中含铁量居水果之首。樱桃中丰富的钾含量可以促进血液循环、稳定心律。富含维生素A、B族维生素、维生素C、蛋白质、脂肪、纤维、糖类、钙、镁、磷、铁、锌、钾等。

枇杷

别名
芦橘、炎果

性 温　味 甘、酸

营养功效

枇杷具有生津止渴、清肺止咳、和胃除逆之功效，主要用于治疗肺热咳嗽、久咳不愈、咽干口渴、胃气不足等症，有一定食疗功效。

适宜人群 胸闷多痰及劳伤吐血者。

不宜人群 糖尿病患者。

食用指导

选购 应选择颜色金黄、饱满、表面带有茸毛和果粉、不发青的枇杷。

储存 应放置在干燥、阴凉、通风处储存。

烹饪 枇杷剥皮后极易变色，可将其浸泡在糖水或淡盐水中，可以防止变色。可生食，榨汁，煎汤等。

✔ 相宜食物搭配及功效

银耳	海蜇	冰糖
生津止渴	清热、化痰、止咳	清肺、化痰、止咳、降气

✗ 相克食物搭配及后果

黄瓜　白萝卜	海味	胡萝卜
与这些食物同食破坏维生素C	影响蛋白质的吸收	破坏营养元素

推荐食谱

蜂蜜枇杷果汁

【材料】枇杷8颗，饮用水200毫升，蜂蜜适量。

做法

❶ 将枇杷洗净去皮去核。❷ 将枇杷果肉和饮用水一起放入榨汁机榨汁。❸ 在榨好的果汁内放入适量蜂蜜搅拌均匀即可。

功效 消脂润肤，润肠通便。

注解

枇杷，古名天夏扇，为蔷薇科枇杷属，常绿小乔木，树高3~5米，叶子大而长，厚而有茸毛，呈长椭圆形，状如琵琶。枇杷果肉含糖类、脂肪、纤维素、蛋白质、果胶、鞣质及胡萝卜素、B族维生素、维生素C、矿物质等。其中胡萝卜素的含量在水果中占第3位。

杧果

别名
檬果、庵罗果

性 温 味 甘 归经 脾、肺经

营养功效

杧果有生津止渴、益胃止呕、利尿止晕的功效。杧果能降低胆固醇，常食有利于防治心血管疾病，有益于视力，能润泽皮肤。杧果有明显的抗氧化和保护脑神经元的作用，能延缓细胞衰老、提高脑功能。

适宜人群 慢性咽喉炎、音哑者、眩晕症、梅尼尔综合征、高血压晕眩者及孕妇胸闷作呕时。

不宜人群 皮肤病或肿瘤患者，糖尿病、肠胃虚弱、消化不良、感冒以及风湿病患者。

食用指导

选购 应选择颜色橙黄至紫红色、不发绿、果皮稍有褶皱、有硬度、有弹性、香气浓郁的杧果。

储存 应放置在干燥、阴凉、低温、通风处储存，或放入冰箱冷藏。

烹饪 将杧果竖立放在粘板上，在紧贴杧果核的地方左右各切一刀，杧果即变成两片杧果肉、一片杧果核。扔掉果核，将果肉用刀纵向划几刀，再横向划几刀，下刀不用太重，以划到果肉又不破皮为好。划好后用手指抵住杧果皮往上顶，杧果就像花一样打开，很好下口。可生食、榨汁、煎汤或制成果汁、果酱、果脯等食物或饮品。

✔ 相宜食物搭配及功效

蜂蜜	牛奶	木瓜	猪肉
防治晕车、晕船、呕吐	营养丰富	美肤养颜	治疗鼻出血

✖ 相克食物搭配及后果

大葱	大蒜	生姜	竹笋

与这些食物同食易致黄疸			降低营养

推荐食谱

圣女果杧果汁

【材料】圣女果4个，杧果半个，饮用水200毫升。

做法

❶ 将圣女果清洗干净，去掉果蒂，切成小块。❷ 将杧果清洗干净，去掉外皮和果核，切成小块。❸ 将切好的圣女果、杧果和饮用水一起放入榨汁机榨汁。

功效 降低血脂。

山楂

别名
山里红、酸楂

性 微温 **味** 甘、酸 **归经** 肝、胃经

营养功效

山楂有消食化积、理气散瘀、收敛止泻、杀菌等功效；山楂所含的大量维生素C和酸类物质，可促进胃液分泌，增加胃消化酶类，从而帮助消化。

适宜人群 肥胖症、肠道感染者。

不宜人群 糖尿病患者和胃酸过多者。

食用指导

选购 应选择颜色深红、鲜亮有光泽、果实饱满、叶梗新鲜的山楂。

储存 应放置在干燥、阴凉、低温、通风处储存。

烹饪 想要将山楂去核又需要保证山楂果体的完整，可以用钢笔或圆珠笔的笔帽，对准山楂果体的中心，使劲摁下去，即贯穿出一个空心洞来，山楂核即可随之被去除。可生食、榨汁、煎汤、泡酒等。

✔ 相宜食物搭配及功效

芹菜	鸡肉	兔肉	排骨

补血、消食、通便	促进蛋白质的吸收	补益气血、养胃消食	祛斑消瘀

✖ 相克食物搭配及后果

猪肝	黄瓜	牛奶	柠檬
与这些食物同食破坏维生素C		损坏消化功能	影响消化

推荐食谱

山楂柠檬蓝莓汁

【材料】 山楂4颗，柠檬2片，蓝莓4颗。

做法

1. 将山楂洗净去核。
2. 将柠檬洗净切成块状。
3. 将蓝莓洗净去皮去核，取出果肉。

功效 赶走斑纹。

注解

山楂味甘酸，能够开胃，中老年人常吃山楂制品能增强食欲，改善睡眠，保持骨和血中钙的恒定，预防动脉粥样硬化，使人延年益寿，故山楂被人们视为"长寿食品"。山楂含糖分、维生素、胡萝卜素、蛋白质、淀粉、苹果酸、枸橼酸、钙和铁等物质，特别是维生素C的含量较为丰富。

石榴

别名
甜石榴、酸石榴

性 温　味 酸　归经 脾、胃经

营养功效

石榴具有生津止渴、涩肠止泻、杀虫止痢的功效。石榴含有石榴酸等多种有机酸，能帮助消化吸收，增进食欲；石榴有明显收敛、抑菌、抗病毒的作用；石榴所含有的维生素C和胡萝卜素都是强抗氧化剂，可防止细胞癌变。

适宜人群 老人和儿童，发热、口舌干燥、慢性腹泻、大便溏薄、肠滑久痢、女性白带清稀频多、酒醉烦渴、口臭者和患扁桃体炎者。

不宜人群 大便秘结、糖尿病、急性盆腔炎、尿道炎以及感冒、肺气虚弱、肺病患者。

食用指导

选购 应选择果形不过分规整、果皮粗糙、果嘴闭合的甜石榴。

储存 应放置在干燥、阴凉、低温、通风处储存。

烹饪 给石榴剥皮时，先在其顶部横切一刀去顶，再用刀顺着石榴的白筋在外皮上划几刀，力度以刚好划开外皮为准，之后再用刀轻轻把石榴中间的白心划断，抽掉白心，用手轻轻一掰，石榴就"开花"了，此时即可轻易取食石榴籽。可生食、榨汁、煎汤等。不可多食。

✔ 相宜食物搭配及功效

小茴香	生姜	冰糖	槟榔
治疗久痢	增加食欲	生津止渴、镇静安神	祛虫

✘ 相克食物搭配及后果

螃蟹	土豆	带鱼	虾

刺激肠胃、不利消化	引起中毒	头晕、恶心、腹痛、腹泻	引起腹痛

推荐食谱

石榴香蕉山楂汁

【材料】 石榴1个，香蕉1根，无核山楂4个，饮用水200毫升。

做法

1. 将石榴去皮，取出果实。
2. 剥去香蕉的皮，切成块状。
3. 将山楂洗净，切成片。
4. 将准备好的石榴、香蕉、山楂和饮用水一起放入榨汁机榨汁。

功效 治疗腹泻和痢疾。

橙子

别名
柳橙、柳丁

性 凉 味 酸 归经 肺经

营养功效

橙子有化痰止咳、健脾温胃、增食欲、助消化、解油腻、消积食、通便、生津止渴、醒酒提神、增强人体免疫力、缓解疲劳、抗氧化、延缓衰老、增强毛细血管韧性、降低血脂、降低胆固醇、预防胆囊疾病等功效。

适宜人群 老少皆宜，尤其适宜胸膈满闷、恶心、饮酒过多、宿醉未消之人。

不宜人群 糖尿病患者。

食用指导

选购 应选择表大小均匀、表面光滑、皮硬而薄、分量重、无斑点的橙子。

储存 应放置在干燥、避光、低温、通风处储存。

烹饪 吃橙子之前，将其放在手中或桌上揉搓，可使其更易剥皮，还能使口感更香甜，有助减少酸味。

✔ 相宜食物搭配及功效

猕猴桃	橘子	蜂蜜	牛肉
生津祛热、增强免疫力	增强免疫力、美容	润燥生津、提高免疫力	补虚强身、健脾开胃

✖ 相克食物搭配及后果

虾	萝卜	槟榔	蛤蜊
中毒	容易诱发甲状腺肿大	恶心、呕吐	气滞生疲、中毒

推荐食谱 柳橙汁

【材料】柳橙2个。

做法

① 柳橙用水洗净，切成两半。② 用榨汁机挤压出柳橙汁。③ 把柳橙汁倒入杯中即可。

功效 增强免疫力。

柚子

别名
文旦、气柑

性 **寒** 味 **甘、酸** 归经 **肺、脾经**

营养功效

柚子具有下气消食、和胃、醒酒、化痰、健脾、生津止渴、抑制亢性食欲、降低胆固醇、降低血糖、降低血脂、增强体质、降脂减肥、美容等作用。

适宜人群 心脑血管疾病、肾病、慢性支气管炎、咳嗽、痰多气喘、胃病、消化不良、饮酒过量等病症患者以及孕妇。

不宜人群 气虚体弱、腹泻便溏之人。

食用指导

选购 应选择芳香浓郁、外皮无下陷、有弹性、上尖下宽、皮薄而光润、多汁的熟透了的柚子。

储存 应放置在干燥、阴凉处储存。

烹饪 可生食、榨汁、煎汤，也可制成沙拉等食物，但不能过量食用。

✓ 相宜食物搭配及功效

鸡肉	蜂蜜	西红柿	白酒
益气健脾、祛痰止咳	生津润燥、和胃消食	生津止渴、美容减肥	消除疲劳、促进消化

✗ 相克食物搭配及后果

螃蟹	胡萝卜	黄瓜	南瓜
腹痛呕吐	破坏维生素C	破坏维生素C	破坏维生素C

推荐食谱 沙田柚汁

【材料】 沙田柚500克，凉开水200毫升。

做法

① 将沙田柚的厚皮去掉，切成可放入榨汁机大小适当的块。② 将柚子肉放入榨汁机内榨成汁即可。

功效 降低血糖。

哈密瓜

别名
甘瓜、网纹瓜

性 凉　味 甘　归经 心、胃经

营养功效

哈密瓜具有祛暑、生津止渴、除烦热、利水利尿、补血、消除口疮和口臭、安神、解乏、催吐、解食物中毒之功效，是夏季解暑的佳品。食用哈密瓜对人体造血机能有显著的促进作用。

适宜人群 发热、中暑、口渴、尿路感染、口鼻生疮等病症患者以及身心疲倦、心神不安者。

不宜人群 糖尿病、脚气病、黄疸、腹胀痛、腹泻便溏、寒性咳喘等病症患者以及病后、产后者。

食用指导

选购 应选择表皮疤痕较老或开裂、表皮纹路呈发散展开状、色泽鲜艳、香味浓郁、结实的熟哈密瓜。

储存 应放置在干燥、阴凉、低温、通风处储存，切开后应放入冰箱冷藏。

烹饪 先将哈密瓜对半切开，挖去瓜子，再进行食用。

✔ 相宜食物搭配及功效

苹果	菠萝	胡萝卜	百合
润肺生津、解渴除烦	祛暑解渴、消食安神	生津润燥、明目美容	润肺生津、清心安神

✘ 相克食物搭配及后果

梨	螃蟹	鲍鱼	香蕉

腹胀	消化不良	消化不良	血糖升高

推荐食谱

香蕉哈密瓜鲜奶汁

【材料】香蕉2根，哈密瓜150克，脱脂鲜奶200毫升。

做法

❶香蕉去皮，切块。❷将哈密瓜洗干净，去掉外皮，去掉瓤，切成小块，备用。将所有材料放入搅拌机内搅打2分钟即可。

功效 降低血糖。

火龙果

别名
青龙果、红龙果

性 凉　味 甘、酸

营养功效

火龙果具有明目、助消化、润肠通便、补血、对抗肿瘤、抗病毒、增强免疫力、降低胆固醇、预防大肠癌、缓解重金属中毒、抗氧化、抗衰老、美白肌肤、预防老年痴呆、减肥之功用。

适宜人群 老少皆宜。

不宜人群 糖尿病患者。

食用指导

选购 应选择外皮光滑亮泽、果身饱满、呈鲜紫红色、较硬的火龙果。

储存 应放置在干燥、阴凉、低温、通风处储存。应尽快食用，勿放入冰箱保存。

烹饪 可将火龙果内层的紫色果皮保留，用以凉拌，炖汤，炒食，十分清爽可口。

✔ 相宜食物搭配及功效

银耳	牛奶
润肠通便、抗癌	润肠通便

✘ 相克食物搭配及后果

山楂	鲜贝	黄瓜	萝卜
消化不良、腹痛腹胀	产生有毒物质	破坏维生素C	容易诱发甲状腺肿大

推荐食谱

火龙果汁

【材料】火龙果150克，菠萝50克，冷开水60毫升。

做法

❶ 将火龙果洗净，对半切开后挖出果肉，切成小块。❷ 将菠萝去皮，洗净后将果肉切成小块。❸ 把所有材料放入榨汁机内，以高速搅打3分钟即可。

功效 降低血糖。

椰子

别名
奶桃、可可

性 凉 味 甘 归经 胃、脾、大肠经

营养功效

椰子具有清热解暑、生津止渴、益气、补脾胃、杀虫、强心、利尿、止泻之功效。用椰汁洗头，能使头发黑亮润泽；可以做成椰子酱和椰子酒，用来清暑解渴；椰肉炖汤补益功效更为显著。

适宜人群 老少皆宜，尤其适合充血性心力衰竭者以及口干舌燥、暑热者。

不宜人群 糖尿病、支气管哮喘、高血压、胰腺炎、脾胃虚弱、腹痛腹泻、体内热盛等病症患者。

食用指导

选购 应选择个大、丰满圆润、晃动时水声较大的椰子。

储存 应放置在干燥、阴凉、通风处储存，并尽快食用。

烹饪 吃椰子肉时，用刀背在椰子壳上敲几下，裂开后，用小刀起肉即可。可生食、榨汁、煎汤、炒食、做配菜等，或制成沙拉、果脯等食物。

✔相宜食物搭配及功效

冬瓜	糯米	百合	白菜
清热生津、利尿排毒	益气生津、健脾胃	清热生津、润肺	清热解渴、利尿排毒

✖相克食物搭配及后果

香蕉 —— 哈密瓜 —— 荔枝 —— 无花果

血糖升高

推荐食谱

柳橙柠檬菠萝椰奶

【材料】柳橙1个，柠檬1/2个，菠萝60克，椰奶35毫升，凉开水、碎冰各适量。

做法

① 柳橙、柠檬、菠萝洗净，去皮，切块。
② 将碎冰除外的材料放入搅拌机，高速搅打。③ 将果汁倒入杯中，加入碎冰即可。

功效 提神健脑。

荔枝

别名
妃子笑、丹荔

 性 温 味 甘、酸 归经 心、脾经

营养功效

荔枝具有生津止渴、补脾养肝、理气补血、补心安神、消肿解毒、止血止痛、和胃、健脑、增强人体免疫力和抗病能力之功效。

适宜人群 脾虚腹泻、贫血、胃寒疼痛、口臭等病症患者以及体质虚弱、病后津液不足者。

不宜人群 糖尿病、出血病患者以及孕妇、婴幼儿、阴虚火旺体质者。

食用指导

选购 应选择外壳坚实、有弹性、头部不太尖、外皮鳞状突起物不密集、颜色不过分艳丽的荔枝。

储存 应放入冰箱冷藏。

烹饪 吃荔枝去壳时，找到纵向贯穿荔枝壳的一条中线，在荔枝顶端顺着中线用指甲掐下去，然后一掰两半即可，十分轻松。可生食，榨汁，煮食，或制成沙拉、果冻等食物。

✔ 相宜食物搭配及功效

枣	白酒	鸡肉	山药
补血养心、强身健体	补血活血、散寒止痛	补中益气、补血生津	补肾养血、强身健体

✘ 相克食物搭配及后果

黄瓜	南瓜	鹅肉	哈密瓜
破坏维生素C	破坏维生素C	面部生斑	血糖升高

推荐食谱

荔枝酸奶

【材料】荔枝8个，酸奶200毫升。

做法

① 将荔枝去壳与子，放入榨汁机中。

② 倒入酸奶，搅匀后饮用。

功效 消暑解渴。

杨梅

别名 水杨梅、圣僧梅

性 平 **味** 甘、酸 **归经** 肝、胃经

营养功效

杨梅具有生津止渴、健脾开胃、消食、抑菌消炎、止泻、解毒祛寒、除湿利尿、解暑、止咳、抗癌的功效。杨梅含有大量的维生素C，能增强毛细血管的通透性，还有降血脂、阻止致癌物质在体内合成等功效。

适宜人群 癌症、痢疾、急性胃肠炎、腹痛、口腔炎、咽喉炎、习惯性便秘等病症患者以及肥胖者。

不宜人群 糖尿病、胃溃疡、牙病等病症患者以及阴虚、血热、火旺者。

食用指导

选购 应选择颗粒饱满、干燥、色泽稍黑、果刺呈圆形的杨梅。

储存 应放入冰箱冷藏。

烹饪 食用杨梅前，应先将其放入淡盐水中浸泡，待小虫被泡出后，再进行食用。可生食、榨汁，或制成沙拉等食物。

✔相宜食物搭配及功效

盐	白糖	蜂蜜	白酒
杀菌	清热生津	生津润燥、补中和胃	开胃、活血散寒

✘相克食物搭配及后果

葱	羊肉	萝卜	豆类
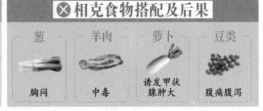			
胸闷	中毒	诱发甲状腺肿大	腹痛腹泻

推荐食谱

杨梅汁

【材料】杨梅60克，盐少许。

做法

① 将杨梅洗净，取其肉放入榨汁机中，搅匀。

② 将少许盐与杨梅汁拌匀即可。

功效 开胃消食。

枣

别名 大枣、红枣

性 温　味 甘　归经 心、脾、胃经

营养功效

枣具有补血养血、健脾开胃、祛风、降低胆固醇、降低血压、抗疲劳、抗过敏、抗癌、排除肝脏毒素、提高人体免疫力、除味、安神健脑之功效。

适宜人群 心血管疾病、慢性肝病、胃虚食少、脾虚便溏、过敏性紫癜、支气管哮喘、荨麻疹、过敏性湿疹、过敏性血管炎、气血不足、营养不良、心慌失眠、贫血头晕等病症患者。

不宜人群 小儿疳积、小儿寄生虫病、湿热内盛、齿病疼痛、痰湿偏盛、腹部胀满、舌苔厚腻等病症患者。

食用指导

选购 应选择颗粒大、饱满、果皮褶皱少而浅、无穿孔、无变色的枣。

储存 应放置在干燥、阴凉、低温、通风处储存。

烹饪 想要给枣去核又要保证枣体的完整，可以选择带有小孔洞的蒸笼，在蒸屉下面放一个碗，将枣正对着孔洞直立放好，用筷子用力戳枣的顶部，核自然就掉到碗里了。可生食、煎汤、酿酒，或制成干果、蜜饯等食物。不可食用腐烂的枣。

✔ 相宜食物搭配及功效

猪蹄	花生	牛奶	栗子
补血养肾	健脑益智、降低胆固醇	补气血、健脾胃	健胃补血、补肾养精

✘ 相克食物搭配及后果

胡萝卜	蒜	葱	海鲜类
破坏维生素C	消化不良	易上火生疮	易引发身体不适

推荐食谱 蜜枣龙眼汁

【材料】 干龙眼30克，枸杞子10克，胡萝卜、蜜枣、砂糖各适量。

做法

1 干龙眼、枸杞子洗净；胡萝卜去皮，切丝；蜜枣冲净，去子。2 将全部材料与砂糖倒入锅中，加600毫升水煮至水量剩约300毫升熄火，静待冷却。3 倒入榨汁机内，加冰块搅打成汁即可。

功效 防癌抗癌。

第五章 肉禽蛋奶类

猪肉

别名
豕肉、豚肉

性 温　味 甘、咸　归经 脾、胃、肾经

营养功效

猪肉具有滋阴润燥、补虚养血的功效，对消渴赢瘦、热病伤津、便秘、燥咳等病症有食疗作用。猪肉既可提供血红素和促进铁吸收的半胱氨酸，又可提供人体所需的脂肪酸。

适宜人群 身体虚弱者、老人、儿童、孕产妇。
不宜人群 体胖、舌苔厚腻者，冠心病、高血压、高血脂等患者以及风邪偏盛者。

食用指导

选购 新鲜猪肉肌肉有光泽、红色均匀，用手指压肌肉后凹陷部分能立即恢复。
储存 买回的猪肉先用水洗净，然后分割成小块，装入保鲜袋，再放入冰箱保存。
烹饪 猪肉要斜切，剔除猪颈等处灰色、黄色或暗红色的肉疙瘩。

✔相宜食物搭配及功效

芋头	红薯	白萝卜	白菜
滋阳润燥、养胃益气	降低胆固醇	消食、除胀、通便	开胃消食

✘相克食物搭配及后果

田螺	茶	鲤鱼	杏仁
容易伤肠胃	容易造成便秘	有害健康	引起腹痛

推荐食谱

扣猪肉

【材料】带皮五花肉400克，海带50克，豆皮50克。
【调料】盐3克，酱油15克，料酒10克，香菜适量。

做法 ① 五花肉切片，抹盐、酱油；海带、豆皮切丝；香菜洗净。② 油锅烧热，下肉片炸至肉皮紧缩，捞出沥油。③ 将海带、豆皮铺于碗底，放上肉片，入锅蒸熟，撒上香菜即可。

猪蹄

别名
猪脚、猪手

性 平　味 甘、咸　归经 胃经

营养功效

猪蹄具有补虚弱、填肾精等功效，对延缓衰老和促进儿童生长发育具有特殊的作用，对老年人神经衰弱（失眠）等有良好的改善作用，是老人、女性和失血者的食疗佳品。

适宜人群 血虚、老年体弱、产后缺奶、腰脚软弱无力、痈疽疮毒久溃不愈者。

不宜人群 动脉硬化、高血压患者。

食用指导

选购 应选择颜色接近肉色、有正常的猪肉味道、无异味、有筋的猪蹄。

储存 应放于冰箱冷藏并尽快食用。

烹饪 给猪蹄去毛的方法：先将松香烧溶，趁热泼于猪毛上，待松香晾凉揭去之，猪毛随着也被脱去；也可洗净猪蹄，用开水煮到皮发胀，取出用指钳将毛拔除，省力省时。可炖食、烧食、卤食等。不可多食。

✔相宜食物搭配及功效

木瓜	黑木耳	花生	墨鱼
丰胸养颜	滋补阴液、补血养颜	养血生精	补肾

✖相克食物搭配及后果

鸽肉	大豆	甘草	田螺
滞气	影响营养吸收	引起中毒	易伤肠胃

推荐食谱

花生蒸猪蹄

【材料】猪蹄600克，花生米200克。

【调料】盐、白糖、老抽、姜片、八角、青椒片、红椒片、料酒各适量。

做法

❶猪蹄处理净剁块，汆烫，捞出沥水。❷汤锅中放清水，加八角、盐、白糖、老抽、姜片烧开，放猪蹄烧沸，下花生米烧熟。❸加辣椒片、料酒转小火焖至汁浓即可。

功效 提神健脑。

注解

人们把猪蹄称为"美容食品"和"类似于熊掌的美味"。猪蹄中含有较多的蛋白质、脂肪和碳水化合物，并含有钙、磷、镁、铁以及维生素 A、维生素 D、维生素 E、维生素 K 等有益成分。

猪肝

别名
血肝

性 温　**味** 甘、苦　**归经** 肝经

营养功效

常食猪肝可预防眼睛干涩、疲劳，可调节和改善贫血病人造血系统的生理功能，还能帮助去除机体中的一些有毒成分。猪肝中含有一般肉类食品中缺乏的维生素C和微量元素硒，能增强人体的免疫力、抗氧化、防衰老，并能抑制肿瘤细胞的产生。

适宜人群 气血虚弱、面色萎黄、缺铁者，电脑工作者以及癌症患者。

不宜人群 高血压、肥胖症、冠心病及高血脂患者。

食用指导

选购 新鲜的猪肝呈褐色或紫色，用手按压坚实有弹性，有光泽，无腥臭异味。

储存 切好的肝一时吃不完，可用豆油将其涂抹搅拌，然后放入冰箱内，会延长保鲜期。

烹饪 买回猪肝后要在自来水龙头下冲洗一下，然后置于盆内浸泡1~2小时消除残血，注意水要完全浸没猪肝。

✔ 相宜食物搭配及功效

松子	苦菜	榛子	菠菜
促进营养物质的吸收	清热解毒、补肝明目	有利钙的吸收	改善贫血

腐竹	雪里蕻	苦瓜	油菜
提高人体免疫力	有利钙的吸收	防癌抗癌	增强免疫力

✗ 相克食物搭配及后果

花菜	山楂	西红柿	青椒
降低铜、铁的吸收		破坏维生素C	

鲤鱼	鲫鱼	鹌鹑	豆腐
影响消化	引起中毒	破坏维生素	诱发痼疾

推荐食谱

胡萝卜炒猪肝

【材料】猪肝250克，胡萝卜150克。

【调料】水淀粉、盐、姜末、料酒各适量。

做法

① 胡萝卜、猪肝均洗净，切成薄片，猪肝片加盐、水淀粉拌匀。② 锅中倒入清水，烧至八成开时，放入浆好的猪肝片煮至七成熟时捞出沥水。③ 净锅加油烧热，爆香姜末，加胡萝卜略炒，倒入猪肝，加料酒、盐炒匀即可。

功效 养心润肺。

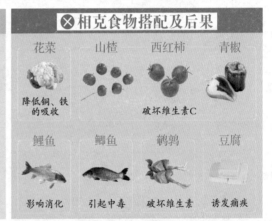

猪骨

别名 猪排骨、猪大骨

性 温　味 甘、咸　归经 脾、胃经

营养功效

猪骨有补脾、润肠胃、生津液、丰机体、泽皮肤、补中益气、养血健骨的功效。儿童经常喝骨头汤，能及时补充人体所必需的骨胶原等物质，增强骨髓造血功能，有助于骨骼的生长发育。成人喝可延缓衰老。

适宜人群 一般人，尤其是儿童和老年人。

不宜人群 急性肠道炎感染者、感冒者。

食用指导

选购 应选择表面有一层微干或微湿润的外膜，呈淡红色，有光泽，切断面稍湿、不粘手，肉汁透明。

储存 应放入冰箱冷藏并尽快食用。

烹饪 可炒食、炖汤等。

✔ 相宜食物搭配及功效

西洋参	洋葱	红薯	茶树菇
滋养生津	抗衰老	去油腻	滋阴美容、延缓衰老

✘ 相克食物搭配及后果

甘草	苦瓜	海带	红菇
引起中毒	阻碍钙质吸收	生津利水、健骨强身	补血美容

推荐食谱

猪骨煲奶白菜

【材料】奶白菜100克，猪排骨400克，淮山50克，党参30克，枸杞20克，香芹少许。

【调料】盐2克。

做法

❶ 猪排骨洗净，剁成块；奶白菜洗净；淮山、党参、枸杞洗净；香芹洗净，切段。❷ 锅内注水，下淮山、党参、枸杞与排骨，一起炖煮1小时左右，加入奶白菜、香芹稍煮。❸ 加入盐调味，起锅装盘即可。

功效 补血养颜。

注解

猪骨即猪科动物猪的骨头。我们经常食用的是排骨和腿骨。猪骨除含蛋白质、脂肪、维生素外，还含有大量磷酸钙、骨胶原、骨黏蛋白等。

猪肚

别名
猪胃

性 微温　味 甘　归经 脾、胃经

营养功效

猪肚不仅可供食用，而且有很好的药用价值。有补虚损、健脾胃的功效，多用于脾虚腹泻、虚劳瘦弱、消渴、小儿疳积、尿频或遗尿。

适宜人群 虚劳羸弱、脾胃虚弱、中气不足、气虚下陷、小儿疳积、腹泻、胃痛者以及糖尿病患者。

不宜人群 湿热痰滞内蕴者及感冒者。

食用指导

选购 新鲜猪肚黄白色，手摸劲挺、黏液多，肚内无块和硬粒，弹性足。

储存 猪肚用盐腌好，放于冰箱保存。

烹饪 猪肚烧熟后，切成长条或长块，放入碗中，加点汤水，放进锅中蒸，猪肚会涨厚，鲜嫩好吃。

✓相宜食物搭配及功效

黄豆芽	莲子	金针菇	糯米
增强免疫	补脾健胃	开胃消食	益气补中

✗相克食物搭配及后果

白糖	樱桃	杨梅	芦荟
易引起心肌细胞氧化及代谢紊乱	易引起消化不良	引起中毒	引起腹泻

推荐食谱

双笋炒猪肚

【材料】 小竹笋、芦笋各150克，猪肚200克。
【调料】 盐3克，味精2克。

做法

❶ 小竹笋、芦笋分别洗净，切成斜段，分别入锅焯水；猪肚洗净，放入清水锅中煮熟，捞起切条。❷ 油烧热，下入猪肚炒至舒展后，再加入双笋，一起炒至熟透，加盐、味精调味即可。

功效 保肝护肾。

注解

猪肚为猪科动物猪的胃。猪肚中含有大量的蛋白质、脂肪以及多种矿物质和维生素等营养成分。猪肚不仅可供食用，而且有很好的药用价值。

牛肉

别名
黄牛肉

性 平　味 甘　归经 脾、胃经

营养功效

牛肉补脾胃、益气血、强筋骨。对虚损羸瘦、消渴、脾弱不运、癖积、水肿、腰膝酸软、久病体虚、面色萎黄、头晕目眩等病症有食疗作用。多吃牛肉，对肌肉生长有好处。

适宜人群 高血压、冠心病、血管硬化和糖尿病患者，老年人、儿童以及身体虚弱者。
不宜人群 内热者、皮肤病、肝病、肾病患者。

食用指导
选购 新鲜牛肉有光泽，红色均匀，脂肪洁白或淡黄色；外表微干或有风干膜，不粘手，弹性好。
储存 如不慎买到老牛肉，可急冻再冷藏一两天，肉质可稍变嫩。
烹饪 炒牛肉片之前，先用啤酒将面粉调稀，淋在牛肉片上，拌匀后腌30分钟，可增加牛肉的鲜嫩程度。

✔ 相宜食物搭配及功效

土豆	洋葱	鸡蛋	枸杞
保护胃黏膜	补脾健胃	延缓衰老	养血补气
南瓜	芋头	白萝卜	芹菜
排毒止痛	治疗食欲不振、防止便秘	补五脏、益气血	降低血压

✘ 相克食物搭配及后果

生姜	白酒	鲇鱼	红糖
导致体内热生火盛	导致上火	引起中毒	引起腹胀
橄榄	板栗	田螺	咸菜
引起身体不适	降低营养价值	引起消化不良	引起中毒

推荐食谱

陈皮牛肉

【材料】牛肉300克，陈皮20克。

【调料】生姜10克，青、红辣椒各10片，盐6克，生抽5克，味精6克。

做法 ①牛肉洗净切成大片；陈皮泡发切成小块；生姜洗净切片。②将切好的牛肉片放入沸水中汆水。③锅加油烧热，下入牛肉炒香后，再加入陈皮、青椒片、红椒片、姜片一起炒匀，调入盐、生抽、味精炒至入味即可。

功效 益气补血。

羊肉

别名
羝肉、羯肉

性 **热** 味 **甘** 归经 **脾、胃、肾、心经**

营养功效

寒冬常吃羊肉可益气补虚、促进血液循环、使皮肤红润、增强御寒能力。羊肉还可增加消化酶，保护胃壁，帮助消化。中医认为，羊肉还有补肾壮阳的作用。

适宜人群 体虚胃寒、反胃者，中老年体质虚弱者。

不宜人群 感冒发热、高血压、肝病、急性肠炎和其他感染病者。

食用指导

选购 新鲜羊肉肉色鲜红而均匀，有光泽，肉质细而紧密，有弹性，外表略干，不粘手。

储存 买回的新鲜羊肉要及时进行冷却或冷藏，使肉温降到5℃以下，以便减少细菌污染，延长保鲜期。

烹饪 在白萝卜上戳几个洞，放入冷水中和羊肉同煮，滚开后将羊肉捞出，再单独烹调，即可去除膻味。

✔ 相宜食物搭配及功效

生姜	香菜	香椿	芜菁
治疗腹痛	增强免疫力	治疗风湿性关节炎	适用于食积不化

鸡蛋	山药	白萝卜	白酒
延缓衰老	健脾胃	增强免疫力	降低腥味

✘ 相克食物搭配及后果

乳酪	荞麦	竹笋	南瓜
产生不良反应	功能相反，不宜同食	引起中毒	导致胸闷腹胀

【注解】羊肉古时被称为羖肉、羝肉、羯肉，为人类常食的肉品之一。羊肉肉质与牛肉相似，但肉味较浓。羊肉的肉质比猪肉要细嫩一些，胆固醇含量比牛肉、猪肉都少。

推荐食谱

小炒羊肉

【材料】羊肉500克，红椒米、姜末、蒜末、葱花各少许。

【调料】盐5克，料酒10克，香油、美极鲜酱油各适量。

做法 ❶ 羊肉洗净，切片，用盐、料酒、美极鲜酱油腌渍。❷ 油烧热，下入羊肉翻炒至羊肉刚变色时，下入红椒米、姜蒜末、盐，烹入料酒，旺火翻炒，淋上香油，撒上葱花即成。

功效 补血养颜。

羊肝

别名
不结球白菜、上海青

性 凉 **味** 甘、苦 **归经** 肝经

营养功效

羊肝中富含维生素B$_2$，维生素B$_2$是人体生化代谢中许多酶和辅酶的组成部分，能促进身体的代谢；羊肝中还含有丰富的维生素A，可防止夜盲症和视力减退，有助于对多种眼疾的治疗。

适宜人群 眼干枯燥者、夜盲症患者、维生素A缺乏者、贫血者。
不宜人群 高血脂患者。

食用指导

选购 应选择具紫黑色光泽，质脆易折断，断面紫黑色，无光泽，气味膻的羊肝。

储存 应放于冰箱冷藏并尽快食用。

烹饪 新鲜羊肝在烹调之应前用水冲洗10分钟，然后再浸泡30分钟，以去除污物和杂质。可炒食、炸食、烤食、煮食等。

✔ 相宜食物搭配及功效

菠菜	枸杞	胡萝卜	葱
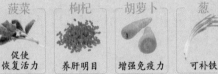
促使恢复活力	养肝明目	增强免疫力	可补铁

✖ 相克食物搭配及后果

红豆	竹笋	青椒	西红柿

| 引起中毒 | 引起中毒 | 破坏维生素C | 引起身体不适 |

推荐食谱

凉拌羊杂

【材料】 羊肝、羊心、羊肚、羊肺各70克，熟芝麻8克。

【调料】 葱丝30克，香油、酱油、料酒各10克，胡椒粉、盐、味精各3克。

做法

① 羊肝、羊心、羊肚、羊肺均洗净，氽熟，捞出切片。② 羊杂中加入香油、酱油、料酒、胡椒粉、盐、味精、熟芝麻拌匀，撒上葱丝即可。

功效 增强免疫力。

注解

羊肝为羊的肝脏。羊肝中含蛋白质、脂肪、碳水化合物、钙、磷、铁、维生素A、维生素B$_1$、维生素C、烟酸。

兔肉

别名
菜兔肉、野兔肉

性 凉　味 甘　归经 肝、脾、大肠经

营养功效

兔肉可滋阴凉血、益气润肤、解毒祛热。兔肉还含有丰富的卵磷脂。卵磷脂有抑制血小板凝聚和防止血栓形成的作用，还有保护血管壁、防止动脉硬化的功效。

- 适宜人群 营养不良、糖尿病患者。
- 不宜人群 孕妇、阳虚者。

食用指导

选购 应选择表面有光泽、有弹性、呈均匀粉红色、脂肪洁白、无异味的兔肉。家兔肉鲜嫩细腻，肉色较淡；野兔肉更为结实，肉色较暗。

储存 新鲜兔肉要及时冷却或冷藏，以延长保质期。

烹饪 兔肉肉质细嫩，肉中几乎没有筋络，切时应顺着肉纤维纹路切，这样加热后既可保持形态上的整齐美观，又可使肉味鲜嫩。煮兔肉食时在汤中加3汤匙浓咖啡，可使汤的味道更鲜美。可炒食、烤食、炖食、红烧、蒸食等。老兔肉适合炖食和焖食，嫩兔肉适合炒食或烤食。

✔ 相宜食物搭配及功效

葱	枸杞	山药	红枣
适合冠心病、脑梗死等患者	可治疗头晕、耳鸣等症状	对小便不禁有食疗作用	补中益气

✗ 相克食物搭配及后果

橘子	鸡蛋	甲鱼	芥菜
	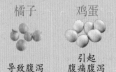		
导致腹泻	引起腹痛腹泻	引起身体不适	

推荐食谱

椒麻意香兔肉

【材料】兔肉400克，蛋清、花椒及青红椒各适量。

【调料】盐2克，生抽、醋各8克，姜末、葱花、蒜少许。

做法

① 兔肉洗净切块，用盐、生抽稍腌后以蛋清上浆；青红椒洗净切圈；蒜去皮洗净拍碎；花椒洗净。② 油锅烧热，下兔肉块滑熟，锅注入清水，放入青红椒圈及花椒、姜末、蒜蓉烧开。③ 加入盐、生抽、醋调味，撒上葱花。

功效 排毒瘦身。

鸡肉

别名 家鸡肉、母鸡肉

性 平、温　**味** 甘　**归经** 脾、胃经

营养功效

鸡肉具有温中益气、补精填髓、益五脏、补虚损、健脾胃、强筋骨的功效。冬季多喝些鸡汤可提高自身免疫力，流感患者多喝点鸡汤有助于缓解感冒引起的鼻塞、咳嗽等症状。鸡皮中含有大量胶原蛋白，能补充人体所缺少的水分，延缓皮肤衰老。

适宜人群 虚劳瘦弱、营养不良、气血不足、面色萎黄者，以及体质虚弱或乳汁缺乏的产妇。

不宜人群 内火偏旺、痰湿偏重、感冒发热、胆囊炎、胆石症、肥胖症、热毒疖肿、高血压、高血脂、严重皮肤疾病等患者。

食用指导

选购 新鲜的鸡肉肉质紧密，颜色呈干净的粉红色且有光泽，鸡皮呈米色，并有光泽和张力，毛囊突出。

储存 鸡肉较容易变质，购买后要马上放进冰箱。如果一时吃不完，最好将剩下的鸡肉煮熟保存，而不要生的保存。

烹饪 鸡肉用药膳炖煮，营养更全面。带皮的鸡肉含有较多的脂类物质，所以较肥的鸡应该去掉鸡皮再烹制。可炒食、烤食、炸食、蒸食、炖食等。

✔ 相宜食物搭配及功效

枸杞	人参	柠檬	金针菇
补五脏、益气血	止渴生津	增强食欲	增强记忆力
冬瓜	板栗	油菜	黑木耳
排毒养颜	增强造血功能	美容养颜	降压降脂

✘ 相克食物搭配及后果

芹菜	大蒜	鲤鱼	狗肾
易伤元气	引起消化不良	引起中毒	引起腹痛腹泻
芥菜	李子	菊花	糯米
影响身体健康	引起痢疾		引起身体不适、胃胀

推荐食谱 泡椒三黄鸡

【材料】鸡肉200克，莴笋150克，泡椒150克。

【调料】盐3克，蒜20克，野山椒、酱油、红油各适量。

做法 ❶ 鸡肉切小块；莴笋去皮切条；蒜去皮洗净。❷ 热锅下油，加入蒜、泡椒炒香后，放入鸡肉、莴笋炒片刻，加盐、野山椒、酱油、红油调味。❸ 稍微加点水烧一会儿即可。

鹅肉

别名
家雁肉

性 平　味 甘　归经 脾、肺经

营养功效

鹅肉具有暖胃生津、补虚益气、和胃止渴之功效，用于治疗中气不足、消瘦乏力、食少、气阴不足的口渴、气短、咳嗽等。天气寒冷时吃鹅肉，可以防治感冒。

适宜人群 身体虚弱、营养不良者。

不宜人群 高血压病、高脂血症、淋巴结核、痈肿疔毒及各种肿瘤等病症者。

食用指导

选购 应选择肉质饱满光滑、有弹性、表皮干燥的鹅肉。

储存 应放入冰箱冷藏并尽快食用。

烹饪 切鹅肉时逆着纹路切，可使鹅肉易熟烂。以炖食、煨食居多，也可蒸食、烤食、熏食、烧食等。

✔ 相宜食物搭配及功效

山药	冬瓜	柠檬	梅子
益气养阴、清热生津	补脾健胃、清热消火	益气补虚、暖胃生津	生津止渴

✘ 相克食物搭配及后果

梨	柿子	鸡蛋	大米
对肾脏刺激较大	导致腹泻腹痛	伤元气	引起身体不适

推荐食谱

鹅肉土豆汤

【材料】鹅肉500克，土豆200克，红枣、枸杞各50克。

【调料】盐、胡椒粉各5克，味精3克，葱段少许。

做法

① 鹅肉洗净，剁块状；红枣、枸杞洗净；土豆去皮，洗净切块。② 锅中烧水，下入枸杞、红枣和鹅肉，调盐、胡椒粉、味精炖烂，下入土豆炖约30分钟，撒上葱段即可。

功效 增强免疫力。

注解

鹅肝营养丰富，鲜嫩味美，可促进食欲，是世界三大美味营养食品，被称为"人体软黄金"。鹅肉富含蛋白质、矿物质和维生素E等。鹅肉中脂肪含量较低，且多为有益健康的不饱和脂肪酸。

鸭肉

别名
家兔肉、扁嘴娘肉

性 寒　味 甘、咸　归经 脾、胃、肺、肾经

营养功效

鸭肉具有养胃滋阴、清肺解热、大补虚劳、利水消肿之功效，用于治疗咳嗽痰少、咽喉干燥、阴虚阳亢之头晕头痛、水肿、小便不利。鸭肉不仅脂肪含量低，且所含脂肪主要是不饱和脂肪酸，能起到保护心脏的作用。

适宜人群 体内有热、上火、水肿、低热、虚弱、食少、大便秘结、癌症、糖尿病、肝硬化腹水、慢性肾炎水肿等患者。

不宜人群 阳虚脾弱、外感未清、便泻肠风患者。

食用指导

选购 要选择肌肉新鲜、脂肪有光泽的鸭肉。

储存 保存鸭肉的方法很多，中国农村用熏、腊、风、腌等方法保存。

烹饪 炖制老鸭时，加几片火腿或腊肉，能增加鸭肉的鲜香味。

✔ 相宜食物搭配及功效

白菜	芥菜——山药	地黄
促进血液中胆固醇的代谢	滋阴润肺	提供丰富营养

干冬菜	金银花	干贝	豆豉
止咳润肺	滋润肌肤	提供丰富的蛋白质	降低人体内的脂肪

✖ 相克食物搭配及后果

甲鱼	板栗	兔肉	大蒜
导致水肿泄泻	引起中毒	不易消化	会破坏营养素

注解

鸭肉中的脂肪酸熔点低，易于消化；所含 B 族维生素和维生素 E 较其他肉类多。

推荐食谱

鸭肉炖魔芋

【材料】 鸭肉250克，魔芋丝结100克，蘑菇200克，枸杞50克，姜20克。

【调料】 料酒20克，盐15克，味精5克，醋5克。

做法 ❶鸭肉洗净切块，魔芋丝结洗净，蘑菇和枸杞洗净，姜洗净切片。❷锅下油烧热，下鸭肉、料酒，稍炒至肉结，加适量清水，转大火炖煮。❸煮至快熟时，下魔芋丝结、蘑菇、枸杞，并下其他调味料，一起炖熟即可。

功效 益气补血。

狗肉

别名
犬肉、地羊肉

性 **温** 味 **咸、酸** 归经 **胃、肾经**

营养功效

狗肉有补肾、益精、温补、壮阳等功用。现代医学研究证明，狗肉中含有少量稀有元素，对治疗心脑缺血性疾病，调整高血压有一定益处。狗肉还可用于老年人的虚弱症，如尿溺不尽、四肢厥冷、精神不振等。

适宜人群 腰膝冷痛、尿液清长、排尿频数、水肿、阳痿等患者。

不宜人群 咳嗽、感冒、发热、腹泻和阴虚火旺者。

食用指导

选购 色泽鲜红、发亮且水分充足者。

储存 冷藏可延长保质期。

烹饪 用姜片、白酒反复搓揉狗肉，再用稀释的白酒泡1~2小时，清水冲洗后入油锅微炸再烹调，可有效降低其腥味。

✔ 相宜食物搭配及功效

胡萝卜	木瓜	豆腐	辣椒
温补脾胃、益肾助阳	可预防和治疗风湿痛、关节炎	壮腰补肾	开胃消食

✘ 相克食物搭配及后果

茶	大蒜	生姜	鲤鱼
不利人体健康	助火伤阴	导致腹痛	引起中毒
鳝鱼	狗肾	绿豆	杏仁
温热助火	引起痢疾	同食会中毒	不易消化

注解

俗语说："狗肉滚三滚，神仙站不稳。"狗肉味道醇厚，芳香四溢，与羊肉同为冬令进补的佳品。

推荐食谱 红焖狗肉

【材料】狗肉500克。

【调料】盐、红椒、香菜、料酒、生抽各适量。

做法

① 白狗肉洗净，沥干切块；红椒洗净，沥干切块；② 油烧热，下狗肉，调入料酒、生抽炒至变色，加入红椒和适量水焖至狗肉熟透。③ 加盐调味，撒上香菜段即可。

功效 降低血压。

鸽肉

别名
家鸽肉

性 平　味 咸　归经 肝、肾经

营养功效

鸽肉具有补肝壮肾、益气补血、清热解毒、生津止渴、健脑、健体生肌、降低血压、美容养颜、延年益寿之功效。鸽血中富含血红蛋白，能使术后伤口更好地愈合。女性常食鸽肉，可调补气血。

- **适宜人群** 体虚、头发早白、未老先衰、神经衰弱、腰酸等病症患者。
- **不宜人群** 食积胃热、体虚乏力患者。

食用指导

选购 应选择皮肤无充血痕迹、无鸽豆、胸肉肥厚、有弹性、有光泽、无异味的鸽肉。

储存 应放入冰箱冷藏并尽快食用。

烹饪 炸乳鸽使其皮脆肉嫩的方法：炸前用姜、葱、料酒、生抽和老抽腌渍，炸时用大火和七成的热油，放入乳鸽后需将油锅端离炉火，利用油的热度将乳鸽肉浸至刚熟，再将油锅回炉，用大火热油将乳鸽炸至酥透。可烤食、炒食、炸食等。

✔ 相宜食物搭配及功效

银耳	螃蟹	甲鱼	玉米
补肝益气、滋阴润燥	补肾益气、散结通经	滋阴补肾、益气补血	健脑、预防神经衰弱

✘ 相克食物搭配及后果

猪肝	黄花菜	黑木耳	香菇

使皮肤出现色素沉淀	引起痔疮	使人面部生黑斑	引发痔疮

推荐食谱

豌豆鸽肉

【材料】 鸽肉、豌豆各200克。

【调料】 干红椒圈20克，鸡蛋清30克，料酒、香油、酱油、盐、淀粉、葱段各5克。

做法 ① 豌豆洗净，焯水后捞出；鸽肉洗净切丁，入碗，加盐、料酒、淀粉、鸡蛋清腌渍片刻。② 油锅烧热，放干红椒圈、葱段爆香，下鸽肉滑散，放豌豆同炒，调入酱油、香油炒匀即可。

功效 防癌抗癌。

注解

鸽肉中蛋白质最为丰富，而脂肪含量极低，消化吸收率高达95%以上。此外，鸽肉所含的维生素A、维生素 B_1、维生素 B_2、维生素E及造血用的微量元素与鸡、鱼、牛、羊肉相比非常丰富。

鹌鹑

别名 鹑鸟肉、赤喉鹑肉

性 温　**味** 甘、酸　**归经** 大肠、肾经

营养功效

鹌鹑肉具有补五脏、益精血、温肾助阳之功效，男子经常食用鹌鹑可以补中益气、利水消肿、消积热、健脑、增强性功能、增气力、强筋壮骨。

适宜人群 结核病、肥胖症、神经衰弱者。

不宜人群 重症肝炎晚期、肝功能极度低下、感冒患者。

食用指导

选购 应选择羽毛齐全、胸肉肥厚、肉质按压有弹性的鹌鹑。

储存 应放入冰箱冷藏。

烹饪 鹌鹑肉质细嫩，容易酥散，炖汤之前用油炸一下可保持其形状完整，使口感更佳。可炸食、烤食、炒食、煮食、焖食等。

✔ 相宜食物搭配及功效

红枣	天麻	桂圆	红小豆
补血养颜	改善贫血	补肝益肾、养心和胃	可治疗小儿腹泻和小儿疳积

✖ 相克食物搭配及后果

黑木耳	蘑菇	黄花菜	猪肝
引起痔疮发作			使皮肤出现色素沉淀

推荐食谱

杜仲鹌鹑汤

【材料】 鹌鹑1只，杜仲50克，山药100克，枸杞25克，红枣6颗。

【调料】 生姜5片，盐4克，味精3克。

做法

❶ 鹌鹑洗净，去内脏，剁成块。❷ 杜仲、枸杞、山药、红枣洗净。❸ 把全部材料和生姜放入锅内，加清水适量，大火煮沸后改小火煲3小时，加盐和味精调味即可。

功效 保肝护肾。

注解

鹌鹑肉和蛋都富含蛋白质、卵磷脂、维生素A、维生素B_1、维生素B_2，以及铁、钙、磷等元素。

鸡蛋

别名
鸡卵、鸡子

性 平　味 甘　归经 大肠、胃经

营养功效

鸡蛋清性微寒而气清，能益精补气、润肺利咽、清热解毒，还具有护肤美肤的作用，有助于延缓衰老；蛋黄性温而气浑，能滋阴润燥、养血息风。

适宜人群 体质虚弱、营养不良、贫血、女性产后病后以及老年高血压、高血脂、冠心病等病症者。

不宜人群 肝炎、高热、腹泻、胆石症、皮肤生疮化脓等病症者，肾病患者。

食用指导

选购 用拇指、食指和中指捏住鸡蛋摇晃，好的蛋没有声音。

储存 在20℃左右时，鸡蛋大概能放1周，如果放在冰箱里保存，最多保鲜半个月。

烹饪 炒鸡蛋时，加少许酒，炒出来的鸡蛋味鲜松软，且光泽鲜艳。蒸鸡蛋羹时先在碗内抹些熟油，然后再将鸡蛋磕入碗内打匀，加水、盐，蒸出来的鸡蛋羹就不粘碗了。可炒食、煮食、炖汤、煎食、蒸食等。

✔ 相宜食物搭配及功效

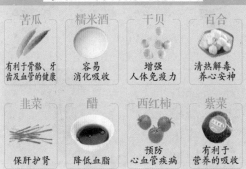

苦瓜	糯米酒	干贝	百合
有利于骨骼、牙齿及血管的健康	容易消化吸收	增强人体免疫力	清热解毒、养心安神
韭菜	醋	西红柿	紫菜
保肝护肾	降低血脂	预防心血管疾病	有利于营养的吸收

✘ 相克食物搭配及后果

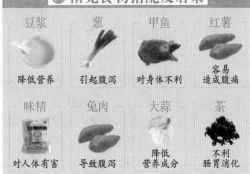

豆浆	葱	甲鱼	红薯
降低营养	引起腹泻	对身体不利	容易造成腹痛
味精	兔肉	大蒜	茶
对人体有害	导致腹泻	降低营养成分	不利肠胃消化

推荐食谱

韭菜煎鸡蛋

【材料】鸡蛋4个，韭菜150克。

做法

❶韭菜洗净，切成碎末备用。❷鸡蛋打入碗中，搅散，加入韭菜末、盐、味精搅匀备用。❸锅置火上，注入油烧热，将备好的鸡蛋液入锅中煎至两面金黄即可。

功效 降低血压。

鸭蛋

别名
鸭卵

性 微寒　味 甘、咸　归经 胃、大肠经

营养功效

鸭蛋具有滋阴清肺、止痢之功效，对喉痛、牙痛、热咳、胸闷、赤白痢等症有食疗作用。对水肿胀满等有一定的食疗功效，外用还可缓解疮毒。

适宜人群 肺热咳嗽、咽喉痛、泻痢等症者。

不宜人群 寒湿下痢、脾阳不足、食后气滞痞闷以及患有癌症、高脂血症、高血压病、动脉硬化、脂肪肝等病症者，肾炎病人，生病期间的人。

食用指导

选购 应选择外壳有一层白霜粉末、用手摩擦时不太光滑、手摇没有声音的鸭蛋。

储存 应放入冰箱冷藏。

烹饪 多用盐腌透后食用，也可炒食、煮食、煎食、蒸食等。

✔ 相宜食物搭配及功效

百合	马齿苋	银耳	黑木耳

滋阴润肺	有利肠胃消化	治疗咽喉干燥等症状	提神健脑

✕ 相克食物搭配及后果

李子	桑葚	甲鱼	海带

引起中毒	引起肠胃不适	伤人阳气	引起消化不良

推荐食谱

八宝饭

【材料】糯米、香菇、海蛎、鱿鱼丝、板栗肉、鸭蛋、肉末各适量。

【调料】酱油、盐、糖各适量。

做法

❶ 糯米洗净沥干；香菇、海蛎均泡发；鱿鱼丝、板栗肉洗净。

❷ 锅下油，放糯米，加水、盐、糖、酱油炒匀。

❸ 将香菇、鸭蛋、海蛎、板栗肉、鱿鱼丝、肉末放竹筒内，打入糯米蒸熟，取出装盘。

功效 增强免疫力。

鹅蛋

别名
鹅卵

性 微温　**味** 甘　**归经** 肾经

营养功效

鹅蛋富含的蛋白质易于被人体消化吸收，含有较多的卵磷脂，对人的脑及神经组织的发育有重大作用；可补中益气，在寒冷季节多吃一点可防御寒气对人体的侵袭。

适宜人群 老人、儿童、体虚贫血者。

不宜人群 低热不退、动脉硬化、气滞者。

食用指导

选购 应选择外壳有一层白霜粉末、用手摩擦时不太光滑、手摇没有声音的鹅蛋。

储存 应放入冰箱冷藏。

烹饪 可炒食、煮食、煎食、蒸食等，也可作为加工面包、蛋糕的原料。

✔ 相宜食物搭配及功效

百合	韭菜
补中益气、清心安神	补中益气、祛寒、降压

✘ 相克食物搭配及后果

鸡蛋	海带
伤元气	记忆力减退

● 健康小贴士

鹅蛋含有一种碱性物质，对内脏有损坏。每天食用别超过2个，以免伤到内脏。

推荐食谱 西红柿炒鹅蛋

【材料】 西红柿200克，鹅蛋1个，洋葱50克。

【调料】 姜蒜各5克，食用油、食盐、白糖、鸡精、麻油适量。

做法

① 洋葱和西红柿洗净，切片。② 鹅蛋磕出，用力搅打，直到停下来发现蛋液面全部布满泡泡，再在蛋液中加少许盐，继续打一会儿，静置备用。③ 锅内入油烧热，倒入蛋液，鹅蛋炒散后盛出备用。④ 锅内放少许油，煸香姜、蒜末，倒入洋葱和西红柿翻炒，再调入一些料酒和糖，当番茄有些出汁的时候，撒一些盐调味。⑤ 再倒入鹅蛋，翻炒均匀后调入一勺小麻油提香，即可出锅。

功效 降低血压。

鸽子蛋

别名 鸽子卵

性 温　味 甘、咸　归经 肺、脾、胃、肾经

营养功效

鸽子蛋蛋白质含量丰富，可增强机体的免疫力。鸽子蛋还富含优质磷脂，可以有效改善皮肤弹性和血液循环。此外，鸽子蛋还富含铁、钙、维生素，是滋阴补肾的佳品。

适宜人群　久病体虚、神经衰弱、慢性胃炎、贫血者以及月经不调、气血不足的女性。

不宜人群　食积胃热者、性欲旺盛者及孕妇。

食用指导

选购　应选择外形匀称、表面光滑细腻、白里透粉的鸽子蛋。

储存　应放入冰箱冷藏并尽快食用。

烹饪　将鸽子蛋煮至微熟，去壳，用鸡汤炖煮，可使鸽子蛋味道更加鲜美。可煮食、炖食等。

✔ 相宜食物搭配及功效

枸杞	牛奶	花菜	桂圆
可治疗女性白带异常	清凉解渴	健脾养胃、防衰老	补肾益气

✘ 相克食物搭配及后果

柿子　绿豆　茶叶

难消化、结石

推荐食谱

鸽蛋扒海参

【材料】水发海参、去壳熟鸽蛋、上海青各80克。

【调料】清鸡汤、绍酒、酱油，盐、水淀粉适量。

做法

❶海参、上海青均洗净，入盐开水中焯水捞出。❷油烧热，放海参，加清鸡汤、绍酒、酱油、盐、水淀粉勾芡后装盘；再热油锅，下入鸽蛋炸金色，与上海青围放在海参周围即成。

功效　增强免疫力。

注解

鸽子蛋是鸽子的卵，营养丰富，药用价值高。鸽子蛋富含优质蛋白质、磷脂、维生素A、维生素 B_1、维生素 B_2、维生素D以及铁、钙等营养成分，被人称为"动物人参"。

鹌鹑蛋

别名 鹑鸟蛋、鹌鹑卵　性 平　味 甘　归经 肝、肾经

营养功效

　　鹌鹑蛋具有强筋壮骨、补气益气、除风湿的功效，为滋补食疗佳品。其对胆怯健忘、头晕目眩、久病或老弱体衰、气血不足、心悸失眠、体倦食少等病症有食疗作用。鹌鹑蛋所含丰富的卵磷脂和脑磷脂，是高级神经活动不可缺少的营养物质，具有健脑的作用。

适宜人群 一般人群及心血管病患者
不宜人群 脑血管病人。

食用指导

选购 应选择色泽鲜艳、壳硬的鹌鹑蛋。
储存 应放入冰箱冷藏。
烹饪 可煮食、蒸食、腌渍，或制成沙拉等食物。

✔ 相宜食物搭配及功效

银耳	牛奶	韭菜	苦瓜
强精补肾、提神健脑	增强免疫力	补肾益精、益气暖胃	强身健脑、清热益气

✘ 相克食物搭配及后果

香菇 —— 猪肝	螃蟹	绿豆
面生黑斑、长痔疮	中毒	消化不良、结石

推荐食谱

鹌鹑蛋焖鸭

【材料】鸭肉、鹌鹑蛋各适量，草菇、胡萝卜各少许。

【调料】葱段、姜片、料酒、盐、香油、淀粉各适量。

做法 ❶ 鸭肉洗净剁块，入沸水氽去血污；草菇洗净；胡萝卜洗净削成小球形；鹌鹑蛋煮熟，剥去蛋壳。❷ 锅中油烧热，爆香姜片、葱段，加入鸭肉、草菇、胡萝卜炒熟，调入料酒和盐，加入鹌鹑蛋，用淀粉勾芡，淋入香油即可。

功效 增强免疫力。

注解

　　鹌鹑蛋是鹌鹑的卵，营养丰富，味道好，药用价值高。鹌鹑蛋虽然体积小，但它的营养价值与鸡蛋一样高，是天然补品，在营养上有独特之处，故有"卵中佳品""动物中的人参"之称。鹌鹑蛋富含蛋白质、维生素P、维生素 B_1、维生素 B_2、铁和卵磷脂等营养成分。

咸鸭蛋

别名
腌蛋、盐蛋

性 凉　味 甘　归经 心、肺、脾经

营养功效

咸鸭蛋营养丰富，含有丰富的铁和钙，具有补血养颜的功效；咸鸭蛋还含有维生素B_2，可以分解和氧化致癌物质，起到防癌抗癌的作用，此外咸鸭蛋还能增强人体免疫力。

适宜人群 骨质疏松的中老年人。

不宜人群 孕妇、脾阳不足、寒湿下痢者，高血压、糖尿病患者、心血管病、肝肾疾病患者。

食用指导

选购 应选择外壳干净、光滑圆润、蛋壳呈青色、摇动有微颤感的咸鸭蛋。

储存 应放入冰箱冷藏，可保鲜半个月。

烹饪 可蒸食、炒食、凉拌、煲汤等。

✔ 相宜食物搭配及功效

黑木耳 —— 银耳

与这些食物同食滋肾补脑

✖ 相克食物搭配及后果

牛肝
有害健康

桑葚
引起胃痛

甲鱼
引起
身体不适

推荐食谱

蛋炒葫芦瓜

【材料】 葫芦瓜250克，咸鸭蛋1个。

【调料】 盐2克，香油少许。

做法

① 葫芦瓜洗净，切块；咸鸭蛋煮熟，剖开，取蛋黄，放碗中捣碎备用。② 炒锅注油烧至七成热，倒入葫芦瓜翻炒至软熟，加入咸蛋黄炒匀。③ 加盐调味，起锅盛盘，淋上香油即可。

功效 补血养颜。

注解

　　咸鸭蛋是经过腌制的鸭蛋。品质优良的咸鸭蛋具有"鲜、细、松、沙、油、香"六大特点，煮后切开断面，黄白分明，蛋白质地细嫩，蛋黄细沙，呈橙黄或朱红色起油，周围有露状油珠，中间无硬心，味道鲜美。咸鸭蛋富含脂肪、蛋白质以及人体所需的各种氨基酸和钙、磷、铁等各种矿物质。而且，咸鸭蛋中含钙量很高，约为鲜鸡蛋的10倍。

松花蛋

别名 皮蛋、变蛋

性 寒 **味** 辛、涩、甘、咸 **归经** 胃经

营养功效

松花蛋较鸭蛋含更多矿物质，脂肪和总热量却稍有下降，它能刺激消化器官，增进食欲，促进营养的消化吸收，中和胃酸，具有润肺、养阴止血、凉肠、止泻、降压之功效。此外，松花蛋还有保护血管的作用。

适宜人群 一般人群。

不宜人群 少儿、脾阳不足、寒湿下痢者、心血管病、肝肾疾病患者。

食用指导

选购 应选择蛋壳完整、呈灰白色、无黑斑、摇动无响声的松花蛋。

储存 应在避光、阴凉、干燥、通风处密封保存。

烹饪 食用松花蛋前将其放入锅中蒸几分钟，可使蛋黄成形，并起到杀菌的作用。食用松花蛋时加入适量的姜末和醋，可以消除松花蛋的碱涩味，减轻其对肠胃的刺激。可凉拌、炒食、煮粥等。

✔ 相宜食物搭配及功效

西蓝花	豆腐	醋 — 青椒

润肺爽喉、清热健胃	养肝明目、清热健胃	开胃消食

✕ 相克食物搭配及后果

甲鱼	李子	红糖	鳝鱼
与这些食物同食产生不良反应			易引起胃部不适

推荐食谱

上汤西洋菜

【材料】 西洋菜400克，红椒50克，熟咸蛋2个，松花蛋2个。

【调料】 盐3克，葱丝10克。

做法

① 西洋菜洗净；熟咸蛋取蛋白切丁，松花蛋去壳，均切成块；红椒洗净，切成块备用。

② 油锅烧热，加入葱丝、红椒稍炒，加入温水、松花蛋、咸蛋，煮至汤色变白。

③ 再加入西洋菜、盐，煮至西洋菜变软即可盛出。

功效 增强免疫力。

牛奶

别名 牛乳

性 **平** 味 **甘** 归经 **心、肺、肾、胃经**

营养功效

牛奶具有补肺养胃、生津润肠之功效；喝牛奶能促进睡眠安稳，泡牛奶浴可以治失眠；牛奶中的碘、锌和卵磷脂能大大提高大脑的工作效率；牛奶中的镁元素会促进心脏和神经系统的耐疲劳性；牛奶能润泽肌肤，经常饮用可使皮肤白皙光滑，增加弹性。

适宜人群 消化道溃疡、病后体虚、黄疸、大便秘结、气血不足、阴虚便秘患者。

不宜人群 胃切除、胆囊炎及胰腺炎、肝硬化、肾衰竭、泌尿系统结石、缺铁性贫血患者。

食用指导

选购 新鲜优质牛奶应有鲜美的乳香味，以乳白色、无杂质、质地均匀为宜。

储存 牛奶买回后应尽快放入冰箱冷藏，以低于7℃为宜。

烹饪 袋装牛奶不要加热饮用。如果高温加热反而会破坏牛奶中的营养成分，牛奶中添加的维生素也会遭到破坏。

✔ 相宜食物搭配及功效

木瓜	火龙果	草莓	鸡蛋
美白护肤、通便	解毒功效	养心安神	增强免疫力

❌ 相克食物搭配及后果

韭菜	巧克力	柑橘	红糖
影响人体对钙的吸收	发生腹泻、头发干枯	发生腹泻、腹胀	加速动脉粥样硬化

豆浆	食醋	米汤	菠萝
影响营养成分的吸收	不易被人体吸收	导致发育缓慢、体弱多病	引起腹泻

健康小贴士

对于肠胃偏寒者，喝冷牛奶后刺激肠道过度蠕动可能引起轻度腹泻，不妨用微波炉或热水把牛奶加热到手感到有些烫的程度再饮用。

推荐食谱

黑芝麻牛奶面

【材料】 素面100克，黑芝麻、牛奶各适量。

【调料】 盐、蜂蜜各少许。

做法

① 黑芝麻洗净沥干，放入热锅中炒熟。盛入臼杵中捣碎，放碗中。② 将牛奶倒入碗中，加盐、蜂蜜调拌匀后滤出芝麻牛奶汁。③ 锅中注水烧开，下入素面煮熟，捞出过凉，放在碗中，再倒上芝麻奶汁即可。

功效 增强免疫力。

酸奶

别名
酸牛奶

性 平　味 甘、酸　归经 心、肺、胃经

✿ 营养功效

酸奶具有生津止渴、补虚开胃、润肠通便、降血脂、抗癌等功效，能调节机体内微生物的平衡；经常喝酸奶可以防治癌症和贫血，并可改善牛皮癣和缓解儿童营养不良；老人每天喝酸奶可矫正由于偏食引起的营养缺乏。

● 适宜人群 身体虚弱、气血不足、肠燥便秘以及患有高胆固醇血症、消化道癌症等病症者。

● 不宜人群 泌尿系统结石、小儿痴呆、重症肝炎及肝性脑病、急性肾炎及肾衰竭、糖尿病酮症酸中毒患者。

食用指导

选购 凝固型酸奶的凝块应均匀细密、无气泡、无杂质，允许有少量乳清析出；搅拌型酸奶应为均匀一致的流体，无分层现象，无杂质。正常的酸奶颜色应是微黄色或乳白色，其含脂量越高颜色越发黄。

储存 应放入冰箱冷藏。

烹饪 可直接饮用，也可搭配小吃、甜品或应季水果食用，还可代替大热量沙拉食用。

✔ 相宜食物搭配及功效

桃子	猕猴桃	草莓	苹果
增加营养价值	促进肠道健康	增加营养价值	开胃消食

✘ 相克食物搭配及后果

花菜	大豆	菠菜	苋菜

破坏酸奶的钙质

推荐食谱

培根奇异果沙拉

【材料】培根5片，奇异果2个，生菜100克。

【调料】酸奶30克，蛋黄沙拉酱10克，酸豆5克。

做法

① 奇异果去皮切片；生菜洗净撕片。② 酸奶、蛋黄沙拉酱、酸豆放小碗中，搅拌均匀成沙拉酱备用。③ 培根洗干净，放入烤箱以120℃烤熟，取出，切小片，排入盘中，加入奇异果、生菜，淋上调好的沙拉酱即可。

功效 排毒瘦身。

奶酪

别名 起司、干酪

性 平　**味** 甘、酸　**归经** 心、肺经

营养功效

　　奶酪能提高人体抵抗疾病的能力，促进新陈代谢，保护眼睛，并可保持肌肤健美；奶酪有利于维持人体肠道内正常菌群的稳定和平衡，防治便秘和腹泻；吃奶酪能大大增加牙齿表层的含钙量，起到抑制龋齿发生的作用。

适宜人群 孕妇、中老年人及青少年。

不宜人群 肥胖者、服用单胺氧化酶抑制剂的人。

食用指导

选购 应选择颜色呈白色、柔软、有弹力的奶酪。

储存 硬质奶酪可在常温下避光储存三至六个月，软质奶酪只能保存 1~3 个星期，应密封放入冰箱冷藏。

烹饪 一般与面包、饼干、糕点等食物搭配食用，也可凉拌或用作火锅调料等。

✓相宜食物搭配及功效

面包	草莓
提供丰富的营养	滋补养血、生津润燥

❌相克食物搭配及后果

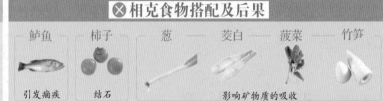

鲈鱼	柿子	葱	茭白	菠菜	竹笋
引发痼疾	结石		影响矿物质的吸收		

推荐食谱

法式起司牛排

【材料】 熟牛排200克，荷兰豆80克，土豆丝、蛋黄、面粉、面包片各适量。

【调料】 盐、白葡萄酒、胡椒粉、奶酪各适量。

做法 ❶ 荷兰豆洗净，去老筋，入沸水锅中焯熟，摆盘；将土豆丝、蛋黄、面粉加盐、白葡萄酒拌匀，入锅煎成蛋饼。❷ 面包片入锅煎至金黄，装盘；奶酪入锅加热至溶化。❸ 熟牛排置面包片上，淋上奶酪，撒上胡椒粉，铺上蛋饼即可。

功效 保肝护肾。

注解

　　就工艺而言，奶酪是发酵的牛奶；就营养而言，奶酪是浓缩的牛奶。奶酪含有丰富的蛋白质、钙、脂肪、磷和维生素等营养成分，是纯天然的食品。

第六章 | 水产类

草鱼

别名
混子、草鲩

性 温　味 甘、无毒　归经 肝、胃经

营养功效

草鱼具有暖胃、平肝、祛风、活痹、截疟、降压、祛痰及轻度镇咳等功能，是温中补虚的养生食品。此外，草鱼对增强体质、延缓衰老有食疗作用。而且，多吃草鱼还可以预防乳腺癌。

适宜人群 冠心病、高血压、高血脂、水肿、肺结核、风湿头痛患者，体虚气弱者。

不宜人群 女子在月经期不宜食用。

食用指导

选购 将草鱼放在水中，游在水底层，且鳃盖起伏均匀在呼吸的为鲜活草鱼。

储存 将鲜活草鱼宰杀洗净放入冰箱内。

烹饪 烹调草鱼时，不放味精，味道也很鲜美；炒制的时间不能过长，用低温炒至肉变白即可。

✔相宜食物搭配及功效

冬瓜	黑木耳	醋	苋菜
祛风、清热、平肝	补虚利尿	营养高	健脾和胃、利水消肿

✖相克食物搭配及后果

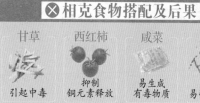

甘草	西红柿	咸菜	荆芥
引起中毒	抑制铜元素释放	易生成有毒物质	易引起中毒

推荐食谱 野山椒蒸草鱼

【材料】草鱼1条，野山椒100克，红椒适量。

【调料】盐3克，味精2克。

做法 ❶野山椒去蒂；红椒切丝。❷草鱼剁成小块，用盐、辣椒面、料酒腌渍入味后装盘。❸将野山椒、剁椒、葱花、葱白段、香菜段、红椒丝撒在鱼肉上，用大火蒸熟，关火后等几分钟再出锅，淋上香油即可。

鲢鱼

别名
鲢、白脚鲢

性 温　味 甘、酸　归经 脾、胃经

营养功效

　　鲢鱼具有健脾、利水、温中、益气、通乳、化湿之功效。另外，鲢鱼的鱼肉中含蛋白质、脂肪酸很丰富，能促进智力发育，对于降低胆固醇和血液黏稠度，预防心脑血管疾病、癌症等具有明显的食疗作用。

适宜人群 脾胃气虚、营养不良、肾炎水肿、小便不利、肝炎患者。

不宜人群 甲亢病人、感冒、发烧、痈疽疔疮、无名肿毒、瘙痒性皮肤病、目赤肿痛、口腔溃疡、大便秘结、红斑狼疮等病症者。

食用指导

选购 选购鲢鱼头时，以头型浑圆者为佳，要选黑鲢鱼头。

储存 将鲢鱼宰杀后洗净，切成块分装在塑料袋里放入冷冻室，要吃时拿出解冻。

烹饪 鲢鱼适用于烧、炖、清蒸、油浸等烹调方法，尤以清蒸、油浸最能体现出鲢鱼清淡、鲜香的特点。

✔ 相宜食物搭配及功效

豆腐	丝瓜	白萝卜	青椒
解毒美容	生血通乳	利水消肿	健脑益智

苹果	赤小豆	猪肉	冬瓜子
治疗腹泻	有利水作用	温中益气、润泽皮肤	暖胃泽肤、下乳

✘ 相克食物搭配及后果

西红柿	甘草	茶	牛油
不利营养的吸收	引起中毒	影响营养吸收	

● 健康小贴士

　　将鱼去鳞剖腹洗净后，放入盆中倒一些黄酒，就能除去鱼的腥味，并能使鱼滋味鲜美。

推荐食谱 剁椒鱼头

【材料】 鲢鱼头1000克，剁椒100克。

【调料】 料酒、鲜汤、盐、鸡精、葱花各适量。

做法 ① 鲢鱼头处理干净起开；剁椒剁细。② 锅上火烧热油，下入鲢鱼头煎至两面变白，盛入盘中。③ 锅中注油烧热，下入剁椒炒香，烹入料酒，再加少许鲜汤、盐和鸡精调味，浇在鲢鱼头上，上笼蒸15分钟至熟，撒上葱花，另起锅烧热油，浇在鲢鱼头上即可。

功效 开胃消食。

鲤鱼

别名
黄鲤、赤鲤

性 平　味 甘　归经 脾、胃、肝、肺经

营养功效

鲤鱼具有健胃、滋补、催乳、利水之功效。男性吃雄性鲤鱼，有健脾益肾、止咳平喘之功效。此外，鲤鱼眼睛有黑发、悦颜、明目效果。鲤鱼的脂肪主要是不饱和脂肪酸，有促进大脑发育的作用，还能很好地降低胆固醇。

适宜人群 食欲低下、工作太累和情绪低落、胎动不安、心脏性水肿、营养不良性水肿、肾炎水肿、咳喘等病症患者。

不宜人群 红斑狼疮、痈疽疔疮、荨麻疹、支气管哮喘、小儿腮腺炎、血栓闭塞性脉管炎、恶性肿瘤、淋巴结核、皮肤湿疹等病症者。

食用指导

选购 鲤鱼体呈纺锤形、青黄色，最好的鱼游在水的下层，呼吸时鳃盖起伏均匀。

储存 在鱼的鼻孔滴一两滴白酒，把鱼放在通气的篮子里，盖一层湿布，两三天内鱼不会死。

烹饪 鲤鱼两侧皮内有一条似白线的筋，在烹制前要把它抽出，这样可去除它的腥味。烹调鲤鱼的方法较多，以红烧、干烧、糖醋为主。

✔ 相宜食物搭配及功效

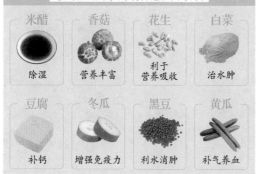

米醋	香菇	花生	白菜
除湿	营养丰富	利于营养吸收	治水肿
豆腐	冬瓜	黑豆	黄瓜
补钙	增强免疫力	利水消肿	补气养血

✘ 相克食物搭配及后果

甘草	咸菜	狗肉	紫苏
易引起中毒	可引起消化道癌肿	易使人上火	妨碍药效发挥
南瓜	毛豆	鸡肉	甜面酱
易中毒	破坏维生素B₁	妨碍营养吸收	引发毒疮

推荐食谱

红烧鲤鱼

【材料】鲤鱼1000克，冬笋片100克，鸡蛋1个。

【调料】盐5克，酱油、葱花、水淀粉、高汤各少许。

做法 ① 鲤鱼处理干净，在鱼身两侧剞上花刀；鸡蛋取蛋黄备用。② 将鲤鱼放在用蛋黄、水淀粉和酱油打成的糊里蘸匀。③ 油锅烧热，下鲤鱼煎至酥黄，加盐、酱油、高汤、冬笋片同煮，以水淀粉勾芡，撒上葱花即可。

鳝鱼

别名
黄鳝、长鱼

性 温　味 甘

营养功效

鳝鱼具有补气养血、去风湿、强筋骨、壮阳等功效，对降低血液中胆固醇的浓度，预防因动脉硬化而引起的心血管疾病有显著的食疗作用，还可用于辅助治疗面部神经麻痹、中耳炎、乳房肿痛等病症。

适宜人群 身体虚弱、气血不足、风湿痹痛、四肢酸痛、高血脂、冠心病、动脉硬化、糖尿病患者。

不宜人群 瘙痒性皮肤病、痼疾宿病、支气管哮喘、淋巴结核、癌症、红斑性狼疮等患者。

食用指导

选购 鳝鱼要挑选大而肥的、体色为灰黄色的活鳝。

储存 鳝鱼最好现杀现烹，不要吃死鳝鱼，特别是不宜食用死了半天以上的鳝鱼。

烹饪 将鳝鱼背朝下铺在砧板上，用刀背从头至尾拍打一遍，这样可使烹调时受热均匀，更易入味。鳝鱼肉紧，拍打时可用力大些。

✔ 相宜食物搭配及功效

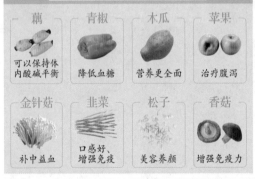

藕	青椒	木瓜	苹果
可以保持体内酸碱平衡	降低血糖	营养更全面	治疗腹泻
金针菇	韭菜	松子	香菇
补中益血	口感好、增强免疫	美容养颜	增强免疫力

✘ 相克食物搭配及后果

南瓜	狗肉	菠菜	葡萄
影响营养的吸收	温热助火	易导致腹泻	影响钙的吸收
狗血	银杏	黄瓜	红枣
助热动火	引起中毒	降低营养	破坏营养

推荐食谱

土茯苓鳝鱼汤

【材料】 鳝鱼、巴西蘑菇各100克，当归、土茯苓、赤芍各10克。

【调料】 盐2小匙，米酒1/2大匙。

做法 ❶鳝鱼处理干净，切小段，用盐腌渍10分钟，再用清水洗净；将其余材料用清水洗净。❷全部材料与适量清水置入锅中，以大火煮沸转小火续煮20分钟，加入盐、米酒拌匀即可。

功效 增强免疫力。

带鱼

别名
牙带鱼、刀鱼

性 温　味 甘　归经 肝、脾经

营养功效

带鱼具有暖胃补虚、泽肤健美、和中开胃、补气养血、强心补肾、乌发、美容养颜、舒筋活血、消炎化痰、止泻、消除疲劳、提精养神、降低胆固醇、保护心血管之功效。

适宜人群 老人、儿童、孕产妇，气短乏力、久病体虚、血虚头晕、营养不良及皮肤干燥者。

不宜人群 有疥疮或湿疹等皮肤病、皮肤过敏、癌症、红斑性狼疮、痈疖疔毒、淋巴结核、支气管哮喘等病症者，肥胖者。

食用指导

选购 应选择鱼体呈银灰色、有光泽、无鱼鳞脱落，眼球饱满、角膜透明，体型宽厚，肌肉坚实的带鱼。

储存 将带鱼洗净、控水，切成小段，再抹少许盐后放入冰箱冷冻。

烹饪 带鱼身上的腥味较大，可将其放入碱水中泡一下，再用水清洗，可祛除腥味。可煎炸、红烧等。

✔相宜食物搭配及功效

豆腐	苦瓜	木瓜	香菇
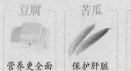			
营养更全面	保护肝脏	补气养血	促进消化

✕相克食物搭配及后果

菠菜	南瓜	牛油	甘草

不利营养的吸收	引起中毒	破坏营养	易引起中毒

推荐食谱

盘龙带鱼

【材料】 带鱼500克。

【调料】 盐、胡椒粉、料酒、蒜片、干红椒各适量。

做法 ❶带鱼处理干净，切连刀块，加盐、胡椒粉、料酒腌渍，盘入盘中；干红椒洗净，切段。❷油锅烧热，入蒜片、干红椒段炒香，起锅淋在鱼身上。❸将带鱼入锅蒸熟即可。

功效 排毒瘦身。

注解

带鱼与大、小黄鱼以及乌贼合称为中国的四大海产，带鱼富含脂肪、蛋白质、维生素和脂肪酸、磷、钙、铁、碘等多种营养成分。

青鱼

别名 乌青鱼、青根鱼

性 平　味 甘　归经 脾、胃经

营养功效

青鱼具有补气、健脾、养胃、化湿、祛风、利水等功效，对脚气湿痹、烦闷、疟疾、血淋等症有较好的食疗作用。由于青鱼还含丰富的硒、碘等微量元素，故有抗衰老、防癌作用。

适宜人群 水肿、肝炎、肾炎、脚气、脾胃虚弱、气血不足、营养不良、高脂血症、高胆固醇血症、动脉硬化等病症者

不宜人群 癌症、红斑性狼疮、淋巴结核、皮肤湿疹、疥疮瘙痒等病症者。

食用指导

选购 要选择眼球饱满突出，角膜透明，眼面发亮，鳃盖紧闭，不易打开，鳃片鲜红，鳃丝清晰的青鱼。

储存 将其处理干净后应放入冰箱冷冻并尽快食用。

烹饪 将青鱼去鳞、剖腹、洗净后，放入黄酒、牛奶或淡盐水中浸泡一会儿，既可除腥，又能增加鲜味。可烧食、煎食、烤食、蒸食等。

✔ 相宜食物搭配及功效

银耳	韭菜	苹果	冬笋
滋补身体	治疗脚气	治疗腹泻	增强免疫力

✕ 相克食物搭配及后果

李子	西红柿	咸菜	白术

引起身体不适	不利营养成分的吸收	引起消化道癌肿	易引起中毒

推荐食谱

红烧青鱼

【材料】 青鱼1条，蒜薹。

【调料】 干辣椒、豆豉酱、姜、葱、油、盐、白糖、鸡精各适量。

做法 ① 将油倒入锅中烧热，放入姜片、葱段、豆豉酱、干辣椒、白糖爆香，加水和盐用大火烧开。② 放入青鱼，转中火至汤汁收干后加入蒜薹、鸡精，翻炒几下即可。

功效 补肾壮阳，温中补虚。

注解

青鱼富含蛋白质、脂肪、灰分、钙、磷、铁、维生素 B_1、维生素 B_2、烟酸等，还含丰富的硒、碘等微量元素。

鱿鱼

别名
柔鱼、枪乌贼

性 温 **味** 甘 **归经** 脾、胃、肺经

营养功效

鱿鱼具有补虚养气、滋阴养颜等功效，可降低血液中胆固醇的浓度、调节血压、保护神经纤维、活化细胞，对预防血管硬化、胆结石的形成、补充脑力等有一定的食疗功效。

适宜人群 骨质疏松、缺铁性贫血、月经不调、减肥者。

不宜人群 内分泌失调、甲亢、皮肤病、脾胃虚寒、过敏性体质患者。

食用指导

选购 优质鱿鱼体形完整，呈粉红色，有光泽，体表略现白霜，肉肥厚，半透明，背部不红。

储存 鱿鱼应放在干燥通风处，一旦受潮应立即晒干，否则易生虫、霉变。

烹饪 食用新鲜鱿鱼时一定要去除内脏，因为其内脏中含有大量的胆固醇。鱿鱼须煮熟透后再食，因为鲜鱿鱼中有多肽，若未煮透就食用，会导致肠运动失调。

✔ 相宜食物搭配及功效

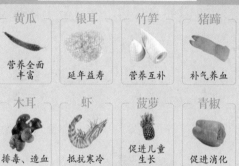

黄瓜	银耳	竹笋	猪蹄
营养全面丰富	延年益寿	营养互补	补气养血

木耳	虾	菠萝	青椒
排毒、造血	抵抗寒冷	促进儿童生长	促进消化

✕ 相克食物搭配及后果

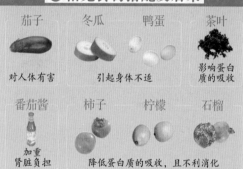

茄子	冬瓜	鸭蛋	茶叶
对人体有害	引起身体不适		影响蛋白质的吸收

番茄酱	柿子	柠檬	石榴
加重肾脏负担	降低蛋白质的吸收，且不利消化		

推荐食谱

青椒鱿鱼丝

【材料】鱿鱼300克，青、红椒丝各适量。

【调料】盐、鸡精、料酒、酱油、香油、蒜末、花椒油各适量。

做法 ❶鱿鱼治净，切丝；将盐、鸡精、酱油和花椒油调成味汁。❷锅内加清水和料酒烧沸，分别将鱿鱼丝和青、红椒丝氽至断生，捞出淋入香油，冷却后加味汁拌匀，撒上蒜末装盘即成。

功效 开胃消食。

鳗鱼

别名
白鳝、河鳗

性 平 味 甘

营养功效

鳗鱼具有补虚壮阳、除风湿、强筋骨、调节血糖等功效，对结核发热、赤白带下、性功能减退、糖尿病、虚劳阳痿、风湿痹痛、筋骨软弱等病症均有食疗效果。

适宜人群 夜盲症、久病虚弱、贫血、肺结核患者。

不宜人群 患慢性病、水产品过敏、脾肾虚弱、痰多、风寒感冒发热、孕妇及高脂血症和肥胖、支气管哮喘等病症者。

食用指导

选购 鳗鱼应挑选表皮柔软、肉质细嫩、无异味的，每千克四五尾，外观略带蓝色、无伤痕的。

储存 鳗鱼若处于冷藏状态，一般只可保存7天。

烹饪 烹调鳗鱼的方法多为"蒲烧"，就是用酱油、胡椒、味精、糖和酒等将鳗鱼肉腌好后，放在平底锅或铁板、铁丝网上烤熟。食用时，还要在烤好的鳗鱼上撒一点花椒，味道更好。

✔ 相宜食物搭配及功效

山药	马蹄	黄酒	黑木耳
治虚劳体弱	治夜盲症	补肺、强身	补气养血

✘ 相克食物搭配及后果

银杏	牛肝	荞麦	梅子
不利身体健康	产生不利人体的化学反应	不易消化	中毒、腹泻

推荐食谱

蒲烧鳗鱼饭

【材料】蒲烧鳗200克，大米300克。

【调料】盐、酱油、醋、葱末、姜末各适量。

做法 ❶ 鳗鱼宰杀洗净，切长段；大米洗净，置于蒸锅上蒸熟后装盘备用。❷ 炒锅置于火上，注油烧热，放入葱末、姜末炒香，再放入鳗鱼、剩余调味料煸炒至熟。❸ 将鳗鱼放在米饭上，浇上汤汁即可。

功效 降低血压。

注解

鳗鱼在深海中产卵繁殖，在淡水环境中成长。其性情凶猛，贪食、好动、昼伏夜出，具有趋光性强、喜流水、好温暖和穴居等特点。鳗鱼具有很强的溯水能力，也能入洞潜逃。

鲫鱼

别名
鲋鱼

性 温　味 甘　归经 脾、胃、大肠经

营养功效

鲫鱼可补阴血、通血脉、补体虚，还有益气健脾、利水消肿、清热解毒、通络下乳、祛风湿病痛之功效。鲫鱼肉中富含极高的蛋白质，而且易于被人体所吸收，氨基酸含量也很高，所以对促进智力发育、降低胆固醇和血液黏稠度、预防心脑血管疾病有明显作用。

适宜人群 肝硬化腹水、孕妇产后乳汁缺少以及脾胃虚弱、饮食不香、小儿麻疹初期、痔疮出血、慢性久痢等病症者。

不宜人群 感冒者、高脂血症患者。

食用指导

选购 鲫鱼要买身体扁平颜色偏白的，肉质会很嫩。新鲜鱼的眼略凸，眼球黑白分明，眼面发亮。

储存 用浸湿的纸贴在鱼眼上，防止鱼视神经后的死亡腺离水后断掉，从而延长鱼的寿命。

烹饪 在熬鲫鱼汤时，可以先用油煎一下，再用开水小火慢熬，鱼肉中的嘌呤就会逐渐溶解到汤里，整个汤呈现出乳白色，味道更鲜美。

✓ 相宜食物搭配及功效

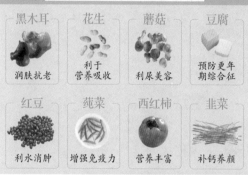

黑木耳	花生	蘑菇	豆腐
润肤抗老	利于营养吸收	利尿美容	预防更年期综合征

红豆	莼菜	西红柿	韭菜
利水消肿	增强免疫力	营养丰富	补钙养颜

✗ 相克食物搭配及后果

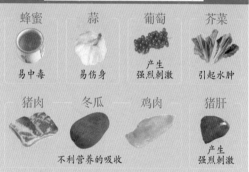

蜂蜜	蒜	葡萄	芥菜
易中毒	易伤身	产生强烈刺激	引起水肿

猪肉	冬瓜	鸡肉	猪肝
不利营养的吸收			产生强烈刺激

推荐食谱 干烧鲫鱼

【材料】鲫鱼300克，干辣椒30克，葱5克，姜6克。

【调料】盐5克，味精3克，料酒4克。

做法 ❶ 鲫鱼宰杀，去鳞，去内脏，洗净；干辣椒洗净，切段；姜、葱洗净切末。❷ 锅中加油烧热，下入鲫鱼炸至两面金黄色。❸ 将姜末、葱末、干辣椒段在油锅中爆香，再下入水、鲫鱼、盐、味精、料酒烧至入味即可。

功效 增强免疫力。

甲鱼

别名
团鱼、王八

性 平　味 甘　归经 肝经

营养功效

甲鱼具有益气补虚、滋阴壮阳、益肾健体、净血散结等功效，对降低血胆固醇治疗，高血压、冠心病具有一定的辅助疗效。此外，甲鱼肉及其提取物还能提高人体的免疫功能，对预防和抑制胃癌、肝癌、急性淋巴性白血病和防治因放射治疗、化学疗法引起的贫血、虚弱、白细胞减少等症功效显著。

适宜人群 腹泻、疟疾、痨热、肺结核有低热、崩漏带下等症患者。

不宜人群 孕妇、产后泄泻、脾胃阳虚、失眠者。

食用指导

选购 甲鱼要选背部呈橄榄色，上有黑斑，腹部为乳白色的。

储存 可以将甲鱼养在冰箱冷藏室的果盘盒内，既可以防止蚊子叮咬，又可延长甲鱼的存活时间。

烹饪 杀甲鱼时，可将它的胆囊取出，将胆汁与水混合，再涂于甲鱼全身，稍等片刻，用清水把胆汁洗掉，就可除去腥味然后烹调。

✔ 相宜食物搭配及功效

大米	山药	乌鸡	蜂蜜
缓解阴虚痨热	补脾胃、滋肝肾	治更年期综合征	保护心脏

枸杞	生姜	冬瓜	川贝母
补肾强精、延年益寿	滋阴补肾、填精补髓	减肥	滋阴润肺

✗ 相克食物搭配及后果

猪肉	柑橘	鳝鱼	鸡蛋
引起腹痛	影响蛋白质吸收	影响胎儿健康	对人体不利

咸菜	芥菜	柿饼	桃子
不利消化	生恶疮	消化不良	引起身体不适

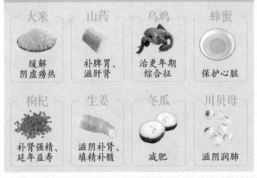

推荐食谱

虫草红枣炖甲鱼

【材料】甲鱼1只，冬虫夏草5枚，红枣10颗。

【调料】料酒、盐、葱、姜片、蒜瓣、鸡汤各适量。

做法 ❶甲鱼处理干净切块；冬虫夏草洗净；红枣泡发。❷将块状的甲鱼放入锅内煮沸，捞出备用。❸甲鱼放入砂锅中，上放虫草、红枣，加料酒、盐、葱、姜、蒜、鸡汤炖2小时，拣去葱、姜即成。

功效 补血养颜。

虾

别名 长须公、虎头公

性 温 **味** 甘、咸 **归经** 脾、肾经

🐚 营养功效

虾具有补肾、壮阳、通乳之功效，属强壮补精食品。可治阳痿体倦、腰痛、腿软、筋骨疼痛、失眠不寐、产后乳少以及丹毒、痈疽等症；所含有的微量元素硒能有效预防癌症。

适宜人群 肾虚阳痿、男性不育症者，腰脚虚弱无力、小儿麻疹、水痘、中老年人缺钙所致的小腿抽筋等病症者及孕妇。

不宜人群 高脂血症、动脉硬化、心血管疾病、皮肤疥癣、急性炎症、面部痤疮、过敏性鼻炎、支气管哮喘等病症者及老人。

食用指导

选购 新鲜的虾体形完整，呈青绿色，外壳硬实、发亮，头、体紧紧相连，肉质细嫩，有弹性、有光泽。

储存 将虾的沙肠挑出，剥除虾壳，然后洒上少许酒，控干水分，再放进冰箱冷冻。将虾的沙肠挑出，剥除虾壳，然后洒上少许酒，控干水分，再放进冰箱冷冻。

烹饪 烹调虾之前，先用泡桂皮的沸水把虾冲烫一下，味道会更鲜美。煮虾的时候滴少许醋，可让煮熟的虾壳颜色鲜红亮丽，吃的时候，壳和肉也容易分离。

✅ 相宜食物搭配及功效

燕麦	韭菜花	白菜	葱
有利牛磺酸的合成	治夜盲、干眼、便秘	增强机体免疫力	益气、下乳
香菜	豆苗	枸杞子	豆腐
补脾益气	增强体质、促进食欲	补肾壮阳	利于消化

❌ 相克食物搭配及后果

西瓜	猪肉	南瓜	西红柿
降低免疫力	耗人阴精	引发痢疾	生成有毒物质
猕猴桃	百合	花菜	浓茶
对人体不利	降低营养	引起中毒	引起结石

推荐食谱 香辣盆盆虾

【材料】虾300克。

【调料】盐3克，蒜5克，醋、红油各适量。

做法 ❶虾洗净备用；蒜切末。❷锅下油烧热，下蒜末爆香，再放入虾，将虾炸至表皮呈金黄色时，调入盐、醋炒匀，加适量清水，倒入红油，将虾煮熟出锅即可。

螃蟹

别名
梭子蟹、青蟹

性 **寒** 味 **咸** 归经 **肝、胃经**

营养功效

蟹肉具有舒筋益气、理胃消食、通经络、散诸热、清热、滋阴之功，对跌打损伤、筋伤骨折、过敏性皮炎有食疗作用。此外，蟹肉对于高血压、动脉硬化、脑血栓、高血脂及各种癌症有较好的食疗效果。

适宜人群 跌打损伤、筋断骨碎、瘀血肿痛、产妇胎盘残留、减肥者。

不宜人群 患伤风、发热、胃痛以及腹泻、慢性胃炎、胃及十二指肠溃疡、脾胃虚寒等病症者。

食用指导

选购 要挑选壳硬、发青、蟹肢完整、有活力的螃蟹。也可以用手捏螃蟹脚，螃蟹脚越硬越好。

储存 把螃蟹放在盆、缸等容器中，在容器底部铺一层泥，再放些芝麻或打散的鸡蛋，放在阴凉处。

烹饪 螃蟹体内常有沙门菌，烹制时一定要彻底加热，否则易导致急性胃肠炎或食物中毒，甚至危及人的生命。在煮食螃蟹时，宜加入一些紫苏叶、鲜生姜，以解蟹毒，减其寒性。

✔ 相宜食物搭配及功效

冬瓜	大蒜	鸡蛋	糯米
养精益气	精益气、解毒	补充蛋白质	治水肿、催乳

芦笋	鸽肉	香芹
补虚消食、提高免疫力	补虚消食、提高免疫力	清热解毒

✘ 相克食物搭配及后果

香瓜	土豆	梨	石榴

导致腹泻	形成结石	损肠胃	导致呕吐、恶心、腹痛

柑橘	猕猴桃	泥鳅	蜂蜜
导致痰凝、气滞	引发中毒		刺激肠胃而引起腹泻

推荐食谱 香辣蟹

【材料】 肉蟹500克。

【调料】 葱段、姜片、盐、白糖、白酒、干辣椒、料酒、醋、花椒、鸡精各适量。

做法 ❶ 将肉蟹放在器皿中，加入适量白酒略腌，蟹醉后治净，切成块。❷ 锅中注油烧至三成热，下入花椒、干辣椒炒出麻辣香味。❸ 再放入姜片、葱段、蟹块、料酒、醋、鸡精、白糖和盐翻炒均匀，剔除调料捞出蟹块即可。

功效 增强免疫力。

田螺

别名
黄螺、田中螺

性 寒　味 甘　归经 脾、胃、肝、大肠经

营养功效

田螺肉无毒，可入药，具有清热、明目、解暑、止渴、醒酒、利尿、通淋等功效，主治细菌性痢疾、风湿性关节炎、肾炎水肿、疔疮肿痛、尿赤热痛、尿闭、痔疮、黄疸、佝偻病、脱肛、狐臭、胃痛、胃酸、小儿湿疹、妊娠水肿、妇女子宫下垂等多种疾病。

适宜人群 患肥胖症、高脂血症、冠心病、动脉硬化、排尿不通、痔疮便血、脚气、风热目赤肿痛等病症者以及醉酒之人。

不宜人群 脾胃虚寒、风寒感冒、便溏腹泻、胃寒病等病症者、产妇及经期中的女性。

食用指导

选购 应选个大、体圆、壳薄、掩盖完整收缩的。挑选时用小指尖往掩盖上轻轻压一下，有弹性的就是活螺。

储存 漂洗过的田螺先放到锅中煮熟，而后装入贮藏箱，用保鲜膜密封，放入冰箱冷藏。

烹饪 食用螺类应该烧煮10分钟以上，以防止病菌和寄生虫感染。只有螺口上部很小的部分是可食用的螺肉，应丢掉下部的五脏。

✔ 相宜食物搭配及功效

白菜	葱	葡萄酒	蒜
补肝肾、清热毒	清热解酒	除湿解毒、清热利水	清热解毒、利尿
金针菇	辣椒	盐	
补肝明目、营养丰富	益气除湿、清热开胃	通利小便	

✖ 相克食物搭配及后果

枸杞 	柿子	猪肉	黑木耳
降低营养	影响消化	伤肠胃	引起不良反应
牛肉	香瓜	木瓜	蚕豆
引起腹胀	与这些食物同食引发腹痛		

推荐食谱

渝香田螺

【材料】 田螺肉、酸豆角各400克，青椒、红椒、泡椒各50克。

【调料】 盐、料酒、葱花、蒜片各适量。

做法 ① 田螺肉处理干净；酸豆角、泡椒用水冲洗，切小段；青椒、红椒洗净，切丁。

② 油锅烧热，放田螺，加盐炒出水，捞出；另起油锅，放泡椒、蒜片煸炒，倒酸豆角、田螺和青、红椒炒至熟，放料酒、葱花炒匀即可。

蛤蜊

别名
文蛤、沙蛤

性 寒 味 咸

营养功效

蛤蜊有滋阴、软坚、化痰的作用，可滋阴润燥，能用于五脏阴虚消渴、纳汗、干咳、失眠、目干等病症的调理和治疗，对淋巴结肿大、甲状腺肿大也有较好疗效。蛤蜊含蛋白质多而含脂肪少，适合血脂偏高或高胆固醇血症者食用。

适宜人群 体质虚弱、营养不良、阴虚盗汗、肺结核咳嗽咯血、高脂血症、冠心病、动脉硬化、瘿瘤瘰疬、淋巴结肿大者。

不宜人群 受凉感冒、体质阳虚、脾胃虚寒、腹泻便溏、寒性胃痛腹痛等病症患者以及经期中的女性和产妇。

食用指导

选购 检查一下蛤蜊的壳，要选壳紧闭的，否则有可能是死蛤蜊。

储存 蛤蜊放置盆中，倒上适量清水喂养可保存一段时间。

烹饪 只要在冷水中放入蛤蜊，以中小火煮至蛤蜊壳微微张开，且汤汁略为泛白时，蛤蜊的鲜味就完全出来了。

✓ 相宜食物搭配及功效

豆腐	绿豆芽	韭菜	槐花
补气养血、美容养颜	清热解暑、利水消肿	补肾降糖	治鼻出血、牙龈出血

✗ 相克食物搭配及后果

马蹄	田螺	高粱米	大豆
降低营养价值	引起麻痹性中毒	破坏维生素B1	

推荐食谱

芹菜炒蛤蜊肉

【材料】芹菜90克，蛤蜊150克，辣椒2个。

【调料】盐5克，鸡精3克，生姜少许。

做法 ①将芹菜洗净，切段；蛤蜊洗净，入沸水中煮至开壳，捞出取肉；生姜洗净，捣烂；辣椒洗净切块。②芹菜入开水锅中焯后捞出，沥干水分待用。③起油锅，放入生姜、蛤蜊肉炒熟，再放入芹菜、辣椒块微炒，用盐、鸡精调味即可。

注解

蛤蜊是海中蛤类食物的统称，有文蛤、海蛤、青蛤、沙蛤、沙蜊、吹潮等不同种类。在中国沿海各地均有，其肉可食，味鲜美，营养丰富。蛤蜊富含蛋白质、脂肪、碳水化合物以及碘、钙、磷、铁等多种矿物质和多种维生素，而蛤壳中则含碳酸钙、磷酸钙、碘、溴盐等。

海带

别名
昆布、海草

性 寒　味 咸　归经 肝、肾经

营养功效

海带具有化痰软坚、清热利水、止咳平喘、理气润肠、利尿消肿、降低血脂、降低血压、散结抗癌之功效。另外，海带没有热量，对于预防肥胖症颇为有益。

适宜人群 癌症、高血压、冠心病、糖尿病、动脉硬化、肝硬化腹水、急性肾衰竭、脑水肿、甲状腺肿、淋巴结核、肥胖症、睾丸肿痛、便秘、老年慢性支气管炎、夜盲症、佝偻病、软骨病、骨质疏松症、气血不足、神经衰弱、营养不良性贫血、铅中毒、头发稀疏等病症患者。

不宜人群 甲亢、脾虚胃寒等病症患者以及孕妇、哺乳期妇女。

食用指导

选购 干海带应选择叶片较大、叶柄厚实、干燥、无杂物、无霉变、不黏手者；水发海带应选择质地厚实、形状宽长、呈黑褐色或深绿色、干净整齐、边缘无碎裂或黄化现象者。

储存 应放于冰箱冷藏并尽快食用。

烹饪 将干海带隔水蒸半小时左右，取出洗净用清水浸泡一夜，这样可使海带又脆又嫩。可凉拌、炒食、煮食、煲汤等。

✔ 相宜食物搭配及功效

紫菜	豆腐	生菜	猴头菇
软坚化痰、利尿消肿	维持人体碘平衡	利尿减肥	祛痰祛热、抗癌

✘ 相克食物搭配及后果

白酒	咖啡	薏米	莲藕
消化不良、腹胀	降低对铁的吸收	降低维生素E的吸收	影响矿物质的吸收

推荐食谱

爽口海带茎

【材料】水发海带茎200克，红椒4克。

【调料】盐、味精、蚝油、生抽、葱各少许。

做法

❶ 水发海带茎洗净，切成小段，放入加盐的开水中焯熟。

❷ 红椒洗净，切成圈；葱洗净，切成末。

❸ 盐、味精、蚝油、生抽调匀，淋在水发海带茎上，撒上红椒圈、葱花即可。

功效 防癌抗癌。

紫菜

别名
紫英、索菜

性 寒　味 甘、咸　归经 肺经

营养功效

紫菜具有清肺热、软坚化痰、利尿、补肾养心、降低胆固醇、对抗肿瘤等功效。紫菜中含有较多的碘，可以治大脖子病，又可以使头发润泽。紫菜中含有丰富的钙、铁元素，可使儿童、老年人的骨骼、牙齿得到保健。

适宜人群 高血压、动脉硬化、甲状腺肿、淋巴结肿大、淋病、水肿、支气管扩张、慢性支气管炎、咳嗽、吐黄臭痰、各类恶性肿瘤、乳腺小叶增生、脚气病、白发、脱发、头皮屑增多、肺病初期、心血管病、胃溃疡病、夜盲症、阳痿等病症患者。

不宜人群 甲状腺功能亢进、急性肾炎、肾衰竭、肝性脑病、关节炎、结石、痛风、遗尿、脾胃虚寒、腹痛便溏、消化功能不佳等病症患者。

食用指导

选购 应选择表面光滑、有光泽、色泽紫红、无泥沙、无杂质、干燥的紫菜。

储存 应放置在低温、干燥、通风处储存。

烹饪 可凉拌、炒食、煮食、熬汤、研末、入馅等。

✔相宜食物搭配及功效

大头菜	虾皮	蜂蜜	萝卜
清心开胃、清热解毒	养心除烦、软坚利咽	清热解毒、养心健胃	清热化痰、止咳

✖相克食物搭配及后果

菜花	牛奶	绿豆	酒类
影响钙的吸收	上吐下泻	消化不良、结石	痛风

推荐食谱

蛋花西红柿紫菜汤

【材料】 紫菜100克，西红柿50克，鸡蛋50克。

【调料】 盐3克。

做法 ❶紫菜泡发，洗净；西红柿洗净，切块；鸡蛋打散。❷锅置于火上，加入植物油，注水烧至沸时，放入紫菜、鸡蛋、西红柿。❸再煮至沸时，加盐调味即可。

功效 增强免疫力。

海参

别名
刺参、海鼠

性 温　味 甘、咸　归经 肾经

营养功效

海参具有补肾益精、滋阴润燥、养血止血、养颜乌发、促进钙质吸收、调节血糖和血脂、抗癌、提高记忆力和人体免疫力等作用。

适宜人群 高血压、高脂血症、冠心病、动脉硬化、糖尿病、血友病、肝炎、肾炎、气血不足、营养不良、病后产后体虚、肾阳不足、阳痿遗精、小便频数、年老体弱、虚劳羸弱等病症患者。

不宜人群 痛风、感冒、咳痰、气喘、急性肠炎、菌痢、大便溏薄等病症患者。

食用指导

选购 应选择呈黑褐色、鲜亮、半透明状、内外膨胀均匀呈圆形状、肉质厚、体型大、内部无硬心、肉刺完整且排列均匀、有弹性、鲜美味道、表面略干的海参。

储存 鲜品应加冷水和冰块放入冰箱冷藏，每天换水加冰一次，应尽快食用，最多可保存三日；干品应放置在干燥、阴凉、通风处密封保存，也可放入冰箱冷藏。

烹饪 泡发海参时，先将其用水浸泡一天，捞出放入保温瓶，倒入热水，盖上瓶盖再浸泡一天即可。可红烧、清蒸等。

✔ 相宜食物搭配及功效

豆腐	黑木耳	鸭肉	鸡肉
补肾益气、润燥	滋阴养血、润燥滑肠	补虚润燥、滋养五脏	益气润燥、补血益精

✘ 相克食物搭配及后果

酒类	柿子	绿豆	竹笋
痛风	消化不良、结石	降低营养、消化不良	消化不良、结石

推荐食谱

鸽蛋扒海参

【材料】 水发海参、去壳熟鸽蛋、上海青各80克。

【调料】 清鸡汤、绍酒、酱油，盐、水淀粉适量。

做法 ❶海参、上海青均洗净，入盐开水中焯水捞出。❷油烧热，放海参，加清鸡汤、绍酒、酱油、盐、水淀粉勾芡后装盘；再热油锅，下入鸽蛋炸金色，与上海青围放在海参周围即成。

功效 增强免疫力。

鲍鱼

别名
鳆鱼、镜面鱼

性 平　味 甘、咸

营养功效

鲍鱼具有调经止痛、清热润燥、利肠通便、滋阴养血、固肾益精、平肝明目、美容养颜、抗癌等功效。鲍鱼的贝壳也是一味中药，名为石决明，具有清肝、明目、治疗高血压和目赤肿痛等功效。

适宜人群 癌症、高血压、糖尿病、更年期综合征、甲状腺亢进、夜尿频、气虚哮喘、肝肾阴虚、骨蒸劳热、咳嗽、视物昏暗、精神涣散等病症患者。

不宜人群 痛风、尿酸高、感冒、发热、阴虚喉痛、顽癣瘤疾等病症患者。

食用指导

选购 鲜鲍鱼以形状似元宝、边缘有密密麻麻的水泡粒状肌肉、闻之有浓浓的独特香味者为佳。鲍鱼干以质地干燥、呈卵圆形元宝状、边上有花带一环、体形完整、无杂质、味淡者为上品。

储存 鲜鲍鱼在盐水中可存活两天；死鲍鱼应尽快去壳并放入冰箱保存；干鲍鱼应在通风、阴凉处风干，密封存放于阴凉、干燥处或放入冰箱冷藏。

烹饪 鲜鲍鱼的处理：将刀片插入外壳与肉之间，至肉松出后，将刀片移去即可。可清蒸、红烧、煮食等。

✔ 相宜食物搭配及功效

豆豉	萝卜	香菇	乌鸡
开胃消食、抗癌	滋阴清热、平肝滋阳	通便、抗癌	滋阴养血、补肾益肝

✘ 相克食物搭配及后果

冬瓜	牛肝	鸡肉	羊肉
脱水	身体不适	消化不良	腹痛、腹胀

推荐食谱

虫草海马汤

【材料】 新鲜大鲍鱼1个、鸡肉500克、猪瘦肉200克、金华火腿30克、生姜2片、花雕酒3克、食盐2克、鸡精粉2克、味精3克、浓缩鸡汁2克。

【调料】 冬虫夏草2克、海马4只。

做法 ①将海马洗净，用瓦煲煸去异味；鸡肉洗净剁成块；猪瘦肉切成大粒；金华火腿切成粒。将切好的材料过水去掉杂质。②把所有的材料放入炖盅，放入锅中隔水炖4小时后，放入调味料调味即成。

第七章 饮品调料类

豆浆

别名 豆腐浆

性 平　味 甘　归经 心、脾、肾经

营养功效

豆浆具有清火润肠、降脂降糖、化痰补虚、防病抗癌、增强免疫力等功效，常饮鲜豆浆对高血压、糖尿病、冠心病、慢性支气管炎、便秘、动脉硬化及骨质疏松等患者大有益处。

适宜人群 一般人均宜食用。尤其是中老年体质虚弱、营养不良者宜经常食用。

不宜人群 胃寒、腹泻、腹胀、慢性肠炎、夜尿频多、遗精患者忌食。

食用指导

选购 好豆浆应有股浓浓的豆香味，浓度高，略凉时表面有一层油皮，口感爽滑。

储存 豆浆不能放在保温瓶里存放，否则会滋生细菌，使豆浆里的蛋白质变质，影响人体健康。

烹饪 豆浆煮沸后要再煮几分钟，当豆浆加热到80℃左右时皂毒素受热膨胀，会形成假沸，产生泡沫，只有加热到90℃以上才能破坏皂毒素。

✔ 相宜食物搭配及功效

花生
润肤、补虚

核桃 —— 胡萝卜 —— 白糖
增强免疫力

✘ 相克食物搭配及后果

红糖
破坏营养成分

鸡蛋
降低营养价值

绿豆 —— 茶
营养流失、有害健康

推荐食谱

百合红豆豆浆

【材料】 饮用水200毫升，百合、红豆适量。

做法 ❶ 将红豆提前泡4~8小时。❷ 将泡好的红豆放入高压锅中，加入清水没过红豆1厘米，大火煮开，上汽后再煮5分钟。❸ 将煮好的豆子和红豆水、百合一起放入榨汁机榨汁。

柠檬汁

别名
益母果汁

性 温　味 酸　归经 肺、胃、大肠经

营养功效

柠檬汁具有止咳化痰、生津健脾、改善人体血液循环、降低胆固醇、预防心血管疾病、增强免疫力等功效。此外，柠檬汁还有祛斑美肤的功效，经常食用可令肌肤细腻光洁。

适宜人群 感冒、贫血、高血压、骨质疏松、肾结石患者。

不宜人群 胃溃疡、胃酸分泌过多，患有龋齿者和糖尿病患者。

食用指导

储存 应放置在干燥、阴凉、低温、通风处储存，或放入冰箱冷藏。

烹饪 直接饮用，或参与制成各种饮品、甜点或菜肴。

✔相宜食物搭配及功效

蜂蜜
消暑解渴、润肠通便

冰糖
嫩白皮肤

✘相克食物搭配及后果

冰块
破坏柠檬汁的营养成分

牛奶
影响消化吸收，引起腹痛、腹泻

螃蟹　虾
腹痛呕吐

推荐食谱

胡萝卜香蕉柠檬汁

【材料】 胡萝卜1根，柠檬2片，香蕉1根，饮用水200毫升。

做法

① 将胡萝卜洗净去皮，切块；剥去香蕉的皮和果肉上的果络，切块；将柠檬洗净切块。

② 将准备好的胡萝卜、香蕉、柠檬和饮用水一起放入榨汁机榨汁。

功效 补充营养，增强抵抗力。

注解

柠檬汁是新鲜柠檬榨取的汁液，其味极酸，并伴有淡淡的苦味和清香味。柠檬汁为常用饮品，亦是上等调味品，常用于西式菜肴和面点的制作。柠檬汁富含维生素 B1、维生素 B2、烟酸、维生素 C、糖类、钙、磷、铁、钾等营养成分。

黄酒

别名
乌豆、黑大豆

性 温 味 甘、酸 归经 肺、胃、大肠经

营养功效

黄酒具有舒筋活血、延年益寿、增加速胃肠吸收、抗衰老、美容等功能。黄酒烫热喝，具有祛寒祛湿之功效，能有效治疗腰背痛、手足麻木、风湿性关节炎及跌打损伤。

适宜人群 健康成年人可以直接饮用，较适宜老年人和女性。

不宜人群 儿童及孕妇。

食用指导

选购 应选择酒液呈黄褐色或红褐色、清亮透明、无沉淀或稍有少量沉淀的黄酒。

储存 应放置在干燥、避光、低温、通风处储存。

烹饪 将黄酒加热饮用，不仅可以去除其含有的微量有害物质，还能够使黄酒更好地发挥其祛寒祛湿、舒筋活血、延年益寿之功效。可直接饮用，也可加热后饮用，还可作为制成各种菜肴的调料。

✔ 相宜食物搭配及功效

核桃仁	乌梅	虾	山药	荔枝	螃蟹	田螺	鳗鱼
补肾安神	养阴生津、润肺护肝	补肾活血、通乳	滋肾活血、强身健体	补血活血、散寒、治疗感冒	舒筋活络、滋阴美容	清热利尿、解渴	补虚润肺、强身

推荐食谱

周庄酥排

【材料】排骨600克，排骨酱、蚕豆酱各5克。

【调料】葱3克，姜5克，糖10克，胡椒粉、桂皮少许。

做法 ❶将排骨洗净，斩成5厘米长的段；葱、姜洗净，切末。❷用净水将排骨的血水泡净，沥干后加盐、葱姜、糖、胡椒粉、桂皮拌均匀。❸然后将排骨上蒸锅蒸1小时15分钟即可。

注解

黄酒多用糯米或黄米等原料制成。黄酒的营养价值超过了啤酒和营养丰富的葡萄酒。黄酒中除含有乙醇和水等主要成分之外，还富含8种人体不能合成的氨基酸、乳酸、葡萄糖、麦芽糖、琥珀酸、少量醛、多种维生素以及钙、硒等常量和微量元素，所以，有人又将黄酒称之为"液体蛋糕"。

白酒

别名
烧酒、白干儿

性 温　味 甘、辛　归经 心、肝、肺、胃经

营养功效

白酒具有散寒气、助药力、活血通脉、消除疲劳，御寒提神之功效。适量饮酒能够降低心血管疾病和某些癌症的发生概率。饮用少量白酒特别是低度白酒可以扩张小血管、促进血液循环、延缓胆固醇等脂质在血管壁的沉积。

适宜人群 风寒湿性关节炎者。

不宜人群 高血压病、高血脂、痛风、血管硬化、冠心病、心动过速、癌症、肝炎、肝硬化、糖尿病、食管炎、溃疡等病症者；肥胖者、体弱的老年人、儿童、新婚夫妇或孕妇。

食用指导

选购 应选择透明度高、不浑浊、杂质少、气味清香的白酒。

储存 应放置在干燥、避光、低温、通风处储存。

烹饪 饮用白酒前需先加热，以去除甲醇、甲醛等有害物质，还能增强白酒的药用功效。直接饮用，或作为制成各种菜肴的调味品。白酒切不可过量饮用。

✓ 相宜食物搭配及功效

蛇血	龟肉	柚子	荔枝
补养气血	治疗多年咳嗽	益气养血、强筋健骨	清热利水、润肤养颜

✗ 相克食物搭配及后果

韭菜	红豆	桃子	乌梅

易上火	破坏维生素	昏厥	恶心呕吐

推荐食谱

香糟田螺

【材料】大田螺500克，五花肉100克，糟卤250克。

【调料】葱2根，姜1块，白酒10克，绍酒50克，香叶5片，生抽20克，鸡精10克，盐6克。

做法 ❶ 把田螺用清水泡干净，葱洗净切段，姜洗净切片，五花肉洗净切块。❷ 锅中注水，加入田螺、五花肉、糟卤煮20分钟，再放入葱、姜、白酒、绍酒、香叶、生抽、盐、鸡精，煮5分钟即可。

注解

白酒是用高粱、米糠、玉米、红薯、稗子等粮食或其他果品发酵、蒸馏而成，因没有颜色，所以叫白酒。白酒可分为清香型、浓香型、酱香型、米香型和其他香型。白酒中除含有极少量的钠、铜、锌外，几乎不含维生素和钙、磷、铁等，有的仅是水和乙醇。

红葡萄酒

性 平　味 甘　归经 肠、胃经

营养功效

红葡萄酒具有降低胆固醇、软化血管、保护心脏、降血压、降血脂、抗衰老等功效。红葡萄酒中丰富的单宁酸可预防蛀牙及防止辐射伤害；红葡萄酒中含有较多的抗氧化剂，能消除或对抗氧自由基，具有抗老防病的作用。

适宜人群 女性。

不宜人群 糖尿病和严重溃疡病患者。

食用指导

选购 应选择颜色不浑浊、饮用时无刺激感、酒香浓郁的红葡萄酒。

储存 应放置在干燥、避光、低温、通风处储存。

烹饪 最好在将红葡萄酒开启1小时后再饮用，使酒与空气充分接触，此举被称为"醒酒"，可使口味更佳。可直接饮用，还可作为制成各种菜肴和甜品的调味料。不宜过量饮用。

✔ 相宜食物搭配及功效

奶酪	花生	牛肉	田螺
加速新陈代谢	使心脑血管畅通无阻	益气养血、强筋健骨	清热利水、润肤养颜

✕ 相克食物搭配及后果

冰块	牛奶	螃蟹	醋
破坏柠檬汁的营养成分	影响消化吸收，引起腹痛、腹泻	破坏海鲜的口味	破坏口味

推荐食谱

红酒鸡翅

【材料】 鸡翅400克，板栗150克。

【调料】 盐4克，红酒100克，冰糖50克。

做法

① 鸡翅洗净，沥水；板栗洗净煮熟，捞出去皮。② 油锅烧热，放鸡翅煎一分钟，倒红酒没过鸡翅后再放一点，再加入冰糖，待融化，放板栗和盐，大火烧开，中小火烧至汤汁浓稠，大火收汁即可。

功效 防癌抗癌。

注解

红葡萄酒是选择皮红肉白或皮肉皆红的酿酒葡萄，采用皮汁混合发酵，然后进行分离陈酿而成，这类酒的色泽呈自然宝石红色、紫红色、石榴红色等。它的酒精含量在8%~20%，营养丰富，味道甘甜醇美，并能防治多种疾病。

菊花茶

别名
甜菊花、茶菊花

性 微寒　味 甘苦

营养功效

　　菊花茶具有清热祛火、疏风散热、养肝明目、抗衰老和调节心血管等功效，可防治口干、火旺、目涩，消除眼睛疲劳、恢复视力、促进胆固醇的分解和排泄、防治心血管疾病及由风、寒、湿引起的肢体疼痛、麻木等症。

> **适宜人群** 菊花茶适宜中老年人饮用。口干、眼疾等症患者可经常饮用。
> **不宜人群** 体质虚寒、胃寒者忌饮。

食用指导

选购 菊花茶不以菊花头外观的可人而为上品，花朵白皙、朵大的菊花反而不如颜色泛黄、又小又丑的菊花品质高。

储存 应放置在干燥、避光、低温、通风处密封储存。

烹饪 将4~5朵菊花放入茶杯或茶壶中，加水泡至菊花呈饱满的盛开状时即可饮用，可放入枸杞和蜂蜜一同饮用，可使口感和功效更佳。用水直接冲泡饮用，或参与制成各种饮品，也可制成各种甜点。

✔ 相宜食物搭配及功效

蜂蜜	枸杞	山楂	金银花茶
清热解毒、清肝明目	护眼	生津利水、明目	生津祛热、利咽舒喉、

✖ 相克食物搭配及后果

冰糖	芹菜	牛奶	土豆
导致血糖增高	引起呕吐、腹泻	腹痛腹泻	结石

推荐食谱

杭白菊红糖饮

【材料】杭白菊1茶匙，红糖适量。

做法

① 将准备好的杭白菊放入茶杯中。

② 将滚烫的沸水冲入放有原料的杯中。

③ 加盖焖制10分钟之后即可饮用。饮用之前，可以根据个人口味酌情加入适量红糖。

注解

　　菊花不因外观的可人而为上品，花朵白皙且朵大的菊花反而不如颜色泛黄且又小又丑的菊花品质高。菊花茶是将菊花的头经干燥处理后而制成的茶，处理后即可用水冲泡或煮来饮用。

红茶

别名
祁红、滇红

性 平　味 甘

营养功效

红茶具有暖胃养生、提神益思、消除疲劳、消除水肿、止泻、抗菌、增强免疫力等功效。红茶有助于胃肠消化，能促进食欲。

适宜人群 老少皆宜，尤其适合胃寒、糖尿病人饮用。

不宜人群 孕妇、习惯性便秘患者。

食用指导

选购 应选择色泽乌黑油光、茶条上有金色毫毛、气味甜香浓郁，汤色红艳的优质红茶。

储存 应放置在干燥、避光、低温、通风处密封储存。

烹饪 用水冲泡饮用，或参与制成各种饮品，也可制成各种甜点。

✔ 相宜食物搭配及功效

柠檬	糖	姜	牛奶
开胃消食	驱寒暖胃	增强身体代谢功能	保暖养胃、美容养颜

✘ 相克食物搭配及后果

酒	药物	人参	西洋参

有损健康	降低药效	降低人参的功效	破坏西洋参的功效

推荐食谱

牛奶红茶

【材料】鲜牛奶100克，红茶1克，盐少许。

做法

将红茶加水煎至汁浓，再将牛奶煮滚，倒入，加少许盐，搅匀即可。

功效 本方能够促进消化、润泽肌肤。

注解

红茶产于中国，属全发酵类茶，是以适宜的茶树新芽叶为原料，经萎凋、揉捻（切）、发酵、干燥等一系列工艺过程精制而成的茶，红茶因其干茶冲泡后的茶汤和叶底色呈红色而得名。

绿茶

别名
苦茗

性 凉 **味** 甘、苦 **归经** 心、肺、胃经

营养功效

常饮绿茶可消脂去腻、清热解毒、提神醒脑、强心抗癌、减肥健美，可增强肾脏和肝脏的功能、防止恶性贫血和胆固醇增高，对肝炎、肾炎、白血病等具有辅助功效。

适宜人群 高脂血症、糖尿病、高血压、白血病、贫血、冠心病、肝炎、肾炎、肠炎腹泻、夜盲症、嗜睡症、肥胖症及人体各部位的癌症等症患者。

不宜人群 失眠、胃寒、孕妇及产妇在哺乳期者。

食用指导

选购 应选择茶叶色泽鲜绿、有光泽，茶香浓郁，茶汤色泽碧绿的绿茶。

储存 应放置在干燥、避光、低温、通风处密封储存。

烹饪 沏泡绿茶时，可先用少许热水醒茶，再用温开水冲泡饮用。用水冲泡饮用，或参与制成各种饮品，也可制成各种甜点。

✔相宜食物搭配及功效

柠檬	蜂蜜	燕麦	萝卜
排毒养颜	补中益气、润肠通便	降低胆固醇	清热解毒、利尿

✘相克食物搭配及后果

酒	牛奶	人参	药物

加重心脏负担	腹痛腹泻	降低营养成分	影响药物的吸收

推荐食谱

绿茶粥

【材料】粳米150克，绿茶25克，白砂糖2小匙（可依据个人口味增减）。

做法

1 将绿茶煮成浓茶汁300毫升并去渣，粳米洗净备用。2 锅内加入粳米、绿茶汁和适量的清水，以中火煮沸后转小火熬至汤汁黏稠，再依照个人喜好放入白砂糖，拌匀即可。

注解

绿茶属不发酵茶，以适宜茶树新梢为原料，经杀青、揉捻、干燥等一系列工艺制作而成。绿茶因其干茶呈绿色、冲泡后的茶汤呈碧绿、叶底呈翠绿色而得名。有名的绿茶品种有西湖龙井、黄山毛峰、洞庭碧螺春等。

桂花茶

别名
九里香、木樨花

性 温　味 辛　归经 胃、肝、肺经

营养功效

桂花茶具有温中散寒、活血益气、健脾胃、助消化、暖胃止痛等功效。桂花的香气则具有平衡情绪、缓和身心压力、消除烦闷、提升情欲等功效。

- **适宜人群** 气血虚弱、胃寒疼痛、牙痛、口腔异味者宜食。
- **不宜人群** 习惯性便秘患者，睡眠状况欠佳和身体较弱的人。

食用指导

储存 应放置在干燥、避光、低温、通风处密封储存。

烹饪 用水冲泡饮用，或参与制成各种饮品，也可制成各种甜点。

✔ 相宜食物搭配及功效

 荷叶　　藕粉　　　白糖　　　青枣

强肌滋肤、
活血润喉　　　与这些食物同食，健脾开胃

✘ 相克食物搭配及后果

 牛奶　 豆类　 土豆　　红薯

腹痛腹泻　　降低药效　　　　结石

推荐食谱

甘草酸梅汤

【材料】 乌梅6粒，山楂10克，洛神花5克，甘草3片，桂花酱8克，水2500毫升，冰糖适量（依照个人口味酌量）。

做法 ❶ 白将锅洗净，置于火上，倒入2500毫升的清水，将乌梅、山楂、洛神花、甘草一同放入锅中与水同煮；以大火煮沸后，放入适量冰糖，转文火再煮1个小时左右即熄火。❷ 将煮好的酸梅汤中的各种材料滤出，留取汤汁备用。❸ 取一干净的玻璃杯，将备好的酸梅汤倒入，再加上桂花酱搅拌均匀，静置待凉，放进冰箱冷藏1 2小时取出即可食用。

注解

桂花叶为椭圆形，花小，黄或白色，味极香，含多种芳香物质，常用于糖渍蜜饯加工食品，民间百姓多以之泡茶或浸酒饮用。桂花茶是由精制绿茶与鲜桂花窨制而成的一种名贵花茶，香味馥郁持久，茶色绿而明亮。

茉莉花茶

别名 茉莉花茶

性 温　味 辛、甘　归经 脾、肝、胃经

营养功效

　　茉莉花茶具有提神醒脑、解郁散结、行气止痛、抗菌消炎等功效，可安定情绪、舒解郁闷、缓解胸腹胀痛、降血压、抑制细菌、止痛，对痢疾、便秘、肝炎、慢性支气管炎、疮疡、白翳病等病症具有辅助治疗之效。

适宜人群 便秘、肝炎、慢性支气管炎、角膜炎、疮疡、皮肤溃烂、白翳病等患病者。

不宜人群 情绪容易激动或比较敏感、睡眠状况欠佳和身体较弱的人。

食用指导

选购 应选择外形条索紧细匀整、色泽黑褐油润、香气鲜灵持久、滋味醇厚鲜爽的茉莉花茶。

储存 应放置在干燥、避光、低温、通风处密封储存。

烹饪 用水冲泡饮用，或参与制成各种饮品，也可制成各种甜点。

✔相宜食物搭配及功效

枸杞	人参	银耳	金银花茶
美容养颜、滋补肝肾	补虚养生	生津润肺、益气滋阴	提神醒脑、消炎利咽、降血压

✘相克食物搭配及后果

红薯	牛奶	薄荷叶	海鲜
结石	腹痛腹泻	对身体不利	消化不良

推荐食谱

茉莉减肥茶

【材料】干茉莉花5克，薰衣草5克，蜂蜜适量。

做法

①将干茉莉花、薰衣草一同放入干净的茶杯中。②将500毫升的沸水倒入杯中，加盖闷泡5分钟。③待泡至花茶散发出诱人的芳香时，滤出茉莉花和薰衣草的渣，留取茶汤，然后将适量蜂蜜加入茶汤中，搅拌均匀即可饮用。

注解

　　茉莉花为白色小花，香气袭人，是花开中的佳品。茉莉花茶是将采摘来的含苞待放的茉莉鲜花与经加工干燥过的绿茶混合窨制而成的再加工茶。茉莉花茶兼有绿茶和茉莉花的香味，其香气鲜灵持久、滋味醇厚鲜爽、色泽黑褐油润，外形条索紧细匀整。

玫瑰花茶

别名
徘徊花

性 温　味 甘、微苦　归经 肝、脾经

营养功效

玫瑰花茶具有疏肝利胆、理气解郁、活血散瘀、调经止痛、促进胆汁分泌等功效，对胸闷、月经不调及经前乳房胀痛等病症具有辅助治疗之效。

适宜人群 脸上长斑、月经失调的女士。

不宜人群 花粉过敏者及孕妇。

食用指导

选购 应选择花苞重量较重、无碎末、无叶梗的玫瑰花茶

储存 应放置在干燥、避光、低温、通风处密封储存。

烹饪 沏泡玫瑰花茶前，先温热茶杯，这样可使茶香更加浓郁。用水冲泡饮用，或参与制成各种饮品，也可制成各种甜点。

✔ 相宜食物搭配及功效

薰衣草	苹果花	金银花茶	桂圆
安抚、稳定情绪	补血、缓解神经痛	理气解郁、滋阴清热	养颜润肤、调节内分泌失调

青枣 — 太子参	柠檬片 — 决明子
保护肝脏	与这些食物同食美容养颜、排毒瘦身

✖ 相克食物搭配及后果

豆类	牛奶	红薯	土豆
腹痛腹泻		结石	

治病偏方

玫瑰花汁　将鲜玫瑰花捣汁，用冰糖炖水服用。治疗肺病咳嗽吐血。

推荐食谱

玫瑰甘菊茶

【材料】干玫瑰花蕾5克，洋甘菊3克，蜂蜜适量。

做法

❶ 首先将干玫瑰花蕾与洋甘菊一同放入干净的茶杯中，倒入400毫升的沸水，加盖冲泡5分钟至散发出香气。❷ 然后放入适量的蜂蜜调味，搅拌均匀后即可饮用。

功效 降低血压。

金银花茶

别名
二宝花、忍冬花

性 **寒** 味 **苦** 归经 **肝、大肠经**

营养功效

金银花茶具有清热解暑、解毒消炎、疏咽利喉、降血压、健脑、改善微循环、促进新陈代谢、润肤祛斑、延缓衰老、防癌等功效。

适宜人群 肥胖症和高血压患者。

不宜人群 脾胃虚寒、慢性骨髓炎、慢性淋巴结核者。

食用指导

选购 应选择色泽自然新鲜、不含水分和杂质的金银花茶。

储存 应放置在干燥、避光、阴凉、通风处密封储存。

烹饪 用水冲泡饮用，或参与制成各种饮品，也可制成各种甜点。

✔ 相宜食物搭配及功效

菊花	茉莉花	鸭肉
可防秋燥及发热、咽干唇燥、咳嗽	清热解毒	生津润肺、益气滋阴

✘ 相克食物搭配及后果

甘草	螃蟹	红薯 — 土豆
导致浮肿	消化不良	结石

推荐食谱 金银花胖大海茶

【材料】 金银花3克，胖大海1个，菊花2克。

做法 ❶ 将金银花、胖大海、菊花一同放入杯中。❷ 用沸水冲泡，待胖大海张开后。❸ 代茶饮即可。

功效 降低血压。

注解

金银花是忍冬科植物忍冬的花蕾，性寒，味微苦，气味清香。金银花茶是每年5~6月在晴天清晨露水刚干时摘取的花蕾制成的干品，金银花的茶汤芳香、甘凉可口。金银花中富含木樨草素、宅苷、肌醇、鞣质等多种人体必需的元素和化学成分，具有轻身健体的良好功效。

醋

别名 酢、米醋

性 温 **味** 酸、苦 **归经** 肝、胃经

营养功效

醋具有活血散瘀、消食化积、解毒的功效。用醋熏空气可以预防流感、上呼吸道感染。适当饮醋既可杀菌，又可促进胃消化功能，还可降低血压、防治动脉硬化。此外，食醋能滋润皮肤、改善皮肤的供血、对抗衰老。

适宜人群 流感、流脑、输尿管结石、膀胱结石、癌症、高血压、传染性肝炎等症者。

不宜人群 脾胃湿甚、胃酸过多、支气管哮喘、严重胃及十二指肠溃疡患者。

食用指导

选购 酿造食醋以琥珀色或红棕色、有光泽、体态澄清、浓度适当的为佳品。

储存 开封的醋保存时，放于低温、避光处。

烹饪 烹调加醋的时间有讲究，或在食材刚入锅时加，或在即将出锅时加，入锅时可多加一些，出锅时应少加一些。作为调味料食用，不宜空腹单独服用。烹调用的器具不能用铜制的，因为醋能溶解铜，会引起"铜中毒"。

✔相宜食物搭配及功效

芦荟	鲤鱼	松花蛋	骨头汤
缓解紧张情绪	提供丰富营养	可降低有毒物质	促进钙的吸收

白芝麻	猪蹄	莲藕	生姜
促进铁、钙吸收	营养更丰富	防止便秘	促进食欲

✘相克食物搭配及后果

牛奶	南瓜	胡萝卜	羊肉
降低营养价值	破坏营养价值	破坏胡萝卜素	引发心脏病

丹参	茯苓	竹笋	酒
引起中毒	引起中毒	筋骨酸痛	引发胃炎

推荐食谱 黄花菜拌海蜇

【材料】 海蜇200克，黄花菜100克。

【调料】 盐3克，味精1克，醋8克，生抽10克，香油15克，红椒少许。

做法 ①黄花菜、海蜇洗净；红椒洗净，切丝。②锅内注水烧沸，放入海蜇、黄花菜焯熟后，捞出沥干放凉并装入碗中，再放入红椒丝。③向碗中加入调料拌匀后，再倒入盘中即可。

冰糖

别名
不结球白菜、上海青

 性 平 味 甘 归经 肺、脾经

营养功效

冰糖具有补中益气、和胃润肺、止咳化痰，祛烦消渴、清热降浊、养阴生津、止汗解毒等功能，对中气不足、肺热咳嗽、咯痰带血、阴虚久咳、口燥咽干、风火牙痛等病症有食疗作用。

适宜人群 肺燥咳嗽、干咳无痰、咯痰带血者。

不宜人群 糖尿病患者、高血糖患者。

食用指导

选购 应选择干燥、无杂质和黑点、无异味的优质冰糖。

储存 应放置在干燥、避光、低温、通风处储存。

烹饪 可直接用水冲服，或作为熬粥、做菜的调味料，也可以参与制成各种汤汁补品或糕点。

✔ 相宜食物搭配及功效

百合	银耳	金樱子	雪梨
润肺止咳	滋补、清泄	补中益气、涩精固脱	润肺养胃、化痰止咳

✘ 相克食物搭配及后果

茶类	白酒	牛奶	羊奶
降低茶的功效	诱发糖尿病	降低营养价值	造成高渗性腹泻

推荐食谱

银耳莲子冰糖饮

【材料】水发银耳150克，水发莲子30克，水发百合25克。

【调料】冰糖适量。

做法

❶ 将水发银耳择洗净，撕成小朵；水发莲子、水发百合洗净备用。❷ 净锅上火倒入纯净水，调入冰糖，下入水发银耳、水发莲子、百合煮熟即可。

功效 降低血压。

注解

冰糖是砂糖的结晶再制品。自然生成的冰糖有白色、微黄、淡灰等色，此外市场上还有添加食用色素的各类彩色冰糖（主要用于出口），比如绿色、蓝色、橙色、微红、深红等多种颜色。由于其结晶如冰状，故名冰糖。冰糖的成分是含结晶水的葡萄糖，与白糖在体内分解的成分一样，所以，冰糖可以代替白糖。

食盐

别名 盐巴、盐、咸醝　性 寒　味 咸　归经 胃、肾、肺、大肠、小肠经

营养功效

盐具有清火解毒、凉血滋肾、通便的功效。食盐渗透力强，可以解腻，除膻去腥，并能保持食物原味，使食物易于消化，可以促进全身皮肤的新陈代谢，对防治某些皮肤病有食疗作用。

适宜人群 急性胃肠炎者，呕吐腹泻者，炎夏中暑、多汗烦渴者，咽喉肿痛、大便干结和习惯性便秘者。

不宜人群 咳嗽消渴者、水肿病人、高血压患者、肾脏病患者以及心血管疾病患者。

食用指导

选购 应选择晶体均匀洁白、干爽、不结块、无杂质、无苦涩味的优质食盐。

储存 应放置在干燥、避光、低温、通风处储存。

烹饪 在菜肴出锅前再加入食盐，可以防止食盐中的碘、锌、硒等营养元素的流失，还可使菜肴更加鲜嫩。作为烹制各种菜肴的调味品食用。

✔ 相宜食物搭配及功效

柠檬	菠萝	杨梅	酸角
生津解暑、杀菌、祛除异味	杀菌解毒	杀菌	杀菌除虫、解毒

✘ 相克食物搭配及后果

绿豆	红豆	豆腐	黄豆
降低绿豆的营养价值	会降低红豆的药用价值	不利人体吸收	会降低黄豆的营养价值

推荐食谱

蛋丝冬笋汤

【材料】鸡蛋1个，冬笋300克。

【调料】味精1克，食盐适量，葱花5克。

做法 ① 鸡蛋打入碗内调匀；冬笋去皮，洗净，切成细丝放于盘中。② 炒锅上火，放入油烧热，倒鸡蛋液，做成蛋皮，出锅切成2厘米长的细丝。③ 锅上火，加入适量清汤，加入葱花，开锅后倒入冬笋丝、蛋丝煮熟，撒入味精和盐调匀即可。

功效 补血养颜。

注解

食盐是一种调料，是海水或盐井、盐池、盐泉中的盐水经煎晒而成的结晶，无色或白色。它的香味有很强的渗透力，能提出各种原料中的鲜味，调制出许多类味型的香味，有"百味之王"的美称。

红糖

别名
赤沙糖、紫沙糖

性 温 味 甘、甜 归经 肝、脾经

营养功效

红糖具有补中舒肝、止痛益气、调经和胃、和血化瘀、健脾暖胃的功效，对风寒感冒、脘腹冷痛、月经不调、产后恶露不尽、喘嗽烦热、妇人血虚、食即吐逆等症有食疗作用。红糖中含有较为丰富的铁质，有良好的补血作用。

适宜人群 低血糖患者，妇女体虚、月经不调、痛经、腰酸以及孕产妇。

不宜人群 平素痰湿偏盛者、消化不良者、肥胖症患者、糖尿病患者。

食用指导

选购 优质的红糖呈晶粒状或粉末状，干燥而松散，不结块，不成团，无杂质，其水溶液清晰，无沉淀，无悬浮物。

储存 红糖要存放在干燥通风处，也可用保鲜袋包好，放冰箱保存。

烹饪 红糖的吃法多种多样，糖水鸡蛋、姜糖水、厨房佐料等。

✔ 相宜食物搭配及功效

黑木耳	鸡蛋	冬瓜子	八角
补血暖身	补血养颜	可治疗百日咳	治疗腰部扭伤

✘ 相克食物搭配及后果

啤酒	蛤蜊	牛奶	松花蛋
诱发糖尿病	引起中毒	影响蛋白质的吸收	引起呕吐或消化不良

推荐食谱 松鼠桂花鱼

【材料】桂花鱼600克，松仁少许。

【调料】盐3克，醋12克，酱油、淀粉各15克，红糖20克。

做法 ❶桂花鱼洗净，打十字花刀，再均匀拍上干淀粉，下入油锅中炸至金黄色，捞出沥油。❷松仁洗净，入油锅中炸熟，盛在鱼身上。❸锅内注油烧热，放入盐、醋、酱油、红糖煮至汤汁收浓，起锅浇在鱼身上即可。

功效 开胃消食。

注解

红糖是用甘蔗的茎汁直接炼制而成的赤色结晶体，按照结晶颗粒的不同，可分为赤砂糖、红糖粉、碗糖等。红糖除了具备糖的功能之外，还含有维生素和微量元素，如铁、锌、锰、铬等，营养成分比白砂糖高很多。

白糖

别名
白洋糖、糖霜

性 平 味 甘 归经 脾、肺经

营养功效

白糖能润肺生津、补中益气、清热燥湿、化痰止咳、解毒醒酒、降浊怡神，对中虚脘痛、脾虚泄泻、肺燥咳嗽、口干燥渴以及脚气、疥疮、盐卤中毒、阴囊湿疹等病症有食疗作用。此外，白糖有抑菌防腐的作用。

适宜人群 肺虚咳嗽者、口干燥渴者、醉酒者以及低血糖患者。
不宜人群 糖尿病患者、平素痰湿偏重者、肥胖症患者、冠心病患者以及动脉硬化患者。

食用指导

选购 白砂糖外观干燥松散、洁白、有光泽，颗粒均匀，晶粒有闪光，轮廓分明。
储存 保存白糖最好的容器是瓷罐或玻璃瓶，把白糖装入容器后一定切记盖紧盖子，以防空气进入。
烹饪 在制作酸味的菜肴汤羹时，加入少量食糖，可以缓解酸味，并使口味和谐可口；炒菜时不小心把盐放多了，加入适量白糖，就可解咸。

✓ 相宜食物搭配及功效

西红柿	樱桃	红豆	南瓜子
增进食欲	增强体质	预防贫血	可治疗血吸虫病

✗ 相克食物搭配及后果

秋葵	葡萄干	茶	羊肉
对身体不利	抑制铜的吸收和代谢	抑制茶叶的清热解毒功能	阻碍人体对铜的吸收

推荐食谱

健康水煮桂花鱼

【材料】桂花鱼1条。
【调料】胡椒粉10克，盐4克，鸡精3克，白糖5克，姜10克，葱15克。

做法

1 桂花鱼洗净；姜洗净切蓉；葱洗净切花。
2 锅上火，加水适量，水开放入桂花鱼煮熟，盛出装盘。3 锅中油烧热，放入姜爆香，调入葱花以外其余调味料，加水适量煮成汁，淋在鱼身上，撒上葱花，再淋入烧热的油即可。

注解
白糖由甜菜或甘蔗糖汁直接提炼而成，色白，甜度高，主要分为白砂糖和绵白糖两大类。

葱

别名
四季葱、大葱

性 温　味 辛　归经 肺、胃经

营养功效

葱含有挥发性硫化物，具特殊辛辣味，是重要的解腥调味品。中医学上葱有杀菌、通乳、利尿、发汗和安眠等药效，对风寒感冒轻症、痈肿疮毒、痢疾脉微、寒凝腹痛、小便不利等病症有食疗作用。

适宜人群 伤风感冒、发热无汗、头痛鼻塞、咳嗽痰多者，腹部受寒引起的腹痛腹泻者，胃寒之食欲不振、胃口不开者。

不宜人群 表虚、多汗者以及溃疡病患者。

食用指导

选购 葱宜选择葱白鲜嫩、葱绿鲜翠的。

储存 用报纸将葱包裹好，放置在冷藏室内保存；或洗净后切成葱花状，以保鲜盒密封冷藏，可保存7天左右。

烹饪 根据主料的不同，可切成葱段和葱末掺和使用。

✔ 相宜食物搭配及功效

兔肉	动物肝脏	猪肉	毛豆
提供丰富的营养	有利于营养物质的吸收	增强人体免疫力	改善睡眠

✕ 相克食物搭配及后果

红枣	狗肉	豆腐	杨梅

引起上火	增加人体内火	不利人体吸收营养素	降低营养价值

推荐食谱

特色蒸桂花鱼

【材料】 桂花鱼250克，火腿100克，香菇25克。

【调料】 盐6克，味精3克，生抽2克，葱花10克。

做法

❶ 白桂花鱼洗净，切连刀块；香菇、火腿洗净切片。❷ 将香菇片、火腿片间隔地夹入鱼身内。❸ 在鱼身上抹上盐、味精，上锅蒸熟，撒上葱花，淋上生抽即可。

功效 排毒瘦身。

注解

葱原产于西伯利亚，是百合科草本植物葱的茎与叶。中国栽培大葱的历史十分悠久，北方人多食大葱，南方人则多食小葱。葱是家庭必备的调味佐餐食物，它有着很好的药用功效。

蒜

别名 大蒜、葫蒜

性 温 **味** 辛 **归经** 脾、胃、肺经

营养功效

蒜含有大量对人体有益的活性成分，可防病健身。蒜能杀菌，促进食欲，调节血脂、血压、血糖，可预防心脏病，抗肿瘤，保护肝脏，增强生殖功能，保护胃黏膜，抗衰老，还可防止铅中毒。

适宜人群 糖尿病患者、有铅中毒倾向者、肺结核患者、百日咳患儿、痢疾、肠炎、伤寒患者、胃酸减少及胃酸缺乏者。

不宜人群 胃炎患者、胃溃疡患者、肝病患者、阴虚火旺者，常见面红、午后低热、口干便秘、烦热者，目疾、口齿喉舌疾者。

食用指导

选购 以瓣种外皮干净，带光泽，无损伤和烂瓣的为上品。

储存 常温下，将蒜放网袋中，悬挂于通风处。

烹饪 大蒜可用于生食、捣泥食用、炒菜等。

✓ 相宜食物搭配及功效

醋	洋葱	生菜	莴笋
治疗痢疾、肠炎	增强人体免疫力	清热解毒	降低血压

✗ 相克食物搭配及后果

鲫鱼	山楂	芒果	鸡肉
导致肠胃痉挛	导致神经衰弱	导致肠胃不适	导致便秘

推荐食谱 青椒炒鳝鱼

【材料】 青椒100克，鳝鱼300克。

【调料】 盐、味精各3克，酱油、香油、姜、蒜各10克。

做法 ① 鳝鱼洗净，切段，用盐、味精、酱油腌15分钟；青椒洗净，切圈；姜、蒜洗净，去皮，切片。② 油锅烧热，下入青椒、姜、蒜爆香，放入鳝段，大火煸炒3分钟。③ 加水焖煮熟，放盐、香油调味，盛盘即可。

功效 提神健脑。

注解

蒜原产于中亚，相传是汉代张骞出使西域时带回中国的。因其出于胡人居住地，故有"胡蒜"之称。蒜属于百合科植物，也是日常常用的菜类和调料，被誉为"天然抗生素"。

姜

别名
生姜

（性）微温 （味）辛 （归经）脾、胃、肺经

营养功效

姜具有发汗解表、温中止呕、温肺止咳、解毒的功效，对外感风寒、胃寒呕吐、风寒咳嗽、腹痛腹泻、中鱼蟹毒等病症有食疗作用。

适宜人群 伤风感冒、寒性痛经、晕车晕船者。

不宜人群 阴虚内热及邪热亢盛者。

食用指导

选购 应选择表皮无裂口、不发黑，不带泥土和毛根，无烂处和虫伤，颜色鲜艳，无受热或受冻现象，呈柔软膨胀状态的新鲜姜。

储存 未切过的姜可用报纸包好，放入冰箱冷藏；或者在花盆里装满沙子，把买来的姜埋进去，随吃随用；也可将生姜洗净后埋入盛食盐的罐内，可使生姜较长时间不干，保持浓郁的姜香；对于切过的姜应该用保鲜膜包好放入冰箱冷冻室而非冷藏室，味道可和新鲜的姜一样。

烹饪 可煎汤服用，也可做调配料，还可入药。忌食过多。

✓ 相宜食物搭配及功效

红糖	松花蛋	螃蟹	羊肉
预防感冒	延缓衰老	祛寒杀菌	温中补血，调经散寒

✗ 相克食物搭配及后果

狗肉	马肉	牛肉	兔肉
容易上火	导致痢疾	引起上火	破坏营养成分

推荐食谱

酥骨带鱼

【材料】带鱼400克。

【调料】盐3克，味精2克，葱、姜、蒜、红油、辣椒粉、料酒、淀粉各适量。

做法 ❶葱、姜、蒜洗净，均切末；带鱼洗净切段，用葱、姜、蒜、盐、味精、料酒腌渍入味。❷油锅烧热，将拍上淀粉的带鱼段炸至酥黄，淋上红油推匀后盛出。在带鱼段上撒上辣椒粉即可。

功效 增强免疫力。

注解

姜为姜科植物姜的根茎，多年生草本植物，供食用的部分是肥大的根茎，是一种极为重要的调味品，还是一味重要的中药材，有生发作用，也是心血管系统的有益保健品。

辣椒

别名
尖椒、海椒

性 **热** 味 **辛** 归经 **脾、胃、心经**

营养功效

辣椒含丰富的辣椒素，对消化道有较强的刺激作用，有刺激胃液的分泌，加速新陈代谢的功效，并能减轻一般感冒症状。

适宜人群 一般人群及食欲不振者、胃寒者。

不宜人群 溃疡、食道炎、痔疮患者。

食用指导

选购 应选择肉质肥厚、口感生脆、新鲜饱满、大小均匀、光泽鲜亮、无腐烂、无虫蛀、无病斑的辣椒。

储存 应包上保鲜膜放入冰箱冷藏。

烹饪 切辣椒时，可戴上手套，并放一盆凉水在旁边，用刀边蘸水边切，此举可以防止皮肤和眼睛受到刺激。可炒食、做配菜、调味料等，还能制成辣椒酱、辣椒油等调味料。

✔ 相宜食物搭配及功效

荠菜	绿豆芽	豆腐干	墨鱼

降血压、治头痛	利尿消肿	美容、益智	降低胆固醇

✖ 相克食物搭配及后果

黄瓜 —— 猪肝	胡萝卜	南瓜

会破坏维生素C	破坏维生素C的吸收	破坏维生素C的功效

推荐食谱

雪里蕻蒸黄鱼

【材料】 大黄鱼1条，雪里蕻100克。

【调料】 盐5克，味精2克，料酒10克，葱1棵，姜10克，辣椒圈适量。

做法 ❶ 将大黄鱼宰杀洗净装入盘；葱洗净切花；姜洗净去皮切丝；雪里蕻洗净切碎。❷ 在鱼盘中加入雪里蕻、盐、味精、料酒、葱花、姜丝、辣椒圈。❸ 放入蒸锅内蒸8分钟，取出即可。

功效 开胃消食。

注解

辣椒原产于中南美洲的热带地区，以墨西哥最为盛产，有绿色和红色之分。辣椒既可以用来制作各种形式的调味料，又能用于烹制各种美味佳肴，让人胃口大开，特别是红辣椒，印度人称它为"红色牛排"。在中国，辣椒在湖南、四川等地都是非常重要的调味品。

八角

别名
大料、大茴香

性 温　味 甘辛　归经 脾、肾经

营养功效

八角具强烈香味，有驱虫、温中理气、健胃止呕、祛寒、兴奋神经等功效，对寒呕逆、寒疝腹痛、肾虚腰痛、脚气等症有食疗作用。

适宜人群 胃寒呃逆、寒疝腹痛、心腹冷痛、小肠疝气痛、肾虚腰痛、脚气患者。

不宜人群 阴虚火旺的眼病患者，干燥综合征、更年期综合征、活动性肺结核、支气管哮喘、痛风、糖尿病、癌症患者。

食用指导

选购 应选择瓣角整齐、香味浓烈的八角。

储存 应放置在干燥、避光、低温、通风处储存。

烹饪 作为烹制各种菜肴的调味品，常用于炖、焖及凉拌等烹饪技法中。

✔相宜食物搭配及功效

红糖	芥末	咖喱
治疗腰部扭伤	预防流感	

✘相克食物搭配及后果

羊肉	蜂蜜	咖啡
容易上火	腹痛腹泻	功效相反

推荐食谱

香炒田螺

【材料】田螺1000克，鲜玉米粒200克，红辣椒30克。

【调料】葱50克，八角1个，辣椒油10克，盐5克，味精5克，香油10克。

做法 ❶鲜田螺洗净，煮熟，捞起去壳取肉，装盘待用。❷红辣椒洗净剁碎；葱洗净切葱花；鲜玉米粒洗净。❸锅烧热加油，开旺火，加红辣椒、葱花、八角爆香，然后加田螺肉、玉米粒、辣椒油、盐、香油、味精翻炒均匀，盛出装盘即可。

注解

　　八角是八角茴香科八角属的一种植物。其同名的干燥果实是中国菜和东南亚地区烹饪的调味料之一。主要分布于中国大陆南方。果实在秋冬季采摘，干燥后呈红棕色或黄棕色，气味芳香而甜，全果或磨粉使用。

桂皮

别名 山肉桂、山玉桂

性 温　味 辛、甘　归经 脾、胃、肝、肾经

营养功效

桂皮有温脾胃、暖肝肾、祛寒止痛、散瘀消肿的功效，对脘腹冷痛、呕吐泄泻、腰膝酸冷、寒疝腹痛、寒湿痹痛、瘀滞痛经、血痢、肠风、跌打肿痛等有食疗作用。

适宜人群 腰膝冷痛、阳虚怕冷、风寒湿性关节炎、四肢发凉、胃寒冷痛、食欲不振者。

不宜人群 内热较重、内火偏盛、阴虚火旺、舌红无苔、大便燥结、痔疮、患有干燥综合征、更年期综合征者以及孕妇。

食用指导

选购 应选择皮薄、松脆易断、断面平整、厚薄均匀、香气浓郁的桂皮。

储存 应放置在干燥、阴凉、低温、通风处储存。

烹饪 在炖肉或烧鱼时放入少量桂皮，可使菜肴味美芬芳。作为烹制各种菜肴的调味品食用。

✔ 相宜食物搭配及功效

红糖
可治痛经和产后腹痛

黄芪
补元阳、暖脾胃、除积冷

猪肉
温中健胃

蜂蜜
促进消化

✘ 相克食物搭配及后果

花生
功效相反

健康小贴士

桂皮香气浓郁，但含有可以致癌的黄樟素，所以食用量越少越好，且不宜长期食用。烹饪时，用量不宜太多，过多会影响菜肴本身的味道。

推荐食谱 粉蒸肉

【材料】五花肉500克，莲藕200克，生大米粉25克，大米50克。

【调料】白糖3克，胡椒粉1克，黄酒10克、桂皮3克，八角2克，丁香2克，姜末2克，盐3克，酱油5克。

【做法】❶ 五花肉洗净切长条，加盐、酱油、姜末、黄酒、白糖一起拌匀，腌渍5分钟。❷ 大米淘净，下锅中炒成黄色，加桂皮、丁香、八角炒香，压碎备用。❸ 藕洗净切条，加盐、生大米粉拌匀，猪肉条用熟米粉拌匀，与藕条入笼蒸熟取出，撒上胡椒粉即成。

注解

桂皮为樟科植物天竺桂、阴香、细叶香桂、肉桂或川桂等树皮的通称。本品为常用中药，又为食品香料或烹饪调料。

番茄酱

别名
茄膏

性 温　味 甘、酸　归经 肺、胃、大肠经

营养功效

西红柿的茄红素是优良的抗氧化剂，有利尿及抑制细菌生长的功效，对乳腺癌、肺癌、子宫内膜癌具有抑制作用，亦可对抗肺癌和结肠癌。番茄酱还有促进食欲、美容养颜之功效。

- **适宜人群** 动脉硬化、高血压、冠心病、肾炎患者。
- **不宜人群** 急性肠炎、细菌性痢疾及溃疡活动期病人。

食用指导

储存 应放置在干燥、阴凉、低温、通风处储存。

烹饪 作为烹制各种菜肴的调味品食用。

✔ 相宜食物搭配及功效

面包	土豆	肉类

促进食欲	益脂补气	开胃通便

✖ 相克食物搭配及后果

黄瓜	白酒	牛奶
破坏维生素C	消化不良	降低营养价值

推荐食谱

西红柿烧鸡

【材料】鸡肉200克，西红柿150克，洋葱50克，柿子椒50克。

【调料】料酒适量，番茄酱10克，盐3克，胡椒粉少许。

做法 ① 鸡肉洗净切成小块；西红柿切块；洋葱、柿子椒切片备用。② 锅中放少量油加热，炒番茄酱，加入鸡块、料酒、胡椒粉炒片刻。③ 再加入洋葱、柿子椒、西红柿和盐，继续烧10分钟左右即可。

功效 开胃消食。

注解

番茄酱是鲜西红柿的酱状浓缩制品。呈鲜红色酱体，具西红柿的特有风味，是一种富有特色的调味品，一般不直接入口。番茄酱由成熟红西红柿经破碎、打浆、去除皮和籽等粗硬物质后，经浓缩、装罐、杀菌而成。番茄酱常用作鱼、肉等食物的烹饪佐料，是增色、添酸、助鲜、郁香的调味佳品。

芝麻酱

别名·麻酱

性 平　味 甘　归经 肝、肾、大肠经

营养功效

芝麻酱富含蛋白质、卵磷脂、氨基酸及多种维生素和矿物质、有很高的保健价值，可防止头发过早变白，还能增加皮肤弹性。

适宜人群 骨质疏松症、缺铁性贫血、便秘患者。

不宜人群 重度肥胖者。

食用指导

选购 应选择颜色呈黄褐色、质地细腻、具有浓郁芝麻香气的芝麻酱。

储存 应放置在干燥、阴凉、低温、通风处储存。

烹饪 主要用作各种面食所搭配的调味料。

✔ 相宜食物搭配及功效

冬瓜	白萝卜 —— 菠菜	豆腐	红酒

抗衰减肥、润肤护发	开胃消食	预防便秘	保护心脑血管

✗ 相克食物搭配及后果

牛奶
降低营养价值

推荐食谱 芝麻酱茄子

【材料】茄子2根。

【调料】蒜头2瓣，芝麻酱50克，盐3克，味精2克，香油少许。

做法

① 蒜头拍碎，切成末。② 将芝麻酱、盐、味精、香油拌匀。③ 茄子洗净，切条状，装入盘中，淋上拌匀的调料，入锅蒸8分钟即可。

功效 增强免疫力。

注解

芝麻酱是采用优质白芝麻或黑芝麻等加工而成，成品为泥状，有浓郁炒芝麻香味，既是调味品，又有独特的营养价值。

菜籽油

别名
油菜籽油、香菜油

性 温 **味** 甘、辛 **归经** 脾、胃经

🥄 营养功效

菜籽油具有补虚、润肠之功效。所含的亚油酸等不饱和脂肪酸和维生素E等营养成分能够软化血管，延缓衰老，另外菜籽油中富含种子磷脂，有助于血管、神经、大脑的发育。

适宜人群 血管硬化、高血压、冠心病、高脂血症、胃酸增多、糖尿病、肝胆病等患者。
不宜人群 急性胃肠炎、腹泻、菌痢等患者。

食用指导

选购 应选择颜色呈黄色或棕色、清澈透明、无沉淀物或有微量沉淀物、气味浓郁、味道纯正、无异味的菜籽油。

储存 应放置在干燥、避光、低温、通风处储存。

烹饪 将菜籽油烧热后放入适量的姜、蒜、葱、丁香、陈皮同炸片刻，可去除菜籽油的异味。作为煎、炸、炒等烹饪方式的调料食用。菜籽油有一些"青气味"，所以不适合直接用于凉拌菜。

✔ 相宜食物搭配及功效

柿子	白菜
可治疗冻疮	通肠利便

🟡 健康小贴士

因为菜籽油有一些"青气味"，所以不适合直接用于凉拌菜。

❌ 相克食物搭配及后果

牛奶

身体不适

推荐食谱 西芹炒豆干

【材料】西芹500克，豆干150克。

【调料】葱段25克，盐、味精各少许。

做法 ❶西芹择洗干净，切成菱形片；豆干清洗干净，切成片放入盘中待用。❷西芹投入沸水锅中焯一下捞出，再用冷水冲洗，沥干水分待用。❸将炒锅置于火上，下油烧至七成热，放入葱段煸炒出香味，再加入豆干煸炒，下入盐炒入味，装盘待用。❹再下油烧至八成热，投入西芹煸炒，加入盐少许，倒入豆干炒几下，点入味精炒匀装盘即可。

注解

菜籽油就是俗称的菜油，是用油菜籽榨出来的一种食用油。菜籽油色泽金黄或棕黄，有一定的刺激气味，民间叫作"青气味"。这种气味是其中含有一定量的芥子气所致，但特优品种的油菜籽则不含这种物质。

玉米油

别名
粟米油、玉米胚芽油

性 **温** 味 **甘** 归经 **胃经**

🥄 营养功效

玉米油所含的亚油酸在人体内可与胆固醇相结合，有防治动脉粥样硬化的功效；较多的植物固醇可预防血管硬化，促进饱和脂肪酸和胆固醇的代谢；含丰富的维生素E，有降低血中胆固醇、增进新陈代谢、抗氧化的作用。

适宜人群 高血压患者、食欲不振者、便溏者、动脉粥样硬化者、心脑血管疾病患者。

不宜人群 遗尿患者。

食用指导

选购 应选择颜色泽金黄透明、无杂质、气味清香、无异味的优质玉米油。

储存 应放置在干燥、避光、低温、通风处储存。

烹饪 作为煎、炸、炒等烹饪方式的调料食用。

✓ 相宜食物搭配及功效

鹅蛋	芹菜
可治眩晕症	降低血压

😊 健康小贴士

玉米油不宜加热至冒烟，勿重复使用，一冷一热容易变质。

✗ 相克食物搭配及后果

牛奶

身体不适

推荐食谱

蒜蓉粉丝娃娃菜

【材料】粉丝、娃娃菜各250克。

【调料】蒜蓉、葱丝、葱花各30克，生抽20克，盐5克，味精3克，素上汤适量。

做法

❶ 娃娃菜洗净，对半切成12块；粉丝洗净，泡发，与葱丝、娃娃菜装盘蒸熟。❷ 炒锅下油烧热，放进蒜蓉、葱花爆香，再放进素上汤、生抽、盐、味精，炒至汁浓，均匀淋入装有蒸熟的娃娃菜和粉丝的盘中即可。

注解

玉米油是在玉米精炼油的基础上经过脱磷、脱酸、脱胶、脱色、脱臭和脱蜡精制而成的。在欧美国家，玉米油被作为一种高级食用油而广泛食用，享有"健康油""放心油"等美称。

香油

别名
芝麻油、麻油

性 温　味 甘、辛　归经 肺、胃、大肠经

营养功效

香油具有补虚、润肠通便、润嗓利咽之功效。香油有助于促进消化、增强食欲；香油中含丰富的维生素E，能够促进细胞分裂。

适宜人群 血管硬化、高血压等病症者。

不宜人群 患有菌痢、腹泻等病症者。

食用指导

选购 应选择颜色呈红色或橙红色、香味浓郁醇厚、无异味的优质香油。

储存 应放置在干燥、阴凉、低温、通风处储存。

烹饪 作为调味料食用，不宜空腹单独服用。

✔ 相宜食物搭配及功效

草莓	羊肝	白酒	土豆
清热解毒	止咳润肺	对白癜风有一定的疗效	有利于人体对营养的吸收

✘ 相克食物搭配及后果

牛奶
身体不适

推荐食谱

双椒蒸茄子

【材料】 茄子300克，红椒、青椒各30克。

【调料】 盐3克，香油适量。

做法

① 茄子洗净，切条；青椒、红椒去蒂洗净，切条状。② 将切好的茄子、青椒、红椒加盐调味，摆好盘，入蒸锅蒸熟后取出，淋上香油即可。

功效 降低血压。

注解

香油是小磨香油和机制香油的统称，亦即具有浓郁或显著香味的芝麻油。在加工过程中，芝麻中的特有成分经高温炒料处理后，生成具有特殊香味的物质，致使芝麻油具有独特的香味，有别于其他各种食用油，故称香油。

第八章 中药类

人参

别名
黄参、血参、地精

性 **平** 味 **甘** 归经 **脾、肺经**

营养功效

人参主要含有多种氨基、人参皂苷、维生素B_2等成分。具有大补元气的作用，用于心肌梗死引起的休克。人参有改善心肌缺血的作用，并可复苏失血性休克状态。人参具有健脾益肺作用，可用于食欲不振、呼吸微弱等症。

适宜人群 适用于体虚、惊悸者。

不宜人群 实证、热证而正气不虚者。

食用指导

选购 圆长、皮老黄、纹细密、体形美、鞭条须、珍珠节多等，具备这些条件的人参是罕见的珍品。

储存 对已干透的人参，可用塑料袋密封以隔绝空气，置阴凉处保存即可。

烹饪 可炒食、涮锅、煲汤、入馅等。不可生食。

✔ 相宜食物搭配及功效

山药	鸡肉	乳鸽	莲子
降低胆固醇	益气填精、养血调经	补虚扶弱	补气健脾

✖ 相克食物搭配及后果

葡萄	兔肉	猪血	白萝卜

导致腹泻	导致上火	影响吸收，降低药效	作用相反，不宜同用

推荐食谱 参片莲子汤

【材料】人参片10克，红枣10克，莲子40克。

做法 ❶ 红枣泡发洗净；莲子泡发洗净。

❷ 莲子、红枣、人参片放入炖盅，加水至盖满材料，移入蒸笼，转中火蒸煮1小时。

❸ 随后，加入冰糖续蒸20分钟，取出即可食用。

西洋参

别名 花旗参、西参

性 凉　味 甘、微苦　归经 心、肺、肾经

营养功效

西洋参具有补气养阴，清热生津的功效。可用于气虚阴亏，内热，咳喘痰血，虚热烦倦，消渴，口燥咽干。西洋参可以有效增强中枢神经，达到静心凝神、消除疲劳、增强记忆力等作用，可适用于失眠、烦躁、记忆力衰退及老年痴呆等症状。

适宜人群 热病后津液亏损者。

不宜人群 畏寒、脾阳虚弱等阳虚体质者。

食用指导

选购 以条匀、质硬、体轻、气清香、味浓者为佳。

储存 置于阴凉干燥处，密闭，防虫蛀。

烹饪 内服：煎汤（另煎和服），2.4~6克。

✔ 相宜食物搭配及功效

乌鸡肉	燕窝	甘草	五味子
健脾益肺、养血柔肝	养阴润燥、清火益气	主治心悸心痛、失眠多梦	主治神疲乏力、心烦口渴

✘ 相克食物搭配及后果

茶	白萝卜	山楂
破坏西洋参中的有效成分	作用相反	降低西洋参疗效

推荐食谱 西洋参百合绿豆炖鸽汤

【材料】乳鸽1只，西洋参、百合、绿豆各适量。

【调料】盐3克。

做法 ① 乳鸽处理干净；西洋参、百合均洗净，泡发；绿豆洗净，泡水20分钟。② 锅中注水烧开，放入乳鸽煮尽血水，捞出洗净。③ 将西洋参、乳鸽放入瓦煲，注入适量清水，大火烧开，放入百合、绿豆，以小火煲煮2.5小时，加盐调味即可。

功效 增强免疫力。

注解

西洋参是人参的一种，含十余种人参皂苷、少量挥发油、糖类、氨基酸、无机元素等。能调节中枢神经系统的兴奋与抑制，能抗疲劳、抗缺氧、增强机体适应能力等。服用方法有煮、炖、蒸食，也可切片含化或研成细粉冲服。

黄芪

别名
黄耆、独根

性 微温　味 甘　归经 肺、脾、肝、肾经

营养功效

黄芪具有益气固表、敛汗固脱、托疮生肌、利水消肿的功效。可用于气虚乏力、中气下陷、久泻脱肛、蛋白尿、糖尿病等症。

适宜人群 气血不足、慢性溃疡者。

不宜人群 急性病、食滞胸闷者。

食用指导

选购 以条粗长、皱纹少、断面色黄白、粉性足、味甜者为佳。选购时应注意与白香草木樨、紫花苜蓿、刺果甘草等相区分。这些虽形似黄芪，但白香草木樨折断面呈刺状，紫花苜蓿和刺果甘草味微苦，均与黄芪有异。

储存 生品贮于干燥通风处，炮制品贮于有盖干燥的密闭容器内，均需防潮、防霉、防蛀。

烹饪 益气补中宜炙用，其他方面多生用。内服：煎汤，10~30克（大剂量120克）；也可入丸、散、膏。另外，蜜炙可增强其补益作用。（地道200药材）

✔ 相宜食物搭配及功效

猪肝	银耳	鸡肉	鲤鱼
补气、养肝、通乳	可作为白细胞减少症者的食疗方	补中益气、养精血	能补气固表

✖ 相克食物搭配及后果

辣椒	大蒜
容易引起腹胀	影响黄芪的药用效果

推荐食谱

白术黄芪煮鱼

【材料】虱目鱼肚1片，芹菜适量，白术、黄芪各10克，防风6.5克。

【调料】盐、味精、淀粉各适量。

做法

❶将虱目鱼肚洗净切片，放少许淀粉腌渍20分钟；药材洗净，沥干备用。❷锅置火上，倒入清水，将药材与虱目鱼肚一起煮，用大火煮沸，再转小火续熬，至味出时，放适量盐、味精调味，起锅前，加入适量芹菜即可。

功效 增强免疫力。

白术

别名 于术、冬术

性 温 **味** 苦、甘 **归经** 脾、胃经

营养功效

白术为不规则的肥厚团块，表面灰黄色或灰棕色，有瘤状突起及断续的纵皱和沟纹，并有须根痕，顶端有残留茎基和芽痕。质坚硬不易折断，断面不平坦，呈黄白色至淡棕色，有棕黄色的点状。白术具有健脾益气的功效。用于脾虚食少、腹胀泄泻、痰饮眩悸、水肿、自汗、胎动不安。

适宜人群 自汗易汗、小儿流涎、倦怠无力者。

不宜人群 阴虚燥渴、胃胀腹胀、气滞饱闷者。

食用指导

选购 以个大、质坚实、断面呈黄色的白术为佳。

储存 置阴凉干燥处，防蛀。

烹饪 生用则燥湿和中作用较强；炒用则性较缓，补益脾胃的作用较强；用土炒则以补益脾胃为主；焦白术止泻作用较好。入煎剂用6~12克，大剂量可用至60~90克。

✔ 相宜食物搭配及功效

芋头	猴头菇	兔肉	鳝鱼
益胃宽肠、通便解毒	抑制消化道系统肿瘤	祛病健身	补气、养血、温阳益脾

桑葚	猪肚	党参	茯苓
能健脾养血	健脾益气	治脾气虚弱	补气健脾

✘ 相克食物搭配及后果

桃子	香菜	芹菜	草鱼
引发心绞痛	导致上火	破坏芹菜的营养价值	生成不利于健康的物质

大葱	李子	大蒜	白菜
降低药效	产生不良反应	使白术药性变得更加燥烈	两者性味相反

推荐食谱 滋补鸡汤

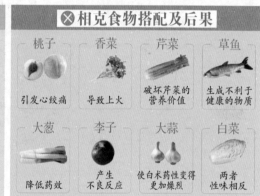

【材料】 熟地、党参、黄芪各15克，当归、桂枝、枸杞各10克，川芎、白术、茯苓、甘草各5克，红枣6个，鸡腿2只。

做法

① 鸡腿剁块、洗净，汆烫捞起洗净。② 将所有材料洗净，盛入炖锅，加入鸡块，加水至盖过材料，以大火煮开，转小火慢炖50分钟。

功效 养心润肺。

蜂蜜

别名
白蜜、生蜂蜜、炼蜜

性 **平** 味 **甘**

营养功效

蜂蜜中含有维生素B$_1$、维生素B$_2$、维生素B$_6$、维生素D、维生素E、烟酸、泛酸以及钙、铁、铜、锰、磷、钾等矿物质。蜂蜜中含有氧化酶、还原酶、过氧化酶、淀粉酶、脂酶、转化酶等。蜂蜜具有补虚、润燥、解毒、保护肝脏、营养心肌、降血压、防止动脉硬化等功效，对中气亏虚、肺燥咳嗽、风疹、胃痛、口疮、水火烫伤、高血压、便秘等病症有食疗作用。

适宜人群 营养不良、气血不足、食欲不振、年老体虚者。
不宜人群 低血糖、过敏体质者，小儿不宜食用。

食用指导

选购 以含水分少，有油性、稠和凝脂，味甜而纯正，无异臭及杂质的蜂蜜为佳。
储存 放铁桶或罐内盖紧，置阴凉干燥处，宜在30℃以下保存。防尘、防高温。
烹饪 可直接食用或用水冲服，或制成各种糕点。

✔相宜食物搭配及功效

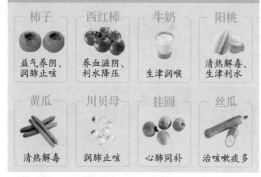

柿子	西红柿	牛奶	阳桃
益气养阴、润肺止咳	养血滋阴、利水降压	生津润喉	清热解毒、生津利水

黄瓜	川贝母	桂圆	丝瓜
清热解毒	润肺止咳	心肺同补	治咳嗽痰多

✘相克食物搭配及后果

大蒜	莴笋	韭菜	洋葱
刺激肠胃，引起腹泻	导致腹泻	降低药效	导致腹泻、腹胀

豆浆	鲫鱼	沸水	豆腐
产生沉淀，影响人体吸收	产生沉淀，影响人体吸收	破坏营养物质	导致腹泻

推荐食谱

美味八宝粥

【材料】 粳米、红米、薏米、绿豆、银耳、莲子、红枣、花生各20克。
【调料】 蜂蜜适量。

做法

❶ 所有原材料洗净；红枣洗净泡发去核；莲子剔去莲心；银耳撕成小朵洗净。❷ 将备好的材料放入锅中，加适量清水，大火煮沸，小火熬成粥，加入适量蜂蜜调味即可。

功效 增强免疫力。

枸杞

别名
苟起子、狗奶子

性 平　味 甘

营养功效

枸杞富含维生素B$_1$、维生素B$_2$、维生素C、甜菜碱、胡萝卜素、玉蜀黍素、烟酸钙、磷、铁、有机锗、β-谷甾醇、亚油酸、酸浆果红素以及14种氨基酸等成分。枸杞具有补精气、坚筋骨、止消渴、明目、抗衰老以及降血脂、降血压、降血糖、抑制脂肪肝，以及提高机体免疫功能的功效。

适宜人群 肝肾阴虚、血虚、慢性肝炎者。

不宜人群 脾虚泄泻者和感冒发热患者。

食用指导

选购 以粒大、肉厚、子小、色红、质柔、味甜的枸杞子为佳。

储存 置阴凉干燥处，防闷热、防潮、防蛀。

烹饪 煎服，5~10克；亦可熬膏、浸酒或入丸、散剂。

✔ 相宜食物搭配及功效

菊花	鹌鹑	百合	鳝鱼
滋阴补肾，疏风清肝	补肝肾、健脾胃	清热除烦、宁心安神	补肾养血

✖ 相克食物搭配及后果

茶	龙眼肉
生成不利于健康的物质	易上火

推荐食谱

枸杞拌青豆

【材料】青豆350克，枸杞50克。

【调料】红油、蒜泥各10克，酱油、醋、香葱末各5克，盐3克。

做法

❶青豆、枸杞洗净，一起放进锅中，加盐煮熟，盛出装盘。❷锅中倒入红油，放入蒜泥、酱油、醋、盐炒香，出锅浇在青豆、枸杞上，再撒上香葱末即成。

功效 降低血压。

注解

枸杞是茄科植物枸杞的成熟果实，是一味常用的补肝益肾中药，其色鲜红，其味香甜，既可以作为坚果食用，又是功效显著的传统中药材。中医常常用它来治疗肝肾阴亏、腰膝酸软、头晕、健忘、目眩、目昏多泪、消渴、遗精等病症。

太子参

别名
童参、米参

性 **平** 味 **甘、微苦** 归经 **脾、肺经**

营养功效

太子参具有补气益血、生津、补脾胃的功效。可用于病后体虚、肺虚咳嗽、脾虚腹泻、小儿虚汗、心悸、口干、不思饮食。

适宜人群 脾气虚弱、食少倦怠者。

不宜人群 内火旺盛者。

食用指导

选购 以条粗、肥润、黄白色、有粉性、无须根者为佳。

储存 置于通风干燥处，防潮，防蛀。

烹饪 煎服，9~30克。

✔ 相宜食物搭配及功效

柴鸡 | 黄芪
调养产后虚弱 | 治劳倦乏力

✘ 相克食物搭配及后果

山药 —— 石斛
产生不良反应

推荐食谱

太子参瘦肉汤

【材料】 水发海底椰100克，猪瘦肉75克，太子参片5克、姜片10克、白糖2克。

【调料】 高汤适量，盐6克。

做法

❶ 将水发海底椰洗净切片，猪瘦肉洗净、切片，太子参片洗净备用。❷ 净锅上火倒入高汤，调入盐、白糖、姜片，下入水发海底椰、肉片、太子参片烧开，撇去浮沫，煲至熟即可。

功效 益气健脾，生津润肺。

注解

太子参始载于《本草从新》，为石竹科植物孩儿参的块根。主产于江苏、安徽、山东等省。太子参呈细纺锤形或细长条形，稍弯曲，长2~10厘米，直径0.2~0.6厘米，顶端有茎痕，下部渐细呈尾状。表面黄白色，较光滑，微有皱纹，凹陷处有须根痕，质硬而脆，断面平坦淡黄白色，角质样，晒干者类白色，有粉性。

鹿茸

别名
鹿茸片、大挺片

性 温　味 咸

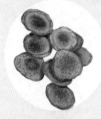

营养功效

鹿茸含磷酸钙、碳酸钙、铁、锌、铜、铬、锰等能促进生长发育、减轻疲劳、改善睡眠和食欲、改善蛋白质和能量代谢；能促进溃疡和骨折的愈合；有抗衰老作用；可增强肾脏利尿机能。

适宜人群 食欲不振者。

不宜人群 内火旺盛者。

食用指导

选购 以粗壮、主枝圆、顶端丰满、质嫩、毛细、皮色红棕（花鹿茸）或灰褐（马鹿茸）、油润光泽、下部无棱线者为佳。

储存 置通风干燥处，防潮，防霉，防蛀。

烹饪 研细末，每日3次分服，1~2克。如入丸、散剂，随方配制。

✔ 相宜食物搭配及功效

乌鸡	红枣	白酒	肉苁蓉
补肾益精	补血养阴	补肾壮阳	缓解肾虚

✘ 相克食物搭配及后果

茶　　　　山楂　　　　萝卜　　　　莱菔子

削弱鹿茸的药力

推荐食谱

鹿茸枸杞蒸虾

【材料】大虾500克、米酒50毫升。

【调料】鹿茸10克、枸杞10克。

做法 ❶白大虾剪去须脚，在虾背上划开，以挑去泥肠，用清水冲洗干净，备用。❷鹿茸去除绒毛（也可用鹿茸切片代替），与枸杞一起用米酒泡20分钟左右。❸将备好的大虾放入盘中，浇入鹿茸、枸杞和酒汁。❹将盘子放入沸水锅中，隔水蒸8分钟即成。

功效 温肾壮阳，强筋健胃，生精益血。

注解

雄鹿的嫩角没有长成硬骨时，带茸毛，含血液，叫作鹿茸。它是一种贵重的中药，用作滋补强壮剂，对虚弱、神经衰弱等有疗效。为常用中药，《神农本草经》将其列为中品。由于原动物不同，分为花鹿茸（黄毛茸）和马鹿茸（青毛茸）两种；由于采收方法不同又分为砍茸与锯茸二种；由于枝杈多少及老嫩不同，又可分为鞍子、二杠、挂角、三岔、花砍茸、莲花等多种。

肉苁蓉

别名 大芸、金笋　　性 温　味 甘、咸　归经 肾、大肠经

营养功效

肉苁蓉具有补肾阳、益精血、润肠通便的功效，可用于肾阳虚衰、精血亏损、阳痿、遗精、腰膝冷痛、耳鸣目花等症。对于降血压、抗衰老、润肠通便有一定的食疗作用。

适宜人群 四肢不温及高血压患者。

不宜人群 阴虚火旺及大便泄泻者。

食用指导

选购 甜苁蓉以条大、身肥、鳞细、色灰褐至黑褐、油性大、柔软体质、木质心细、无枯空者为佳；咸苁蓉以色黑、质糯、细鳞粗条、体扁圆形为佳。

储存 置于通风干燥处，防蛀，防潮。

烹饪 煎服，6～9克；单用大剂量煎服，可用至30克。

✔ 相宜食物搭配及功效

羊肉	猪腰	白酒	粳米
能补肾壮阳、益精	能补肾益精、延年益寿	治肾阳不足	治老年多尿症

健康小贴士

秋天采的肉苁蓉用盐腌渍以去水分，称为"咸苁蓉"，甜苁蓉多为春季苗未出土或刚出土时采挖的，除去花序，干燥可用。肉苁蓉宜切厚片生用或酒制用。

推荐食谱

苁蓉海参鸽蛋

【材料】 水发海参2个，鸽蛋12颗，肉苁蓉15克。

【调料】 猪油50毫升，花生油、葱、蒜、胡椒粉、味精、太白粉、鸡汁适量。

做法 ❶ 将海参处理，氽熟；鸽蛋煮熟，去壳；肉苁蓉煎汁备用。鸽蛋沾太白粉，炸至金黄色，备用。❷ 锅中放猪油，投下葱、蒜爆香，加鸡汁稍煮，再加调味料和海参，煮沸后用小火煮40分钟，再加鸽蛋、苁蓉汁，煨煮。❸ 将余下的汤汁做成芡汁，淋上即成。

功效 降低血压。

注解

肉苁蓉是当前世界上濒临灭绝的物种，药用价值极高，素有"沙漠人参"的美誉，是中国所发现的60多种补益中药中品位最高的药物，含有大量氨基酸、胱氨酸、维生素和矿物质珍稀营养滋补成分，对男性肾、睾丸、阴茎、海绵体等性器官都有极大的补益效果，对阳痿、早泄更是立竿见影，应验如神。

冬虫夏草

别名 夏草冬虫，虫草

性 平 **味** 甘 **归经** 肾、肺经

营养功效

冬虫夏草富含虫草酸、虫草素、氨基酸、甾醇、甘露醇、生物碱、维生素B_1、维生素B_2、多糖及矿物质等，具有抗癌、滋补、免疫调节、抗菌、镇静催眠等功效。冬虫夏草还有显著扩张支气管平滑肌且有平喘的作用，对肠管、子宫及心脏均有抑制作用，对保护血管也有一定作用。

适宜人群 肾气不足、腰膝酸痛者。

不宜人群 有表邪者不宜食用。

食用指导

选购 以虫体饱满肥大、完整、坚实、色黄、断面充实、类白色，菌座（子座）短壮，气香浓郁者为佳。市面上常有伪虫草，通常是用淀粉伪造成虫草模样，涂以颜色，但其质硬脆，断面有淀粉质，加碘后变蓝。

储存 密闭封藏，防潮，防蛀。

烹饪 本品一般用于调补，与鸡、鸭、猪肉等炖服效果好，也可配入煎剂内，或研末配合其他煎剂送服，或配于丸散剂内。如用于炖服或入煎剂，用 3~9 克，研末吞服，每次 2~3 克。

✔相宜食物搭配及功效

胡萝卜	鸭	鸭肝	猪肉	百合	鸡肉	大枣	鲍鱼
补虚润脏、养颜益肝	可用于虚劳咳喘、自汗盗汗等症	可用于更年期综合征	补肾益肺、止咳定喘	补肺、润肺、止咳	可用于病后体虚或自汗畏寒	可用于更年期综合征	滋补气血、润肺养颜

推荐食谱

冬虫夏草鸡

【材料】公鸡1只，冬虫夏草5~10枚。

【调料】姜、葱、精盐、味精各适。

做法 ❶将公鸡烫洗、退毛，内脏去除干净，并剁成若干块，备用。❷将切好的鸡块汆烫，可以去除鸡肉上残留的血丝，然后将汆烫好的鸡块放在锅中，添入适量水，用大火煮开。❸水开时，加入冬虫夏草和各种调味料；然后添加少量水，用小火将鸡肉煮熟。

功效 补肾益阳、改善睡眠、增强抵抗力

注解

冬虫夏草是麦角菌科真菌冬虫夏草寄生在蝙蝠蛾科昆虫幼虫上的子座及幼虫尸体的复合体，是一种传统的名贵滋补中药材。冬虫夏草中82.2%为不饱和脂肪酸，是著名的滋补强壮药，有补虚健体之效。

补骨脂

别名 黑故子、胡韭子

性 温 **味** 辛、苦 **归经** 肾、脾经

营养功效

补骨脂具有补肾壮阳、固精缩尿、、温脾止泻、纳气平喘的功效。可用于治疗肾虚阳痿、腰膝酸软冷痛、肾虚遗精、遗尿、尿频、五更泄泻、虚寒喘咳等病症。

适宜人群 腰膝冷痛、银屑病等患者。

不宜人群 阴虚内热者。

食用指导

选购 以身干、颗粒饱满、黑褐色、纯净者为佳。

储存 置干燥处密封避光保存，防潮，防蛀。

烹饪 煎服，6~9克；外用适量。盐炙补骨脂，可使挥发油含量降低，辛燥之性减弱。

✔ 相宜食物搭配及功效

猪肚	麻黄	淫羊藿
治胎动不安	治遗尿	缓解阳痿、早泄、遗尿、尿频

✘ 相克食物搭配及后果

猪血	油菜
两者作用相反	两者性味相反

推荐食谱 补骨脂芡实鸭汤

【材料】 鸭肉300克、补骨脂15克、芡实50克。

【调料】 盐1小匙。

做法

❶ 将鸭肉洗净，放入沸水中氽烫，去除血水，捞出，备用。❷ 将芡实淘洗干净，与补骨脂、鸭肉一起盛入锅中，加入7碗水，大约盖过所有的材料。❸ 用大火将汤煮开，再转用小火续炖约30分钟，快煮熟时加盐调味即可。

功效 补肾、养精、助阳气、开胃健脾。

注解

补骨脂为豆科植物补骨脂的果实。呈扁圆状肾形，一端略尖，少有宿萼。表面黑棕色或棕褐色，质较硬脆。补骨脂大温气厚，味兼苦，故偏于走下，善补命门之火，以壮元阳，多用于肾虚寒者。

阿胶

别名 驴皮胶、二泉胶、傅致胶、盆覆胶

性 平 **味** 甘 **归经** 肺、肝、肾经

营养功效

阿胶具有补血、止血、滋阴润燥的功效。可用于眩晕、心悸失眠、久咳、咯血、衄血、吐血、尿血、便血、月经不调等症。

适宜人群 血虚萎黄、眩晕心悸者。

不宜人群 消化不良、胃弱便溏者。

食用指导

选购 以色乌黑、光亮透明、轻拍则断裂、无腥臭气味者为佳。阿胶在市场上售价不低，因而假货比较多。从以下五个方面可识别阿胶的真假：①色泽：真品色黑如漆，略透光如琥珀，假品色泽灰暗，呈油墨黑；②断面：真品断面光滑、半透明、有光泽，假品不易折断，即使折断，断面也暗淡无光；③硬度：真品胶块硬度适中，在常温条件下不发软，假品掷地有声，用掌下压容易变形；④渣质：真品经烊化后，一般没渣，假品则不易烊化，且多渣；⑤气味：真品微有腥味，敲碎后有胶香味，假品则有一股难闻的臭味。

储存 置于阴凉干燥处，密闭保存。

烹饪 烊化兑服，3~9 克。用开水或料酒化服，入汤剂应烊化冲服。

✔相宜食物搭配及功效

鸡蛋	鸡肉	枸杞	糯米	黄酒	黄连	桂圆 —— 人参
能补血、滋阴、安胎	滋阴补血、增强体质	有养胎、安胎的功效	养血益气、安胎	治疗一般血虚症	适宜干阴虚火旺之虚烦不得眠者	适用于气虚疲乏无力，兼有心悸畏寒等症

推荐食谱

阿胶牛肉汤

【材料】牛肉100克、阿胶15克。

【调料】米酒20毫升、生姜10克、精盐适量。

做法 ❶ 将牛肉去筋切片。❷ 将切好的牛肉片与生姜、米酒一起放入砂锅，加入适量的水，用小火煮30分钟左右。❸ 最后加入阿胶及调味料，溶解搅拌均匀即可。

功效 降低血压。

注解

阿胶，又名阿胶珠，与人参、鹿茸并称"滋补三大宝"，能滋阴补血、延年益寿。

何首乌

别名 地精、赤敛

性 **微温** 味 **苦、甘** 归经 **肝、肾经**

营养功效

何首乌具有养血滋阴、润肠通便、解毒、截疟、祛风的功效。可用于防治血虚、头昏目眩、心悸、失眠、肝肾阴虚之腰膝酸软、须发皂白、耳鸣、遗精、肠燥便秘、久疟体虚、风疹瘙痒、瘰疬、痔疮等症。

适宜人群 神经衰弱、慢性肝炎者。

不宜人群 大便溏薄者。

食用指导

选购 以个大身长、圆块状、质坚实而重、粉性足、外皮红褐色、断而无裂隙、断面红棕色、苦味浓、有梅花状纹理者为佳。

储存 贮于有盖容器内，置于阴凉干燥处，防潮，防蛀。

烹饪 煎服，每次10?30克。补肝肾宜用制首乌，解毒通便宜用生首乌。

✔ 相宜食物搭配及功效

乌鸡	乌鳢	茯苓	艾叶
增强药效	强身健体、延缓衰老	易于药效发挥	治疥癣

✘ 相克食物搭配及后果

大蒜	白萝卜	猪血	葱
易导致腹泻	易导致腹泻	对健康不利	降低何首乌的药效

推荐食谱

何首乌炒猪肝

【材料】 猪肝300克、韭菜花250克、何首乌20克。

【调料】 清水240毫升、太白粉5克、豆瓣酱8克、盐3克。

做法 ❶猪肝切片，入开水中滚烫，捞出沥干。❷韭菜切小段，将何首乌放入清水中煮沸，转小火续煮10分钟后离火，滤取药汁与太白粉混合均匀。❸起油锅，将韭菜和猪肝与豆瓣酱一起炒匀。

功效 补肝、养血、明目、解毒、消渴。

注解

何首乌为蓼科多年生缠绕藤本植物，根细长，末端成肥大的块根，外表红褐色至暗褐色，中药何首乌以其功效不同有生首乌与制首乌之分。

熟地黄

别名 熟地、伏地

性 微温　**味** 甘　**归经** 肝、肾经

营养功效

熟地黄具有滋阴补血、益精填髓的功效。可用于肝肾阴虚、腰膝酸软、骨蒸潮热、盗汗遗精、内热消渴、须发早白等症。

适宜人群 血虚阴亏、肝肾不足者。

不宜人群 气滞痰多、腹满便溏者。

食用指导

选购 宜选用表面乌黑发亮、味甜或微有酒气的熟地黄。

储存 置阴凉干燥处，防潮、防蛀。

烹饪 内服：煎汤，10~30克；或入丸散；或熬膏，或浸酒。

✔ 相宜食物搭配及功效

墨鱼	粳米	羊肉	生姜
止血、收敛、益胃通气	滋阴补肾，益气养血	滋阴健脾，降糖降压	可用于产后血瘀和痛经

✗ 相克食物搭配及后果

白萝卜	葱
性味功效不相合	两者功用相反

推荐食谱

六味地黄鸡汤

【材料】 鸡腿150克，熟地25克，山茱萸、泽泻各5克，淮山、丹皮、茯苓各10克，红枣8颗。

【调料】 盐适量。

做法

1. 鸡腿剁块，放入沸水中汆烫，捞起冲净。
2. 将鸡腿和所有药材一道盛入炖锅，加6碗水以大火煮开。
3. 转小火慢炖30分钟，放盐调味即成。

功效 补血养颜。

注解

熟地为玄参科植物地黄的块根经加工炮制而成。通常以酒、砂仁、陈皮为辅料经反复蒸晒，至内外色黑油润，质地柔软粘腻。切片用，或炒炭用。经炮制后，药性由微寒转微温，补益性增强。

当归

别名
秦归、云归、西当归

性 温　味 甘、辛　归经 肝、心、脾经

营养功效

当归是无毒免疫促进剂，具有多方面的生理调节功能。有兴奋和抑制子宫平滑肌双向性的作用，还能增强心肌血液供应。当归中的阿魏酸钠有抗血小板凝聚、抑制血栓形成、抗贫血、促进血红蛋白及红细胞生成的作用。

适宜人群 腹胀疼痛、气血不足者。

不宜人群 大便溏薄者以及热盛出血患者。

食用指导

选购 以油润，外皮棕黄或黄褐色、断面色黄白、主根粗壮、质坚实、香味浓郁者为佳。

储存 贮于有盖容器内，置于阴凉干燥处，防潮，防蛀。

烹饪 煎服，5~15克。一般生用，酒炒可增强其活血之力。

✔相宜食物搭配及功效

银耳
促进新陈代谢、延迟衰老

猪肾
可用于心悸、气短

鸡肉
促进人体造血功能，改善贫血状况

姜
可用于产后腹痛、胁肋胀满者

✗相克食物搭配及后果

湿面
两者功用相反

推荐食谱

当归羊肉汤

【材料】羊肉500克，当归15克。

【调料】姜、米酒、盐各适量。

做法

① 羊肉放入沸水汆烫、捞起、冲净。② 姜冲净，以刀背拍裂、切段。③ 将羊肉、姜、当归一起盛锅，加水至盖过材料，煮沸转小火续炖40分钟。④ 起锅前加盐、米酒调味即可食用。

功效 补血、驱寒、阵痛止痛、活血。

注解

当归为伞形科草本植物当归的根。产于甘肃、陕西、四川等省。秋末采挖，去须根、泥沙，以烟火熏干。切片生用，或酒炒用。当归略有麻舌感，以主根粗长、支根少、油润、断面黄白色、香气浓郁者为好。当归一般分为当归身（含当归头）和当归尾，多用全当归。

女贞子

别名
鼠梓子、冬青子

性 凉　味 甘、苦　归经 肝、肾经

营养功效

女贞子可以增加冠状动脉血流量，有降脂、降血糖、降低血液黏度的作用，有抗血栓和防治动脉硬化的作用，可用于治疗肝肾阴虚的目暗不明，视力减退，须发早白，腰酸耳鸣及阴虚发热等。

适宜人群 遗精耳鸣、须发早白者。

不宜人群 脾胃虚寒泄泻及阳虚者。

食用指导

选购 以粒大、饱满、蓝黑色、质坚实、无杂质为佳；粒小色黄者次之。

储存 置干燥处，防霉，防蛀。

烹饪 煎服，6~12克；或入丸剂。补肝肾制熟用。

✔ 相宜食物搭配及功效

猪瘦肉	桂圆	蜂蜜	白酒
补肾黑发、益精养颜	能补肝肾、益心脾、黑须发	滋肝补肾	活血化瘀

健康小贴士

女贞子的主要成分为齐墩果酸、甘露醇、葡萄糖、硬脂酸、油酸、甘油酸等，具有以下生理作用：①强心利尿、保肝降酶；②降血脂、抗动脉硬化、降血糖；③增强细胞免疫力和体液免疫功能；④缓泻通便。

推荐食谱 女贞子鸭汤

【材料】 鸭肉500克、女贞子15克、熟地黄20克、枸杞子10克、山药10克。

【调料】 盐适量。

做法

❶将鸭肉洗净，切块。❷将熟地黄、枸杞子、山药、女贞子、鸭肉均洗净，同放入锅中，加适量清水，大火煮沸，转小火炖至白鸭肉熟烂，加入调味料即可。

功效 降低血压。

注解

女贞子为木樨科植物女贞的干燥成熟果实。冬季果实成熟时采收，除去枝叶，稍蒸或置沸水中略烫后，使其干燥；或直接晒干。果实呈卵形、椭圆形或肾形，长6~8.5毫米，直径3.5~5.5毫米。表面黑紫色或灰黑色，皱缩不平，基部有果梗痕或具宿萼及短梗，体轻。

黄精

别名 老虎姜、鸡头参

性 平　**味** 甘　**归经** 肺、脾、肾经

营养功效

黄精具有降血压、降血糖、降血脂、防止动脉粥样硬化、延缓衰老、抗菌、补气养阴、健脾、润肺、益肾等作用，可用于治疗阴虚肺燥、干咳少痰及肺肾阴虚的劳嗽久咳等症。另外，黄精多糖具有免疫激活作用。

适宜人群 病后虚损、肺痨咯血者。

不宜人群 腹泻便溏、食欲不振者。

食用指导

选购 药用以块大、色黄、断面透明、质润泽、习称"冰糖渣"者为佳。

储存 充分干燥后装入双层无毒塑料袋内，放置在密封容器内贮藏，或入冰柜冷藏。

烹饪 煎服，9~15克，最大量30克；亦可入丸、膏剂；或浸酒。外用适量，煎水外洗；或捣敷、涂搽。

✔ 相宜食物搭配及功效

鹿肉	鸡肉
强身健体、补肾壮阳	养血补气、润发黑发

✘ 相克食物搭配及后果

猪里脊肉

猪里脊肉的药性与之相悖

推荐食谱

黄精蒸土鸡

【材料】土鸡1只（重约1000克），黄精、党参、山药各30克。

【调料】姜、川椒、葱、食盐、味精各适量。

做法

① 将土鸡洗净剁成1寸见方的小块。② 放入沸水中烫3分钟后，装入汽锅内，加入葱、姜、食盐、川椒、味精。③ 再加入黄精、党参、山药盖好汽锅，放入蒸锅蒸3小时即成。

功效 益气、润心肺、强筋骨、健胃脾。

注解

生黄精具有麻味，刺人咽喉，故多蒸用。蒸后除去麻味，以免刺激咽喉，并可增强补气养阴、补脾润肺的作用。酒制能使之滋而不腻，并助其药性，更好地发挥补肾益血的作用。

麦冬

别名
忍冬、阶前草

性 微寒　味 甘　归经 心、胃经

营养功效

麦冬具有滋阴生津、润肺止咳、清心除烦的功效，可用于治疗于肺燥干咳、虚痨咳嗽、津伤口渴、心烦失眠、内热消渴、肠燥便秘等症。

适宜人群 阴虚内热者。

不宜人群 胃有痰饮湿浊及风寒咳嗽者。

食用指导

选购 以身干、个肥大、质柔软、半透明、表面淡黄白色、气香、味甜、嚼之发黏者为佳。

储存 贮于有盖容器内，防潮，防蛀，防鼠。

烹饪 煎服，6~20克；或入丸、散、饮剂。

✓ 相宜食物搭配及功效

牛奶	乌梅	粳米
补益脾胃，生津润肠	生津止渴	清补作用

✗ 相克食物搭配及后果

鲤鱼	鲫鱼	黑木耳	苦参
两者功能不协	与麦冬功能不协	易引起胸闷不适感	影响药效发挥

推荐食谱

麦冬黑枣乌鸡汤

【材料】 乌鸡400克,麦冬15克,人参8克,黑枣15克,枸杞子15克。

【调料】 盐、鸡精各适量。

做法 ①白乌鸡收拾干净，斩件，氽水；人参、麦冬洗净，切片；黑枣洗净，去核，浸泡；枸杞子洗净，浸泡。②锅中注入适量清水，放入乌鸡、人参、麦冬、黑枣、枸杞子、盖好盖。③大火烧沸后以小火慢炖2小时，调入盐和鸡精即可食用。

功效 益气补血、养心固肾。

注解

为百合科植物沿阶草的块根，须根较粗壮，根的顶端或中部常膨大成为纺锤状肉质小块。主产于四川、浙江。

天花粉

别名 瓜蒌根、玉露根

性 微寒 **味** 甘、微苦 **归经** 肺、胃经

营养功效

天花粉具有清热生津、消肿排脓的功效。可用于热病烦渴、肺热燥咳、内热消渴、疮疡肿毒等症。天花粉蛋白可通过改变不同功能的免疫力来调节T细胞的比例，增强机体对癌细胞的免疫功效，还能升高血糖。

适宜人群 糖尿病及肺热咳嗽者。

不宜人群 脾胃虚寒、大便滑泄者及孕妇。

食用指导

选购 以块大、色白、干燥、粉性足、质坚细腻、纤维少者为佳。

储存 置干燥处，防蛀。

烹饪 10~15克，入煎剂或丸、散剂。

✔ 相宜食物搭配及功效

贝母	牡蛎	天冬	金银花	地骨皮
化痰止咳	可治痰火郁结	可治肺热燥咳 或咯血	可治疮疡肿毒	改善阴虚内热、津液亏耗

✘ 相克食物搭配及后果

乌头
"十八反"范畴

推荐食谱

鸡内金山药甜椒煲

【材料】 新鲜山药150克、鸡内金10克、红甜椒60克、新鲜香菇60克、玉米粒35克、毛豆仁35克。

【调料】 天花粉10克，色拉油半匙。

做法 ① 鸡内金、天花粉放入棉布袋和200毫升清水置入锅中，煮沸，约3分钟后关火，滤取药汁备用。② 新鲜山药去皮洗净，切薄片；红甜椒洗净，去蒂头和子，切片；新鲜香菇洗净，切片；炒锅倒入色拉油加热，放入所有材料翻炒2分钟。③ 倒入药汁，以大火焖煮约2分钟，加盐调味即可。

功效 开胃消食、消积除胀。

注解

天花粉为葫芦科植物瓜蒌的根，是一种中药，为清热泻火类药物，主治热病口渴、消渴、黄疸、肺燥咯血、痈肿、痔瘘。对于治疗糖尿病，常用它与滋阴药配合使用，以达到标本兼治的作用。

黄连

别名 川黄连、支连

性 寒 **味** 苦 **归经** 心、脾、胃、肝、胆、大肠经

营养功效

黄连具有清热燥湿、泻火解毒的功效。可用于湿热痞满、呕吐吞酸、泻痢、黄疸、高热神昏、心火亢盛、心烦不寐、血热吐衄、目赤、牙痛、消渴、痈肿疔疮等症。黄连炒用能降低寒性。

适宜人群 热盛火炽、高热干燥者。

不宜人群 苦燥伤津、阴虚津伤者。

食用指导

选购 以条粗壮、无残茎毛须、质坚实而体重、断面红黄者为佳。习惯认为雅连、川连品质较优。

储存 贮于有盖容器中，置于通风干燥处。

烹饪 2~5克。水煎服，或入丸、散剂。本品炒用能降低寒性，姜汁炙用清胃止呕，酒炙清上焦火，猪胆汁炒泻肝胆实火。外用适量。

✓ 相宜食物搭配及功效

鲢鱼	乌鸡	芹菜	大蒜	干姜
降低胆固醇和血液黏稠度	可缓解妇女更年期综合征	治疗胃热呕吐	治疗痢疾、泄泻	治疗呕吐、泄泻

✗ 相克食物搭配及后果

菊花	猪肉
影响药效发挥	破坏营养

推荐食谱 黄连阿胶鸡蛋黄汤

【材料】 阿胶9克，黄连10克，鸡蛋黄2枚，黄芩3克，白芍3克。

【调料】 白糖适量。

做法

❶ 将黄连、黄芩、阿胶、白芍分别洗净，除阿胶外，其余材料先放入煮锅内，先煮黄连、黄芩、白芍，加水8杯浓煎至3杯。❷ 去渣后，加阿胶烊化，再加入鸡蛋黄、白糖，搅拌均匀，煮熟即可，分3次食用。

功效 清热泻火、育阴生津。

注解

黄连是三角叶黄连或云连的干燥根茎。习称"味连""雅连""云连"。秋季采挖，除去须根及泥沙，使其干燥，摘去残留须根。本品有清热燥湿、泻火解毒之功效。

金银花

别名 二宝花、金藤花

性 寒 **味** 甘 **归经** 肺、心、胃经

营养功效

金银花具有清热解毒、抗炎、补虚疗风的功效，可用于胀满下疾、温病发热、热毒痈疡和肿瘤等症。现代研究证明，金银花含有绿原酸、木犀草素苷等药理活性成分，对溶血性链球菌、金黄葡萄球菌等多种致病菌及上呼吸道感染致病病毒等有较强的抑制力。

适宜人群 流行性感冒、高血脂患者。

不宜人群 脾胃虚寒、腹泻便溏者。

食用指导

选购 以花蕾初开、完整，梗叶少，金黄色，花蕾多，无杂质者为佳。

储存 贮于有盖容器内，置通风干燥处，防潮，防蛀。

烹饪 煎服，6~15克。金银花露每次60~120毫升（相当于金银花生药3.5~7克）。外用适量。

✔相宜食物搭配及功效

芦根	莲子	绿豆	野菊花	麦冬	茶叶	赤芍 —— 白糖

清热解暑、生津止渴	清热解毒、健脾止泻	清热解毒、清暑解渴	清热解毒	清火润喉	用于风热感冒发热烦渴等症	治疗冻疮局部红肿、灼痛或瘙痒者

推荐食谱

金银花水鸭汤

【材料】 水鸭350克、金银花20克、枸杞子20克、石斛8克。

【调料】 盐4克，鸡精3克。

做法 ❶水鸭收拾干净，切件；金银花、石斛洗净，浸泡；枸杞子洗净，浸泡。❷锅中注水，烧沸，放入水鸭、石斛和枸杞子，以小火慢炖。❸1小时后放入金银花，再炖1小时，调入盐和鸡精即可。

功效 清热养阴、益气补虚。

注解

药材金银花为忍冬科忍冬属植物忍冬及同属植物干燥花蕾或带初开的花。金银花自古被誉为清热解毒的良药。它寒气芳香，甘寒清热而不伤胃，芳香透达又可祛邪。金银花既能宣散风热，还善清解血毒，用于各种热性病，如身热、发疹、发斑、热毒疮痈、咽喉肿痛等症，均效果显著。

鱼腥草

别名
鱼鳞草、荇草

性 微寒　**味** 辛

营养功效

鱼腥草所含的挥发油具有增强机体免疫功能、抗病原微生物、抗菌、抗病毒、抗炎、利尿、镇痛、镇静、止血和抗癌等作用。

适宜人群 痰热喘咳者。

不宜人群 体质寒凉者。

食用指导

选购 以茎叶完整、色灰绿、有花穗、鱼腥气浓者为佳。

储存 贮于有盖容器中，防潮，防蛀。

烹饪 15~25克。大剂量可用致100克。水煎服。外用捣烂敷或水煎熏洗。

☑ 相宜食物搭配及功效

母鸡肉	猪肺	芹菜	桔梗
可用于肺痈、虚劳瘦弱、水肿等症	可作为肺炎、肺虚咳嗽的辅助治疗	清热润燥、利大小便	治疗肺炎

🌸 健康小贴士

鱼腥草的主要生理作用有：
①抑制金黄色葡萄球菌；②增强免疫功能；③抗炎、抗过敏；④解热、镇静、止咳；⑤有一定的利尿作用。

推荐食谱

鱼腥草乌鸡汤

【材料】 乌骨鸡半只，鱼腥草30克、蜜枣5颗。

【调料】 盐、味精各适量。

做法

❶鱼腥草洗净，乌骨鸡洗净切块，红枣洗净备用。❷锅中加水煮沸，放入鸡块汆烫去血水后捞出。❸将清水1000毫升放入锅内煮沸后，加入以上所有材料，大火煲开后，改用小火煲2小时加调味料即可。

功效 降低血压。

注解

鱼腥草为三白草科多年生草本植物蕺菜的干燥水上部分。产于我国长江流域以南各省。名见《名医别录》。唐苏颂说："生湿地，山谷阴处亦能蔓生，叶如荞麦而肥，茎紫赤色，江左人好生食，关中谓之菹菜，叶有腥气，故俗称鱼腥草。"

土茯苓

别名 刺猪苓、冷饭团 **性** 平 **味** 甘、淡 **归经** 肝、胃、脾经

营养功效

土茯苓具有除湿、通利关节的功效。可用于湿热淋浊、带下及汞中毒所致的肢体拘挛、筋骨疼痛，还可用于急性菌痢等症。

适宜人群 腹痛、消化不良等患者。

不宜人群 肝肾阴亏者。

食用指导

选购 以身干、粉性大、筋脉少、断面淡棕色为佳。

储存 置于通风干燥处，防潮，防蛀。

烹饪 内服煎汤，15 ~ 60克。外用适量，研末调敷。

✔ 相宜食物搭配及功效

金银花	薏米	绿豆
增强解毒之效	舒通血脉、降低胆固醇	祛湿热、解毒凉血

健康小贴士

土茯苓含皂苷、落新妇苷、琥珀酸、胡萝卜苷、异黄芪苷、树脂、挥发油等成分，其主要生理作用有：
①抗菌；②治疗肾性水肿，消除尿蛋白；③解汞中毒。

推荐食谱

土茯苓灵芝炖龟

【材料】西草龟1只、瘦肉200克、家鸡半只、大干贝3个、姜片5克、灵芝200克、土茯苓50克。

【调料】盐3克、味精5克、酒少许。

做法

①草龟宰杀洗净，家鸡洗净，瘦肉切小块，干贝放入水中泡发2小时。②把所有准备好的材料放入沸水中汆透，捞出，洗净。③把材料放入炖盅中，加入调味料，入蒸锅蒸3小时，即可。

功效 降低血压。

注解

土茯苓为双子叶植物药百合科植物光叶菝葜的干燥根茎。燥根茎为不规则块状，略呈扁圆柱形而弯曲不直，多分歧，有结节状隆起，长 5~15 厘米，直径 2~5 厘米；表面土棕色或棕色，粗糙。

五味子

别名 北五味子、玄及

性 温 **味** 酸、甘 **归经** 肺、心、肾经

营养功效

五味子具有收敛固涩、益气生津、补肾宁心的功效。可用于肺虚喘嗽、自汗、盗汗、劳伤羸瘦、梦遗滑精、久泻久痢以及孕妇临产子宫收缩乏力等症。

适宜人群 盗汗、烦渴及尿频者。
不宜人群 内有湿热及痧疹初发者。

食用指导

选购 以粒大、油性大、表面色暗红或紫红、肉厚、气味浓者为佳。
储存 贮于有盖容器中，防潮，防蛀，防鼠。
烹饪 煎服，1.5~6克；研末服，每次1~3克。捣破入煎，核内有效成分才易煎出。入嗽药生用，入补药熟用。

✔ 相宜食物搭配及功效

核桃仁	鳝鱼	桑葚	蜂蜜	干姜	麦冬	西洋参	牡蛎
可用于肾虚耳鸣及神经衰弱	可作为慢性肝炎的食疗方	可作为酒后吐泻、虚汗者的食疗方	可用于咳喘无痰、口燥咽干等症	化饮止咳	养阴敛汗	治疗神疲乏力、心烦口渴	收敛止汗、潜阳生津

推荐食谱

五味子羊腰汤

【材料】 杜仲15克，五味子6克，羊腰500克。
【调料】 葱末、蒜末、盐各适量。

做法

① 杜仲、五味子洗净入锅，加适量水，煎煮40分钟，去掉浮渣，加热熬成稠液备用。② 羊腰洗净，去筋膜和臊线，切成片，用上面熬制的稠液裹匀。③ 锅置火上，加入适量的水，煮至沸腾，再放入腰片、姜末煮至熟嫩后，加入葱末、盐调味即可。

功效 补肾固精、强腰壮脊。

注解

《新修本草》载："五味皮肉甘酸，核中辛苦，都有咸味，故有五味子之名。"古医书称它荎蕏、玄及、会及，最早列于神农本草经上品，有滋补强壮之功效，药用价值极高。

山茱萸

别名 药枣、鸡足

性 微温 味 酸、涩 归经 肝、肾经

营养功效

山茱萸具有补益肝肾、涩精固脱的功效。可用于眩晕耳鸣、腰膝酸痛、阳痿遗精、遗尿尿频、崩漏带下、内热消渴等症。

适宜人群 肝肾不足、耳鸣、腰酸者。

不宜人群 素有湿热、排尿淋涩者。

食用指导

选购 以表面色枣红、块大、肉厚质柔软、具有香气、无核、味酸微苦者为佳。

储存 贮于有盖容器中，置于通风干燥处，防蛀。

烹饪 煎服，6～12克；或入丸、散剂；急救固脱，可用至20～30克。

✔ 相宜食物搭配及功效

山药	糯米	白芍	猪心
可治小儿遗尿	补益肝肾、收敛固涩	适用于崩漏、吐衄	会产生不良反应，引起身体不适

✘ 相克食物搭配及后果

桔梗 —— 防风

影响药效发挥

推荐食谱

肾气乌鸡汤

【材料】熟地黄、山药各15克，山茱萸、丹皮、茯苓、泽泻、牛膝各10克，乌鸡腿1只。

【调料】盐适量。

做法

1 鸡腿洗净剁块，入沸水中氽去血水。

2 鸡腿及所有的药材盛入煮锅中，加适量水至盖过所有的材料。3 以武火煮沸，然后转文火续煮40分钟左右即可取汤汁饮用。

功效 滋阴补肾、温中健脾。

注解

山茱萸是山茱萸科植物山茱萸的干燥成熟果肉。主要产于浙江、安徽、河南、陕西等地。山茱萸呈不规则的片状或囊状，表面紫红色至紫黑色，质柔软。

白芷

别名
杭白芷、芳香

性 温　味 辛　归经 肺、脾、胃经

营养功效

　　白芷具有解表散风、通窍、止痛、燥湿止带、消肿排脓的功效。可用于风寒感冒、头痛、鼻炎、牙痛、赤白带下、痛疽肿毒等症。

适宜人群 感冒风寒、头痛、鼻塞者。

不宜人群 阴虚血热者。

食用指导

选购 以根条粗大、皮细、粉性足、香气浓者为佳。

储存 置阴凉干燥处，防潮，防蛀。

烹饪 可制成散剂、粉剂，外用者多，内服亦可。煎汤内服，3～10克；外用适量。

✔ 相宜食物搭配及功效

猪脑	粳米	羌活	金银花
活血祛风、止痛补髓	散风解表止痛	可治风寒湿痹、腰背疼痛	可治疗风热上攻鼻渊所致的头痛流浊

✘ 相克食物搭配及后果

牛肉

降低药效

推荐食谱

白芷当归鸡

【材料】白芷10克,当归10克,茯苓10克,红枣3个,玉竹5克,土鸡半只,枸杞子5克。

【调料】盐适量。

做法

① 将所有药材洗净备用；土鸡洗净，斩件切大块，入沸水中氽去血水。② 另起锅，土鸡块与所有药材一起放入锅中，加水适量，大火煮开，转小火续炖2小时，最后加盐调味，撒上枸杞子即可。

功效 养血补虚、美容养颜。

注解

　　白芷是伞形科白芷或杭白芷的根，呈圆锥形，长10~20厘米，直径2~2.5厘米。表面灰棕色，有横向突起的皮孔，顶端有凹陷的茎痕。质硬，断面白色，粉性足，皮部密布棕色油点。质地坚实，气味芳香。

五加皮

别名
五加参、刺五加

性 温　味 辛、苦

营养功效

五加皮具有祛风湿、补肝肾、强筋骨等功效。五加皮能调节全身各器官系统的功能，使之趋于正常，能增强人体对有害刺激因素的抵抗力，并可增强体力与智力。

适宜人群 肢体酸重、有瘀血者。

不宜人群 高血压、阴虚火旺者。

食用指导

选购 以粗长、皮厚、整齐、气香、无木心者为佳。

储存 置于阴凉干燥处，防潮，防蛀。

烹饪 内服煎汤，5~15克，浸酒或入丸、散剂。外用鲜品捣敷。

✔ 相宜食物搭配及功效

糯米	当归	茯苓	白酒
能祛风除湿、舒筋止痛	养血健脾	养血健脾	治血气乏竭

健康小贴士

五加皮含刺五加糖苷 B_1、α–芝麻素、紫丁香苷、谷甾醇、胡萝卜苷、鞣质及维生素 B_1 等成分，其生理作用有：①镇静、抗疲劳；②抗炎、抗菌、抗肿瘤；③抗辐射、降压。

推荐食谱

猪肝炖五味子五加皮

【材料】 猪肝180克，五加皮15克，五味子15克，红枣2个，姜适量。

【调料】 盐、鸡精各适量。

做法

① 猪肝洗净切片；五味子、五加皮洗净；姜去皮，洗净切片。② 锅中注水烧沸，入猪肝汆去血沫；炖盅装水，放入猪肝、五味子、五加皮、红枣、姜炖3小时，调入盐、鸡精后即可食用。

功效 强肝明目、祛风敛汗。

注解

五加皮为五加科落叶小灌木细柱五加和无梗五加干燥的根皮。主产于湖北、河南、安徽、四川等地。以湖北所产之"南五加皮"品质最优。现代研究，五加皮还具有抗肿瘤、抗疲劳、降低全血黏度、防止动脉粥样硬化形成等作用。

茯苓

别名
松苓、茯灵

性 **平** 味 **甘、淡** 归经 **心、肺、脾经**

营养功效

茯苓具有渗湿利水、健脾和胃、宁心安神的功效。可用于排尿不利、水肿胀满、痰饮咳逆、呕逆、恶阻、泄泻、健忘等症。

适宜人群 脾虚食少及便溏泄泻者。

不宜人群 阴虚而无湿热、虚寒滑精者。

食用指导

选购 以体重坚实、外皮呈褐色而略带光泽、皱纹深、断面白色、粘牙力强者为佳。

储存 置于通风干燥处，防潮。

烹饪 煎汤，9~15克；或入丸、散剂。治水湿证、脾虚证宜生用；治心悸、失眠宜用朱砂拌。

✔ 相宜食物搭配及功效

马蹄	猪肝	猪舌	鲤鱼	山药
				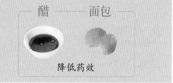
对胃癌、肝癌有辅助疗效	可治疗贫血、头昏、目眩等症	利水渗湿	可用于肝病或肾病引起的轻度水肿	补脾止泻、渗湿

✘ 相克食物搭配及后果

醋 —— 面包
降低药效

推荐食谱

茯苓白豆腐

【材料】 豆腐500克，香菇、茯苓30克、枸杞适量。

【调料】 精盐、料酒、太白粉各适量。

做法 ❶豆腐挤压出水切成小方块，撒上精盐；香菇切成片。❷将豆腐块放入热油中炸至金黄色。❸清汤、精盐、料酒倒入锅内烧开，加太白粉勾成白汁芡，倒入炸好的豆腐块中调匀，与茯苓、香菇片、枸杞炒匀即成。

功效 益脾、养胃、宁心、安神、生津润燥、清热解毒。

注解

茯苓为寄生在松树根上的菌类植物，形状像甘薯，外皮黑褐色，里面白色或粉红色。产于云南、安徽、湖北、河南、四川等地。古人称茯苓为"四时神药"，因为它功效非常广泛，不分四季，将它与各种药物配伍，不管寒、温、风、湿诸疾，都能发挥其独特功效。

车前子

别名
江车前、打官司草子

性 **微寒** 味 **甘**

营养功效

车前子具有利尿作用，可增加尿素、氯化钠的排泄，使气管、支气管分泌物增加，有祛痰作用。同时，它还可降低血清胆固醇。

适宜人群 目赤肿痛、痰热咳嗽者。

不宜人群 内伤劳倦及内无湿热者。

食用指导

选购 以籽粒饱满、质坚硬、色棕红者为佳。

储存 置于通风干燥处，防潮，防蛀。

烹饪 煎汤，9~15克；或入丸、散剂。外用适量，水煎洗或研末调敷。本品含黏液质，故煎时以纱布包煎为宜。

✔ 相宜食物搭配及功效

紫菜	高粱	薏米	田螺
清热利尿、渗湿通淋	引热下行	清热利湿	利水通淋、清热祛湿

✘ 相克食物搭配及后果

葱	蒜	辣椒

	影响药效发挥	

推荐食谱

五子下水汤

【材料】鸡内脏（含鸡肺、鸡心、鸡肝）适量。

【调料】蒺藜子、覆盆子、车前子、菟丝子、茺蔚子各10克。

做法 ❶白将所有鸡内脏洗净、切片备用；姜洗净、切丝；葱去根须，洗净，切丝。❷将药材放入纱布包中，扎紧，放入锅中；锅中加适量水，至水盖住所有材料，用大火煮沸，再转成文火继续炖煮约20分钟。❸转中火，放入鸡内脏、姜丝、葱丝等调味，待汤沸后，加入盐调味即可。

功效 降低血压。

注解

车前子为车前科植物车前的干燥成熟种子。主产于黑龙江、辽宁、河北等地。车前子呈椭圆形或不规则长圆形，稍扁，长2毫米，宽1毫米。表面棕褐色或黑棕色。气味无，嚼之带黏液性。以粒大、色黑、饱满者为佳。

附子

别名
泥附子

性 **大热** 味 **甘。有毒** 归经 **心、肾、脾经**

营养功效

附子可用于阴盛格阳、大汗亡阳、吐泻厥逆、肢冷脉微、虚寒吐泻、阴寒水肿、阳虚外感、阴疽疮疡以及一切沉寒痼冷之疾。

适宜人群 一般人均可食用。

不宜人群 孕妇。

食用指导

选购 附子的加工品主要有盐附子、黑附子、白附片等。盐附子以个大、体重、色灰黑、表面起盐霜者为佳，黑附子以片大、均匀、皮黑褐、切面油润有光泽者为佳，白附片以片匀、黄白色、油润、半透明状者为佳。

储存 盐附子置阴凉干燥处，密闭保存；黑附子及白附片置干燥处，防潮。本品有毒，应严防与其他药材混杂。

烹饪 3~10克，重症可用15克。生附子有毒，临床使用的附子大多经过炮制，故毒性减弱。

✔ 相宜食物搭配及功效

洋葱	香椿	黄花菜	粳米
降血脂，防治动脉硬化	抗衰老和补阳滋阴	散寒燥湿、温经止痛	治腹泻

✘ 相克食物搭配及后果

豆豉	桂枝
药性相反、功用亦不同	可增强其头眩副作用

推荐食谱

附子蒸羊肉

【材料】 鲜羊肉1000克，葱、姜、料酒、葱段、肉清汤、附子30克。

【调料】 食盐、熟猪油、味精、胡椒粉各适量。

做法 ①白将羊肉洗净，放入锅中，加适量清水将其煮至七分熟，捞出。②取一个大碗依次放入羊肉、附子、姜片、料酒、熟猪油、葱段、肉清汤、胡椒粉、食盐等调味料。③再放入沸水锅中隔水蒸熟即可。

功效 降低血压。

注解

附子为毛茛科植物乌头（栽培品）的侧根（子根）。乌头为多年生草本植物，生于山地草坡或灌木丛中，分布于辽宁南部、河南、陕西、甘肃、山东、江苏，主要栽培于四川。附子有毒，食用时需特别注意。

肉桂

别名
玉桂、辣桂

性 **大热** 味 **辛、甘** 归经 **肾、脾、心、肝经**

营养功效

肉桂具有补火助阳、引火归源、散寒止痛、活血通经的功效。可用于阳痿、宫冷、心腹冷痛、虚寒吐泻、经闭、痛经等症。

适宜人群 手脚发凉、胃寒冷痛者。

不宜人群 舌红无苔、阴虚火旺者。

食用指导

选购 以肉厚、断面紫红色、油性大、香气浓、味甜微辛、嚼之少渣者为佳。

选购 置于阴凉干燥处，密封保存。

选购 煎服，2~5克；研末吞服或冲服，每次1~2克。本品含挥发油，入煎剂不宜久煎，须后下。

✔相宜食物搭配及功效

狗肉	鸡肝	丁香	蜂蜜
补火助阳	补肝肾、温肾阳	可治疗小儿腹泻	减肥瘦身、保持体型

✘相克食物搭配及后果

葱　　蒜　　辣椒

影响药效发挥

推荐食谱

生姜肉桂炖猪肚

【材料】猪肚150克，猪瘦肉50克，生姜10克，肉桂5克，薏苡仁25克。

【调料】盐3克。

做法 ①猪肚里外反复洗净，飞水后切成长条；猪瘦肉洗净后切成块。②生姜去皮，洗净，用刀将姜拍烂；肉桂浸透洗净，刮去粗皮；薏苡仁淘洗干净。③将以上用料放入炖盅，加清水适量，隔水炖2小时，调入调味料即可。

功效 温胃散寒、健脾益气。

注解

肉桂为樟科植物肉桂和大叶清化桂的干皮和枝皮。肉桂为常绿乔木，生于常绿阔叶林中，但多为栽培。中国福建、台湾、广东、广西、云南等地的热带及亚热带地区均有栽培，尤以广西栽培为多，大多为人工纯林。

丹参

别名 赤参、红丹参、紫丹参

性 微寒 **味** 苦。无毒 **归经** 心、脾二经

营养功效

丹参有活血调经、养血安神的功效。丹参含脂溶液性非醌类，能增加冠脉流量，扩张周围血管，降低血压，改善心肌缺血状况。

适宜人群 月经不调、产后瘀痛、失眠者。

不宜人群 孕妇慎用。

食用指导

选购 以紫红、条粗、质坚实、无断碎条者为佳。

储存 置于通风干燥处，防潮，防蛀。

烹饪 煎服，5~15克，或入丸、散剂。生品清心除烦之力强，酒炙后寒凉之性有所缓和，能增强活血祛瘀调经之力。

✔ 相宜食物搭配及功效

苦瓜	鲫鱼	田七	山楂
		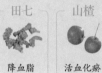	
抗肿瘤	补阴血、通血脉、补体虚	降血脂	活血化瘀

✖ 相克食物搭配及后果

牛奶	黄豆	猪肝	醋
降低牛奶的营养价值	易导致腹泻	降低猪肝的营养价值	两者性味不合，不宜共用

推荐食谱

丹参三七炖鸡

【材料】乌鸡1只，丹参15克，三七10克，姜丝适量。

【调料】盐5克。

做法

❶ 乌鸡洗净切块；丹参、三七洗净。❷ 三七、丹参装入纱布袋中，扎紧袋口。❸ 布袋与鸡同放于砂锅中，加清水600毫升，烧开后，加入姜丝和盐，小火炖1小时，加盐调味即可。

功效 保肝护心、活血化瘀。

注解

丹参为唇形科植物丹参的根。其主产安徽、山西、河北、四川、江苏等地。含丹参酮，异丹参酮，还含有隐丹参酮、异隐丹参酮、甲基丹参酮、羟基丹参酮等。丹参是保肝护心的常用药。

红花

别名
红兰花、淮红花

性 温 味 辛

营养功效

红花含有红花黄素，对子宫有明显的收缩作用，大剂量会导致子宫痉挛，能增加冠脉血流量，降低冠脉阻力，降低血压。

适宜人群 血压高者、月经不调者。
不宜人群 孕妇、有出血倾向者。

食用指导

选购 以花瓣长，色红黄、鲜艳，质柔软者为佳。
储存 置于通风干燥处，防潮，防蛀。
烹饪 内服水煎，3～9克；或入散剂或浸酒，鲜者捣汁。外用适量，研末撒。

✔ 相宜食物搭配及功效

鸡肉	百合	红糖	鸡蛋	川芎	乳香	没药	桃仁
活血通脉	活血化瘀、润肺止咳	活血化瘀、调经止痛	活血	活血通络、祛腐止痛	活血行瘀、消肿止痛、凉血	活血、祛瘀、止痛	活血化瘀

推荐食谱

丹参桃红乌鸡汤

【材料】乌骨鸡腿1只、棉布袋1个、丹参15克、红枣10颗、红花25克、桃仁5克。
【调料】盐2小匙。

做法

① 白将红花、桃仁装在棉布袋内，扎紧。
② 鸡腿洗净剁块、氽烫、捞起；红枣、丹参冲净。③ 将所有材料盛入煮锅，加6碗水煮沸后转小火炖约20分钟，待鸡肉熟烂加盐调味即成。

功效 健脾开胃、调补气血。

注解

红花，双子叶植物，菊科，干燥的管状花。具特异香气，味微苦。以花片长、色鲜红、质柔软者为佳。主产于河南、浙江、四川等地。

川贝母

别名
板贝、川贝

性 **微寒**　味 **苦甘**　归经 **肺、心经**

营养功效

川贝母具有降压、清热化痰、甘凉润肺、散结开郁等功效，适用于治疗干咳少痰、肺痈、肺热燥咳和咯痰带血等症，常与天冬、沙参、麦冬合用。

适宜人群 阴虚劳嗽者。

不宜人群 脾胃虚寒、湿痰等病症患者。

食用指导

选购 以质坚实、粉性足、色白者为佳。

储存 贮于有盖容器内，置于干燥通风处，防潮，防蛀。

烹饪 煎服，3~6克；研末服，1~2克。

✔ 相宜食物搭配及功效

豆腐	甲鱼	雪梨	枇杷
清热润肺、化痰止咳	补肝益肾、养血润燥	滋阴润肺、止咳化痰	止咳

🍵 健康小贴士

川贝母含有多种生物碱及非生物碱，其生理作用主要有：①扩张支气管平滑肌，减少分泌，有良好的镇咳祛痰作用；②抑制大肠杆菌及金黄色葡萄球菌；③抗溃疡，解痉，降压；④治疗慢性咽炎、扁桃体炎、前列腺肥大、百日咳、胃及十二指肠溃疡。

推荐食谱

川贝酿水梨

【材料】 新鲜水梨1个。

【调料】 川贝母6克、白木耳1.5克。

做法

① 将白木耳泡软，去蒂，切成细块。② 水梨从蒂柄上端平切，挖除中间的籽核。③ 将川贝母、白木耳置入梨心，并加满清水，置于碗盅里移入电饭锅内，外锅加1杯水，蒸熟即可吃梨肉、饮汁。

功效 养阴润肺、清热化痰、止咳。

注解

川贝母含有川贝母碱、去氢川贝母碱等，有镇咳、化痰、镇痛、降压等药理作用，用于治疗急慢性支气管炎、上呼吸道感染及肺结核等引起的咳嗽。中医用来治疗痰热咳喘、咯痰黄稠之症；又兼甘味，故善润肺止咳，治燥热之咳嗽、痰少而黏之症，及阴虚燥咳、劳嗽等虚证；还有散结开郁之功，治疗痰热互结所致的胸闷心烦之证及瘰疬痰核等病。

甘草

别名
国老、国老草

性 平　味 甘　归经 十二经

营养功效

甘草有解毒、祛痰、止痛、解痉、抗癌等药理作用。在中医上，甘草补脾益气，滋咳润肺，缓急解毒，调和百药。生用主治咽喉肿痛、痈疽疮疡、胃肠道溃疡以及解药毒、食物中毒等。蜜炙主治脾胃功能减退、大便溏薄、乏力发热以及咳嗽、心悸等。

适宜人群 支气管哮喘、血栓性静脉炎、脾胃虚弱、胃及十二指肠溃疡、神经衰弱等病症患者。

不宜人群 腹胀病症患者。

食用指导

选购 外皮细紧、色红棕、质坚实、断面黄白色、粉性足、味甜的甘草为好。

储存 宜置通风干燥处，防蛀。

烹饪 煎服1.5~9克，作为主药时可适当加大用量。用于解毒，可用至30~60克；清热解毒宜生用，补中缓急宜炙用。

✔ 相宜食物搭配及功效

土豆	花生	山楂	冬瓜
益气健脾、强身益肾	降低胆固醇	消食健胃、活血化淤	消肿利尿

✘ 相克食物搭配及后果

鲫鱼	河豚	海带	猪肉

降低其营养价值	对健康不利	对健康不利	易助湿生痰

推荐食谱 茵陈甘草蛤蜊汤

【材料】蛤蜊300克、盐适量。

【药材】甘草5克、茵陈2.5克、红枣6颗。

做法

① 蛤蜊用水冲净，以薄盐水浸泡吐沙，随后用清水冲洗一遍。② 茵陈、甘草、红枣洗净，放入锅中，倒入4碗水的水量，熬成高汤，熬到约剩3碗，去渣留汁。③ 将吐好沙的蛤蜊，加入汤汁中煮至开口，酌加盐调味即成。

功效 利尿、清热解毒、益气、益肝肾、消渴、消肿。

杜仲

别名
丝楝树皮、丝棉皮

性 温　味 甘　归经 肝、肾经

营养功效

杜仲具有降血压、补肝肾、强筋骨、安胎气的功效。可用于治疗腰脊酸疼、足膝痿弱、排尿余沥、阴下湿痒、高血压等症。

适宜人群 中老年人肾气不足者。
不宜人群 阴虚火旺者。

食用指导

选购 以皮厚、内表面色暗紫而光滑、折断时白丝多而不易断者为佳。

储存 储存于有盖的容器内，要注意防潮、防蛀。

烹饪 煎服，6~9克。生用或盐水炒用。盐水炙后，有效成分更易溶出，疗效较生用为佳。

✓ 相宜食物搭配及功效

兔肉	乌鸡	猪腰	羊肾
补肾益精，养血乌发	补虚损、调经止带	辅助治疗肾虚	辅助治疗遗精尿频

注解

杜仲为杜仲科植物杜仲的干燥树皮，是中国名贵滋补药材。杜仲中含有人体所必需的苏氨酸、蛋氨酸、异亮氨酸、赖氨酸等17种游离氨基酸，以及锌、铜、镁、铁、钙、磷、钾等15种营养元素。

推荐食谱

杜仲煮牛肉

【材料】瘦牛腿肉500克，绍兴酒2汤匙，姜片、葱段少许，鸡汤2大碗，盐适量。
【药材】杜仲20克、枸杞15克。

做法

❶ 牛肉洗净，放在热水中稍烫一下，去除血水，备用。❷ 将杜仲和枸杞稍洗一下，然后和牛肉一起放入锅中，加适量水。❸ 开大火煮沸后，再转小火将牛肉煮至熟烂，起锅前捡去杜仲、姜片和葱段，调味即可。

功效 补肝肾、强筋骨、降血压、提升体力、抵抗疲劳。

巴戟天

别名 巴戟肉、巴戟

性 微温　味 甘　归经 肝、肾经

营养功效

巴戟天具有补肾阳、强筋骨、祛风湿的功效。可用于阳痿遗精、宫冷不孕、月经不调、小腹冷痛、风湿痹痛、盘骨萎软等症。

适宜人群 免疫力低下、易生病者。

不宜人群 火旺泄精、口舌干燥者。

食用指导

选购 以条大肥壮、呈链球状、肉厚色紫、木质心细者为佳。

储存 置于通风干燥处，注意防潮、防蛀。

烹饪 煎服，3~9克；或入丸剂、浸酒。

✓ 相宜食物搭配及功效

猪大肠	附子	肉苁蓉	仔鸡
能养血、补肾、壮阳	增强药效	治肾虚阳痿	治肾虚阳痿

注解

巴戟天为双子叶植物茜草科巴戟天的干燥根。根呈扁圆柱形，略弯曲。根皮中含还原糖、苷、强心苷、黄酮、甾体三萜、氨基酸、有机酸等物质，亦含钾、钙、镁等 23 种金属元素。

推荐食谱

巴戟天海参煲

【材料】 海参300克、绞肉150克、胡萝卜80克、白菜1棵、盐5克、酱油3克、白胡椒粉少量、醋6克、糖适量、太白粉5克。

【药材】 巴戟天15克、白果10克。

做法

1 海参洗净，去掉海参腔肠，氽烫后捞起，切大块；胡萝卜切片；绞肉加盐和胡椒粉拌均匀，然后捏成小肉丸。2 锅内加一碗水，将巴戟天、胡萝卜、肉丸等加入并煮开，加盐、酱油、醋、糖调味。3 再加入海参、白果煮沸，然后加入洗净的白菜，再煮沸时用太白粉水勾芡后即可起锅。

功效 补阳、助性、调理肾亏、改善生殖、促进生长发育。

菟丝子

别名
吐丝子、菟丝实

性 温　味 甘　归经 肾、肝、脾经

营养功效

菟丝子具有滋补肝肾、固精缩尿、安胎、明目、止泻的功效。可用于腰膝酸软、目昏耳鸣、肾虚胎漏、脾肾虚泻等症。菟丝子中含黄酮类化合物，具有强壮机体、抗氧化、抗白内障、抗衰老等作用，能提高免疫力，降低血压。

适宜人群 阳痿遗精者。

不宜人群 阳强不痿及大便燥结者。

食用指导

选购 以粒饱满、质坚实、灰棕色或黄棕色者为佳。

储存 储存于通风干燥阴凉处，注意防潮、防蛀，切忌水泡。

烹饪 煎服，6~12克；或入丸、散。外用适量。

✔ 相宜食物搭配及功效

红糖	粳米	熟地	枸杞
可用于早泄、精液量不足	补虚损，益脾胃	可滋肾养肝明目	可滋肾养肝明目

注解

菟丝子为旋花科植物菟丝子及南方菟丝子等的成熟种子。菟丝子为一年生草本植物，生于田边、路边、荒地、灌木丛中及山坡向阳处，多寄生于豆科、菊科、藜科等草本植物上。

推荐食谱 菟丝子烩鳝鱼

【材料】 鳝鱼250克，肉250克，竹笋10克，黄瓜10克，木耳3克，酱油、味精、盐、太白粉、米酒、胡椒粉、姜末、蒜末、香油、白糖各适量，蛋清 1 个，高汤少许。

【药材】 干地黄12克、菟丝子12克。

做法

① 将菟丝子、干地黄煎两次，过滤取汁；鳝鱼肉切成片，加水、太白粉、蛋清、盐煨好。② 将鳝鱼片放入碗内，放温油中划开，待鱼片泛起，将鱼捞起，再放入所有材料调味即可。

功效 滋补肝肾、固精缩尿、明目、止泻。

苍术

别名
赤术、青术、仙术

性 温　味 辛、苦

营养功效

苍术具有抗缺氧、祛风、健胃的作用，所含苦味也有健胃、促进食欲的功效。此外，苍术还具有降血糖、镇静及抑菌消毒功效。

适宜人群 外感风寒者。

不宜人群 阴虚内热、出血者。

食用指导

选购 以个大坚实、无毛须、内有朱砂点、切开后断面起白霜者为上品。

储存 置于阴凉干燥处，注意防潮、防蛀。

烹饪 煎汤，3~9克；也可熬膏或入丸、散剂。

✔ 相宜食物搭配及功效

苹果	绿豆	牛肝	猪肝
安眠养神、补中焦	厚肠胃、润皮肤	养肝明目	明目

✗ 相克食物搭配及后果

草鱼	猪肉	白菜	大蒜
两者药效相悖，不宜共用	滋腻助湿生痰	性味相反，不宜同食	影响药效发挥

推荐食谱

纤瘦蔬菜汤

【材料】白萝卜200克、西红柿250克、玉米笋100克、绿豆芽15克、清水800毫升、白糖适量。

【药材】紫苏10克、苍术10克。

做法

❶ 全部药材与清水800毫升入锅中，以小火煮沸，滤取药汁备用。

❷ 白萝卜去皮洗净，刨丝；西红柿去蒂头洗净，切片；玉米笋洗净切片。

❸ 药汁放入锅中，加入全部蔬菜材料煮沸，放入调味料即可食用。

功效 养阴、凉血、清热、生津、止咳、化痰。

泽泻

别名
川泽泻、福泽泻

性 **寒** 味 **甘**

营养功效

　　泽泻主要含三萜类化合物、挥发油等，素有显著的利尿作用，能增加尿量、尿素与氯化物的排泄，对肾炎患者能起到较好的利尿作用。

适宜人群 痰饮眩晕、热淋涩痛者。

不宜人群 肾虚精滑无湿热者。

食用指导

选购 以个大质坚、色黄白、粉性足者为佳。

储存 置于干燥处，注意防潮、防蛀。

烹饪 煎汤，6~12克；或入丸、散剂。

✔ 相宜食物搭配及功效

鳜鱼	枸杞
能活血、化瘀、通窍	增强药效

✘ 相克食物搭配及后果

海蛤	文蛤
影响药效发挥	影响药效发挥

注解

　　现代医学研究表明，泽泻可降低血清总胆固醇及三酰甘油含量，减缓动脉粥样硬化形成；泽泻及其制剂现代还用于治疗内耳眩晕症、血脂异常、遗精、脂肪肝及糖尿病等。

推荐食谱

六味地黄鸡汤

【材料】鸡腿1只。

【药材】熟地25克、山茱萸10克、山药10克、丹皮10克、茯苓10克、泽泻10克、红枣8颗。

做法

① 鸡腿洗净，剁成块，放沸水中汆烫，捞出，备用；药材洗净，备用。

② 将鸡腿和所有药材盛入炖锅中，加6碗水以大火煮开。

③ 煮沸后再转小火慢炖30分钟即成。

功效 降血脂、增强身体、补肝肾、防止性功衰退。

板蓝根

别名
靛青根、蓝靛根

性 **寒** 味 **苦** 归经 **肝、胃经**

营养功效

板蓝根具有清热、利咽的功效。可用于温毒发斑、高热头痛、流行性感冒、流脑、乙脑、肺炎、神昏吐衄、咽肿、疮疹等症。

适宜人群 一般人都可食用。
不宜人群 体虚而无实火热毒者。

食用指导

选购 以根长、粗壮均匀、体实、粉性大者为佳。
储存 置于通风干燥处，注意防潮、防蛀。
烹饪 煎服，9~15克。

⊗ 相克食物搭配及后果

绿豆	香蕉	黄瓜
易引起腹泻	易引起腹泻	易引起腹泻

注解

板蓝根，呈细长圆柱形，表面浅灰黄色，粗糙，有纵皱纹及横斑痕，并有支根痕，根头部略膨大，顶端有一凹窝，周边有暗绿色的叶柄残基，较粗的根并现密集的疣状突起及轮状排列的灰棕色的叶柄痕。

推荐食谱

板蓝根西瓜汁

【材料】红肉西瓜300克、果糖2小匙。
【药材】板蓝根8克、山豆根8克、甘草5克。

做法

1. 将药材洗净，沥水，备用。
2. 全部药材与清水150毫升置入锅中，以小火加热至沸腾，约1分钟后关火，滤取药汁降温备用。
3. 西瓜去皮，切小块，放入果汁机内，加入晾凉的药汁和果糖，搅拌均匀倒入杯中，即可饮用。

功效 清热、解毒、凉血、解暑、增强免疫力。

薄荷

别名
番荷菜、升阳菜

性 凉　**味** 甘、辛　**归经** 肺、肝经

营养功效

薄荷具有疏散风热、清利头目、发汗退热、祛风止痒、芳香辟秽的功效，可用于治疗风热感冒、目赤、喉痹、胸肋胀闷等病症。

适宜人群 头痛目赤、咽喉肿痛者。

不宜人群 汗多表虚、阴虚血燥体质者。

食用指导

选购 以无根，叶多，色深绿，味清凉，香气浓者为佳。

储存 储藏于有盖的容器内，置于阴凉干燥处，注意防潮、防蛀。

烹饪 煎服，3~6克，本品芳香之气较浓，宜后下。外用适量。薄荷叶发汗解表之力较强，其梗作用缓和，多用于行气和中。

✔ 相宜食物搭配及功效

桑葚	马齿苋	西瓜	粳米

可用于肝肾阴亏、津亏血少等症	清心明目	提神健脑	可用于外感发热、发热头痛等症

注解

薄荷，干燥全草，茎方柱形，上部有对生分枝，表面被白色绒毛，棱角处较密，质脆，易折断，断面类白色，中空。叶对生，叶片卷曲面皱缩，多破碎。上面深绿色，下面浅绿色，具有白色绒毛。

推荐食谱

桑菊薄荷饮

【材料】 薄荷30克、热开水500毫升、蜂蜜1大匙、棉布袋1个。

【药材】 桑叶5克、菊花8克。

做法

1. 桑叶、菊花分别洗净，沥水，备用。
2. 将薄荷、桑叶、菊花分别用棉布袋装起来，备用。
3. 砂锅洗净，倒入清水500毫升，烧开后，备用。
4. 稍凉后，将做法2的棉布袋放入热开水里，10分钟后，倒入适量蜂蜜搅匀即可。

功效 清肝明目、解毒、清热、祛风、凉血。

决明子

别名 草决明、马蹄草

性 微寒 味 苦、咸 归经 肾经

营养功效

决明子具有益肾清肝、明目通便之功效，常用于治疗白内障、青光眼、视网膜炎、视神经萎缩、眼结膜炎等疾病。还能抑制葡萄球菌生长及降压、降血脂、降胆固醇、收缩子宫，对防治血管硬化与高血压也有明显的效果。

适宜人群 肾虚、便秘、体胖者。

不宜人群 体质虚弱、大便溏泄者。

食用指导

选购 以颗粒均匀、饱满，黄褐色者为佳。

储存 置于阴凉干燥处，注意防潮。

烹饪 煎汤，9~15克，大剂量可用至30克；或研末；或泡茶饮。外用适量，研末调敷。

✔相宜食物搭配及功效

茄子	蜂蜜	菊花	荷叶
清肝降逆、润肠通便	治疗便秘	有助于降血压	有助于降血压

注解

决明子，干燥种子呈菱形，状如马蹄，一端稍尖，一端截状，表面黄褐色或绿褐色，平滑光泽，两面各有一凸起的棕色棱线，棱线两侧各有一条浅色而稍凹陷的线纹，水浸时由此处胀裂。

推荐食谱

菊花决明子茶

【材料】黑糖10克、菊花10克。

【药材】决明子15克、红枣15颗。

做法

① 红枣洗净，切开去除枣核；决明子、菊花各自洗净，沥水，备用。

② 决明子与菊花先加水800毫升，以大火煮开后转小火再煮15分钟。

③ 待菊花泡开、决明子熬出药味后，用滤网滤净残渣后，加入适量黑糖，搅拌、调匀即可。

功效 养肝、明目、通便、益肾。

天门冬

别名 天冬、明天冬

性 寒 **味** 甘、苦 **归经** 肺、肾经

营养功效

天门冬是一种凉性滋养药，具有润肺、滋阴、生津止渴的功效。天门冬煎剂对炭疽杆菌及枯草杆菌等均有不同程度的抑菌作用。

适宜人群 咳嗽吐血、肺痿、肺痈者。

不宜人群 风寒、咳嗽、腹泻、食少者。

食用指导

选购 以饱满、致密、黄白色、半透明者为佳。

储存 置于通风干燥处，注意防霉、防蛀。

烹饪 煎服，6~12克；亦可熬膏；或入丸、散。外用适量，鲜品捣敷；或绞汁涂敷。

✕ 相克食物搭配及后果

鲤鱼

降低蛋白质的利用率

鲫鱼

降低鲫鱼的营养价值

健康小贴士

凡感受温燥，症见身热，微恶风寒，干咳少痰者，将天门冬与银杏、沙参、杏仁配用，可清肺润燥、疏风解表。

注解

天门冬，块根为圆纺锤形，长6～20厘米，中部直径0.5～2厘米。表面黄白色或浅黄棕色，呈油润半透明状。干透者质坚硬而脆，未干透者质地柔软，有黏性，断面蜡质样。

推荐食谱

天门冬鲜茶

【材料】 冰糖少许、清水1000毫升。

【药材】 天门冬30克、甘草5片。

做法

① 天门冬、甘草洗净，备用。

② 砂锅洗净，倒入1000毫升清水，用大火煮开，再转入小火，直到将草药的药味完全熬出。

③ 待药味熬出后，即可加入适量冰糖，搅拌均匀。

④ 再熬10分钟左右，即可熄火起锅。

功效 生津、养阴、滋补、润肺、清热。

第九章 **菌菇类**

黑木耳

别名
树耳、木蛾

性 平　味 甘　归经 肺、胃、肝经

营养功效

黑木耳具有补血气、活血、滋润、强壮、通便之功效，对痔疮、胆结石、肾结石、膀胱结石等病症有食疗作用。黑木耳可防止血液凝固，有助于减少动脉硬化，经常食用则可预防脑溢血、心肌梗死等致命性疾病的发生。

适宜人群 脑血栓、冠心病、癌症、硅沉着病、结石、肥胖患者。

不宜人群 慢性肠炎患者。

食用指导

选购 干黑木耳越干越好，朵大适度，朵面乌黑但无光泽，朵背略呈灰白色的为上品。

储存 保存干黑木耳要注意防潮，最好用塑胶袋装好、封严，常温或冷藏保存均可。

烹饪 将黑木耳放入温水中，加点盐，浸泡半小时可以让木耳快速变软。

✓ 相宜食物搭配及功效

绿豆	海带	马蹄	银耳
降压消暑	降低血压	清热化痰	提高免疫力

✗ 相克食物搭配及后果

野鸭	田螺	茶	咖啡
消化不良	不利于消化	不利铁的吸收	

推荐食谱

醋泡黑木耳

【材料】黑木耳250克。

【调料】盐、醋、葱花各适量，红尖椒10克。

做法 ① 木耳洗净泡发；红尖椒洗净切碎。② 盐、醋、红尖椒、葱花调成味汁；木耳用开水煮熟。③ 将调好的味汁淋在木耳上即可。

银耳

别名
白木耳、雪耳

性 平 **味** 甘 **归经** 肺、胃、肾经

营养功效

银耳含有丰富的胶质、多种维生素、无机盐、氨基酸，具有强精补肾、滋肠益胃、补气和血、强心壮志、补脑提神、美容嫩肤、延年益寿的功效。银耳还含有酸性异多糖，能增强机体巨噬细胞的吞噬功能，抑制癌细胞生长。

适宜人群 虚劳咳嗽、肺结核、神经衰弱、盗汗遗精、白细胞减少症、高血压、肿瘤、肝炎、老年慢性支气管炎、肺源性心脏病患者。

不宜人群 慢性肠炎患者、风寒者。

食用指导

选购 宜选择色泽黄白、鲜洁发亮、瓣大形似梅花、气味清香、带韧性、胀性好的银耳。

储存 银耳易受潮变质，可先装入瓶中密封，再放于阴凉干燥处保存。

烹饪 银耳宜用开水泡发，泡发后应去掉未发开的部分，特别是那些呈淡黄色的东西。银耳主要用来做甜汤。

✔ 相宜食物搭配及功效

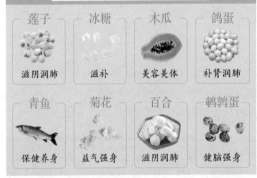

莲子	冰糖	木瓜	鸽蛋
滋阴润肺	滋补	美容美体	补肾润肺

青鱼	菊花	百合	鹌鹑蛋
保健养身	益气强身	滋阴润肺	健脑强身

✖ 相克食物搭配及后果

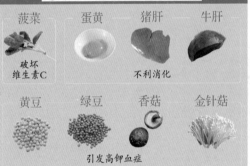

菠菜	蛋黄	猪肝	牛肝
破坏维生素C		不利消化	

黄豆	绿豆	香菇	金针菇
		引发高钾血症	

推荐食谱

冰糖银耳羹

【材料】 干银耳100克，西瓜30克。

【调料】 冰糖45克，红绿樱桃、菠萝各10克。

做法 ❶干银耳泡至发胀后，捞出，挑去杂物，撕成小片；西瓜和菠萝均去皮，切成小丁。❷把银耳和冰糖放入碗内，再加入适量冷开水，一起隔水炖2~3个小时。❸放入西瓜、红绿樱桃、菠萝即可。

功效 排毒瘦身。

香菇

别名
菊花菇、合蕈

性 平　味 甘　归经 脾、胃经

营养功效

香菇具有化痰理气、益胃和中、透疹解毒之功效，对食欲不振、身体虚弱、小便失禁、大便秘结、形体肥胖、肿瘤疮疡等病症有食疗功效。

适宜人群 肝硬化、高血压、糖尿病、癌症、肾炎、气虚、贫血、痘疹透发不畅、佝偻病患者。

不宜人群 慢性畏寒型胃炎患者、痘疹头发之人。

食用指导

选购 首先应当鉴别其香味如何，可用手指头压住菇伞，然后边放松边闻，以香味纯正、伞背呈黄色或白色者为佳。

储存 干香菇应放在干燥、低温、避光、密封的环境中储存。发好的香菇要放在冰箱里冷藏才不会损失营养。

烹饪 烹饪前，香菇在水里（冬天用温水）提前浸泡1天，经常换水并用手挤出杆内的水，这样既能泡发彻底，又不会造成营养大量流失。

✔ 相宜食物搭配及功效

牛肉	猪肉	木瓜	油菜
补气养血	促进消化	减脂降压	提高免疫力

✖ 相克食物搭配及后果

鹌鹑	鹌鹑蛋	野鸡	螃蟹
与这些食物同食面生黑斑		引发痔疮	引起结石

推荐食谱

香菇牛肉粥

【材料】熟牛肉100克，香菇、大米各150克。

【调料】盐、鸡精各适量。

做法 ❶ 将大米淘洗净；熟牛肉切成细丁；香菇放入水中发透，捞出洗净切成碎粒。❷ 砂锅中放入清水、大米旺火烧沸片刻，加入牛肉丁、香菇粒，用小火熬成粥，撒入盐、鸡精搅匀即成。

功效 防癌抗癌。

注解

香菇是菌科植物香菇的子实体，是一种长在木材上的真菌。香菇是世界第二大食用菌，在民间素有"山珍""植物皇后"之称，味道鲜美，营养丰富。

平菇

别名
侧耳、黑牡丹菇

性 微温　**味** 甘　**归经** 脾、胃经

营养功效

平菇具有补虚、抗癌之功效，能改善人体新陈代谢、增强体质、调节自主神经。对降低血液中的胆固醇含量、预防尿道结石也有一定效果。对女性更年期综合征可起调理作用。

适宜人群 产妇、心血管疾病、肝炎、慢性胃炎、胃和十二指肠溃疡、软骨病、高血压、高血脂、尿路结石患者。

不宜人群 对菌类食品过敏者不宜食用。

食用指导

选购 应选择菇形整齐不坏、颜色正常、质地脆嫩而肥厚、气味纯正清香、无杂味、无病虫害、八成熟的鲜平菇。

储存 可以将平菇装入塑料袋中，存放于干燥处。

烹饪 平菇可以炒、烩、烧，口感好、营养高、不抢味。

✔ 相宜食物搭配及功效

韭菜	葱	蒜	青豆	红枣
增强免疫力	降低血脂	清热杀菌	清热解毒	补血养颜

✘ 相克食物搭配及后果

鹌鹑	驴肉
痔疮	心绞痛

推荐食谱

椒盐平菇

【材料】平菇200克，青、红椒各少许。

【调料】椒盐2克，胡椒粉5克，水淀粉适量。

做法

❶平菇洗净，去柄，留菌盖；青、红椒洗净，切丁。❷锅内注适量油，平菇略裹水淀粉后下锅炸至金黄色，捞起控油。❸另起油锅，放入平菇及青、红椒丁翻炒均匀，加椒盐、胡椒粉调味，起锅盛盘即可。

功效 增强免疫力。

注解

平菇营养丰富，是非常常见的灰色食用菇。在唐宋时期，平菇是宫廷菜，名曰天花菜、天花蕈。

竹荪

别名
竹参、竹菌

性 凉 味 甘、微苦 归经 肺、胃经

营养功效

竹荪具有补气养阴、润肺止咳、清热利湿、健脾益胃、止痛、减少腹壁脂肪的聚积、降血压、降血脂等功效，常吃可清嗓、治咳嗽。

适宜人群 肥胖者、脑力工作者患者。

不宜人群 竹荪性凉，腹泻者不宜多食。

食用指导

选购 应选择颜色微黄、新鲜的竹荪。

储存 应放置在干燥、阴凉处储存。

烹饪 烹制竹荪之前，应先将其放入淡盐水中泡发，并剪去菌盖头，然后再进行后续烹饪。可凉拌、炒食、炖汤、涮锅等。不宜生食。

✓ 相宜食物搭配及功效

鸭肉	猪肚	鸡腰	银耳
滋阴养胃 清热利水	益气补虚 健脾胃	煮粥食用可 改善咳嗽	提高免疫力

✗ 相克食物搭配及后果

苹果	草莓	绿豆	螃蟹
营养流失、腹痛呕吐		营养流失、腹痛便秘	降低营养价值

推荐食谱

枸杞竹荪蟹

【材料】竹荪30克，青蟹1只（约60克），枸杞5克。

【调料】米酒5克，蒜头3克。

做法

1 竹荪洗净，泡水去膜，放入开水中汆烫，取出沥干；蒜头去皮切碎，炒黄备用。2 青蟹洗净装盘，放入竹荪、蒜头末，加入枸杞，倒入米酒。3 放入蒸笼，大火蒸15分钟即可食用。

功效 增强免疫力。

注解

竹荪是著名的食用菌，幼时呈卵状球形，后伸长，菌盖钟形，柄白色，中空，壁海绵状，孢子椭圆形。自然繁殖的竹荪主要产于中国四川、云南、贵州等地。

茶树菇

别名
茶薪菇

性 平　味 甘

营养功效

茶树菇中的糖类化合物能增强免疫力，促进形成抗氧化成分；茶树菇低脂低糖，且含有多种矿物元素，能有效降低血糖和血脂；茶树菇中的核酸能明显控制细胞突变成癌细胞或其他病变细胞，从而避免肿瘤的发生。

适宜人群　肾虚、尿频、水肿、风湿患者。

不宜人群　脾胃虚寒、腹泻便溏之人应禁食。

食用指导

选购　应选择粗细、大小一致，气味清香的茶树菇。

储存　干茶树菇应放置在干燥、阴凉处储存，发好的香菇应放入冰箱冷藏并尽快食用。

烹饪　烹制茶树菇之前，应先将其放入温水中浸泡10分钟，以去除杂质和有害物质，再进行后续烹饪。可炒食、炖汤、涮锅、做配菜等。不宜生食。

✔ 相宜食物搭配及功效

猪骨 — 鸡肉	茼蒿	猪肉	灵芝
增强免疫力	开胃健脾、降压	补中益气、健脾止泻	延年益寿

❌ 相克食物搭配及后果

酒	鹌鹑
容易中毒	降低营养价值

推荐食谱

茶树菇炒腊肉

【材料】腊肉300克，茶树菇、蕨菜100克，蒜苗段50克，干辣椒段25克。

【调料】盐、鸡精各3克，姜丝、蒜末、酱油各适量。

做法　① 腊肉、茶树菇、蕨菜洗净切好。

② 锅下油烧热，将姜丝、蒜末、干辣椒段放入爆香，放入腊肉片大火爆炒片刻，倒入茶树菇、蕨菜，调入盐、鸡精和酱油，翻炒均匀，再放入蒜苗段略炒，装盘即可。

功效　防癌抗癌。

注解

茶树菇是集高蛋白、低脂肪、低糖分，保健食疗于一身的纯天然无公害保健食用菌。其味美、柄脆、香浓纯正，为宾馆、家庭宴席中高级保健食品。

金针菇

别名
金钱菌、金菇

性 凉　味 甘滑　归经 脾、大肠经

营养功效

金针菇具有补肝、益肠胃、抗癌之功效，对肝病、胃肠道炎症、溃疡、肿瘤等病症有食疗作用。金针菇中锌含量较高，对预防男性前列腺疾病较有助益。金针菇还是高钾低钠食品，可防治高血压，对老年人也有益。

适宜人群 一般人群及气血不足、营养不良的老人、儿童，产妇及癌症、肝脏病、胃肠道溃疡、心脑血管疾病患者。

不宜人群 脾胃虚寒者。

食用指导

选购 应选择均匀整齐、未开伞、无褐根、根部少粘连的鲜嫩金针菇。

储存 应放入冰箱冷藏并尽快食用。

烹饪 烹制金针菇之前，应先将其放入冷水中浸泡1个小时，以去除其杂质和有害物质，再进行后续烹饪。可凉拌、炒食、炖汤、涮锅、做配菜等。不宜生食。

✔相宜食物搭配及功效

豆腐	豆芽	鸡肉	芹菜	牛肉
降脂降压	清热解毒	健脑益智	抗秋燥	增强免疫力

✘相克食物搭配及后果

牛奶	驴肉
心绞痛	

推荐食谱

金针菇鱼头汤

【材料】鱼头1个，金针菇150克。

【调料】姜、葱、味精、盐各5克。

做法

① 鱼头处理干净，对切；金针菇洗净，切去根部。② 起油锅，入鱼头煎黄。③ 另起锅下入高汤，加入鱼头、金针菇，煮至汤汁变成奶白色，加入调味料稍煮即可。

功效 防癌抗癌。

注解

金针菇菌盖小巧细腻，呈黄褐色或淡黄色，菌肉为白色，质地细软、润而光滑，干部形似金针，故名金针菇。金针菇以其营养丰富、口感颇佳而著称于世。

猴头菇

别名
猴头菌、羊毛菌

性 平　味 甘　归经 脾、胃、心经

营养功效

猴头菇具有健胃、补虚、抗癌之功效，对胃癌、食管癌等消化道恶性肿瘤，以及胃溃疡、胃窦炎、消化不良、胃痛腹胀、神经衰弱等病症有一定的食疗作用。

适宜人群 低免疫力人群、高脑力人群、心血管疾病、肠胃疾病、神经衰弱、癌症患者。

不宜人群 对菌类食品过敏者慎用。

食用指导

选购 鲜品应为白色，干品应为褐色或金黄色，鲜品与干品均应选择完整、茸毛齐全、个大的猴头菇。

储存 干品应放置在干燥、阴凉储存，鲜品应放入冰箱冷藏。

烹饪 先将干猴头菇加盐放入热水中浸泡，去除泥沙和黏液，泡发至没有白色硬芯，再进行后续烹饪。烹制猴头菇时，可放入一些料酒或白醋，以中和猴头菇本身带有的苦味。可炒食、炖汤等。

✔ 相宜食物搭配及功效

银耳	猪蹄	黄芪	鸡肉	虾仁
有助睡眠	去湿养胃	滋补身体	养血益气	补虚、催乳

✘ 相克食物搭配及后果

山楂
降低营养价值

推荐食谱

猴头菇干贝乳鸽汤

【材料】乳鸽肉250克，猴头菇10克，干贝20克，枸杞少许。

【调料】盐3克。

做法 ①乳鸽肉洗净，斩件；猴头菇洗净；枸杞、干贝均洗净，浸泡10分钟。②锅入水烧沸，放入鸽肉稍滚5分钟，捞起洗净。③将干贝、枸杞、鸽肉放入砂煲，注水烧沸，放入猴头菇，改小火炖煮2小时，加盐调味即可。

功效 增强免疫力。

注解

猴头菇是中国传统的名贵菜肴，肉嫩、味香、鲜美可口。猴头菇菌伞表面长有毛茸状肉刺，长1~3厘米；子圆而厚，新鲜时白色，干后变浅黄至浅褐色，基部狭窄或略有短柄，上部膨大，直径3.5~10.0厘米，远远望去似金丝猴头，故称"猴头菇"。

红菇

别名
正红菇、大朱菇

性 微温　味 甘

营养功效

红菇具有养颜护肤、补血提神、滋阴补阳之功效，是产后妇女不可缺少的营养食品。此外，红菇还有解毒、滋补的功效。

- 适宜人群 老少皆宜，诸无所忌。
- 不宜人群 孕产妇。

食用指导

选购 应选择粗壮、大小均匀、肉质鲜嫩、无霉变、无杂质的红菇。

储存 干品应放置在干燥、阴凉、低温、通风处储存，鲜品应放入冰箱冷藏。

烹饪 先将干红菇加盐放入热水中浸泡，去除泥沙和黏液，待泡发好后，再进行后续烹饪。可炒食、蒸食、炖汤、烤制、做配菜等。

✔ 相宜食物搭配及功效

鸭肉	猪骨	鱿鱼
补血	消除孕妇水肿	美容养颜、滋补

✗ 相克食物搭配及后果

蟹	绿豆	茶叶	水果
降低营养价值	营养流失、腹痛便秘		

推荐食谱

红菇猪肚汤

【材料】猪肚220克，红菇5朵。

【调料】味精、鸡精、盐各适量。

做法

1. 将猪肚洗净焯水，切成条或片；红菇泡发待用。
2. 将切好的猪肚及发好的红菇放入盅内，用中火蒸2个小时。
3. 最后放入盐、味精、鸡精调味即可。

功效 补脾健胃。

注解

红菇菌肉色白、厚实，菌褶白色，老后变为乳黄色，近盖缘处可带红色，稍密至稍稀，常有分叉，褶间具横脉。菌柄长3.5~5.0厘米，粗0.5~2.0厘米，白色，一侧或基部带浅珊瑚红色，圆柱形或向下渐细，中实或松软。

第十章 干果类

莲子

别名
莲肉、石莲肉

性 温　味 甘、涩　归经 脾、肾、心经

营养功效

莲子有补脾止泻、益肾涩精、养心安神的功用；还有促进凝血，使某些酶活化，维持神经传导性，维持肌肉的伸缩性和心跳的节律等作用；且能帮助机体进行蛋白质、脂肪、糖类代谢，并维持酸碱平衡。

适宜人群 慢性腹泻、癌症、失眠、多梦、遗精、心慌者。

不宜人群 便秘、消化不良、腹胀者。

食用指导

选购 挑选莲子以饱满圆润、粒大洁白、芳香味甜、无霉变虫蛀的为佳。

储存 应保存在干爽处。若莲子受潮生虫，应立即晒干，热气散尽凉透后再收藏。

烹饪 莲子一定要先用热水泡一阵再烹调，否则硬硬的不好吃，还会延长烹调时间。

✔ 相宜食物搭配及功效

红薯	猪肚	鸭肉	银耳
通便、美容	补气血	补肾健脾、滋补养阴	滋补健身

✘ 相克食物搭配及后果

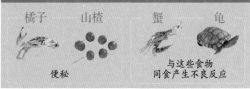

橘子	山楂	蟹	龟
便秘		与这些食物同食产生不良反应	

推荐食谱

芡莲牛肚煲

【材料】牛肚400克，芡实100克，莲子50克。

【调料】花生油30克，盐少许，味精3克，葱5克。

做法 ❶ 将牛肚洗净切片，余水；芡实洗净；莲子浸泡洗净；葱洗净切段。❷ 炒锅上火倒入花生油，将葱爆香，倒入水，下入牛肚、芡实、莲子，调入盐、味精，小火煲至熟即可。

核桃

别名
胡桃、波斯胡桃

性 温　味 甘　归经 肺、肾经

营养功效

核桃仁具有滋补肝肾、强健筋骨之功效。核桃油中油酸、亚油酸等不饱和脂肪酸高于橄榄油，饱和脂肪酸含量极微，是预防动脉硬化、冠心病的优质食用油。核桃能润肌肤、乌须发，并有润肺强肾、降低血脂的功效，长期食用还对癌症具有一定的预防效果。

适宜人群 健忘怠倦、食欲不振、腰膝酸软、气管炎、便秘、神经系统发育不良、神经衰弱、心脑血管疾病患者。

不宜人群 肺脓肿、慢性肠炎患者。

食用指导

选购 应选个大、外形圆整、干燥、壳薄、色泽白净、表面光洁、壳纹浅而少者。

储存 带壳核桃风干后较易保存，核桃仁要用有盖的容器密封装好，放在阴凉、干燥处存放，避免潮湿。

烹饪 先把核桃放在蒸屉内蒸上3~5分钟，取出即放入冷水中浸泡3分钟，捞出来用锤子在核桃四周轻轻敲打，破壳后就能取出完整的核桃仁。

✔ 相宜食物搭配及功效

薏米	芹菜	红枣	梨
补肺、补脾、补肾	补肝肾、补脾胃	美容养颜	治百日咳

✘ 相克食物搭配及后果

白酒　野鸡肉	黄豆	茯苓

与这些食物同食导致血热	引发腹痛、腹胀、消化不良	削弱茯苓的药效

推荐食谱

灵芝核桃乳鸽汤

【材料】党参20克，核桃仁80克，灵芝40克，乳鸽1只，蜜枣6颗。

【调料】盐适量。

做法

❶ 将核桃仁、党参、灵芝、蜜枣分别用水洗净。

❷ 将乳鸽处理干净，斩件。

❸ 锅中加水，以大火烧开，放入党参、核桃仁、灵芝、乳鸽和蜜枣，改用小火续煲3小时，加盐调味即可。

功效 保肝护肾。

花生

别名
长寿果、落花生

性 温　味 甘　归经 脾、肺经

营养功效

花生可以促进人体的新陈代谢、增强记忆力，可益智、抗衰老、延长寿命。此外，花生还具有止血功效，其外皮含有可对抗纤维蛋白溶解的成分，可改善血小板的质量。而且花生对于预防心脏病、高血压和脑溢血的产生有食疗作用。

适宜人群 营养不良、脾胃失调、燥咳、反胃、脚气病、咳嗽痰喘、乳汁缺乏、高血压、咳血、血尿、鼻出血、牙龈出血患者。

不宜人群 胆囊炎、慢性胃炎、骨折慢性肠炎、脾虚便溏患者。

食用指导

选购 以果荚呈土黄色或白色、色泽分布均匀一致为宜。果仁以颗粒饱满、形态完整、大小均匀、肥厚而又光泽为好。

储存 应晒干后放在低温、干燥地方保存。

烹饪 在花生的诸多吃法中以炖吃为最佳。这样既避免了招牌营养素的破坏，又具有了不温不火、口感潮润、入口好烂、易于消化的特点，老少皆宜。

✔ 相宜食物搭配及功效

红葡萄酒	芹菜	菊花脑	猪蹄

保心脏、畅通血管	预防心血管疾病	疏风散热、清热解毒	补血催乳

✘ 相克食物搭配及后果

螃蟹	蕨菜	肉桂	黄瓜

导致肠胃不适、腹泻	腹泻、消化不良	降低营养	导致腹泻

推荐食谱

花生耳片

【材料】 猪耳朵250克，熟花生仁适量。

【调料】 姜末、蒜末、辣油、盐、酱油、香油、花椒粉各适量。

做法

❶ 猪耳朵洗净，入沸水中煮熟后，捞出沥干，待凉，切片摆盘；花生仁捣碎。

❷ 将姜末、蒜末、熟花生仁、辣油、花椒粉、盐、酱油、香油入碗拌匀。

❸ 将拌匀的佐料淋在盘中的耳片上即可。

功效 防癌抗癌。

杏仁

别名 核仁、苦杏仁

性 温　**味** 苦　**归经** 肺、脾、大肠经

营养功效

能发散风寒，下气除喘，通便。苦杏仁对于因伤风感冒引起的多痰、咳嗽气喘、大便燥结等症状疗效显著。甜杏仁有润肺、止咳、滑肠之功效，适用于干咳无痰、肺虚久咳及便秘等症，还有益于心脏。此外，杏仁有一定的补肺作用，还有美容功效，能促进皮肤微循环，使皮肤红润光洁。

适宜人群 伤风感冒、肺虚咳嗽、干咳无痰、便秘患者。

不宜人群 急、慢性肠炎患者。

食用指导

选购 选壳不分裂、不发霉或染色的。购买的杏仁要统一的颜色。此外，优质新鲜的杏仁气味香甜。

储存 杏仁要放在密封的盒子里。

烹饪 将杏仁制成饮料或浸泡水中数次后再吃，不但安全还有益健康。

✔ 相宜食物搭配及功效

冬瓜子+鱼腥草

清热解毒、止咳化痰

桑叶+菊花

疏散风热、宣肺止咳

桔梗
止咳、降气、祛痰

大米

治痔疮、便血

✘ 相克食物搭配及后果

猪肉

引起肚子痛

板栗

引起胃痛

菱角

不利于蛋白质的吸收

梨

清热止咳

小米

引发呕吐腹泻

狗肉

产生有害物质

猪肝　猪肺
与这些食物同食不利于蛋白质的吸收

推荐食谱

杏仁苹果生鱼汤

【材料】杏仁25克，苹果450克，生鱼500克，猪瘦肉150克，红枣5克。

【调料】姜2片，盐5克。

做法

① 生鱼处理干净，入油锅中煎至金黄色备用；猪肉洗净，切成方块。

② 杏仁用温水浸泡，去皮、尖；苹果去皮，洗净切成4块。

③ 水锅煮沸后加入所有原材料和姜，煲熟后加盐调味即可。

功效 养心润肺。

白果

别名
鸭脚子、银杏果

性 温　味 甘、苦涩　归经 肺经

营养功效

　　白果中含有白果酸、白果酚，可抑菌、杀菌作用，可治疗呼吸道感染性疾病，具有敛肺气、定喘咳的功效。白果有收缩膀胱括约肌的作用，还可以辅助治疗心脑血管疾病。

适宜人群 支气管哮喘、慢性气管炎、肺结核患者。
不宜人群 呕吐者及儿童。

食用指导

选购 应选择个大、光亮、颜色净白、晃动无声响的鲜白果。
储存 应放置在干燥、通风处储存。
烹饪 可炒食、炖汤、煮粥。不可生食，不宜多食。

✔ 相宜食物搭配及功效

鸡蛋

滋阴养颜、
养血润燥

芦笋
杀菌抑菌、
补虚养颜

✘ 相克食物搭配及后果

鳗鱼　　草鱼

引起身体不适

鳝鱼

中毒

鲤鱼

产生不良反应

推荐食谱

白果覆盆子猪肚汤

【材料】猪肚150克，白果、覆盆子各适量。
【调料】盐适量，姜片、葱各5克。

做法

❶ 猪肚洗净切段，加盐涂擦后用清水冲洗干净；白果洗净去壳；覆盆子洗净；葱洗净切段。

❷ 将猪肚、白果、覆盆子、姜片放入瓦煲内，注入清水，大火烧开，改小火炖煮2小时。

❸ 加盐调味，起锅后撒上葱段即可。

功效 排毒瘦身。

注解
　　白果是银杏科，银杏属植物银杏的果实。于每年秋末冬初采摘，置于通风处吹干保存。白果果仁富含淀粉、粗蛋白、脂肪、蔗糖、矿物元素、粗纤维，并含有银杏酚和银杏酸，有一定毒性。

板栗

别名
毛栗、栗子

性 温 味 甘、平 归经 脾、胃、肾经

营养功效

板栗具有养胃健脾、补肾强腰之功效，可防治高血压病、冠心病、动脉硬化、骨质疏松等疾病，是抗衰老、延年益寿的滋补佳品。常吃板栗，还可有效治疗日久难愈的小儿口舌生疮和成人口腔溃疡。

适宜人群 气管炎咳喘、肾虚、尿频、腰酸、腿脚无力者。

不宜人群 便秘者、产妇、儿童。

食用指导

选购 应选择颜色呈浅咖啡色、表皮有一层薄绒毛、呈半圆形、质地坚硬、质量较重、无虫眼的新鲜栗子。

储存 应放置在干燥、阴凉、低温、通风处储存。

烹饪 将栗子放入沸水中加盐浸泡20分钟，取出放入冷水中稍微浸泡即可轻易去壳。可炒食、蒸食、煮羹。不可多食。

✔ 相宜食物搭配及功效

鸡肉	红枣	白菜	猪肉
补肾虚、益脾胃	补肾虚、治腰痛	健脑益肾	健胃消食

✕ 相克食物搭配及后果

牛肉	羊肉	鸭肉	杏仁
降低营养价值	不易消化、呕吐	引起中毒	引起胃痛

推荐食谱

板栗鸡肉丸

【材料】鸡肉泥200克，板栗仁50克，蛋清少许。

【调料】盐2克，鱼子酱少许，面粉适量。

做法 ① 鸡肉泥加盐腌10分钟；板栗仁洗净，切丁。② 面粉加水调成面糊，与板栗丁、蛋清一起揉入鸡肉泥中，搅匀；取肉馅制成肉丸。③ 将肉丸放进蒸锅中隔水蒸熟，取出摆盘，在上方加鱼子酱点缀即可。

功效 提神健脑。

注解

栗子是干果中糖类含量比较丰富的果品，栗子中的不饱和脂肪酸能有效地预防和治疗高血压、冠心病、动脉硬化等心血管疾病。栗子中富含碳水化合物、蛋白质、脂肪、维生素 B_1、维生素 B_2、维生素 C、膳食纤维、单宁酸、胡萝卜素以及磷、钙、钾、铁等营养元素。

葵花子

别名 向日葵子、瓜子

性 温 **味** 甘

营养功效

葵花子具有补虚损、安神、降血脂、补血、健脑、抗癌、抗氧化、延缓衰老、防止动脉硬化、美发之作用，对保护心脏功能、预防高血压颇有裨益。

适宜人群 高血压、冠心病、脑梗死患者。

不宜人群 肝脏病、急性肠炎、慢性肠炎患者。

食用指导

选购 应选择颗粒大、饱满、干燥、无杂质、不发芽、无霉变、不生虫、口感松脆的葵花子。

储存 应放置在干燥、通风处储存。

烹饪 可炒食，榨油，或作为糕点的配料。

✓ 相宜食物搭配及功效

鸡蛋+白糖　　　芹菜　　　老母鸡

治湿毒带下　　降血压　　补益安神

✗ 相克食物搭配及后果

黄瓜　　　羊肉

导致腹泻　　引起腹胀、胸闷

推荐食谱

莲子八宝饭

【材料】糯米300克，瓜子仁、红枣、西红柿、苹果片、葡萄干、熟莲子、核桃仁、樱桃各25克。

【调料】植物油适量，豆沙200克。

做法

① 糯米洗净盛在碗里，加适量水入蒸笼蒸熟。② 将植物油抹在碗内，放入其余食材砌成花形，糯米饭放在上面，压实，放入蒸笼蒸熟，取出扣入另一碗里即可。

功效 增强免疫力。

注解

葵花子富含不饱和脂肪酸、蛋白质，钾、磷、铁、钙、镁元素，维生素A、维生素B₁、维生素B₁、维生素E、维生素P的含量也很高。

南瓜子

别名
南瓜仁、白瓜子

性 温　味 甘

营养功效

南瓜子能帮助维持人体细胞健康，促进身体发育，多吃可以促进骨骼发育；南瓜子可以缓解静止性心绞痛，并有降压、驱肠道寄生虫的作用。

适宜人群 手脚水肿的产妇、百日咳、痔疮患者、蛔虫病、糖尿病、前列腺患者。
不宜人群 胃热者应少食或不食。

食用指导

选购 应选择边缘不光滑、表面微黄、干燥、匀称的南瓜子。
储存 应放置在干燥、通风处储存。
烹饪 可生食、炒食，或作为糕点的配料。

✔ 相宜食物搭配及功效

花生
改善营养不良

蜂蜜
治蛔虫病

白糖
治血吸虫病

✘ 相克食物搭配及后果

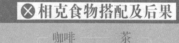
咖啡　　茶

影响对铁的吸收

推荐食谱

茶香南瓜子

【材料】南瓜子300克，茶叶15克。

【调料】冰糖20克，八角1粒，桂皮10克，盐10克，绿茶粉适量。

做法 ❶ 将茶叶放入锅中加水煮开，转小火放入冰糖、八角、桂皮和南瓜子，煮至汤汁剩一半时，再放入盐煮至汤汁基本收干，捞出南瓜子沥干水分，拌入绿茶粉。❷ 将拌好的南瓜子放在盘中均匀摊开，放入微波炉用中小火加热2分钟，取出搅匀再放入微波炉中加热2分钟，依照此步骤反复几次直至将南瓜子烘干即可。

功效 降血压，除虫。

注解
南瓜子是南瓜的种子，取出晒干后可食用。南瓜子富含脂肪酸、胡萝卜素、B族维生素、镁，锌等。

腰果

别名
肾果、鸡腰果

性温　味甘

营养功效

腰果对食欲不振、心衰、下肢水肿及多种炎症有显著功效，尤其有酒糟鼻的人更应多食腰果，以免除烦恼。腰果对夜盲症、眼干燥症及皮肤角化有防治作用，能增强人体抗病能力、防治癌肿。

适宜人群 便秘、风湿性关节炎、高血压、尿结石之人。

不宜人群 胆结石、胆囊炎等病症患者应禁食。

食用指导

选购 应选择饱满、外观呈完整月牙形、颜色洁白、气味清香、油脂丰富、无虫蛀、无斑点的腰果。

储存 应放置在干燥、避光、低温、通风处储存。

烹饪 将腰果浸泡5个小时，再进行烹制。可炒食、油炸、煮粥，或制成糕点。

✓ 相宜食物搭配及功效

莲子 — 茯苓 — 薏米 — 芡实

与这些食物同食补润五脏、安神

✗ 相克食物搭配及后果

虾仁　　鸡蛋

导致高钾血症　腹痛腹泻

推荐食谱

腰果蹄筋

【材料】腰果50克，猪蹄筋200克。

【调料】葱花15克，盐、味精各3克。

做法

1 猪蹄筋洗净，切碎末，入开水锅中，加入盐、味精，煮至黏稠状取出，放入冰箱冷冻。

2 将冷冻后的猪蹄筋切成块状，摆入盘中，撒上腰果、葱花即可。

功效 提神健脑。

注解

腰果是世界四大干果之一，果实为肾形，原产热带美洲，主要生产国是巴西、印度，中国于50多年前引进种植。腰果富含脂肪、蛋白质、淀粉、糖以及少量矿物质和维生素A、维生素B_1、维生素B_2等成分。

开心果

别名
无名子、阿月浑子

性 平　味 甘　归经 脾、胃经

营养功效

开心果具有温肾暖脾、补虚损、益气调中、润肠通便、排毒、抗衰老、增强体质、增强抗病能力之功效毒，被古代波斯国的国王视为"仙果"。

适宜人群 神经衰弱、贫血、浮肿、营养不良、慢性泻痢患者。

不宜人群 高血脂、糖尿病患者及肥胖者。

食用指导

选购 应选择果仁呈绿色、个大、饱满、完整、无异味、无虫斑的开心果。

储存 应放置在干燥、避光、低温、通风处储存。

烹饪 用热水浸烫过的开心果果仁更容易去皮。可炒食、炖汤、煮粥。不可生食，不宜多食。

✔ 相宜食物搭配及功效

蔬菜+豆类	红椒	鸡肉	盐

消耗脂肪	促进食欲	养神抗衰、润肠排毒	温肾杀菌、解毒排毒

✘ 相克食物搭配及后果

黄瓜
破坏营养

推荐食谱

松仁开心果豆浆

【材料】松仁25克，开心果25克，黄豆50克。

【调料】蜂蜜适量。

做法

❶黄豆洗净，提前清水浸泡6~8小时；开心果和松子去壳，温水浸泡半小时。❷将浸泡好的黄豆、松仁、开心果仁一起放入豆浆机中，添加清水至上下水位线之间，按下豆浆键。❸待豆浆机提示做好后，将豆浆过滤倒出，加入适量蜂蜜调味即可。

功效 保护视力，润肠通便。

注解

开心果主要产于叙利亚、伊拉克、伊朗、俄罗斯西南部和南欧，中国仅在新疆等边远地区有栽培。开心果富含维生素E、油脂等，而且含蛋白质、糖分等。

松子

别名
松子仁、罗松子

性 平　味 甘　归经 肝、肺、大肠经

营养功效

松子有强阳补骨、和血美肤、润肺止咳、滑肠通便等功效，可用于风痹、头眩、燥咳、吐血、便秘等症的治疗。松子对大脑和神经大有补益作用，是学生和脑力劳动者的健脑佳品，可以预防老年痴呆症；松子含有油脂，可滋养肌肤、提高机体免疫功能、延缓衰老等。

适宜人群　心脑血管疾病患者。

不宜人群　腹泻患者。

食用指导

选购　应选择颗粒丰满、色泽光亮、干燥、果仁乳白饱满、气味清香的松子。

储存　应放置在干燥、避光、低温、通风处储存。

烹饪　可炒食、炖汤、煮粥，或制成糕点。不可多食。

✓ 相宜食物搭配及功效

兔肉	核桃	大米+蜂蜜

美容养颜、益智醒脑	防治便秘	治肺燥咳嗽、大便干结

✗ 相克食物搭配及后果

羊肉	蜂蜜
引起腹胀、胸闷	腹痛腹泻

推荐食谱

松子牛肉

【材料】牛肉400克，松子30克。

【调料】盐、葱、沙茶酱、小苏打粉、酱油各适量。

做法

① 牛肉洗净切片，加盐、小苏打粉、沙茶酱略腌，入油锅中炸至五成熟，捞出沥油。② 松子入油锅炸至香酥，捞出控油。③ 葱洗净切段，入锅爆香，加入盐、酱油及牛肉快炒至入味，撒上松子即可。

功效　补血养颜。

注解

松子是松树的种子，通常被视为"长寿果"，又被称为"坚果中的鲜品"。松子富含蛋白质、脂肪、不饱和脂肪酸、碳水化合物、挥发油、维生素 E、磷和锰等多种成分。

下篇
常见病症
饮食宜忌

第一章 补益、治病饮食宜忌

补益、治病食物

绿豆芽 治疗溃疡

绿豆芽中含有核黄素，很适合患口腔溃疡的人食用。

蒜薹 杀菌防感染

蒜薹含有辣素，其杀菌能力可以达到青霉素的1/10，对病原菌和寄生虫都有良好的杀灭作用，可以起到杀菌、防止伤口感染、治疗感染性疾病和驱虫的作用。

香椿 驱蛔虫

香椿含有一种物质，其挥发气味能透过蛔虫的表皮，使蛔虫不能附着在肠壁上而被排出体外。

茼蒿 利尿消水肿

茼蒿含有多种氨基酸、脂肪、蛋白质及较高量的钠、钾等矿物盐，能调节体液代谢、利二便、消除水肿。民间常用茼蒿治疗泄泻痢疾及小便淋漓不通。

扁豆 药食两用

现代医学研究发现，扁豆为甘淡温和的健脾化湿药，主要用于脾胃虚弱，饮食减少，便溏腹泻，白带异常以及夏季暑湿引起的呕吐、腹泻、胸闷等病症，为夏季祛暑利湿，药食两用的食疗佳品。

菜花 强韧血管壁

有些人的皮肤一旦受到小小的碰撞和伤害就会变得青一块紫一块的，这是因为体内缺乏维生素K的缘故。补充的最佳途径就是多吃菜花。多吃菜花还会使血管壁强韧，不容易破裂。

菜花 护心防中风

菜花是含有类黄酮最多的食物之一。类黄酮除了可以防止感染，还是最好的血管清理剂，能够阻止胆固醇氧化，防止血小板凝结成块，因而减少心脏病与中风的危险。

菜花　润肺兼止咳

古代西方人发现，常吃菜花有爽喉、开音、润肺、止咳的功效，因此他们把菜花叫作"天赐的良药"和"穷人的医生"。18世纪轰动西欧的布哈尔夫糖浆，就是用菜花的茎叶榨出的汁液煮沸后调入蜂蜜制成的，专治咳嗽和肺结核。

菜花　对抗坏血病

常吃菜花可增强肝脏解毒能力，并能提高机体的免疫力，可预防感冒和坏血病的发生。

苦瓜　去痱子

在炎热夏季，儿童常会生出痱子，用苦瓜煮水擦洗，有清热止痒去痱的功效。中医认为，苦瓜具有除邪热、解劳乏、清心明目的功能。

草菇　提高免疫力

草菇的维生素C含量高，能促进人体新陈代谢，提高机体免疫力。它还具有解毒作用，如铅、砷、苯进入人体时，可与其结合，随小便排出。

香菇　促进钙吸收

香菇中有一种一般蔬菜缺乏的麦甾醇，它可转化为维生素D，促进体内钙的吸收，并可增强人体抵抗疾病的能力。多吃香菇对于预防感冒等疾病有一定帮助。

生荽白汁　解醉酒

生荽白绞汁饮用有解醉酒的功效。

鸡腿蘑　病后调养

鸡腿蘑蛋白质含量很高。鸡腿蘑含有20种氨基酸，人体8种必需氨基酸全部具备，所以鸡腿蘑是很好的营养食品，对体弱或病后需要调养的人十分有益。

黑木耳　清胃涤肠

黑木耳中的胶质可把残留在人体消化系统内的灰尘、杂质吸附集中起来排出体外，从而起到清胃涤肠的作用。因此，它是矿山、化工和纺织工人不可缺少的保健食品。它对胆结石、肾结石等内源性异物也有比较显著的化解功能。

黑木耳　防血栓

黑木耳能减少血液凝块，预防血栓的发生，有防治动脉粥样硬化和冠心病的作用。

秋梨　润燥

梨具有润燥消风、醒酒解毒等功效，因其鲜嫩多汁、酸甜适口，所以又有"天然矿泉水"之称。在秋季气候干燥时，人们常感到皮肤瘙痒、口鼻干燥，有时干咳少痰，每天吃一两个梨可缓解秋燥，有益健康。

熟 梨　护嗓、防痛风

梨可清喉降火，播音、演唱人员经常食用煮好的熟梨，能增加口中的津液，起到保养嗓子的作用。煮熟的梨有助于肾脏排泄尿酸和预防痛风、风湿病、关节炎。

柚 子　保护呼吸道

美国研究发现，每天饮用柚汁的人较少出现呼吸器官系统毛病，尤其是感冒、咽喉疼痛时，吃一瓣新鲜柚子能使人倍感舒适。

橙 子　预防胆囊病

女性摄取维生素C不足容易患胆囊疾病。虽然其中的机理尚不清楚，但经常食用橙子对预防胆囊疾病确实有效。

哈密瓜　生津解暑

哈密瓜含糖量在15%左右，味甘如蜜，奇香袭人，不但好吃，而且营养丰富，药用价值高，有清凉消暑、除烦热、生津止渴的作用，是夏季解暑的佳品。

西 瓜　多汁解暑热

西瓜除不含脂肪和胆固醇外，几乎含有人体所需的各种营养成分，是一种富有营养、纯净、食用安全的食品。西瓜清热解暑，除烦止渴，在急性热病发烧、口渴汗多、烦躁时，食用西瓜，症状会马上改善。

桑 葚　提高免疫力

桑葚具有天然生长、无任何污染的特点，营养价值是苹果的5～6倍，是葡萄的4倍，具有多种功效，被医学界誉为"21世纪的最佳保健果品"。常吃能显著提高人体免疫力，具有延缓衰老、美容养颜的功效。桑葚有黑、白两种，鲜食以紫黑色为补益上品。

柿 子　营养益心脏

外国俗语云："一日一苹果，医生远离我。"但是，要论预防心脏血管硬化，柿子的功效远大于苹果，堪称有益心脏健康的水果王。柿子所含维生素和糖分比一般水果高1～2倍。每天吃一个柿子，所摄取的维生素C基本上就能满足一天需要量的一半。

杧 果　解晕船呕吐

杧果有益胃、止呕、止晕的功效。在古代，凡漂洋过海者，无不随身携带一些杧果，以解晕船之症。因此，杧果对于眩晕症、梅尼埃病、高血压晕眩、恶心呕吐等均有益。

菠 萝　消炎利水肿

菠萝中的"菠萝朊酶"有溶解阻塞于组织中的膳食纤维和血凝块的作用，能改善局部的血液循环，消除炎症和水肿。如果有炎症、水肿或血栓的患者，在治疗阶段，适当多吃一些菠萝，有一定的辅助作用。

橘 子　预防冠心病

橘子所含的橘皮苷可以加强毛细血管的韧性、降血压、扩张心脏的冠状动脉，因此可以说，橘子是预防冠心病和动脉硬化的食品。

西 瓜　利尿治黄疸

吃西瓜后尿量会明显增加，这可以减少胆色素的含量，并可使大便通畅，对治疗黄疸有一定作用。

山 楂　保钙延年寿

老年人常吃山楂制品能增强食欲，改善睡眠，保持骨和血中钙的恒定，预防动脉粥样硬化，延年益寿，故山楂被人们视为"长寿食品"。

椰 汁　利尿、驱虫

椰汁有强心、利尿、驱虫、止呕止泻的功效。中医认为，椰肉具有补益脾胃、杀虫消疳之功效；椰汁有生津、利水等功能。

柠 檬　杀菌强

柠檬味极酸，肝虚孕妇最喜食，故称益母果或益母子。柠檬中含有丰富的柠檬酸，因此被誉为"柠檬酸仓库"。柠檬含有烟酸和丰富的有机酸。柠檬酸汁有很强的杀菌作用，对食品卫生很有好处。实验显示，酸度极强的柠檬汁在15分钟内可把海生贝壳内所有的细菌杀死。

柠 檬　止血、防结石

柠檬汁中含有大量柠檬酸盐，能够抑制钙盐结晶，从而阻止肾结石形成，甚至已成之结石也可被溶解掉。所以食用柠檬能防治肾结石，使部分慢性肾结石患者的结石减少、变小。

柠檬酸有收缩、增固毛细血管，降低血管通透性，提高凝血功能及血小板数量的作用，可缩短凝血时间和出血时间，具有止血作用。

阳 桃　消炎疗溃疡

阳桃含有大量的挥发性成分、胡萝卜素类化合物、糖类、有机酸及 B 族维生素、维生素 C 等，可消除咽喉炎症及口腔溃疡，防治风火牙痛。

苹 果　减肥享受

苹果的营养价值和医疗价值都很高，被越来越多的人称为"大夫第一药"。许多美国人把苹果作为瘦身必备，每周节食一天，这一天只吃苹果，号称"苹果日"。

西番莲　果汁之王

西番莲是集香蕉、菠萝、荔枝、番石榴、杜果、酸梅、草莓、阳桃等数十种水果香味于一身的水果，台湾人称之为"百香果"，国外则称之为"果汁之王"。用西番莲加工制成的果汁，馨香四溢，醇浓可口，是国内外畅销的高级饮料。

枇杷　防感冒

枇杷果实及叶有抑制流感病毒的作用，常吃可以预防四时感冒。

橄榄　能润喉

我国北方隆冬腊月气候异常干燥，常食点橄榄有润喉之功。中医素来称橄榄为"肺胃之果"，对于肺热咳嗽、咯血颇有益。橄榄与肉类炖汤作为保健饮料有舒筋活络功效。

板栗　防口腔溃疡

板栗含有核黄素（维生素B_2），常吃板栗对日久难愈的儿童口舌生疮和成人口腔溃疡有益。

腰果　保护心血管

腰果中的脂肪成分主要是不饱和脂肪酸，有很好的软化血管的作用，对保护血管、防治心血管疾病大有益处。

榛子　营养全面

榛子中人体所需的8种氨基酸样样俱全，其含量远远高过核桃。榛子营养丰富，果仁中除含有蛋白质、脂肪、糖类外，胡萝卜素、维生素B_1、维生素B_2、维生素E含量丰富。榛子中钙、磷、铁含量也高于其他坚果。榛子富含油脂，有利于其中脂溶性维生素在人体内的吸收，对体弱、病后虚羸、易饥饿的人都有很好的补养作用。

白果　抑菌定喘咳

白果中的白果酸等有抑菌、杀菌作用，可治疗呼吸道感染性疾病。白果还具有敛肺气、定喘咳的功效。

开心果　增强体质

开心果营养丰富，其果仁含蛋白质约20%，含糖15%～18%，还可以榨油，因此越嚼香味越浓，余味无穷，对身体有很好的补充营养的作用。其果仁含有维生素E，有抗衰老的作用，能增强体质。

榧子　杀虫如中药

榧子可以用于多种肠道寄生虫病，如儿童蛔虫、蛲虫、钩虫等，其杀虫能力与中药使君子相当。

南瓜子　杀寄生虫

南瓜子有很好的杀灭人体内寄生虫（如蛲虫、钩虫等）的作用。对血吸虫幼虫也具有很好的杀灭作用，是血吸虫病的首选食疗之品。

动物血　排毒止血

动物血具有利肠通便作用，可清除肠腔的沉渣浊垢，对尘埃及金属微粒等有害物质具有净化作用，以避免积累性中毒。因此它是人体污物的"清道夫"。动物血含有维生素K，能促进血液凝固，有止血作用。

肝脏、动物血　补血

　　肝脏是动物体内储存养料和解毒的重要器官，含有丰富的营养物质，具有营养保健功能，是最理想的补血佳品之一。但要注意动物肝脏不宜食用过多，以免摄入太多的胆固醇。

　　猪血、鸡血、鸭血等动物血通常被制成血豆腐，也是理想的补血佳品。

花生红衣　止血

　　花生有止血作用。花生红衣的止血作用比花生更是高出50倍，对多种出血性疾病都有良好的止血功效。

花　生　延年益寿

　　花生长于滋养补益，有助于延年益寿，所以民间又称"长生果"，并且和黄豆一样被誉为"植物肉""素中之荤"。花生的蛋白质含量比粮食类高，可与鸡蛋、牛奶、肉类等一些动物性食品媲美。它含有大量的蛋白质和脂肪，特别是不饱和脂肪酸的含量很高，很适宜制作各种营养食品。

黄　豆　更年期佳肴

　　黄豆中的植物雌激素与人体中产生的雌激素在结构上十分相似，可以成为辅助治疗女性更年期综合征的最佳食物，不但经济、有效，而且绝无副作用。黄豆中还富含钙质，对更年期骨质疏松也有疗效，可谓一举两得。

阿　胶　补血圣品

　　驴肉和驴皮熬制的阿胶具有补气、补虚的功能，被称为"补血圣品"。阿胶能促进红细胞和血红蛋白的生长，是补血佳品。阿胶中的钙有助于调节机体钙平衡。食用阿胶可以强筋健骨，添精固肾。

酸　奶　抑制骨质疏松

　　常喝酸奶，在女性更年期时可以抑制由于缺钙引起的骨质疏松症；在老年时期，每天喝酸奶可矫正由于偏食引起的营养缺乏。

吃　虾　消除时差症

　　有科学家最近发现，虾体内的虾青素有助于消除因时差反应而产生的"时差症"。

黑　鱼　术后复原

　　黑鱼主要含有蛋白质、脂肪、糖类、多种维生素和矿物质等，除了制作上等佳肴外，还有很高的药用价值。患者进行手术后，常食黑鱼，有生肌补血、加速伤口愈合的作用。忌食落潮的黑鱼子，因其有毒，误食有生命危险。

紫　菜　补血护骨骼

　　紫菜中含丰富的钙、铁元素，不仅是治疗女性、儿童贫血的优良食物，而且可以促进儿童和老人的骨骼、牙齿生长和保健。

绿 豆　清热、补水

绿豆性味甘凉，有清热解毒之功。夏天在高温环境工作的人出汗多，水液损失很大，体内的电解质平衡遭到破坏，用绿豆煮汤来补充是最理想的方法，能够清暑益气、止渴利尿，不仅能补充水分，而且还能及时补充矿物质，对维持体液电解质平衡有着重要意义。

豆 浆　补血胜牛奶

饮用鲜豆浆可防治缺铁性贫血，对于贫血病人的调养，比牛奶作用要强。

豆 浆　防治气喘病

长期坚持饮用豆浆能防治气喘病。

豆 腐　预防骨质疏松

豆腐有抗氧化的功效。所含的植物雌激素能保护血管内皮细胞，使其不被氧化破坏。如果经常食用就可以有效地减少血管系统被氧化破坏。另外这些雌激素还能有效地预防骨质疏松、乳腺癌和前列腺癌的发生，是更年期的保护神。

葱　腋臭多汗忌食

葱对汗腺刺激作用较强，有腋臭的人在夏季慎食，多汗的人忌食。不要过量食用，否则会引起头昏、视物不清，损伤视力。

大 蒜　调味又防病

大蒜既可调味，又能防病健身，常被人们称誉为"天然抗生素"。大蒜含有丰富的营养元素，其中大蒜素具有开胃、降压、降脂的功效。

花生酱　防治失眠

吃花生酱有助于入睡，这与花生酱中含有的一种叫色氨酸的物质有关。过期的花生酱可能含有黄曲霉毒素，切勿食用。

榨 菜　防晕车醉酒

榨菜有"天然晕海宁"之说，晕车晕船者拿一片榨菜在嘴里慢慢咀嚼，会使烦闷情绪缓解。饮酒不适或过量时，吃一点榨菜，可以缓解酒醉造成的头昏、胸闷、烦躁感。

茶 叶　除葱臭

人在食葱后，口腔中留下难闻的葱臭味，此时只需用浓茶漱口或口内咀嚼几片茶叶，即可除去此味道。葱叶中含有丰富的胡萝卜素，不要轻易丢弃。

红 茶　暖脾胃

冬天宜喝红茶，红茶性味甘温，可补益身体，生热暖脾胃，从而增强人体对寒冷的适应能力。红茶可加奶、糖，芳香不改。在红茶中加上柠檬，强壮骨骼的效果更强。也可加上各种水果，增进保健效用。

绿　茶　　抗衰、防辐射

　　绿茶所含维生素 C 比红茶多，每天 2～3 杯绿茶就基本上可以满足人体对维生素 C 的需要。

　　绿茶中维生素 B_1、维生素 B_2 和维生素 P 也比红茶多，因此绿茶在抑菌、防衰老和血管硬化、抑制突变、防止辐射损伤、降低胆固醇和血脂、儿童防龋齿等方面比红茶更有效。

　　夏季高温，人体出汗多，体内津液消耗大，宜饮绿茶。

啤　酒　　预防白内障

　　啤酒是由发酵的谷物制成的，含有丰富的 B 族维生素和其他营养成分，并具有一定的热量。啤酒特别是黑啤酒可使动脉硬化和白内障的发病率降低 50%，并对心脏病有预防作用。

白葡萄酒　　防肺病

　　多酚可以软化血管并清除有害的自由基，多酚主要包含在葡萄皮中，酿造白葡萄酒会先去掉葡萄皮，因此人们普遍认为红葡萄酒比白葡萄酒更健康。但一项新的研究指出，饮用葡萄酒对肺部有益，主要归功于白葡萄酒而不是红葡萄酒。白葡萄酒对预防肺部病症有良好的功效。

白葡萄酒　　能杀菌

　　白葡萄酒比红葡萄酒有更强大的杀菌作用，白葡萄酒含葡萄酸和酒石酸等有机酸，有机酸浓度越高，酸性越大，杀菌作用越强。吃海鲜、肉类食物时，喝点白葡萄酒能将食物中的细菌（大肠杆菌、变形杆菌等）杀死。

富含矿物质食物

莼　菜　　锌王名不虚

　　丰富的锌含量使莼菜成为植物中的"锌王"，是儿童最佳的益智健体食品之一，可防治儿童多动症。西湖莼菜最为著名。

苋　菜　　补钙防痉挛

　　苋菜富含易被人体吸收的钙质，对牙齿和骨骼的生长可起到促进作用，并能维持正常的肌肉活动，防止肌肉痉挛（抽筋）。

木耳菜　　钙高草酸低

　　木耳菜的钙含量很高，是菠菜的 2～3 倍，且草酸含量极低，是补钙的优选经济菜。

桃　　补铁

　　桃中除了含有多种维生素和果酸以及钙、磷等矿物质外，它的含铁量为苹果和梨含铁量的 4～6 倍，是缺铁性贫血病人的理想辅助食物。另外，桃含钾多钠少，适合水肿病人食用。

佛手瓜　补锌

据医学研究报道，锌对儿童智力发育影响较大，缺锌儿童智力低下。常食含锌较多的佛手瓜，可以提高智力。

黑木耳　补铁

黑木耳中铁的含量极为丰富，为猪肝的7倍多，故常吃木耳能养血驻颜，令人肌肤红润，容光焕发，并可防治缺铁性贫血。现代营养学家盛赞黑木耳为"素中之荤"，其营养价值可与动物性食物相媲美。鲜木耳含有毒素，不可食用。

仙人掌　补钙佳品

仙人掌不含草酸，极利于人体对钙的吸收，是儿童及中老年人补钙的佳品。

大枣　补充维生素

大枣最突出的特点是维生素含量高。国外的一项临床研究显示：连续吃大枣的病人，康复速度比单纯吃维生素药剂者快3倍以上。因此，大枣就有了"天然维生素丸"的美誉。

大枣　补钙补血

中老年人更年期经常会骨质疏松，正在生长发育高峰的青少年和女性容易发生贫血，大枣对他们有十分理想的食疗作用，其效果通常是药物不能比拟的。对病后体虚的人也有良好的滋补作用。

口蘑汤　补硒

口蘑富含微量元素硒，是良好的补硒食品。喝下口蘑汤数小时后，血液中的硒含量就会增加，并且血中谷胱甘肽过氧化物酶的活性会显著增强，它能够防止过氧化物损害机体，降低因缺硒引起的血压升高和血黏度增加，调节甲状腺的工作，提高免疫力。

柿子　预防碘缺乏

柿子还有一个特点就是含碘，所以因缺碘引起的地方性甲状腺肿大患者，食用柿子很有帮助。一般人平时经常食用，对预防碘缺乏也大有好处。

樱桃　补铁润红颜

樱桃的含铁量特别高，位于各种水果之首，是橘子、梨的20倍以上。常食樱桃可补充体内所需铁元素，促进血红蛋白再生，既可防治缺铁性贫血，又可养颜驻容，除皱消斑，使皮肤嫩白红润，同时增强体质，健脑益智。

番荔枝　维生素C及时补

番荔枝果实呈圆形或圆锥形，果皮淡绿色，有鳞状凸起，果肉为乳白色的浆质，柔软而稍带胶状，味甜微酸，气味芳香，入口即溶。番荔枝粉是国外长期野外科学探险考察活动中的必备品，它能及时补充维生素C。

鲜橄榄　补钙

橄榄果肉含有丰富的营养，鲜食有益人体健康，特别是含钙较多，对儿童骨骼发育有帮助。

猕猴桃　"VC之王"

猕猴桃维生素C含量在水果中名列前茅，一颗猕猴桃能提供一个人一日维生素C需求量的两倍多，故被誉为"VC之王"。成人每天吃1个猕猴桃就能满足人体每天对维生素C和膳食纤维的需要了。

鸭蛋　钙铁很丰富

鸭蛋中各种矿物质的总量超过鸡蛋很多，特别是铁和钙在鸭蛋中更是丰富，对骨骼发育有益，并能预防贫血。

奶酪　补钙佳选

奶酪被誉为乳品中的"黄金"，每千克奶酪制品浓缩了10千克牛奶的蛋白质、钙和磷等人体所需的营养成分，独特的发酵工艺，使蛋白质的吸收率达到了96%～98%。奶制品是食物补钙的最佳选择，奶酪正是含钙最多的奶制品，而且这些钙很容易吸收。就钙的含量而言，250毫升牛奶＝200毫升酸奶＝40克奶酪。

英国牙科医生认为，人们在吃饭时吃一些奶酪，有助于防止龋齿。吃含有奶酪的食物能大大增加牙齿表层的含钙量，从而起到抑制龋齿发生的作用。

鲈鱼　秋冬补铜

鲈鱼血中含有较多的铜元素。铜能维持神经系统的正常功能并参与数种物质代谢的关键酶的作用。铜元素缺乏的人可食用鲈鱼来补充。秋末冬初是吃鲈鱼的大好季节，以松江鲈鱼最为有名。

裙带菜　补矿物质

裙带菜被称为"矿物质的天然宝库"，它含有碘、钙、铁、碘等人体所需的几乎所有矿物质，而且含量丰富。每天只要食用约10克干品，即可基本满足人体每日所需的各种矿物质，这是任何其他天然食物难以比拟的。

芝麻酱　钙铁列前茅

芝麻酱含钙量比蔬菜和豆类都高得多，仅次于虾皮，经常食用对骨骼、牙齿的发育都大有益处。芝麻酱每百克含铁高达48毫克，比猪肝高1倍，比鸡蛋黄高6倍，经常食用不仅对纠正偏食厌食有积极的作用，还能预防缺铁性贫血。

蚝油　补锌、防癌

蚝油富含牛磺酸，牛磺酸具有防癌抗癌、增强人体免疫力等多种保健功能。蚝油中的锌、铜、碘、硒含量较高，长期食用可补充人体矿物质的不足，尤其适合儿童补充锌元素，促进智力和身体的发育。

健脑食物

金针菇　益智促生长

　　金针菇中赖氨酸的含量特别高，含锌量也比较高，有促进儿童智力发育和健脑的作用，在许多国家被誉为"益智菇"和"增智菇"。金针菇能有效地增强机体的生物活性，促进体内新陈代谢，有利于食物中各种营养素的吸收和利用，对生长发育也大有益处。

松　子　软化血管

　　唐代的《海药本草》中就有"海松子温胃肠，久服轻身，延年益寿"的记载，松子被视为"长寿果"，又被称为"坚果中的鲜品"，对老人最有益。松子中的脂肪成分是油酸、亚油酸等不饱和脂肪酸，有很好的软化血管的作用，是中老年人保护血管的理想食物。

板　栗　滋补可代粮

　　板栗含有大量淀粉、蛋白质、脂肪、B族维生素等多种营养成分，素有"干果之王"的美称。板栗可代粮，与枣、柿子并称为"铁秆庄稼""木本粮食"，是一种价廉物美、富有营养的滋补品及补养的良药。

火龙果　防脑病变

　　火龙果中所含花青素成分较多，有抗氧化、抗自由基、抗衰老的作用，能预防脑细胞病变，抑制痴呆症发生。

核　桃　健脑缓衰老

　　核桃含有丰富的B族维生素和维生素E，可防止细胞老化，能健脑、增强记忆力及延缓衰老，族被誉为"万岁子""长寿果"。

保健食物

鸭　肉　保健抗衰老

　　B族维生素是抗脚气病、抗神经炎和抗多种炎症的维生素，在生长期、妊娠期及哺乳期的人比一般人需要量更大。维生素E是人体自由基的清除剂，在抗衰老过程中起着重要的作用。鸭肉是含B族维生素和维生素E比较多的肉类，吃鸭肉有很好的保健抗衰老作用。

鹌鹑肉　动物人参

　　鹌鹑肉味道鲜美，营养丰富，俗话说："要吃飞禽，鸽子鹌鹑。"鹌鹑肉是典型的高蛋白、低脂肪、低胆固醇食物，可与补药之王人参相媲美，被誉为"动物人参"。鹌鹑肉中富含卵磷脂和脑磷脂，是高级神经活动不可缺少的营养物质，具有健脑的作用。

驴 肉　保健属上品

驴肉肉质细嫩，有补气、补虚之功。民间有"天上龙肉，地上驴肉"的谚语，以此来形容驴肉之美味。驴肉具有补气、补虚的功能，是较为理想的保健食品之一。

鸽 肉　一鸽胜九只鸡

古话说"一鸽胜九鸡"，鸽子肉营养价值较高，非常适合老年人、体虚病弱者、手术病人、孕妇及儿童。中医认为，鸽子肉易于消化，具有滋补益气、祛风解毒的功能，对病后体弱、血虚闭经、头晕神疲、记忆衰退者有很好的补益治疗作用。

鸡 蛋　长寿秘诀

鸡蛋含有人体需要的几乎所有的营养物质，营养学家称之为"完全蛋白质模式"。但一周食用不宜超过4个。

蚕 蛹　七个蚕蛹一个蛋

蚕蛹味道鲜美，营养丰富，是极宝贵的动物性蛋白质来源。据分析，每100克鲜蚕蛹中含蛋白质高达50～55克，几乎是鸡肉或牛肉的2.5倍，猪瘦肉或鸡蛋的3倍。蚕蛹含有丰富的蛋白质和多种氨基酸，有"七个蚕蛹一个蛋"的说法，是高级营养补品。食用前必须彻底洗净蛹内外的代谢物，并且不要食之过多。

乌 鸡　养身补虚劳

乌鸡是补虚劳、养身体的上好佳品。与一般鸡肉相比，乌鸡肉的蛋白质、维生素B_2、烟酸、维生素E、磷、铁、钾、钠的含量更高，人体必需的多种氨基酸，而胆固醇和脂肪含量则很少，难怪人们称乌鸡是"黑了心的宝贝"。食用乌鸡可以提高生理功能、延缓衰老、强筋健骨。对防治骨质疏松症、佝偻病、女性缺铁性贫血症等有明显功效。《本草纲目》认为乌骨鸡补虚劳羸弱，制消渴，益产妇，治妇人崩中带下及一些虚损诸病。

蜂 蜜　增强抵抗力

蜂蜜所含的单糖不需要经消化就可以被人体吸收，对妇、幼特别是老人更具有良好的保健作用，因而被称为"老人的牛奶"。蜂蜜含75%左右的葡萄糖和果糖，20%左右的水分，以及少量的蛋白质、矿物质、芳香物质和维生素等。食用蜂蜜可迅速补充体力，解除疲劳，增强人体对疾病的抵抗力。

蜂王浆　保健有奇效

蜂王浆能明显增强人体对多种致病因子的抵抗力，促进脏腑组织的再生与修复，调整内分泌及新陈代谢，还能有效增进食欲，改善睡眠并促进生长发育，对人体有极强的保健功能和奇异的医疗效果。

螺旋藻　保健属上品

螺旋藻所含的营养素全面并且与人体所需要的营养物质相一致，被联合国粮农组织认定为"21世纪最理想的食品"，世界卫生组织称其为"21世纪最安全的保健食品"。11科学研究表明，螺旋藻蛋白质含量高达60%～70%，到目前为止世界上还没有一种可食生物能与之匹敌。它还含有丰富的β-胡萝卜素、多种矿物质和维生素、不饱和脂肪酸、人体不能合成但必需的8种氨基酸以及目前尚不清楚的生理活性物质。

螺旋藻食用后基本没有不良作用，所以螺旋藻有"宇航时代新粮食和氧源"的美称。

银耳　养阴润燥

银耳是一味滋补良药，特点是滋润而不腻滞，具有补脾开胃、益气清肠、安眠健胃、补脑、养阴清热、润燥之功，对阴虚火旺不受人参、鹿茸等温热滋补的病人是一种良好的补品。但要注意，食用变质银耳会发生中毒反应，严重者会有生命危险。

黄鳝　赛人参

鳝鱼味鲜肉美，并且刺少肉厚，肉质细嫩，与其他淡水鱼相比，其味别具一格。以小暑前后一个月的夏鳝鱼最为滋补，故有"小暑黄鳝赛人参"之说。

连壳菱角　解酒毒

菱角连壳捣碎，水煎后取汁饮用，解酒精中毒。

鱼　防病健体

鱼肉中含大量蛋白质，而且鱼肉蛋白质的质量很高，容易消化吸收。大部分鱼含脂肪少，而且含不饱和脂肪酸多。通常呈液态，比畜肉的脂肪容易消化。鱼中所含碘可防止脂质在动脉内壁沉积，多吃鱼还可防治心血管疾病。鱼肉含有丰富的营养，不但可以强身，而且可以防病健体。可作为很多疾病的辅助治疗食品。

菜花　穷人的医生

菜花是含有类黄酮最多的食物，对减少心脏病与中风发病概率有一定的功效，被叫作"天赐的良药"和"穷人的医生"。

排毒、解毒食物

海蜇　除尘清肠胃

从事理发、纺织、粮食加工等与尘埃接触较多的工作人员常吃海蜇，可以去尘积、清肠胃，保障身体健康。

橄榄　解毒消积食

新鲜橄榄可解煤气中毒、酒精中毒和鱼蟹之毒，食之能清热解毒、化痰、消积。

韭菜 洗肠草

韭菜含有较多的膳食纤维，能增进胃肠蠕动，可有效预防习惯性便秘和肠癌。这些膳食纤维还可以把消化道中的头发、沙砾、金属屑甚至是针包裹起来，随大便排出体外，有"洗肠草"之称。此外，由于韭菜含膳食纤维较多，比较耐嚼，人进食时可锻炼咀嚼肌，还可有效预防龋齿的产生。

绿豆 解毒良药

绿豆有解毒作用，如遇有机磷农药中毒、铅中毒、酒精中毒（醉酒）或吃错药等情况，在医院抢救前都可以先灌下一碗绿豆汤进行紧急处理。经常在有毒环境下工作或接触有毒物质的人，应经常食用绿豆来解毒保健。

疾病忌食

茄子 手术前忌吃

手术前食用茄子，麻醉剂可能无法正常地分解，会拖延病人苏醒的时间，进而影响到病人的康复。

西瓜 心衰肾炎忌

心衰或肾炎患者不宜多吃西瓜，以免加重心脏和肾脏的负担，使病情加重。口腔溃疡和感冒初期患者不宜多吃西瓜。

骨汤 骨折初期忌

骨折病人初期不宜饮用排骨汤，中期可以少量进食，后期调补之时饮用排骨汤会收到理想的食疗效果。

杧果 过敏体质慎吃

过敏体质者慎吃芒果，吃完后要及时清洗掉残留在口唇周围皮肤上的杧果汁肉，以免发生过敏反应。即使本身没有过敏史者，一口气吃数个杧果也会即时有失声之感，可马上用淡盐水漱口化解。

蓝莓 腹泻时勿食

蓝莓因具多种食用及药用功效，被国际粮农组织列入人类健康食品。新鲜蓝莓有轻泻作用，腹泻时勿食。蓝莓的紫蓝色汁液溅到衣服上极难洗涤。

花生 胆病患者忌

花生含油脂多，消化时需要多耗胆汁，故胆病患者不宜食用。

第二章 内科疾病

风寒型感冒

风寒型感冒是因风吹受凉引起的感冒，秋冬发生较多。这种感冒与病人感受风寒有关。病后浑身酸痛、鼻塞流涕、咳嗽有痰。

病症分析

临床表现 怕寒冷、少发热、无汗，头颈疼痛、四肢酸痛，鼻塞、声重、打喷嚏、流涕、咳嗽、口不渴，或口渴时喜热饮，苔薄白，脉浮紧。四季皆可发病，以冬、春两季为多。

致病原因 风寒之邪袭击肺部，肺气不宣所致。

生活注意

1. 室温宜偏暖，宜加衣被，恶寒身痛者应多休息。

2. 风寒之邪由汗解，服用发汗药应趁热服下。汗后及时用温毛巾擦干，勿使当风受凉而复感。

饮食注意

1. 应多喝水，每天应摄入 2500~5000 毫升的液体，有助于退热发汗。可饮用温开水宜忌新鲜的果汁，多吃富含维生素的水果和蔬菜。

2. 饮食应素净、清淡，因为感冒时可能伴有腹胀、腹泻等胃肠功能失调症状。

✅宜食食物及功效

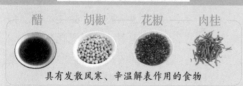

| 醋 | 胡椒 | 花椒 | 肉桂 |

具有发散风寒、辛温解表作用的食物

❌慎食食物及原因

| 螃蟹 | 鸭肉 | 鸡肉 | 猪肉 |

推荐食谱 木耳炒百合

【材料】 黄瓜100克，水发木耳45克，百合、白果、熟红豆各20克。

做法 ①黄瓜洗净，切段，木耳、百合、白果均洗净，与黄瓜同入开水中焯水后，捞出沥干水分。②油锅烧热，下黄瓜、木耳、百合、白果、红豆翻炒，放入盐、醋炒匀，起锅装盘，淋上香油即可。

风热型感冒

中医认为，风热感冒是感受风热之邪所致的表证。《诸病源候论·风热候》："风热病者，风热之气，先从皮毛入于肺也。肺为五脏上盖，候身之皮毛，若肤腠虚，则风热之气，先伤皮毛，乃入肺也。其状使人恶风寒战，目欲脱，涕唾出。"

病症分析

临床表现 不怕冷，或微怕风，发热较重，头胀痛、面赤，咽喉红肿疼痛，鼻塞、打喷嚏、流涕、涕稠、咳嗽痰稠，口干想饮，舌边尖红、苔薄黄，脉浮数。四季皆可发病，以春秋两季为多。以年老体弱者多见。

致病原因 《诸病源候论·风热候》："风热病者，风热之气，先从皮毛入于肺也。肺为五脏上盖，候身之皮毛，若肤腠虚，则风热之气，先伤皮毛，乃入肺也。其状使人恶风寒战，目欲脱，涕唾出。"

🍃 生活注意

1. 保持室内通风凉爽。
2. 发热身痛者应卧床休息。
3. 发热口渴可以温开水或清凉饮料补充津液，高热可以温水擦浴。

🍃 饮食注意

辛凉解表药宜偏温凉服，药后观察出汗、体温、伴随症状的变化。若汗出、热退、身凉，脉静则为正卫胜邪，可不必尽剂。

发热口渴可以温开水或清凉饮料补充津液，也可食用多汁水果，如西瓜、葡萄等。高热可以温水擦浴。

✅宜食食物及功效

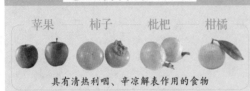

苹果 — 柿子 — 枇杷 — 柑橘

具有清热利咽、辛凉解表作用的食物

❌慎食食物及原因

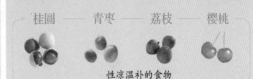

桂圆 — 青枣 — 荔枝 — 樱桃

性凉温补的食物

推荐食谱

降火酱拌油菜

【材料】 油菜250克，油豆腐2片，蒜头1粒。
【调料】 酱油1大匙。

做法

① 油菜去老叶、洗净，入薄盐沸水中烫熟、捞起，轻轻拧干水分，切段。② 油豆腐烫过、捞起、压干水分，切薄片。③ 蒜头去膜、拍裂、切碎；炒锅加油，下蒜末用中火爆香，淋入酱油即熄火。④ 将1、2拌匀，取酱料淋上即成。

功效 清肠解毒、健脾开胃。

暑湿型感冒

暑湿型感冒多发生在夏季伏天，因天气炎热，人们往往怕热贪凉，如在露天通风处睡觉等。稍有不注意就会感暑湿之邪而患感冒。

病症分析

临床表现 发热，微恶风，汗少，汗出热不退，鼻塞流浊涕，头昏重、胀痛，胸闷腹胀，恶心，心烦口渴，排尿短赤，渴不多饮，苔薄黄腻，以春天梅雨季节或夏季较多。

致病原因 暑湿型感冒多发生于夏季或夏秋交界之时，病因为夏季暑湿之气过盛，加之在空调房间待得太久，或过食生冷，感受暑湿夜寒，致寒邪直中胃肠。

生活注意

1. 多饮开水，保持充足的睡眠。
2. 室内注意通风凉爽。

饮食注意

1. 应多喝水，每天应摄入2500~5000毫升的液体，有助于退热发汗。可饮用温开水宜忌新鲜的果汁，多吃富含维生素的水果和蔬菜。
2. 饮食应素净、清淡，因为感冒时可能伴有腹胀、腹泻等胃肠功能失调症状。

✔宜食食物及功效

扁豆 —— 冬瓜 —— 山药 —— 玉竹

具有清暑、祛湿、解表作用的食物

麦冬 —— 葛根 —— 西瓜 —— 丝瓜

具有清暑、祛湿、解表作用的食物

✗慎食食物及原因

桂圆 —— 青枣 —— 荔枝 —— 樱桃

狗肉 —— 羊肉 —— 胡椒 —— 花椒

辛辣燥热、香燥助火的食物

推荐食谱

荷叶冬瓜粥

【材料】粳米100克，荷叶1张，冬瓜500克。

【调料】盐3克，味精1克，麻油3毫升。

做法

❶ 冬瓜去皮，洗净，切块，米淘洗干净，同放于砂锅中。

❷ 注入清水1000毫升，大火烧开，再将荷叶洗净，切碎放入。

❸ 转用小火慢熬至粥成时，下盐、味精，淋麻油调匀。

功效 清肠解毒、健脾开胃。

流感

流感是流感病毒引起的急性呼吸道感染，传染性强、传播速度快。主要通过空气中的飞沫、接触或与被污染物接触传播。

病症分析

病症类型 单纯型流感、肺炎型流感、中毒性流感、胃肠炎型流感。

临床表现 突然起病，恶寒、发热（常高热）、周身酸痛、疲乏无力，同一地区、同一时期发病人数剧增并且症状类似。四季均有，以春季最多。以年老体弱者多见。

致病原因 流行性感冒是由病毒感染引起的。带有流感病毒颗粒的飞沫吸入呼吸道后，病毒的神经氨基酸酶破坏神经氨酸，最终合成新的病毒。

❤ 生活注意

1. 应多喝水，每天应摄入 2500~5000 毫升的液体，有助于退热发汗。可饮用温开水宜忌新鲜的果汁，多吃富含维生素的水果和蔬菜。

2. 饮食应素净、清淡，因为感冒时可能伴有腹胀、腹泻等胃肠功能失调症状。

❤ 饮食注意

1. 患感冒后要适当休息，减少户外活动。如是流行性感冒，应与他人隔离，卧床休息。

2. 保持双手干净，并用正确方法洗手，双手被呼吸系统分泌物弄污后应立即洗手，打喷嚏或咳嗽时应掩口鼻，并妥善清理口鼻分泌物。

3. 室内要保持清洁，多通风，使空气新鲜。

4. 发热期间体力消耗较大，同时吸收功能也受到影响，因此应多饮茶水或糖水。

✔ 宜食食物及功效

花菜 — 香菇 — 李子 — 柚子

具有抗炎、抗病毒为主，辅以清热、生津作用的食物

苹果 — 草莓 — 黄瓜 — 木耳

具有抗炎、抗病毒为主，辅以清热、生津作用的食物

✘ 慎食食物及原因

桂圆 — 青枣 — 荔枝 — 樱桃

狗肉 — 羊肉 — 胡椒 — 花椒

辛辣刺激、油腻、燥热助火的食物

推荐食谱

板蓝根茶叶汤

【材料】 板蓝根20克，绿茶5克。

【调料】 冰糖15克。

做法 ❶ 板蓝根捣碎，倒入砂锅。❷ 加水500毫升煮至只剩250毫升，再加入茶叶煮5分钟。❸ 倒入冰糖拌匀即可。

功效 清热解毒，凉血利咽。

咳嗽

咳嗽是呼吸系统中最常见的症状之一，当呼吸道黏膜受到异物、炎症、分泌物或过敏性因素等刺激时，即反射性地引起咳嗽。

病症分析

病症类型 风寒咳嗽、风热咳嗽、气虚咳嗽、阴虚咳嗽。

临床表现 不同类型的咳嗽有不同的临床表现，比如：风寒型咳嗽初期有鼻塞流涕、舌苔稀薄，咳痰稀或白黏；风热型咳嗽咳痰黄稠，兼有口渴咽痛，喉咙发热发痛，舌苔薄黄；肺燥型咳嗽干咳无痰，或者有痰咳不出。

致病原因 咳嗽一般由呼吸道感染、支气管炎导致的。如咳嗽无痰或痰量很少为干咳，常见于急性咽喉炎的初期；急性骤然发生的咳嗽，多见于支气管内异物；长期慢性咳嗽，多见于慢性支气管炎、肺结核等。

生活注意

1. 防咳先防感。防止咳嗽预防感冒非常关键，所以平时要注意锻炼身体，提高抗病毒能力，避免外感，以防加重病情。

2. 生活要调理。对孩子要多加强生活调理，饮食适宜，保证睡眠，居室环境要安静，空气要清新。

3. 少去人多的公共场所。尽量不带孩子到人多的公共场所，少与咳嗽患者接触。

饮食注意

1. 适当吃些梨和萝卜。

2. 不要饮食过饱，过饱会加重胃肠负担，不利于身体康复。应少食多餐，要吃易于消化、富含营养的食物，以增强抗病能力。

☑宜食食物及功效

百合 — 豆浆 — 胖大海 — 川贝

肺燥型咳嗽宜食

罗汉果 — 冬瓜 — 紫菜 — 生姜

风寒型咳嗽宜食

☒慎食食物及原因

冰激凌 — 冷饮 — 凉面 — 凉拌菜

生冷食物

辣椒 — 胡椒 — 猪油 — 肥肉

酿痰生热，辛辣油腻的食物

推荐食谱

杏仁止咳汤

【材料】黄连2克，杏仁20克，萝卜500克。

【调料】盐适量。

做法 ❶ 黄连洗净，杏仁浸泡去皮。❷ 萝卜切块后与杏仁、黄连一起放入碗中，移入蒸锅中，隔水炖。❸ 待萝卜炖熟后加入盐即可食用。

哮喘

哮喘是一种慢性支气管疾病，病者的气管因为发炎而肿胀，呼吸管道变得狭窄，因而导致呼吸困难。

病症分析

临床表现 外源性哮喘常伴有发作先兆，如发作前先出现鼻痒、咽痒、干咳等，发作期出现喘息、胸闷、平卧困难等；内源性哮喘一般先有呼吸道感染，后逐渐出现喘息、胸闷、气短，多数病程较长，缓解较慢。

致病原因 哮喘病的发病原因很多，猫狗的皮垢、霉菌等过敏源的侵入、微生物感染、过度疲劳、气候寒冷导致呼吸道感染、天气突然变化或气压降低都可能导致哮喘病发作。

🌱 生活注意

1. 预防过敏源，如花粉、蚕丝、羽毛、棉絮等。
2. 避免长时间的和强烈的体力劳动。
3. 预防感冒和上呼吸道感染。
4. 避免过度兴奋、悲伤、忧虑等情绪波动。
5. 注意工作环境。

🌱 饮食注意

1. 补充足够的优质蛋白质，不宜过多进食富含脂肪类的食品。
2. 要多饮水，以稀释痰液，使痰液易排出。
3. 每日进食不可过咸、过甜、过油腻，忌食刺激食物。

✅宜食食物及功效

鸡肉　瘦肉　牛奶　豆腐

蛋白质含量高的食物

生姜　白菜　青枣　西红柿

发病期要补充维生素和矿物质

❌慎食食物及原因

辣椒 — 韭菜 — 大葱 — 大蒜

辛辣食物助火生痰，应忌食

酒　碳酸饮料　冷饮　冰淇淋

酒精、碳酸饮料及冷饮进入血液会使肺呼吸功能降低

推荐食谱 日式冷茶面

【材料】 冷茶面80克，鹌鹑蛋1个，紫菜15克，葱10克。

【调料】 冷面汁100毫升，散装芥辣20克。

做法 ①鹌鹑蛋煮熟去壳，葱择洗净切花、紫菜切丝。②锅中水烧开，放入冷茶面煮1分钟至熟。捞出浸入冰水中2分钟。③沥干水分放入碗中，加入鹌鹑蛋、葱花、紫菜丝，调入冷面汁、芥辣，拌匀即可食用。

外感头痛

外感头痛是因受寒而生的一种病，一般病情明显，患者有强烈反应。四季都有，以春、夏季最多。

病症分析

病症类型 伤风头痛、伤寒头痛、风热头痛、风湿头痛。

临床表现 一般发病较急，病势较剧，多表现掣痛、跳痛、胀痛、重痛，痛无休止，多因外邪所致。多见于感冒病人。起病较急，头痛持续不解，伴有恶寒、发热、鼻塞流涕、骨节疼痛、咳嗽等症，多属实证。

致病原因 感受外邪，多因起居不慎，坐卧当风，感受风寒湿热等外邪上犯于头，清阳之气受阻，气血不畅，阻遏络道而发为头痛。

生活注意

遵医嘱给予辛温解表中药，服药后可喝一杯热牛奶或一小碗热稀粥，加盖衣被，静卧休息。

饮食注意

应卧床休息，限制活动。

保持室内空气新鲜，温湿度适宜，防止病人直接吹风。

✅ 宜食食物及功效

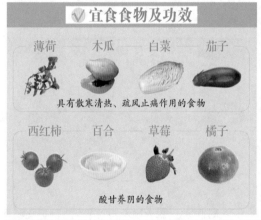

薄荷　木瓜　白菜　茄子

具有散寒清热、疏风止痛作用的食物

西红柿　百合　草莓　橘子

酸甘养阴的食物

❌ 慎食食物及原因

肥肉　香肠　薯条　炸鸡

油腻煎炸食物

葡萄　田螺　蛤蜊　柿饼

生冷、性味寒凉的食物

推荐食谱

龙眼百合蜜汤

【材料】 干龙眼250克，蜂蜜250克，百合40克。

【调料】 鲜姜汁2汤匙。

做法

① 干龙眼去壳，再将龙眼肉、百合洗净。

② 龙眼、百合放入锅内，加水适量，煎煮至熟烂。③ 加入姜汁，文火煮沸，待冷至65℃以下时，放入蜂蜜调匀即可。

功效 健脾益气、宁神镇静。

内伤头痛

内伤头痛是因脏腑、气血损伤，或内邪上扰所致的头痛。一般起病较缓，时作时止，遇劳累受风，或情志刺激则常易发作。

病症分析

病症类型 气虚头痛、血虚头痛、阴虚头痛、阳虚头痛。

临床表现 一般起病缓慢，痛势较缓，多表现为隐痛、空痛、昏痛，遇劳则剧，时作时止。遇劳累受风，或情志刺激则常易发作，并有脏腑气血不足或内邪征候。以虚征居多。

致病原因 内伤不足，先天禀赋不足，或劳欲伤肾，阴精耗损，或年老气血衰败，或久病不愈，产后，失血之后，髓海不充则致头痛。此外，外伤跌扑，或久病之人络行不畅，血瘀气滞，脉络失养也易致头痛。

🌱 生活注意

1. 轻度头痛一般不用休息，可服用止痛药，如去痛片等。如有剧烈头痛，必须卧床休息。

2. 患者所处环境要安静，室内光线要柔和。

3. 亲友、医护人员注意了解病人头痛的病因，这样可以有针对性地给予相应护理。要注意观察病人的神志是否清楚，有无面部及口眼歪斜等症状的出现。

🌱 饮食注意

1. 应选择具有益气升清、滋阴养血、益肾填精、息风潜阳、化痰活血作用的食物。

2. 忌食乳制品以及含咖啡因的饮料，减少食盐的摄入量。

✅ 宜食食物及功效

糙米　樱桃　杨梅　梨

具有益气升清、滋阴养血、化痰活血作用的食物

梅子　芦笋　甜菜　豆荚

具有益气升清、益肾填精、化痰活血作用的食物

❌ 慎食食物及原因

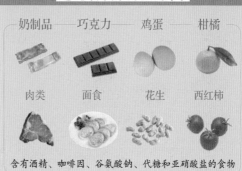

奶制品　巧克力　鸡蛋　柑橘

肉类　面食　花生　西红柿

含有酒精、咖啡因、谷氨酸钠、代糖和亚硝酸盐的食物

推荐食谱 冬瓜汤

【材料】 冬瓜肉150克，冬瓜皮100克，冬瓜子50克，老姜2片，老玉米须25克。

【调料】 盐2克。

做法 ① 冬瓜肉切块、冬瓜皮洗净、冬瓜子剁碎。② 到中药房买老玉米须，并购小布袋（装卤料的），一次取用25克，将其洗净后装入小布袋。③ 将所有材料加水约750毫升，滚后小火再煮20分钟便可滤汤取饮，冬瓜肉可进食。

胃炎

胃炎是胃黏膜炎症的统称，是一种常见病，可分为急性和慢性两类，发病者通常存在饮食上的不良习惯。

病症分析

病症类型 急性胃炎、慢性胃炎。

临床表现 急性胃炎一般为上腹部不适或疼痛、肠绞痛、食欲减退、恶心和呕吐，严重可导致发热、畏寒、头痛、脱水、酸中毒、肌肉痉挛和休克等。慢性胃炎主要分为浅表性胃炎、慢性萎缩性胃炎和肥厚性胃炎三类。

致病原因 急性胃炎为病毒感染、大量饮酒、食物过敏、过量服用水杨酸类药物等所致。慢性胃炎多由饮食不节、喜食酒辣生冷、精神状态不佳等不良生活习惯引起。

生活注意

①注意适当的休息、锻炼，保持生活规律。生活不规律，工作过于劳累，精神高度紧张，睡眠不足，是慢性胃炎发生的重要原因。

②保持精神愉快、乐观。精神抑郁、低沉，顾虑重重，往往会引起或加重各类胃炎。

③饮食规律。患慢性胃炎时，我们要避免暴饮暴食、酗酒，注意凉拌菜的卫生。养成细嚼慢咽的习惯，定时定量。避免不吃早饭的习惯，因为长期不吃早饭者易患胃炎。

饮食注意

病情较轻者可食用米汤、藕粉、果汁、清汤；治疗后期应食用清淡少渣的半流食，随病情的逐渐好转过渡到软食和一般食物。少量多餐有助于康复；伴有贫血和蛋白质—热能营养不良者，应多吃些高蛋白食物及高维生素食物；萎缩性胃炎患者宜饮用酸奶，有保护胃黏膜的作用；口服抗生素药物的时候，应饮用酸奶，可缓解肠道菌群失调现象。

☑ 宜食食物及功效

米汤 — 藕粉 — 果汁 — 酸奶

有助于减轻胃部刺激的汤汁类食物

☒ 慎食食物及原因

蔗糖 — 牛奶 — 豆制品 — 肥肉

易产气、肥腻、辛辣的食物

推荐食谱 蜜饯萝卜

【材料】 鲜胡萝卜500克，蜂蜜200毫升。

【调料】 生姜片5克，新鲜韭菜末5克。

做法

❶胡萝卜洗净，切成丁。❷放入沸水内煮沸后即刻捞出，沥干水分，晾晒半日。❸再放入砂锅内，加蜂蜜调匀，以小火煮沸，待凉。可装瓶存放。

糖尿病

糖尿病是由遗传因素、免疫功能紊乱等各种致病因子作用于机体，导致胰岛功能减退、胰岛素抵抗等而引发的系列代谢紊乱综合征。

病症分析

病症类型 1型糖尿病、2型糖尿病、妊娠糖尿病、继发性糖尿病。

临床表现 一般包括两个方面，一是血糖尿糖多造成的三多一少，吃得多、喝得多、排尿多、体重下降；另一个是并发症造成的症状，如糖尿病、视网膜病变等。

致病原因 导致糖尿病的原因有很多种，除了遗传因素以外，大多数都是由不良的生活和饮食习惯造成的，如饮食习惯的变化、体力活动过少等都是糖尿病的致病原因。

生活注意

1. 多锻炼身体，根据实际情况合理制订运动计划。

2. 进行规律、良好的病情监测。

3. 合理的生活方式，不吸烟、不酗酒，保持良好的心态。

饮食注意

主食要尽量选择粗粮，研究表明，粗粮的血糖指数要比精制的米面低；要适量食用瘦肉；要常吃富含矿物质、维生素、膳食纤维的蔬菜，如白菜、菠菜、西红柿、冬瓜等。

要少食糖，严重的可用木糖醇等代糖代替；动物内脏和其他胆固醇含量较高的食物应忌食；要谨慎食用水果，如果病情较轻，可在两餐之间或临睡觉前适量食用。

✅ 宜食食物及功效

芝麻　　葡萄　　梨　　鱼

促进胰岛素分泌、调节糖代谢的食物

香菇　　白菜　　芹菜　　花菜

促进胰岛素分泌、调节糖代谢的食物

❌ 慎食食物及原因

蜂蜜　　果酱　　果脯　　土豆

容易使血糖升高的糖类

牛油　　肥肉　　酒　　油炸食品

辛辣、刺激、肥腻的食物

推荐食谱 糙米豌豆饭

【材料】 糙米200克，新鲜豌豆100克。

【调料】 加香油15毫升调味。

做法

① 糙米洗净，用温水浸泡2小时，豌豆洗净备用。② 糙米、豌豆加适量水和15毫升的油后一起入蒸锅。③ 蒸30分钟至豌豆、米饭熟烂即可。

高脂血症

高脂血症（HLP）是血脂异常的通称，如果符合以下一项或几项，就患有高脂血症：总胆固醇、三酯甘油过高；低密度脂蛋白胆固醇过高；高密度脂蛋白胆固醇过低。

病症分析

病症类型 原发性高脂血症、继发性高脂血症。

临床表现 高脂血症在发病早期可能没有不舒服的症状，但没有症状不等于正常。多数患者在发生了冠心病、脑中风后才发现血脂异常，可表现为头晕、头痛、胸闷、心痛、乏力等。

致病原因 高脂血症和饮食习惯密切相关。因偏食、暴饮暴食造成的肥胖，饮食不规律，是引发高脂血症的重要因素。长期精神紧张，导致内分泌代谢紊乱，天长日久形成高脂血症。

🐟 生活注意

1.减轻体重：对体重超过正常标准的人，应在医生指导下逐步减轻体重。

2.加强体力活动和体育锻炼。

3.戒烟，少饮酒：适量饮酒，可使血清中高密度脂蛋白明显增高，低密度脂蛋白水平降低。嗜烟者冠心病的发病率和病死率是不吸烟者的2～6倍，且与每日吸烟支数呈正比。

4.避免过度紧张。

🐟 饮食注意

主食应以粗粮为主；应多吃海鱼，增加不饱和脂肪酸的摄入，可以降低血脂、保护心血管系统；烹饪时要尽量使用植物油；宜多吃富含植物固醇的食物；大豆中的豆固醇有明显的降血脂作用，宜多食；新鲜水果和蔬菜富含维生素、矿物质和膳食纤维，有利于调节血脂。

✅ 宜食食物及功效

小米　绿茶　海鱼　香菇

增加不饱和脂肪酸的摄入，降低血脂，保护心血管系统

小麦　大豆　豆腐　玉米

多食富含植物固醇的食物

❌ 慎食食物及原因

猪肉　猪油　动物脑　黄油

高脂肪食物，导致血液凝固性升高

蛋黄　鱼子　螃蟹　猪肝

胆固醇含量较高的食物

推荐食谱

花生粥

【材料】花生仁50克，大米100克。

【调料】加糖5克调味。

做法

① 将花生仁洗净，米洗净泡发。

② 再将花生和米用水混合同煮成粥。

③ 待粥烂时，加入糖，煮至入味即可。

高血压

高血压是指在静息状态下动脉收缩压和（或）舒张压增高，常伴有心、脑、肾、视网膜等器官功能性或者器质性改变以及脂肪和糖代谢紊乱等现象。

病症分析

病症类型 原发性高血压症、继发性高血压症。

临床表现 ①头晕，有些是一过性的，有些是持续性的。②头痛，多为持续性钝痛或搏动性胀痛，甚至有炸裂样剧痛。③烦躁、心悸、失眠。④注意力不集中，记忆力减退。⑤肢体麻木，常见手指、足趾麻木或皮肤如蚁行感或项背肌肉紧张、酸痛。

致病原因 机体内长期反复的不良刺激致大脑皮质功能失调、内分泌的失调、肾缺血、食盐过多、胰岛素抵抗的影响等，这是导致高血压的最大可能。

生活注意

1. 减少食盐的摄入量，每天的食盐摄入量应少于6克。

2. 合理膳食。减少肥肉、油炸食品、糕点、甜食的摄入量。

3. 控制体重。节制饮食，减少每天摄入的热量。

4. 戒烟限酒，加强运动，保持心情舒畅，避免情绪的大起大落。

5. 合理用药。

饮食注意

要选择膳食纤维含量高的，如糙米、玉米、小米等；膳食种类要丰富，主要以清淡为主；含钾高的食物有降血压的功效。

应忌食地瓜、干豆类等容易产气的食物，以免使血压升高；应限制动物蛋白的摄入，以免引起血压波动；应少食或忌食腌、熏、卤、酱等钠含量较高的食物。

✅ 宜食食物及功效

糙米 — 玉米 — 小米 — 绿豆

要选择膳食纤维含量高的食物，可以加速胆固醇的排出

❌ 慎食食物及原因

糖果 — 巧克力 — 白酒 — 浓茶

高糖、茶碱、酒精类食物会使血压升高，形成动脉硬化

推荐食谱

凉拌韭菜结

【材料】 韭菜200克。

【调料】 盐3克，味精1克，醋8克，老抽10克，香油12克。

做法

① 韭菜洗净，头部打成结。② 锅内注水烧沸，放入韭菜结焯熟后，捞起晾干装入盘中。③ 用盐、味精、醋、老抽、香油调成味汁，淋在韭菜结上即可食用。

功效 降低血压。

冠心病

冠状动脉粥样硬化性心脏病，简称冠心病，是由于冠状动脉粥样硬化病变致使心肌缺血、缺氧的心脏病。

病症分析

病症类型 隐匿型冠心病、心绞痛型冠心病、心肌梗死型冠心病、猝死型冠心病。

临床表现 发作性胸骨后疼痛、心悸、呼吸困难、心绞痛、心肌梗死、心律失常等。伴随明显的焦虑，持续3~5分钟，常发散到左侧臂部、肩部，下颌，背部，也可放射到右臂。用力、情绪激动、受寒、饱餐等增加心肌耗氧情况下发作的称为劳力性心绞痛。

致病原因 冠心病是多种致病因素长期综合作用的结果，不良的生活方式在其中起了非常大的作用。当人精神紧张或激动发怒时，容易导致冠心病。

生活注意

1. 遇事心平气和。冠心病患者往往脾气急躁，故易生气和得罪别人。必须经常提醒自己遇事要心平气和，增加耐性。

2. 要宽以待人。宽恕别人不仅能给自己带来平静和安宁，有益于冠心病的康复，而且能赢得友谊，保持人际间的融洽。所以人们把宽恕称作"精神补品和心理健康不可缺少的维生素"。

3. 遇事要想得开，放得下。过于精细、求全责备常常导致自身孤立。

饮食注意

适合吃植物油、蔬菜、水果、脱脂牛奶、海水鱼类、豆及豆制品等；应少量多餐，避免血压升高；要控制单糖和双糖的摄入，多吃些杂粮、蔬菜、水果等膳食纤维含量较高的食物；还要注意膳食中要补充含镁、锌、钙、硒较多的食物，如玉米、枸杞、桂圆、瘦肉、牡蛎等。

忌食或少食动物性脂肪、动物内脏、酒类、咖啡、茶、刺激性食物等。

✅ 宜食食物及功效

脱脂牛奶 — 豆及豆制品 — 芝麻 — 山药

含有抗氧化物质的食物

❌ 慎食食物及原因

螃蟹 — 动物内脏 — 肥肉 — 蛋黄

高胆固醇、高脂肪的食物，会诱发心绞痛、心肌梗死

推荐食谱 笋菇菜心

【材料】冬笋500克，水发香菇50克，青菜12颗。

【调料】盐3克，味精1克，湿淀粉15克。

做法 ❶ 将冬笋去根去皮后洗净，斜切成片；香菇去蒂，洗净后斜切成片；青菜择洗干净。❷ 锅中加水烧沸，下入青菜稍焯后捞出。❸ 炒锅置旺火上，放油烧热，分别将冬笋片和青菜心下锅过油，随即捞出沥油，将锅内油倒出，加菇片以及油，烧数分钟后再放入青菜心，加盐、味精略烧片刻，用湿淀粉勾芡，起锅装入盘中。

便秘

便秘是指排便次数减少，每2~3天或更长时间一次，无规律性，粪质干硬，常伴有排便困难感，是一种临床常见的症状。

病症分析

病症类型 急性便秘、慢性便秘。

临床表现 急性便秘多由肠梗阻、肠麻痹、急性腹膜炎、脑血管意外、急性心肌梗死、肛周疼痛等急性疾病引起，主要表现为原发病的临床表现。慢性便秘多无明显症状。

致病原因 引起便秘的原因有肠道病变、全身性病变和神经系统病变，其中肠激综合征是很常见的便秘原因。经常服用某些药物易引起便秘，如抗帕金森病药、抗胆碱药、某些降压药、利尿剂等。

生活注意

1. 早晨空腹喝一杯温开水或蜂蜜水，全天应多饮水以润肠通便。

2. 养成良好的排便习惯，要养成固定时间上厕所的好习惯。

3. 相关疾病要及时治疗。

饮食注意

宜多吃些富含膳食纤维的蔬菜和水果，如芹菜、韭菜、橘子、香蕉等；脂肪有润肠的作用，可以适量食用，如花生、芝麻等；易于产气的食物也有利于排便，如洋葱、萝卜等。

便秘期间应忌食茶、酒、咖啡、辣椒等刺激性食品。

☑宜食食物及功效

芹菜　韭菜　空心菜　土豆

富含膳食纤维的蔬菜和水果

胡萝卜　菠菜　香蕉　柑橘

富含膳食纤维的蔬菜和水果

✗慎食食物及原因

茶　咖啡　酒　辣椒

胡椒　花椒　大蒜　生姜

刺激性强的食物

推荐食谱

罗汉斋肠粉

【材料】 生粉20克，鹰粟粉20克，米粉10克，笋粒10克，木耳10克，胡萝卜丝10克。

【调料】 加生抽2毫升，鸡精、糖、味精各2克。

做法

1. 先将鹰粟粉、生粉、米粉加水，搅拌成浆。

2. 倒入蒸锅中，加入调好的笋粒、木耳、胡萝卜丝。

3. 蒸熟出锅即可。

腹胀

腹胀即腹部胀大或胀满不适。可以是主观上感觉腹部胀满，常伴有呕吐、腹泻、嗳气等；也可以是客观上检查发现腹部膨隆。

病症分析

病症类型 气滞腹胀、脾虚腹胀、血瘀腹胀、湿热腹胀。

临床表现 一般说来胃肠气胀均有腹部膨隆。局限于上腹部的膨隆，多见于胃或横结肠积气所致。小肠积气腹部膨隆可局限于中腹部，也可为全腹部膨隆。结肠积气腹部膨隆可局限于下腹部或左下腹部。

致病原因 ①食物发酵：回肠下端和升结肠如果有食糜，可以引起食糜发酵，产生大量的气体，引起腹胀。②吸入空气：吃东西时因讲话或饮食习惯不良吸入大量空气，而引起肠胀气。③胃肠道中气体吸收障碍。

生活注意

1. 改变进食习惯，不应进食太快或边走边吃。

2. 不良情绪可影响消化功能，并刺激胃分泌过多胃酸，导致腹胀加剧。

3. 每天坚持锻炼身体，既可以克服不良情绪，又可以保持消化系统的正常生理功能。

饮食注意

1. 应避免吃容易产气的食物，易产气的食物有萝卜、洋葱、卷心菜、豆类、白薯、韭菜、生葱、生蒜、芹菜等。

2. 应避免消化不良，消化不良时可进行合理的饮食控制。

✔宜食食物及功效

香菜 — 紫苏 — 山楂 — 白豆蔻
具有疏肝理气作用的食物

佛手柑 — 西红柿 — 胡萝卜 — 青菜
多纤维素的蔬菜和水果

✘慎食食物及原因

薯类 — 桂圆 — 糯米 — 豆类
黏糯滋腻、难以消化的食物

辣椒 — 生姜 — 芥末 — 白酒
辛辣、刺激性强的食物

推荐食谱

白扁豆粥

【材料】白扁豆30克，米200克，山药10克，葱5克。

【调料】加盐3克调味。

做法 ①将白扁豆、山药用水快速冲洗一下，再入锅加水先煲30分钟。

②再加入泡发好的大米和适量清水，先用大火煲至成粥。

③调入盐，煲至入味，撒上葱花即可。

腹泻

腹泻是指排便次数明显超过平日习惯的频率，粪质稀薄，水分增加，每日排便量超过200克，或含未消化食物或脓血、黏液。

病症分析

病症类型 急性腹泻、慢性腹泻。

临床表现 便意频繁，每次排便不多并有里急后重感者，病变多在直肠或乙状结肠。小肠病变则无里急后重感。腹痛在下腹或左下腹，排便后腹痛可减轻者，往往为直肠病变。小肠病变腹泻，疼痛多在脐周，排便后疼痛多不缓解。

致病原因 ①细菌感染。②病毒感染。③食物中毒。④饮食贪凉，吃冷食，喝凉啤酒，结果可导致胃肠功能紊乱，肠蠕动加快，引起腹泻。⑤消化不良。⑥着凉腹泻。

生活注意

1. 应做到饭前便后洗手。
2. 搞好环境卫生。
3. 情绪安定，有助于肠胃功能调整，可缓解腹泻症状。

饮食注意

1. 不喝生水，不吃变质和腐烂的食物。
2. 少吃凉食，少喝凉啤酒，可导致胃肠功能紊乱，肠蠕动加快。

✔宜食食物及功效

油菜 — 香蕉 — 葡萄 — 西瓜

新鲜、容易消化的食物

红豆 — 薏米 — 白扁豆 — 柑橘

具有健脾扶正、化湿驱邪以及补泻功能的食物

❌慎食食物及原因

面食 — 糙米 — 芋头 — 玉米

多含粗纤维的食物

豆类 — 洋葱 — 青椒 — 韭菜

容易产气的食物

推荐食谱

白菜豆腐汤

【材料】小白菜100克，豆腐50克。

【调料】盐5克，香油5克调味。

做法

① 小白菜洗净、切段，豆腐切成小块。

② 锅中注入适量水烧开，放入小白菜、豆腐煮开。

③ 调入盐，淋入香油即可出锅。

痢疾

痢疾，古称肠澼、滞下。为急性肠道传染病之一。若感染疫毒，发病急剧，伴突然高热，神昏、惊厥者，为疫毒痢。

病症分析

病症类型 湿热性痢疾、中毒性痢疾、寒湿痢疾、休息痢疾。

临床表现 ①湿热性痢疾表现为腹痛、腹泻、下痢脓血、肛门灼热、排尿短赤等。②疫毒痢疾表现为发病急骤、高热口渴、里急后重等。③寒湿痢疾表现为腹痛等。④休息痢疾表现为痢疾时止时作、精神倦怠、食少畏寒等。

致病原因 痢疾主要是由饮食不节或误食不洁之物，伤及脾胃，湿热疫毒趁机入侵、壅滞肠胃、熏灼脉络，致使气血凝滞化脓而发病。

🚬 生活注意

1. 注意环境卫生。

2. 避免暴饮暴食，以免降低胃肠道的抵抗力。

3. 注意饮食卫生。

🚬 饮食注意

急性发病阶段应给予清淡的流质或半流质饮食；病情稳定的时候，可食用些营养丰富、易于消化的半流质食物；患病期间要补充淡盐水，以维持体内电解质的平衡。

✅ 宜食食物及功效

豆浆 — 豆腐脑 — 豆腐 — 麦乳精

发病初期要严格控制饮食，以流食为主

稀饭 — 面片 — 面条 — 土豆

病情稳定后可食用营养丰富的半流质食物，以补充营养

❌ 慎食食物及原因

羊肉 — 甲鱼 — 花生 — 杏仁

辣椒 — 生姜 — 荞麦 — 玉米

油腻、辛辣、不易消化的食物

推荐食谱 小葱黑木耳

【材料】 黑木耳200克，小葱20克，红椒1个。

【调料】 玉米油30毫升，盐6克，味精5克。

做法

①黑木耳泡发洗净，小葱切段，红椒切丝。

②黑木耳入开水中焯后捞出、沥水。

③锅中下玉米油，爆香葱段、红椒，下入木耳及调味料，翻炒均匀即可。

肝炎

肝炎是指一组病毒性疾病，即通常所说的甲、乙、丙、丁、戊等型肝炎，也包括由于滥用酒精、使用药物或摄入了环境中毒物引起的肝炎。肝炎是常见的严重传染病之一。

病症分析

病症类型 急性肝炎、慢性肝炎。

临床表现 ①急性肝炎在临床上多表现为起病缓慢，畏寒、发热、乏力、肝区胀痛、腹泻等。②慢性肝炎病程一般超过一年，多表现为乏力、食欲不振、腹胀、肝区疼痛、蜘蛛痣、肝掌、肝脾肿大。

致病原因 肝炎有多种致病因素，如病毒、细菌、寄生虫、化学毒物、药物和毒物、酒精等，侵害肝脏，使得肝脏的细胞受到破坏，肝脏的功能受到损害。

生活注意

1. 多喝水，可补充体液，促进血液循环，增强新陈代谢，有利于消化吸收和排出废物，降低毒素对肝脏的损害程度。

2. 保持好心情，努力做到心平气和、乐观开朗。有利于肝气的正常生发、顺调。

3. 保持适合时令的户外运动。既可以吐故纳新，使人体气血通畅，又可以怡情养肝。

4. 注意饮食的平衡，注意合理膳食。

饮食注意

肝炎急性期如果食量正常，无恶心呕吐，可进清淡饮食。脂肪可按平时的量供给，在不影响食欲和消化的原则下，不必限制脂肪的供给量。适当补充一些糖及B族维生素和维生素C。

肝炎病人应忌酒，即使少量饮酒对肝炎病人也是不适宜的。肥胖者在疑有脂肪肝时尤其不宜吃或应少吃甜食，并应限制食量，且不应进食高脂肪及富含胆固醇的饮食。

✓ 宜食食物及功效

白粥 — 西瓜 — 红枣 — 葡萄干

肝炎急性期如果食量正常，无恶心呕吐，可进清淡饮食

苹果 — 葡萄 — 柑橘 — 金橘

疏肝利胆，保肝养肝的食物

✗ 慎食食物及原因

辣椒 — 生姜 — 芥末 — 韭菜

辛辣、刺激性食物

猪肝 — 肥肉 — 鱼子 — 甜点

富含脂肪、甜腻的食物

推荐食谱 西湖莼菜草菇汤

【材料】西湖莼菜1包（约500克），冬笋肉150克，草菇50克，素肉50克，鸡蛋1个，素上汤200克。

【调料】胡椒粉5克，精盐3克，淀粉3克。

做法 ①草菇、冬笋、素肉均切片，分别放入沸水中焯烫。②素上汤倒入锅中，加入所有材料，调入盐、胡椒粉拌匀煮沸。③淀粉勾薄芡，加入鸡蛋清，即可出锅。

肝硬化

肝硬化是指由于多种有害因素长期反复作用于肝脏，导致肝组织弥漫性纤维化，以假小叶生成和再生结节形成为特征的慢性肝病。

病症分析

病症类型 病毒性肝炎肝硬化、酒精性肝硬化、代谢性肝硬化、胆汁淤积性肝硬化。

临床表现 ①起病隐匿，伴有乏力、腹泻、消瘦等。②肝大，边缘硬，常为结节状，伴有蜘蛛痣、脾肿大、腹水等。③常有轻度贫血，血小板减少。④食管钡餐透视若见静脉曲张的 X 线阳性征有决定性诊断意义。

致病原因 引起肝硬化的病因很多，不同地区的主要病因也不同。我国以肝炎病毒性肝硬变为多见，其次为血吸虫病肝纤维化，酒精性肝硬化亦逐年增加。长期嗜酒、病毒性肝炎、营养不良等也是常见的病因。

🌀 生活注意

1. 要积极防治慢性肝炎、胃肠道感染等原发病，避免接触对肝脏有毒的物质，减少致病因素。

2. 适当做些轻松的工作和运动，进行有益的体育锻炼，以感觉不累为度。

3. 戒烟限酒。

🌀 饮食注意

饮食宜细软、清淡、易消化、无刺激、少量多餐；摄入足量维生素 C；多吃些含锌、镁丰富的食物；应多吃淀粉类食物；应采用低脂肪、低膳食纤维的膳食，有利于消化吸收，同时又能提供人体热量；要合理摄入蛋白质，有利于肝细胞的修复。

伴有水肿和腹水的肝硬化患者，应限制盐的摄入；肝功能严重损害时或出现肝昏迷先兆时，应限制蛋白质的摄入。

✅ 宜食食物及功效

瘦肉 — 谷类 — 乳制品 — 鸡蛋

含锌、镁丰富的食物，有助于增强肝脏功能

❌ 慎食食物及原因

松花蛋 — 牛肉 — 海参 — 乌鸡

易发生氨中毒和肝昏迷的食物

推荐食谱 枸杞子炖甲鱼

【材料】 枸杞子30克，桂枝20克，甲鱼250克，红枣8个。

【调料】 盐、味精适量。

做法

① 甲鱼宰杀后洗净。② 枸杞子、桂枝、红枣洗净。③ 将盐、味精以外的材料一齐放入煲内，加开水适量，文火炖2小时，再加盐、味精调味即可。

慢性胆囊炎

慢性胆囊炎是胆囊系统慢性病变。该病大多数合并胆囊结石。

病症分析

病症类型 感染性胆囊炎、梗阻性胆囊炎、代谢性胆囊炎。

临床表现 慢性胆囊炎的临床表现多不典型，亦不明显。平时可能经常有右上腹部隐痛、腹胀、嗳气、恶心等症状，有的病人则感右肩胛下或右腰等处隐痛。在站立、运动及冷水浴后更为明显。

致病原因 慢性胆囊炎有时可为急性胆囊炎的后遗症。由于胆囊长期发炎，胆囊壁会发生纤维增厚，疤痕收缩，造成胆囊萎缩，囊腔可完全闭合，导致胆囊功能减退，甚至完全丧失功能。

生活注意

1. 要积极防治原发病，避免接触对胆囊有毒的物质，减少致病因素。

2. 适当做些轻松的工作和运动，进行有益的体育锻炼，以感觉不累为度。

3. 戒烟限酒。

4. 保持心情舒畅，要做到心平气和。

饮食注意

选择去脂的乳制品、鸡肉、鱼肉、虾肉、兔肉、瘦肉（猪、牛、羊）、蛋清、果汁、豆制品、植物油、葡萄糖等，这些食物营养丰富，能促进肝细胞的修复，还不会加重肝脏负担；病发时，应选清淡、流质、低脂、低胆固醇、高碳水化合物的食物，尤其要注意蛋白质的摄入，摄入过多可刺激胆汁分泌，摄入过少则不利于组织修复。

✔宜食食物及功效

鸡肉 —— 鱼肉 —— 虾肉 —— 兔肉

低脂、低胆固醇高碳水化合物食物

胡萝卜 —— 茄子 —— 青菜 —— 苹果

富含维生素和纤维的蔬菜、水果

✘慎食食物及原因

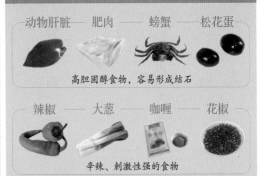

动物肝脏 —— 肥肉 —— 螃蟹 —— 松花蛋

高胆固醇食物，容易形成结石

辣椒 —— 大葱 —— 咖喱 —— 花椒

辛辣、刺激性强的食物

推荐食谱 香菇白菜魔芋汤

【材料】 香菇20克，白菜150克，魔芋100克。

【调料】 盐5克，淀粉适量，味精3克。

做法 ① 香菇洗净，切成片；白菜洗净切角。② 魔芋洗净切成薄片，下入沸水焯去碱味，捞出。③ 将白菜倒入热油锅内炒软，再将适量水倒入白菜锅中，加盐煮沸。④ 放入香菇、魔芋煮约2分钟，加味精调味，以淀粉勾芡拌匀即可。

消化性溃疡

消化性溃疡简称溃疡病，常见为胃溃疡及十二指肠溃疡，两者经常合称"胃十二指肠溃疡"，多见于青壮年。

病症分析

病症类型 无症状性溃疡、球后溃疡、幽门管溃疡、复合性溃疡。

临床表现 溃疡病有上腹痛、恶心、呕吐等症状，有规律性、周期性、季节性的特点。部分患者平时缺乏典型临床表现，而以大出血、急性穿孔为其首发症状。典型症状是上腹痛、慢性、周期性节律性上腹痛。

致病原因 发病原因包括幽门螺旋杆菌感染、胃酸及胃蛋白酶的影响，还与精神紧张、饮食失调、长期吃刺激性食物或某些药物造成胃黏膜损伤及胃液分泌功能失调有关

🚬 生活注意

1. 消化性溃疡的形成和发展与胃液中的胃酸和胃蛋白酶的消化作用有关，故切忌空腹上班和空腹就寝。

2. 在短时间内（2~4周）使溃疡愈合达疤痕期并不困难，而关键是防止溃疡复发。溃疡反复发作危害更大。

3. 戒除不良生活习惯，减少烟、酒、辛辣、浓茶、咖啡及某些药物的刺激，对溃疡的愈合及预防复发有重要意义。

🚬 饮食注意

应食用富含高蛋白、维生素C、维生素A及B族维生素的食物，能够加快溃疡面的愈合；适量饮用些牛奶，能够中和过多的胃酸，有助于止血；应食用些香蕉或蜂蜜，以防止因摄入含纤维素较少的食物而导致便秘；患病期间的饮食要定时定量、少食多餐，这样有利于病情好转。

患病时应忌食粗粮、豆类、多纤维蔬菜、油炸食品、有刺激性的调味品、各类饮料等。

✔ 宜食食物及功效

西红柿 — 胡萝卜 — 鸡蛋 — 虾

富含高蛋白、维生素A及B族维生素食物，加快溃疡面愈合

✘ 慎食食物及原因

咖啡 — 红茶 — 香辣调料 — 白酒

辛辣刺激、味重的食物

推荐食谱 羊排红枣山药滋补煲

【材料】 羊排350克、新鲜山药200克、红枣5个、生姜3片。

【调料】 高汤、盐适量。

做法 ❶ 将新鲜羊排洗净，切块，汆水；山药去皮，洗净，切块；红枣洗净备用。❷ 净锅上火倒入高汤，大火煮开，下入生姜片、羊排、山药、红枣，以大火煲15分钟后转小火煲至羊肉熟烂，再加盐调味即可。

功效 温胃散寒、益气补血。

反流性食管炎

正常人食管下端括约肌在不进行吞咽活动的时候是紧闭的，防止胃内容物向食管反流，但在一些诱因的作用下，此处括约肌不能正常地关闭，从而导致酸性的胃液或碱性的肠液反流入食管，并刺激、腐蚀食管黏膜，就引起反流性食管炎。

病症分析

临床表现 ①烧灼感，餐后1小时胸骨后、剑突下或上腹部烧灼感或疼痛，可向颈、肩、背扩散，平卧或躯干前屈、弯腰时加重。②胃内容物反流，反胃常伴随烧灼感同时出现。③吞咽困难，多呈间歇性，持续性者常提示食管狭窄。

致病原因 主要是食管下端括约肌的不适当弛缓或经常处于松弛状态，致使胃食管反流。反流物中的胃酸、胃蛋白酶等物质损伤食管黏膜，而致食管炎。

🌱 生活注意

1. 减小腹腔压力，少食多餐而不一餐多食。避免辛酸食物、烟酒及脂肪油腻食品，燥热之品。

2. 饭中、饭后保持坐立。

3. 睡眠时抬高头部。

🌱 饮食注意

反流性食管炎的一般治疗应避免精神刺激，少食多餐，选择低脂肪、清淡饮食，避免刺激性食物。

不宜吃得过饱，特别是晚餐；睡前不要吃东西；忌烟、酒和咖啡，餐后不要立即躺平。

✅ 宜食食物及功效

蘑菇	海带	花菜	稀饭

低脂肪、清淡的食物

❌ 慎食食物及原因

肥肉	巧克力	糖果	土豆

甜腻、高脂肪的食物

推荐食谱

蒜香海带茎

【材料】 红辣椒20克，海带茎250克，蒜片30克。

【调料】 葱丝30克，香油10克，味精3克，盐3克。

做法

① 海带茎洗净，浸泡一会，切成片，放开水中焯熟，捞起沥水，装盘。

② 红辣椒洗净，切成丝。

③ 锅烧热下油，把蒜片、葱丝、椒丝炝香，盛出和香油、味精、盐一起拌匀，淋在焯熟的海带茎上即可。

心绞痛

心绞痛是冠状动脉供血不足，心肌急剧的、暂时缺血与缺氧所引起的以发作性胸痛或胸部不适为主要表现的临床综合征。

病症分析

病症类型 稳定性心绞痛、变异性心绞痛、不稳定性心绞痛。

临床表现 阵发性的前胸压榨性疼痛感觉，可伴有其他症状，疼痛主要位于胸骨后部，可放射至心前区与左上肢，常发生在情绪激动时，每次发作3~5分钟，可数日一次，也可一日数次，休息或用硝酸酯制剂后消失。

致病原因 心绞痛的直接发病原因是心肌供血不足，而心肌供血不足主要缘于冠心病。有时候，其他类型的心脏病或者失控的高血压也能够引起心绞痛。

生活注意

1. 避免进行强烈的或长时间的体力劳动。
2. 尽力做到心态平和，避免情绪大起大落。
3. 避免饮食过饱。
4. 注意保暖。

饮食注意

多吃富含维生素和膳食纤维的食物；多吃海鱼和大豆；多吃食用有利于降血糖和改善冠心病症状的食物；吃些丹参、灵芝等中药，喝些护心养心的茶。

忌脂肪餐、饮酒、辛辣刺激性食物、富含胆固醇的食物、浓茶和浓咖啡等。

✔宜食食物及功效

海鱼 — 大豆 — 菇类 — 柑橘

含有镁元素和维生素C的食物

新鲜蔬菜 — 水果 — 粗粮 — 胡萝卜

富含维生素和膳食纤维的食物

✖慎食食物及原因

油条 — 肥肉 — 锅贴 — 油炸食品

脂肪含量高的食物，可导致冠状动脉粥样硬化

辣椒 — 生姜 — 白酒 — 咖啡

性味辛温燥烈的食物，使心跳加快，加重心肌缺血低氧

推荐食谱

当归三七炖鸡

【材料】 乌鸡150克、当归10克、三七8克、生姜10克。

【调料】 盐适量。

做法 ❶当归、三七洗净；乌鸡洗净，斩件；生姜洗净切片。❷再将乌鸡块放入滚水中煮5分钟，取出过冷水。❸把全部材料放入煲内，加滚水适量，盖好，文火炖2小时，加盐调味供用。

尿频

正常成人白天排尿4 6次，夜间0 2次，次数明显增多称尿频。尿频是一种症状，并非疾病。由于多种原因可引起小便次数增多，但无疼痛，又称小便频数。

病症分析

病症类型 昼夜尿频型尿频、觉醒障碍型尿频、夜间多尿型尿频、混合型尿频。

临床表现 尿次数增多而每次尿量正常，因而全日总尿量增多，见于糖尿病、尿崩症、急性肾功能衰竭多尿期等，排尿次数增多而每次尿量减少，或仅有尿意并无尿液排出。

致病原因 ①生理情况下，大量饮水或吃西瓜等，进食的水量增加，经过肾脏调节和过滤，尿量会增加。②炎症刺激，如果膀胱内有炎症，神经感受阈值降低，尿意中枢会处于兴奋状态，因此而产生尿频。

生活注意

1. 控制饮食结构，避免酸性物质摄入过量，加剧酸性体质。要多吃富含植物有机活性碱的食品，少吃肉类，多吃蔬菜。

2. 要经常进行户外运动，在阳光下多做运动多出汗，可帮助排除体内多余的酸性物质。

3. 保持良好的心情，不要有过大的心理压力，压力过重会导致酸性物质的沉积，影响代谢的正常进行。

4. 生活要规律，远离烟、酒。

饮食注意

1. 温补固涩食物，如糯米、鸡内金、鱼鳔、山药、莲子、韭菜、黑芝麻、桂圆、乌梅等。

2. 清补食物。肝胆火旺者宜食，如粳米、薏米、山药、莲子、鸡内金、豆腐、银耳、绿豆、赤豆、鸭肉等。

3. 动物性食物。宜吃猪腰、猪肝和猪肉等食物。

✔宜食食物及功效

糯米 — 韭菜 — 黑芝麻 — 鸡内金

肾气不足者宜食温补固涩食物

❌慎食食物及原因

西瓜 — 田螺 — 蚌肉 — 冬瓜

性味寒凉、有利尿作用的食物

推荐食谱

人参蜂蜜粥

【材料】人参3克，蜂蜜50克，粳米100克。

【调料】生姜片5克，韭菜末5克。

做法

① 将人参置清水中浸泡一夜。

② 将泡好的人参连同泡人参的水与洗净的粳米一起放入砂锅中，文火煨粥。

③ 待粥将熟时放入蜂蜜、生姜片、韭菜末调匀，再煮片刻即可。

功效 润肠通便。

肾炎

系指蛋白尿、血尿、高血压、水肿为基本临床表现，起病方式各有不同，病情迁延，病变缓慢进展，可以不同程度肾功能减退，最终将发展为慢性肾衰竭的一组肾小球病。

病症分析

病症类型 原发性肾小球疾病、继发性肾小球疾病。

临床表现 ①水肿，轻者仅早晨起床后发现面部肿胀或午后双下肢踝部出现水肿。严重者可出现全身水肿。②高血压，有些患者是以高血压症状来医院求治的，化验尿液后，才知道是慢性肾炎引起的血压升高。③尿异常改变，尿异常几乎是慢性肾炎患者必有的现象。

致病原因 肾炎的病因很多，临床所见的肾小球疾病大部分属于原发性，小部分为继发性，如系统性红斑狼疮等引起的肾损害。

生活注意

1. 要积极防治糖尿病、过敏性紫癜等原发病，避免接触对肾脏有毒的物质，减少致病因素。

2. 适当做些轻松的工作和运动，进行有益的体育锻炼，以感觉不累为度。

3. 保持心情舒畅，要做到心平气和。

饮食注意

宜食米饭、喇、馒头、麦淀粉（即小麦粉加水反复揉搓，提取了面筋剩余下来的淀粉）加工的食品，藕粉、牛奶、鸡蛋、猪肉末、鸡肉、鸭肉、鱼类、新鲜果蔬。

盐腌食品。有持续少尿和高血钾时，避免吃含钾高的食品，如各种水果等。肾功能不全时，应控制各种动物蛋白质的摄入。

✅宜食食物及功效

| 鱼汤 | 米饭 | 植物油 | 淡水鱼 |

低蛋白、补充热能的食物

| 苹果 | 草莓 | 葡萄 | 橙子 |

维生素含量高的食物

❌慎食食物及原因

| 盐 | 皮蛋 | 香蕉 | 百合 |

| 榨菜 | 糙米 | 红薯 | 玉米 |

钠、钾含量高的食物

推荐食谱

茯苓枸杞茶

【材料】茯苓100克，枸杞子50克，红茶100克。

【调料】不用任何调料。

做法

① 将枸杞子与茯苓放入锅内，加适量水。

② 加入红茶6克，共煎10分钟（冲泡也可）。③ 过滤即可。

功效 健脾益肾，利尿通淋。

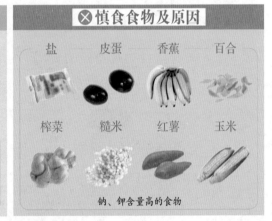

肾病综合征

肾病综合征简称肾综，是指由多种病因引起的，以肾小球基膜通透性增加伴肾小球滤过率降低等肾小球病变为主的一组综合征。肾病综合征不是一独立性疾病，而是肾小球疾病中的一组症候群。

病症分析

病症类型 肾病综合征是指由多种病因引起的，以肾小球基膜通透性增加伴肾小球滤过率降低等肾小球病变为主的一组综合征。

临床表现 肾病综合征在临床上有四大特征：大量蛋白尿、低蛋白血症、高脂血症和水肿，其中以大量蛋白尿和低蛋白血症为诊断必须具备的条件。肾病综合征是肾小球疾病的常见表现，在其表现、机制和防治各方面又各有特殊性，其病程和愈后也不同，所以不被用作疾病的最后诊断。

致病原因 免疫性疾病、感染性疾病、肿瘤、家族遗传性疾病等均有可能导致肾病综合征。

生活注意

1. 要做到起居有时、饮食有节。
2. 保持适当的运动。
3. 注意居室环境，重视睡眠卫生。
4. 调畅情志，节欲保精。

饮食注意

应限制动物脂肪的摄取量，避免摄入富含胆固醇的食物，进食含多不饱和脂肪酸的食物，并应增添可溶性纤维食物，合理摄入补益精血的食物。

✔宜食食物及功效

鸡蛋 —— 牛奶 —— 新鲜水果 —— 蔬菜

合理摄入补益精血的食物，以补充机体对蛋白的需求

燕麦 —— 谷类 —— 金枪鱼 —— 核桃

进食含多不饱和脂肪酸的食物

✖慎食食物及原因

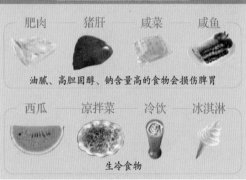

肥肉 —— 猪肝 —— 咸菜 —— 咸鱼

油腻、高胆固醇、钠含量高的食物会损伤脾胃

西瓜 —— 凉拌菜 —— 冷饮 —— 冰淇淋

生冷食物

推荐食谱 板栗花生猪腰粥

【材料】 猪腰50克，板栗45克，花生米30克，糯米80克。

【调料】 盐3克，鸡精1克，葱花少许。

做法 ❶糯米淘净，浸泡3小时；花生米洗净；板栗去壳、去皮；猪腰洗净，剖开，除去腰臊，打上花刀，再切成薄片。❷锅中注水，放入糯米、板栗、花生米旺火煮沸。❸待米粒开花，放入腌好的猪腰，慢火熬至猪腰变熟，加盐、鸡精调味，撒入葱花即可。

尿崩症

尿崩症是由于抗利尿激素缺乏，肾小管重吸收功能障碍，从而引起以烦渴、多饮、多尿及低比重尿为主要特征的一种病症。

病症分析

病症类型 原发性尿崩症、继发性尿崩症。

临床表现 多尿、烦渴与多饮，起病常较急。24 小时尿量可多达 5~10 升，但最多不超过 18 升。尿比重常在 1.005 以下，尿渗透压常为 50~200Mmol/L，尿色淡如清水。部分病人症状较轻，24 小时尿量仅为 2.5~5.0 升，尿比重可超过 1.010，尿渗透压可超过血浆渗透压，可达 290~600Mmol/L，称为部分性尿崩症。

致病原因 由肿瘤、外伤、感染、血管病变等引起下丘脑—神经垂体破坏，影响抗利尿激素的分泌、释放和贮藏减小所致者称继发性尿崩症。

🐚 生活注意

1. 患者夜间多尿，白天容易疲倦，要注意保持安静舒适的环境，有利于患者休息。

2. 在患者身边经常备足温开水。

3. 定时测血压、体温、脉搏、呼吸及体重。以了解病情变化。

🐚 饮食注意

【宜】饮食要保证有充分的液体摄入，以免体液流失；应额外补充钾；患病期间的饮食种类要丰富，以提供均衡的营养。

【忌】由肾病引起的尿崩症患者，要控制蛋白质的摄入，以免加重肾脏负担。

✔宜食食物及功效

柑橘　香蕉　柿子　杧果

少盐、钾含量高的食物

木瓜　石榴　西蓝花　菠菜

少盐、钾含量高的食物

✖慎食食物及原因

辣椒　白酒　大蒜　生姜

辛辣食物

茶叶　咖啡　红茶　碳酸饮料

含有茶碱和咖啡因的食物

推荐食谱

芡实鲫鱼汤

【材料】芡实15克、山药15克、鲫鱼1条（约250克）。

【调料】盐5克、油适量。

做法 ❶ 鲫鱼去鳞、鳃及内脏，洗净，放少许食盐稍腌片刻。❷ 锅加热放油，将鱼煎至两面呈金黄色，再与芡实、山药同入砂锅中。❸ 砂锅内加适量清水，武火煲开后改用文火煲1小时，加食盐调味即可。

单纯性肥胖

单纯性肥胖属非病理性肥胖，是指无明显内分泌及代谢性疾病引起的肥胖。

病症分析

病症类型 体质性肥胖、营养性肥胖。

临床表现 单纯性肥胖多发于 40 岁以上的中年人，本症多见于女性，显著的肥胖常造成身体的额外负担，患者畏热、多汗，动则大汗淋漓，容易疲乏，并常有头晕、腹胀等症状，严重时会导致心肺功能衰竭。

致病原因 单纯性肥胖不是由某些特殊的疾病所引起，而主要是由于摄入能量过多，消耗热量减少，而使过多的热量转化为脂肪在体内贮存而引起的肥胖，平常我们所见的肥胖者，大多属于这类肥胖。

生活注意

1. 坚持规律的体育锻炼，病后恢复期的患者应在医生的指导下进行。

2. 应以控制饮食和增加热量消耗为主，不能依赖药物。

饮食注意

控制热量的摄入，应以低热量的蔬菜和水果为主饭后可以吃些杨梅、话梅、山楂片等。

忌食脂肪含量高的食物；少吃辛辣食物；酒是高热量饮品，不能饮用。

✔宜食食物及功效

胡萝卜 — 莴苣 — 魔芋 — 冬瓜

低热量蔬菜和水果

鱼肉 — 鸡肉 — 鸭肉 — 虾

低热量肉类

❌慎食食物及原因

肥肉 — 猪油 — 炸鸡 — 动物内脏

脂肪含量高的食物

薯片 — 奶油 — 巧克力 — 罐头

高热量食物

推荐食谱

八宝高纤饭

【材料】 糙米、长糯米、黄豆各10克，黑糯米4克，白米20克，大豆、燕麦各8克，莲子、薏仁、红豆各5克。

【调料】 不用调味料。

做法 ❶ 全部材料洗净入锅，加水没过材料，浸泡1小时，沥干。❷ 加入一碗半的水，放入电饭煲煮熟即成。

功效 有效降低胆固醇、降糖、减肥、通便、改善微循环。

甲状腺功能亢进

甲状腺功能亢进症简称"甲亢"，是由于甲状腺分泌过多的甲状腺激素，引起人体代谢率增高的一种疾病。

病症分析

病症类型 甲状腺性甲亢、垂体性甲亢、异源性 TSH 综合征、卵巢甲状腺肿伴甲亢。

临床表现 甲状腺功能亢进症的患者早期常有头昏头痛、心情烦恼及睡眠障碍等类似神经衰弱的症状。甲状腺功能亢进症患者还可有怕热、出汗、食欲亢进、心率快及消瘦等代谢旺盛的临床表现。

致病原因 甲状腺分泌过多的病理生理作用是多方面的，但其作用原理尚未明确。据目前所知，甲亢病的诱发与自身免疫、遗传和环境等因素有密切关系，其中以自身免疫因素最为重要。

生活注意

在日常生活中保持精神愉快、心情舒畅。起居规律，勿枉作劳；早期确诊，早期治疗，以防止本病的传变；初愈阶段，药物、饮食、精神、药膳等要综合调理，并要定期检查，认真监控，是病后防止复发的重要措施。

饮食注意

提供足够的热量；碳水化合物的摄入量要适量增加、蛋白质比例不变、脂肪适量少一些。

不要一次吃得太多，增加身体负担，少量多餐最好；膳食纤维含量高的食物要少食；要忌食辛辣等刺激性食物。

✔ 宜食食物及功效

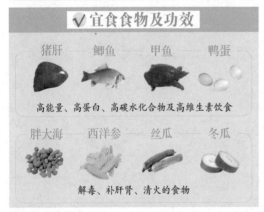

猪肝　鲫鱼　甲鱼　鸭蛋

高能量、高蛋白、高碳水化合物及高维生素饮食

胖大海　西洋参　丝瓜　冬瓜

解毒、补肝肾、清火的食物

⊗ 慎食食物及原因

海带　紫菜　海鱼　胡萝卜

碘元素含量高的食物

肥猪肉　猪油　牛肉　鹅肉

肥腻、高胆固醇、难以消化的食物

推荐食谱 夏枯草黄豆脊骨汤

【材料】 脊骨200克，夏枯草15克，黄豆30克，姜适量。

【调料】 盐、鸡精各3克。

做法 ❶脊骨洗净，斩件；夏枯草洗净；黄豆洗净，浸水30分钟。姜切片。❷砂煲注水烧开，下脊骨煮尽血水，倒出洗净。❸砂煲注入清水后，放入脊骨、黄豆用大火烧开，放进夏枯草、姜片，改小火炖煮1.5小时，调味即可。

功效 散结消肿、降低血压。

甲状腺功能减退

甲状腺功能减退简称甲减，是由于甲状腺激素的合成、分泌或生物效应不足而引起的一种综合征。

病症分析

临床表现 起病可以隐蔽和难以捉摸，面部表情迟钝、声哑、讲话慢；由于玻璃样酸和硫酸软骨素的黏多糖浸润使面部和眶周肿胀，怕冷显著；由于缺乏激素刺激，眼睑下垂；毛发稀疏、粗糙和干燥；皮肤干燥、粗糙、鳞状剥落和增厚。

致病原因 原发性甲减多见，约占甲减症的 96%。是由甲状腺本身的病变引起的。继发性甲减较少见，是由垂体疾病使 TSH 分泌减少引起的。

生活注意

1. 保持精神愉快，心情舒畅，起居有规律，勿枉劳作，增强体质提高自身的免疫力和抗病能力。

2. 要注意药物、饮食、精神等综合调理，并要定期检查，认真监控。

饮食注意

多食海带、紫菜、蛋类、乳类、鱼类、肉类、豆制品、动物肝脏、新鲜蔬菜、水果等。

忌食各种促甲状腺肿的食物；应忌食富含胆固醇的食物；要少吃。

✔宜食食物及功效

腐竹 —— 鸡肉 —— 鸡蛋 —— 牛奶

供给足够的蛋白质

✘慎食食物及原因

包菜 —— 油菜 —— 核桃 —— 白菜

会促进甲状腺肿的食物

推荐食谱

红白海带糖水

【材料】海带100克，红枣7克，雪梨1个。

【调料】冰糖25克。

做法 ❶ 将洗净的海带切割开，再切成小片备用。❷ 把去好皮的雪梨切开，切成瓣，去除果核，再把果肉切细丁备用。❸ 锅中倒入约800毫升清水烧开，放入洗净的红枣。❹ 盖上锅盖，烧开后转小火煮约10分钟至红枣涨发。❺ 揭开锅盖，放入海带、冰糖，用汤勺拌匀。❻ 盖上盖子，继续煮约10分钟至海带熟透。❼ 揭开锅盖，放入雪梨，大火煮开。❽ 关火，将做好的糖水盛入碗中即可。

急性支气管炎

急性支气管炎是病毒或细菌等病原体感染所致的支气管黏膜炎症，是婴幼儿时期的常见病，往往继发于上呼吸道感染之后，也常为肺炎的早期表现。秋、冬两季为发病季节，人群不分性别年龄，但是小儿最常见。

病症分析

临床表现 起病时较急，很像感冒，病人感到发热、全身酸痛，有刺激性干咳，伴胸骨后不适感，1~2天后即咳痰，初为白色黏稠样，以后为黏液脓性，偶有痰中带血。这种症状通常在一周后逐渐消失。

致病原因 引起本病的病毒有腺病毒、呼吸道合胞病毒、副流感病毒；细菌有流感嗜血杆菌、肺炎链球菌、葡萄球菌等。吸入冷空气、粉尘、刺激性气体或烟雾等可以引起支气管黏膜的急性炎症。

🥄 生活注意

注意保证充足的睡眠和适当的休息，发病时应增加日间卧床休息时间。调整好饮食，保证足够的能量摄入。保持居室的温、湿度适宜，空气新鲜，避免呼吸道的理化性刺激（如冷空气、灰尘、刺激性气味等）。

🥄 饮食注意

饮食以清淡为主，可多食桔梗、紫苏、蜂蜜、黄瓜、冬瓜、丝瓜、大白菜、刀豆、猪瘦肉、鸡蛋等。

忌油腻的食物。

✔宜食食物及功效

桔梗 — 紫苏 — 黄瓜 — 蜂蜜

多食清淡的食物

白萝卜 — 菠菜 — 白菜 — 鸡蛋

多食清淡的食物

❌慎食食物及原因

肥肉 — 香肠 — 烤鸭 — 炸鸡

油腻的食物

虾 — 黄花鱼 — 带鱼 — 蟹

油腻的食物

推荐食谱 菊花薰衣草茶

【材料】菊花、蒲公英各10克，薰衣草2克。

【调料】冰糖适量或不用任何调味料。

做法

❶ 菊花、蒲公英用清水冲洗干净。❷ 全部材料加水600毫升（约3碗清水）煮成300毫升（约1.5碗）后，取汁去渣即可饮用。

功效 清热解毒。

慢性支气管炎

慢性支气管炎是由于感染或非感染因素引起气管、支气管黏膜及其周围组织的慢性非特异性炎症。其病理特点是支气管腺体增生、黏液分泌增多。临床出现有连续两年以上，每持续三个月以上的咳嗽、咳痰或气喘等症状。

病症分析

临床表现 清晨、夜间较多痰，呈白色黏液，偶有血丝。初咳嗽有力，晨起咳多，白天少，睡前常有阵咳，合并肺气肿咳嗽多无力。见于喘息型，支气管痉挛伴有哮鸣音者。以老年人多见。

致病原因 化学气体如氯、氧化氮、二氧化硫等烟雾，对支气管黏膜有刺激和细胞毒性作用。吸烟为慢性支气管炎最主要的发病因素。呼吸道感染是慢性支气管炎发病和加剧的另一个重要因素。

🌱 生活注意

1. 发热、气促、剧咳者，适当卧床休息。

2. 冬天外出戴口罩和围巾，预防冷空气刺激及伤风感冒。

3. 亲友鼓励病人参加力所能及的体育锻炼，以增强机体免疫力和主动咳痰排出的能力。

🌱 饮食注意

应多食花生、橘饼、金橘、百合、佛手柑、白果等。

勿食油腻黏糯、助湿生痰、性寒生冷之物；应当戒烟；宜给予高蛋白、高热量、多维生素、易消化的饮食，要控制食盐，避免刺激性食品。

✅ 宜食食物及功效

花生	金橘	百合	佛手柑

健脾养肺、补肾化痰的食物

白果	柚子	山药	猪肺

健脾养肺、补肾化痰的食物

❌ 慎食食物及原因

肥肉	香肠	糯米	海鲜

油腻黏糯、助湿生痰、性寒生冷之物

咸鱼	辣椒	胡椒	芥末

辛辣刺激、过咸的食物

推荐食谱

百合白果鸽子煲

【材料】 鸽子1只、水发百合30克、白果10颗、葱段2克。

【调料】 盐少许。

做法 ① 将鸽子杀洗干净，斩块，氽水；水发百合洗净；白果洗净备用。② 净锅上火倒入水，下入鸽肉、水发百合、白果煲至熟，加盐、葱段调味即可。

功效 敛肺止咳、益气补虚。

胃及十二指肠溃疡

胃及十二指肠溃疡是极为常见的疾病。它的局部表现是位于胃十二指肠壁的局限性圆形或椭圆形的缺损。患者有周期性上腹部疼痛、反酸、嗳气等症状。本病易反复发作，呈慢性病程。

病症分析

临床表现 上腹部疼痛，可为钝痛、灼痛、胀痛或剧痛，也可表现为仅在饥饿时隐痛不适。典型者表现为轻度或中度剑突下持续性疼痛，可被制酸剂或进食缓解。临床上约有2/3的疼痛呈节律性。律性疼痛大多持续几周，随着缓解数月，可反复发生。

致病原因 感受外邪，内伤饮食，情志失调，劳倦过度，伤及于胃则胃气失和，气机郁滞则为胃络失于温养，胃阴不足。如果胃失濡养，则脉络拘急，气血运行不畅。

生活注意

溃疡虽然容易治疗，但是容易复发，保持充足的睡眠、适度的运动及消除过度的紧张，是基本有效的方法。

饮食注意

应选择具有理气和胃、止痛作用的食物。勿食辛辣刺激、煎炸、生冷食物；忌暴饮暴食；以易消化的食物为主，避免刺激性物质；限制烟酒的摄入。

✓ 宜食食物及功效

馒头 — 米饭 — 米粥 — 鸡蛋汤

具有理气和胃、止痛作用的食物

牛羊肉 — 豆制品 — 莲子 — 青枣

具有理气和胃、止痛作用的食物

✗ 慎食食物及原因

酒 — 咖啡 — 浓醋 — 酸泡菜

辣椒 — 胡椒 — 浓茶 — 老竹笋

辛辣刺激、煎炸、生冷的食物

推荐食谱 木瓜鱼尾汤

【材料】 500克、草鱼尾200克、猪瘦肉100克。
【调料】 盐5克、油适量。

做法 ① 木瓜洗净，削皮，切块；瘦肉洗净，切块备用。② 草鱼尾洗净，去鳞，入油锅中煎至两面呈金黄色。③ 将所有材料放入瓦煲内，加3000毫升清水，武火煮沸后改用文火煲2.5小时，加盐调味即可。

功效 防治胃溃疡、肠胃炎、消化不良。

高温中暑

高温中暑是在气温高、湿度大的环境中，发生体温调节障碍，以水、电解质平衡失调，心血管和中枢神经系统功能紊乱为主要表现的一种综合征。

病症分析

病症类型 先兆中暑、轻度中暑、重度中暑。

临床表现 感觉烦热难受，体温升高（往往超过40℃），皮肤潮红，但干燥无汗，继而意识模糊、恶心呕吐、血压降低、脉搏快而弱，终至昏迷（可于数小时内致死）。患者以高温作业者为多。

致病原因 人体受高温及阳光的直接照射，使体温调节功能失常而发生排汗困难，又以外界气温太高而身体无法散温，因而体温急速上升。如长时间暴露于高温下，会使中枢神经系统失去体温调节作用。

🍃 生活注意

1. 注意营养，饮食宜清淡，少吃油腻性的食物。

2. 高热时可适当用物理降温，常洗温水浴，可帮助发汗降温。

3. 避免着凉、中暑，防止并发症。

🍃 饮食注意

可食用具有清热解暑、生津止渴作用的食物；清淡多汁的凉性水果、蔬菜适合高温中暑者。

勿食辛辣刺激性、性温助热食物；勿食煎炸炒爆、香燥助火、过咸的食物。

✅ 宜食食物及功效

西红柿 — 丝瓜 — 冬瓜 — 黄瓜

具有清热解暑、生津止渴作用的食物

苦瓜 — 扁豆 — 绿豆 — 马蹄

具有清热解暑、生津止渴作用的食物

❌ 慎食食物及原因

辣椒 — 胡椒 — 生姜 — 芥末

韭菜 — 洋葱 — 大蒜 — 荔枝

辛辣、刺激性、性温助热的食物

推荐食谱 藿香鲫鱼

【材料】 菊花、蒲公英各10克，薰衣草2克。

【调料】 料酒、酱油、盐各适量。

做法 ❶鲫鱼宰杀剖好；藿香洗净。❷将鲫鱼、生姜片、砂仁和藿香一块放入蒸锅内，调入适量料酒、酱油、盐。❸加适量水蒸熟即可。

功效 健脾化湿、止泻止呕。

失眠

失眠，指无法入睡或无法保持睡眠状态，导致睡眠不足，为各种原因引起的入睡困难、早醒及睡眠时间不足或质量差等。

病症分析

临床表现 ①入睡困难，不能熟睡，睡眠时间减少。②早醒、醒后无法再入睡。③睡过后精力没有恢复。④容易惊醒，对声音或灯光敏感。⑤很多失眠的人喜欢胡思乱想。⑥长时间失眠会导致神经衰弱，而神经衰弱会加重失眠。

致病原因 环境方面，常见的有睡眠环境的突然改变；个体因素方面，不良的生活习惯，如睡前饮茶、饮咖啡、吸烟等；精神因素，包括因某个特别事件引起兴奋、忧虑所致的机会性失眠。

🍃 生活注意

1. 坚持规律的作息时间，不要睡得太晚。
2. 睡前不要大吃大喝，要远离烟草和咖啡因。
3. 睡觉前洗个温水澡、
4. 杜绝安眠药。

🍃 饮食注意

忌睡前勿猛吃猛喝；在睡觉前大约两个小时吃少量的晚餐，不要喝太多的水；晚上不要吃辛辣的富含油脂的食物；睡前远离咖啡和尼古丁，建议睡觉前三小时不要喝咖啡。

✅ 宜食食物及功效

| 小米 | 红枣 | 核桃 | 百合 |

补脑安神的食物

| 莲子 | 桂圆 | 葵花子 | 牛奶 |

补脑安神的食物

❌ 慎食食物及原因

| 烤肉 | 烤鸭 | 腊肉 | 火腿 |

肥腻、不易消化的食物

| 白萝卜 | 大豆 | 菠菜 | 茄子 |

引起消化系统胀气和不利于睡眠的食物

推荐食谱

甘草麦枣瘦肉汤

【材料】 瘦肉400克、甘草适量、小麦适量、红枣适量。

【调料】 盐5克。

做法

❶ 瘦肉洗净，切件，汆去血水；甘草、小麦、红枣均洗净备用。❷ 将瘦肉、甘草、小麦、红枣放入锅中，加入适量清水，大火煮开，转小火炖2小时。❸ 调入盐即可食用。

功效 疏肝解郁、养心安神。

神经衰弱

神经衰弱属于心理疾病，是精神容易兴奋和脑力容易疲乏，常有情绪烦恼和心理、生理症状的神经症性障碍。

病症分析

病症类型 忧郁型神经衰弱、混合型神经衰弱、兴奋性神经衰弱、迁延型神经衰弱。

临床表现 ①脑力易疲乏，工作和学习时间稍长，就感到头胀、头痛。②脑力易兴奋，回忆联想增多。③头胀痛或紧张性头痛。④自主神经功能紊乱，心动过速。⑤睡眠障碍，出现入睡困难，醒后不易再睡，梦多。

致病原因 ①神经系统功能过度紧张，生活无规律。②感染、中毒、营养不良、内分泌失调、颅脑创伤和躯体疾病等。③长期的心理冲突和精神创伤引起的负性情感体验以及人际关系紧张等都会引起该症。

生活注意

学会自我调节，加强自身修养；正确认识自己：对自己的身体素质、知识才能、社会适应力等要有自知之明，尽量避免做一些力所不及的事情；培养豁达开朗的性格；遇事要从大事着想，明辨是非；善于自我调节，有张有弛。

饮食注意

多食富含脂类的食物、富含蛋白质的食物、富含糖的食物、富含B族维生素、维生素PP（烟酸与烟酰胺）和维生素E的食物、富含维生素C的食物、富含微量元素的食物。

✔宜食食物及功效

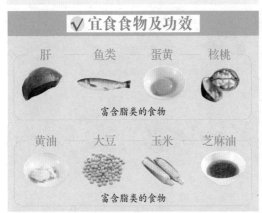

| 肝 | 鱼类 | 蛋黄 | 核桃 |

富含脂类的食物

| 黄油 | 大豆 | 玉米 | 芝麻油 |

富含脂类的食物

❌慎食食物及原因

| 烤肉 | 烤鸭 | 香肠 | 肥肉 |

肥腻、不易消化的食物

| 辣椒 | 生姜 | 大蒜 | 葱 |

辛辣、刺激性食物

推荐食谱

灵芝丹参粥

【材料】灵芝10克，丹参8克，桃仁8克，大米50克。

【调料】白糖适量。

做法 ❶灵芝、丹参、桃仁洗净，捣碎，放入锅中，加入适量清水，大火煎煮20分钟。❷滤去药渣，取上清液，加入大米，用文火煮成稀粥，熟时调入白糖即可。

功效 活血通络、益气补虚。

老年痴呆症

老年痴呆症是一种进行性发展的致死性神经退行性疾病，日常生活能力进行性减退，并有各种神经精神症状和行为障碍。

病症分析

病症类型 老年原发性退行性痴呆、脑血管性痴呆、混合性痴呆。

临床表现 ①遗忘期：表现为特别健忘，并在有记忆障碍的同时，出现认识能力障碍。②精神错乱期：此期痴呆加重，认识功能进一步减退，个性人格改变明显。③痴呆期：患者严重痴呆，处于完全丧失生活自理能力的状态。

致病原因 ①脑变性疾病：最为多见的是阿尔茨海默病性痴呆，在老年前期发病的又叫"早老性痴呆"。②脑血管病：最常见的有多发性脑梗死性痴呆。③遗传因素。④内分泌疾患。⑤营养及代谢障碍。⑥肿瘤：恶性肿瘤引起代谢紊乱可导致痴呆。

🌀 生活注意

1. 生活要有规律。
2. 饮食适当。
3. 适当参加体育活动。
4. 情绪要平稳。

🌀 饮食注意

1. 多吃清淡、营养丰富的食物。
2. 要常吃富含胆碱、维生素 B_{12} 的食物。
3. 多吃腐竹，腐竹具有良好的健脑作用。

✔ 宜食食物及功效

蛋黄　　芝麻　　花生　　黄豆

富含卵磷脂、增强记忆力、延缓衰老的食物

银耳　　骨头汤　　瘦肉　　鱼

富含卵磷脂、增强记忆力、延缓衰老的食物

✘ 慎食食物及原因

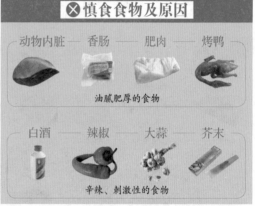

动物内脏　　香肠　　肥肉　　烤鸭

油腻肥厚的食物

白酒　　辣椒　　大蒜　　芥末

辛辣、刺激性的食物

推荐食谱 天麻黄精炖老鸽

【材料】 老鸽1只、天麻15克、黄精10克、地龙10克、枸杞子少许。

【调料】 盐、葱各3克，姜片5克。

做法 ❶老鸽收拾干净；天麻、地龙、黄精、枸杞子均洗净；葱洗净切段。❷热锅注水烧沸，下老鸽滚尽血渍，捞起。❸炖盅注入水，放入天麻、地龙、黄精、枸杞子、姜片、老鸽，大火煲沸后改小火煲3小时，放入葱段，加盐调味即可。

眩晕

眩晕的主观症状是一种运动幻觉或运动错觉，是患者对于空间关系的定向感觉障碍或平衡感觉障碍。患者感到外界环境或自身在旋转移动或摇晃，是由前庭神经系统病变所引起的。

病症分析

病症类型 中枢性眩晕、周围性眩晕。

临床表现 ①真性眩晕呈阵发性的外物或本身的旋转、倾倒感、堕落感，症状重，多伴有明显的恶心、呕吐等自主神经症状，持续时间较短。②假性眩晕为外物或自身的摇晃不稳感，或左右或前后晃动。

致病原因 引起眩晕的疾病种类很多，不同的疾病的原因也是不一样的。贫血、高脂血、动脉硬化、颈椎病、心脏病、美尼尔综合征及白血病等血液疾病也可能会引起眩晕。

🍃 生活注意

1. 要进行精神调养。忧郁恼怒等精神刺激可致肝阳上亢或肝风内动，而诱发眩晕。

2. 要注意休息起居。过度疲劳或睡眠不足为眩晕症的诱发因素之一。不论眩晕发作时或发作后都应注意休息。在眩晕症急性发作期应卧床休息。

🍃 饮食注意

在饮食方面，宜多吃清淡利湿之品。

禁忌生冷瓜果、甜食和油腻味重的食物，以免生痰助湿。

✅ 宜食食物及功效

牛肉 — 核桃 — 黑豆 — 何首乌

益气养血、补益心脾的食物

狝猴桃 — 菠菜 — 金橘 — 枸杞

益气养血、补益心脾的食物

❌ 慎食食物及原因

青枣 — 蜂蜜 — 荔枝 — 蛋黄

黏腻壅滞、滋腻助痰的食物

黄芪 — 桂圆 — 鹅肉 — 肥肉

痰湿型眩晕者不宜选滋腻、助湿生痰的食物

推荐食谱 柴胡苦瓜瘦肉汤

【材料】 柴胡10克、川贝10克、苦瓜200克、瘦肉400克。

【调料】 盐、味精各适量。

做法 ❶分别将柴胡、川贝母洗净备用，苦瓜去瓤，洗净，切成块；瘦肉洗净，切块，汆去血水。❷把柴胡、川贝母、苦瓜、瘦肉一起放入锅内，加入1200毫升水，先用大火煮沸，再改小火慢炖1小时。❸最后加盐、味精调味即可。

胆结石

胆结石病又称胆系结石病或胆石症，是胆道系统的常见病，是胆囊结石、胆管结石（又分肝内、肝外）的总称。胆结石应以预防为主，发病后应即时治疗，一般有非手术及手术治疗两类治疗手段。

病症分析

临床表现 ①发热与寒战，发热与胆囊炎症程度有关。②胃肠道症状，胆囊结石急性发作时，继腹痛后常有恶心、呕吐等胃肠道反应。③黄疸，部分胆囊结石患者可以出现一过性黄疸，多在剧烈腹痛之后，且黄疸较轻。④腹痛，胆囊结石发作时多有典型的胆绞痛。其特点为上腹或右上腹阵发性疼挛性疼痛，伴有渐进性加重，常向右肩背放射。

致病原因 肝胆郁滞，气机升降失常，横逆犯脾，中焦健运失职，湿热内生，煎熬胆汁所致。

生活注意

1.注意饮食卫生，防止肠道内进入寄生虫如蛔虫等。

2.多进行体育锻炼，尤其是进入40岁后的女性，在减少脂肪摄入的同时应促进脂肪的分解。

3.有胆囊炎、糖尿病、肾炎、甲状腺功能低下的患者要积极治疗，防止诱发胆结石。

饮食注意

应当选择富含食物纤维素的清淡蔬菜，富含维生素的新鲜瓜果，富含蛋白质和糖类的食物；常吃各种豆类和豆制品及植物油。按时进餐，避免胆汁在胆囊内潴留时间过长。

勿食或少食高脂肪高胆固醇食物、动物油和各种禽蛋；少吃油腻煎炸、辛辣刺激性食物。

✔宜食食物及功效

胡萝卜 —— 西红柿 —— 菠菜 —— 白菜

富含食物纤维素的清淡蔬菜和瓜果

✖慎食食物及原因

牛髓 —— 狗肉 —— 羊髓 —— 猪肝

高脂肪和高胆固醇的食物

推荐食谱

南瓜内金猪展汤

【材料】南瓜200克、猪展150克、核桃10个、鸡内金粉10克、红枣5个。

【调料】盐、高汤各适量。

做法

❶南瓜洗净，去皮切成方块；猪展洗净，切成块；红枣、核桃洗净备用。❷锅中注水烧开后加入猪展，汆去血水后捞出。

❸另起砂煲，将南瓜、猪展、核桃、猪展、红枣放入煲内，注入高汤，小火煲煮1.5小时后调入盐、鸡精调味即可。

功效 利尿排石、和胃消食。

过敏症

过敏症是临床免疫学方面最紧急的事件。现在描述为一组包括免疫或非免疫机制、常常是突发的、涉及多个器官的严重临床症状，是一个具有多种诱发物、致病机制不尽相同的临床综合征。在小儿时期本症常见，正常人群中过敏症的总患病率10%~60%不等。

病症分析

临床表现 有些患者在症状出现之前有先兆，但这些早期症状，如焦虑、头晕，患者往往说不清楚，症状呈全身性，轻重不等。胃肠道症状有恶心、呕吐、腹绞痛、腹泻，其中腹痛常是本病的早期表现，胃肠道症状不常见，而且绝不会单独出现。泌尿生殖系统表现有尿失禁、子宫收缩。

致病原因 ①任何食物都可能诱发过敏症，但最常引起过敏的是牛奶、蛋清、花生和其他豆科植物、坚果等。②与禽类有关的疫苗易引起不良反应。③膜翅目昆虫，如蜂类，可引起致敏者发生局部或全身过敏症。④寒冷亦可诱发过敏症。

🥄 生活注意

1. 要进行适当的户外活动，提高身体的免疫力和抗病能力。
2. 饮食要以高热量为主，并摄食足够的维生素和矿物质。

🥄 饮食注意

1. 多食富含维生素的食物，以提高身体免疫力。
2. 均衡饮食，避免摄食致敏性食物。

✅ 宜食食物及功效

包菜　芝麻　黑木耳　猪肉

富含维生素E的食物，可提高人体免疫力

洋葱　菠萝　鹌鹑蛋　猕猴桃

可预防和减轻过敏症状的食物

❌ 慎食食物及原因

海鲜　鸡蛋　花生　牛奶

易引发过敏反应的食物

茶　酒　辣椒　草莓

使皮肤、血管扩张，加重过敏反应的食物

推荐食谱 蒜蓉木耳菜

【材料】木耳菜300克，蒜3粒。

【调料】油8毫升，香油5毫升，盐适量，味精适量。

做法 ①将木耳菜洗净后，去掉根部；蒜洗净切成片。②锅内放入少许油，将蒜炒香。③放入木耳菜翻炒几下，再放入盐、味精，炒匀后，淋入香油，起锅装盘即可。

功效 清暖解毒，滑肠凉血，提高机体免疫力。

脂肪肝

脂肪肝是指由各种原因引起的肝细胞内脂肪堆积过多的病变。一般而言，脂肪肝属可逆性疾病，早期诊断并及时治疗常可恢复正常。

病症分析

病症类型 肥胖性脂肪肝、酒精性脂肪肝、营养不良性脂肪肝、糖尿病脂肪肝。

临床表现 脂肪肝的临床表现多样，轻度脂肪肝患者通常仅有疲乏感，而多数脂肪肝患者较胖，故更难发现轻微的自觉症状。中重度脂肪肝患者有类似慢性肝炎的表现，可有食欲不振、疲倦乏力、恶心、呕吐、体重减轻、肝区或右上腹隐痛等。

致病原因 ①长期饮酒，致使肝内脂肪氧化减少。②长期摄入高脂饮食或长期大量吃糖、淀粉等碳水化合物，使肝脏脂肪合成过多。③肥胖，缺乏运动，使肝内脂肪输入过多。④糖尿病。⑤肝炎。⑥某些药物引起的急性或慢性肝损害。

生活注意

1. 合理搭配每日三餐的膳食，做到均衡营养。
2. 坚持适当的运动，促进脂肪的消耗。
3. 保持平和心态，注意劳逸结合，避免生肝火。

饮食注意

1. 应多食低脂饮食，要以植物性脂肪为主，多吃单不饱和脂肪酸，少吃饱和脂肪酸。
2. 应有规律的进行一日三餐，坚决戒酒。

✔宜食食物及功效

玉米 — 燕麦 — 海带 — 苹果

具有降低血清胆固醇作用的食品

牛奶 — 红薯 — 黑芝麻 — 黑木耳

具有降低血清胆固醇作用的食品

❌慎食食物及原因

大葱 — 生姜 — 大蒜 — 辣椒

辛辣、刺激性强的食物

肥肉 — 动物内脏 — 巧克力 — 蟹黄

肥腻、胆固醇含量高的食物

推荐食谱 荞麦粥

【材料】白菜500克青椒片、干辣椒。

【调料】鸡精、盐、米醋、花椒油各适量。

做法

① 白菜洗净，取梗部切菱形片；干辣椒洗净，切段。② 油锅烧热，下干辣椒、青椒片爆香。③ 再放入白菜梗，炒至白菜变软时，加盐、鸡精、醋炒匀，淋入花椒油即可。

功效 开胃消食。

荨麻疹

荨麻疹，俗称"风团"或"鬼风疙瘩"，是由各种因素致使皮肤黏膜血管发生暂时性炎性充血与液体渗出，造成局部水肿的常见皮肤病。

病症分析

病症类型 急性荨麻疹、慢性荨麻疹、丘疹状荨麻疹。

临床表现 皮肤瘙痒，随即出现风团，呈鲜红、苍白或皮肤色，少数病例亦有水肿性红斑。部分患者可伴有恶心、呕吐、头痛、头胀、腹泻等。急性变态反应，有时可伴有休克的症状。

致病原因 可由各种内源性或外源性的复杂因素引起，但很多情况下不能确定具体的病因。食物、药物、感染、吸入异物、动物及植物因素（如昆虫叮咬、毒毛刺入）、精神因素（精神紧张或兴奋）、遗传因素、内脏和全身性疾病（如风湿热、类风湿性关节炎、系统性红斑狼疮）都可能引发荨麻疹。

生活注意

1. 保持生活规律，加强体育锻炼，增强体质，适应寒热变化。

2. 避免强烈抓搔患部，不用热水烫洗，不滥用刺激强烈的外用药物。

3. 积极寻找和去除病因，治疗慢性病灶，调整胃肠功能，驱除肠道寄生虫。

4. 忌食动物蛋白性食物和海鲜发物，不吃辛辣刺激性食物，不饮酒。保持清淡饮食，多吃些新鲜蔬菜和水果。

饮食注意

宜多食营养丰富、清淡、易消化的食物，如瘦肉、豆制品等；宜多饮用具有清热化湿、利尿通便的饮品，有利于过敏源排出体外；多食用些富含维生素C的食物，有利于改善皮肤功能。

要忌食油炸和脂肪含量过高的食物，以免上火或聚湿生热；海参、海虾、海蟹、甲鱼、带鱼等属发物，极易导致过敏，加重病情；辛辣食品易诱发荨麻疹，因此应忌食。

✔宜食食物及功效

瘦肉 — 豆制品 — 白粥 — 黄瓜

宜多食营养丰富、清淡、易消化的食物

西红柿 — 胡萝卜 — 苹果 — 荠菜

富含维生素C的食物

慎食食物及原因

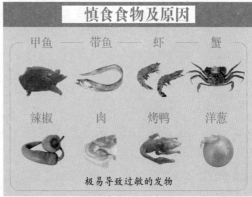

甲鱼 — 带鱼 — 虾 — 蟹

辣椒　　肉　　烤鸭　　洋葱

极易导致过敏的发物

推荐食谱

百合枇杷叶茶

【材料】百合15克，枇杷叶15克。

【调料】盐适量。

做法 ❶ 将百合、枇杷叶以清水冲洗一下，一同放入茶杯内。❷ 倒入适量沸水，盖上杯盖闷泡10分钟左右即可饮用。

湿疹

湿疹是由多种内、外因素引起的浅层真皮及表皮炎症。其临床表现具有对称性、渗出性、瘙痒性、多形性和复发性等特点。

病症分析

病症类型 急性湿疹、亚急性湿疹、慢性湿疹。

临床表现 湿热型特点为发病迅速，皮肤灼热红肿，或见大片红斑、丘疹、水疱、渗水多，甚至黄水淋漓，黏而有腥味。血风型表现为全身起红丘疹，搔破出血，渗水不多，舌质红，苔薄白或薄黄，脉弦带数；脾湿型表现为皮肤黯淡不红，搔痒后见渗水，后期干燥脱屑，瘙痒剧烈。

致病原因 ①日光、湿热、干燥、搔抓、摩擦、化妆品、肥皂、皮毛、燃料、人造纤维等均可诱发湿疹。②内分泌，代谢及胃肠功能障碍，感染病灶等。③神经因素如忧虑、紧张、情绪激动、失眠、劳累等也可能导致湿疹。

生活注意

1. 穿棉质衣服：棉质的衣服比较柔软，不会引起皮肤瘙痒。

2. 避免快速的温度变化：快速的温度变化可能是引起湿疹的原因。

3. 避免使用止汗剂：止汗剂所含的活性成分会刺激敏感性的皮肤，容易导致皮肤过敏。

饮食注意

应吃些营养丰富、易消化、清淡的食物；宜饮用具有清热除湿作用的饮料，有助于排除过敏源。

应忌食辛辣、油腻、海产品等，否则易加重病情；酒、咖啡、浓茶等可刺激大脑皮层，不利于病情康复。

✓宜食食物及功效

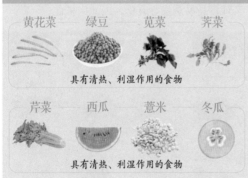

黄花菜 — 绿豆 — 苋菜 — 荠菜

具有清热、利湿作用的食物

芹菜 — 西瓜 — 薏米 — 冬瓜

具有清热、利湿作用的食物

✗慎食食物及原因

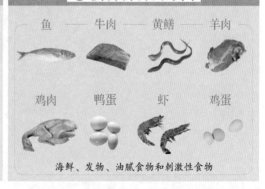

鱼 — 牛肉 — 黄鳝 — 羊肉

鸡肉 — 鸭蛋 — 虾 — 鸡蛋

海鲜、发物、油腻食物和刺激性食物

推荐食谱

菊花北芪煲鹌鹑

【材料】白菜500克青椒片、干辣椒。

【调料】鸡精、盐、米醋、花椒油各适量。

做法 ❶白菜洗净，取梗部切菱形片；干辣椒洗净，切段。❷油锅烧热，下干辣椒、青椒片爆香。❸再放入白菜梗，炒至白菜变软时，加盐、鸡精、醋炒匀，淋入花椒油即可。

功效 开胃消食。

痱子

痱子又称"热痱"，是由于夏季气温高、湿度大，身体出汗过多，汗液浸渍表皮角质层，致汗腺导管口闭塞，汗腺导管破裂，汗液渗入周围组织引起刺激，于汗孔处发生疱疹和丘疹而形成痱子。

病症分析

病症类型 红痱、白痱、脓痱。

临床表现 急性发病时皮肤出现红斑，不久发生密集的如针尖大小的丘疹、丘疱疹或小水泡，自觉瘙痒或有烧灼感。好发于后背、肘窝、颈部、胸背部、腰部、女性乳房下部、小儿头面部及臀部。本病往往成批发生，一批消退，一批再发。气候凉爽时，数日内皮疹消退，轻微脱屑而愈。

致病原因 本病为外界气温高和湿度大，出汗过多，不易蒸发，汗管和汗孔闭塞，汗液潴留所产生的丘疹或丘疱疹。中医认为痱子是由于盛夏时节，暑热夹湿、蕴结肌肤、毛窍郁塞，乃生痱疱。热盛汗出，以冷水洗浴，毛孔骤闭热气堵于皮腠之间亦生此病。

生活注意

1. 保持室内通风凉爽，勤洗澡。
2. 保持皮肤清洁、干燥。
3. 多进食清凉解暑药膳，避免搔抓，勿用肥皂洗擦。

饮食注意

应以汤、羹、汁等汤水较多的食物为主；要多吃蛋白质和膳食纤维含量高的食物，少吃富含脂肪和糖的食物。可进食清凉解暑药膳，如绿豆糖水、绿豆粥、清凉糖水等。

油腻、煎炸食物要少吃。

✔宜食食物及功效

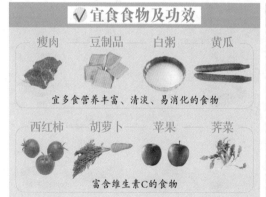

瘦肉　豆制品　白粥　黄瓜

宜多食营养丰富、清淡、易消化的食物

西红柿　胡萝卜　苹果　荠菜

富含维生素C的食物

✘慎食食物及原因

肥肉　烤鸭　油酥点心　油条

油腻、煎炸食物

花椒　芥末　辣椒　胡椒

辛辣、刺激性强的食物

推荐食谱

板蓝根丝瓜汤

【材料】白板蓝根20克，丝瓜250克，玄参5克，蒲公英8克。

【调料】盐适量。

做法 ❶将板蓝根、玄参、蒲公英均洗净；丝瓜洗净，连皮切片，备用。❷砂锅内加水适量，放入板蓝根、玄参、蒲公英、丝瓜片。❸武火烧沸，再改用文火煮15分钟至熟，捞去药渣，加入盐调味即可。

功效 凉血利咽、清热润燥。

痔疮

痔疮是一种最常见的肛门疾病，包括内痔、外痔、混合痔，是肛门直肠底部及肛门黏膜的静脉丛发生曲张而形成的一个或多个柔软的静脉团的一种慢性疾病。

病症分析

临床表现 外痔的症状以疼痛瘙痒为主，而内痔则以流血及便后痔疮脱出为主，内痔依严重程度再分为四期：仅有便血情形的为第 I 期；无论有无出血，便后有脱垂情形，但能自行回纳者为第 II 期；脱垂严重，必须用手推回肛门的为第 III 期；最严重的第 IV 期为痔疮平时也脱垂于肛门外。

致病原因 通常当排便时持续用力，造成此处静脉内压力反复升高，静脉就会肿大。妇女在妊娠期，由于盆腔静脉受压迫，妨碍血液循环常会发生痔疮。无论内痔还是外痔，都可能发生血栓。在发生血栓时，痔中的血液凝结成块，从而引起疼痛。

生活注意

1. 养成良好的生活习惯，少吃辛辣食品。
2. 日常生活中要注意变换体位。
3. 保持大便通畅，多食含纤维丰富的食物，如地瓜、玉米、海带、竹笋、绿叶菜等。
4. 对能引起腹压增高的疾病如慢性咳嗽、前列腺肥大等应及早治疗。
5. 常用温水或 1：1000 高锰酸钾水洗肛门。

饮食注意

应多吃些清淡及具有养血、润肠、通便功效的食物，有利于降低患病概率。

辣椒、大蒜、葱、姜、烟、酒、羊肉、狗肉等辛辣刺激、油腻及热性食物不宜多食。引用咖啡、辛辣食物、啤酒及可乐，不宜过量。

✔ 宜食食物及功效

海带 — 韭菜 — 玉米 — 薯类
富含纤维素的食物

香蕉 — 梨 — 蜂蜜 — 黑木耳
有润肠通便作用的食物

✘ 慎食食物及原因

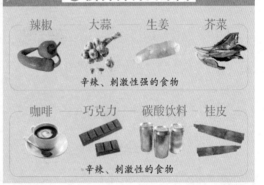

辣椒 — 大蒜 — 生姜 — 芥菜
辛辣、刺激性强的食物

咖啡 — 巧克力 — 碳酸饮料 — 桂皮
辛辣、刺激性的食物

推荐食谱

马齿苋木耳猪肠汤

【材料】 猪大肠300克，鲜马齿苋200克，干木耳20克，枸杞子少许。

【调料】 盐适量。

做法 ① 鲜马齿苋洗净；猪瘦肉洗净切块；金银花、杏仁均洗净备用。② 将马齿苋、杏仁、金银花、猪瘦肉一起放入锅中，加适量清水，大火煮开，转小火续煮10分钟，最后加盐调味即可。

第三章 外科、骨科疾病

白癜风

白癜风是一种原发性的皮肤色素脱失性疾病，主要表现为局部皮肤异样，全身多处都可能发生，一般无不适感。

病症分析

病症类型 局限型白癜风、散发型白癜风、泛发型白癜风、节段型白癜风。

临床表现 白癜风在全身任何部位都可以发生，皮损部位颜色减退、变白。白斑多数对称分布，初期多为指甲大或钱币大，近圆形、椭圆形或不规则形。有的边缘绕以色素带。在少数情况下白斑中混有毛囊性点状色素增殖。白癜风患处没有鳞屑或萎缩等变化。白斑上的毛发也可完全变白。

致病原因 中医认为主要是因血热、外受风湿之邪，停留在肌肤，导致气血失调，气滞则形成白癜风。

生活注意

1. 增强体质、精神放松。
2. 注意环境。

饮食注意

应该少吃或忌食辛辣等刺激性食物，如海鲜、辣椒、胡椒、白酒等，以免加重病情。

✔宜食食物及功效

| 油菜 | 荠菜 | 葡萄 | 苹果 |

有利于黑色素再生的蔬菜和水果

✘慎食食物及原因

| 辣椒 | 白酒 | 咖喱 | 菠菜 |

辛辣、刺激性食物

推荐食谱

茄子炒豆角

【材料】茄子、豆角各200克。

【调料】盐、味精3克，酱油、香油各15克。

做法 ① 茄子洗净，切段；豆角洗净，撕去荚丝，切段。② 油锅烧热，下入茄子、豆角，大火煸炒。③ 下入盐、味精、酱油、香油调味，翻炒均匀即可。

皮肤瘙痒病

皮肤瘙痒病是指临床上无原发损害，仅以皮肤瘙痒为主要症状的一种神经功能障碍型皮肤病，中医称之为痒症或瘙痒症。

病症分析

病症类型 泛发性皮肤瘙痒、局限性皮肤瘙痒。

临床表现 ①全身性瘙痒病患者全身各处皆有阵发性瘙痒，且往往由一处移到另一处。瘙痒程度不同，往往晚间加剧，影响患者睡眠。②局限性瘙痒病指瘙痒发生于身体的某一部位，临床主要分为肛门瘙痒病、女阴瘙痒病、阴囊瘙痒病及其他瘙痒病四种，患部可能发生红肿、糜烂等症状。

致病原因 全身性瘙痒病常与某些系统性疾病如糖尿病、尿毒症、肝胆疾病有关；肛门瘙痒病多与蛲虫病、前列腺炎、痔核及肛瘘等有关；阴囊瘙痒病常与局部多汗、摩擦及股癣等有关；女阴瘙痒病大多与白带、阴道滴虫病及宫颈癌等有关。

生活注意

1. 生活规律，早睡早起，适当锻炼。
2. 全身性瘙痒患者应注意减少洗澡次数，洗澡时不要过度搓洗皮肤，不用碱性肥皂。
3. 内衣以棉织品为宜，应宽松舒适，避免摩擦。

饮食注意

应选清淡、易消化、营养丰富的食物；应多吃凉性及膳食纤维含量高的水果和蔬菜。

应忌食辛辣刺激性食品及海产品、油炸食品、煎烤食品、腌制食品、浓茶、碳酸饮料等。

✔宜食食物及功效

梨 —— 西瓜 —— 生菜 —— 黄瓜

凉性及膳食纤维含量高的水果和蔬菜

豌豆 —— 桃子 —— 荔枝 —— 山楂

富含维生素B₂、维生素B₆的食物，可增强皮肤的韧性和抗细菌的能力

❌慎食食物及原因

辣椒 —— 大蒜 —— 芥末 —— 海鱼

虾 茶 生姜 胡椒

甜腻、辛辣、刺激性食品及海产品

推荐食谱

当归美颜汤

【材料】 当归10克、山楂10克、白鲜皮10克、白蒺藜10克、乳鸽1只。

【调料】 盐、味精各适量。

做法 ①鲜马齿苋洗净；猪瘦肉洗净切块；金银花、杏仁均洗净备用。②将马齿苋、杏仁、金银花、猪瘦肉一起放入锅中，加适量清水，大火煮开，转小火续煮10分钟，最后加盐调味即可。

脚气

脚气是一种极常见的真菌感染性皮肤病。成人中70%~80%的人有脚气。常在夏季加重，冬季减轻，也有人终年不愈。

病症分析

病症类型 糜烂型脚气、水疱型脚气、角化型脚气

临床表现 ①糜烂型：初起趾间潮湿，浸渍发白或起小水疱，干涸脱屑后，剥去皮屑为湿润、潮红的糜烂面，有奇痒，易继发感染。②水疱型：初起为壁厚饱满的小水疱，有的可融合成大疱，疱液透明，周围无红晕。③角化型：主要表现为皮肤粗厚而干燥，角化脱屑、瘙痒，易发生皲裂。本型无水疱及化脓，病程缓慢，多年不愈。

致病原因 人的足底和趾间没有皮脂腺，生理防御机能较差，而这些部位的汗腺却很发达，出汗比较多，加上空气流通性差、局部潮湿，有利于丝状真菌的生长从而导致脚气。

🍃 生活注意

1. 去澡堂、游泳池时要自备拖鞋、浴巾、洗脚盆。

2. 选择透气性好的鞋袜，保持脚的干燥。

🍃 饮食注意

宜多吃各种富含维生素 B_1 的食物，以补充多量的硫胺素。

忌吃盐和过多的碳水化合物、甜食。

✔ 宜食食物及功效

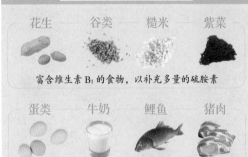

| 花生 | 谷类 | 糙米 | 紫菜 |

富含维生素 B_1 的食物，以补充多量的硫胺素

| 蛋类 | 牛奶 | 鲤鱼 | 猪肉 |

高蛋白质食品

✘ 慎食食物及原因

| 鸭肉 | 南瓜 | 狗肉 | 羊肉 |

易动风滞气的食物

| 海带 | 甜点 | 巧克力 | 奶酪 |

甜食和碱含量高的食物

推荐食谱

绿豆海带糖水

【材料】绿豆150克，海带50克。

【调料】加冰糖50克调味。

做法

1. 将海带洗净，入沸水稍焯后捞出。

2. 锅中加入水，下入海带、绿豆，一起煲20分钟。

3. 煲至绿豆熟后，再加入冰糖、继续煲至冰糖融即可。

功效 清热解毒、消暑解渴。

冻疮

冻疮是由于寒冷引起的局限性炎症损害。冻疮是冬天的常见病，据有关资料统计，我国每年有两亿人受到冻疮的困扰，其中主要是儿童、妇女及老年人。冻疮一旦发生，在寒冷季节里常较难快速治愈，要等天气转暖后才会逐渐愈合。

病症分析

临床表现 冻疮初起为局部性蚕豆至指甲盖大小紫红色肿块或硬结，边缘鲜红，中央青紫，触之动脉冰冷，压之退色，去压后恢复较慢，自觉局部有胀感、瘙痒，遇热后更甚，严重者可有水疱，破溃后形成溃疡，经久不愈。肢端血运不好，手足容易出汗以及慢性营养不良者更容易发生。

致病原因 中医认为冻疮是由于暴露部位御寒不够，寒邪侵犯，气血运行，凝滞引起，且与患者体弱少动或过度劳累有关。西医认为是由于冬季气候寒冷，外露的皮肤受到寒冷的侵袭，皮下小动脉发生痉挛收缩，造成血液瘀滞，导致组织细胞受到损害所致。

生活注意

除皮肤起水泡或溃烂者外，可用生姜片或辣椒涂擦易患冻疮的部位，每日2次，可减轻或避免冻疮的发生。对已经溃破的创面，可先消毒周围正常皮肤，再用无菌温盐水清洗创面后，涂以抗菌药物并加以包扎。

饮食注意

应选择具有温中散寒、活血散结、消肿止痛作用的食物，如羊肉、狗肉、生姜等。

勿食生冷、性寒的食物，如西瓜、生黄瓜、香蕉、花红等。

✔宜食食物及功效

羊肉 —— 狗肉 —— 鹿肉 —— 生姜

具有温中散寒、活血散结、消肿止痛作用的食物

白酒 —— 丁香 —— 胡椒 —— 花椒

具有温中散寒、活血散结、消肿止痛作用的食物

❌慎食食物及原因

柿子 —— 地瓜 —— 绿豆 —— 海带

蚬 —— 蚌 —— 田螺 —— 螃蟹

生冷、性寒的食物

推荐食谱 当归桂枝黄鳝汤

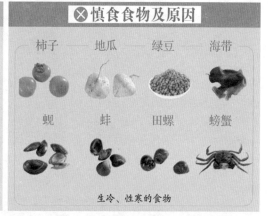

【材料】当归10克、山楂10克、白鲜皮10克、白蒺藜10克、乳鸽1只。

【调料】盐、味精各适量。

做法 ❶将当归、川芎、桂枝洗净；红枣洗净，浸软，去核。❷将黄鳝剖开，去除内脏，洗净，入开水锅内稍煮，捞起过冷水，刮去黏液，切长段。❸将全部材料放入砂煲内，加清水适量，武火煮沸后，改文火煲2小时，加盐调味即可。

痛风

痛风是由于嘌呤代谢紊乱导致血尿酸增加而引起组织损伤的疾病。多发人体最低部位的关节剧烈疼痛，一般1~7天后痛像"风"一样吹过去了，所以叫"痛风"。

病症分析

病症类型 原发性痛风、继发性痛风。

临床表现 无症状期表现为有高尿酸血症而无临床症状。发病时主要表现为痛风性关节炎、痛风结节（常见于耳轮和关节周围，呈大小不一的隆起赘生物，可向皮肤破溃，排出白色的尿酸盐结晶）、肾脏病变、发热和头痛等全身症状。

致病原因 痛风发病的关键原因是血液中尿酸含量长期增高。由于各种原因导致形成尿酸的酶活性异常，从而导致尿酸生成过多，或者各种因素导致肾脏排泄尿酸发生障碍，使尿酸在血液中聚积，产生高尿酸血症，最终引发痛风。

生活注意

1. 注意劳逸结合，保持合适的体重。
2. 禁用或少用如维生素 B_1、维生素 B_2、青霉素、四环素等影响尿酸排泄的药物。

饮食注意

要多吃碱性的蔬菜和水果；要多喝水；应多吃富含 B 族维生素和维生素 C 的食物。应限制蛋白质、热量和脂肪的摄入。

✔宜食食物及功效

茄子 —— 黄瓜 —— 土豆 —— 白菜

碱性蔬菜和水果，可以中和过量的尿酸

海带 —— 莴笋 —— 竹笋 —— 菠菜

碱性蔬菜和水果，可以中和过量的尿酸

❌慎食食物及原因

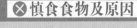

豆腐 —— 鸡汤 —— 狗肉 —— 鹅肉

含有嘌呤类物质的食物

螃蟹 —— 虾 —— 杏 —— 桂圆

诱气发病的发物

推荐食谱

海带姜汤

【材料】海带1条、姜5片、夏枯草10克、白芷10克。

【调料】盐适量。

做法 ❶海带泡发，洗净后切段，夏枯草、白芷洗净，煎取药汁备用；❷将海带、生姜、药汁一起放入锅中，置大火上烧开。❸开后小火再煮60分钟，滤渣，宜温热饮用，勿喝冷汤，剩余海带，可留待日后食用。

功效 降压降糖、消肿散结。

烧伤

烧伤是机体直接接触高温物体或受到强的热辐射所发生的变化，为日常生活、生产劳动中常见的损伤，烧伤不仅是皮肤损伤，还可深达肌肉、骨骼。

病症分析

病症类型 热力烧伤、化学烧伤、电烧伤。

临床表现 一度烧伤表现为皮肤轻度红、肿、热、疼痛，感觉过敏，表皮干燥，无水疱；浅二度烧伤表现为受伤皮肤剧痛、感觉过敏、有水疱，疱皮脱后可见创面均匀发红、潮湿、水肿明显；深二度烧伤表现为痛觉迟钝，可有或无水疱，基底苍白，间有红色斑点，创面潮湿，拔毛时痛，数日后，若无感染发生，可出现网状栓塞血管；三度烧伤表现为皮肤痛觉消失、无弹性、干燥、无水疱。

致病原因 主要是由于火焰、蒸汤、热水、热油、电流、放射线、激光或强酸、强碱等化学物质作用于人体所引起的。

🌱 生活注意

1.避免在火焰、蒸汤、热水、热油、电流、放射线、激光等场所停留。

2.注意远离强酸、强碱等化学物质。

🌱 饮食注意

要摄入种类丰富的食物；要补充富含维生素A、维生素C及B族维生素食物。

应忌酒，酒能影响多种营养物质的吸收。

✔宜食食物及功效

牡蛎　　肝脏　　荚豆类　　花生酱

含锌的食物，有利于伤口愈合

苹果　　西红柿　　草莓　　柚子

维生素A、B族维生素、C维生素含量高的食物

❌慎食食物及原因

酒 —— 大蒜 —— 辣椒 —— 芥末

咖喱　　桂皮　　八角　　茴香

辛辣、刺激性食物

推荐食谱 山竹苹果木瓜船

【材料】苹果50克，山竹30克，木瓜盅1个。

【调料】冰糖20克。

做法 ❶苹果去皮去核，切成小块，备用；山竹去壳，备用。❷锅中加入约800毫升清水烧开。❸将冰糖倒入锅中，轻轻搅拌片刻。❹煮至冰糖完全溶于水中。❺把切好的苹果倒入锅中。❻在锅中加入处理好的山竹，搅拌均匀。❼把锅中材料煮至沸腾。❽将煮好的甜汤盛入准备好的木瓜盅里即可。

痤疮

痤疮是美容皮肤科的最常见的病种之一，又叫青春痘、粉刺、毛囊炎，除儿童外，多发于面部。

病症分析

病症类型 寻常型痤疮、聚合性痤疮、暴发性痤疮。

临床表现 初起皮损多为位于毛囊口的粉刺，分白头粉刺和黑头粉刺两种，在发展过程中可产生红色丘疹、脓疱、结节、脓肿、囊肿及疤痕；皮损好发于颜面部，尤其是前额、颊部、颏部，其次为胸背部、肩部皮脂腺丰富区，对称性分布，偶尔也发生在其他部位。

致病原因 痤疮的发生原因较复杂，与多种因素有关，如饮食结构不合理、精神紧张、内脏功能紊乱、生活或工作环境不佳、某些微量元素缺乏、遗传因素、大便秘结等。但主要诱因是青春期发育成熟，体内雄性激素水平升高，聚集成黄白色物质栓塞在毛孔内，即形成粉刺。

🥄 生活注意

1. 保持生活规律，加强体育锻炼。
2. 避免强烈抓搔患部。
3. 忌食动物蛋白性食物和海鲜发物，不吃辛辣刺激性食物，不饮酒。

🥄 饮食注意

宜多食营养丰富、清淡、易消化的食物；宜多饮用具有清热化湿、利尿通便的饮品；多食用些富含维生素 C 的食物。

要忌食油炸和脂肪含量过高的食物、辛辣食品。

✅宜食食物及功效

绿豆	冬瓜	莲子	苹果

清热、利湿、排毒的食物

胡萝卜	豆制品	鸡蛋	牛奶

含有丰富维生素的清淡饮食

❌慎食食物及原因

白酒	咖啡	浓茶	辣椒

胡椒	桂皮	八角	肥肉

辛辣、油腻、刺激性的食物

推荐食谱 墨鱼冬笋薏苡仁汤

【材料】墨鱼175克、冬笋50克、薏苡仁30克、葱段适量。

【调料】盐5克，鲜贝露、文蛤精各适量。

做法 ❶ 将墨鱼收拾干净，切块汆水后装入碗里，加入适量鲜贝露、文蛤精腌渍去腥味，冬笋洗净、切块；薏苡仁淘洗、浸泡备用。❷ 汤锅上火倒入水，调入盐，下入墨鱼、冬笋、薏苡仁，大火煮开，转小火慢煲至熟，最后撒入葱段即可。

脱发

脱发是指头发脱落的现象。正常脱落的头发都是处于退行期及休止期的毛发，由于进入退行期与新进入生长期的毛发不断处于动态平衡，故能维持正常数量的头发，这就是正常生理性脱发。病理性脱发是指头发异常或过度的脱落。

病症分析

病症类型 暂时性脱发、永久性脱发。

临床表现 脱发的主要症状是头发油腻，如同擦油一样，亦有焦枯发蓬，缺乏光泽，有淡黄色鳞屑固着难脱，或灰白色鳞屑飞扬，自觉瘙痒。若是男性脱发，主要是前头与头顶部，前额的发际与鬓角往上移，前头与顶部的头发稀疏、变黄、变软，终使额顶部出现一片光秃或有些茸毛。

致病原因 ①病理性原因，由于病毒、细菌、高热使毛母细胞受到损伤。②物理性原因，空气污染物堵塞毛囊导致的脱发。③化学性原因，有害化学物质对头皮组织毛囊细胞的损害导致脱发。④营养性原因，消化吸收功能障碍造成营养不良导致脱发。

生活注意

1. 每天早晚各梳发百次，能刺激头皮改善头发间的通风。

2. 施行头部按摩，促进血液循环。按摩能使头发柔软，提高新陈代谢，促进头发的发育。

饮食注意

1. 应多喝生水或含有丰富铁质的食品。
2. 多吃含碱性物质的新鲜蔬菜和水果。
3. 补充碘质。
4. 忌烟、酒及辛辣刺激食物。
5. 忌油腻、燥热食物

✔宜食食物及功效

海带　葡萄　柿子　无花果
含碱性物质的新鲜蔬菜和水果

牡蛎　板栗　核桃　花生
富含锌的食物

✘慎食食物及原因

辣椒　芥末　白酒　肥肉
酒、辛辣刺激、肥腻食物

牛肉　金枪鱼　奶酪　酸奶
酸性过强的食物

推荐食谱 绞股蓝墨鱼瘦肉汤

【材料】绞股蓝8克、墨鱼150克、瘦肉300克、黑豆50克。

【调料】盐、鸡精各适量。

做法 ❶瘦肉洗净，切件，氽水；墨鱼洗净，切段；黑豆洗净，用水浸泡；绞股蓝洗净，煎水备用。❷锅中放入瘦肉、墨鱼、黑豆，加入清水，炖2小时。❸再放入绞股蓝汁续煮5分钟，再加入盐、鸡精调味即可饮用。

骨折

所谓骨折，顾名思义，就是指骨头或骨头的结构完全或部分断裂。多见于儿童及老年人，中青年也时有发生。病人常为一个部位骨折，少数为多发性骨折。

病症分析

病症类型 开放性骨折、闭合性骨折。

临床表现 骨折发生后，病人表情痛苦，局部疼痛；小儿哭闹不止；骨折局部可出现肿胀、瘀血、变形和功能障碍；触摸局部可感觉骨头变形，压痛明显，有异常活动及骨茬摩擦音。

致病原因 发生骨折的主要原因是外伤，如打伤、撞伤、挤压、跌伤；其次是由全身性疾病及骨头本身的疾病所引起，如软骨瘤、坏血病、骨软化症、骨肿瘤、骨囊肿、急慢性骨髓炎等；部分骨折与疲劳及职业有关，如过于劳累可导致足部骨折、机床工作者多出现手部骨折等。

🍃 生活注意

1. 适当锻炼，保持舒畅的心情，注意劳逸结合，配合医生，坚持治疗。
2. 戒烟戒酒。
3. 正确对待，减轻心理压力。

🍃 饮食注意

需要多吃易消化、富有营养、清淡的食物，宜采用高热量、高蛋白、高维生素饮食。

忌煎、炸、爆、炒、油腻、辛辣、刺激性食物。

✔宜食食物及功效

动物肝脏　排骨　—　鸡肉　—　牛奶

高热量、高维生素的食物

枸杞　　黑豆　　桂圆　　鹌鹑

益气补血、有利于骨折愈合的食物

✗慎食食物及原因

芋头　　红薯　　糯米　　花生

胀气、不易消化的食物

肥肉　　烤鸭　　糖类　　炸薯条

甜腻、煎炸食物

推荐食谱

鸡血藤香菇鸡汤

【材料】鸡血藤30克、威灵仙20克、干香菇20克、鸡腿1只。

【调料】盐少许。

做法 ❶ 将鸡血藤、威灵仙均洗净备用，干香菇泡发备用，鸡腿洗净，剁块。❷ 先将鸡血藤、威灵仙放入锅中，加入适量水，大火煮15分钟，捞去药渣留汁，再放入鸡腿、香菇，开中火炖煮30分钟，再加盐调味即可。

功效 活血通络、祛风除湿。

肩周炎

肩周炎是肩关节周围肌肉、肌腱、滑囊和关节囊等软组织的慢性无菌性炎症。炎症导致关节内外粘连，从而影响肩关节的活动。

病症分析

病症类型 肩周滑液囊病变性肩周炎，盂肱关节腔病变性肩周炎，肌腱、腱鞘的退化性病变性肩周炎。

临床表现 肩部疼痛难忍，尤以夜间为甚，睡觉时常因肩怕压而取特定卧位，翻身困难，影响入睡。肩关节活动受限，影响日常生活。端碗用筷以及穿衣提裤也感到困难等。病重时生活不能自理，日久者可见患肢肌肉萎缩，患肩比健肩略高耸、短窄，肩周有压痛点。局部肌肉粗钝变硬，肩关节活动范围明显受限，甚至不能活动。

致病原因 因年老体衰，全身退行性变，活动功能减退，气血不旺盛，肝肾亏虚，复感风寒湿邪的侵袭，久之筋凝气聚、气血凝涩、筋脉失养、经脉拘急而发病。

🍃 生活注意

1. 按摩治疗是一项有效的治疗方法，贵在坚持，动作由轻到重，不能急于求成，急性期需待症状缓解后再施以手法。

2. 根据个人的情况，适当锻炼，以不劳累为度，以不影响正常工作生活为限。

🍃 饮食注意

应选择具有温通经脉、祛风散寒、除湿镇痛作用的食物；在静止期间则应以补气养血，或滋养肝肾等扶正法为主，以巩固疗效，以善其后，或增强体质以防其复发。

勿食生冷性凉的食物。

✅ 宜食食物及功效

豆卷 — 樱桃 — 豆浆 — 西红柿

发病期间，应选择具有温通经脉、祛风散寒、除湿镇痛作用的食物

桂皮 — 桑葚 — 葡萄 — 板栗

静养期间则应以补气养血或滋养肝肾等扶正法为主

❌ 慎食食物及原因

地瓜 — 豆腐 — 绿豆 — 海带

香蕉 — 柿子 — 西瓜 — 白萝卜

生冷性凉的食物

推荐食谱

当归桂枝黄鳝汤

【材料】川芎6克、当归15克、桂枝10克、红枣5个、黄鳝200克。

做法 ❶ 将当归、川芎、桂枝洗净；红枣洗净，浸软，去核。❷ 将黄鳝剖开，去除内脏，洗净，入开水锅内稍煮，捞起过冷水，刮去黏液，切长段。❸ 将全部材料放入砂煲内，加清水适量，武火煮沸后，改文火煲2小时，加盐调味即可。

风湿性关节炎

风湿性关节炎是一种常见的急性或慢性结缔组织炎症，可反复发作并累及心脏。临床以关节和肌肉游走性酸楚、重著、疼痛为特征，属变态反应性疾病，是风湿热的主要表现之一，多以急性发热及关节疼痛起病。

病症分析

临床表现 肢体关节、肌肉、筋骨发生疼痛、酸麻、沉重、屈伸不利，受凉及阴雨天加重，甚至关节红肿、发热等。一年四季均有，阴雨天会加重。疼痛游走不定，一段时间是这个关节发作，一段时间是那个关节不适，但疼痛持续时间不长，几天就可消退。

致病原因 为机体正气虚，阳气不足，卫气不能固表，以及外在风、寒、湿三邪相杂作用于人体，侵犯关节所致。此外，本病病人 HLA — DRwu 抗原检出率明显升高，提示发病与遗传有关。

生活注意

1. 保持室内空气新鲜，通风干燥。
2. 注意气候变化，预防感冒。
3. 坚持锻炼身体，增强体质，提高自己的抗病能力。

饮食注意

应选择具有清热利尿作用的食物、碱性食物、富含维生素和钾盐的瓜果蔬菜。

勿食含嘌呤多的食物、高热量和高脂肪的食物、辛辣温补性食物。

✔ 宜食食物及功效

| 土豆 | 红薯 | 白菜 | 西红柿 |

富含维生素和钾盐的瓜果蔬菜及碱性食物

| 苹果 | 牛奶 | 玉米 | 花菜 |

富含维生素和钾盐的瓜果蔬菜及碱性食物

✖ 慎食食物及原因

| 牛肉 | 动物内脏 | 鹅肉 | 鹌鹑 |

含嘌呤多的食物

| 狗肉 | 螃蟹 | 虾 | 咖啡 |

高热量和高脂肪的食物

推荐食谱

桑寄生连翘鸡爪汤

【材料】桑寄生15克、连翘15克、鸡爪400克、蜜枣2个。

【调料】盐适量。

做法 ❶桑寄生、连翘、蜜枣洗净。❷鸡爪洗净，去爪甲，斩件，飞水。❸将清水1600毫升放入瓦煲内，煮沸后加入桑寄生、连翘、鸡爪、蜜枣，大火煲沸后改用小火煲2小时，加盐调味即可。

功效 降压降糖、消肿散结。

原发性骨质疏松症

原发性骨质疏松症主要是骨量低和骨的微细结构有破坏，骨组织的矿物质和骨基质均有减少，导致骨的脆性增加和容易发生骨折。

病症分析

病症类型 绝经后骨质疏松症、老年性骨质疏松症、特发性骨质疏松症。

临床表现 骨质疏松者，钙丢失量30%左右来自脊柱，25%左右来自股骨，因此，病人常因脊柱骨折或股骨上段骨折就诊。脊柱骨折多以胸、腰椎压缩性骨折多见，轻微外伤或无外伤时便可发生。除易骨折外，还可见弥漫性脊柱疼痛；腰骶关节、骶髂关节、膝关节疼痛；颈、腰椎、膝关节、足跟骨骨质增生等。

致病原因 此病和内分泌因素、遗传因素、营养因素、废用因素等有关。因为饮食、生活习惯、周围环境、情绪等的影响，人的体液很多时候都会趋于酸性，酸性体质是钙质流失、骨质疏松的重要原因。

生活注意

锻炼可使骨量增加，骨骼负重和肌肉锻炼可获理想效果，同时需进足够的钙量，同时还应补充维生素 D、维生素 B_6、维生素 B_{12}、维生素 K，可减少骨质疏松的危险性。

饮食注意

应多吃含钙高的食物；应多吃富含维生素 D 的食物。

应忌饮咖啡；忌食高磷酸盐食物添加剂、内脏等。

✔宜食食物及功效

牛奶	虾	螃蟹	青菜

多吃含钙高的食物

沙丁鱼	鳜鱼	青鱼	鸡蛋

富含维生素 D 的食物

✖慎食食物及原因

咖啡	酒	辣椒	辣酱

花椒	咸肉	咸鱼	咸菜

影响钙吸收的食物

推荐食谱 肉苁蓉莲子羊骨汤

【材料】羊骨400克、肉苁蓉20克、莲子20克、芡实20克。

做法 ❶羊骨洗净，切件，汆水；肉苁蓉洗净，切块；莲子洗净，去莲子心；芡实洗净。❷将羊骨、肉苁蓉、莲子、芡实放入炖盅。❸锅中注水，烧沸后放入炖盅以小火炖2小时，调入盐、鸡精即可食用。

继发性骨质疏松症

继发性骨质疏松症是以骨组织显微结构受损、骨矿成分和骨基质等比例减少，骨质变薄，骨小梁数量减少，骨脆性增加和骨折危险度升高的一种全身性骨病。继发性骨质疏松症又可分为绝经后骨质疏松症和老年性骨质疏松症。

病症分析

（临床表现） 以疼痛最为常见，多为腰背酸疼，其次为肩背、颈部或腕踝部，可因坐位、立位、卧位或翻身时疼痛，时好时坏；还可导致脊柱变形、弯腰、驼背、身材变矮；易骨折，常见骨折部位是脊椎骨（压缩性、楔形）、腕部（桡骨头）和髋骨（股骨颈）。

（致病原因） 继发性骨质疏松症是由其他疾病或药物等因素所诱发的疾病。随着年龄的增长，钙调节激素的分泌失调致使骨代谢紊乱，也容易导致继发性骨质疏松；老年人由于牙齿脱落及消化功能降低，进食少，多有营养缺乏，使蛋白质、钙、磷、维生素及微量元素摄入不足。

生活注意

1. 合理膳食，多食用富含钙、磷的食品。
2. 科学的生活方式，多参加体育锻炼，多接受日光浴，戒烟戒酒。
3. 定期进行骨密度检查。

饮食注意

要多食用含钙丰富的食物、含维生素D丰富的食物。

要少吃含磷较多的食物；忌食咖啡或含咖啡因较多的饮料和食物。

✔宜食食物及功效

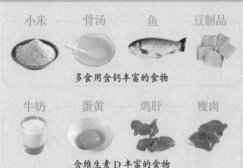

小米　骨汤　鱼　豆制品

多食用含钙丰富的食物

牛奶　蛋黄　鸡肝　瘦肉

含维生素D丰富的食物

❌慎食食物及原因

动物肝脏　虾　蟹　蚌

少吃含磷较多的食物

咖啡　碳酸饮料　巧克力　茶

咖啡或含咖啡因较多的饮料和食物

推荐食谱

肉苁蓉黄精骶骨汤

【材料】肉苁蓉15克、黄精15克、猪尾骶骨1副、白果30克、胡萝卜50克。

做法 ❶将猪尾骶骨放入沸水中汆烫，捞起，冲净后盛入煮锅。❷白果洗净；胡萝卜削皮，洗净，切块，和肉苁蓉、黄精一道放入煮锅，加水至盖过材料。❸以大火煮开，转小火续煮30分钟，加入白果再煮5分钟，加盐调味即可。

类风湿性关节炎

类风湿性关节炎是全身性结缔组织疾病的局部表现。如果经久不治，可能导致关节内软骨的破坏甚至残废。

病症分析

病症类型 急性起病类风湿性关节炎、隐匿起病类风湿性关节炎、中间型起病类风湿性关节炎。

临床表现 ①全身表现：最初只有低热、乏力、食欲不振、体重减轻及手足麻木、指端动脉痉挛现象。②皮肤表现：出现皮下结节，常见于肘的伸肌腱，手和足的伸、屈肌腱，跟腱。③关节表现：开始只有关节僵硬，以早晨起床后最为明显，称为晨僵，活动后减轻。

致病原因 一般认为，类风湿性关节炎起因于机体内免疫系统发生问题，产生许多不必要的抗体，不仅会杀死病菌，同时也破坏身体正常的结构。最常侵犯的部位是四肢小关节，其次是肌肉、肺、皮肤、血管、神经、眼睛等。

生活注意

1. 坚持有规律的体育锻炼，多晒日光浴。
2. 应居住在通风、干燥、向阳的房屋，保持室内空气流通，经常晒洗被褥。

饮食注意

应增加蛋白质和维生素的摄入，以提供丰富的营养。

应忌食肥腻食物；少饮酒和咖啡。

✔宜食食物及功效

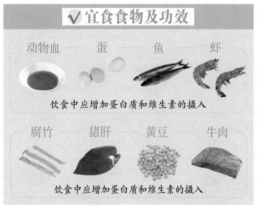

动物血 —— 蛋 —— 鱼 —— 虾
饮食中应增加蛋白质和维生素的摄入

腐竹 —— 猪肝 —— 黄豆 —— 牛肉
饮食中应增加蛋白质和维生素的摄入

❌慎食食物及原因

肥肉 —— 火腿 —— 炸鸡 —— 蛋糕
脂肪含量高的肥腻食物

牛奶 —— 羊奶 —— 奶糖 —— 海鲜
含酪氨酸、苯丙氨酸和色氨酸及尿酸的食物

推荐食谱 牛膝黄鳝汤

【材料】牛膝15克、威灵仙10克、黄鳝250克、党参6克、姜10克。

【调料】盐5克，味精1克，葱、香油各少许。

做法 ❶将黄鳝收拾干净、切段；党参洗净备用；威灵仙、牛膝洗净，煎取药汁备用。❷锅倒水烧沸，下入鳝段汆水。❸净锅倒油烧热，将葱末、姜末炒香，再下入鳝段煸炒，倒入水，放入党参、药汁，香油调入盐、香油、味精煲至熟烂即可。

第四章 妇科疾病

月经失调

月经失调，也称月经不调，表现为月经周期或出血量的异常，或是月经前、经期时的腹痛及全身症状。

病症分析

病症类型 血虚型月经不调、肾虚型月经不调、血寒型月经不调、气郁型月经不调。

临床表现 ①不规则子宫出血，包括月经过多或持续时间过长；月经过少，经量及经期均少；不规则出血。②功能性子宫出血，由内分泌调节系统失调所引起的子宫异常出血。

致病原因 ①情绪异常，长期的精神压抑、生闷气或遭受重大精神刺激和心理创伤。②寒冷刺激，经期受寒冷刺激，会使盆腔内的血管过分收缩。③节食过度，机体能量摄入不足。④嗜烟酒。

🥄 生活注意

经期要防寒避湿，避免淋雨、涉水、游泳、喝冷饮等，尤其要防止下半身受凉，注意保暖。

🥄 饮食注意

忌食辛燥食物忌食姜、酒、辣椒等辛燥食物。饮食应以易消化，开胃醒脾为主。

✔宜食食物及功效

板栗	荔枝	红糖	生姜

寒凝气滞、形寒怕冷者，应吃温经散寒的食物

✖慎食食物及原因

螃蟹	牡蛎	西瓜	田螺

寒性及海鲜类食物

推荐食谱

苁蓉炖牡蛎

【材料】肉苁蓉10克、牡蛎肉250克、鸡肉100克、胡萝卜50克。

【调料】酒10毫升、生姜5克、葱5克。

做法 ① 肉苁蓉洗净，润透切片；牡蛎肉洗净，切片；鸡肉、胡萝卜洗净，切块；姜拍松；葱切段。② 将所有材料放入炖锅内，加适量水，用武火烧沸后改用文火炖50分钟，调味即可。

痛经

痛经是指妇女在经期及其前后，出现小腹或腰部疼痛，甚至痛及腰骶。每随月经周期而发，严重者可伴恶心呕吐、冷汗淋漓、手足厥冷，甚至昏厥，给工作及生活带来影响。

病症分析

临床表现 发生在妇女经期或行经前后。疼痛部位多在下腹部，重者可放射至腰骶部或股内前侧。约有 50% 以上病人伴有全身症状：乳房胀痛、肛门坠胀、胸闷烦躁、悲伤易怒、心惊失眠、头痛头晕、恶心呕吐、胃痛腹泻、倦怠乏力、面色苍白、四肢冰凉、冷汗淋漓、虚脱昏厥等症状。

致病原因 子宫异常、精神因素、遗传因素、妇科病、少女初潮、心理压力大、久坐导致气血循环变差、经血运行不畅、爱吃冷饮等造成痛经；经期剧烈运动、受风寒湿冷侵袭等均易引发痛经；受某些工业或化学性质气味刺激等造成痛经。

生活注意

1. 要注意保暖，尤其是在月经期间。
2. 要加强体育锻炼，增强体质，增强对寒冷的适应能力，调畅气血、改善血液循环。
3. 坚持每天用热水洗脚，保持愉快的心情和积极的生活态度。

饮食注意

1. 补充富含维生素 E 的食物。
2. 可以多吃豆类、鱼类等高蛋白食物。
3. 忌浓茶、柿子、含咖啡因的饮料、碳酸饮料、啤酒、过量白酒、奶酪类甜品、寒性海鲜。

✔宜食食物及功效

猪肉	鸡肉	牛肉	羊肉
兔肉	奶类	鱼类	蛋类

肉蛋奶类食物

✗慎食食物及原因

螃蟹	田螺	蚌肉	黄瓜
莴笋	西瓜	冷饮	白萝卜

性味寒凉的食物

推荐食谱 益母草煮西芹

【材料】 益母草10克，西芹300克。

【调料】 料酒10毫升，盐3克，味精2克，姜5克，葱10克，芝麻油15毫升。

做法 ❶ 将益母草洗净，切3厘米长的段，放入锅内，加水500毫升，煮25分钟后过滤，留汁液；芹菜、葱切段，姜切片。❷ 将芹菜、益母草液、姜、葱、料酒同放入锅内，加水1500毫升，置武火上烧沸。❸ 再转用温火煮25分钟，加入盐、味精、芝麻油即可。

盆腔炎

盆腔炎是以小腹或少腹疼痛拒按或坠胀，引及腰骶，或伴发热，白带增多等为主要表现的妇科疾病。

病症分析

病症类型 急性盆腔炎、慢性盆腔炎、结核性盆腔炎、慢性盆腔结缔组织炎。

临床表现 ①急性盆腔炎多有高热、畏寒、下腹剧疼及压痛。②慢性盆腔炎多表现为：全身症状多不明显，有时可有低热，易感疲劳，病程时间较长，部分患者可有神经衰弱症状。

致病原因 ①女性生殖器的特殊结构。②女性生殖器的自然防御机制容易受到破坏。③医源性感染，抗代谢药物的应用。④性行为、性生活过于频繁。⑤其他因素，结核病、阑尾炎、外科手术、妇科肿瘤等疾病和因素也容易导致盆腔炎的发生。

🖐 生活注意

1. 注意个人卫生。
2. 经期避免性生活。
3. 多喝水。
4. 避免不必要的妇科检查。

🖐 饮食注意

1. 需食清淡易消化食品。
2. 补充营养，多吃高热量、高蛋白、易消化的食物。
3. 禁食生冷之物如冷饮、瓜果等。
4. 忌食辛辣温热、刺激性食物。

✔ 宜食食物及功效

赤小豆 — 冬瓜 — 扁豆 — 马齿苋
清淡易消化食品

山楂 — 茄子 — 莲藕 — 金橘
具有活血理气散结之功效的食品

✖ 慎食食物及原因

辣椒 — 狗肉 — 公鸡 — 羊肉
忌食辛辣温热、刺激性食物

蟹 — 田螺 — 肥肉 — 咸鱼
肥腻、寒凉黏滞食品

推荐食谱

玫瑰调经汤

【材料】 玫瑰花7~8朵，益母草10克，郁金5克，红糖适量。

【调料】 水适量。

做法 ① 将玫瑰花、益母草、郁金略洗，去除杂质。② 将玫瑰花、益母草、郁金放入锅中，加水600毫升，大火煮开后再煮5分钟。③ 关火后滤去药渣，倒入杯中即可饮用。

功效 疏肝理气、调经止痛。

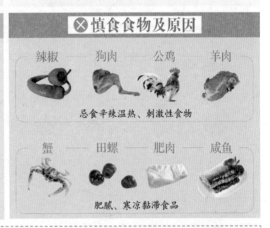

阴道炎

阴道炎是阴道黏膜及黏膜下结缔组织的炎症。临床上以白带的性状发生改变及外阴瘙痒灼痛为主要特点，可有尿痛、尿急等症状。

病症分析

病症类型 非特异性阴道炎、霉菌性阴道炎、滴虫性阴道炎。

临床表现 白带增多且呈黄水样，感染严重时分泌物可转变为脓性并有臭味，偶有点滴出血症状。有阴道灼热下坠感、小腹不适，常出现尿频、尿急。阴道黏膜发红、轻度水肿、触痛，有散在的点状或大小不等的片状出血斑，有时伴有表浅溃疡。

致病原因 正常健康妇女，由于解剖学及生物化学特点，阴道对病原体的侵入有自然防御功能，当阴道的自然防御功能遭到破坏时，则病原体易于侵入，导致阴道炎症。幼女及绝经后妇女由于雌激素缺乏，阴道 pH 值高达 7，故阴道抵抗力低下，比青春期及育龄妇女易受感染。

生活注意

1. 注意个人卫生，保持外阴清洁；勤洗换内裤，患病期间用过的浴巾、内裤等均应煮沸消毒。

2. 加强卫生宣传，定期普查、普治，以消灭传染源。

3. 月经期间宜避免阴道用药或坐浴。

饮食注意

饮食宜清淡，以免酿生湿热或耗伤阴血。注意饮食营养，增强体质，以驱邪外出。

应忌食生冷、辛辣温热、刺激之物，如肥肉、蟹、螺、辣椒、羊肉、狗肉等物，否则不利病情康复。

✔宜食食物及功效

赤小豆 — 冬瓜 — 扁豆 — 马齿苋

清淡易消化食品

小米 — 大米 — 薏米粥 — 绿豆汤

饮食宜清淡，以免耗伤阴血

✗慎食食物及原因

辣椒 — 狗肉 — 肥肉 — 羊肉

螃蟹 — 田螺 — 姜 — 葱

生冷、辛辣温热、刺激之物

推荐食谱

菊花土茯苓汤

【材料】 野菊花9克，土茯苓9克，金银花5克，冰糖10克。

【调料】 水适量。

做法 ❶ 将野菊花、金银花去杂洗净；土茯苓洗净，切成薄片备用。❷ 砂锅内加适量水，放入土茯苓片，大火烧沸后改用小火煮10~15分钟。❸ 加入冰糖、野菊花，再煮3分钟，去渣即成。

女性更年期综合征

更年期综合征是由雌激素水平下降而引起的一系列症状。更年期妇女，由于卵巢功能减退，垂体功能亢进，分泌过多的促性腺激素，引起自主神经紊乱。

病症分析

病症类型 肝肾阴亏型更年期综合征、心肾不交型更年期综合征。

临床表现 ①月经紊乱。②阵热潮红。③心血管及脂代谢障碍。④神经、精神障碍。⑤运动系统退化。

致病原因 妇女进入更年期后，家庭和社会环境的变化都可加重其身体和精神负担，使原来已有的某些症状加重。有些本身精神状态不稳定的妇女，更年期综合征就更为明显，甚至喜怒无常。更年期综合征虽然是由于性生理变化所致，但发病率高低与个人经历和心理负担有直接关系。对心理比较敏感的更年期妇女来说，生理上的不适更易引起心理的变化，于是出现了各种更年期症状。

生活注意

1. 学会冷静思考。
2. 学会忍让。
3. 学会一些积极的心理防卫。

饮食注意

1. 补充蛋白质。
2. 多吃新鲜水果和绿叶菜。
3. 禁吃刺激性食物；限制胆固醇高的食物。

✔ 宜食食物及功效

鸡蛋 —— 牛奶 —— 瘦肉 —— 牛肉

补充蛋白质，最好采用生理价值高的动物性蛋白质

红枣排骨汤 红枣核桃汤 红枣猪蹄汤

具有健脾、益气、补血作用的汤粥类食物

❌ 慎食食物及原因

酒 —— 咖啡 —— 浓茶 —— 葱

生姜 大蒜 辣椒 胡椒

破坏神经系统的辛辣调味品及刺激性食物

推荐食谱

阳桃乌梅甜汤

【材料】阳桃1颗，乌梅4颗，麦冬15克，天门冬10克。

【调料】冰糖1大匙，紫苏梅汁、盐适量。

做法 ❶将麦门冬，天门冬放入棉布袋；阳桃表皮以少量的盐搓洗，切除头尾，再切成片状。❷药材与全部材料放入锅中，以小火煮沸，加入冰糖搅拌溶化。❸取出药材，加入紫苏梅汁拌匀，待降温后即可食用。

不孕症

不孕症是指婚后有正常性生活，未避孕，同居2年而未能怀孕者，一般指女性。目前也有将期限定为一年的说法。

病症分析

病症类型 原发性不孕症、继发性不孕症。

临床表现 ①原发性不孕症的临床表现是婚后未避孕而从未受孕。②继发性不孕症的临床表现是曾有过妊娠而后并未避孕，连续2年以上不孕。

致病原因 ①排卵功能障碍，月经周期中无排卵，或排卵后黄体功能不健全。②生殖器官先天性发育异常或后天性生殖器官病变，妨碍精子与卵子相遇。③免疫学因素，女性生殖道或血清中存在有抗精子抗体，导致不孕或不育。④性生活失调，性知识缺乏，全身系统性疾病及不明原因等引起不孕。

生活注意

1. 保持愉快的心情和积极的生活态度，调节心理压力。
2. 衣服合体，温度适宜。
3. 合理膳食，均衡营养。

饮食注意

应多吃些富含蛋白质、维生素和矿物质元素的食物。

应忌食胡萝卜、酒和咖啡都对受孕有着很大的不良影响。

✔宜食食物及功效

鸡蛋　　牛奶　　瘦肉　　青枣

富含蛋白质、维生素的食物

动物肝脏　花生　　小米　　萝卜

富含锌的食物

❌慎食食物及原因

酒　　咖啡　　浓茶　　葱

生姜　　大蒜　　辣椒　　胡椒

破坏神经系统的辛辣调味品及刺激性食物

推荐食谱

远志菖蒲鸡心汤

【材料】鸡心300克、胡萝卜150克、远志15克、石菖蒲15克。

【调料】盐6克、葱5克。

做法 ①将远志、石菖蒲装入棉布袋内，扎紧。②鸡心入开水中氽烫，捞出备用。③胡萝卜洗净，切片；葱洗净，切段。④将所有材料放入炖盅内，加适量清水蒸40分钟，加盐调味即可。

缺乳

产后乳汁很少或全无，称为"缺乳"，亦称"乳汁不足"。不哺乳不但影响婴儿的健康成长，也不利于产妇的康复，甚至会增加患乳腺病的机会。

病症分析

病症类型 气血虚弱型缺乳、肝郁气滞型缺乳。

临床表现 缺乳的程度和情况各不相同：有的开始哺乳时缺乏，以后稍多但仍不充足；有的全无乳汁，完全不能喂乳；有的正常哺乳，突然高热或七情过极后，乳汁骤少，不足于喂养婴儿。乳汁缺少，证有虚实。如乳房柔软，不胀不痛，多为气血俱虚；若胀硬而痛，或伴有发热者，多为肝郁气滞。

致病原因 缺乳的发生主要与精神抑郁、睡眠不足、营养不良、哺乳方法不当有关。中医认为，缺乳多因素体脾胃虚弱，产时失血耗气，产生气血津液生化不足，气机不畅，经脉滞涩，阻碍乳汁运行等引起。

生活注意

1. 准备怀孕的女方应适当地运动以提高身体素质，为产后的正常泌乳打好基础。

2. 调节好自己的情绪，避免过大的心理压力。

3. 多做按摩，通过按摩来通乳。

饮食注意

应摄入充足的热量和水，多吃些清淡而富有营养且容易消化的食物。

应忌食寒凉或辛辣刺激性食物，以免影响乳汁分泌。

✓宜食食物及功效

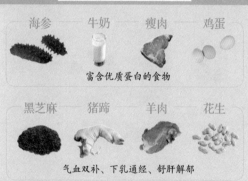

海参 — 牛奶 — 瘦肉 — 鸡蛋

富含优质蛋白的食物

黑芝麻 — 猪蹄 — 羊肉 — 花生

气血双补、下乳通经、舒肝解郁

✗慎食食物及原因

大蒜 — 辣椒 — 花椒 — 葱

辛辣、刺激性食物

西红柿 — 冰激凌 — 生黄瓜 — 葡萄

生冷寒凉的食物

推荐食谱

人参猪蹄汤

【材料】猪蹄300克，人参9克，枸杞子10克，红枣5个，姜4片。

【调料】盐适量。

做法 ❶ 将猪蹄洗净、切块，汆去血水；人参、枸杞子、红枣洗净备用。❷ 净锅上火倒入水，大火烧开，水沸后放入生姜片，下入猪蹄、人参、红枣转小火煲2小时，再下入枸杞子，调入盐，同煲至熟烂即可。

习惯性流产

习惯性流产通常为自然流产连续3次以上者，每次流产往往发生在同一妊娠月份，中医称为"滑胎"。

病症分析

病症类型 早期原发习惯性流产、早期继发习惯性流产、晚期原发习惯性流产、晚期继发习惯性流产。

临床表现 阴道少许出血，或有轻微下腹隐痛，出血时间可持续数天或数周，血量较少。一旦阴道出血增多，腹疼加重，检查宫颈口已有扩张，甚至可见胎囊堵塞颈口时，流产已不可避免。如妊娠物全部排出，称为完全流产；仅部分妊娠物排出，尚有部分残留在子宫腔内时，称为不全流产。

致病原因 肾虚或元气未恢复所致。现代医学认为，习惯性流产的原因大多为孕妇黄体功能不全、甲状腺功能低下、先天性子宫畸形、子宫发育异常、宫腔粘连、子宫肌瘤、染色体异常、自身免疫等。习惯性晚期流产常为子宫颈内口松弛所致。

🌱 生活注意

要注意个人卫生，常换衣，勤洗澡，但不宜盆浴、游泳。特别要注意阴部卫生，防止病菌感染。衣着应宽大，腰带不要束紧，平时应穿平底鞋。

🌱 饮食注意

应选择具有补肾安胎、益气养血作用的食物。

勿食香燥耗气、活血滑胎的食物。

✅ 宜食食物及功效

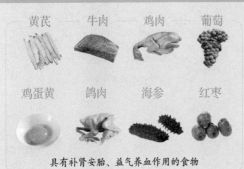

黄芪 — 牛肉 — 鸡肉 — 葡萄

鸡蛋黄 鸽肉 海参 红枣

具有补肾安胎、益气养血作用的食物

❌ 慎食食物及原因

西瓜 — 绿豆 — 田螺 — 柿子

香蕉 白萝卜 槟榔 金橘

香燥耗气、活血滑胎的食物

推荐食谱

杜仲寄生鸡汤

【材料】炒杜仲30克，桑寄生25克，鸡腿150克，姜丝10克。

【调料】盐5克。

做法 ① 将鸡腿剁块，放入沸水中余汤，捞出冲净；桑寄生洗净。② 将鸡肉、炒杜仲、桑寄生、姜丝一道放入锅中，加水盖过材料。③ 以大火煮开，转小火续煮40分钟，加盐调味即可。

妊娠呕吐

妊娠呕吐是指孕妇在早孕期间经常出现择食、食欲不振，一般于停经40天左右开始，孕12周以内反应消退，对生活、工作影响不大，不需特殊处理。

病症分析

临床表现 妇女怀孕后出现呕吐，厌食油腻，头晕乏力，或食入即吐。通常停经6周左右出现恶心、流涎和呕吐并随妊娠逐渐加重，至停经8周左右发展为频繁呕吐，不能进食，呕吐物中有胆汁或咖啡样分泌物。患者消瘦明显，极度疲乏，口唇干裂，皮肤干燥，眼球凹陷，尿量减少，营养摄入不足使体重下降。

致病原因 此病为冲脉之气上逆，循经犯胃，胃失和降所致。

生活注意

1. 保持平稳的情绪，避免紧张、激动、焦虑、忧愁等不良心理状态。

2. 注意防寒保暖，预防感冒，保持大便通畅。

3. 免噪声和各种不良刺激以防呕吐。

饮食注意

少食多餐，可多吃些过酸或过咸的食物，要可口，营养价值要高。

避免食用大麦芽、燕麦、山楂、茄子慈姑、胡椒、花椒、龙眼、荔枝、大枣、黄芪、人参等。

✔宜食食物及功效

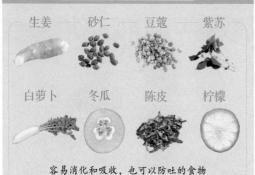

生姜 —— 砂仁 —— 豆蔻 —— 紫苏

白萝卜　　冬瓜　　陈皮　　柠檬

容易消化和吸收，也可以防吐的食物

✘慎食食物及原因

胡椒 —— 花椒 —— 白酒 —— 咖啡

酒酿　　辣椒　　糖类　　桂圆

辛辣、温热、甜腻、刺激性强的食物

推荐食谱

紫苏砂仁鲫鱼汤

【材料】紫苏10克，砂仁10克，枸杞子叶500克，鲫鱼1条。

【调料】橘皮、姜片、盐、味精、麻油各适量。

做法

1 紫苏、枸杞子叶洗净切段；鲫鱼收拾干净；砂仁洗净，装入棉布袋中。

2 将所有材料和药袋一同放入锅中，加水煮熟。

3 去药袋，加味精，淋麻油即可。

产后恶露不绝

产后恶露持续三周以上仍淋漓不断者，称为"产后恶露不绝"。西医所称的子宫复旧不良所致的晚期产后出血，可属该病范围。

病症分析

病症类型 气虚型产后恶露不绝、血热型产后恶露不绝、血瘀型产后恶露不绝。

临床表现 产后超过3星期，恶露仍不净，量或多或少，色或淡红或深红或紫暗，或有血块，或有臭味或无臭味，并伴有腰酸痛，下腹坠胀疼痛，有时可见发热、头痛、关节酸痛等。

致病原因 多为冲任为病，气血运行失常所致。产后恶露不绝的原因很多，如子宫内膜炎；部分胎盘、胎膜残留；子宫肌炎或盆腔感染；子宫黏膜下或肌壁间肿瘤；子宫肌腺瘤；子宫过度后倾、后屈；羊水过多，胎盘过大使子宫肌肉收缩力弱而影响子宫复旧等。

🥄 生活注意

1. 保证充足睡眠，加强营养。
2. 保持环境清洁，保持床单的清洁、平整干燥，经常更换卫生垫。
3. 保持会阴清洁，用抗生素应遵医嘱。

🥄 饮食注意

应选择具有补气摄血、养阴、清热、止血、活血化瘀等功效的食物。

勿食性寒、生冷、辛辣耗气的食物。

✅ 宜食食物及功效

| 牛肉 | 牛奶 | 羊肉 | 猪肉 |
| 内河鱼 | 豆制品 | 荠菜 | 大米 |

具有补气摄血、养阴、清热、止血、活血化瘀等功效的食物

❌ 慎食食物及原因

| 冷饮 | 梨 | 绿豆 | 螃蟹 |
| 辣椒 | 大蒜 | 酒 | 大麦 |

性寒、生冷、辛辣耗气的食物

推荐食谱

糖馅红枣花生

【材料】 红枣50克，花生米100克。

【调料】 橘皮、姜片、盐、味精、麻油各适量。

做法 ❶ 花生米略煮一下放冷，去皮，与泡发的红枣一同放入煮花生米的水中。❷ 再加适量冷水，用小火煮半小时左右。❸ 加入红糖，待糖溶化后，收汁即可。

功效 益气止痛、健脾和胃。

急性乳腺炎

急性乳腺炎是乳腺的急性化脓性感染，是指病原菌自乳头皲裂破损处侵入，沿淋巴管蔓延至乳腺叶间的纤维组织，引起化脓性感染，继而发展为脓肿，多发生于产后哺乳期的妇女。

病症分析

临床表现 起病时常有高热、寒战等全身中毒症状，患侧乳房体积增大，局部变硬，有压痛及搏动性疼痛。患侧的腋淋巴结常有肿大，白细胞计数增高。脓肿的临床表现与其位置的深浅有关，位置浅时，早期有局部红肿、隆起，而深部脓肿早期时以局部疼痛和全身性症状为主。

致病原因 ①乳头有破裂，细菌乘虚而入，引起乳腺发炎。②初产妇缺乏哺乳经验，哺乳时往往不让婴儿将乳汁吸尽，而乳腺内剩余的乳汁正好为细菌提供了丰富的营养。

🌱 生活注意

1. 在未成脓时，均宜用吸奶器充分吸出乳汁或进行手法排乳。

2. 以三角巾或胸罩托起患乳，脓未成可减少行动牵痛，破溃后可使脓液畅流，防止袋脓，以有助加速创口愈合。

3. 注意情志调摄。

🌱 饮食注意

宜多吃些具有清热通乳作用的食物；味甘、淡、苦，性凉的蔬菜水果；益胃生津、清热除烦、润肠通便的食物。

应忌食荤腥油腻及辛辣刺激的食物；有助火生热作用的食物要少食；温性类的蔬菜水果有韭菜、辣椒、香菜、荔枝、桂圆等。

✅ 宜食食物及功效

柑橘 — 丝瓜 — 西红柿 — 菊花

具有清热通乳作用的食物

胡萝卜 — 木耳 — 银耳 — 香菇

味甘淡、性平类蔬菜水果

❌ 慎食食物及原因

辣椒 — 白酒 — 烤肉 — 海鲜

荤腥油腻及辛辣刺激的食物

韭菜 — 香菜 — 荔枝 — 桂圆

体质偏热或有阴虚内热者不适用性温食物

推荐食谱

蒲公英赤小豆薏苡仁汤

【材料】 糯米50克，赤小豆30克，薏苡仁20克，蒲公英10克。

【调料】 白糖5克，葱花7克。

做法 ① 糯米、赤小豆、薏苡仁均泡发洗净；蒲公英洗净，放入锅中，煎取药汁备用。② 锅置火上，倒入清水，放入糯米、赤小豆、薏苡仁，以大火煮开，转小火煮至米粒开花。③ 倒入蒲公英汁煮至粥呈浓稠状，撒上葱花，调入白糖拌匀即可。

功能性子宫出血

功能性子宫出血，是指异常的子宫出血，是由于神经内分泌系统功能失调所致，通常表现为月经周期不规律、不规则出血等。

病症分析

（病症类型） 月经稀发、月经频发、月经过多。

（临床表现） 月经量多，经色色淡，质稀，面色苍白，气短懒言，倦怠无力，或动则汗出，小腹空坠，舌质淡，苔薄白，脉虚弱无力或经血非时突然而下，量多势急或量少淋漓，血色鲜红而质稠，心烦潮热，苔薄黄，脉细数。

（致病原因） 肾虚不固，冲任失调，瘀阻胞中，血失常度而致。现代医学认为该病主要是由于神经系统和内分泌系统功能失调而引起的月经不正常。任何内外因素干扰了性腺轴的正常调节，均可导致功能性子宫出血。

生活注意

1. 解除精神顾虑，避免精神紧张，戒躁戒怒。

2. 出血期间，禁止过度劳累或剧烈运动，保证充分休息和睡眠。

饮食注意

宜多食具有止血、补血、凉血的食物，如萝卜、苦瓜等。

忌食刺激性食物，如辣椒、生姜等。

✔宜食食物及功效

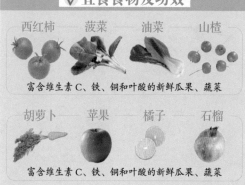

西红柿 —— 菠菜 —— 油菜 —— 山楂

富含维生素C、铁、铜和叶酸的新鲜瓜果、蔬菜

胡萝卜 —— 苹果 —— 橘子 —— 石榴

富含维生素C、铁、铜和叶酸的新鲜瓜果、蔬菜

❌慎食食物及原因

雪梨 —— 香蕉 —— 马蹄 —— 地耳

辣椒 —— 胡椒 —— 丁香 —— 肉桂

辛辣、刺激的食物

推荐食谱

槐米猪肠汤

【材料】猪肠100克，三七15克，槐米10克，蜜枣20克。

【调料】盐、生姜各适量。

做法 ❶猪肠洗净，切段后加盐抓洗，用清水冲净；三七、槐米、蜜枣均洗净备用；生姜去皮，洗净切片。❷将猪肠、蜜枣、三七、生姜放入瓦煲内，再倒入适量清水，以大火烧开，转小火炖煮20分钟。❸再下入槐米炖煮3分钟，加盐调味即可。

闭经

以女子年逾18周岁、月经尚未来潮，或已来潮、非怀孕而又中断3个月以上为主要表现的月经病称为"闭经"。

病症分析

病症类型 原发性闭经、继发性闭经。

临床表现 年过16岁，第二性征已经发育尚未来经者或者年龄超过14岁第二性征没有发育者为原发性闭经，月经已来潮又停止6个月或3个周期者为继发性闭经。

致病原因 ①处女膜闭锁：由于泌尿生殖窦上皮未向外阴、前庭贯穿所致。常在青春期发现有周期性腹痛，严重可引起尿频、尿潴留及便秘等压迫症状。②先天性无阴道：副中肾管发育停滞未向下延伸所致。卵巢正常，如合并先天性无子宫或痕迹子宫为女性生殖道畸形综合征。③先天性无子宫：副中肾管中段及尾部未发育所致。

生活注意

1. 生活要有规律。
2. 注意经期不要着凉，避免小腹受寒。
3. 保持心态乐观。

饮食注意

1. 体质虚弱的患者应多食营养滋补和活血、通络、补血的食物。
2. 气滞血瘀引起的闭经，应多食行血化瘀的食物。

✔宜食食物及功效

瘦肉　动物肝脏　蛋类　柑橘

补血养血、调经的食物

山楂　桃子　丝瓜　枸杞

补血养血、调经的食物

✘慎食食物及原因

肥肉 — 海带 — 海鱼 — 螺

助湿生痰、影响气血运行的食物

梅 — 酸杏 — 海鱼 — 阿胶

酸涩、收敛，导致气血运行不畅的食物

推荐食谱

川芎当归鸡

【材料】 鸡腿150克、熟地黄25克、当归15克、川芎5克、炒白芍10克。

【调料】 盐5克。

做法 ❶ 将鸡腿剁块，放入沸水中汆烫，捞出冲净；药材用清水快速冲净。❷ 将鸡腿和所有药材放入炖锅，加6碗水以大火煮开，转小火续炖40分钟。❸ 起锅前加盐调味即可。

功效 益气止痛、健脾和胃。

妊娠高血压

妊娠高血压简称"妊高征"，是妊娠期妇女特有的疾病，以高血压、水肿、蛋白尿、抽搐、昏迷、心肾功能衰竭，甚至母子死亡为特点。肥胖者妊高征的发病率更高，应引起足够的重视。

病症分析

病症类型 轻度妊娠高血压、中度妊娠高血压、重度妊娠高血压。

临床表现 主要病变是全身性血管痉挛，而挛缩的结果会造成血液减少。临床常见之症状为：全身水肿、恶心、呕吐、头痛、视力模糊、上腹部疼痛、血小板减少、凝血功能障碍、胎儿生长迟滞或胎死腹中。

致病原因 目前对妊娠高血压的治病原因仍不能十分确定，但年龄小于等于 20 岁或大于 35 岁的初孕妇，营养不良、贫血、低蛋白血症者，患该病的概率要高于其他人。

🍃 生活注意

1. 应从妊娠早期就开始定期做产前检查。
2. 坚持足够的休息，保持情绪愉快。

🍃 饮食注意

1. 多食高蛋白、高钙、高钾及低钠食品。
2. 多吃新鲜蔬菜、鱼、蛋和奶，减少食盐的摄入量，不吃高脂肪食品。

✔ 宜食食物及功效

茼蒿 — 葡萄 — 柠檬 — 红枣

有利尿、降低血压作用的食物

橘子 — 猕猴桃 — 草莓 — 柚子

富含维 C 的食物

❌ 慎食食物及原因

高盐食物 — 辣椒 — 胡椒 — 酒

导致血压增高的食物

红薯 — 黄豆 — 蚕豆 — 土豆

易产气、使腹腔气压增大的食物

推荐食谱 黄芪牛肉汤

【材料】牛肉400克，黄芪10克，枸杞子10克，葱段20克，香菜20克。

【调料】盐适量。

做法

① 将牛肉洗净，切块，氽水；香菜择洗干净，切段；黄芪用温水洗净备用。② 净锅上火倒入水，下入牛肉、黄芪煲至成熟，撒入葱段、香菜、盐调味即可。

功效 益气补虚、强身健体。

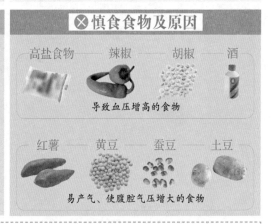

第五章 男科疾病

阳痿

阳痿是指男性阴茎勃起功能障碍，表现为男性在有性欲的情况下，阴茎不能勃起或能勃起但不坚硬，不能进行性交活动。

病症分析

病症类型 完全性阳痿、不完全性阳痿、原发性阳痿。

临床表现 ①阴茎不能完全勃起或勃起不坚，不能顺利完成正常的性生活。②偶有发生阳痿，可能是一时紧张或劳累所致，不属于病态。

致病原因 ①精神方面的因素，因某些原因产生紧张心情。②手淫成习，性交次数过多。③阴茎勃起中枢发生异常，可致阳痿。④一些重要器官患严重疾病时。

🐾 生活注意

1. 加强夫妻之间思想和感情的交流，消除隔阂与误会。

2. 坚决杜绝手淫，控制性生活的次数。

🐾 饮食注意

宜多用一些具有益肾壮阳的食品白天可饮用茶水、咖啡类的饮料以保持旺盛精力，吃饭后宜饮用有安神作用的饮料。

✅ 宜食食物及功效

麻雀肉　狗肉　羊肉　鹿肉

益肾壮阳的食品

❌ 慎食食物及原因

咖啡　碳酸饮料　浓茶　酒

降低性能力的饮品

推荐食谱 赤芍红烧羊肉

【材料】羊肉200克，当归、赤芍10克。

【调料】黄酒、葱、蒜、干姜等各适量。

做法 ①将羊肉洗净、切块，当归、赤芍洗净后，放入纱布袋中扎口，干姜切片。②再将上述材料放入锅中，加清水适量同煮，用文火煎1小时后，去掉纱布袋，③再用武火煮沸，加黄酒、葱、蒜等调料食用。

早泄

早泄是指男子在阴茎勃起之后，未进入阴道之前或正当纳入以及刚刚进入而尚未抽动时便已射精，阴茎也随之疲软并进入不应期。

病症分析

病症类型 习惯性早泄、年老性早泄、偶见性早泄。

临床表现 性交时未接触或刚接触到女方外阴，抑或插入阴道时间短暂，尚未达到性高潮便射精，随后阴茎疲软，双方达不到性满足即泄精而萎软。同时伴随精神抑郁、焦虑或头晕、神疲乏力、记忆力减退等全身症状。

致病原因 早泄多半是由于大脑皮质抑制过程的减弱、高级性中枢兴奋性过高、对脊髓初级射精中枢的抑制过程减弱以及骶髓射精中枢兴奋性过高所引起。

生活注意

1. 加强夫妻思想和感情的交流，消除隔阂与误会。
2. 改变同房时间。
3. 男方分散对性交的注意力。

饮食注意

日常饮食中应合理调配有温肾壮阳作用的药膳；还应保证蔬菜、水果的供给。

应忌酒，酒精会降低性能力。

✔ 宜食食物及功效

狗肉　　羊肉　　羊肾　　狗肾

食用壮阳益精类食品，保证肾精充满

鹿肉　　鹿鞭　　牛鞭　　猪腰

食用壮阳益精类食品，保证肾精充满

✘ 慎食食物及原因

大葱　　生姜　　大蒜　　茴香

河蚌　　鸭　　冬瓜　　茄子

辛辣、助火兴阳、伤阴的食物

推荐食谱

白果覆盆子猪肚汤

【材料】猪肚150克、白果适量、覆盆子适量、姜片适量、葱各5克。

【调料】盐适量。

做法 ① 猪肚洗净切段，加盐涂擦后用清水冲洗干净；白果洗净去壳；覆盆子洗净；葱洗净切段。② 将猪肚、白果、覆盆子、姜片放入瓦煲内，注入清水，大火烧开，改小火炖煮2小时。③ 加盐调味，起锅后撒上葱段即可。

前列腺肥大

前列腺肥大是一种退行性病变，一般成年男性30~40岁时，前列腺就开始有不同程度的增生，50岁以后就出现症状。

病症分析

病症类型 侧叶增生、后联合或中叶增生，侧叶、中叶增生，颈叶及颈下叶增生。

临床表现 ①尿频、尿急，是一种早期症状。日间及夜间排尿次数增多，且逐步加重。②排尿困难。开始表现排尿踌躇，要等待好久才能排出。③尿失禁。多为晚期症状，特别是夜间患者熟睡时，更易使尿液自行流出。④血尿。膀胱颈部的充血或膀胱伴发炎症、结石肿瘤。

致病原因 这是由于前列腺组织增生，使前列腺功能紊乱，反馈性引起睾丸功能一时性增强所致。性生活会加重前列腺肥大，性生活本身会使前列腺长时间处于充血状态，引起和加重前列腺肥大。

生活注意

1. 多放松，保持精神愉快。
2. 性生活要控制。
3. 既不纵欲也不要禁欲。
4. 保持阴部清洁。

饮食注意

1. 多食新鲜水果、蔬菜、粗粮及大豆制品；多食蜂蜜以保持大便通畅；适量食用牛肉、鸡蛋。
2. 禁饮烈酒，少食辛辣肥甘之品；少饮咖啡；少食柑橘、橘汁等酸性强的食品。

✔宜食食物及功效

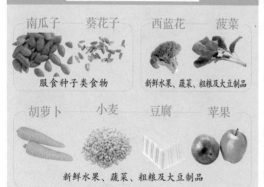

南瓜子 — 葵花子
服食种子类食物

西蓝花 — 菠菜
新鲜水果、蔬菜、粗粮及大豆制品

胡萝卜 — 小麦 — 豆腐 — 苹果
新鲜水果、蔬菜、粗粮及大豆制品

✘慎食食物及原因

辣椒 — 大葱 — 生姜 — 大蒜

胡椒 — 茴香 — 八角
辛辣、刺激性强的调味品

推荐食谱

木耳油菜

【材料】黑木耳100克，油菜200克。

【调料】盐3克，味精1克，醋6克，生抽10克，香油2克。

做法 ❶黑木耳洗净泡发，油菜洗净。❷锅内注水烧沸，放入黑木耳、油菜烫熟后，捞起沥干，并装入盘中。❸用盐、味精、醋、生抽、香油一起混合调成汤汁，浇在上面即可。

男性不育症

指夫妇婚后同居2年以上，未采取避孕措施而未受孕，其原因属于男方者，亦称"男性生育力低下"。

病症分析

病症类型 绝对不育、相对不育。

临床表现 原发性男性不育是指一个男子从未使一个女子受孕。继发性男性不育是指一个男子曾经使一个女子受孕，而近12个月有不避孕性生活史而未受孕，这种不育有较大的可能性恢复生育能力。

致病原因 引起男性不育的常见原因包括先天发育异常、遗传、精液异常、精子不能进入阴道、炎症、输精管阻塞、精索静脉曲张、精子生成障碍、纤毛不动综合征、精神心理性因素和免疫、营养及代谢性因素等。

生活注意

1. 适当调节房事频率。
2. 避免不良环境因素。
3. 心理上要坦然，不能过分焦急和忧虑。

饮食注意

要摄入补肾益精的食物；足量的蛋白质和维生素可以促进精子的产生，维生素A和B族维生素、维生素E都能增加生殖功能。

✔宜食食物及功效

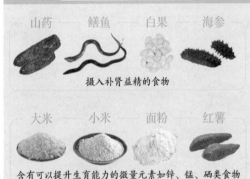

山药　　鳝鱼　　白果　　海参

摄入补肾益精的食物

大米　　小米　　面粉　　红薯

含有可以提升生育能力的微量元素如锌、锰、硒类食物

✗慎食食物及原因

酒　　辣椒　　胡椒　　咖喱

大葱　　生姜　　大蒜　　肉桂

辛辣油腻的食物

推荐食谱

鹿茸枸杞乌鸡汤

【材料】 鹿茸片20克、枸杞20克、乌鸡1只。

【调料】 生姜片5克、盐适量。

做法

❶ 将鹿茸片、枸杞洗净；乌鸡剖净，去内脏，洗净斩件。❷ 将乌鸡放入沸水中滚去血污，捞出洗净。❸ 乌鸡、药材及生姜放入煲内，加入清水，大火煲滚后用文火煲4小时，调味即可。

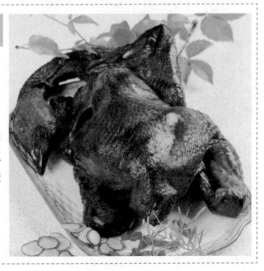

遗精

是指男性在没有性交的情况下精液自行泄出的现象。

病症分析

病症类型 梦遗型遗精、滑精型遗精、生理性遗精。

临床表现 ①梦遗是指睡眠过程中，在睡梦中遗精。②滑精又称"滑泄"，指夜间无梦而遗或清醒时精液自动滑出的病症。③生理性遗精是指未婚青年或婚后分居，无性交的射精，一般2周或更长时间遗精1次，阴茎勃起功能正常，可以无梦而遗，也可有梦而遗。

致病原因 中医将精液自遗现象称遗精或失精。有梦而遗者名为"梦遗"，无梦而遗，甚至清醒时精液自行滑出者为"滑精"。多由肾虚精关不固，或心肾不交，或湿热下注所致。常见病机有肾气不固、肾精不足而致肾虚不藏。可由劳心过度、妄想不遂造成。

🌼 生活注意

1. 正确认识频繁遗精的问题。

2. 建立正常与有规律的生活习惯，建立婚后正常的性生活频率，多参加有益的文体活动，驱散集中于性问题上的注意力，尽力将自己从沉湎在有关性的问题中解脱出来。

🌼 饮食注意

遗精的饮食疗法有汤、粥、煲、炖、蒸、煮等，宜食高蛋白、营养丰富的食品。

禁食过于肥甘、辛辣之品；不酗酒，不饮浓茶、咖啡；不要妄服温阳补肾之保健品。

✔宜食食物及功效

龙骨粥　　鸡蛋三味汤　　排骨汤

高蛋白、营养丰富的汤粥类食物

山药　　莲子　　枸杞　　核桃

补肾固精、滋补强壮的食物

❌慎食食物及原因

酒　　辣椒　　胡椒　　大葱

生姜　　大蒜　　肉桂　　咖喱

过于辛辣之物

推荐食谱

柏子仁猪蹄汤

【材料】柏子仁、葵花子仁适量、火麻仁适量、猪蹄400克。

【调料】盐适量。

做法 ❶猪蹄洗净，剁开成块；火麻仁、柏子仁均洗净备用。❷锅置火上，倒入清水，下入猪蹄汆至透，捞出洗净。❸砂锅注水烧开，放入猪蹄、柏子仁、葵花子仁、火麻仁，用猛火煲沸，转小火煲3小时，加盐调味即可。

第六章 儿童疾病

厌食

厌食是指小儿较长时期见食不贪、食欲不振，甚至拒食的一种常见病症。

病症分析

病症类型 积滞不化型厌食、胃阴不足型厌食、脾胃气虚型厌食。

临床表现 临床以不思饮食、食量较同龄正常儿童明显减少、对进食表示反感、病程一般持续2个月以上为特征。城市儿童发病率较高，一般经治疗后可好转。少数长期不愈者可影响儿童的生长发育。

致病原因 ①不良的饮食习惯。过多地吃零食打乱了消化活动的正常规律。吃饭时不专心，对进食缺乏兴趣和主动性。②饮食结构不合理。主副食中的肉、鱼、蛋、奶等高蛋白食物多。

🥄 生活注意

1. 纠正小儿偏食、吃零食等不良的饮食习惯。

2. 养成定时进餐的习惯，使生活规律化

🥄 饮食注意

要养成定时进餐的习惯，使生活规律化；因患其他疾病而出现食欲不振者，应及时治疗原发疾病。

✅ 宜食食物及功效

紫菜 —— 海带 —— 菠菜 —— 苋菜

富含钾元素的食物

❌ 慎食食物及原因

冰淇淋 碳酸饮料 奶油蛋糕 糖果

冷饮、甜食会导致血液中糖含量增高，没有饥饿感，应少食

推荐食谱 香甜苹果粥

【材料】大米100克，苹果30克，玉米粒20克。

【调料】冰糖5克，葱花少许。

做法 ❶大米淘洗干净，用清水浸泡；苹果洗净后切块；玉米粒洗净。❷锅置火上，放入大米，加适量清水煮至八成熟。❸放入苹果、玉米粒煮至米烂，放入冰糖熬融调匀，撒上葱花便可。

营养不良

小儿营养不良是由于摄食不足，或由于食物不能充分吸收利用，以致不能维持正常能量代谢，出现体重不增加或减少、生长发育停滞、脂肪减少、肌肉萎缩的一种慢性营养缺乏症。

病症分析

病症类型 原发性营养缺乏病、继发性营养缺乏病。

临床表现 ①情绪变化：当孩子情绪发生异常时，应警惕体内某些营养素缺乏。②行为反常：孩子不爱交往，行为孤僻，动作笨拙。③过度肥胖。④其他：早期营养不良症状还有恶心、呕吐、睡眠减少、口腔炎、皮炎、舞蹈样动作、肌无力等。

致病原因 ①喂养方法不当：配奶方法不对，热量、蛋白质、脂肪长期供应不足。②疾病因素：孩子体质差，反复发生感冒、慢性消耗性疾病，会增加机体对营养物质的需要量。③孩子生长发育过快，而各种营养物质不能供应上，造成供不应求。

生活注意

1. 改善喂养方法，合理配餐。
2. 注意孩子的情绪变化和行为异常，提前进行预防和疏导。

饮食注意

1. 蛋白质和热量的摄入一定要达到生理所必需的量
2. 饮食要软、烂、细，以利消化吸收。
3. 应忌食寒凉和不易消化的食物。

✓宜食食物及功效

乳类 — 鱼 — 鸡肉 — 肉类

摄入生理需求的蛋白质和热量

动物肝脏 — 虾皮 — 果汁 — 坚果

及时添加富含维生素D和钙的辅助食品

✗慎食食物及原因

豆类 — 花生 — 玉米 — 西瓜

导致小儿腹泻、加重营养不良症状的寒凉和不易消化的食物

烤鸭 — 肥肉 — 巧克力 — 糖果

煎、炸、熏、烤和肥腻、过甜的食物

推荐食谱 蛋黄鸡肝粥

【材料】大米150克，熟鸡蛋黄2个，鸡肝60克，枸杞10克。

【调料】盐3克，鸡精1克，香菜少许。

做法 ❶大米淘净，泡半小时；鸡肝用水泡洗干净，切片；枸杞洗净；熟鸡蛋黄捣碎。❷大米放入锅中，放适量清水煮沸，放入枸杞，转中火熬煮至米粒开花。下入鸡肝、熟鸡蛋黄，小火熬煮成粥，加盐、鸡精调味，撒入香菜即可。

流涎

流涎亦称"小儿流涎"，是幼儿最常见的疾病之一。多见于1岁左右的婴儿，常发生于断奶前后，是一种以流口水较多为特征的病症。

病症分析

病症类型 生理性流涎、病理性流涎。

临床表现 宝宝口中唾液不自觉从口内流溢出，常常打湿衣襟，容易感冒和并发其他疾病，有的不经治疗甚至会数年不愈。

致病原因 ①当患口腔黏膜炎症以及神经麻痹、延髓麻痹、脑炎后遗症等神经系统疾病时，因唾液分泌过多所致者，为病理现象。②由于婴儿的口腔浅，不会节制口腔的唾液，在新生儿期，唾液腺不发达，六个月时，牙齿萌出，对牙龈三叉神经的机械性刺激使唾液分泌增多，以致流涎稍多，均属生理现象，不应视作病态。

生活注意

1. 若为病理性流涎，应及早就医治疗。
2. 若为生理性流涎，家长应及时进行纠正。

饮食注意

1. 应选清热养胃、泻火利脾的食物、温中健脾作用的食物。
2. 应避免食用刺激性的食物。

☑宜食食物及功效

绿豆汤　芦根汁　雪梨汁　西瓜汁

对脾胃积热证的患儿应选清热养胃、泻火利脾的食物

海参　羊肉　韭菜　栗子

脾胃虚寒证的患儿应选具有温中健脾作用的食物

❎慎食食物及原因

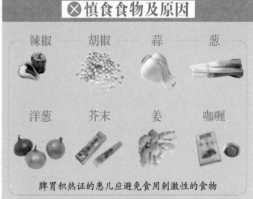

辣椒　胡椒　蒜　葱

洋葱　芥末　姜　咖喱

脾胃积热证的患儿应避免食用刺激性的食物

推荐食谱

益智仁山药鲫鱼汤

【材料】益智仁10克，山药30克，鲫鱼1条，米酒10克。

【调料】姜、葱、盐各适量。

做法

❶将鲫鱼去除鳞、内脏，清理干净，切块；姜洗净、切片，葱洗净，切丝。❷把益智仁、山药、鲫鱼、姜片放入锅中，加水煮至沸腾，然后转为文火熬煮大约30分钟。❸待鱼熟后再加入盐、米酒，并撒上葱丝即可。

小儿腹泻

小儿腹泻是各种原因引起的，以腹泻为主要临床表现的胃肠道功能紊乱综合征。

病症分析

临床表现 轻微的腹泻多数由饮食不当或肠道感染引起，病儿精神较好，无发热和精神症状；较严重的腹泻多为致病性大肠杆菌或病毒感染引起，大多伴有发热、烦躁不安、精神萎靡、嗜睡等症状。

致病原因 ①非感染性因素包括：小儿消化系统发育不良，对食物的耐受力差；气候突然变化，小儿腹部受凉使肠蠕动增加，因而诱发腹泻。②感染性因素是指由多种病毒、细菌、真菌、寄生虫引起的。

🍃 生活注意

合理喂养，提倡母乳喂养，及时添加辅食，避免夏季断奶，奶具、食具定期消毒，气候变化时避免过热或受凉，尤其注意腹部保暖，居室要通风。

🍃 饮食注意

一定要遵循少量多餐的原则，食物要营养丰富，易于消化，要温热；注意合理喂养，添加辅食应采取逐渐过渡的方式。

避免高脂肪和含单糖多的食物，以免加重腹泻；提倡母乳喂养；增添辅食不宜太快，品种不宜太多；喂食注意定时定量；注意饮食卫生。

✅ 宜食食物及功效

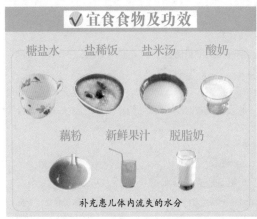

糖盐水　　盐稀饭　　盐米汤　　酸奶

藕粉　　新鲜果汁　　脱脂奶

补充患儿体内流失的水分

❌ 慎食食物及原因

菠萝　　柠檬　　梨　　柑橘

白菜　　竹笋　　洋葱　　毛豆

含有维生素的水果和蔬菜

推荐食谱

柿饼蛋包汤

【材料】 柿饼3个、鸡蛋1个。

【调料】 姜片2片、麻油10毫升。

做法

① 将麻油倒入锅中烧热，爆香姜片，加适量清水烧开，将柿饼切成片状。② 柿饼片放入沸水中，再转文火续煮10分钟。③ 将鸡蛋液倒入锅中煮熟即可。

遗尿

遗尿系指3周岁以上的小儿，睡中尿液自遗，醒后方觉的一种病症，俗称"尿床"。

病症分析

病症类型 遗尿病、遗尿症。

临床表现 多数患儿易兴奋、性格活泼、活动量大、夜间睡眠过深、不易醒，遗尿在睡眠过程中一夜发生1~2次或更多。醒后方觉，并常在固定时间。主要类型分两种，一种为遗尿频繁，几乎每夜发生；另一种遗尿可为一时性，可隔数日或数月发作一次或发作一段时间。

致病原因 ①遗传因素：遗尿患者常在同一家族中发病，其发生率为20%~50%。②泌尿系统解剖或功能障碍：泌尿通路狭窄梗阻、膀胱发育变异、尿道感染、膀胱容量及内压改变等均可引起遗尿。③控制排尿的中枢神经系统功能发育迟缓。

生活注意

1. 若为病理性遗尿，应尽早就医诊治。
2. 让小儿多运动，不要过量食用牛奶宜忌柑橘类水果。

饮食注意

宜食具有温补固涩功效的食物；具有清补功效的食物；晚餐宜吃干饭，以减少摄水量；宜吃猪腰、猪肝和肉等食物。

少食含水量多的食物；忌辛辣、刺激性食物；忌食多盐、糖和生冷食物。

✔宜食食物及功效

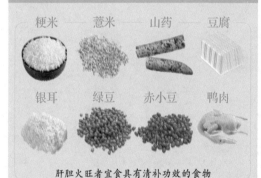

粳米	薏米	山药	豆腐
银耳	绿豆	赤小豆	鸭肉

肝胆火旺者宜食具有清补功效的食物

❌慎食食物及原因

牛奶 — 巧克力 — 柑橘类水果 — 冰淇淋

削弱脾胃功能、引起多尿的多盐、多糖、生冷食物，应少食

辣椒 — 咖喱 — 生姜 — 肉桂

可使大脑皮质的功能失调、导致遗尿的辛辣及刺激性食物

推荐食谱

补骨瘦肉汤

【材料】 猪瘦肉200克、补骨脂10克、菟丝子15克、红枣4颗。

【调料】 生姜片、盐各适量。

做法 ① 将补骨脂、菟丝子洗净；猪瘦肉洗净，切块；红枣洗净。② 锅内烧水，水开后放入瘦肉飞水，再捞出洗净。③ 将药材及生姜片、红枣、瘦肉一起放入瓦煲内，加适量清水，大火煲滚后用文火煲1小时，加盐调味即可。

流行性腮腺炎

流行性腮腺炎，俗称"痄腮"，是由腮腺炎病毒引起的急性呼吸道传染病，冬春季节发生流行，老幼均可发病。

病症分析

病症类型 风热外感型急性腮腺炎、热毒炽盛型急性腮腺炎。

临床表现 发热及腮腺非化脓性肿痛，并可侵犯各种腺组织或神经系统及肝、肾、心脏、关节等器官。从外表看，腮腺肿胀多不发红，只是皮肤紧张、发亮。较重的患者有发热、怯冷、头痛、咽痛、食欲不佳、恶心、呕吐等症状，1~2天后出现腮腺肿胀，肿胀部一般不会化脓。

致病原因 腮腺炎病毒侵入人体后，在局部黏膜上皮细胞和淋巴结中复制并进入血流，播散至腮腺和中枢神经系统引起炎症。病毒在此复制后再次侵入血流，并侵犯其他尚未受累的器官。睾丸、卵巢、胰腺甚至脑也可产生非化脓性炎症改变。

生活注意

1. 若发现病症应及早就医诊治。

2. 病儿用过的食具、毛巾等可煮沸消毒，病儿的居室经常通风换气，这样既能使居室内空气新鲜，又可以达到消毒目的。

3. 注意口腔卫生，饭后及睡觉前后刷牙漱口，清除口腔内的食物残渣，防止继发细菌感染。

饮食注意

饮食应吃清淡易消化的食物，多吃水果、蔬菜等；主食要吃富有营养、易消化的半流食或软饭。

不要给病儿吃酸、辣、甜味及干硬的食品，这些食品刺激腮腺分泌增多，会加重疼痛和肿胀。

✔宜食食物及功效

米汤　牛奶　蛋花汤　豆浆

饮食上应吃清淡易消化的流质、半流质食物

马齿苋　香菜　绿豆　赤小豆

富含维生素等营养元素的水果、蔬菜

✕慎食食物及原因

柠檬　辣椒　生姜　大蒜

奶油　巧克力　饼干　山楂

刺激腮腺分泌增多、加重疼痛和肿胀的酸、辣、甜味及干硬食物

推荐食谱

西红柿土豆脊骨汤

【材料】西红柿250克、土豆300克、猪脊骨600克、蜜枣5颗。

做法 ❶西红柿洗净，切去蒂部，一个切成4块。❷土豆去皮，切成块状；蜜枣洗净。❸猪脊骨洗净，斩件，氽水。❹将清水2000毫升放入瓦煲内，煮沸后加入以上材料，武火煲沸后改用文火煲3小时，加盐调味即可。

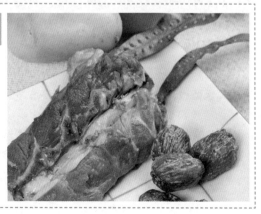

小儿肥胖症

小儿肥胖症是由于能量摄入长期超过人体的消耗，使体内脂肪过度积聚、体重超过一定范围的一种营养障碍性疾病。

病症分析

临床表现 小儿体重超过同性别、同身高正常儿均值20%以上者便可诊断为肥胖症。肥胖可发生于任何年龄，但最常见于婴儿期、5~6岁和青春期。患儿食欲旺盛且喜吃甜食和高脂肪食物。明显肥胖的儿童常有疲劳感，用力时气短或腿痛。

致病原因 ①营养素摄入过多：摄入的营养超过肌体代谢需要。②活动量过少：缺乏适当的活动和体育锻炼。③遗传因素：肥胖有高度的遗传性，目前认为肥胖多与基因遗传有关。④其他：如调节饱食感及饥饿感的中枢失去平衡以致多食。

🍃 生活注意

让孩子多喝温水，注意孩子的饮食营养调理，多吃些蔬菜瓜果，注意适量活动，坚持补钙。

🍃 饮食注意

应多吃些热量少而体积大的食物能增加饱腹感，要摄入足量的蛋白质，有利于脂肪的代谢。

要限制脂肪的摄入，油炸、油煎、奶油食品等都要忌食；精细加工的碳水化合物。

✅ 宜食食物及功效

芹菜 — 笋 — 白萝卜 — 黄豆芽

热量少而体积大的食物，增加饱腹感

无糖果冻 — 话梅 — 全麦饼干 — 燕麦馒头

必要时在两餐之间供给能量少、不加糖的点心

❌ 慎食食物及原因

巧克力 — 奶油蛋糕 — 薯条 — 烤肉

摄入大量含脂肪的煎炸、奶油类食物

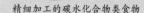

精白面粉 — 通心粉 — 苏打饼干 — 碳酸饮料

精细加工的碳水化合物类食物

推荐食谱

豆蔻瘦肉汤

【材料】板蓝根15克、白豆蔻8克、车前子15克、猪瘦肉100克、红枣15颗。

【调料】盐适量。

做法

① 板蓝根、白豆蔻、车前子、红枣洗净。

② 猪瘦肉洗净，切块，入沸水中氽烫。

③ 将除白豆蔻外的材料放入瓦煲内，加适量清水，武火煮沸后改文火煲2小时，放入打碎的白豆蔻，再煮10分钟，加盐调味即可。

百日咳

百日咳是急性呼吸道传染病，病人是唯一的传染源，潜伏期2～23天，传染期约一个半月。呼吸道传染是主要的传播途径。人群普遍易感，以学龄前儿童为多。

病症分析

临床表现 本病可分为三期：前驱期，仅表现为低热、咳嗽、流涕、打喷嚏等上呼吸道感染症状；7～10天后转入痉咳期，表现为阵发性痉挛性咳嗽，发作日益加剧，每次阵咳可达数分钟之久，咳后伴一次鸡鸣样长吸气，若治疗不善，此期可长达2～6周；恢复期阵咳渐减甚至停止，此期2周或更长。

致病原因 百日咳杆菌为鲍特杆菌属，侵入呼吸道黏膜在纤毛上皮进行繁殖，使纤毛麻痹，上皮细胞坏死，坏死上皮及黏液排除障碍，堆聚潴留，刺激神经末梢，导致痉挛性咳嗽。支气管阻塞也可引起肺不张或肺气肿。

生活注意

1. 卧室应空气新鲜。不要在室内吸烟、炒菜，以免引起咳嗽。

2. 给病儿穿暖和，到户外轻微活动，可以减少阵咳的发作。

3. 早发现、早隔离病人。

饮食注意

应选择细、软、烂、易消化吸收，且易吞咽的半流质或软食。

忌食辛辣油腻食物、油腻食物、海鲜发物、生冷食物、温补类药物。

✔宜食食物及功效

绿豆汤 ── 粥 ── 面片 ── 鸡蛋

选择细、软、烂、易消化吸收，且易吞咽的半流质或软食

酸奶 ── 樱桃 ── 猕猴桃 ── 苹果

选择热能高，含优质蛋白质、营养丰富的食物补充人体所需能量

✖慎食食物及原因

生姜 ── 辣椒 ── 肥肉 ── 油炸食品

易损伤脾胃、对气管黏膜有刺激作用的辛辣油腻食物

海虾 ── 淡菜 ── 鳗鱼 ── 螃蟹

导致咳嗽加剧的海鲜发物

推荐食谱

甘草猪肺汤

【材料】熟猪肺200克，甘草10克，雪梨1个，百合10克。

【调料】盐6克，白糖适量。

做法 ❶ 将熟猪肺洗净，切片，余去血水；甘草洗净，雪梨洗净、切丝，百合洗净备用。❷ 净锅上火倒入水，调入盐、白糖，大火烧开，下入猪肺、甘草、雪梨、百合煮沸后转小火煲1小时即可。

第七章 五官科疾病

鼻窦炎

鼻窦炎是鼻窦黏膜的非特异性炎症，为一种鼻科常见病。以鼻塞、多脓涕、头痛为主要表现，可伴有轻重不一的鼻塞、头痛及嗅觉障碍。

病症分析

病症类型 急性鼻窦炎、慢性鼻窦炎。

临床表现 ①鼻塞：患者常有较重的鼻塞，擤去鼻涕后，鼻通气可暂时改善，但不久又觉鼻阻。②流涕：鼻窦炎患者常诉鼻涕较多；有些向后鼻孔流入鼻咽部，导致病人常诉"痰多"。

致病原因 本病一般分为急性和慢性两类，其原因很多，比较复杂。除了病理原因，游泳时污水进入鼻窦，邻近器官感染扩散，鼻腔肿瘤妨碍鼻窦引流，以及外伤等均可引起鼻窦炎。

生活注意

室内应保持空气新鲜，注意休息，坚持治疗。多做低头、侧头动作，以利鼻窦内脓涕排出。

饮食注意

饮食宜清淡，如选食莲藕、冬瓜、茄子、白菜等；应多吃粗粮、豆类和坚果，以摄取B族维生素，有助于维持正常的免疫功能。

✔宜食食物及功效

莲藕 —— 冬瓜 —— 茄子 —— 白菜

饮食宜清淡，多吃富含B族维生素的粗粮、豆类和坚果

✖慎食食物及原因

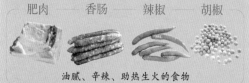

肥肉 —— 香肠 —— 辣椒 —— 胡椒

油腻、辛辣、助热生火的食物

推荐食谱 细辛排骨汤

【材料】 细辛3克，苍耳子、辛夷10克，排骨。

做法 ❶将细辛、苍耳子、辛夷均洗净，放入锅中，加水煎煮20分钟，取药汁备用。
❷排骨洗净，入沸水汆去血水，捞起放入砂锅中，加入清水大火煮沸后，用小火慢炖2小时，再倒入药汁，加盐调味即可。

咽炎

咽炎是一种常见的上呼吸道炎症，急性期若未及时治疗，往往转为慢性。患者出现咽痛、咽痒、声嘶、咽异物感、频繁干咳。

病症分析

病症类型 急性咽炎、慢性咽炎。

临床表现 起病急，初起时咽部干燥、灼热，继而疼痛，吞咽唾液时咽痛往往比进食时更为明显；可伴发热、头痛、食欲不振和四肢酸痛；侵及喉部，可伴声嘶和咳嗽。口咽及鼻咽黏膜呈急性充血，咽后壁淋巴滤泡和咽侧索也见红肿，间或在淋巴滤泡中央出现黄白色点状渗出物，颌下淋巴结肿大并有压痛，重者可累及会厌及杓状会厌襞，发生水肿。

致病原因 ①病原微生物，包括细菌、病毒、立克次体等。②物理或化学性刺激。③气候、季节因素，寒冷可直接对咽部黏膜造成刺激和损害。

生活注意

1. 经常开窗通风，保持室内合适的温度和湿度。

2. 注意口腔卫生，坚持早晚及饭后刷牙。

3. 应加强身体锻炼，增强体质，合理安排生活，保持心情舒畅，避免烦恼郁闷。

饮食注意

1. 多食用含维生素C较多的水果和蔬菜。

2. 平时要注意多饮水。

3. 少食用熏制、腊制及过冷过热食品。

4. 不宜多食辛辣之品。

5. 不宜多食炒货零食。

✔宜食食物及功效

柑橘　菠萝　甘蔗　橄榄

尽量多食用含维生素C较多的水果和蔬菜

鸭梨　苹果　猕猴桃　草莓

尽量多食用含维生素C较多的水果和蔬菜

✘慎食食物及原因

辣椒　大葱　生姜　大蒜

辛辣、刺激性食物

腊肉　冰镇饮料　冰淇淋　腊肠

熏制、腊制及过冷、过热的食物

推荐食谱 柴胡苦瓜瘦肉汤

【材料】 柴胡、川贝各10克，苦瓜200克，瘦肉400克。

做法 ❶分别将柴胡、川贝母洗净备用，苦瓜去瓤，洗净，切成块；瘦肉洗净，切块，氽去血水。❷把柴胡、川贝母、苦瓜、瘦肉一起放入锅内，加入1200毫升水，先用大火煮沸，再改小火慢炖1小时。❸最后加盐、味精调味即可。

中耳炎

中耳炎是累及中耳全部或部分结构的炎性病变，绝大多数为非特异性安排炎症，尤其好发于儿童，是一种常见病，常发生于8岁以下儿童。

病症分析

病症类型 急性化脓性中耳炎、分泌性中耳炎、卡它性中耳炎。

临床表现 主要表现为耳内疼痛（夜间加重）、发热、恶寒、口苦、排尿红或黄、大便秘结、听力减退等。如鼓膜穿孔，耳内会流出脓液，疼痛会减轻，并常与慢性乳突炎同时存在。急性期治疗不彻底，会转为慢性中耳炎，随体质、气候变化，耳内会经常性流脓液，时多时少，迁延多年。

致病原因 中医将本病称为"耳脓""耳疖"，认为是因肝胆湿热、（火）邪气盛行引起。病菌进入鼓室，当抵抗力减弱或细菌毒素增强时就产生炎症。慢性中耳炎可由急性中耳炎、咽鼓管阻塞、机械性创伤、热灼性和化学性烧伤及冲击波创伤所致。

🍃 生活注意

1. 均衡饮食与生活习惯。
2. 戒烟戒酒。
3. 保持周遭环境的安宁，不可运动过度，随时漱口保持口腔卫生，尽量用鼻子呼吸，睡觉侧躺时将病耳朝下，擤鼻涕时不可过猛。
4. 养成正确的医疗习惯。

🍃 饮食注意

多食有清热消炎作用的新鲜蔬菜，如芹菜、丝瓜、茄子、荠菜、茼蒿、黄瓜、苦瓜等。

忌食辛辣、刺激食品，如姜、胡椒、酒、羊肉、辣椒等；忌服热性补药，如人参、肉桂、附子、鹿茸、牛鞭、大补膏之类。

✅ 宜食食物及功效

| 芹菜 | 丝瓜 | 茄子 | 荠菜 |
多食有清热消炎作用的新鲜蔬菜

| 茼蒿 | 黄瓜 | 苦瓜 | 白菜 |
多食有清热消炎作用的新鲜蔬菜

❌ 慎食食物及原因

| 生姜 | 胡椒 | 酒 | 羊肉 |
辛辣、刺激食品

| 人参 | 肉桂 | 附子 | 鹿茸 |
服热性补药

推荐食谱

生地煲龙骨

【材料】 龙骨（即猪脊骨）500克、生地20克。

【调料】 姜10片、盐5克、味精3克。

做法 ① 龙骨洗净，斩成小段；生地洗净。② 锅中加水烧沸，下入龙骨段，焯去血水后捞出沥水。③ 取一炖盅，放入龙骨、生地、生姜和适量清水，隔水炖45分钟，调入盐、味精即可。

耳鸣

耳鸣是指人们在没有任何外界刺激条件下所产生的异常声音感觉，常常是耳聋的先兆，因听觉功能紊乱而引起。

病症分析

病症类型 生理性耳鸣、病理性耳鸣。

临床表现 ①搏动性耳鸣，患者描述耳鸣为与心跳一致的飕飕声、嘀嗒声或轻叩声，用听诊器置于患者颞部或耳部，常可以听到。②非搏动性耳鸣，是一种连续而稳定的噪声，如病者所描述之嗡嗡声、蟋蟀声、钟声或摩托声。

致病原因 ①外耳或中耳的听觉失灵，不能吸收四周的声音。②内耳受伤，失去了转化声音能量的功能。③来自中耳及内耳之外的鸣声干扰。年老者也会因身体衰竭血液质量较差而出现耳鸣。因为靠近耳朵，这些因血液不通畅而产生的声音，对耳朵来说会听得一清二楚，成了耳鸣。

生活注意

1. 要有乐观豁达的生活态度。一旦有耳鸣，不要过度紧张，应及时接受医生的诊治。

2. 调整自己的生活节奏，多培养一些兴趣点。

3. 避免在强噪声环境下长时间逗留或过多地接触噪声。

饮食注意

多补充富含蛋白质和维生素类食物；多食含锌食物；多饮牛奶；老年性耳聋病人可适当多吃鱼类食物；常吃豆制品。

限制脂肪的摄入；少吃动物脂肪及富含胆固醇的食品，烹调方法尽量选用炖、煮，避免油炸、煎。

✔宜食食物及功效

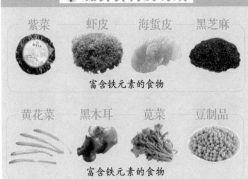

紫菜　虾皮　海蜇皮　黑芝麻

富含铁元素的食物

黄花菜　黑木耳　苋菜　豆制品

富含铁元素的食物

❌慎食食物及原因

动物内脏　奶油　肥肉　鱼子

富含脂肪的食物

韭菜　葱　蒜　花椒

辛辣、刺激性食物

推荐食谱

女贞子蜂蜜饮

【材料】女贞子20克，蜂蜜30克。

【调料】不用任何调味料。

做法

① 将女贞子放入锅中，加适量水。② 文火煎煮30分钟，去渣，取汁。③ 调入蜂蜜即可。

功效 滋补肝肾，软化血管。

口臭

口臭是指因机体内部失调而导致口内出气臭秽的一种病症。它使人不敢与人近距离交往，从而产生自卑心理，影响正常的人际、情感交流，令人十分苦恼。

病症分析

【病症类型】 免疫、脏腑功能失调口臭病，单纯性口腔口臭病。

【临床表现】 多表现为呼气时有明显异味，刷牙、漱口均难以消除病症，使用清洁剂也难以掩盖，是一股发自内部的臭气。

【致病原因】 ①口腔不卫生，口内食物残渣长期积存，产生吲哚硫酸氢基及胺类等物质，发出一种腐烂的恶臭。②有些戴假牙的人不注意假牙的清洁，口腔内也会有气味。③口腔疾病，龋坏的牙齿中的腐物易产生一种腐败的恶臭气味。④身体疾病，有些口臭是由于身体其他部位的疾病引起，都会经呼吸道排出臭味，表现为口臭。

生活注意

1. 饮食调理，合理膳食，均衡营养。
2. 合理安排自己的睡眠时间，养成良好的睡眠习惯。

饮食注意

要注意口腔卫生，多吃清淡食品和蔬菜、水果，平时适当饮用一些绿茶、菊花茶、佩兰茶等。

要少吃油腻、辛辣食品，如大蒜、洋葱、臭豆腐、芥末等。

✔宜食食物及功效

牛奶 —— 柠檬 —— 金橘 —— 蜂蜜

清胃、生津、润肠通腑的食物

山楂干 —— 绿茶 —— 梨 —— 木耳

清胃、生津、润肠通腑的食物

✖慎食食物及原因

大蒜 —— 辣椒 —— 洋葱 —— 芥末

臭豆腐 —— 大葱 —— 烤肉 —— 肥肉

油腻辛辣的食物

推荐食谱

苦瓜豆腐

【材料】 豆腐300克，苦瓜50克，豆芽50克。
【调料】 精炼油10毫升，盐3克，淀粉适量。

做法

① 苦瓜洗净切片，用沸水烫后沥干水分。
② 锅中放油，将豆腐煎至两面金黄后放入味精、盐。③加入苦瓜、豆芽煸炒数分钟后再放入适量淀粉水起锅。

结膜炎

结膜炎俗称"红眼病"，是眼科的常见病。由于大部分结膜与外界直接接触，因此容易受到周围环境中感染性和非感染性因素的刺激。

病症分析

病症类型 细菌性结膜炎、衣原体性结膜炎、病毒性结膜炎、真菌性结膜炎。

临床表现 初期，结膜潮红、肿胀、充血、流出水样分泌液，内眼角下面被毛变湿，眼睛半闭。随着炎症的发展，眼睑肿胀明显，眼分泌物变成黏液性或脓性，上下眼睑被脓性分泌物黏合在一起，眼角上被黄白色的分泌物覆盖。打开眼睑检查可见眼球上及结膜上有大量的脓性分泌物积存。

致病原因 中医认为多因外感风热之邪上犯，或因肝经火热上注于目，以致内热上冲所致。西医认为是机械性损伤、眼睑外伤、结膜外伤、眼内异物刺激、倒睫、眼睑内翻，化学性药物刺激及洗浴药液误入眼内所致。

生活注意

不用公共毛巾和脸盆。病人的毛巾、手帕、脸盆要单独使用，用后煮沸消毒，以免再传染。不用手揉眼睛，以免发生交叉感染。

饮食注意

应当选择具有疏风散热、清泻肝火作用的凉肝食物和清淡的蔬菜瓜果。

勿食性热上火、辛辣香燥、肥腻助邪的食物。

✔宜食食物及功效

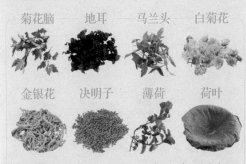

菊花脑　　地耳　　马兰头　　白菊花

金银花　　决明子　　薄荷　　荷叶

具有疏风散热、清泻肝火作用的凉肝食物和清淡的蔬菜瓜果

✗慎食食物及原因

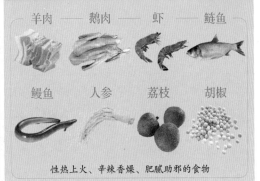

羊肉　　鹅肉　　虾　　鲢鱼

鳗鱼　　人参　　荔枝　　胡椒

性热上火、辛辣香燥、肥腻助邪的食物

推荐食谱

黑米粥

【材料】黑米100克。

【调料】加白糖20克调味。

做法

① 黑米洗净备用。② 锅中倒适量水，放入黑米，大火煲40分钟。③ 转用小火煲15分钟，调入白糖即可食用。

功效 养肝明目、滋阴补肾。

青光眼

青光眼是发病迅速、危害性大的眼病。特征是眼内压升高的水平超过眼球所能耐受的程度而给眼球各部分组织和视功能带来损害。

病症分析

病症类型 先天性青光眼、原发性青光眼、继发性青光眼、混合型青光眼。

临床表现 急性闭角型青光眼患者患眼侧头部剧痛，眼球充血，视力骤降。亚急性闭角型青光眼患者仅轻度不适，甚至无任何症状，可有视力下降，眼球充血，经常在傍晚发病，经睡眠后缓解。慢性闭角型青光眼患者自觉症状不明显，发作时轻度眼胀、头痛，阅读困难，常有虹视。原发性开角型青光眼发病隐蔽，进展较为缓慢，非常难观察，故早期一般无任何症状，当病变到一定程度时，可出现轻度眼胀、视力疲劳和头痛。

致病原因 各种原因导致气血失和，经脉不利，目中玄府闭塞，神水淤积所致。

🍂 生活注意

1. 情绪不要急躁，对生活中的不如意要保持乐观，不要因此而影响情绪。情绪激动会引起动脉血压升高，从而导致眼压升高。

2. 少看电视、电脑，防止用眼过度。

3. 不要干重体力活，不要过分用力，因为血管本来就很脆弱。

4. 不要长时间低着头做事。

🍂 饮食注意

1. 饮食应选择具有活血通络、利水消肿的食物。

2. 勿食过咸、易渴的食物。

3. 要尽量避免浓咖啡和茶，饮酒绝对不能过量。

4. 少摄入咸肉、咸鱼、腌菜、咸板鸭、咸鸭蛋、皮蛋、带鱼、白酒等。

✔宜食食物及功效

红豆 — 冬瓜 — 西瓜 — 丝瓜

具有利尿作用的食物

✘慎食食物及原因

姜 — 葱 — 蒜 — 辣椒

辛辣、刺激性食物

推荐食谱 菊花鸡肝汤

【材料】 鸡肝200克，菊花9克，银耳50克，枸杞子15克。

【调料】 盐3克，鸡精3克。

做法 ❶鸡肝洗净，切块；银耳泡发洗净，撕成小朵；枸杞子、菊花洗净，浸泡。❷锅中放水，烧沸，放入鸡肝过水，取出洗净。❸将鸡肝、银耳、枸杞子、菊花放入锅中，加入清水小火炖1小时，调入盐、鸡精即可。

白内障

各种原因如老化、遗传、营养障碍、免疫与代谢异常等，都能引起晶状体代谢紊乱，导致晶状体蛋白质变性而发生混浊，形成白内障。

病症分析

病症类型 老年性白内障、并发性白内障、外伤性白内障、代谢性白内障。

临床表现 无痛楚下视力逐渐减弱，对光敏感，经常需要更换眼镜镜片的度数、复视。需在较强光线下阅读，晚上视力比较差，看到颜色褪色或带黄。在早期，还常有固定不飘动的眼前黑点，亦可有单眼复视或多视。发病人群以老年人为最多，南方地区多于北方。

致病原因 中医认为多为肝肾阴不足、脾气精血亏损、眼珠失养而致。西医认为本病患者血液中锌含量偏低。

生活注意

1. 饮食起居要规律，注意劳逸结合。
2. 适当控制读写和看电视时间。
3. 保证睡眠充足。
4. 保持良好的心态，心胸要开阔。
5. 定期到医院做检查，观察白内障发展情况。

饮食注意

多吃些富含天然维生素 C 的新鲜蔬菜和水果，选择具有益精、退翳、明目、清肝作用的食物，还要经常吃些含钙食物。

勿食辛辣香燥、性热助火的食物。

✔宜食食物及功效

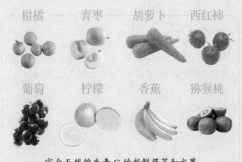

柑橘　　青枣　　胡萝卜　　西红柿

葡萄　　柠檬　　香蕉　　猕猴桃

富含天然维生素 C 的新鲜蔬菜和水果

❌慎食食物及原因

酒　　辣椒　　胡椒　　花椒

性味辛辣刺激的食物

糖类　　羊肉　　狗肉　　牛肉

香燥、性热助火的食物

推荐食谱

决明鸡肝苋菜汤

【材料】苋菜250克，枸杞子叶30克，鸡肝2副，决明子15克。

做法 ❶苋菜剥取嫩叶和嫩梗，与枸杞子叶均洗净，沥干。❷鸡肝洗净，切片，氽去血水后捞起。❸决明子装入棉布袋扎紧，放入煮锅中，加水1200毫升熬成高汤，药袋捞起丢弃。❹加入苋菜、枸杞子叶，煮沸后下肝片，再煮开后加盐调味即可。

近视

近视是眼睛看清近物、却看不清远物的症状。在屈光静止的前提下，远处的物体不能在视网膜汇聚，而在视网膜之前形成焦点，因而造成视觉变形，导致远方的物体模糊不清。

病症分析

病症类型 单纯性近视、病理性近视。

临床表现 ①视力减退，远视力逐渐下降，近视力正常。②外斜视，中度以上近视患者在近距离作业时很少或不使用调节，可诱发眼位向外偏斜，形成外斜视。③视力疲劳，近视眼患者调节力很好。④眼球突出，高度近视眼由于眼轴增长，外观上呈现眼球向外突出的状态。

致病原因 近视的致病原因包括环境因素和遗传因素。环境因素是指青少年眼球生长发育时期，阅读、书写等近距离工作时，眼外肌对眼球施加一定压力，眼球的前后轴可能变长。遗传因素是指高度近视的双亲家庭下一代近视的发病率较高。

生活注意

1. 坚持做眼保健操，每天 3~4 次。
2. 科学用眼，劳逸结合，学习或工作 1~2 小时后远眺大自然景色，休息 10~15 分钟。
3. 阅读和写字要保持与书面 30 厘米以上的距离。

饮食注意

1. 多吃富含维生素 A 的食物。
2. 多食富含维生素 C 的食品。
3. 应多含钙多的食物。
4. 多含锌较多的食物。
5. 多食海带。

✔宜食食物及功效

动物肝脏 — 枸杞 — 榧子 — 胡萝卜

富含维生素 A 的食物

黄豆 — 杏仁 — 紫菜 — 海带

富含铬和锌的食物，参与人体内胰岛素调节糖的功能，可防近视

✕慎食食物及原因

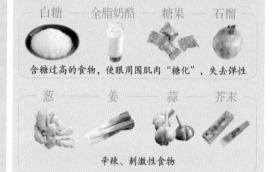

白糖 — 全脂奶酪 — 糖果 — 石榴

含糖过高的食物，使眼周围肌肉"糖化"，失去弹性

葱 — 姜 — 蒜 — 芥末

辛辣、刺激性食物

推荐食谱

决明五味炖乌鸡

【材料】决明子12克、五味子10克、乌鸡1只。

【调料】姜5克、葱10克、盐5克。

做法 ①决明子、五味子洗净；乌鸡宰杀后去毛、内脏及爪；姜拍松；葱捆成把。②把盐抹在鸡身上，将姜、葱、决明子、五味子放入鸡腹内，再将鸡入炖锅内，加清水1500毫升。③把炖锅置武火上烧沸，再用文火蒸煮1小时即成。

老花眼

老花眼又称"视敏度功能衰退症"，是人体功能老化的一种现象，指人上年纪以后逐渐产生近距离阅读或工作困难的情况。患者通常在40岁以上，是视远尚清，视近模糊的眼病，相当于西医学的老视，是人体衰老变化的一种表现。

病症分析

临床表现 近距离阅读模糊、眼睛疲劳、酸胀、多泪、畏光、干涩及伴生头痛。临床可见视远如常，视近则模糊不清，将目标移远即感清楚，故常不自主将近物远移。随年龄增长，即使将书报尽量远移，也难得到清晰视力，并可伴有眼胀、干涩、头痛等症状。年龄多在40岁以上。

致病原因 引起老花眼的原因是眼内"过氧化脂质"堆积过多，随着年龄增长，眼球晶状体逐渐硬化、增厚，而且眼部肌肉的调节能力也随之减退，导致变焦能力降低。因此，看近物时，影像投射在视网膜时无法完全聚焦，看近距离的物件就模糊不清。

生活注意

1. 每天晨起和睡前用冷水洗眼洗脸。
2. 每天早中晚远眺 1~2 次。
3. 经常眨眼。
4. 看书报和电视时间不要过长。

饮食注意

1. 忌生冷辣。
2. 饮食吃一些菊花茶，决明子茶。
3. 多食养阴润肺的食物，如枸杞，薏米，百合等。

✓宜食食物及功效

红枣　核桃仁　芝麻　沙棘

柿子　苹果　柑橘　胡萝卜

富含维生素C和维生素E的食物，可以抗氧化，对晶体有保护作用

✗慎食食物及原因

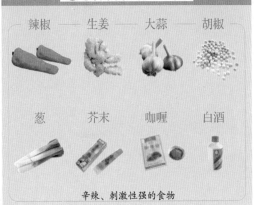

辣椒　生姜　大蒜　胡椒

葱　芥末　咖喱　白酒

辛辣、刺激性强的食物

推荐食谱

熟地枸杞炖甲鱼

【材料】甲鱼1只（约250克）、熟地15克、枸杞30克。

【调料】盐适量。

做法 ❶ 熟地洗净，切小片；枸杞洗净；甲鱼用沸水烫，让其排尽尿，去肠脏、头、爪，洗净，斩件。❷ 把全部材料放入炖盅内，加开水适量，炖盅加盖，用文火隔开水炖2小时，调味即可。

过敏性鼻炎

过敏性鼻炎又称为"变应性鼻炎"，是一种鼻黏膜的变应性疾病，可引起多种并发症。

病症分析

病症类型 季节性鼻炎、常年性变态反应性鼻炎。

临床表现 眼睛发红发痒、流泪；鼻痒、鼻涕多且为清水涕，感染时为脓涕；鼻腔不通气，耳闷；打喷嚏；眼眶下黑眼圈；经口呼吸；嗅觉下降或者消失；头昏、头痛；儿童可由于揉鼻子出现过敏性敬礼征。

致病原因 ①遗传造成的过敏体质。过敏体质与基因有关系，家族中有哮喘、荨麻疹或药物过敏者易患此症。②接触过敏源。可通过呼吸将花粉、尘螨、动物皮屑等吸入鼻腔，也可能是由消化道进入人体而引起鼻部症状。

🍃 生活注意

增强体质，加强体育锻炼，避免过度疲劳，注意休息，避免虚火上炎。

🍃 饮食注意

1. 忌食辛辣食物。
2. 宜多吃蔬菜和水果。

✔宜食食物及功效

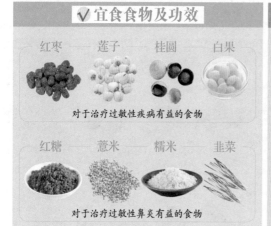

红枣 — 莲子 — 桂圆 — 白果

对于治疗过敏性疾病有益的食物

红糖 — 薏米 — 糯米 — 韭菜

对于治疗过敏性鼻炎有益的食物

✖慎食食物及原因

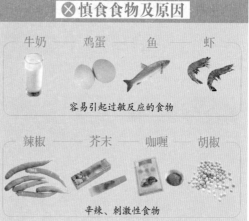

牛奶 — 鸡蛋 — 鱼 — 虾

容易引起过敏反应的食物

辣椒 — 芥末 — 咖喱 — 胡椒

辛辣、刺激性食物

推荐食谱 蝴蝶薄撑

【材料】糯米粉500克，面粉100克，胡萝卜50克，韭菜25克，鸡蛋1个。

【调料】盐5克，味精8克，糖12克，香油适量。

做法 ❶将胡萝卜等原材料洗净，均切成粒；糯米粉、面粉一起拌匀后，打入鸡蛋，加入盐和原材料；再一起拌匀，成薄撑浆。❷煎锅上火，倒入一勺和好的薄撑浆，以小火煎至两面金黄色，取出。❸再用同样的方法煎好另一张，取出切成扇形，摆入盘中呈蝴蝶形即可。

扁桃体炎

扁桃体炎即为扁桃体发炎。此病可引起耳、鼻以及心、肾、关节等局部或全身的并发症。该病的致病原以溶血性链球菌为主。

病症分析

病症类型 急性扁桃体炎、慢性扁桃体炎。

临床表现 急性充血性扁桃体炎多表现为全身和局部症状均较轻。检查见扁桃体充血、肿胀，表面无脓性渗出物，常有邻近部位的黏膜炎症。慢性肥大性扁桃体炎的扁桃体呈现不同程度肿大，淋巴组织显著增生，而慢性纤维性扁桃体炎的扁桃体体积缩小、质硬，淋巴组织往往萎缩至消失。

致病原因 病原体通过飞沫、直接接触等途径传入，平时隐藏在扁桃体小窝内，当人体因劳累、受凉或其他原因而致抵抗力减弱时，病原体迅速繁殖而引起发病。

生活注意

1. 注意休息，多饮水，通大便。
2. 适当地进行体育锻炼。
3. 保持愉快的心情。

饮食注意

1. 进流食或软食，止痛退热，服磺胺类或抗生素控制感染。
2. 凡恶寒，高热，脉浮，无汗者可用甘橘汤或麻杏石甘汤。凡高热，无恶寒，口干、舌燥、脉数而浮者可用甘露饮。

✔宜食食物及功效

稀饭 — 绿豆汤 — 青菜 — 西红柿

清淡、水分多的食物

梨 — 金橘 — 蜂蜜 — 百合

有利于消炎、止痛、化痰、润喉作用的食物

✗慎食食物及原因

生姜 — 辣椒 — 大蒜 — 油条

桂皮 — 肥肉 — 花椒

辛辣、油腻、刺激性强的食物

推荐食谱

板蓝根丝瓜汤

【材料】 板蓝根20克，丝瓜250克，玄参5克，蒲公英8克。

【调料】 盐适量。

做法 ❶ 将板蓝根、玄参、蒲公英均洗净；丝瓜洗净，连皮切片，备用。❷ 砂锅内加水适量，放入板蓝根、玄参、蒲公英、丝瓜片。❸ 武火烧沸，再改用文火煮15分钟至熟，捞去药渣，加入盐调味即可。

功效 凉血利咽、清热润燥。

口腔溃疡

口腔溃疡是发生在口腔黏膜上的表浅性溃疡，大小可从米粒至黄豆大小，成圆形或卵圆形，溃疡面为凹型，周围充血。

病症分析

临床表现 好发于口腔黏膜角化差的部位，溃疡呈圆形或椭圆形，大小、数目不等，散在分布，边缘整齐，周围有红晕，感疼痛。有自限性及复发史。愈后不留瘢痕。可并发口臭、牙龈红肿、慢性咽炎、便秘、头痛、头晕、恶心、乏力、烦躁、发热、淋巴结肿大等全身症状。

致病原因 病因及致病机制仍不明确。诱因可能是局部创伤、精神紧张、食物、药物、激素水平改变及维生素或微量元素缺乏。系统性疾病、遗传、免疫及微生物在其发生、发展中可能起重要作用。

生活注意

1. 平时要纠正挑食偏食习惯，饮食不宜过精。

2. 吃东西时细嚼慢咽小心牙齿咬伤舌头或颊，戴假牙者应注意避免不适配的假牙长期擦伤，注意避免尖锐食物的擦伤，改正咬唇舌颊的不良习惯等。

饮食注意

1. 保证 B 族维生素的摄入，注意补充卵磷脂，保证摄入优质蛋白质是修复口腔溃疡创面所必需的营养素。

2. 多吃新鲜的蔬菜、水果、多饮水、补充维生素和微量元素补充剂，对防治口腔溃疡都有帮助。

☑ 宜食食物及功效

牡蛎 — 动物肝脏 — 瘦肉 — 蛋类

富含锌的食物，以促进创面愈合

西红柿 — 茄子 — 胡萝卜 — 白萝卜

富含维生素 B_1、维生素 B_2、维生素 C 的食物，有利于溃疡愈合

❌ 慎食食物及原因

辣椒 — 生姜 — 牛羊肉 — 大蒜

辛辣、香燥、温热、动火的食物

白酒 — 咖啡 — 浓茶 — 碳酸饮料

含有酒精、咖啡因等刺激性的饮料

推荐食谱 薄荷椰子杏仁鸡汤

【材料】 薄荷叶10克，椰子1只，杏仁20克，鸡腿肉45克。

【调料】 盐3克。

做法 ❶ 将薄荷叶洗净，切碎；椰子切开，将汁倒出；杏仁洗净；鸡腿洗净斩块备用。❷ 净锅上火倒入水，下入鸡块汆水洗净待用。❸ 锅置火上倒入水，下入鸡块、薄荷叶、椰汁、杏仁烧沸煲至熟，调入盐即可。